MÉMOIRES D'OUTRE-TOMBE

FRANÇOIS DE CHATEAUBRIAND

Mémoires d'outre-tombe

Tome IV

NOUVELLE ÉDITION ÉTABLIE,
PRÉSENTÉE ET ANNOTÉE PAR JEAN-CLAUDE BERCHET

GARNIER

Ancien élève de l'École normale supérieure, Jean-Claude Berchet est maître de Conférences à l'Université Paris III-Sorbonne nouvelle. Spécialiste de Chateaubriand, il a édité dans Le Livre de Poche classique *Les Natchez* et procuré une anthologie des *Mémoires d'outre-tombe*.

AVERTISSEMENT

Cette édition des *Mémoires d'outre-tombe* reproduit sous une forme allégée celle qui a paru dans la collection des Classiques Garnier de 1989 à 1998, exception faite de la partie critique proprement dite. Le texte en a été soigneusement revu et corrigé ; la plupart des appendices documentaires, ainsi qu'une partie des notes ont dû être supprimés ; en revanche, les notes subsistantes ont été, le cas échéant, rectifiées ou complétées.

La présente édition se propose de publier les *Mémoires d'outre-tombe* dans leur version définitive, c'est-à-dire sous la forme que Chateaubriand arrêta lui-même à la fin de sa vie, et qui ne fut respectée par aucun éditeur.

On a donc choisi comme texte de base celui de la dernière copie intégrale, la copie notariale de 1847, avec sa division en 42 livres qu'on a répartis en quatre volumes : livres I à XII (tome 1) ; livres XIII à XXIV (tome 2) ; livres XXV à XXXIII (tome 3) ; livres XXXIV à XLII (tome 4). Chacun de ces volumes se trouve donc correspondre à une des anciennes « carrières » ou « parties » des *Mémoires*. On a toutefois retenu le texte du manuscrit de 1848 pour les sept livres où il a été conservé : livres I, II, VII, XX, XXI, XXXIX et XL. Pour les autres, il nous est arrivé de préférer la leçon des éditions originales : ce sont des variantes ponctuelles que nous signalons toujours.

Les notes de Chateaubriand sont appelées par un ou plusieurs astérisques : *, **, etc.

Enfin nous avons placé en tête du premier volume le texte intégral des *Mémoires de ma vie* (dans une version revue sur le manuscrit autographe), et reporté chaque fois en appendice les passages, chapitres ou livres retranchés au cours de la rédaction.

SIGLES ET ABRÉVIATIONS

1. ŒUVRES DE CHATEAUBRIAND

Abencérage   *Les Aventures du dernier Abencérage*, dans *Œuvres*, t. I.

Atala   *Atala, ou les Amours de deux sauvages dans le désert*, dans *Œuvres*, t. I.

Correspondance   *Correspondance générale*, Gallimard, 1977-1986 (5 tomes parus).

Écrits politiques   Chateaubriand, *Grands Écrits politiques*, présentation et notes de Jean-Paul Clément, Imprimerie nationale, 1993, 2 vol.

Essai historique   *Essai historique, politique et moral sur les Révolutions anciennes et modernes considérées dans leur rapport avec la Révolution française*, « Bibliothèque de la Pléiade », 1978.

Études historiques dans *Œuvres complètes*, Ladvocat, 1831.

Génie   *Génie du Christianisme, ou Beautés de la religion chrétienne*, « Bibliothèque de la Pléiade », 1978.

Histoire de France *Analyse raisonnée et fragments de l'histoire de France*, dans *Œuvres complètes*, Ladvocat, 1831.

Itinéraire   *Itinéraire de Paris à Jérusalem*, dans *Œuvres*, t. II.

Ladvocat   *Œuvres complètes* de M. le vicomte de Chateaubriand, Ladvocat, 1826-1831, 28 tomes en 31 volumes.

Littérature anglaise   *Essai sur la littérature anglaise, ou Considérations sur le génie des hommes, des*

	temps et des révolutions, Gosselin et Furne, 1836.
Martyrs	*Les Martyrs, ou le Triomphe de la religion chrétienne*, dans *Œuvres*, t. II.
Mélanges littéraires	dans *Œuvres complètes*, Ladvocat, 1826.
Natchez	*Les Natchez*, dans *Œuvres*, t. I.
Œuvres 1 et 2	*Œuvres romanesques et voyages*, « Bibliothèque de la Pléiade », 1969, t. I et II.
Rancé	*Vie de Rancé*, dans *Œuvres*, t. I.
Récamier	Chateaubriand, *Lettres à Mme Récamier*, recueillies et présentées par Maurice Levaillant (...), Flammarion, 1951.
René	dans *Œuvres*, t. I.
Vérone	*Congrès de Vérone. Guerre d'Espagne. Négociations espagnoles*, Paris, Delloye, et Brockhaus, Leipzig, 1838.
Amérique	*Voyage en Amérique,* dans *Œuvres*, t. I.
Italie	*Voyage en Italie*, dans *Œuvres*, t. II.

2. OUVRAGES OU PÉRIODIQUES DE RÉFÉRENCE

Académie	*Dictionnaire de l'Académie* (avec dates des éditions).
Artaud	Artaud de Montor, *Histoire du pape Pie VIII*, Adrien le Clerc, 1844.
Bertier	Guillaume de Bertier de Sauvigny, *La Restauration*, 3ᵉ édition revue et corrigée, Flammarion, 1974.
Boigne	*Mémoires* de la comtesse de Boigne, Mercure de France, 1999, 2 vol.
Bulletin	*Bulletin de la Société Chateaubriand* : grand bulletin, 1ʳᵉ série, 1930-1937 ; petit bulletin, 1947-1954 ; grand bulletin, 2ᵉ série, depuis 1957.
Dictionnaire Napoléon	publié sous la direction de Jean Tulard, Fayard, 1987.
Duchemin	M. Duchemin, *Chateaubriand*, Vrin, 1938.
Durry	Marie-Jeanne Durry, *La Vieillesse de Chateaubriand*, Le Divan, 1933, 2 vol.

Féraud	Abbé Féraud, *Dictionnaire critique de la langue française*, Marseille, Jean Mossy, 1787, 4 vol.
Huguet	E. Huguet, *Dictionnaire de la langue française au XVIᵉ siècle*, Champion, puis Didier, 1925-1967.
Levaillant	Maurice Levaillant, *Chateaubriand, Madame Récamier et les Mémoires d'outre-tombe*, Delagrave, 1936.
Marcellus	Comte de Marcellus, *Chateaubriand et son temps*, Michel Lévy, 1859.
Michaud	*Biographie universelle, ancienne et moderne (...) par une société de gens de lettres et de savants*, Paris, L.-G. Michaud, 1811-1828 (52 volumes).
Petitot	*Mémoires pour servir à l'histoire de France* publiés par Paul Petitot, 1ʳᵉ série (50 tomes, 1819-1827) ; 2ᵉ série (53 tomes, 1820-1829).
R.H.L.F.	*Revue d'histoire littéraire de la France.*
Sainte-Beuve	Sainte-Beuve, *Chateaubriand et son groupe littéraire sous l'Empire*, nouvelle édition annotée par Maurice Allem, Garnier, 1948, 2 vol.
T.L.F.	*Trésor de la langue française.*
Trévoux	*Dictionnaire* de Trévoux, édition de 1771.
Valéry	*Voyages historiques et littéraires en Italie, ou l'Indicateur italien*, Paris, Le Normant, 1831-1833 (5 vol.).
Villemain	Villemain, *Chateaubriand. Sa vie, ses écrits, son influence littéraire et politique sur son temps*, Michel Lévy, 1858.

MÉMOIRES D'OUTRE-TOMBE

LIVRES XXXIV à XLII

(1830-1841)

NOTICE DES *LIVRES XXXIV à XLII*

La matière de ce tome IV correspond à ce qui fut, jusqu'en 1845, la « quatrième partie » des *Mémoires d'outre-tombe*. Chateaubriand est censé y raconter les événements qui ont suivi la révolution de Juillet. Néanmoins, si la dernière page « arrête » le récit à la date du 16 novembre 1841, celui-ci se prolonge de manière insidieuse à travers de multiples interventions ultérieures du narrateur qui finissent par conduire le lecteur jusqu'à la quasi-disparition du mémorialiste. Dans un ultime « avant-propos » daté du 14 avril 1846, celui-ci avait déjà voulu se placer, pour ainsi dire au-delà de son existence mortelle, dans la position excentrique du lecteur *revenant* de son propre texte, dont il a été, pour toujours, absenté. Cette dernière partie ne fut pas, toutefois, comme on pourrait le croire, écrite en dernier lieu. Sa rédaction a, au contraire, accompagné celle des précédentes, si bien qu'elle a la particularité de réfléchir, comme dans un miroir, toutes les autres.

Lorsque, dans la Préface testamentaire, il avait élaboré le nouveau programme de son œuvre à venir, Chateaubriand avait évoqué « trois carrières successives » qu'il assimile alors à un « drame en trois actes » : voyage, littérature, politique. Il ne semble pas encore envisager de mener sa narration au-delà de sa démission du 7 août 1830. Or, lorsque, de février à mars 1834, le mémorialiste procéda pour la première fois, devant un cercle restreint réuni autour de Mme Récamier, à une lecture publique des livres déjà terminés, son auditoire, après avoir entendu avec plaisir le récit de son enfance et de sa jeunesse (en gros les douze livres de la première partie, révisés de septembre à novembre 1832), ne fut pas peu surpris de le voir enchaîner sur des événements presque contemporains : une sorte de journal des missions accomplies quelques mois plus tôt à Prague pour le compte de la duchesse de Berry, ainsi que celui du séjour à Venise auquel il avait consacré une partie du mois de septembre 1833. Nous sommes assez bien renseignés sur ces pages puisque nous avons conservé les notes que Sainte-Beuve fut alors autorisé à prendre sur le manuscrit même, en vue du compte rendu qu'il allait publier dans la *Revue des Deux-Mondes* du 15 avril. Elles formaient la matière de six livres, comme le révèle le contrat éditorial du 22 mars 1836. Devenues sept livres dans le manuscrit de 1845, elles se réduisirent au chiffre initial dans la version définitive : ce sont les livres XXXVI, XXXVII, XXXVIII, XXXIX, XL et XLI. On observera qu'ils correspondent à une très brève période dans la réalité vécue : de mai à octobre 1833. Ce fut le noyau de ce qui allait constituer, au cours des années suivantes, la quatrième partie.

Il est probable que le récit de la révolution de Juillet, destiné à servir de conclusion à la troisième, avait alors déjà pris forme. Encore fallait-il combler le vide chronologique qui avait subsisté entre septembre 1830 et le printemps 1833. Ce fut chose faite, mais à une date qu'il est difficile de préciser, avec la mise au point de deux livres supplémentaires, numérotés XXXIV et XXXV dans la copie de 1847 : plus de cent cinquante pages dans lesquelles le mémorialiste reprenait, sans les modifier beaucoup, un ensemble de notes, lettres, brochures qui avaient jalonné cette période assez tumultueuse, qu'avait conclue le spectaculaire procès de mars 1833. Au total, ces trente mois de « retraite » avaient été fort agités ; non seulement Chateaubriand avait passé beaucoup de temps à défendre la Légitimité déchue ; il avait aussi repris ses anciennes errances, parfois à la rencontre de nouvelles sylphides ; il avait enfin, sous les auspices de Juliette Récamier, décidé de mettre la rédaction de ses *Mémoires* et leur achèvement au centre de toutes ses activités. Le livre à venir aurait désormais pour vocation de réunir, de réaliser ces diverses postulations.

À mesure que Chateaubriand vieillissait, la coupure de 1830 conservait donc bien sa valeur discriminante, mais elle changeait de signification. Au lieu de fournir le *terminus ad quem* des *Mémoires*, elle devenait peu à peu un *terminus a quo* propre à relancer leur écriture, à la libérer de toute fin assignable. En même temps qu'il élevait le « corps central » de son édifice, le mémorialiste progressait dans la quatrième partie. Au retour du second voyage à Prague, on pouvait lire cette conclusion provisoire, parce que trop personnelle : « Le soir, à travers les ormes branchus de mon boulevard, j'aperçus les réverbères agités, dont la lumière demi-éteinte vacillait comme la petite lampe de ma vie. » Au-delà de ce 6 octobre 1833, encore placé, comme le prologue du livre I, sous le patronage de saint François, le narrateur donne pour ainsi dire congé à *mister myself* pour élargir sa perspective. En 1836, il consacre un livre entier au domaine de Maintenon : cette éphémère étape de Charles X sur le chemin de son dernier exil est aussi prétexte à un « tombeau » du grand siècle. Sous le titre de « Politique générale du moment », Chateaubriand rassemble ensuite une série de portraits de contemporains emblématiques, qui ne sont pas réunis au hasard. Face à Carrel, héros de Plutarque égaré dans la modernité, ou à Thiers, véritable homme nouveau par son arrivisme cynique, se dresse le nécrologe des hommes du passé : La Fayette, Talleyrand, Charles X. Chacun incarne en quelque sorte les trois époques de la crise ouverte par 1789 (république, empire, restauration), que cherche à fermer le personnage caricatural de Louis-Philippe. Le mémorialiste voulait aussi acheminer son lecteur vers une conclusion générale dont il avait esquissé le programme dans un article de 1834 intitulé : « Avenir du monde ». Il y aurait établi le bilan de la triple révolution que sa génération avait dû affronter : révolution politique, révolution sociale, révolution industrielle. Mais, au printemps de 1839, alors que « les *Mémoires* sont finis », ou à peu près, une certaine lassitude semble le gagner. La « réduction » du *Congrès de Vérone* qu'il aurait souhaité intercaler dans la troisième partie ne verra jamais le jour. Enfin Chateaubriand renonce à donner à sa conclusion la dimension prévue ; il se borne à écrire, en 1841, neuf ultimes chapitres qu'il rattache au dernier livre. Face au « tremblement du temps », il abrège donc son *nunc dimittis*, non sans prendre un ton prophétique pour affirmer une espérance chrétienne qui pourra seule préserver le genre humain du retour à la barbarie.

Le manuscrit de 1845 donne toutefois à cette quatrième partie son extension maximale de onze livres, qui ne va pas tarder à être remise en cause. En effet, lors de la révision de 1846, Chateaubriand décide de supprimer une vingtaine de chapitres (à peu près la moitié du livre VII, la totalité du livre X), et de regrouper certains autres (dans les livres XXXIV, XXXIX, XL et XLI). Une relecture attentive le pousse à abréger des citations, à éliminer les redondances, à censurer les expressions de rancœur excessive ou de provocation inutile. Il me faut le répéter ici : ces corrections ne sont pas toutes attribuables à des pressions ou à des convenances séniles. Elles témoignent aussi de la distance prise en toute lucidité par un grand artiste qui a conscience de travailler pour la postérité (voir la notice du tome II, p. 21). À la suite de cette révision, il ne subsiste plus que neuf livres sur onze, numérotés de XXXIV à XLII dans la version définitive (copie de 1847 et manuscrit de 1848).

Écrite en marge des trois autres, cette partie des *Mémoires* les « recommence » à sa manière (il y est question de littérature, de politique et de voyages) ; mais elle ne les reflète pas toutes au même degré. En effet, pour des raisons conjoncturelles (de 1832 à 1833, la rédaction de la quatrième partie a encadré la révision de la première) aussi bien que structurelles (le repli de la fin sur le début, que double la position en miroir du couple jeunesse/vieillesse), c'est avec la première partie que ses relations sont les plus étroites. Élevés en premier lieu, les « pavillons des extrémités » ont conservé, dans la réalisation finale, leur éminente symétrie. Entre ces groupes de livres, les échanges se sont multipliés, rendus plus visibles encore dans le manuscrit de 1845 par une organisation interne (la division en « carrières ») qui avait pour conséquence de briser davantage la linéarité du texte. Parler de parallélisme global ne suppose pas, bien entendu, qu'il ne se réalise que dans la duplication ; il implique aussi toutes les formes de variations. Prenons par exemple le chapitre 1 du livre XXXVI, daté du « 9 mai 1833 » : jusqu'en 1834, il introduisait à la quatrième partie. Chateaubriand y évoque cette infirmerie Marie-Thérèse où il a vécu de 1826 à 1838. Par sa solitude champêtre, le lieu rappelle la « maison de jardinier » de la Vallée-aux-Loups, telle qu'elle figure dans le prologue du livre I, daté du 4 octobre 1811 mais en réalité rédigé à Genève en octobre 1832. Toutefois, la symétrie voulue de cette double ouverture ne saurait masquer de sensibles différences. Le narrateur ne se trouve plus au milieu des « beaux adolescents » du début de sa carrière littéraire, qu'il espérait voir grandir au même rythme que sa propre gloire. À propos de son asile de 1833, il avoue au contraire : « Ces arbres, je ne les ai pas choisis [...] ; ils croissent chaque jour du jour que je décrois. » De même, si Chateaubriand avait entrepris, à la Vallée-aux-Loups, de rédiger ses *Mémoires* dans une joyeuse exaltation, il les continue sans ardeur, sans foi ni courage : « J'ai pris la plume pour écrire : sur quoi et à propos de quoi ? Je l'ignore » (p. 200). Le prologue du livre I avait présenté son « entrée en écriture » comme un sacre ; ce chapitre ne la représente plus que comme une vaine manie sénile : « La méchante habitude du papier et de l'encre, fait qu'on ne se peut empêcher de griffonner. J'ai pris la plume, ignorant ce que j'allais écrire, et j'ai barbouillé cette description » (p. 210). Description ironique, mais aussi poignante, qui offre, non sans une amère délectation, le dernier avatar du déshérité de Combourg : un vieil écrivain esseulé qui termine sa vie dans un hôpital, voisin des *Enfants trouvés*.

Malgré cela, la dernière partie des *Mémoires d'outre-tombe* se donne pour une expérience explicite de *retour* : du présent vers le passé, aussi bien que du passé dans le présent. Ainsi se programme dans le texte, une sorte de circularité profonde : « Retourné à mes instincts primitifs, je redeviens libre et voyageur ; j'achève ma course comme je la commençai. Le cercle de mes jours qui se ferme me ramène au point du départ » (XXXIV, 1 ; *infra*, p. 31). Sans doute est-ce le lot du vieillard que de « retomber en enfance ». Le propre de Chateaubriand est de fonder sur ce lieu commun de toute existence une esthétique approfondie du discours sur soi, qu'il formule avec netteté dans la Préface testamentaire de 1832-1833 : « Les divers sentiments de mes âges divers, ma jeunesse pénétrant dans ma vieillesse, la gravité de mes années d'expérience attristant mes années légères ; les rayons de mon soleil, depuis son aurore jusqu'à son couchant, se croisant et se confondant comme les reflets épars de mon existence, donnent une sorte d'unité indéfinissable à mon travail : mon berceau a de ma tombe, ma tombe a de mon berceau ; mes souffrances deviennent des plaisirs, mes plaisirs des douleurs, et l'on ne sait si ces *Mémoires* sont l'ouvrage d'une tête brune ou chenue. » Ce mélange des âges et des tons, qui associe les deux extrémités de la vie, caractérise cette quatrième partie, qui se présente ainsi comme une sorte de miroir éclaté de la première, comme un espace textuel qui résonne de multiples échos.

Au lendemain des journées de Juillet, après avoir prononcé son dernier discours à la Chambre des pairs, Chateaubriand est emporté par une ivresse de démissions, qui commence par un rite vestimentaire (XXXIII, 7) : « Je descendis de la tribune ; je sortis de la salle, je me rendis au vestiaire, je mis bas mon habit de pair, mon épée, mon chapeau à plumet (...). Mon domestique emporta la défroque de la pairie, et j'abandonnai, en secouant la poussière de mes pieds, ce palais des trahisons, où je ne rentrerai de ma vie. (...) Je restai nu comme un petit saint Jean ». À la fin de la troisième partie, cette image de nouveau-né en rappelle de plus anciennes ; en particulier celles qui, au début et à la fin de la première, avaient suggéré une double naissance ; la venue au monde du narrateur au milieu de la tempête, à Saint-Malo ; puis son abordage, à Calais, sur le rivage de la France du XIXᵉ siècle. Cette fois encore, le corps nu du naufragé symbolique désigne une nouvelle naissance : on

abandonne une vieille « défroque » pour recevoir un nouveau
baptême (voir p. 45) : « Encore un autre avenir ! encore recommencer une vie ! quand je croyais avoir fini ! » Mis en disponibilité, à 62 ans, par une Histoire qui retombe dans la médiocrité,
Chateaubriand renoue avec ses origines : expérience du malheur, mais aussi de la liberté, qui va déboucher sur une renaissance de toutes ses facultés, laquelle va conduire à une nouvelle
carrière littéraire. De Marie-Jeanne Durry à Maurice Levaillant,
tous les critiques ont souligné le renouveau énergétique qui,
dans son écriture comme dans son désir, soulève le Chateaubriand de la décennie 1830-1840. Peut-être est-ce parce qu'il
est ainsi amené à reprendre le dialogue avec son plus lointain
passé, qu'il va pouvoir, après un long silence littéraire, se
remettre soudain au diapason des forces vives du romantisme.

Le renouvellement du vocabulaire

Cette métamorphose se manifeste avec éclat sur le plan sty-
listique. La quatrième partie, comme la première après sa révision, révèle une libération du regard, qui va de pair avec une
libération de la parole. Le narrateur épouse de moins en moins
la linéarité primitive de son récit, pour enrichir sans cesse le
thème principal de multiples harmoniques. Cette intention
musicale apparaît avec profusion dans le domaine lexical. Chateaubriand ne se contente plus de la simplicité attique des
Mémoires de ma vie : sa langue explose littéralement. Il
convoque tous les registres, du plus noble au plus familier, du
plus poétique au plus technique ; il mélange à plaisir les
archaïsmes, les provincialismes, les néologismes même. Il en
résulte un extraordinaire chatoiement verbal, où se reconnaît la
double influence des anciens poètes (de Marot à La Fontaine)
mais aussi des mémorialistes français (de Montaigne à Saint-
Simon). La spécificité de ce vocabulaire reste à étudier. Au
moins pouvons-nous constater que bon nombre de ces mots
rares se retrouvent à la fois dans la première et dans la quatrième partie (mais pas ailleurs).

La richesse lexicale de la quatrième partie ne se limite certes
pas à ces récurrences. Elles ne sont qu'un aspect de la pittoresque variété du vocabulaire des *Mémoires d'outre-tombe*. On
a parfois reproché à Chateaubriand de rechercher dans ce
domaine une artificialité presque décadente. Mais, le mémorialiste récuse cette accusation ; il revendique au contraire cette
utilisation raffinée de la couleur lexicale (au sens où il est pos-

sible de parler de « palette orchestrale ») comme une donnée naturelle de son style : « Par un bizarre assemblage, deux hommes sont en moi, l'homme de jadis et l'homme de maintenant : il est arrivé que la langue française ancienne et la langue française moderne m'étaient naturelles : une des deux venant à me manquer, une partie du signe de mes idées me manquait ; j'ai donc créé quelques mots, j'en ai rajeuni quelques autres ; mais je n'ai rien affecté ; et j'ai eu soin de n'employer que l'expression spontanément survenue. » Voilà qui révèle une conscience très claire de son objectif. Le caractère composite du vocabulaire des *Mémoires* ne ferait en somme qu'exprimer une situation historique emblématique. Nature, certes, mais nature hybride, de celui qui se pose en médiateur des incompatibilités ou des contradictions. Chateaubriand ne cherche pas à mettre, comme Victor Hugo, le bonnet rouge au dictionnaire, mais à réunir dans un même espace littéraire *tous* les dictionnaires. Cette pratique du lexique est inséparable de sa technique très particulière de la citation : elle vise aussi à transposer sur le plan textuel des antinomies symboliques, comme celle qui associe dans un même espace « romanesque » un Armand Carrel à la duchesse de Berry. Véritable fête des mots, les *Mémoires d'outre-tombe* ne témoignent pas seulement de réelles capacités ludiques, mais aussi de la volonté de créer, au-delà du temps de la performance actuelle, une sorte de « musée imaginaire » du langage, où se feraient écho le plus de textes possible.

La répétition imaginaire

Nous avons vu que la quatrième partie prenait pour ainsi dire sa source dans une *renaturation* du narrateur. En rendant à Chateaubriand la libre disposition de lui-même, la monarchie de Juillet le restitue du même coup « à (sa) propre nature » (p. 161), c'est-à-dire à ses plus durables songes. S'il va, de 1831 à 1833, redevenir voyageur, c'est en effet pour des raisons politiques. Comme celle de 1789, la révolution de 1830 a pour conséquence de le rendre étranger dans son propre pays ; prétexte à retrouver, sous une forme identique, les aléas de la vie nomade. Dès 1831, Chateaubriand se prépare bien à une nouvelle émigration. Lui et sa femme songent alors à une expatriation définitive, en Suisse pour commencer, puis à Rome. Mais la vie de voyage a des séductions qui prirent assez tôt le pas sur les premières angoisses du réfugié. Loin de Paris, le nouvel émigré ne fut pas sans éprouver une sensation aussi neuve qu'agréable de disponibilité : « Depuis longtemps je ne m'étais trouvé seul et libre », écrit-il p. 153, au milieu des orages alpins. Cette solitude et cette liberté lui font penser à sa jeunesse. Son euphorie grandira encore en 1833, lorsque, bien pourvu du nécessaire pour une mission sans enjeu grave, il monte dans une voiture ayant appartenu au prince de Talleyrand pour se lancer, comme un jeune homme, sur les chemins du monde, au service de sa Dame.

Certes, il ne découvre pas la Suisse. Il avait déjà passé, en 1826, quelques semaines à Lausanne. Mais ce séjour, imposé par la santé de sa femme, ne lui avait inspiré, dans la troisième partie, qu'un mince chapitre (XXVIII, 10). Au contraire, dans les livres XXXIV et XXXV, il raconte en détail les pérégrinations qui le conduisirent, en 1831, puis 1832, jusqu'au lac des Quatre-Cantons. Il rencontre cette fois la Suisse légendaire, déjà constituée en mythe romantique (rappelons que le *Guillaume Tell* de Rossini date de 1829). Sous une apparente désinvolture, Chateaubriand ne manque pas de rendre hommage à un pays qui représente alors, entre le « sergent de ville » français et le « caporal-schlagen » autrichien, un réel espace de liberté en Europe. La patrie de Guillaume Tell accueille le vieil exilé de 1831, comme celle de Washington avait reçu le jeune explorateur de 1791. Peut-être est-ce parce que ce « peuple de bergers » a conservé sa « rude indépendance » (p. 151) qu'il ravive chez le vieillard de si vifs souvenirs de son voyage en Amérique. Nous ne sommes pas vraiment surpris que la chute du Rhin à Schaffouse lui rappelle la cataracte de Niagara (p. 221) ; tandis qu'un peu plus loin des exploitations forestières ne sont pas sans ressemblance avec les défrichements américains. Même les rives du lac de Lugano paraissent répéter les verdoyantes îles des Açores. Réminiscences analogues à Venise : le soleil qui se couche sur le Grand Canal nous emporte vers les « savanes floridiennes », tandis qu'à Murano, la simple mention des manufactures de verre dirige la rêverie vers la perle de Mila, ou vers les glaces de Combourg.

Nous touchons là au cœur de la « chambre obscure » où la mémoire retrouve ses images les plus intimes. Car c'est vers son enfance qu'une irrésistible pulsion de son imagination entraîne le plus volontiers le Chateaubriand de cette époque, comme s'il obéissait obscurément, alors que vacille sa position sociale, à un besoin de ressourcement. Sans doute est-ce à satisfaire ce désir que vise déjà la révision de la première partie. Ce travail se prolonge dans la quatrième sous forme de rappels

thématiques tissés en un fin réseau. À Venise, par exemple, la
joyeuse animation de la marine, le beurre frais du petit déjeuner
sur le quai des Esclavons, le nom même des Vénètes finissent
par reconstituer un paysage mental qui évoque aussitôt la Bretagne. Ailleurs, dans un lieu inconnu, une modeste rivière, un
pré où sèche une lessive, le penchant de collines boisées sont
associés par la mémoire au « joli village de Plancoët », tandis
que ressuscite le souvenir des aïeules disparues. Mais c'est vers
Combourg, et vers le pays natal qu'une rêverie persistante porte
sans cesse Chateaubriand. Ce paysage emblématique, auquel il
a donné dans la première partie sa forme définitive, se recompose soudain, dans la quatrième, à partir des incitations les plus
diverses. À Bischofsheim, par exemple, c'est une hirondelle
qui, perchée sur sa fenêtre, rappelle au voyageur les vieilles
histoires. Malgré son caractère un peu fabriqué, ce pastiche
alexandrin (p. 349-350) ne traduit pas moins le désir de retrouver le chemin du passé. Parfois, au contraire, ce sont de
brusques réminiscences involontaires : le paysage perdu se
recompose dans sa totalité à partir de quelques éléments surgis
au hasard. À travers les signes isolés qu'elle enregistre ainsi, la
conscience du narrateur cherche à capter des messages venus
de plus loin que les apparences actuelles.

« Tandis qu'on apprêtait le souper, je suis monté au rocher
qui domine une partie du village. Sur ce rocher s'allonge un
beffroi carré ; des martinets criaient en rasant le toit et les faces
du donjon. Depuis mon enfance à Combourg cette scène
composée de quelques oiseaux et d'une vieille tour, ne s'était
pas reproduite ; j'en eus le cœur tout serré » (p. 343).

« Le 25 à la nuit tombante, j'entrai dans des bois. Des corneilles criaient en l'air ; leurs épaisses volées tournoyaient au-
dessus des arbres dont elles se préparaient à couronner la cime.
Voilà que je retournai à ma première jeunesse ; je revis les
corneilles du mail de Combourg ; je crus reprendre ma vie de
famille dans le vieux château : ô souvenirs, vous traversez le
cœur comme un glaive ! » (p. 488).

Cette fixation sur Combourg ne va du reste pas sans ambiva-
lence, dans la quatrième partie comme dans la première. Le
château paternel a beau incarner le siège du bonheur perdu, il
conserve aussi dans la mémoire ce « visage de pierre » que le
texte du livre III associe à des images de mort ou de tombeau,
et qu'il représente ensuite comme un lieu vide, un espace à
jamais déserté, privé désormais de toute signification. Dans
René, puis à la fin de ce même livre III de la première partie,
Chateaubriand avait raconté sa dernière visite à la vieille

demeure familiale. On perçoit un écho de cette visite, transposée dans la quatrième partie, à propos de Coppet (p. 182) : « J'ai erré dans les appartements déserts (...). Je me rappelais aussi ce que j'ai dit, dans ces *Mémoires*, de ma dernière visite à Combourg. » Dans cette perspective, c'est peut-être entre la forteresse bretonne et le Hradschin de Prague que le parallèle est le plus saisissant. Il comporterait de multiples aspects, centrés sur une mise en scène analogue de la figure du Roi-Père détrôné, qui incarne encore la majesté archaïque des interdits, sans pouvoir lui donner une efficience réelle, parce qu'il est désormais voué à une existence fantomatique, plus lamentable que terrible. Dans son exil de Bohême, la famille royale recompose une dernière fois la famille aristocratique. Face au couple parental (le roi Charles X et sa nièce, fille de Louis XVI, à qui Chateaubriand donne le titre de reine), le même couple enfantin (une sœur et son plus jeune frère) qu'à Combourg. Du reste, le même rituel enténébré pour régler leur médiocre existence. Les soirées de Prague ne laissent pas seulement la même impression que les soirées de Combourg ; elles délivrent aussi le même message : le spectacle du corps exsangue de la Légitimité patriarcale signifie qu'il ne faut plus compter sur les antiques sources de la vie ou du sens.

Contre la hantise de ce tarissement général des énergies vitales dans le corps social, ressenti comme une menace pour son intégrité personnelle, le mémorialiste sexagénaire ne manque pas une occasion de réaffirmer, malgré défis ou démentis, son propre désir de vivre. Rappelons à ce propos les circonstances qui relancèrent, à partir de 1832, le processus de rédaction des *Mémoires d'outre-tombe*, première et quatrième parties confondues. Après avoir ébauché sa Préface testamentaire, Chateaubriand avait quitté Paris le 8 août, sans sa femme (qui devait le rejoindre plus tard), sous prétexte de leur dénicher en Suisse un lieu de retraite convenable. En réalité, c'est un homme à peine sorti des bras de la capiteuse Hortense Allart qui traverse les Alpes helvétiques, en proie à toutes les folies du désir. Replongé dans ses songes les plus intimes, il retrouve sur son chemin, au milieu des montagnes et des lacs, la figure obsédante de sa « Sylphide », c'est-à-dire cette brûlante image de la féminité qui avait enfiévré son adolescence solitaire. Tous les fantômes de sa jeunesse vinrent donc à sa rencontre au cours de ces vacances de 1832, avant de se résorber sur le visage bien réel, mais alcyonien (il avait 64 ans, elle en avait 55) de Juliette Récamier, à laquelle il avait fixé rendez-vous dans une auberge de Constance.

Maurice Levaillant a très bien analysé le rôle de cette crise dans la reprise des *Mémoires* : retour à la violence anarchique du désir juvénile, suivi par une sublimation aussi bien affective qu'esthétique. Chateaubriand avait tenu un journal de ses courses vagabondes ; mais au terme de son voyage, il le consacra, le 28 août, à sa Béatrice : « Nous avons fait une ravissante promenade sur le lac », écrivit-elle le lendemain à Ampère. « Il me lisait le dernier livre de ses *Mémoires* qu'il a écrit sur les chemins, et qui est admirable de talent et de jeunesse d'imagination. » Ces pages deviendront, après remaniement, les chapitres 11 à 15 du livre XXXV, qui se trouvent être de ce fait à peu près contemporains de la version définitive des chapitres de la première partie sur le « mystère de ma vie » (III, 7-12). Aussi voit-on régner, sur les uns comme sur les autres, celle que Baudelaire appelle « la souveraine des rêves ». La séduction de cette charmeresse colore du reste presque toute la quatrième partie. Au fil des rencontres, au gré des situations, le mémorialiste imagine de « superbes histoires », ou élabore des scénarios qui reproduisent les délires exaltés de sa dix-septième année. C'est ainsi qu'un « horoscope » tiré pour une « adolescente vendangeuse » (p. 344) se moule très précisément sur les voyages imaginaires accomplis à Combourg en compagnie de son idole multiforme (t. I, p. 281 et 285). Comme le reconnaît le narrateur fantaisiste, par nature disponible pour toutes les aventures, « matière de songes est partout ».

La forme libre du journal de voyage favorise la soudaine éclosion de figures de femmes, entraperçues au détour du chemin, anonymes prétextes à la rêverie romanesque ou érotique. Chateaubriand scrute ces visages avec une passion de voyeur, comme s'ils avaient tous un secret à révéler. Mais lorsque le noble ambassadeur joue son propre rôle, il est obligé de se borner à un badinage sans illusion, pour des scènes un peu trop codées sur le thème du vieillard et de la jeune fille. Car si la *pescatrice* qui va ramasser des crabes (p. 631) est la sœur de la marinière de Saint-Pierre qui, au livre VI de la première partie, va cueillir du thé (t. I, p. 449), ces jeunes filles ont aussi leur Guillaumy : « Bientôt arriva une porteuse d'eau, que j'avais déjà rencontrée à la citerne du palais ducal : elle était brune, vive, gaie ; elle avait sur sa tête un chapeau d'homme, mis en arrière, et sous ce chapeau un bouquet de fleurs qui tombait sur son front avec ses cheveux. Sa main droite s'appuyait à l'épaule d'un grand jeune homme avec lequel elle riait ; elle semblait lui dire à la face de Dieu et à la barbe du genre humain : "Je t'aime à la folie" » (p. 632).

En effet, chacun de ces corps épanouis renvoie malheureusement Chateaubriand à sa frustration de vieil homme. Il éprouve encore du désir sans pouvoir plus prétendre en inspirer : « Inutilement je vieillis ; je rêve encore mille chimères » ; la plainte émouvante de la « Rêverie au Lido » est inscrite en filigrane de toute la quatrième partie. La pulsation de ce désir inassouvi accuse bien entendu le sentiment de son exil intérieur. C'est néanmoins avec une douloureuse insistance que Chateaubriand se laisse fasciner par les images désormais interdites du bonheur ordinaire ; avec une rage impuissante qu'il se laisse aller à lorgner les couples enlacés qu'il aperçoit sous les arbres de son boulevard. En somme, la « sylphide » ne se *réalise* plus que chez autrui, c'est-à-dire comme absence ou refus. Il ne reste plus qu'à consentir à un effacement autour de soi des objets du désir pour les réinscrire dans le texte. Après une ultime réapparition sous les orages du Saint-Gothard, la Sylphide se métamorphose pour faire place à Cynthie. Ce rêve incantatoire constitue dans la quatrième partie le pendant de la curieuse histoire des Floridiennes dans la première (livre VIII). Les exotiques cousines avaient beau être, comme les courtisanes de Venise, des « filles peintes », elles incarnaient tout de même, dans leur immédiateté fictive, une certaine plénitude heureuse du désir comblé. En revanche Cynthie ne reproduit plus que dans un espace littéraire le songe enchanté qui lui est propre. Comme si, au parcours simple qui mène de Combourg à Bungay, de la Sylphide à Charlotte Ives, la quatrième partie voulait opposer une ligne brisée : tandis que Chateaubriand laisse la petite monnaie du bonheur se disperser en expériences douloureuses, mais sans importance, il réinstaure une image idéale de ce bonheur au ciel fixe de la littérature.

Le théâtre de la dérision

Un processus de déréalisation un peu différent affecte la dimension historico-politique du récit, par ailleurs si importante. On dirait que, dans la France révolutionnée, se représente indéfiniment la même pièce, qui finit par ne plus intéresser personne : « Dans ce pays fatigué, les plus grands événements ne sont plus que des drames joués pour notre divertissement : ils occupent le spectateur tant que la toile est levée, et, lorsque le rideau tombe, ils ne laissent qu'un vain souvenir » (XXXIII, 8). Cette impuissance à inscrire dans la société réelle une action continue, durable, décisive, désigne pour Chateaubriand la fatalité même qui pèse sur sa génération : cette « génération qui portait en elle un esprit abondant, des connaissances acquises, des germes de succès de toutes les sortes, les a étouffés dans une inquiétude aussi improductive que sa superbe est stérile » (p. 578/XLII, 11). C'est une génération perdue, qu'une sorte de malédiction a frappée, la condamnant à être broyée par une Histoire qu'elle a ébranlée pour longtemps, mais qui lui a échappé pour passer dans les mains de médiocres épigones. Sans doute ne faut-il pas sans nuances considérer Chateaubriand comme un « prophète du passé », qui ne saurait proclamer que la décadence irrémédiable des européens. Sa « conclusion générale » annonce un avenir pour le genre humain ; mais la résurrection et la renaissance espérées sont si lointaines qu'on a peine à les concevoir avec précision. Le monde présent se caractérise par une déperdition provisoire de toutes les énergies, par une « impuissance de conviction et d'existence », qu'en termes biologiques on pourrait qualifier de dégénérescence. Chateaubriand a conscience de vivre une époque indécise, analogue à ces années sombres qui, après la destruction de Rome, virent peu à peu grandir les germes du renouveau chrétien au milieu des royaumes barbares. Mais la monarchie de Juillet demeure à ses yeux un interrègne, qui se contente de répéter sur le mode caricatural les événements et les hommes de la Grande Révolution. Car en passant de 1789 à 1830, on est passé du monde héroïque à un univers de la mascarade. Cette confrontation des gloires anciennes avec les « avortons de Juillet » est un des leitmotive de la quatrième partie, reprenant ainsi sur un mode inversé les fresques épiques ou les burins tragiques de la première.

Ainsi 1830 recommence bien 1789, mais c'est une médiocre reprise, une dérisoire imitation de la première mise en scène, par des acteurs qui ont travesti le texte authentique. Vingt-cinq ans de gloire ont sombré dans le désastre de Waterloo. Malgré ses mérites, la Restauration a borné son ambition à « donner (...) des représentations théâtrales des anciens jours » (t. I, p. 754). Mais depuis le « soleil de Juillet », la France « régénérée » a mis en œuvre une « terreur de comptoir et de police ». À chacun sa Révolution : certains ont eu Napoléon ; certains doivent se contenter de *Philippe* !

Ainsi, les portraits sarcastiques du livre XLII donnent la réplique, sous forme de caricatures grinçantes, à ces chapitres de la première partie qui sont consacrés à Mirabeau, Danton ou Bonaparte. Dans le rôle de pseudo-conspirateur qui lui est alors dévolu, Chateaubriand a pu vérifier lui-même la différence de niveau. Ne lui fallut-il pas attendre 64 ans pour expérimenter les geôles publiques, lors de son bref emprisonnement à la Préfecture de Police (juin 1832) ? Malgré la rage qu'il éprouve à la suite de cette humiliation (me faire ça, à moi !), il sait bien qu'il ne risque pas grand-chose, que la Terreur est finie. Il accepte avec philosophie ce scénario inattendu (au moins j'aurai tout connu dans ma vie). Seule Mme de Chateaubriand qui « avait passé treize mois sous la Terreur, dans les prisons de Rennes (...) eut une violente attaque de nerfs ». Si donc son éphémère détention ne fut qu'une « courte épreuve », le récit détaché qu'il en donne (XXXV, 4-7) implique *a contrario* une référence ironique à la légende noire de la Conciergerie. À chaque régime ses moyens de répression. Même si on y enferme des républicains, les prisons du roi-citoyen ne mènent plus à la guillotine. Du Sabbat cauchemardesque du Club des cordeliers ne subsiste plus qu'un ballet des mouchards, que le mémorialiste règle avec une férocité gouailleuse, comme une sorte de Nuit de Walpurgis du pauvre. En réalité, la monarchie ventrue est incapable de grandeur, même dans le crime. Pour se hausser jusqu'à la splendeur horrible de la Terreur, il faudra, dans la quatrième partie, un phénomène à sa mesure : le véritable fléau naturel qu'est le choléra.

Mais le mémorialiste ne cherche pas davantage à idéaliser son propre camp. Le « Théâtre de la Légitimité » ne constitue pas une troupe de meilleur aloi, même si le narrateur a un rôle dans la pièce. La peinture du milieu royaliste oscille entre le registre noble (tragique ou pathétique), la distance narquoise ou le burlesque caractérisé. Lorsqu'il avait raconté, dans la première partie, la campagne de 1792 faire du côté des émigrés, Chateaubriand avait accentué le caractère de contre-épopée de son récit. C'est de la même façon qu'il souligne, dans la quatrième, les aspects dérisoires de la rocambolesque aventure de la duchesse de Berry, qu'il transforme en opéra-bouffe ou en pastiche des romans de chevalerie (avec une veuve et un orphelin à défendre), au risque de tomber soudain dans le vaudeville. Le récit de leur rencontre à Ferrare traduit un sentiment de totale irréalité, que renforce encore la référence finale au carnaval de *Candide*. Cette théâtralisation ludique demeure assez gaie. Dans le cercle des fidèles de Charles X, à Prague, au contraire, la mesquinerie des rites, la futilité pesante des personnages, la présence étouffante de la mort, composent une scène lugubre. Ces discordances de ton affleurent dans toute la quatrième partie. Elles accompagnent la métamorphose picaresque du récit, qui paraît traduire à son tour la difficulté qu'il y a

désormais à penser de façon claire ou unitaire une Histoire qui
se détraque, au moins pour les vaincus ; leur incapacité à croire
encore à la réalité des enjeux. Cette théâtralisation du récit selon
une esthétique du mélange des genres a pour objectif de déréali-
ser les événements, de ne plus poser qu'une Histoire en miettes,
dans une atmosphère de fin de partie [1].

Le récit décomposé

Les aléas de la vie de voyage occupent une large place dans
la dernière partie des *Mémoires d'outre-tombe*. C'est à leur
rythme inégal que Chateaubriand adapte celui de son « histoire
en calèche ». Il utilise pour cela une grande diversité de techniques narratives ; journal, lettre, citation, etc. Leur juxtaposi-
tion offre des ressources infinies. Il en résulte que, par une
espèce de paradoxe, du moins en apparence, son écriture se
diversifie, se miniaturise, au moment même où la rédaction des
Mémoires se réaccorde à la dimension épique prévue par la
Préface testamentaire. Ce que le mémorialiste conçoit, en effet,
comme « une épopée de (son) temps », c'est précisément une
forme assez libre pour composer une sorte de miroir du monde.
Mais si les *Mémoires d'outre-tombe* peuvent apparaître comme
une très riche anthologie de formes narratives, la répartition de
celles-ci présente des caractères propres en fonction des différentes sections du texte. Dans ce domaine, la quatrième partie
adopte des solutions inverses de la première. En effet, dans la
première partie, la forme englobante du récit rétrospectif
continu prédomine, malgré la révision de 1832 qui a quelque
peu étoffé ce que cette linéarité pouvait avoir de trop grêle. Elle
se disloque au contraire dans la quatrième, pour faire place à
des formes plus directes mais aussi plus discontinues : comme
si, à une Histoire ou à une existence de plus en plus problémati-
ques, ne pouvait correspondre qu'une décomposition du récit,
un émiettement à travers des « pages décousues, jetées pêle-
mêle sur ma table et emportées par le vent ». C'est donc une
écriture provisoire, du fragment, du suspens, qui caractérise
cette partie : « Dans ces incertitudes et ces mouvements, jusqu'à
ce que je sois établi quelque part, il me sera impossible de
reprendre la suite de mes *Mémoires* (...). Je continuerai donc

---

1. Voir Jean-Claude Berchet, « Chateaubriand et le théâtre du monde », dans *Chateaubriand mémorialiste*, (...) Genève, Droz, 2000,
p. 307-320.

d'écrire les choses du moment actuel de ma vie ; je ferai connaître ces choses par les lettres qu'il m'arrivera d'écrire sur les chemins ou pendant mes divers séjours ; je lierai les faits intermédiaires par un *journal* qui remplira les temps laissés entre les dates de ces lettres » (XXXIV, 5).

Ainsi se programme une écriture au jour le jour, épistolaire ou diaristique, entremêlée de citations plus ou moins longues, qui donne lieu parfois à des montages complexes : le livre XXXIV présente un cas exemplaire de ce récit brisé, presque documentaire, avec la multiplication des instances narratives et des prises de parole. Il en résulte parfois une actualisation soudaine des événements, analogue à la technique du gros plan cinématographique. Car si Chateaubriand a conscience des inconvénients, pour un autobiographe-historien, de la forme diaristique, il en souligne aussi les avantages : « On y trouve des discussions animées sur des sujets devenus indifférents. Le lecteur voit passer comme des Ombres, une foule de personnages dont il ne retient pas même le nom ; figurants muets qui remplissent le fond de la scène. Toutefois c'est dans ces parties arides des chroniques que l'on recueille les observations et les faits de l'histoire de l'homme et des hommes » (XXXIV, 11). Il en résulte plus souvent une écriture touristique qui pille sans vergogne des guides ou des notices appropriés (comme les *Voyages historiques et littéraires* de Valéry, ou la notice du docteur Carro sur Carlsbad). La massive insertion dans le récit de cette nomenclature hétéroclite contribue à le métamorphoser : il ressemble de plus en plus à une visite de musée ; espèce de parcours erratique dans une Histoire en ruines, mais où tous les vestiges seraient réunis dans un *lieu* unique. Mais c'est aussi une écriture en vacances qui, en attente de la mort, a loisir de se donner du bon temps. La fantaisie primesautière de la narration épouse alors celle de la rêverie ambulatoire, que le hasard des rencontres fixe un instant sur un paysage ou un visage entrevus. Chateaubriand excelle dans la notation de ces impressions fugitives, aussi attentif à une « garçonnette » à « cheveux blonds » qu'à une « troupe de chiens errants », avant de conclure avec bonhomie : « Lecteurs, supportez ces arabesques (...). Souvenez-vous, quand vous les verrez, qu'ils ne sont que les capricieux enroulements tracés par un peintre à la voûte de son tombeau » (XXXVIII, 10). Heine, Gautier ou Nerval sauront exploiter un peu plus tard les inépuisables richesses de la digression humoristique ; mais Chateaubriand les a précédés (après Sterne, il est vrai) dans cette quatrième partie. Des malicieuses volutes de cette écriture en liberté peuvent surgir, au détour du paragraphe, des images presque surréalistes : c'est, à propos des ruines de Corinthe, celle de la chevelure noyée (p. 325), empruntée à Lamennais ; c'est, dans le parc de Fervacques, la brusque apparition de la mystérieuse truie blanche (p. 245). Du reste, Corinthe est une incidence sur Carlsbad, Fervacques évoqué à propos de royalisme, etc. Parfois, au contraire, ce sont des séquences plus longues, dans lesquelles le mémorialiste aime à pasticher le lyrisme léger de la poésie alexandrine : invocation à la lune, dialogue avec une hirondelle, etc. Ce sont même, parfois, de véritables poèmes en prose, comme cette « Cynthie » où se concentre une écriture onirique, diamantée, magique. La discontinuité narrative tourne alors au profit de la poésie du texte : le récit ne vole en éclats que pour scintiller davantage.

Le musée imaginaire

On résistera néanmoins à la tentation de faire de Chateaubriand un précurseur de la *déconstruction* systématique. Certes, dans la conclusion des *Mémoires*, il prophétise la mort du sujet, comme la mort des langues, c'est-à-dire la disparition de toute littérature, qui lui semble la conséquence inéluctable de la civilisation des machines et des masses. Mais il repousse cette vision avec horreur. Il ne sera pas seulement « le dernier sujet du dernier roi » : il sera aussi le dernier *sujet* à encore dire JE. Il ne cesse en effet de réaffirmer sa conviction que, dans les temps de crise, il importe encore plus de préserver ce que chaque être a de plus personnel et de plus intime. La vérité humaine ne réside pas ailleurs : « Chaque homme renferme en soi un monde à part, étranger aux lois et aux destinées générales des siècles » (XV, 6). Vivre dans son siècle ; vivre aussi ailleurs : ce dualisme est consubstantiel au Christianisme, qui associe toujours, selon des proportions variables, Histoire et Éternité. Il est vrai que Chateaubriand se détache peu à peu de son époque à mesure qu'il vieillit. Il exprime de plus en plus son aversion, ou même son mépris pour une actualité qui le repousse. Mais à plus long terme, il ne voit pas sans appréhension arriver le règne de la collectivisation et de la mécanisation de notre espèce, qui prendrait les apparences de la démocratie intégrale. Dans un chapitre nuancé de sa Conclusion, il exprime sur ce point ses réserves envers les thèses de Tocqueville. Loin de constituer une limite, le moi individuel lui paraît porter en lui-même sa propre *immensité* (p. 586).

Cette conviction tempère son hautain pessimisme, et justifie un autre acte de foi. Au milieu de la nuit encore obscure du présent, le mémorialiste ne se contente pas de scruter « une aurore dont (il ne verra pas) le soleil ». Il ne se borne pas à entrer, « le crucifix à la main », dans la communion des Saints. Il redit avec passion sa confiance dans le souverain pouvoir du génie ; c'est renvoyer avec force à une mythologie de la gloire, qui ne lui est du reste pas propre. Ce thème, que la quatrième partie amplifie, avait déjà été posé, en même temps, dans la première. Il faut en effet relire ensemble le livre XII de celle-ci et les livres XXXIX et XL de celle-là ; Shakespeare dans le premier cas, Le Tasse dans le second viennent rappeler (mais c'est aussi toute la leçon de Venise) que la dignité la plus éminente est celle des artistes supérieurs. Chateaubriand compare Shakespeare à Noé, qui recommence la création, Le Tasse au Christ qui la sauve. Tous sont des figures emblématiques du génie méprisé ou souffrant (le théâtre, la prison, la folie) qui affronte la mort avec la certitude de survivre dans la mémoire universelle. C'est dire que le tombeau qui se referme sur le narrateur, à la dernière ligne de son texte, est aussi la porte du Panthéon.

Ainsi, au peu de consistance historique du présent, la polyphonie textuelle apporte un correctif de première importance. En suscitant de multiples échos entre les parties, les livres ou les chapitres, elle impose une lecture simultanée ou « thématique » qui libère le lecteur des contraintes de la temporalité linéaire : elle le transporte au-delà du temps historique pour le faire pénétrer dans un univers symbolique. Elle crée donc dans les *Mémoires d'outre-tombe* un pur espace littéraire où, pour la première fois réunies *comme telles*, les « voix du silence » peuvent entamer un dialogue sans fin.

LIVRE TRENTE-QUATRIÈME

(1)

Infirmerie de Marie-Thérèse[1]
Paris, octobre 1830.

INTRODUCTION.

Au sortir du fracas des trois journées, je suis tout étonné d'ouvrir dans un calme profond la quatrième partie de cet ouvrage ; il me semble que j'ai doublé le cap des tempêtes[2], et pénétré dans une région de paix et de silence. Si j'étais mort le 7 août de cette année, les dernières paroles de mon discours à la Chambre des pairs eussent été les dernières lignes de mon histoire ; ma catastrophe étant celle même d'un passé de douze siècles aurait agrandi ma mémoire. Mon drame eût magnifiquement fini.

Mais je ne suis pas demeuré sous le coup, je n'ai pas

---

1. Voir livre XXXVI, chapitre 1. **2.** Formule devenue courante pour dire : triompher des difficultés, sortir des remous ou des agitations de la vie. Le nom de cap des Tempêtes, donné à la pointe du Cap par le navigateur Barthélemy Diaz en 1486, fut changé en celui de Bonne-Espérance par Vasco de Gama qui le doubla en 1497, avant de remonter vers les Indes.

été jeté à terre. Pierre de l'Estoile écrivait cette page de son journal le lendemain de l'assassinat de Henri IV :

« Et icy je finis avec la vie de mon roy (Henry IV) le deuxième registre de mes passe-temps mélancholiques et de mes vaines et curieuses recherches, tant publiques que particulières, interrompues souvent depuis un mois par les veilles des tristes et fascheuses nuicts que j'ai souffert, mesmement cette dernière, pour la mort de mon roy.

« Je m'estois proposé de clore mes éphémérides par ce registre ; mais tant d'occurrences nouvelles et curieuses se sont présentées par cette insigne mutation, que je passe à un autre qui ira aussi avant qu'il plaira à Dieu ; et me doute que ce ne sera pas bien long[1]. »

L'Estoile vit mourir le premier Bourbon ; je viens de voir tomber le dernier ; ne devrais-je pas *clore ici le registre de mes passe-temps mélancholiques et de mes vaines et curieuses recherches ?* Peut-être ; *mais tant d'occurrences nouvelles et curieuses se sont présentées par cette insigne mutation, que je passe à un autre registre.*

Comme l'Estoile, je lamente[2] les adversités de la race de saint Louis ; pourtant, je suis obligé de l'avouer, il se mêle à ma douleur un certain contentement intérieur ; je me le reproche, mais je ne m'en puis défendre : ce contentement est celui de l'esclavage dégagé de ses chaînes. Quand je quittai la carrière de soldat et de voyageur, je sentis de la tristesse ; j'éprouve maintenant de la joie, forçat libéré que je suis des galères du monde et de la cour. Fidèle à mes principes et à mes serments, je n'ai trahi ni la liberté ni le Roi ; je n'emporte ni richesses ni honneurs ; je m'en vais pauvre comme je suis

---

1. *Journal*, Petitot, 1re série, t. XLVIII (1825), p. 438 et 439.
2. Emploi transitif usuel au XVIe siècle (Huguet cite des exemples de Rabelais, Ronsard, Amyot, etc.), et qu'on rencontre encore chez Boileau : — soit, comme ici, dans le sens de *déplorer* : « Le chantre désolé, lamentant son malheur » (*Lutrin*, IV). — soit dans celui de *chanter sur un ton plaintif* : « Lamentant tristement une chanson bachique » (*Satire*, III). Cf. *infra*, p. 181 (XXXV, 20) : « la hulotte *lamentait* ».

venu. Heureux de terminer une carrière politique qui
m'était odieuse, je rentre avec amour dans le repos.

Bénie soyez-vous, ô ma native et chère indépendance,
âme de ma vie ! Venez, rapportez-moi mes *Mémoires*, cet
alter ego dont vous êtes la confidente, l'idole et la muse.
Les heures de loisir sont propres aux récits : naufragé, je
continuerai de raconter mon naufrage aux pêcheurs de la
rive. Retourné à mes instincts primitifs, je redeviens libre
et voyageur ; j'achève ma course comme je la commençai. Le cercle de mes jours, qui se ferme, me ramène au
point du départ. Sur la route, que j'ai jadis parcourue
conscrit insouciant, je vais cheminer vétéran expérimenté,
cartouche de congé[1] dans mon shako[2], chevrons du temps
sur le bras, havresac rempli d'années sur le dos. Qui sait ?
peut-être retrouverai-je d'étape en étape les rêveries de
ma jeunesse ? J'appellerai beaucoup de songes à mon
secours, pour me défendre contre cette horde de vérités
qui s'engendrent dans les vieux jours, comme des dragons
se cachent dans des ruines. Il ne tiendra qu'à moi de
renouer les deux bouts de mon existence, de confondre
des époques éloignées, de mêler des illusions d'âges
divers, puisque le prince que je rencontrai exilé en sortant
de mes foyers paternels[3], je le rencontre banni en me
rendant à ma dernière demeure.

---

1. Carte de démobilisation, timbrée au sceau du régiment, avec les
états de service du titulaire.   **2.** Le *shako* est une coiffure militaire
introduite, au XVIIIe siècle, sur le modèle hongrois, dans les régiments
de hussards (il ressemble alors à une sorte de gigantesque cylindre) ;
généralisé à partir de 1805 dans les troupes à pied, il a pris alors une
forme tronconique plus ramassée, et reçu une visière : c'est encore
aujourd'hui le couvre-chef de la Garde républicaine et des élèves de
Saint-Cyr. Les chevrons étaient des galons destinés à rappeler, sur les
manches des uniformes, le nombre des années passées sous les drapeaux.   **3.** Allusion à la venue du plus jeune frère de Louis XVI, en
compagnie du comte de Provence, au siège de Thionville en 1792 (voir
t. I, p. 593). Mais c'est à Saint-Malo en 1777 que Chateaubriand encore
enfant avait vu le prince pour la première fois (*ibidem*, p. 213).

(2)

PROCÈS DES MINISTRES. — SAINT-GERMAIN-L'AUXERROIS.
PILLAGE DE L'ARCHEVÊCHÉ.

Paris, avril 1831.

Je traçai rapidement, au mois d'octobre de l'année précédente, la petite introduction de cette partie de mes *Mémoires* ; mais je ne pus continuer ce travail parce que j'en avais un autre sur les bras ; il s'agissait de l'ouvrage qui terminait l'édition de mes *Œuvres complètes*[1]. De ce travail même j'ai été détourné, d'abord par le procès des ministres, ensuite par le sac de Saint-Germain-l'Auxerrois.

Le procès des ministres et l'émoi de Paris[2] ne m'ont pas fait grand-chose : après le procès de Louis XVI et les insurrections révolutionnaires, tout est petit en fait de jugement et d'insurrection. Les ministres, venant de Vincennes pendant qu'on prononçait leur sentence, s'acheminèrent par la rue d'Enfer. Du fond de ma retraite j'entendis le roulement de leur voiture. Que d'événements ont passé devant ma porte ! Les défenseurs de ces hommes[3] sont restés au-dessous de leur besogne. Personne ne prit la chose d'assez haut : l'avocat domina trop dans ces plaidoiries. Si mon ami le prince de Polignac m'eût choisi pour son second, de quel œil j'aurais regardé ces parjures s'érigeant en juges d'un parjure : « Quoi ! leur aurais-je dit, c'est vous qui osez être les juges de mon client ! c'est

---

1. Voir chapitre 4, note 1. **2.** Quatre des ministres qui avaient contre-signé les ordonnances du 25 juillet, Polignac, Peyronnet, Chantelauze et Guernon-Ranville, avaient été arrêtés, internés à Vincennes et, sous la pression de la rue, inculpés de haute trahison. Ils furent déférés devant la Chambre des pairs qui voulait leur éviter la peine capitale. Mais leur procès, qui se déroula au Luxembourg du 15 au 21 décembre 1830, donna lieu à de nombreuses manifestations hostiles. **3.** En particulier Martignac, défenseur du prince de Polignac, et le jeune avocat Sauzet.

vous qui, tout souillés de vos serments, osez lui faire un crime d'avoir perdu son maître en croyant le servir ; vous, les provocateurs ; vous qui le poussiez à rendre les ordonnances ! Changez de place avec celui que vous prétendez juger : d'accusé il devient accusateur. Si nous avons mérité d'être frappés, ce n'est pas par vous ; si nous sommes coupables, ce n'est pas envers vous, mais envers le peuple : il nous attend dans la cour de votre palais, et nous allons lui porter notre tête. »

Après le procès des ministres est venu le scandale de Saint-Germain-l'Auxerrois[1]. Les royalistes, pleins d'excellentes qualités, mais quelquefois bêtes et souvent taquins, ne calculant jamais la portée de leurs démarches, croyant toujours qu'ils rétabliraient la légitimité en affectant de porter une couleur à leur cravate ou une fleur à leur boutonnière, ont amené des scènes déplorables. Il était évident que le parti révolutionnaire profiterait du service à l'occasion de la mort du duc de Berry pour faire du train ; or, les légitimistes n'étaient pas assez forts pour s'y opposer, et le gouvernement n'était pas assez établi pour maintenir l'ordre ; aussi l'église a-t-elle été pillée. Un apothicaire voltairien et progressif[2] a triomphé intré-

---

1. Le début de la monarchie de Juillet se signala par la violence des manifestations anticléricales, que paraissaient encourager les pouvoirs publics : sur cette période, voir, en dernier lieu, Hugues de Changy, *Les Royalistes dans la tourmente, 1830-1832 ; le soulèvement de la duchesse de Berry*, Paris, Albatros, 1986, p. 82-95. Le lundi 14 février 1831, une messe anniversaire à la mémoire du duc de Berry avait été célébrée, avec une relative discrétion, à Saint-Germain-l'Auxerrois. Elle dégénéra en émeute, que la passivité de la Garde nationale ne contribua guère à calmer. Cette affaire semble avoir été montée de toutes pièces, avec tous les caractères de la provocation policière, pour faire croire à un complot légitimiste (voir Changy, p. 86-89). Quelques mois plus tard, on annonça la démolition de la vieille église sous le prétexte de percer une rue. Chateaubriand envoya une lettre indignée, datée « Genève, 11 juillet 1831 », à la *Revue de Paris* qui la publia dans son numéro du 16 juillet 1831 (voir *Récamier*, p. 361-365). **2.** Nous dirions aujourd'hui : un homme de progrès ! Cadet de Gassicourt (voir XXXII, 2, t. III, p. 467, note 1) fit abattre la croix fleurdelisée du clocher et inscrire au-dessus du porche : PROPRIÉTÉ NATIONALE. Ce regrettable acte de vandalisme avait pour objectif de calmer les émeutiers.

pidement d'un clocher de l'an 1300 et d'une croix déjà
abattue par d'autres Barbares vers la fin du neuvième
siècle.

Comme suite des hauts faits de cette pharmaceutique
éclairée, sont arrivées la dévastation de l'archevêché[1], la
profanation des choses saintes et les processions renouvelées de celles de Lyon. Il y manquait le bourreau et les
victimes ; mais il y avait force polichinelles, masques et
diverses joies du carnaval. Le cortège burlesquement
sacrilège marchait d'un côté de la Seine, tandis que de
l'autre défilait la garde nationale qui faisait semblant
d'accourir au secours. La rivière séparait l'ordre et l'anarchie. On assure qu'un homme de talent était là comme
curieux et qu'il disait, en voyant flotter les chasubles et
les livres sur la Seine : « Quel dommage qu'on n'y ait
pas jeté l'archevêque ! » Mot profond, car, en effet, un
archevêque qu'on noie doit être une chose plaisante ; cela
fait faire un si grand pas à la liberté et aux lumières !
Nous, vieux témoins des vieux faits, nous sommes obligés
de vous dire que vous n'apercevez là que de pâles et
misérables copies. Vous avez encore l'instinct révolutionnaire ; mais vous n'en avez plus l'énergie ; vous ne pouvez être criminels qu'en imagination ; vous voudriez faire
le mal, mais le courage vous manque au cœur et la force
au bras ; vous verriez encore massacrer, mais vous ne
mettriez plus la main à la besogne. Si vous voulez que la
révolution de Juillet soit grande et reste grande, que
M. Cadet de Gassicourt n'en soit pas le héros réel et
Mayeux[2] le personnage idéal.

---

1. Le lendemain 15 février 1831, jour de mardi gras, les désordres
prirent une allure de saturnales : pillage des églises de Paris et du palais
archiépiscopal, destruction de la croix de Notre-Dame, etc. (voir Louis
Blanc, *Histoire de dix ans*, t. I, 1842, p. 286 *sq.* et R. Limouzin-
Lamothe, « La dévastation de Notre-Dame et de l'archevêché en
1831 », *Revue d'histoire de l'Église de France*, t. L. 1964, p. 125-
134).   2. Type grotesque du « héros de Juillet », créé par Charles
Traviès (voir Baudelaire, « Quelques caricaturistes français », dans
Œuvres II, « Bibliothèque de la Pléiade », p. 561-563), repris par Granville et quelques autres. Ce petit-bourgeois bossu, patriote et grivois
est devenu en 1831 le sujet inépuisable de maintes anecdotes plaisantes
et de près de cent soixante lithographies. Il incarne la Garde nationale,

(3)

Paris, fin de mars 1831.

Ma brochure sur *La Restauration* et la *Monarchie élective.*

J'étais loin de compte lorsqu'en sortant des journées de Juillet je croyais entrer dans une région de paix. La chute des trois souverains m'avait obligé de m'expliquer à la Chambre des pairs. La proscription de ces rois ne me permettait pas de rester muet. D'une autre part, les journaux de Philippe me demandaient pourquoi je refusais de servir une révolution qui consacrait des principes que j'avais défendus et propagés. Force m'a été de prendre la parole pour les vérités générales et pour expliquer ma conduite personnelle. Un extrait d'une petite brochure qui se perdra (*De la Restauration et de la Monarchie élective*)[1] continuera la chaîne de mon récit et celle de l'histoire de mon temps :

« Dépouillé du présent, n'ayant qu'un avenir incertain au-delà de ma tombe, il m'importe que ma mémoire ne soit pas grevée de mon silence. Je ne dois pas me taire sur une Restauration à laquelle j'ai pris tant de part, qu'on outrage tous les jours, et que l'on proscrit enfin sous mes yeux. Au moyen âge, dans les temps de calamités, on prenait un religieux, on l'enfermait dans une tour où il jeûnait au pain et à l'eau pour le salut du peuple. Je ne ressemble pas mal à ce moine du douzième siècle : à travers la lucarne de ma geôle expiatoire, j'ai prêché mon dernier sermon aux passants. Voici l'épitome de ce sermon ; je l'ai prédit dans mon dernier discours à la tribune

---

participe à toutes les « grandes journées », est la victime de nombreuses aventures cocasses, avant de se voir chassé piteusement.

1. *De la Restauration et de la Monarchie élective, ou Réponse à l'interpellation de quelques journaux sur mon refus de servir le nouveau gouvernement* (...). À Paris, chez Le Normant fils, 24 mars 1831. Avec ce texte (recueilli dans *Écrits politiques*, t. II, p. 559-579), Chateaubriand rompait un silence prolongé qui lui avait été reproché.

de la pairie : la monarchie de Juillet est dans une condition absolue de gloire ou de lois d'exception ; elle vit par la presse, et la presse la tue ; sans gloire elle sera dévorée par la liberté ; si elle attaque cette liberté, elle périra. Il ferait beau nous voir, après avoir chassé trois rois avec des barricades pour la liberté de la presse, élever de nouvelles barricades contre cette liberté ! Et pourtant, que faire ? L'action redoublée des tribunaux et des lois suffira-t-elle pour contenir les écrivains ? Un gouvernement nouveau est un enfant qui ne peut marcher qu'avec des lisières. Remettrons-nous la nation au maillot ? Ce terrible nourrisson, qui a sucé le sang dans les bras de la victoire à tant de bivouacs, ne brisera-t-il pas ses langes ? Il n'y avait qu'une vieille souche profondément enracinée dans le passé qui pût être battue impunément des vents de la liberté de la presse...

« À entendre les déclamations de cette heure, il semble que les exilés d'Édimbourg[1] soient les plus petits compagnons du monde, et qu'ils ne fassent faute nulle part. Il ne manque aujourd'hui au présent que le passé : c'est peu de chose ! Comme si les siècles ne se servaient pas de base les uns aux autres, et que le dernier arrivé se pût tenir en l'air ! Notre vanité aura beau se choquer des souvenirs, gratter les fleurs de lis, proscrire les noms et les personnes, cette famille, héritière de mille années, a laissé par sa retraite un vide immense : on le sent partout. Ces individus, si chétifs à nos yeux, ont ébranlé l'Europe dans leur chute. Pour peu que les événements produisent leurs effets naturels, et qu'ils amènent leurs rigoureuses conséquences, Charles X en abdiquant aura fait abdiquer avec lui tous ces rois gothiques, grands vassaux du passé sous la suzeraineté des Capets...

....

---

1. Arrivé en Angleterre, Charles X et son entourage avaient été hébergés par une famille jacobite dans le Dorsetshire au château de Lulworth, où ils séjournèrent du 23 août au 15 octobre 1830. Ils gagnèrent ensuite Édimbourg où le gouvernement anglais avait mis à leur disposition le palais de Holy-Rood, ancienne résidence des rois Stuarts (voir t. III, p. 557, note 4).

« Nous marchons à une révolution générale. Si la transformation qui s'opère suit sa pente et ne rencontre aucun obstacle, si la raison populaire continue son développement progressif, si l'éducation des classes intermédiaires ne souffre point d'interruption, les nations se nivelleront dans une égale liberté ; si cette transformation est arrêtée, les nations se nivelleront dans un égal despotisme. Ce despotisme durera peu, à cause de l'âge avancé des lumières, mais il sera rude, et une longue dissolution sociale le suivra.

« Préoccupé que je suis de ces idées, on voit pourquoi j'ai dû demeurer fidèle, comme individu, à ce qui me semblait la meilleure sauvegarde des libertés publiques, la voie la moins périlleuse par laquelle on pouvait arriver au complément de ces libertés.

« Ce n'est pas que j'aie la prétention d'être un larmoyant prédicant de politique sentimentale, un rabâcheur de panache blanc et des lieux communs à la Henri IV. En parcourant des yeux l'espace qui sépare la tour du Temple du château d'Édimbourg je trouverais, sans doute, autant de calamités entassées qu'il y a de siècles accumulés sur une noble race. Une femme de douleur a surtout été chargée du fardeau le plus lourd, comme la plus forte ; il n'y a cœur qui ne se brise à son souvenir : ses souffrances sont montées si haut, qu'elles sont devenues une des grandeurs de la révolution. Mais enfin on n'est pas obligé d'être roi. La Providence envoie les afflictions particulières à qui elle veut, toujours brèves, parce que la vie est courte ; et ces afflictions ne sont point comptées dans les destinées générales des peuples ....
....

« Mais que la proposition qui bannit à jamais la famille déchue du territoire français soit un corollaire de la déchéance de cette famille, ce corollaire n'amène pas la conviction pour moi. Je chercherais en vain ma place dans les diverses catégories des personnes qui se sont rattachées à l'ordre de choses actuel...
....

« Il y a des hommes qui, après avoir prêté serment à la République une et indivisible, au Directoire en cinq personnes, au Consulat en trois, à l'Empire en une seule, à la première Restauration, à l'Acte additionnel aux constitutions de l'Empire, à la seconde Restauration, ont encore quelque chose à prêter à Louis-Philippe : je ne suis pas si riche.

« Il y a des hommes qui ont jeté leur parole sur la place de Grève, en juillet, comme ces chevaliers romains qui jouent à *pair ou non*, parmi des ruines : ils traitent de niais et sot quiconque ne réduit pas la politique à des intérêts privés : je suis un niais et un sot.

« Il y a des peureux qui auraient bien voulu ne pas jurer, mais qui se voyaient égorgés, eux, leurs grands-parents, leurs petits-enfants et tous les propriétaires s'ils n'avaient trembloté leur serment : ceci est un effet physique que je n'ai pas encore éprouvé ; j'attendrai l'infirmité, et, si elle m'arrive, j'aviserai.

« Il y a des grands seigneurs de l'Empire unis à leurs pensions par des liens sacrés et indissolubles, quelle que soit la main dont elles tombent : une pension est à leurs yeux un sacrement ; elle imprime caractère comme la prêtrise et le mariage ; toute tête pensionnée ne peut cesser de l'être : les pensions étant demeurées à la charge du Trésor, ils sont restés à la charge du même Trésor : moi j'ai l'habitude du divorce avec la fortune ; trop vieux pour elle, je l'abandonne, de peur qu'elle ne me quitte.

« Il y a de hauts barons du Trône et de l'Autel, qui n'ont point trahi les ordonnances ; non ! mais l'insuffisance des moyens employés pour mettre à exécution ces ordonnances a échauffé leur bile ; indignés qu'on ait failli au despotisme[1], ils ont été chercher une autre antichambre : il m'est impossible de partager leur indignation et leur demeure.

« Il y a des gens de conscience qui ne sont parjures que pour être parjures, qui cédant à la force n'en sont pas moins pour le droit ; ils pleurent sur ce pauvre Charles X, qu'ils ont d'abord entraîné à sa perte par leurs conseils, et ensuite mis à mort par leur serment ; mais si jamais lui

_____

1. C'est-à-dire qu'on ait manqué de détermination pour imposer les ordonnances.

ou sa race ressuscite, ils seront des foudres de légitimité :
moi j'ai toujours été dévot à la mort, et je suis le convoi
de la vieille monarchie comme le chien du pauvre.

« Enfin il y a de loyaux chevaliers qui ont dans leur
poche des dispenses d'honneur et des permissions d'infidélité : je n'en ai point.

« J'étais l'homme de la Restauration *possible*, de la
Restauration avec toutes les sortes de liberté. Cette Restauration m'a pris pour un ennemi ; elle s'est perdue : je
dois subir son sort. Irai-je attacher quelques années qui
me restent à une fortune nouvelle, comme ces bas de
robes que les femmes traînent de cours en cours, et sur
lesquels tout le monde peut marcher ? À la tête des jeunes
générations, je serais suspect ; derrière elles, ce n'est pas
ma place. Je sens très bien qu'aucune de mes facultés n'a
vieilli ; mieux que jamais je comprends mon siècle ; je
pénètre plus hardiment dans l'avenir que personne ; mais
la fatalité a prononcé ; finir sa vie à propos est une condition nécessaire de l'homme public. »

(4)

ÉTUDES HISTORIQUES.

Enfin, les *Études historiques* viennent de paraître[1] ;
j'en reporte ici l'*Avant-propos*[2] : c'est une véritable page
de mes *Mémoires*, il contient mon histoire au moment
même où j'écris :

---

1. Ces *Études, ou Discours historiques*, comprenant des *Fragments*
et une *Analyse raisonnée de l'Histoire de France* constituent la treizième livraison des *Œuvres complètes* (Ladvocat, tomes IV, V, V *bis*
et V *ter*). Ces quatre volumes furent mis en vente le 20 avril 1831. Dès
le 25 mars, la *Revue de Paris* avait publié un fragment intitulé :
« Mœurs générales des xiie, xiiie et xive siècles. »   **2.** Il est daté :
« mars 1831 ».

AVANT-PROPOS.

> « Souvenez-vous, pour ne pas perdre de vue le train du monde,
> qu'à cette époque *(la chute de l'Empire romain)*... il y avait des
> citoyens qui fouillaient comme moi les archives du passé au
> milieu des ruines du présent, qui écrivaient les annales des
> anciennes révolutions au bruit des révolutions nouvelles ; eux et
> moi prenant pour table, dans l'édifice croulant, la pierre tombée
> à nos pieds, en attendant celle qui devait écraser nos têtes. »

(*Études historiques*, tome V *bis*, page 175.)

« Je ne voudrais pas, pour ce qui me reste à vivre,
recommencer les dix-huit mois qui viennent de s'écouler.
On n'aura jamais une idée de la violence que je me suis
faite ; j'ai été forcé d'abstraire mon esprit, dix, douze et
quinze heures par jour, de ce qui se passait autour de moi,
pour me livrer puérilement à la composition d'un ouvrage
dont personne ne parcourra une ligne. Qui lirait quatre
gros volumes, lorsqu'on a bien de la peine à lire le feuilleton d'une gazette ? J'écrivais l'histoire ancienne, et l'histoire moderne frappait à ma porte ; en vain je lui criais :
"Attendez, je vais à vous" ; elle passait au bruit du canon,
en emportant trois générations de rois.

« Et que le temps concorde heureusement avec la
nature même de ces *Études !* on abat la croix, on poursuit
les prêtres ; et il est question de croix [1] et de prêtres à
toutes les pages de mon récit ; on bannit les Capets, et je
publie une histoire dont les Capets occupent huit siècles.
Le plus long et le dernier travail de ma vie, celui qui m'a
coûté le plus de recherches, de soins et d'années, celui où
j'ai peut-être remué le plus d'idées et de faits, paraît lorsqu'il ne peut trouver de lecteurs ; c'est comme si je le
jetais dans un puits où il va s'enfoncer sous l'amas des
décombres qui le suivront. Quand une société se compose
et se décompose, quand il y va de l'existence de chacun
et de tous, quand on n'est pas sûr d'un avenir d'une heure,

---

1. C'est la leçon originale de la brochure qu'une erreur de transcription a ensuite transformée en : rois.

qui se soucie de ce que fait, dit et pense son voisin ? Il s'agit bien de Néron, de Constantin, de Julien, des Apôtres, des Martyrs, des Pères de l'Église, des Goths, des Huns, des Vandales, des Francs, de Clovis, de Charlemagne, de Hugues Capet et de Henri IV ; il s'agit bien du naufrage de l'ancien monde, lorsque nous nous trouvons engagés dans le naufrage du monde moderne ? N'est-ce pas une sorte de radotage, une espèce de faiblesse d'esprit, que de s'occuper de lettres dans ce moment ? Il est vrai : mais ce radotage ne tient pas à mon cerveau, il vient des antécédents de ma méchante fortune. Si je n'avais pas tant fait de sacrifices aux libertés de mon pays, je n'aurais pas été obligé de contracter des engagements qui s'achèvent de remplir dans des circonstances doublement déplorables pour moi. Aucun auteur n'a été mis à une pareille épreuve ; grâce à Dieu, elle est à son terme : je n'ai plus qu'à m'asseoir sur des ruines et à mépriser cette vie que je dédaignais dans ma jeunesse.

« Après ces plaintes bien naturelles et qui me sont involontairement échappées, une pensée me vient consoler ; j'ai commencé ma carrière littéraire par un ouvrage où j'envisageais le christianisme sous les rapports poétiques et moraux ; je la finis par un ouvrage où je considère la même religion sous ses rapports philosophiques et historiques : j'ai commencé ma carrière politique avec la Restauration, je la finis avec la Restauration. Ce n'est pas sans une secrète satisfaction que je me trouve ainsi conséquent avec moi-même. »

(5)

AVANT MON DÉPART DE PARIS.

Paris, avril 1831.

La résolution que je conçus au moment de la catastrophe de Juillet n'a point été abandonnée par moi. Je me suis occupé des moyens de vivre en terre étrangère[1], moyens difficiles, puisque je n'ai rien. L'acquéreur de mes œuvres m'a fait à peu près banqueroute[2], et mes dettes m'empêchent de trouver quelqu'un qui veuille me prêter.

Quoi qu'il en soit, je vais me rendre à Genève avec la somme qui m'est survenue de la vente de ma dernière brochure *(De la Restauration et de la Monarchie élective)*[3]. Je laisse ma procuration pour vendre la maison où j'écris cette page pour ordre de date. Si je trouve marchand à mon lit, je pourrai trouver un autre lit hors de France. Dans ces incertitudes et ces mouvements, jusqu'à ce que je sois établi quelque part, il me sera impossible de reprendre la suite de mes *Mémoires* à l'endroit où je les ai interrompus*. Je continuerai donc d'écrire les choses du moment actuel de ma vie ; je ferai connaître ces choses par les lettres qu'il m'arrivera d'écrire sur les chemins ou pendant mes divers séjours ; je lierai les faits intermédiaires par un *journal* qui remplira les temps laissés entre les dates de ces lettres.

---

* Ceci se rapporte à ma carrière littéraire et à ma carrière politique laissées en arrière, lacunes qui sont maintenant comblées par ce que je viens d'écrire dans ces dernières années, 1838 et 1839. (Paris, note de 1839.)[4]

---

1. Dès 1829, Chateaubriand avait rêvé de se retirer à Rome pour y achever ses *Mémoires*, si possible en compagnie de Juliette Récamier. Depuis sa démission, il songeait aussi à une expatriation de caractère plus politique. Mais il lui fallait tenir compte de graves difficultés financières : les circonstances qui le rendaient libre le privaient du même coup de toutes ressources régulières.   **2.** Pour les *Études historiques*, Chateaubriand semble néanmoins avoir touché une somme de 25 000 francs, ce qui revenait à deux années de sa pension de pair.   **3.** Selon *La Quotidienne* du 30 mars, la brochure avait connu en quelques jours au moins trois éditions successives, soit au total 15 000 exemplaires vendus. Mais on ignore ce qu'elle rapporta à son auteur.   **4.** Voir les notices des tomes II et III.

(6)

Lettres et vers à madame Récamier.

À MADAME RÉCAMIER*.

« Lyon, mercredi 18 mai 1831[1].

« Me voilà trop loin de vous. Je n'ai jamais fait de voyage si triste : temps admirable, nature toute parée, rossignol chantant, nuit étoilée : et tout cela, pour qui ? Il faudra bien que je retourne où vous êtes, à moins que vous ne veniez à mon secours. »

À MADAME RÉCAMIER.

« Lyon, vendredi 20 mai.

« J'ai passé hier le jour à errer au bord du Rhône ; je regardais la ville où vous êtes née, la colline où s'élevait le couvent où vous aviez été choisie comme la plus belle :

---

* Hyacinthe a l'habitude de copier, presque malgré moi, mes lettres et celles qu'on m'adresse, parce qu'il prétend avoir remarqué que j'étais souvent attaqué par des personnes qui m'avaient écrit des admirations sans fin ou qui s'étaient adressées à moi pour des demandes de service. Quand cela arrive, il fouille dans des liasses à lui seul connues, et, comparant l'article injurieux avec l'épître louangeuse, il me dit « Voyez-vous, monsieur, que j'ai bien fait ! » Je ne trouve pas cela du tout : je n'attache ni la moindre foi ni la moindre importance à l'opinion des hommes ; je les prends pour ce qu'ils sont et je les estime ce qu'ils valent. Jamais je ne leur opposerai pour mon compte ce qu'ils ont dit publiquement de moi et ce qu'ils m'ont dit en secret ; mais cela divertit Hyacinthe. Je n'avais point de copie de mes lettres à madame Récamier ; elle a eu la bonté de me les prêter. (Note de Paris, 1836.)

---

1. Partis de Paris, le 16 mai 1831, Chateaubriand et sa femme arrivèrent à Lyon le 18, et y séjournèrent jusqu'au dimanche 22 mai.

espérance que vous n'avez point démentie ; et vous n'êtes point ici, et des années se sont écoulées, et vous avez été jadis exilée dans votre berceau, et madame de Staël n'est plus, et je quitte la France ! De ces anciens temps un personnage singulier m'a apparu : je vous envoie son billet à cause de l'inattendu et de la surprise. Ce personnage, que je n'avais jamais vu, plante des pins dans les montagnes du Lyonnais. Il y a bien loin de là à la rue *Feydeau* et à *Maison à vendre*[1] : comme les rôles changent sur la terre !

« Hyacinthe m'a mandé les regrets et les articles de journaux ; je ne vaux pas tout cela. Vous savez que je le crois sincèrement vingt-trois heures sur vingt-quatre ; la vingt-quatrième est consacrée à la vanité, mais elle ne tient guère et passe vite. Je n'ai voulu voir personne ici ; M. Thiers[2], qui se rendait dans le midi, a forcé ma porte. »

Billet inclus dans cette lettre.

« Un voisin, votre compatriote, qui n'a d'autre titre auprès de vous qu'une profonde admiration pour votre beau talent et votre admirable caractère, désirerait avoir l'honneur de vous voir et de vous présenter l'hommage de son respect. Ce voisin de chambre dans l'hôtel, ce compatriote, s'appelle *Elleviou*. »

---

1. Ce personnage, dont on apprendra le nom un peu plus loin, est le ténor Pierre-Jean Elleviou, né à Rennes le 2 décembre 1769. Il y commença des études de médecine, avant de se tourner vers le chant au début de la Révolution. Ce fut le ténor le plus célèbre de sa génération : de 1792 à 1813, il contribua à de nombreuses créations au théâtre Feydeau, devenu après sa fusion avec le théâtre Favart en 1802, le nouvel Opéra-Comique. Le rôle de Versac, dans *Maison à vendre* de Dalayrac, fut un de ses triomphes (octobre 1800). Puis, à quarante-trois ans, Elleviou quitta la scène pour se retirer dans les environs de Lyon, à Ternand, où il exploita jusqu'à sa mort en 1842, un vaste domaine agricole. 2. C'est Hortense Allart qui avait mis Chateaubriand en relation avec Thiers, au moment du lancement du *National*. De son côté, le premier avait assigné au second, dans la préface des *Études historiques*, « un rang élevé parmi les historiens ». Thiers qui allait au mois de mai 1831 briguer de nouveau les suffrages des électeurs aixois, profita de son passage à Lyon pour venir le remercier.

À MADAME RÉCAMIER

« Lyon, dimanche 22 mai.

« Nous partons demain pour Genève où je trouverai d'autres souvenirs de vous. Reverrai-je jamais la France quand une fois j'aurai passé la frontière ? Oui, si vous le voulez, c'est-à-dire si vous y restez. Je ne souhaite pas les événements qui pourraient m'offrir une autre chance de retour ; je ne ferai jamais entrer les malheurs de mon pays au nombre de mes espérances. Je vous écrirai mardi, 24, de Genève. Quand reverrai-je votre petite écriture, sœur cadette de la mienne ? »

« Genève, mardi 24 mai.

« Arrivés hier ici, nous cherchons des maisons [1]. Il est probable que nous nous arrangerons d'un petit pavillon au bord du lac. Je ne puis vous dire comme je suis triste en m'occupant de ces arrangements. Encore un autre avenir ! encore recommencer une vie quand je croyais avoir fini ! Je compte vous écrire une longue lettre quand je serai un peu en repos ; je crains ce repos, car alors je verrai sans distraction ces années obscures dans lesquelles j'entre le cœur si serré. »

À MADAME RÉCAMIER

« 9 juin 1831.

« Vous savez qu'il s'est établi une secte *réformée* au

---

1. Descendus le 23 mai hôtel des Étrangers, ou hôtel Dejean, dans le faubourg resté champêtre des Pâquis, les Chateaubriand ne tardèrent pas à louer dans le même quartier une petite maison meublée avec jardin, sise au bord du lac, pour 1 500 francs par an, payables par semestre et par avance (le bail fut signé le 27 mai, surlendemain de leur installation).

milieu des protestants. Un des nouveaux pasteurs de cette nouvelle Église[1] est venu me voir et m'a écrit deux lettres dignes des premiers apôtres. Il veut me convertir à sa foi, et je veux en faire un *papiste*. Nous joutons comme au temps de Calvin, mais en nous aimant en fraternité chrétienne et sans nous brûler. Je ne désespère pas de son salut ; il est tout ébranlé de mes arguments pour les papes. Vous n'imaginez pas à quel point d'exaltation il est monté, et sa candeur est admirable. Si vous m'arrivez, accompagnée de mon vieil ami Ballanche, nous ferons des merveilles. Dans un des journaux de Genève on annonce un ouvrage de controverse protestante. On engage les auteurs à *se tenir fermes* parce que l'*auteur du* Génie du Christianisme *est là tout près*.

« Il y a quelque chose de consolant à trouver une petite peuplade libre, administrée par les hommes les plus distingués et chez laquelle les idées religieuses sont la base de la liberté et la première occupation de la vie.

« J'ai déjeuné chez M. de Constant[2] auprès de madame Necker[3], sourde malheureusement, mais femme rare, de la plus grande distinction ; nous n'avons parlé que de vous. J'avais reçu votre lettre, et j'ai dit à M. de Sismondi[4] ce que vous écriviez d'aimable pour lui. Vous voyez que je prends de vos leçons.

---

1. Sur ces controverses courtoises, en particulier avec le pasteur Ami Bost, voir les *Mémoires* de ce dernier (Paris, 1854-1855, t. II, p. 118 *sq.*). Bost avait écrit à Chateaubriand : « Vous avez passé votre vie à badiner avec le christianisme ! » Celui-ci avait pris la chose du bon côté : voir sa lettre du 9 juin 1831 (*Récamier*, p. 356). **2.** Voir chapitre suivant, p. 51, note 2. **3.** Albertine de Saussure (1766-1841), fille du naturaliste et devenue par son mariage cousine de Mme de Staël, avait publié en 1820 une substantielle *Notice* en tête des *Œuvres complètes* de celle-ci. Dans une note de son journal, elle date ce dîner du 14 juin, et mentionne Bonstetten et Sismondi parmi les convives. **4.** Le Genevois Jean-Charles Léonard Simonde de Sismondi (1773-1842), esprit européen et familier du groupe de Coppet, a été un économiste et un historien prolifique : *Histoire des républiques italiennes* (1807-1808, 16 vol.) ; *De la littérature du midi de l'Europe* (1819, 4 vol.) ; *Histoire des Français* (1821-1842, 29 vol.). Chateaubriand le juge avec sévérité dans la préface des *Études historiques* : « Les élucubrations de ce savant annaliste doivent être lues avec précaution, mais étudiées avec fruit. »

« Enfin, voici des vers. Vous êtes mon *étoile* et je vous attends pour aller à cette île enchantée.

« Delphine mariée[1] : ô Muses ! Je vous ai dit dans ma dernière lettre pourquoi je ne pouvais écrire ni sur la pairie, ni sur la guerre ; j'attaquerais un corps ignoble dont j'ai fait partie, et je prêcherais l'honneur à qui n'en a plus.

« Il faut un marin pour lire les vers et les comprendre. Je me recommande à M. Lenormant[2]. Votre intelligence suffira aux trois dernières strophes et le mot de l'énigme est au bas[3]. »

LE NAUFRAGE

Rebut de l'aquilon, échoué sur le sable,
Vieux vaisseau fracassé dont finissait le sort,
Et que, dur charpentier, la mort impitoyable
*   Allait dépecer dans le port !*

Sous tes ponts désertés un seul gardien habite :
Autrefois tu l'as vu sur ton gaillard d'avant
Impatient d'écueils, de tourmente subite,
*   Siffler pour ameuter le vent.*

Tantôt sur ton beaupré, cavalier intrépide
Il riait, quand, plongeant la tête dans les flots,
Tu bondissais ; tantôt du haut du mât rapide
*   Il criait : Terre ! aux matelots.*

Maintenant retiré dans ta carène usée,
Teint hâlé, front chenu, main goudronnée, yeux pers[4],

---

1. La fille de Sophie Gay a épousé Émile de Girardin le 1er juin 1831 : elle avait vingt-sept ans et, déjà, une œuvre poétique abondante. **2.** À vingt-sept ans, ce dernier avait déjà sillonné la Méditerranée. **3.** Allusion à la dédicace manuscrite : *À Mme Récamier, Chateaubriand*. **4.** Chateaubriand glose lui-même ce mot dans son *Histoire de France* : « Paris devint un moment, en 1357, une espèce de démocratie ancienne au milieu de la féodalité. On inventa des couleurs nationales ; on prit le chaperon mi-partie de drap rouge et pers (bleu verdâtre). »

Sablier presque vide et boussole brisée
    Annoncent l'ermite des mers.

Vous pensiez défaillir amarrés à la rive
Vieux vaisseau, vieux nocher ! vous vous trompiez tous deux :
L'ouragan vous saisit et vous traîne en dérive
    Hurlant sur les flots noirs et bleus.

Dès le premier récif votre course bornée
S'arrêtera ; soudain vos flancs s'entr'ouvriront ;
Vous sombrez ! c'en est fait ! et votre ancre écornée
    Glisse et laboure en vain le fond.

Ce vaisseau, c'est ma vie, et ce nocher, moi-même :
Je suis sauvé ! mes jours aux mers sont arrachés :
Un astre m'a montré sa lumière que j'aime
    Quand les autres se sont cachés.

Cette étoile du soir qui dissipe l'orage,
Et qui porte si bien le nom de la beauté,
Sur l'abîme calmé conduira mon naufrage
    À quelque rivage enchanté.

Jusqu'à mon dernier port, douce et charmante Étoile,
Je suivrai ton rayon toujours pur et nouveau ;
Et quand tu cesseras de luire pour ma voile,
    Tu brilleras sur mon tombeau.

À MADAME RÉCAMIER

« Genève, 18 juin 1831.

« Vous avez reçu toutes mes lettres. J'attends incessamment quelques mots de vous ; je vois bien que je n'aurai rien, mais je suis toujours surpris quand la poste ne
m'apporte que les journaux. Personne au monde ne
m'écrit que vous ; personne ne se souvient de moi que
vous, et c'est un grand charme. J'aime votre lettre solitaire qui ne m'arrive point comme elle arrivait au temps
de mes grandeurs, au milieu des paquets de dépêches et
de toutes ces lettres d'attachement, d'admiration et de

bassesse qui disparaissent avec la fortune. Après vos petites lettres je verrai votre belle personne si je ne vais pas la rejoindre. Vous serez mon exécutrice testamentaire ; vous vendrez ma pauvre retraite ; le prix vous servira à voyager vers le soleil. Dans ce moment il fait un temps admirable : j'aperçois, en vous écrivant, le mont Blanc dans sa splendeur ; du haut du mont Blanc on voit l'Apennin : il me semble que je n'ai que trois pas pour arriver à Rome où nous irons, car tout s'arrangera en France.

« Il ne manquerait plus à notre glorieuse patrie, pour avoir passé par toutes les misères, que d'avoir un gouvernement de couards ; elle l'a et la jeunesse va s'engloutir dans la doctrine[1], la littérature et la débauche, selon le caractère particulier des individus. Reste le chapitre des accidents ; mais quand on traîne comme je le fais sur le chemin de la vie, l'accident le plus probable c'est la fin du voyage.

« Je ne travaille point, je ne puis rien faire : je m'ennuie ; c'est ma nature et je suis comme un poisson dans l'eau : si pourtant l'eau était un peu moins profonde, je m'y plairais peut-être mieux. »

---

1. On a donné, sous la Restauration, le nom de *doctrinaires* à des universitaires comme Royer-Collard, ou Guizot, qui se sont efforcés de fonder sur une *doctrine*, c'est-à-dire de théoriser sur un plan à la fois historique et politique, une variante française du libéralisme : la revendication du droit des individus y va de pair avec la reconnaissance de la légitimité du pouvoir monarchique, seul à même de maintenir dans la durée la cohérence de la nation. Cette position caractérisera les hommes politiques du juste-milieu comme Barante ou Broglie.

(7)

Aux Pâquis, près Genève.

JOURNAL DU 12 JUILLET AU 1ᵉʳ SEPTEMBRE 1831.

Commis de M. de Lapanouze. – Lord Byron.
Ferney et Voltaire.

Je suis établi aux Pâquis avec madame de Chateaubriand ; j'ai fait la connaissance de M. Rigaud, premier syndic de Genève[1] : au-dessus de sa maison, au bord du lac, en remontant le chemin de Lausanne, on trouve la villa de deux commis de M. de Lapanouze[2], qui ont dépensé 1 500 000 francs à la faire bâtir et à planter leurs jardins. Quand je passe à pied devant leur demeure, j'admire la Providence qui, dans eux et dans moi, a placé à Genève des témoins de la Restauration. Que je suis bête ! que je suis bête ! le sieur de Lapanouze faisait du royalisme et de la misère avec moi : voyez où sont parvenus ses commis pour avoir favorisé la conversion des rentes que j'avais la bonhomie de combattre, et en vertu de laquelle je fus chassé. Voilà ces messieurs ; ils arrivent dans un élégant tilbury, chapeau sur l'oreille, et je suis obligé de me jeter dans un fossé pour que la roue n'emporte pas un pan de ma vieille redingote. J'ai pourtant été

---

1. Le premier magistrat de la République de Genève convia Chateaubriand à participer, en ce mois de juin 1831, à un certain nombre de solennités locales.   **2.** Le comte de Lapanouze (1764-1836), ancien capitaine de vaisseau, dirigea sous la Restauration une prospère maison de banque à Paris. Député de la Seine de 1822 à 1827, il ne ménagea pas son soutien à Villèle, et se révéla un spécialiste écouté des questions financières et économiques. Nommé pair de France dans la fournée du 5 novembre 1827, il se retira dans ses terres de Dordogne après la révolution de Juillet. La villa Bartholoni fut détruite à la fin des années 1920, pour faire place au palais des Nations.

pair de France, ministre, ambassadeur, et j'ai dans une boîte de carton tous les premiers ordres de la chrétienté, y compris le Saint-Esprit et la Toison d'or. Si les commis du sieur César de Lapanouze, millionnaires, voulaient m'acheter ma boîte de rubans pour leurs femmes, ils me feraient un sensible plaisir.

Pourtant tout n'est pas roses pour MM. Bartholoni[1] : ils ne sont pas encore nobles genevois, c'est-à-dire qu'ils ne sont pas encore à la seconde génération, que leur mère habite encore le bas de la ville et n'est pas montée dans le quartier de Saint-Pierre, le faubourg Saint-Germain de Genève ; mais, Dieu aidant, noblesse viendra après argent.

Ce fut en 1805 que je vis Genève pour la première fois. Si deux mille ans s'étaient écoulés entre les deux époques de mes deux voyages, seraient-elles plus séparées l'une de l'autre qu'elles ne le sont ? Genève appartenait à la France ; Bonaparte brillait dans toute sa gloire, madame de Staël dans toute la sienne ; il n'était pas plus question des Bourbons que s'ils n'eussent jamais existé. Et Bonaparte et madame de Staël et les Bourbons, que sont-ils devenus ? et moi, je suis encore là !

M. de Constant[2], cousin de Benjamin Constant, et mademoiselle de Constant, vieille fille pleine d'esprit, de vertu et de talent, habitent leur cabane de *Souterre* au bord du Rhône : ils sont dominés par une autre maison

---

1. C'est avec le fils, François Bartholoni (1796-1881), que fut vraiment établie la fortune de la famille et qu'elle accéda enfin à la notoriété. Né à Genève dans un milieu modeste, puis employé de commerce à Paris, il se lança bientôt dans les affaires avec succès. Dès 1835, il finançait la création du conservatoire de Genève, et sera partie prenante dans toutes les grandes entreprises industrielles et financières de la monarchie de Juillet, puis du second Empire.   2. Charles de Constant (1762-1835), ayant perdu sa femme en 1830, avait vendu sa propriété de Saint-Jean pour se retirer, avec sa sœur, un peu en contrebas, dans une maison plus commode du faubourg de Sous-Terre. Née à Genève, comme son frère, Rosalie de Constant (1758-1834) avait longtemps habité Lausanne, où elle avait noué, en 1805, une amitié durable avec la duchesse de Duras, et où elle avait accueilli les Chateaubriand en 1826. C'est de nouveau grâce à son entremise qu'ils trouvèrent à se loger à Genève en 1831 et 1832.

de campagne jadis à M. de Constant : il l'a vendue à la
princesse Belgiojoso[1], exilée milanaise que j'ai vue passer comme une pâle fleur à travers la fête que je donnai
à Rome à la grande-duchesse Hélène.

Pendant mes promenades en bateau, un vieux rameur
me raconte ce que faisait lord Byron, dont on aperçoit la
demeure sur la rive savoyarde du lac[2]. Le noble pair
attendait qu'une tempête s'élevât pour naviguer ; du bord
de sa balancelle, il se jetait à la nage et allait au milieu
du vent aborder aux prisons féodales de Bonivard : c'était
toujours l'acteur et le poète. Je ne suis pas si original ;
j'aime aussi les orages ; mais mes amours avec eux sont
secrets, et je n'en fais pas confidence aux bateliers.

J'ai découvert derrière Ferney[3] une étroite vallée où
coule un filet d'eau de sept à huit pouces de profondeur ;
ce ruisselet lave la racine de quelques saules, se cache çà
et là sous des plaques de cresson et fait trembler des joncs
sur la cime desquels se posent des demoiselles aux ailes
bleues. L'homme des trompettes a-t-il jamais vu cet asile
de silence tout contre sa retentissante maison ? Non, sans
doute : eh bien ! l'eau est là ; elle fuit encore ; je ne sais
pas son nom ; elle n'en a peut-être pas : les jours de Voltaire se sont écoulés ; seulement sa renommée fait encore
un peu de bruit dans un petit coin de notre petite terre,
comme ce ruisselet se fait entendre à une douzaine de pas
de ses bords.

On diffère les uns des autres : je suis charmé de cette
rigole déserte ; à la vue des Alpes, une palmette de fougère que je cueille me ravit ; le susurrement d'une vague

---

1. Maria Cristina Trivulzio (1808-1871), devenue par son mariage,
le 24 septembre 1824, princesse Belgiojoso, appartenait à cette fraction
de la grande aristocratie lombarde qui répugnait de plus en plus à la
domination autrichienne. Elle avait quitté Milan au mois de décembre
1828 pour Gênes, puis avait gagné Rome, au printemps de 1829. C'est
alors qu'elle rencontra Chateaubriand pour la première fois. Elle le
retrouva ensuite à Paris, où elle se fixa au début de 1831. Protégée par
La Fayette, amie de Thierry et surtout de Mignet, elle ne tarda pas à
devenir une sorte de reine en exil, à la pâleur célèbre, du *Risorgimento*
italien.   2. La villa Diodati, à Cologny.   3. Voltaire avait acheté
la terre de Ferney, à la limite du pays de Gex, en 1759 ; il y *régna*
jusqu'en 1778, année de son retour à Paris et de sa mort.

parmi des cailloux me rend tout heureux ; un insecte
imperceptible qui ne sera vu que de moi et qui s'enfonce
sous une mousse, ainsi que dans une vaste solitude,
occupe mes regards et me fait rêver. Ce sont là d'intimes
misères, inconnues du beau génie qui, près d'ici, déguisé
en Orosmane [1], jouait ses tragédies, écrivait aux princes
de la terre et forçait l'Europe à venir l'admirer dans le
hameau de Ferney. Mais n'était-ce pas là aussi des misères ? La transition du monde ne vaut pas le passage de
ces flots et, quant aux rois, j'aime mieux ma fourmi.

Une chose m'étonne toujours quand je pense à Voltaire : avec un esprit supérieur, raisonnable, éclairé, il est
resté complètement étranger au christianisme ; jamais il
n'a vu ce que chacun voit : que l'établissement de l'Évangile, à ne considérer que le rapport humain, est la plus
grande révolution qui se soit opérée sur la terre. Il est vrai
de dire qu'au siècle de Voltaire cette idée n'était venue
dans la tête de personne. Les théologiens défendaient le
christianisme comme un fait accompli, comme une vérité
fondée sur des lois émanées de l'autorité spirituelle et
temporelle ; les philosophes l'attaquaient comme un abus
venu des prêtres et des rois : on n'allait pas plus loin que
cela. Je ne doute pas que si l'on eût pu présenter tout à
coup à Voltaire l'autre côté de la question, son intelligence lucide et prompte n'en eût été frappée : on rougit
de la manière mesquine et bornée dont il traitait un sujet
qui n'embrasse rien moins que la transformation des
peuples, l'introduction de la morale, un principe nouveau
de société, un autre droit des gens, un autre ordre d'idées,
le changement total de l'humanité. Malheureusement le
grand écrivain qui se perd en répandant des idées funestes
entraîne beaucoup d'esprits d'une moindre étendue dans
sa chute : il ressemble à ces anciens despotes de l'Orient
sur le tombeau desquels on immolait des esclaves.

Là, à Ferney, où il n'entre plus personne, à ce Ferney
autour duquel je viens rôder seul, que de personnages
célèbres sont accourus ! Ils dorment, rassemblés pour
jamais au fond des lettres de Voltaire, leur temple hypo-

---

1. Le héros masculin de *Zaïre*.

gée[1] : le souffle d'un siècle s'affaiblit par degrés et s'éteint dans le silence éternel à mesure que l'on commence à entendre la respiration d'un autre siècle.

(8)

SUITE DU JOURNAL

Course inutile à Paris.

Aux Pâquis, près Genève, 15 septembre 1831.

Oh ! argent que j'ai tant méprisé et que je ne puis aimer quoi que je fasse, je suis forcé d'avouer que tu as pourtant ton mérite : source de la liberté, tu arranges mille choses dans notre existence, où tout est difficile sans toi. Excepté la gloire, que ne peux-tu pas procurer ? Avec toi on est beau, jeune, adoré ; on a considération, honneurs, qualités, vertus. Vous me direz qu'avec de l'argent on n'a que l'apparence de tout cela : qu'importe, si je crois vrai ce qui est faux ? trompez-moi bien et je vous tiens quitte du reste : la vie est-elle autre chose qu'un mensonge ? Quand on n'a point d'argent, on est dans la dépendance de toutes choses et de tout le monde. Deux créatures qui ne se conviennent pas pourraient aller chacune de son côté ; eh bien ! faute de quelques pistoles, il faut qu'elles restent là en face l'une de l'autre à se bouder, à se maugréer, à s'aigrir l'humeur, à s'avaler la langue d'ennui, à se manger l'âme et le blanc des yeux, à se faire, en enrageant, le sacrifice mutuel de leurs goûts, de leurs penchants, de leurs façons naturelles de vivre : la misère les serre l'une contre l'autre, et, dans ces liens de gueux, au lieu de s'embrasser elles se mordent, mais non pas

---

1. Sépulture ou lieu de culte souterrain.

comme Flora mordait Pompée[1]. Sans argent, nul moyen de fuite ; on ne peut aller chercher un autre soleil, et, avec une âme fière, on porte incessamment des chaînes. Heureux juifs, marchands de crucifix, qui gouvernez aujourd'hui la chrétienté, qui décidez de la paix ou de la guerre, qui mangez du cochon après avoir vendu de vieux chapeaux, qui êtes les favoris des rois et des belles, tout laids et tout sales que vous êtes ! ah ! si vous vouliez changer de peau avec moi ! si je pouvais au moins me glisser dans vos coffres-forts, vous voler ce que vous avez dérobé à des fils de famille, je serais le plus heureux homme du monde !

J'aurais bien un moyen d'exister : je pourrais m'adresser aux monarques ; comme j'ai tout perdu pour leur couronne, il serait assez juste qu'ils me nourrissent. Mais cette idée qui devrait leur venir ne leur vient pas, et à moi elle vient encore moins. Plutôt que de m'asseoir aux banquets des rois, j'aimerais mieux recommencer la diète que je fis autrefois à Londres avec mon pauvre ami Hingant[2]. Toutefois l'heureux temps des greniers est passé, non que je (ne) m'y trouvasse fort bien, mais j'y manquerais d'aise, j'y tiendrais trop de place avec les falbalas de ma renommée ; je n'y serais plus avec ma seule chemise et la taille fine d'un inconnu qui n'a pas dîné. Mon cousin de La Bouëtardais n'est plus là pour jouer du violon sur mon grabat dans sa robe rouge de conseiller au parlement de Bretagne, et pour se tenir chaud la nuit, couvert d'une chaise en guise de courtepointe ; Pelletier n'est plus là pour nous donner à dîner avec l'argent du roi Christophe, et surtout la magicienne n'est plus là, la Jeunesse, qui, par un sourire, change l'indigence en trésor, qui vous amène pour maîtresse sa sœur cadette l'Espérance ; celle-

---

1. Plutarque, *Pompée*, III : « La courtisane Flora étant devenue vieille prenait encore grand plaisir à évoquer le commerce qu'elle avait eu, dans sa jeunesse, avec Pompée, disant qu'elle ne pouvait, lorsqu'elle avait couché avec lui, le quitter sans le mordre. » Ce chapitre est la seule occasion où Chateaubriand se soit laissé aller à donner de la vie de couple une image aussi terrible, que cette citation ironique ne suffit pas à tempérer.   **2.** Voir tome I, p. 645-646. Les allusions qui suivent renvoient au même livre X, chapitres 5 et 6.

ci aussi trompeuse que son aînée, mais revenant encore quand l'autre a fui pour toujours.

J'avais oublié les détresses de ma première émigration et je m'étais figuré qu'il suffisait de quitter la France pour conserver en paix l'honneur dans l'exil : les alouettes ne tombent toutes rôties qu'à ceux qui moissonnent le champ, non à ceux qui l'ont semé : s'il ne s'agissait que de moi, dans un hôpital, je me trouverais à merveille ; mais madame de Chateaubriand ? Je n'ai donc pas été plutôt fixé qu'en jetant les yeux sur l'avenir, l'inquiétude m'a pris.

On m'écrivait de Paris qu'on ne trouvait à vendre ma maison, rue d'Enfer, qu'à des prix qui ne suffiraient pas pour purger les hypothèques dont cet ermitage est grevé : que cependant quelque chose pourrait s'arranger si j'étais là. D'après ce mot, j'ai fait à Paris une course inutile, car je n'ai trouvé ni bonne volonté, ni acquéreur[1] ; mais j'ai revu l'Abbaye-aux-Bois et quelques-uns de mes nouveaux amis. La veille de mon retour ici[2], j'ai dîné au *Café de Paris* avec MM. Arago, Pouqueville, Carrel et Béranger, tous plus ou moins mécontents et déçus par la *meilleure des républiques*[3].

---

1. Ce séjour, qui dura du 2 au 14 septembre, fut sans résultat : Chateaubriand ne trouva aucun acquéreur.   2. Sans doute le 13 septembre 1831. Le *Café de Paris* figurait alors parmi les établissements à la mode du boulevard des Italiens. Les convives appartenaient tous à la gauche républicaine, ou du moins très hostile envers Louis-Philippe. 3. Formule par laquelle La Fayette aurait tenté, le 30 juillet 1830, de faire admettre le nouveau régime, mais qu'il nia toujours avoir prononcée.

(9)

SUITE DU JOURNAL

MM. Carrel et Béranger.

Aux Pâquis, près de Genève, 26 septembre 1831.

Mes *Études historiques* me mirent en rapport avec M. Carrel, comme elles m'ont fait connaître MM. Thiers et Mignet. J'avais copié, dans la préface de ces Études, un assez long passage de la *Guerre de Catalogne*[1], par M. Carrel, et surtout ce paragraphe : « Les choses, dans leurs continuelles et fatales transformations, n'entraînent point avec elles toutes les intelligences ; elles ne domptent point tous les caractères avec une égale facilité ; elles ne prennent pas même soin de tous les intérêts ; c'est ce qu'il faut comprendre, et pardonner quelque chose aux protestations qui s'élèvent en faveur du passé. Quand une époque est finie, le moule est brisé, et il suffit à la Providence qu'il ne se puisse refaire ; mais des débris restés à terre, il en est quelquefois de beaux à contempler. »

À la suite de ces belles paroles, j'ajoutais moi-même ce résumé : « L'homme qui a pu écrire ces mots a de quoi sympathiser avec ceux qui ont foi à la Providence, qui respectent la religion du passé, et qui ont aussi les yeux attachés sur des débris. »

M. Carrel vint me remercier. Il était à la fois le courage et le talent du *National*, auquel il travaillait avec

---

1. Chateaubriand avait en effet rendu un hommage appuyé à Carrel dans la préface des *Études historiques*. Non seulement il jugeait son *Histoire de la Contre-Révolution en Angleterre sous Charles II et Jacques II* « écrite avec cette mâle simplicité qui plaît avant tout », mais il avait donné « une notice hors pair » en publiant dans le numéro 3 de la *Revue française* (mai 1828) un compte rendu des *Mémoires sur la guerre de Catalogne*, par Florentin Galli, aide de camp du général Mina.

MM. Thiers et Mignet. M. Carrel appartient à une famille
de Rouen pieuse et royaliste ; la légitimité aveugle, et qui
rarement distinguait le mérite, méconnut M. Carrel[1]. Fier
et sentant sa valeur, il se réfugia dans des opinions généreuses, où l'on trouve une compensation aux sacrifices
qu'on s'impose : il lui est arrivé ce qui arrive à tous les
caractères aptes aux grands mouvements. Quand des circonstances imprévues les obligent à se renfermer dans un
cercle étroit, ils consument des facultés surabondantes en
efforts qui dépassent les opinions et les événements du
jour. Avant les révolutions, des hommes supérieurs meurent inconnus : leur public n'est pas encore venu ; après
les révolutions, des hommes supérieurs meurent
délaissés : leur public s'est retiré.

  M. Carrel n'est pas heureux ; rien de plus positif que
ses idées, rien de plus romanesque que sa vie. Volontaire
républicain en Espagne en 1823, pris sur le champ de
bataille, condamné à mort par les autorités françaises,
échappé à mille dangers, l'amour se trouve mêlé aux
troubles de son existence privée. Il lui faut protéger une
passion qui soutient sa vie et cet homme de cœur, toujours
prêt au grand jour à se jeter sur la pointe d'une épée, met
devant lui des guichets et les ombres de la nuit, il se
promène dans les campagnes silencieuses avec une
femme aimée, à cette première aube où la diane[2] l'appelait à l'attaque des tentes de l'ennemi.

  Je quitte M. Armand Carrel pour tracer quelques mots
sur notre célèbre chansonnier. Vous trouverez mon récit
trop court, lecteur, mais j'ai droit à votre indulgence :

---

  1. Sur Armand Carrel (1800-1836), outre le chapitre 4 du livre XLII,
voir le *Carrel journaliste* de R.-G. Nobécourt (Rouen, Desfontaines,
1935), qui reproduit pour la première fois les lettres de Chateaubriand.
Ancien élève de Saint-Cyr, Armand Carrel commença par servir
comme sous-lieutenant, avant de donner sa démission pour rejoindre la
légion étrangère de Catalogne. Rendu à la vie civile après la révision
de son procès (juillet 1824), il se reclassa dans le journalisme et les
publications alimentaires, jusqu'à ce que *Le National* vienne mobiliser
toute son énergie.   **2.** « Batterie de tambour qui se fait à la pointe
du jour » (Littré). Sur la compagne de Carrel, voir XLII, 4, *infra*,
p. 540, note 3.

son nom et ses chansons doivent être gravés dans votre mémoire.

M. de Béranger n'est pas obligé, comme M. Carrel, de cacher ses amours. Après avoir chanté la liberté et les vertus populaires en bravant la geôle des rois, il met ses amours dans un couplet, et voilà *Lisette* immortelle [1].

Près de la barrière des Martyrs, sous Montmartre, on voit la rue de la Tour-d'Auvergne. Dans cette rue, à moitié bâtie, à demi pavée, dans une petite maison retirée derrière un petit jardin et calculée sur la modicité des fortunes actuelles, vous trouverez l'illustre chansonnier. Une tête chauve, un air un peu rustique, mais fin et voluptueux, annoncent le poète. Je repose avec plaisir mes yeux sur cette figure plébéienne, après avoir regardé tant de faces royales ; je compare ces types si différents : sur les fronts monarchiques on voit quelque chose d'une nature élevée, mais flétrie, impuissante, effacée ; sur les fronts démocratiques paraît une nature physique commune, mais on reconnaît une nature intellectuelle, haute : le front monarchique a perdu la couronne ; le front populaire l'attend.

Je priais un jour Béranger (qu'il me pardonne s'il me rend aussi familier que sa renommée), je le priais de me montrer quelques-uns de ses ouvrages inconnus : « Savez-vous, me dit-il, que j'ai commencé par être votre disciple ? j'étais fou du *Génie du Christianisme* et j'ai fait des idylles chrétiennes ; ce sont des scènes de curé de campagne, des tableaux du culte dans les villages et au milieu des moissons [2]. »

---

1. Pierre-Jean Béranger (1780-1857) fut présenté à Chateaubriand par Hortense Allart, leur commune amie, dans les premières semaines de 1830. Dès cette époque Chateaubriand partage la vive admiration que, pour des raisons diverses, presque tous ses contemporains vouent à « notre immortel chansonnier ». C'est après 1850 que sera dénoncé le caractère prudhommesque (Flaubert, Baudelaire) ou franchement réactionnaire (Vallès) de son inspiration où *Lisette* rime toujours avec *grisette*.   2. Dans *Ma biographie* (Perrotin, 1857, p. 100), Béranger a rappelé son enthousiasme juvénile pour le *Génie du christianisme* : en octobre 1803, il versifiait, dit-il, sur le « Rétablissement du culte » ou « Le Déluge ».

M. Augustin Thierry m'a dit que la bataille des Francs dans *les Martyrs* lui avait donné l'idée d'une nouvelle manière d'écrire l'histoire [1] : rien ne m'a plus flatté que de trouver mon souvenir placé au commencement du talent de l'historien Thierry et du poète Béranger.

Notre chansonnier a les diverses qualités que Voltaire exige pour la chanson : « Pour bien réussir à ces petits ouvrages, dit l'auteur de tant de poésies gracieuses, il faut dans l'esprit de la finesse et du sentiment, avoir de l'harmonie dans la tête, ne point trop s'élever, ne point trop s'abaisser, et savoir n'être pas trop long [2]. »

Béranger a plusieurs muses, toutes charmantes, et quand ces muses sont des femmes, il les aime toutes. Lorsqu'il en est trahi, il ne tourne point à l'élégie ; et pourtant un sentiment de pieuse tristesse est au fond de sa gaieté : c'est une figure sérieuse qui sourit ; c'est la philosophie qui prie.

Mon amitié pour Béranger m'a valu bien des étonnements de la part de ce qu'on appelait mon parti ; un vieux chevalier de Saint-Louis, qui m'est inconnu, m'écrivait du fond de sa tourelle : « Réjouissez-vous, monsieur, d'être loué par celui qui a souffleté votre Roi et votre Dieu. » Très bien, mon brave gentilhomme ! vous êtes poète aussi.

---

1. Dans la préface de ses *Récits des temps mérovingiens* (1840), Augustin Thierry rappellera lui-même quelle impression électrique fit sur lui la lecture du « Bardit des Francs », au livre VI des *Martyrs*. Il observe à ce propos : « Ce moment (...) fut peut-être décisif pour ma vocation à venir. »   2. Ces formules sont empruntées à un petit traité publié en 1749 (*Connaissance des beautés et des défauts de la poésie dans la langue française*), et recueilli ensuite dans les *Œuvres* de Voltaire sans que cette paternité soit avérée.

(10)

SUITE DU JOURNAL

CHANSON DE BÉRANGER : MA RÉPONSE. — RETOUR À PARIS
POUR LA PROPOSITION DE BRIQUEVILLE.

Dans ce dîner au *Café de Paris* dont je vous viens de parler, M. de Béranger me chanta l'admirable chanson imprimée :

Chateaubriand, pourquoi fuir ta patrie,
Fuir son amour, notre encens et nos soins ?

On y remarquait cette strophe sur les Bourbons :

Et tu voudrais t'arracher à leur chute !
Connais donc mieux leur folle vanité :
Au rang des maux qu'au ciel même elle impute,
Leur cœur ingrat met ta fidélité.

À cette chanson, qui est de l'histoire du temps, je répondis de la Suisse par une lettre [1] qu'on voit imprimée en tête de ma brochure sur la proposition Briqueville. Je disais au chansonnier : « Du lieu où je vous écris, monsieur, j'aperçois la maison de campagne qu'habita lord Byron et les toits du château de madame de Staël. Où est le barde de *Childe-Harold* ? où est l'auteur de *Corinne* ? Ma trop longue vie ressemble à ces voies romaines bordées de monuments funèbres. »

---

1. Cette lettre ouverte, datée « Genève, ce 24 septembre 1831 », fut reproduite au tome 1 du *Livre des Cent et Un* (mis en vente vers le 15 octobre), en même temps que les vers de Béranger, puis dans *Le National* du 26 octobre. Chateaubriand la publia enfin lui-même en tête de sa brochure : *De la nouvelle proposition relative au bannissement de Charles X et de sa famille* (31 octobre 1831). On en trouvera le texte dans *Écrits politiques*, t. II, p. 610-615.

Je retournai à Genève ; je ramenai ensuite madame de Chateaubriand à Paris, et rapportai le manuscrit contre la proposition Briqueville[1] sur le bannissement des Bourbons, proposition prise en considération dans la séance des députés du 17 septembre de cette année 1831 : les uns attachent leur vie au succès, les autres au malheur.

(11)

PROPOSITION BAUDE ET BRIQUEVILLE SUR LE BANNISSEMENT DE LA BRANCHE AÎNÉE DES BOURBONS.

Paris, rue d'Enfer, fin de novembre 1831.

De retour à Paris le 11 octobre[2], je publiai ma brochure vers la fin du même mois ; elle a pour titre : *De la nouvelle proposition relative au bannissement de Charles X et de sa famille, ou suite de mon dernier écrit : De la Restauration et de la Monarchie élective.*

Quand ces mémoires posthumes paraîtront, la polémique quotidienne, les événements pour lesquels on se passionne à l'heure actuelle de ma vie, les adversaires que je combats, même l'acte du bannissement de Charles X et de sa famille, compteront-ils pour quelque chose ? c'est là l'inconvénient de tout journal : on y trouve des discussions animées sur des sujets devenus indifférents ; le lecteur voit passer comme des ombres une foule de personnages dont il ne retient pas même le nom : figu-

---

1. C'est en réalité Pilorge qui, dès le début du mois, avait porté à Le Normant le manuscrit de ladite brochure. Le texte initial de la proposition, rédigé par Baude, avait été voté par la Chambre des députés, puis modifié par la Chambre des pairs. Repris en seconde lecture au Palais-Bourbon, il avait été aggravé par le comte de Briqueville (1785-1844), député de la Manche (Valognes). Ancien officier de la Grande Armée, ce gentilhomme du Cotentin siégeait en effet à gauche.   2. En réalité, les Chateaubriand quittèrent Genève le 12 au soir ou le 13 de bonne heure, pour arriver à Paris le 16 octobre.

rants muets qui remplissent le fond de la scène. Toutefois
c'est dans ces parties arides des chroniques que l'on
recueille les observations et les faits de l'histoire de
l'homme et des hommes.

Je mis d'abord au commencement de la brochure le
décret proposé successivement par MM. Baude et Briqueville. Après avoir examiné les cinq partis que l'on avait
à prendre après la révolution de Juillet, je dis :

« La pire des périodes que nous ayons parcourues
semble être celle où nous sommes, parce que l'anarchie
règne dans la raison, la morale et l'intelligence. L'existence des nations est plus longue que celle des individus : un homme paralytique reste quelquefois étendu
sur sa couche plusieurs années avant de disparaître ;
une nation infirme demeure longtemps sur son lit avant
d'expirer. Ce qu'il fallait à la royauté nouvelle, c'était
de l'élan, de la jeunesse, de l'intrépidité, tourner le dos
au passé, marcher avec la France à la rencontre de
l'avenir.

« De cela elle n'a cure ; elle s'est présentée amaigrie,
débiffée[1] par les docteurs qui la médicamentaient. Elle
est arrivée piteuse, les mains vides, n'ayant rien à donner,
tout à recevoir, se faisant pauvrette, demandant grâce à
chacun, et cependant hargneuse, déclamant contre la légitimité et singeant la légitimité, contre le républicanisme
et tremblant devant lui. Ce *système* pansu ne voit d'ennemis que dans deux oppositions qu'il menace. Pour se soutenir il s'est composé une phalange de vétérans
réengagistes[2] : s'ils portaient autant de chevrons qu'ils
ont fait de serments, ils auraient la manche plus bariolée
que la livrée des Montmorency.

« Je doute que la liberté se plaise longtemps à ce
pot-au-feu d'une monarchie domestique. Les Francs
l'avaient placée, cette liberté, dans un camp ; elle a

---

1. Voir t. I, p. 213, note 1.   **2.** Néologisme : soldat qui contracte
un nouvel engagement. On peut rapprocher la formule suivante de cette
image de *La Monarchie selon la Charte* : « Comme on compte l'âge
des vieux cerfs aux branches de leur ramure, on peut aujourd'hui compter les places d'un homme par le nombre de ses serments » (*Écrits
politiques*, t. II, p. 424).

conservé chez leurs descendants le goût et l'amour de son premier berceau ; comme l'ancienne royauté, elle veut être élevée sur le pavois[1] et ses députés sont soldats. »

De cette argumentation je passe au détail du système suivi dans nos relations extérieures. La faute immense du congrès de Vienne est d'avoir mis un pays militaire comme la France dans un état forcé d'hostilité avec les peuples riverains. Je fais voir tout ce que les étrangers ont acquis en territoire et en puissance, tout ce que nous pouvions reprendre en Juillet. Grande leçon ! preuve frappante de la vanité de la gloire militaire et des œuvres des conquérants ! Si l'on faisait une liste des princes qui ont augmenté les possessions de la France, Bonaparte n'y figurerait pas ; Charles X y occuperait une place remarquable !

Passant de raisonnement en raisonnement, j'arrive à Louis-Philippe : « Louis-Philippe est roi, dis-je, il porte le sceptre de l'enfant dont il était l'héritier immédiat, de ce pupille que Charles X avait remis entre les mains du lieutenant général du royaume, comme à un tuteur expérimenté, un dépositaire fidèle, un protecteur généreux. Dans ce château des Tuileries, au lieu d'une couche innocente, sans insomnie, sans remords, sans apparition, qu'a trouvé le prince ? un trône vide que lui présente un spectre décapité portant dans sa main sanglante la tête d'un autre spectre[2]...

« Faut-il, pour achever, emmancher le fer de Louvel dans une loi, afin de porter le dernier coup à la famille proscrite ? Si elle était poussée à ces bords par la tempête ; si, trop jeune encore, Henri n'avait pas les années requises à l'échafaud, eh bien ! vous êtes les maîtres, accordez-lui dispense d'âge pour mourir. »

Après avoir parlé au gouvernement de la France, je me

---

1. Allusion au mythe des origines franques de la monarchie féodale, alors au cœur du débat historique. Pour une position plus nuancée, voir la lettre à A. Thierry reproduite au chapitre 14 du livre XXIX (t. III, p. 319) et la préface des *Études historiques*.   **2.** C'est le spectre de Philippe-Égalité, guillotiné en 1793, quelques mois après avoir lui-même voté la mort de son cousin Louis XVI.

retourne vers Holy-Rood et j'ajoute : « Oserai-je prendre, en finissant, la respectueuse liberté d'adresser quelques paroles aux hommes de l'exil ? Ils sont rentrés dans la douleur comme dans le sein de leur mère : le malheur, séduction dont j'ai peine à me défendre, me semble avoir toujours raison ; je crains de blesser son autorité sainte et la majesté qu'il ajoute à des grandeurs insultées, qui désormais n'ont plus que moi pour flatteur. Mais je surmonterai ma faiblesse, je m'efforcerai de faire entendre un langage qui, dans un jour d'infortune, pourrait préparer une espérance à ma patrie.

« L'éducation d'un prince doit être en rapport avec la forme du gouvernement et les mœurs de son pays. Or, il n'y a en France ni chevalerie, ni chevaliers, ni soldats de l'oriflamme, ni gentilshommes bardés de fer, prêts à marcher à la suite du drapeau blanc. Il y a un peuple qui n'est plus le peuple d'autrefois, un peuple qui, changé par les siècles, n'a plus les anciennes habitudes et les antiques mœurs de ses pères. Qu'on déplore ou qu'on glorifie les transformations sociales advenues, il faut prendre la nation telle qu'elle est, les faits tels qu'ils sont, entrer dans l'esprit de son temps, afin d'avoir action sur cet esprit.

« Tout est dans la main de Dieu, excepté le passé qui, une fois tombé de cette main puissante, n'y rentre plus.

« Arrivera sans doute le moment où l'orphelin sortira de ce château des Stuarts, asile de mauvais augure qui semble étendre l'ombre de la fatalité sur sa jeunesse : le dernier-né du Béarnais doit se mêler aux enfants de son âge, aller aux écoles publiques, apprendre tout ce que l'on sait aujourd'hui. Qu'il devienne le jeune homme le plus éclairé de son temps ; qu'il soit au niveau des sciences de l'époque ; qu'il joigne aux vertus d'un chrétien du siècle de saint Louis les lumières d'un chrétien de notre siècle. Que des voyages l'instruisent des mœurs et des lois ; qu'il ait traversé les mers, comparé les institutions et les gouvernements, les peuples libres et les peuples esclaves ; que simple soldat, s'il en trouve l'occasion à l'étranger, il s'expose aux périls de la guerre, car on n'est point apte à régner sur des Français sans avoir entendu siffler le boulet. Alors on aura fait pour lui ce qu'humainement parlant on peut faire. Mais surtout gardez-vous de le nourrir dans les idées du droit invincible ; loin de le flatter de remonter au rang de ses pères, préparez-le à n'y remonter jamais ; élevez-le pour être homme, non pour être roi : là sont ses meilleures chances.

« C'est assez ; quel que soit le conseil de Dieu, il restera au candidat de ma tendre et pieuse fidélité une majesté des âges que les hommes ne lui peuvent ravir. Mille ans noués à sa jeune tête le pareront toujours d'une pompe au-dessus de celle de tous les monarques. Si dans la condition privée il porte bien ce diadème de jours, de souvenirs et de gloire, si sa main soulève sans effort ce spectre du temps que lui ont légué ses aïeux, quel empire pourrait-il regretter ? »

M. le comte de Briqueville, dont je combattis ainsi la proposition, imprima quelques réflexions sur ma brochure[1] ; il me les envoya avec ce billet :

« Monsieur,

« J'ai cédé au besoin, au devoir de publier les réflexions qu'ont fait naître dans mon esprit vos pages éloquentes sur ma proposition. J'obéis à un sentiment non moins vrai en déplorant de me trouver en opposition avec vous, monsieur, qui, à la puissance du génie, joignez tant de titres à la considération publique. Le pays est en danger, et dès lors je ne puis plus croire à une dissension sérieuse entre nous : cette France nous invite à nous réunir pour la sauver ; aidez-la de votre génie ; nous manœuvres nous l'aiderons de nos bras. Sur ce terrain, monsieur, n'est-il pas vrai, nous ne serons pas longtemps sans nous entendre ? Vous serez le Tyrtée d'un peuple dont nous sommes les soldats, et ce sera avec bonheur que je me proclamerai alors le plus ardent de vos adhé-

---

1. *Lettre à M. de Chateaubriand en réponse à sa brochure*, etc., Le Normant 1831. Le billet autographe de Briqueville est conservé à Combourg, ainsi que le brouillon de la réponse. La brochure de Chateaubriand remporta un vif succès et suscita de nombreuses réactions (voir Durry, t. I, p. 79-83).

rents politiques, comme je suis déjà le plus sincère de vos admirateurs.

« Votre très humble et obéissant serviteur,
            « Le comte Armand de Briqueville. »

« Paris, 15 novembre 1831. »

Je ne restai pas en demeure, et je rompis contre le champion une seconde lance mornée [1].

                « Paris, ce 15 novembre 1831.

« Monsieur,
« Votre lettre est digne d'un gentilhomme : pardonnez-moi ce vieux mot, qui va à votre nom, à votre courage, à votre amour de la France. Comme vous, je déteste le joug étranger : s'il s'agissait de défendre mon pays, je ne demanderais pas à porter la lyre du poète, mais l'épée du vétéran dans les rangs de vos soldats.

« Je n'ai point encore lu, monsieur, vos réflexions ; mais si l'état de la politique vous conduisait à retirer la proposition qui m'a si étrangement affligé, avec quel bonheur je me rencontrerais près de vous, sans obstacle, sur le terrain de la liberté, de l'honneur et de la gloire de notre patrie !

« J'ai l'honneur d'être, monsieur, avec la considération la plus distinguée, votre très humble et très obéissant serviteur,

                « Chateaubriand. »

---

1. C'est-à-dire : rendue inoffensive par un anneau qu'on appelait une *morne*. On disait aussi « lance courtoise ». Chateaubriand utilise ici le vocabulaire des anciens tournois pour insister sur le ton de cette polémique entre gentilshommes.

(12)

LETTRE À L'AUTEUR DE LA *NÉMÉSIS*[1].

> Paris, rue d'Enfer, infirmerie de Marie-Thérèse,
> décembre 1831.

Un poète, mêlant les proscriptions des Muses à celles des lois, dans une improvisation énergique, attaqua la veuve et l'orphelin. Comme ces vers étaient d'un écrivain de talent, ils acquirent une sorte d'autorité qui ne me permit pas de les laisser passer : je fis volte-face contre un autre ennemi *.

On ne comprendrait pas ma réponse si on ne lisait le libelle du poète ; je vous invite donc à jeter les yeux sur ces vers ; ils sont très beaux et on les trouve partout[2]. Ma

---

* M. Barthélemy a passé depuis au juste-milieu, non sans force imprécations de beaucoup de gens qui se sont ralliés seulement un peu plus tard. (Note de Paris, 1837.)

---

1. C'est sous ce titre, précisé par une épigraphe de Chénier (« Némésis, la tardive déesse / Qui frappe le méchant sur son trône endormi »), que pendant un an, du 27 mars 1831 au 1ᵉʳ avril 1832, le poète marseillais Auguste Barthélemy (1796-1867), secondé par son compatriote Méry, publia chaque semaine une satire en vers, dirigée aussi bien contre les légitimistes que contre les profiteurs du nouveau régime. Les deux cent quatre-vingts vers adressés « À M. de Chateaubriand » et datés du 6 novembre 1831, constituent la trente et unième livraison de *Némésis*. Barthélemy y exprime son admiration pour le grand écrivain qu'il invite à ne plus se fourvoyer dans la politique et à cesser de soutenir une cause perdue pour revenir à la littérature. Il concluait : « Homme heureux ! si nouveau, si jeune à soixante ans ! Ressaisis ce laurier que conquit ton printemps », etc.　　**2.** Les cinquante-deux poèmes de *Némésis* remportèrent un éphémère succès, alimenté par les polémiques (voir par exemple la *Réponse* de Lamartine à Barthélemy, au mois de juillet 1831). Dès 1832, ils furent réunis en deux volumes chez Perrotin. En 1833, le même éditeur publia une seconde édition enrichie de notes justificatives (1 vol., in-8º de 479 pages). Le lecteur moderne trouvera la pièce concernant Chateaubriand dans *Écrits politiques*, t. II, p. 721-729. Comme le laisse entendre la note du mémorialiste, le gouvernement ne tarda pas à acheter le silence du polémiste.

réponse n'a pas été rendue publique : elle paraît pour la première fois dans ces *Mémoires*. Misérables débats où aboutissent les révolutions ! Voilà à quelle lutte nous arrivons, nous faibles successeurs de ces hommes qui, les armes à la main, traitaient les grandes questions de gloire et de liberté, en agitant l'univers ! Des pygmées font entendre aujourd'hui leur petit cri parmi les tombeaux des géants ensevelis sous les monts qu'ils ont renversés sur eux.

« Paris, mercredi soir, 9 novembre 1831.

« Monsieur,

« J'ai reçu ce matin le dernier numéro de la *Némésis* que vous m'avez fait l'honneur de m'envoyer. Pour me défendre de la séduction de ces éloges donnés avec tant d'éclat, de grâce et de charme [1], j'ai besoin de me rappeler les obstacles qui s'élèvent entre nous. Nous vivons dans deux mondes à part : nos espérances et nos craintes ne sont pas les mêmes ; vous brûlez ce que j'adore, et je brûle ce que vous adorez. Vous avez grandi, monsieur, au milieu d'une foule d'avortons de Juillet ; mais de même que toute l'influence que vous supposez à ma prose ne fera pas, selon vous, remonter une race tombée ; de même, selon moi, toute la puissance de votre poésie ne ravalera pas cette noble race : serions-nous ainsi placés l'un et l'autre dans deux impossibilités ?

« Vous êtes jeune, monsieur, comme cet avenir que vous songez et qui vous pipera [2] ; je suis vieux comme ce temps que je rêve et qui m'échappe. Si vous veniez vous asseoir à mon foyer, dites-vous obligeamment, vous reproduiriez mes traits sous votre burin : moi, je m'efforcerais de vous faire chrétien et royaliste. Puisque votre lyre, au premier accord de son harmonie, chantait mes *Martyrs* et mon *pèlerinage*, pourquoi n'achèveriez-vous pas la course ? Entrez dans le lieu saint ; le temps ne m'a arraché que les cheveux, comme il effeuille un arbre en

---

1. Ces éloges outrés suffisent sans doute à expliquer la singulière indulgence de Chateaubriand pour les vers de mirliton de son interlocuteur.   **2.** Archaïsme pour : tromper, décevoir, voler.

hiver, mais la sève est restée au cœur : j'ai encore la main assez ferme pour tenir le flambeau qui guiderait vos pas sous les voûtes du sanctuaire.

« Vous affirmez, monsieur, qu'il faudrait un peuple de poètes pour comprendre mes contradictions *de royaumes éteints et de jeunes républiques* : n'auriez-vous pas aussi célébré la *liberté* et trouvé quelques magnifiques paroles pour les tyrans qui l'opprimaient ? Vous citez les du Barry, les Montespan, les Fontanges, les La Vallière ; vous rappelez des faiblesses royales ; mais ces faiblesses ont-elles coûté à la France ce que les débauches des Danton et des Camille Desmoulins lui ont coûté ? Les mœurs de ces Catilina plébéiens se réfléchissaient jusque dans leur langage, ils empruntaient leurs métaphores à la porcherie des infâmes et des prostituées. Les fragilités de Louis XIV et de Louis XV ont-elles envoyé les pères et les époux au gibet après avoir déshonoré les filles et les épouses ? Les bains de sang ont-ils rendu l'impudicité d'un révolutionnaire plus chaste que les bains de lait ne rendaient virginale la souillure d'une Poppée ? Quand les regrattiers [1] de Robespierre auraient détaillé au peuple de Paris le sang des baignoires de Danton, comme les esclaves de Néron vendaient aux habitants de Rome le lait des thermes de sa courtisane, pensez-vous que quelque vertu se fût trouvée dans la lavure [2] des obscènes bourreaux de la terreur ?

« La rapidité et la hauteur du vol de votre muse vous ont trompé, monsieur : le soleil qui rit à toutes les misères aura frappé les vêtements d'une veuve ; ils vous auront semblé *dorés* : j'ai vu ces vêtements, ils étaient de deuil ; ils ignoraient les fêtes ; l'enfant, dans les entrailles qui le portaient, n'a été bercé que du bruit des larmes ; s'il eût *dansé neuf mois dans le sein de sa mère*, comme vous le dites, il n'aurait eu donc de joie qu'avant de naître, entre la conception et l'enfantement, entre l'assassinat et la

---

1. Revendeur au détail, ou de seconde main ; le mot est déclaré « vieilli » par *Académie*, 1835.   2. Eau de rinçage, qui a servi à laver. Mais il est possible que Chateaubriand joue sur un deuxième sens, plus technique : parcelles de métal (or ou argent), obtenues par le lavage du minerai.

proscription ! *La pâleur de redoutable augure* que vous avez remarquée sur le visage de Henri est le résultat de la saignée paternelle et non la lassitude d'un bal de deux cent soixante-dix nuits. L'antique malédiction a été maintenue pour la fille de Henri IV : *in dolore paries filios*[1]. Je ne connais que la déesse de la Raison dont les couches, hâtées par des adultères, aient eu lieu dans les danses de la mort. Il tombait de ses flancs publics des reptiles immondes qui ballaient[2] à l'instant même avec les tricoteuses autour de l'échafaud, au son du coutelas, remontant et redescendant, refrain de la danse diabolique.

« Ah ! monsieur, je vous en conjure, au nom de votre rare talent, cessez de récompenser le crime et de punir le malheur par les sentences improvisées de votre muse ; ne condamnez pas le premier au ciel, le second à l'enfer. Si en restant attaché à la cause de la liberté et des lumières vous donniez asile à la religion, à l'humanité, à l'innocence, vous verriez apparaître à vos veilles une autre espèce de Némésis digne de tous les hommages de la terre. En attendant que vous versiez mieux que moi sur la vertu *tout l'océan de vos fraîches idées*, continuez, avec la vengeance que vous vous êtes faite, de traîner aux gémonies nos turpitudes ; renversez les faux monuments d'une révolution qui n'a pas édifié le temple propre à son culte ; labourez leurs ruines avec le soc de votre satire ; semez le sel dans ce champ pour le rendre stérile, afin qu'il ne puisse y germer de nouveau aucune bassesse. Je vous recommande surtout, monsieur, ce gouvernement prosterné qui chevrote la fierté des obéissances, la victoire des défaites, et la gloire des humiliations de la patrie. »

« Chateaubriand. »

---

1. « Tu enfanteras dans la douleur » (*Genèse*, III, 16).   2. Voir t. I, p. 228, note 3.

(13)

Paris, rue d'Enfer, fin de mars.

Conspiration de la rue des Prouvaires.

Ces voyages et ces combats finirent pour moi l'année
1831 : au commencement de cette année 1832, autre tra-
casserie.

La révolution de Juillet avait laissé sur le pavé de Paris
une foule de Suisses, de gardes du corps, d'hommes de
tous états nourris par la cour, qui mouraient de faim et
que de bonnes têtes monarchiques, jeunes et folles sous
leurs cheveux gris, imaginèrent d'enrôler pour un coup
de main[1].

Dans ce formidable complot, il ne manquait pas de personnes graves, pâles, maigres, transparentes, courbées, le
visage noble, les yeux encore vifs, la tête blanchie ; ce
passé ressemblait à l'honneur ressuscité venant essayer
de rétablir, avec ses mains d'ombre, la famille qu'il
n'avait pu soutenir de ses vivantes mains. Souvent des
gens à béquilles prétendent étayer les monarchies crou-
lantes ; mais à cette époque de la société, la restauration
d'un monument du moyen âge est impossible, parce que
le génie qui animait cette architecture est mort : on ne
fait que du vieux en croyant faire du gothique.

D'un autre côté, les héros de Juillet, à qui le juste-
milieu[2] avait filouté la République, ne demandaient pas

---

1. Le remplacement de Laffitte par Casimir Périer à la tête du ministère, le 11 mars 1831, et la politique de répression plus ferme conduite
par ce dernier contre les oppositions, avaient eu pour conséquence une
alliance tactique entre la gauche républicaine ou bonapartiste et le parti
légitimiste, qui avait une forte implantation populaire à Paris.
2. Montesquieu a été le premier à donner un sens politique à cette
expression pour désigner le système tempéré propre, selon lui, à la
Constitution anglaise. Mais Louis-Philippe venait de la relancer pour
son propre compte. Le 28 janvier 1831, recevant une députation de la
ville de Gaillac, il avait déclaré : « Quant à la politique intérieure, nous

mieux que de s'entendre avec les carlistes pour se venger
d'un ennemi commun, quitte à s'égorger après la victoire.
M. Thiers ayant préconisé le système de 1793 comme
l'œuvre de la liberté, de la victoire et du génie, de jeunes
imaginations se sont allumées au feu d'un incendie dont
elles ne voyaient que la réverbération lointaine ; elles en
sont à la poésie de la terreur : affreuse et folle parodie
qui fait rebrousser l'heure de la liberté. C'est méconnaître
à la fois le temps, l'histoire et l'humanité ; c'est obliger
le monde à reculer jusque sous le fouet du garde-
chiourme pour se sauver de ces fanatiques de l'échafaud.

Il fallait de l'argent pour nourrir tous ces mécontents,
héros de Juillet éconduits ou domestiques sans place : on
se cotisa. Des conciliabules carlistes et républicains
avaient lieu dans tous les coins de Paris, et la police, au
fait de tout, envoyait ses espions prêcher, d'un club à un
grenier, l'égalité et la légitimité. On m'informait de ces
menées que je combattais. Les deux partis voulaient me
déclarer leur chef au moment certain du triomphe : un
club républicain me fit demander si j'accepterais la présidence de la République ; je répondis : « Oui, très certainement ; mais après M. de La Fayette » ; ce qui fut trouvé
modeste et convenable. Le général La Fayette venait
quelquefois chez madame Récamier ; je me moquais un
peu de *sa meilleure des républiques* : je lui demandais
s'il n'aurait pas mieux fait de proclamer Henri V et d'être
le véritable président de la France pendant la minorité du
royal enfant. Il en convenait et prenait bien la plaisanterie,
car il était homme de bonne compagnie. Toutes les fois
que nous nous retrouvions, il me disait : « Ah ! vous allez
recommencer votre querelle. » Je lui faisais convenir qu'il
n'y avait pas eu d'homme plus attrapé que lui par son
bon ami Philippe.

Au milieu de cette agitation et de ces conspirations

---

chercherons à nous tenir dans un juste milieu. » Il cherchait ainsi à
promouvoir une position intermédiaire entre les audaces libérales du
parti du « mouvement » et les tendances autoritaires du parti de la « résistance ». La formule fut aussitôt reprise comme slogan par les partisans du régime et comme cible par ses ennemis qui dénoncèrent ses
arrière-pensées de classe.

extravagantes, arrive un homme déguisé. Il débarqua chez moi, perruque de chiendent sur l'occiput, lunettes vertes sur le nez, masquant ses yeux qui voyaient très bien sans lunettes. Il avait ses poches pleines de lettres de change qu'il montrait ; et tout de suite instruit que je voulais vendre ma maison et arranger mes affaires, il me fit offre de ses services ; je ne pouvais m'empêcher de rire de ce monsieur (homme d'esprit et de ressource d'ailleurs) qui se croyait obligé de m'acheter pour la légitimité. Ses offres devenant trop pressantes, il vit sur mes lèvres un dédain qui l'obligea de faire retraite, et il écrivit à mon secrétaire ce petit billet que j'ai gardé :

« Monsieur,

« Hier au soir j'ai eu l'honneur de voir M. le vicomte de Chateaubriand, qui m'a reçu avec sa bonté habituelle ; néanmoins j'ai cru m'apercevoir qu'il n'avait plus son abandon ordinaire. Dites-moi, je vous prie, ce qui aurait pu me retirer sa confiance à laquelle je tenais plus qu'à toute autre chose ; si on lui a fait sur mon compte des *cancans*, je ne crains pas de mettre ma conduite au grand jour, et je suis prêt à répondre à tout ce qu'on pourrait lui avoir dit ; il connaît trop la méchanceté des intrigants pour me condamner sans vouloir m'entendre. Il y a même des peureux qui en font aussi ; mais il faut espérer que le jour arrivera où l'on verra les gens qui sont véritablement dévoués. Il m'a donc dit qu'il était inutile de me mêler de ses affaires ; j'en suis désolé, car j'aime à croire qu'elles auraient été arrangées selon ses désirs. Je me doute à peu près quelle est la personne qui, sur cet article, l'a fait changer ; si dans le temps j'avais été moins discret, elle n'aurait pas été à même de me nuire chez votre excellent *patron*. Enfin, je ne lui en suis pas moins dévoué, vous pouvez l'en assurer de nouveau en lui présentant mes hommages respectueux. J'ose espérer qu'un jour viendra où il pourra me connaître et me juger.

« Agréez, je vous prie, monsieur, etc. »

Hyacinthe fit à ce billet cette réponse que je lui dictai :

« Mon patron n'a rien du tout de particulier contre la

personne qui m'a écrit ; mais il veut vivre hors de tout, et ne veut accepter aucun service. »

Bientôt après la catastrophe arriva.

Connaissez-vous la rue des *Prouvaires*[1], rue étroite, sale, populaire, dans le voisinage de Saint-Eustache et des Halles ? C'est là que se donna le fameux souper de la troisième restauration. Les convives étaient armés de pistolets, de poignards et de clefs ; on devait, après boire, s'introduire dans la galerie du Louvre, et passant à minuit entre deux rangs de chefs-d'œuvre, aller frapper le monstre usurpant au milieu d'une fête. La conception était romantique ; le XVIe siècle était revenu, on pouvait se croire au temps des Borgia, des Médicis de Florence et des Médicis de Paris, aux hommes près.

Le 1er février, à neuf heures du soir, j'allais me coucher, lorsqu'un homme zélé et l'individu aux lettres de change forcèrent ma porte, rue d'Enfer, pour me dire que tout était prêt, que dans deux heures Louis-Philippe aurait disparu ; ils venaient s'informer s'ils pouvaient me déclarer le chef principal du gouvernement provisoire, et si je consentais à prendre, avec un conseil de régence, les rênes du gouvernement provisoire au nom de Henri V. Ils avouaient que la chose était périlleuse, mais que je n'en recueillerais que plus de gloire, et que, comme je convenais à tous les partis, j'étais le seul homme de France en position de jouer un pareil rôle. C'était me serrer de près, deux heures pour me décider à ma couronne ! deux heures pour aiguiser le grand sabre de mameluck que j'avais acheté au Caire en 1806 ! Pourtant je n'éprouvai aucun embarras et je leur dis : « Messieurs, vous savez que je n'ai jamais approuvé cette entreprise, qui me paraît folle. Si j'avais à m'en mêler, j'aurais partagé vos périls et n'aurais pas attendu votre victoire pour accepter le prix de vos dangers. Vous savez que j'aime sérieusement la

---

1. Avant la construction des Halles centrales (1860), la rue des Prouvaires joignait la rue Saint-Honoré à la rue Rambuteau. C'était alors une rue commerçante, dans laquelle avait été installé, quelques années plus tôt, un marché de la viande. Les « conspirateurs » se réunirent chez le restaurateur Larcher, au no 12 de ladite rue.

liberté, et il m'est évident, par les meneurs de toute cette
affaire, qu'ils ne veulent point de liberté, qu'ils commen-
ceraient, demeurés maîtres du champ de bataille, par établir le règne de l'arbitraire. Ils n'auraient personne, ils ne
m'auraient pas surtout pour les soutenir dans ces projets ;
leur succès amènerait une complète anarchie, et l'étranger, profitant de nos discordes, viendrait démembrer la
France. Je ne puis donc entrer dans tout cela. J'admire
votre dévouement, mais le mien n'est pas de la même
nature. Je vais me coucher ; je vous conseille d'en faire
autant, et j'ai bien peur d'apprendre demain matin le malheur de vos amis. »

Le souper eut lieu ; l'hôte du logis, qui ne l'avait préparé qu'avec l'autorisation de la police, savait à quoi s'en
tenir. Les mouchards à table trinquaient le plus haut à la
santé de Henri V ; les sergents de ville arrivèrent, empoi-
gnèrent les convives et renversèrent encore une fois la
coupe de la royauté légitime. Le Renaud des aventuriers
royalistes était un savetier de la rue de Seine[1], décoré de
Juillet, qui s'était battu vaillamment dans les trois journées, et qui blessa grièvement, pour Henri V, un agent de
la police de Louis-Philippe, comme il avait tué des soldats
de la garde, pour chasser le même Henri V et les deux
vieux rois.

J'avais reçu pendant cette affaire un billet de madame
la duchesse de Berry qui me nommait *membre d'un gouvernement secret*, qu'elle établissait en qualité de régente
de France[2]. Je profitai de cette occasion pour écrire à la
princesse la lettre suivante :

---

1. Le jeune Louis Poncelet, qui passa pour un des meneurs, échappa
néanmoins à la peine capitale lors des procès du mois de juillet. Rappelons que Renaud est le héros principal de la *Jérusalem délivrée*.
2. La position officielle de la duchesse de Berry est alors très ambivalente. Au mois de novembre 1830, à Holy-Rood, Charles X avait signé
une déclaration dans laquelle il confirmait son abdication, ainsi que
celle de son fils, mais où il affirmait néanmoins qu'il exercerait la
régence jusqu'à la majorité de son petit-fils (29 septembre 1833). Cette
décision revenait à déposséder la mère de Henri V de ce qu'elle ne
pouvait manquer de considérer comme un droit historique. Contestable
sur le plan juridique, elle se révéla dans les mois qui suivirent comme
une véritable pomme de discorde dans le camp royaliste. Dès le prin-

LETTRE À MADAME LA DUCHESSE DE BERRY *

« Madame,

« C'est avec la plus profonde reconnaissance que j'ai reçu le témoignage de confiance et d'estime dont vous avez bien voulu m'honorer ; il impose à ma fidélité le devoir de redoubler de zèle, en mettant toujours sous les yeux de Votre Altesse Royale ce qui me paraîtra la vérité.

« Je parlerai d'abord des prétendues conspirations dont le bruit sera peut-être parvenu jusqu'à Votre Altesse Royale. On affirme qu'elles ont été fabriquées ou provoquées par la police. Laissant de côté le fait, et sans insister sur ce que les conspirations (vraies ou fausses) ont en elles-mêmes de répréhensible, je me contenterai de remarquer que notre caractère national est à la fois trop léger et trop franc pour réussir à de pareilles besognes. Aussi depuis quarante années ces sortes d'entreprises coupables ont-elles constamment échoué. Rien de plus extraordinaire que d'entendre un Français se vanter publiquement d'être d'un complot ; il en raconte tout le détail, sans oublier le jour, le lieu et l'heure, à quelque espion qu'il prend pour un confrère ; il dit tout haut, ou plutôt il crie aux passants : "Nous avons quarante mille hommes bien comptés, nous avons soixante mille cartouches, telle rue,

---

* J'ai repris quelques passages de la longue lettre qu'on va lire pour les placer dans mes *Explications sur mes 12 000 fr.* ; et depuis, dans mon *Mémoire sur la captivité de madame la duchesse de Berry*.

---

temps 1831, la duchesse avait institué son propre conseil, et laissé son mandataire Ferdinand de Bertier mettre en place un comité parisien dont Chateaubriand ne faisait pas partie. Le 17 juin, elle quitta Londres pour se rendre en Italie où elle bénéficiait du soutien plus ou moins avoué du duc de Modène et du roi de Sardaigne. C'est là que, sans trop de discrétion, commença la préparation du soulèvement qu'elle envisageait de mener à bien sur le territoire français. Chateaubriand avait déjà émis les plus expresses réserves envers toute forme de conspiration armée. Aussi sa réaction fut-elle très méfiante lorsque, le 7 février 1832, la duchesse institua en France un « gouvernement secret » dans lequel il devait avoir pour collègues le maréchal Victor, duc de Bellune, le chancelier Pastoret, le marquis de Latour-Maubourg, etc., avec Berryer pour secrétaire général.

numéro tant, dans la maison qui fait le coin." Et puis ce Catilina va danser et rire.

« Les sociétés secrètes ont seules une longue portée, parce qu'elles procèdent par révolutions et non par conspirations ; elles visent à changer les doctrines, les idées et les mœurs avant de changer les hommes et les choses ; leurs progrès sont lents, mais les résultats certains. La publicité de la pensée détruira l'influence des sociétés secrètes ; c'est l'opinion publique qui maintenant opérera en France ce que les congrégations occultes accomplissent chez les peuples non encore émancipés.

« Les départements de l'Ouest et du Midi, qu'on a l'air de vouloir pousser à bout par l'arbitraire et la violence, conservent cet esprit de fidélité qui distingua les antiques mœurs ; mais cette moitié de la France ne conspirera jamais dans le sens étroit de ce mot : c'est une espèce de camp au repos sous les armes. Admirable comme réserve de la légitimité, elle serait insuffisante comme avant-garde et ne prendrait jamais avec succès l'offensive. La civilisation a fait trop de progrès pour qu'il éclate une de ces guerres intestines à grands résultats, ressource et fléau des siècles à la fois plus chrétiens et moins éclairés.

« Ce qui existe en France n'est point une monarchie, c'est une république ; à la vérité, du plus mauvais aloi. Cette république est plastronnée[1] d'une royauté qui reçoit les coups et les empêche de porter sur le gouvernement même.

« De plus, si la légitimité est une force considérable, l'élection est aussi un pouvoir prépondérant, même lorsqu'elle n'est que fictive, surtout en ce pays où l'on ne vit que de vanité : la passion française, l'égalité, est flattée par l'élection.

« Le gouvernement de Louis-Philippe se livre à un double excès d'arbitraire et d'obséquiosité auquel le gouvernement de Charles X n'avait jamais songé. On supporte cet excès, pourquoi ? Parce que le peuple supporte plus facilement la tyrannie d'un gouvernement qu'il a

---

1. Recouverte, comme un escrimeur, par un plastron de protection.

créé que la rigueur légale des institutions qui ne sont pas son ouvrage.

« Quarante années de tempêtes ont brisé les plus fortes âmes ; l'apathie est grande, l'égoïsme presque général ; on se ratatine pour se soustraire au danger, garder ce qu'on a, vivoter en paix. Après une révolution il reste aussi des hommes gangrenés qui communiquent à tout leur souillure, comme après une bataille il reste des cadavres qui corrompent l'air. Si par un souhait Henri V pouvait être transporté aux Tuileries sans dérangement, sans secousse, sans compromettre le plus léger intérêt, nous serions bien près d'une restauration ; mais pour l'avoir s'il faut seulement ne pas dormir une nuit, les chances diminuent.

« Les résultats des journées de Juillet n'ont tourné ni au profit du peuple, ni à l'honneur de l'armée, ni à l'avantage des lettres, des arts, du commerce et de l'industrie. L'État est devenu la proie des ministériels de profession et de cette classe qui voit la patrie dans son pot-au-feu, les affaires publiques dans son ménage : il est difficile, madame, que vous connaissiez de loin ce qu'on appelle ici le *juste-milieu* ; que Son Altesse Royale se figure une absence complète d'élévation d'âme, de noblesse de cœur, de dignité de caractère ; qu'elle se représente des gens gonflés de leur importance, ensorcelés de leurs emplois, affolés de leur argent, décidés à se faire tuer pour leurs pensions : rien ne les en détachera ; c'est à la vie et à la mort ; ils y sont mariés comme les Gaulois à leurs épées, les chevaliers à l'oriflamme, les huguenots au panache blanc de Henri IV, les soldats de Napoléon au drapeau tricolore ; ils ne mourront qu'épuisés de serments à tous les régimes, après en avoir versé la dernière goutte sur leur dernière place. Ces eunuques de la quasi-légitimité dogmatisent d'indépendance en faisant assommer les citoyens dans les rues et en entassant les écrivains dans les geôles ; ils entonnent des chants de triomphe en évacuant la Belgique sur l'injonction d'un ministre anglais, et bientôt Ancône sur l'ordre d'un caporal autrichien [1]. Entre les huis de Sainte-Pélagie [2] et les portes des cabinets de l'Europe, ils se prélassent tout guindés de liberté et tout crottés de gloire.

« Ce que j'ai dit concernant les dispositions de la France ne doit pas décourager Votre Altesse Royale ; mais je voudrais que l'on connût mieux la route qui conduit au trône de Henri V.

« Vous savez ma manière de penser relativement à l'éducation de mon jeune roi : mes sentiments se trouvent exprimés à la fin de la brochure [3] que j'ai déposée aux pieds de Votre Altesse Royale : je ne pourrais que me répéter. Que Henri V soit élevé pour son siècle, avec et par les hommes de son siècle ; ces deux mots résument tout mon système. Qu'il soit élevé surtout pour n'être pas roi. Il peut régner demain, il peut ne régner que dans dix ans, il peut ne régner jamais : car si la légitimité a les diverses chances de retour que je vais à l'instant déduire, néanmoins l'édifice actuel pourrait crouler sans qu'elle sortît de ses ruines. Vous avez l'âme assez ferme, madame, pour supposer, sans vous laisser abattre, un jugement de Dieu qui replongerait votre illustre race dans

1. Après la révolution du 25 août 1830 à Bruxelles et le retrait partiel des troupes hollandaises, la Belgique avait vu son indépendance reconnue par la conférence de Londres, le 20 décembre 1830, mais de nombreuses questions demeuraient en suspens. Les indépendantistes belges se réclamaient de la France, mais le gouvernement de Louis-Philippe devait mener un jeu serré entre les puissances absolutistes (Autriche, Prusse et Russie) qui soutenaient les droits du roi des Pays-Bas, Guillaume Ier, et les susceptibilités anglaises. Au mois de juin 1831, il fallut accepter que le candidat de la Grande-Bretagne, un Saxe-Cobourg, fût proclamé roi des Belges ; mais en 1832, il épousera en secondes noces, une fille du roi des Français. Quelques semaines plus tard, un corps de troupes, placé sous les ordres du maréchal Gérard, repoussa jusqu'à Anvers quarante mille Hollandais qui avaient envahi la Belgique mais après une courte campagne, il fut obligé de se retirer à la demande de Palmerston. Des troubles avaient aussi éclaté en Italie, vite réprimés par les Autrichiens. En Romagne, puis dans les Marches, ils avaient rétabli dès le mois de mars 1831 le pouvoir pontifical, et installé une garnison à Bologne. Au mois de février 1832, Casimir Périer envoya un corps expéditionnaire à Ancône pour protester contre cette occupation. **2.** Voir XLII, 4 (*infra*, p. 534, note 1). **3.** Ce texte est cité au chapitre 11 : voir *supra*, p. 65-66.

les sources populaires ; de même que vous avez le cœur assez grand pour nourrir de justes espérances sans vous en laisser enivrer. Je dois maintenant vous présenter cette autre partie du tableau.

« Votre Altesse Royale peut tout défier, tout braver avec son âge ; il lui reste plus d'années à parcourir qu'il ne s'en est écoulé depuis le commencement de la Révolution. Or, que n'ont point vu ces dernières années ? Quand la République, l'Empire, la légitimité ont passé, l'amphibie du juste-milieu ne passerait point ! Quoi ! ce serait pour arriver à la misère d'hommes et de choses de ce moment que nous aurions traversé et dépensé tant de crimes, de malheur, de talent, de liberté, de gloire ! Quoi ! l'Europe bouleversée, les trônes croulant les uns sur les autres, les générations précipitées à la fosse le glaive dans le sein, le monde en travail pendant un demi-siècle, tout cela pour enfanter la quasi-légitimité ! On concevrait une grande république émergeant de ce cataclysme social ; du moins serait-elle habile à hériter des conquêtes de la Révolution, à savoir, la liberté politique, la liberté et la publicité de la pensée, le nivellement des rangs, l'admission à tous les emplois, l'égalité de tous devant la loi, l'élection et la souveraineté populaire. Mais comment supposer qu'un troupeau de sordides médiocrités sauvées du naufrage puissent employer ces principes ? À quelle proportion ne les ont-elles pas déjà réduits ! elles les détestent et ne soupirent qu'après les lois d'exception ; elles voudraient prendre toutes ces libertés sous la couronne qu'elles ont forgée, comme sous une trappe ; puis on niaiserait béatement avec des canaux, des chemins de fer, des tripotages d'arts, des arrangements de lettres ; monde de machines, de bavardage et de suffisance surnommé *société modèle*. Malheur à toute supériorité, à tout homme de génie ambitieux de préférence, de gloire et de plaisir, de sacrifice et de renommée, aspirant au triomphe de la tribune, de la lyre et des armes, qui s'élèverait un jour dans cet univers d'ennui !

« Il n'y a qu'une chance, madame, pour que la quasi-légitimité continuât de végéter : ce serait que l'état actuel de la société fût l'état naturel de cette société même à l'époque où nous sommes. Si le peuple vieilli se trouvait en rapport avec son gouvernement décrépit ; si entre le gouvernant et le gouverné il y avait harmonie d'infirmité et de faiblesse, alors, madame, tout serait fini pour Votre Altesse Royale, comme pour le reste des Français. Mais si nous ne sommes pas arrivés à l'âge du radotage national, et si la république immédiate est impossible, c'est la légitimité qui semble appelée à renaître. Vivez votre jeunesse, madame, et vous aurez les royaux haillons de cette pauvresse appelée monarchie de Juillet. Dites à vos ennemis ce que votre aïeule, la reine Blanche, disait aux siens pendant la minorité de saint Louis : « Point ne me chaut d'attendre. » Les belles heures de la vie vous ont été données en compensation de vos malheurs, et l'avenir vous rendra autant de félicités que le présent vous aura dérobé de jours.

« La première raison qui milite en votre faveur, madame, est la justice de votre cause et l'innocence de votre fils. Toutes les éventualités ne sont pas contre le bon droit. »

Après avoir détaillé les raisons d'espérances que je ne nourrissais guère, mais que je cherchais à grossir pour consoler la princesse, je continue :

« Voilà, madame, l'état précaire de la quasi-légitimité à l'intérieur ; à l'extérieur sa position n'est pas plus assurée.

« Si le gouvernement de Louis-Philippe avait senti que la révolution de Juillet biffait les transactions antécédentes, qu'une autre constitution nationale amenait un autre droit politique et changeait les intérêts sociaux ; s'il avait eu au début de sa carrière jugement et courage, il aurait pu, sans brûler une seule amorce, doter la France de la frontière qui lui a été enlevée tant était vif l'assentiment des peuples, tant était grande la stupéfaction des rois. La quasi-légitimité aurait payé sa couronne argent comptant avec un accroissement de territoire et se serait retranchée derrière ce boulevard. Au lieu de profiter de son élément républicain pour marcher vite, elle a eu peur de son principe ; elle s'est traînée sur le ventre ; elle a abandonné les nations soulevées pour elle et par elle ; elle les a rendues adverses de clientes qu'elles étaient ; elle a

éteint l'enthousiasme guerrier, elle a changé en un pusil-
lanime souhait de paix un désir éclairé de rétablir l'équilibre des forces entre nous et les États voisins, de réclamer
au moins auprès de ces États, démesurément agrandis, les
lambeaux détachés de notre vieille patrie. Par faillance[1]
de cœur et défaut de génie, Louis-Philippe a reconnu des
traités qui ne sont point de la nature de la révolution,
traités avec lesquels elle ne peut vivre, et que les étrangers
ont eux-mêmes violés.

« Le juste-milieu a laissé aux cabinets étrangers le
temps de se reconnaître et de former leurs armées. Et
comme l'existence d'une monarchie démocratique est
incompatible avec l'existence des monarchies continen-
tales, les hostilités, malgré les protocoles, les embarras de
finances, les peurs mutuelles, les armistices prolongés,
les gracieuses dépêches, les démonstrations d'amitié, les
hostilités, dis-je, pourraient sortir de cette incompatibilité.
Si notre royauté bourgeoise est résignée aux insultes, si
les hommes rêvent la paix, les choses pourront imposer
la guerre.

« Mais que la guerre brise ou ne brise pas la quasi-
légitimité, je sais que vous ne mettrez jamais, madame,
votre espérance dans l'étranger ; vous aimeriez mieux que
Henri V ne régnât jamais que de le voir arriver sous le
patronage d'une coalition européenne : c'est de vous-
même, c'est de votre fils que vous tirez votre espérance.
De quelque manière qu'on raisonne sur les ordonnances,
elles ne pouvaient jamais atteindre Henri V ; innocent de
tout, il a pour lui l'élection des siècles et ses infortunes
natales. Si le malheur nous touche dans la solitude d'une
tombe, il nous attendrit encore davantage quand il veille
auprès d'un berceau : car alors il n'est plus le souvenir
d'une chose passée, d'une créature misérable, mais qui a
cessé de souffrir ; il est une pénible réalité ; il attriste un

---

1. Archaïsme, encore mentionné comme tel dans *Trévoux* ; il signifie : défaut, manque de quelque chose. *Cf.* la Préface testamentaire (t. I,
p. 757) : « Si j'ai souvent échoué dans mes entreprises, il y a eu chez
moi *faillance* de destinée. »

âge qui ne devait connaître que la joie ; il menace toute
une vie qui ne lui a rien fait et n'a pas mérité ses rigueurs.

« Pour vous, madame, il y a dans vos adversités une
autorité puissante. Vous, baignée du sang de votre mari,
avez porté dans votre sein le fils que la politique appela
l'*enfant de l'Europe* et la religion l'*enfant du miracle*.
Quelle influence n'exercez-vous pas sur l'opinion, quand
on vous voit garder seule, à l'orphelin exilé, la puissante
couronne que Charles X secoua de sa tête blanchie, et au
poids de laquelle se sont dérobés deux autres fronts assez
chargés de douleurs pour qu'il leur fût permis de rejeter
ce nouveau fardeau ! Votre image se présente à notre souvenir avec ces grâces de femme qui, assises sur le trône,
semblent occuper leur place naturelle. Le peuple ne nourrit contre vous aucun préjugé ; il plaint vos peines, il
admire votre courage ; il garde la mémoire de vos jours
de deuil ; il vous sait gré de vous être mêlée plus tard à
ses plaisirs, d'avoir partagé ses goûts et ses fêtes ; il
trouve un charme à la vivacité de cette Française étrangère, venue d'un pays cher à notre gloire par les journées
de Fornoue, de Marignan, d'Arcole et de Marengo. Les
Muses regrettent leur protectrice née sous ce beau ciel de
l'Italie, qui lui inspira l'amour des arts, ce qui fit d'une
fille de Henri IV une fille de François Ier.

« La France, depuis la Révolution, a souvent changé de
conducteurs, et n'a point encore vu une femme au timon
de l'État. Dieu veut peut-être que les rênes de ce peuple
indomptable, échappées aux mains dévorantes de la
Convention, rompues dans les mains victorieuses de
Bonaparte, inutilement saisies par Louis XVIII et
Charles X, soient renouées par une jeune princesse ; elle
saurait les rendre à la fois moins fragiles et plus légères. »

Rappelant enfin à Madame qu'elle a bien voulu songer
à moi pour faire partie du gouvernement secret, je termine
ainsi ma lettre :

« Vous connaissez, madame, l'ordre d'idées dans
lequel j'aperçois la possibilité d'une restauration ; les
autres combinaisons seraient au-dessus de la portée de
mon esprit ; je confesserais mon insuffisance. C'est *osten-
siblement*, et en me proclamant l'homme de votre aveu,

de votre confiance, que je trouverais quelque force ; mais, ministre plénipotentiaire de nuit, chargé d'affaires accrédité auprès des ténèbres, c'est à quoi je ne me sentirais aucune aptitude. Si Votre Altesse Royale me nommait patemment[1] son ambassadeur auprès du peuple de la *nouvelle France*, j'inscrirais en grosses lettres sur ma porte : *Légation de l'ancienne France.* Il en arriverait ce qu'il plairait à Dieu ; mais je n'entendrais rien aux dévouements secrets ; je ne sais me rendre coupable de fidélité que par le flagrant délit.

« Madame, sans refuser à Votre Altesse Royale les services qu'elle aurait le droit de me commander, je la supplie d'agréer le projet que j'ai formé d'achever mes jours dans la retraite. Mes idées ne peuvent convenir aux personnes qui ont la confiance des nobles exilés d'Holy-Rood[2] ; le malheur passé, l'antipathie naturelle contre mes principes et ma personne renaîtrait avec la prospérité. J'ai vu repousser les plans que j'avais présentés pour la grandeur de ma patrie, pour donner à la France des frontières dans lesquelles elle pût exister à l'abri des invasions, pour la soustraire à la honte des traités de Vienne et de Paris. Je me suis entendu traiter de renégat quand je défendais la religion, de révolutionnaire quand je m'efforçais de fonder le trône sur la base des libertés publiques. Je retrouverais les mêmes obstacles augmentés de la haine que les fidèles de cour, de ville et de province, auraient conçue de la leçon que leur infligea ma conduite au jour de l'épreuve. J'ai trop peu d'ambition, trop besoin de repos pour faire de mon attachement un fardeau à la couronne, et lui imposer ma présence importune. J'ai rempli mes devoirs sans penser un seul moment qu'ils me donnassent droit à la faveur d'une famille auguste : heureux qu'elle m'ait permis d'embrasser ses adversités ! Je ne vois rien au-dessus de cet honneur ; elle en trouvera de plus jeunes et de plus habiles. Je ne me crois pas un

---

1. Ouvertement, publiquement. *Cf.* cette phrase des *Quatre Stuarts*, à propos de Charles Ier : « L'armée victorieuse demanda, d'abord en termes couverts, et ensuite *patemment*, le jugement du roi. »
2. Le « triumvirat » formé par Blacas, Damas et Latil.

homme nécessaire, et je pense qu'il n'y a plus d'hommes nécessaires aujourd'hui : inutile au présent, je vais aller dans la solitude m'occuper du passé. J'espère, madame, vivre encore assez pour ajouter à l'histoire de la Restauration la page glorieuse que promettent à la France vos futures destinées.

« Je suis avec le plus profond respect, madame, de Votre Altesse Royale le très humble et très obéissant serviteur.

« CHATEAUBRIAND.

« Paris, ce 25 mars 1832. »

La lettre fut obligée d'attendre un courrier sûr[1] ; le temps marcha et j'ajoutai à ma dépêche ce post-scriptum :

« Paris, 12 avril 1832.

« Madame,

« Tout vieillit vite en France ; chaque jour ouvre de nouvelles chances à la politique et commence une autre série d'événements. Nous en sommes maintenant à la maladie de M. Périer et au fléau de Dieu[2]. J'ai envoyé à M. le préfet de la Seine la somme de 12 000 francs que la fille proscrite de saint Louis et de Henri IV a destinée au soulagement des infortunés ; quel digne usage de sa noble indigence ! Je m'efforcerai, madame, d'être le fidèle interprète de vos sentiments. Je n'ai reçu de ma vie une mission dont je me sentisse plus honoré.

« Je suis avec le plus profond respect, etc. »

Avant de parler de l'affaire des 12 000 francs pour les *cholériques*, mentionnés dans ce post-scriptum, il faut parler du choléra. Dans mon voyage en Orient je n'avais point rencontré la peste, elle est venue me trouver à domicile ; la fortune après laquelle j'avais couru m'attendait

---

1. Si bien qu'elle arriva sans doute à Massa après le départ de la duchesse (voir *infra*, p. 108, note 1).   **2.** Le choléra se déclara dans Paris à la fin du mois de mars 1832. Le 4 avril, après avoir visité un hôpital, Casimir Périer tomba malade. Il devait mourir le 16 mai.

assise à ma porte[1] ; à Lisbonne s'élève un magnifique monument sur lequel on lit cette épitaphe : *Ci gît Basco Fuguera contre sa volonté.* Mon mausolée sera modeste, et je n'y reposerai pas malgré moi.

(14)

INCIDENCES.

PESTES.

À l'époque de la peste d'Athènes, l'an 431 avant notre ère, vingt-deux grandes pestes avaient déjà ravagé le monde[2]. Les Athéniens se figurèrent qu'on avait empoisonné leurs puits ; imagination populaire renouvelée dans toutes les contagions. Thucydide nous a laissé du fléau de l'Attique une description copiée chez les anciens par Lucrèce, Virgile, Ovide, Lucain, chez les modernes par Boccace et Manzoni. Il est remarquable qu'à propos de la peste d'Athènes, Thucydide ne dit pas un mot d'Hippocrate, de même qu'il ne nomme pas Socrate à propos d'Alcibiade. Cette peste donc attaquait d'abord la tête, descendait dans l'estomac, de là dans les entrailles, enfin dans les jambes ;

---

1. Allusion à un vers de La Fontaine, modifié pour la circonstance, et tiré de « L'homme qui court après la fortune et l'homme qui l'attend dans son lit » (*Fables*, VII, 12) : « Il la trouve assise à sa porte. »   **2.** Dans ce chapitre, Chateaubriand esquisse une histoire des épidémies célèbres qui se situe dans une perspective littéraire ou hagiographique. Il a puisé toute sa science dans les innombrables notices ou articles qui ont vu le jour en 1832. Mais les textes anciens qu'il cite au début font tous partie de la tradition scolaire : la description de Thucydide se trouve dans son *Histoire de la guerre du Péloponnèse*, livre II, chapitres 47 à 54 ; celle de Lucrèce au livre VI du *De Natura rerum* (vers 1138 *sq.*). Dans les *Géorgiques* (III, vers 474-566), Virgile évoque une épizootie qui frappe les troupeaux du Norique, dans les *Métamorphoses* (VII, vers 518-613), Ovide retrace la peste qui ravage Égine et Lucain celle qui frappa le camp de Pompée (*Pharsale*, chant VI).

si elle sortait par les pieds après avoir traversé tout le corps, comme un long serpent, on guérissait. Hippocrate l'appela le mal divin, et Thucydide le *feu sacré*[1] ; ils la regardèrent tous deux comme le feu de la colère céleste.

Une des plus épouvantables pestes fut celle de Constantinople au cinquième siècle, sous le règne de Justinien[2] : le christianisme avait déjà modifié l'imagination des peuples et donné un nouveau caractère à une calamité, de même qu'il avait changé la poésie ; les malades croyaient voir errer autour d'eux des spectres et entendre des voix menaçantes.

La peste noire, du quatorzième siècle, connue sous le nom de la *mort noire*, prit naissance à la Chine : on s'imaginait qu'elle courait sous la forme d'une vapeur de feu en répandant une odeur infecte. Elle emporta les quatre cinquièmes des habitants de l'Europe.

En 1575 descendit sur Milan la contagion qui rendit immortelle la charité de saint Charles Borromée. Cinquante-quatre ans plus tard, en 1629, cette malheureuse ville fut encore exposée aux calamités dont Manzoni a fait une peinture bien supérieure au célèbre tableau de Boccace[3].

En 1660 le fléau se renouvela en Europe, et dans ces deux pestes de 1629 et 1660 se reproduisirent les mêmes symptômes de délire de la peste de Constantinople.

« Marseille », dit M. Lemontey[4], « sortait en 1720 du

---

1. Chateaubriand semble confondre ici peste et épilepsie (le « haut mal » du Moyen Âge), et prête à Thucydide des images ou des références religieuses bien étrangères à sa pensée.   2. Sans doute une coquille : Justinien régna au VIe siècle de notre ère.   3. Dans le prologue du *Décaméron*, Boccace évoque la peste qui ravagea Florence en 1348, pour expliquer la fuite de ses personnages hors de la ville et leur installation durable dans un château de la campagne toscane. En revanche, la seconde peste de Milan occupe une place centrale dans *Les Fiancés* de Manzoni : parue en 1827, la première édition du roman fut suivie par une traduction française dès le mois de février 1828.   4. Pierre-Édouard Lemontey (1762-1826) avait publié une *Étude sur la peste de Marseille et de la Provence pendant les années 1720 et 1721* (Paris, Didot, 1821), texte repris en 1829 au tome V de ses *Œuvres* (p. 281-345). C'est à cette publication que Chateaubriand emprunte sa citation. Ce Lyonnais libéral avait appartenu, avec Camille Jordan, au « premier cercle » de Mme Récamier.

sein des fêtes qui avaient signalé le passage de mademoiselle de Valois, mariée au duc de Modène. À côté de
ces galères encore décorées de guirlandes et chargées de
musiciens, flottaient quelques vaisseaux apportant des
ports de la Syrie la plus terrible calamité. »

Le navire fatal dont parle M. Lemontey, ayant exhibé
une patente nette[1], fut admis un moment à la pratique[2].
Ce moment suffit pour empoisonner l'air ; un orage
accrut le mal et la peste se répandit à coups de tonnerre.

Les portes de la ville et les fenêtres des maisons furent
fermées. Au milieu du silence général on entendait quelquefois une fenêtre s'ouvrir et un cadavre tomber ; les
murs ruisselaient de son sang gangrené, et des chiens sans
maître l'attendaient en bas pour le dévorer. Dans un quartier dont tous les habitants avaient péri, on les avait murés
à domicile, comme pour empêcher la mort de sortir. De
ces avenues de grands tombeaux de famille, on passait à
des carrefours dont les pavés étaient couverts de malades
et de mourants étendus sur des matelas et abandonnés
sans secours. Des carcasses gisaient à demi pourries avec
des vieilles hardes mêlées de boue ; d'autres corps restaient debout appuyés contre les murailles, dans l'attitude
où ils étaient expirés.

Tout avait fui, même les médecins ; l'évêque, M. de Belzunce[3], écrivait : « On devrait abolir les médecins, ou du
moins nous en donner de plus habiles ou de moins peureux.
J'ai eu bien de la peine à faire tirer cent cinquante cadavres
à demi pourris qui étaient autour de ma maison. »

Un jour, des galériens hésitaient à remplir leurs fonctions funèbres : l'apôtre monte sur l'un des tombereaux,
s'assied sur un tas de cadavres et ordonne aux forçats de
marcher : la mort et la vertu s'en allaient au cimetière
conduites par le crime et le vice épouvantés et admirant.

---

1. Un certificat sanitaire.   **2.** Autorisation pour les passagers de
communiquer avec la terre après une quarantaine.   **3.** François de
Belzunce (1670-1755), évêque de Marseille depuis 1709, se rendit
célèbre par son dévouement pastoral. Les propos que lui prête Chateaubriand sont empruntés à une lettre du 3 septembre 1720. Mais celle-ci
ne comporte pas la première phrase de la citation que Lemontey attribue, dans un autre passage, à un prélat aixois.

Sur l'esplanade de la Tourette, au bord de la mer, on avait, pendant trois semaines, porté des corps, lesquels, exposés au soleil et fondus par ses rayons, ne présentaient plus qu'un lac empesté. Sur cette surface de chairs liqué-fiées, les vers seuls imprimaient quelque mouvement à des formes pressées, indéfinies, qui pouvaient avoir été des effigies humaines.

Quand la contagion commença de se ralentir, M. de Belzunce, à la tête de son clergé, se transporta à l'église des *Accoules* : monté sur une esplanade d'où l'on décou-vrait Marseille, les campagnes, les ports et la mer, il donna la bénédiction, comme le pape, à Rome, bénit la ville et le monde ; quelle main plus courageuse et plus pure pouvait faire descendre sur tant de malheurs les bénédictions du ciel ?

C'est ainsi que la peste dévasta Marseille, et cinq ans après ces calamités, on plaça sur la façade de l'hôtel de ville l'inscription suivante, comme ces épitaphes pom-peuses qu'on lit sur un sépulcre :

Massilia Phocensium filia, Romae soror, Carthaginis terror, Athenarum aemula[1].

(15)

Paris, rue d'Enfer, mai 1832.

LE CHOLÉRA.

Le choléra sorti du delta du Gange en 1817, s'est pro-pagé dans un espace de deux mille deux cents lieues, du nord au sud, et de trois mille cinq cents de l'orient à l'occident ; il a désolé, quatorze cents villes, moissonné

---

1. *Marseille, fille de Phocée, sœur de Rome, terreur de Carthage, émule d'Athènes*. Inscription reproduite dans Piganiol : voir XIV, 2 (t. II, p. 97).

quarante millions d'individus. On a une carte de la marche de ce conquérant[1]. Il a mis quinze années à venir de l'Inde à Paris : c'est aller aussi vite que Bonaparte : celui-ci employa à peu près le même nombre d'années à passer de Cadix à Moscou, et il n'a fait périr que deux ou trois millions d'hommes.

Qu'est-ce que le choléra ? Est-ce un vent mortel ? Sont-ce des insectes que nous avalons et qui nous dévorent ? Qu'est-ce que cette grande mort noire armée de sa faux, qui, traversant les montagnes et les mers, est venue comme une de ces terribles pagodes adorées aux bords du Gange nous écraser aux rives de la Seine sous les roues de son char ? Si ce fléau fût tombé au milieu de nous dans un siècle religieux, qu'il se fût élargi dans la poésie des mœurs et des croyances populaires, il eût laissé un tableau frappant. Figurez-vous un drap mortuaire flottant en guise de drapeau au haut des tours de Notre-Dame, le canon faisant entendre par intervalles des coups solitaires pour avertir l'imprudent voyageur de s'éloigner ; un cordon de troupes cernant la ville et ne laissant entrer ni sortir personne, les églises remplies d'une foule gémissante, les prêtres psalmodiant jour et nuit les prières d'une agonie perpétuelle, le viatique porté de maison en maison avec des cierges et des sonnettes, les cloches ne cessant de faire entendre le glas funèbre, les moines, un crucifix à la main, appelant dans les carrefours le peuple à la pénitence, prêchant la colère et le jugement de Dieu, manifestés sur les cadavres déjà noircis par le feu de l'enfer.

Puis les boutiques fermées, le pontife entouré de son clergé, allant, avec chaque curé à la tête de sa paroisse, prendre la châsse de sainte Geneviève ; les saintes reliques promenées autour de la ville, précédées de la

---

1. Tous ces chiffres figurent, en particulier, dans un article publié par Amédée Pichot dans la *Revue de Paris* (t. XXVIII, juillet 1831) : « Itinéraire du Choléra Morbus depuis le Bengale jusqu'en Europe... ». Le fléau venait alors de se manifester à Varsovie, en pleine insurrection. Il avait ensuite gagné Londres le 12 février 1832, débarqué à Calais le 15 mars, et touché sa première victime à Paris le 26 mars 1832. Le choléra dura jusqu'à la fin du mois de septembre et se solda par un bilan de dix-huit mille morts dans la capitale.

longue procession des divers ordres religieux, confréries, corps de métiers, congrégations de pénitents, théories de femmes voilées, écoliers de l'Université, desservants des hospices, soldats sans armes ou les piques renversées ; le *Miserere* chanté par les prêtres se mêlant aux cantiques des jeunes filles et des enfants ; tous, à certains signaux, se prosternant en silence et se relevant pour faire entendre de nouvelles plaintes.

Rien de tout cela ; le choléra nous est arrivé dans un siècle de philanthropie, d'incrédulité, de journaux, d'administration matérielle. Ce fléau sans imagination n'a rencontré ni vieux cloîtres, ni religieux, ni caveaux, ni tombes gothiques ; comme la terreur en 1793, il s'est promené d'un air moqueur à la clarté du jour, dans un monde tout neuf, accompagné de son bulletin, qui racontait les remèdes qu'on avait employés contre lui, le nombre des victimes qu'il avait faites, où il en était, l'espoir qu'on avait de le voir encore finir, les précautions qu'on devait prendre pour se mettre à l'abri, ce qu'il fallait manger, comment il était bon de se vêtir. Et chacun continuait de vaquer à ses affaires, et les salles de spectacles étaient pleines. J'ai vu des ivrognes à la barrière assis devant la porte du cabaret, buvant sur une petite table de bois et disant en élevant leur verre : « À ta santé, *Morbus !* » Morbus, par reconnaissance, accourait, et ils tombaient morts sous la table. Les enfants jouaient au *choléra*, qu'ils appelaient le *Nicolas Morbus* [1] et le *scélérat Morbus*. Le choléra avait pourtant sa terreur : un brillant soleil, l'indifférence de la foule, le train ordinaire de la vie, qui se continuait partout, donnaient à ces jours de peste un caractère nouveau et une autre sorte d'épouvante. On sentait un malaise dans tous les membres ; un vent du nord, sec et froid, vous desséchait ; l'air avait une certaine saveur métallique qui prenait à la gorge. Dans la rue du Cherche-Midi, des fourgons du dépôt d'artillerie faisaient

---

1. Jeu de mots sarcastique sur le nom du tsar Nicolas Iᵉʳ, à la fois parce que le choléra venait de Russie, et parce qu'il avait aidé le tsar à écraser les insurgés de Pologne : cela revenait à considérer le bourreau de Varsovie comme un avatar du choléra.

le service des cadavres. Dans la rue de Sèvres, complètement dévastée, surtout d'un côté, les corbillards allaient
et venaient de porte en porte ; ils ne pouvaient suffire aux
demandes ; on leur criait par les fenêtres : « Corbillard,
ici ! » Le cocher répondait qu'il était chargé et ne pouvait
servir tout le monde. Un de mes amis, M. Pouqueville [1],
venant dîner chez moi le jour de Pâques, arrivé au boulevard du Mont-Parnasse, fut arrêté par une succession de
bières presque toutes portées à bras. Il aperçut, dans cette
procession, le cercueil d'une jeune fille sur lequel était
déposée une couronne de roses blanches. Une odeur de
chlore formait une atmosphère empestée à la suite de
cette ambulance fleurie.

Sur la place de la Bourse, où se réunissaient des cor-
tèges d'ouvriers en chantant *la Parisienne* [2], on vit souvent jusqu'à onze heures du soir défiler des enterrements
vers le cimetière Montmartre à la lueur de torches de gou-
dron. Le Pont-Neuf était encombré de brancards chargés
de malades pour les hôpitaux ou de morts expirés dans le
trajet. Le péage cessa quelques jours sur le pont des Arts.

---

1. François Pouqueville (1770-1838), médecin de formation, avait
accompagné Bonaparte en Égypte, puis séjourné en Grèce, avant de
passer dix-huit mois dans la prison de Yedi-kule à Constantinople.
Revenu en France en 1801, il commença par soutenir sa thèse de médecine (précisément sur les problèmes de la peste en Orient), puis il
publia un premier *Voyage en Morée et à Constantinople* (1805), auquel
Chateaubriand se réfère dans son *Itinéraire*. Pouqueville fut ensuite
nommé consul auprès du pacha de Janina puis, de 1815 à 1817,
demeura comme simple agent consulaire à Patras. Il profita de cette
expérience orientale pour publier un *Voyage en Grèce* (1820-1822 ;
seconde édition en 1826), puis une *Histoire de la régénération des
Grecs* (1824) qui firent de lui un des champions du philhellénisme des
années 1820. C'est ce qui contribua à le rapprocher de Chateaubriand
avec lequel, dans la préface de son *Voyage*, il avait réglé quelques
comptes « scientifiques ». Toujours est-il qu'il avait assisté au dîner du
Café de Paris mentionné plus haut (à la fin du chapitre 8) et que, selon
toute apparence, ils continuèrent à entretenir des relations cordiales.
2. Hymne martial composé par Casimir Delavigne à la gloire de la
révolution de Juillet, et qui était devenu très populaire. Son premier
couplet est resté dans les mémoires : « Peuple français ! Peuple de
braves ! / La liberté rouvre ses bras ! / On nous disait : soyez esclaves ; /
Nous avons dit : soyons soldats ! », etc.

Les échoppes disparurent, et comme le vent du nord-est soufflait, tous les étalagistes et toutes les boutiques des quais fermèrent. On rencontrait des voitures enveloppées d'une banne [1] et précédées d'un *corbeau* [2] ayant en tête un officier de l'état civil, vêtu d'un habit de deuil, tenant une liste en main. Ces tabellions manquèrent ; on fut obligé d'en appeler de Saint-Germain, de La Villette, de Saint-Cloud. Ailleurs, les corbillards étaient encombrés de cinq ou six cercueils retenus par des cordes. Des omnibus et des fiacres servaient au même usage ; il n'était pas rare de voir un cabriolet orné d'un mort couché sur sa devancière. Quelques décédés étaient présentés aux églises ; un prêtre jetait de l'eau bénite sur ces fidèles de l'éternité réunis.

À Athènes, le peuple crut que les puits voisins du Pirée avaient été empoisonnés ; à Paris, on accusa les marchands d'empoisonner le vin, les liqueurs, les dragées et les comestibles. Plusieurs individus furent déchirés, traînés dans le ruisseau, précipités dans la Seine. L'autorité a eu à se reprocher des avis maladroits ou coupables.

Comment le fléau, étincelle électrique, passa-t-il de Londres à Paris ? on ne le saurait expliquer. Cette mort fantasque s'attache souvent à un point du sol, à une maison, et laisse sans y toucher les alentours de ce point infesté ; puis elle revient sur ses pas et reprend ce qu'elle avait oublié. Une nuit je me sentis attaqué ; je fus saisi d'un frisson avec des crampes dans les jambes ; je ne voulus pas sonner de peur d'effrayer madame de Chateaubriand. Je me levai ; je chargeai mon lit de tout ce que je rencontrai dans ma chambre, et, me remettant sous mes couvertures, une sueur abondante me tira d'affaire. Mais je demeurai brisé, et ce fut dans cet état de malaise que je fus forcé d'écrire ma brochure sur les 12 000 francs de madame la duchesse de Berry [3].

_____

1. Grosse toile servant à couvrir les marchandises qu'on chargeait sur les péniches ou les voitures de louage.   **2.** Nom populaire donné au croque-mort ; voir t. I, p. 327, note 1.   **3.** Parue le 14 avril 1832 chez Le Normant, cette brochure de quarante-six pages avait pour titre : *Courtes explications sur les 12 000 francs offerts par Mme la duchesse de Berry aux indigents attaqués par la contagion.*

Je n'aurais pas été trop fâché de m'en aller emporté sous le bras de ce fils aîné de Vischnou, dont le regard lointain tua Bonaparte sur son rocher, à l'entrée de la mer des Indes [1]. Si tous les hommes, atteints d'une contagion générale, venaient à mourir, qu'arriverait-il ? Rien : la terre, dépeuplée, continuerait sa route solitaire, sans avoir besoin d'autre astronome pour compter ses pas que celui qui les a mesurés de toute éternité ; elle ne présenterait aucun changement aux habitants des autres planètes ; ils la verraient accomplir ses fonctions accoutumées ; sur sa surface, nos petits travaux, nos villes, nos monuments seraient remplacés par des forêts rendues à la souveraineté des lions ; aucun vide ne se manifesterait dans l'univers. Et cependant il y aurait de moins cette intelligence humaine qui sait les astres et s'élève jusqu'à la connaissance de leur auteur. Qu'êtes-vous donc, ô immensité des œuvres de Dieu, où le génie de l'homme, qui équivaut à la nature entière, s'il venait à disparaître, ne ferait pas plus faute que le moindre atome retranché de la création !

---

1. Ces allusions au « maléfice indien » se comprennent mal : Sainte-Hélène se trouve bien sur la route des Indes mais en plein Atlantique. Par ailleurs, Napoléon ne fut emporté ni par la peste, ni par le choléra.

LIVRE TRENTE-CINQUIÈME

(1)

LES 12 000 FRANCS DE MADAME LA DUCHESSE DE BERRY.

Paris, rue d'Enfer, mai 1832.

Madame de Berry a son petit conseil à Paris, comme Charles X a le sien[1] : on recueillait en son nom de chétives sommes pour secourir les plus pauvres royalistes. Je proposai de distribuer aux cholériques une somme de douze mille francs de la part de la mère de Henri V. On écrivit à Massa[2], et non seulement la princesse approuva la disposition des fonds, mais elle aurait voulu qu'on eût réparti une somme plus considérable : son approbation arriva le jour même où j'envoyai l'argent aux mairies. Ainsi, tout est rigoureusement vrai dans mes explications sur le don de l'exilée[3]. Le 14 d'avril j'envoyai au préfet de la Seine la somme entière pour être distribuée à la

---

1. Voir XXXIV, 13 (p. 76, note 2). Sur les activités de la duchesse de Berry de 1831 à 1833, outre le livre de Changy, cité p. 33, on pourra consulter le témoignage à la fois documenté et drôle de la comtesse de Boigne (t. II, p. 245-328). **2.** La capitale de ce petit duché, restitué au duc de Modène en 1814, se trouve à la lisière nord-ouest de la Toscane, non loin de la mer. La duchesse de Berry y avait fixé sa résidence au début de 1832, en prévision de sa prochaine expédition. **3.** Voir la brochure citée à fin du chapitre précédent.

classe indigente de la population de Paris atteinte de la
contagion, M. de Bondy[1] ne se trouva point à l'Hôtel de
Ville lorsque ma lettre lui fut portée. Le secrétaire général
ouvrit ma missive, ne se crut pas autorisé à recevoir l'argent. Trois jours s'écoulèrent. M. de Bondy me répondit
enfin qu'il ne pouvait accepter les douze mille francs,
parce que l'on verrait, sous une bienfaisance apparente,
*une combinaison politique contre laquelle la population
parisienne protesterait tout entière par son refus.* Alors
mon secrétaire passa aux douze mairies. Sur cinq maires
présents, quatre acceptèrent le don de mille francs ; un le
refusa. Des sept maires absents, cinq gardèrent le silence ;
deux refusèrent.

Je fus aussitôt assiégé d'une armée d'indigents :
bureaux de bienfaisance et de charité, ouvriers de toutes
les espèces, femmes et enfants. Polonais et Italiens exilés,
littérateurs, artistes, militaires, tous écrivirent, tous récla-
mèrent une part de bienfait. Si j'avais eu un million, il
eût été distribué en quelques heures. M. de Bondy avait
tort de dire *que la population parisienne tout entière protesterait par son refus* : la population de Paris prendra
toujours l'argent de tout le monde. L'effarade[2] du gouvernement était à mourir de rire ; on eût dit que ce perfide
argent légitimiste allait soulever les cholériques, exciter
dans les hôpitaux une insurrection d'agonisants pour marcher à l'assaut des Tuileries, cercueil battant, glas tintant,
suaire déployé sous le commandement de la Mort. Ma
correspondance avec les maires se prolongea par la
complication du refus du préfet de Paris. Quelques-uns
m'écrivirent pour me renvoyer mon argent ou pour me
redemander leurs reçus des dons de madame la duchesse

---

1. Paul-Marie Taillepied, comte de Bondy (1766-1847), ancien
chambellan de Napoléon, préfet du Rhône (1810), puis de la Seine en
1815, fut député libéral sous la Restauration, avant de revenir à la
préfecture de Paris en 1830. Il sera nommé pair de France en 1832. La
lettre dont Chateaubriand cite un passage un peu plus loin porte la date
du 16 avril 1832.   2. Ce néologisme, créé par Chateaubriand, est
presque synonyme de *frayeur*, mais lui ajoute une idée accessoire :
celle du mouvement désordonné qu'elle entraîne ; trouble, agitation un
peu comique. On retrouve ce mot au livre XLI, 5, p. 496.

de Berry. Je les leur renvoyai loyalement et je délivrai cette quittance à la mairie du douzième arrondissement : « J'ai reçu de la mairie du douzième arrondissement la somme de mille francs qu'elle avait d'abord acceptée et qu'elle m'a renvoyée par l'ordre de M. le préfet de la Seine. »

« Paris, ce 22 avril 1832. »

Le maire du neuvième arrondissement, M. Cronier[1], fut plus courageux, il garda les mille francs et fut destitué. Je lui écrivis ce billet :

« 29 avril 1832.

« Monsieur,

« J'apprends avec une sensible peine la disgrâce dont le bienfait de madame la duchesse de Berry a été envers vous la cause ou le prétexte. Vous aurez, pour vous consoler, l'estime publique, le sentiment de votre indépendance et le bonheur de vous être sacrifié à la cause des malheureux.

« J'ai l'honneur, etc., etc. »

Le maire du quatrième arrondissement est tout un autre homme : M. Cadet de Gassicourt[2], poëte-pharmacien, fai-

---

1. Pierre-Narcisse Cronier avait été notaire de 1816 à 1822 au 75 de la rue Vieille-du-Temple. Le 1er janvier 1826, il fut nommé premier adjoint au maire du IXe arrondissement (le IVe actuel), auquel il succéda de 1830 à 1832. Il devait mourir en 1848.   2. Les Cadet de Gassicourt ont été, à Paris, une véritable dynastie de pharmaciens et de chimistes, ce qui explique la confusion faite par Chateaubriand entre le fils (voir t. III, p. 467, note 1) qui fut au début de la monarchie de Juillet maire du IVe arrondissement (aujourd'hui Ier et IIe), et le père. Ce dernier, Charles-Louis Cadet de Gassicourt (1769-1821), fut pharmacien ordinaire de Napoléon qu'il accompagna dans la campagne de 1809. Mais il avait aussi des prétentions littéraires. Outre un *Dictionnaire de chimie* (1803), et des vaudevilles, il avait publié un certain nombre de satires ou parodies dont Chateaubriand avait été souvent la cible : *Alala ou les Habitants du désert* (1801) ; *Saint-Géran ou la Nouvelle Langue française* (1807) ; *Itinéraire de Lutèce au Mont-Valérien, en suivant le fleuve Séquanien et en revenant par le mont des Martyrs* (1811). Cette constance dans la malveillance avait bien entendu laissé chez la « victime » des traces indélébiles.

sant des petits vers, écrivant dans son temps, du temps de la liberté et de l'Empire, une agréable déclaration classique contre ma prose romantique et contre celle de madame de Staël, M. Cadet de Gassicourt est le héros qui a pris d'assaut la croix du portail de Saint-Germainl'Auxerrois, et qui, dans une proclamation sur le choléra, a fait entendre que ces méchants carlistes pourraient bien être les empoisonneurs de vin dont le peuple avait déjà fait bonne justice[1]. L'illustre champion m'a donc écrit la lettre suivante :

« Paris, le 18 mars 1832.

« Monsieur,

« J'étais absent de la mairie quand la personne envoyée par vous s'y est présentée : cela vous expliquera le retard qu'a éprouvé ma réponse.

« M. le préfet de la Seine, n'ayant point accepté l'argent que vous êtes chargé de lui offrir, me semble avoir tracé la conduite que doivent suivre les membres du conseil municipal. J'imiterai d'autant plus l'exemple de M. le préfet que je crois connaître et que je partage entièrement les sentiments qui ont dû motiver son refus.

« Je ne relèverai qu'en passant le titre d'*Altesse Royale* donné avec quelque affectation à la personne dont vous vous constituez l'organe : la belle-fille de Charles X n'est pas plus *Altesse Royale* en France que son beau-père n'y est roi ! Mais, monsieur, il n'est personne qui ne soit moralement convaincu que cette dame agit très activement, et répand des sommes bien autrement considérables que celles dont elle vous a confié l'emploi, pour exciter des troubles dans notre pays et y faire éclater la guerre civile. L'aumône qu'elle a la prétention de faire n'est qu'un moyen d'attirer sur elle et sur son parti une attention et une bienveillance que ses intentions sont loin de

---

1. Dans cette proclamation incendiaire en date du 4 avril 1832, on pouvait lire des phrases de ce genre : « ... S'il est des empoisonneurs, ce ne peuvent être que les incendiaires de la Restauration (...) Citoyens, défiez-vous de vos anciens tyrans, qui sont habiles à prendre tous les moyens et ne rougissent pas d'avoir pour auxiliaire un horrible fléau ! »

justifier. Vous ne trouverez donc pas extraordinaire qu'un magistrat, fermement attaché à la royauté constitutionnelle de Louis-Philippe, refuse des secours qui viennent d'une source pareille, et cherche, auprès de vrais citoyens, des bienfaits plus purs adressés sincèrement à l'humanité et à la patrie.

« Je suis, avec une considération très distinguée, monsieur, etc.

« F. CADET DE GASSICOURT. »

Cette révolte de M. Cadet de Gassicourt contre cette *dame* et contre son *beau-père* est bien fière : quel progrès des lumières et de la philosophie ! quelle indomptable indépendance ! MM. Fleurant et Purgon n'osaient regarder la face des gens qu'à genoux[1] ; lui ; M. Cadet dit comme le Cid :

.... Nous nous levons alors !

Sa liberté est d'autant plus courageuse que ce *beau-père* (autrement le fils de saint Louis) est proscrit. M. de Gassicourt est au-dessus de tout cela ; il méprise également la noblesse du temps et du malheur. C'est avec le même dédain des préjugés aristocratiques qu'il me retranche le *de* et s'en empare comme d'une conquête faite sur la gentilhommerie[2]. Mais n'y aurait-il point quelques anciennes rivalités, quelques anciens démêlés historiques entre la maison des Cadet et la maison des Capet ?

Henri IV, aïeul de ce *beau-père* qui n'est pas plus roi que cette *dame* n'est Altesse Royale, traversait un jour la forêt de Saint-Germain ; huit ligueurs s'y étaient embusqués pour tuer le Béarnais ; ils furent pris. « Un de ces galans, dit l'Estoile, estoit un apothicaire qui demanda

---

1. Apothicaire et médecin du *Malade imaginaire*. Chateaubriand développe une réplique de Béralde : « On voit bien que vous n'avez pas accoutumé de parler à des visages » (acte III, scène 4). La citation du *Cid* (IV, 3, 1283) est une autre manière de railler la « hauteur » du personnage dont le nom appelait le calembour (Gars si court). **2.** La lettre est en effet adressée : « A M. Chateaubriand » (original dans les archives de Combourg).

de parler au roy, auquel Sa Majesté s'étant enquis de quel état il estoit, il lui répondit qu'il estoit apothicaire. – Comment ! dit le roy, a-t-on accoutumé de faire ici un état d'apothicaire ? Guettez-vous les passans pour[1]... ? » Henri IV était un soldat, la pudeur ne l'embarrassait guère, et il ne reculait pas plus devant un mot que devant l'ennemi.

Je soupçonne M. de Gassicourt, à cause de son humeur contre le petit-fils de Henri IV, d'être le petit-fils du pharmacien ligueur. Le maire du quatrième arrondissement m'avait sans doute écrit dans l'espoir que j'engagerais le fer avec lui ; mais je ne veux rien engager avec M. Cadet : qu'il me pardonne ici de lui laisser une petite marque de mon souvenir.

Depuis ces jours où j'avais vu passer les grandes révolutions et les grands révolutionnaires, tout s'était bien racorni. Les hommes qui ont fait tomber un chêne, replanté trop vieux pour qu'il reprît racine, se sont adressés à moi ; ils m'ont demandé quelques deniers de la veuve[2] afin d'acheter du pain ; la lettre du Comité des *décorés de Juillet* est un document utile à noter pour l'instruction de l'avenir.

« Paris, le 20 avril 1832.

« Réponse, s.v.p. à M. Gibert-Arnaud, gérant-secrétaire du Comité, rue Saint-Nicaise, n° 3.

« Monsieur le vicomte,
« Les membres de notre Comité viennent avec confiance vous prier de vouloir bien les honorer d'un don en faveur des décorés de Juillet, pères de famille malheureux ; dans ce moment de fléau et de misère, la bienfai-

---

1. « ... pour leur donner des clistères ? » (Petitot, 1ʳᵉ série, t. XLVII, p. 98).   2. Cette expression est une réminiscence des Évangiles. Ainsi, *Luc*, XXI, 1-4 : « Levant les yeux, (Jésus) vit des riches qui mettaient leur offrande dans le Trésor. Il vit aussi une veuve indigente qui y mettait deux petites pièces, et il dit : "En vérité je vous le dis, cette pauvre veuve a donné plus qu'eux tous. Car tous ceux-là ont mis leur superflu dans les offrandes ; mais elle, malgré son indigence, a mis tout ce qu'elle avait pour vivre". » Voir aussi *Marc*, XII, 41.

sance inspire la plus sincère gratitude. Nous osons espérer que vous consentirez à laisser mettre votre illustre nom à côté de celui de MM. le général Bertrand, le général Exelmans, le général Lamarque, le général La Fayette, de plusieurs ambassadeurs, de pairs de France et de députés.

« Nous vous prions de nous honorer d'un mot de réponse, et si, contre notre attente, un refus succédait à notre prière, soyez assez bon pour nous faire le renvoi de la présente.

« Dans les plus doux sentiments nous vous prions, monsieur le vicomte, d'agréer l'hommage de nos respectueuses salutations.

« Les membres actifs du comité constitutif des décorés de Juillet :

« Le membre visiteur : Faure.
« Le commissaire spécial : Cyprien-Desmaret.
« Le gérant secrétaire : Gibert-Arnaud.
« Membre adjoint : Tourel. »

Je n'avais garde de perdre l'avantage que me donnait ici sur elle la révolution de Juillet. En distinguant entre les personnes, on créerait des ilotes parmi les infortunés, lesquels, pour certaines opinions politiques, ne pourraient jamais être secourus. Je me hâtai d'envoyer cent francs à ces messieurs, avec ce billet :

« Paris, ce 22 avril 1832.

« Messieurs,
« Je vous remercie infiniment de vous être adressés à moi pour venir au secours de quelques pères de famille malheureux. Je m'empresse de vous envoyer la somme de cent francs ; je regrette de n'avoir pas un don plus considérable à vous offrir.

« J'ai l'honneur, etc.

« Chateaubriand. »

Le reçu suivant me fut à l'instant envoyé :

« Monsieur le vicomte,
« J'ai l'honneur de vous remercier et de vous accuser

réception de la somme de cent francs que vos bontés destinent à secourir les malheureux de Juillet.

« Salut et respect.

> « Le gérant secrétaire du Comité :
> « GIBERT-ARNAUD.

« 23 avril. »

Ainsi, madame la duchesse de Berry aura fait l'aumône à ceux qui l'ont chassée. Les transactions montrent à nu le fond des choses. Croyez donc à quelque réalité dans un pays où personne ne prend soin des invalides de son parti, où les héros de la veille sont les délaissés du lendemain, où un peu d'or fait accourir la multitude, comme les pigeons d'une ferme s'empressent sous la main qui leur jette le grain.

Il me restait encore quatre mille francs sur les douze. Je m'adressai à la religion ; monseigneur l'archevêque de Paris[1] m'écrivit cette noble lettre :

> « Paris, le 26 avril 1832.

« Monsieur le vicomte,

« La charité est catholique comme la foi, étrangère aux passions des hommes, indépendante de leurs mouvements : un des principaux caractères qui la distinguent est, selon saint Paul, de ne point penser le mal, *non cogitat malum*[2]. Elle bénit la main qui donne et la main qui reçoit, sans attribuer au généreux bienfaiteur d'autre motif que celui de bien faire, et sans demander au pauvre

---

1. Hyacinthe-Louis de Quélen (1778-1839) fut archevêque de Paris de 1821 à sa mort. Ce protégé de M. Emery avait été appelé, sous le cardinal Fesch, au service de la Grande-Aumônerie. Il fut ensuite nommé évêque auxiliaire de Paris (1817), puis coadjuteur du cardinal de Talleyrand-Périgord (1819), auquel il succéda de plein droit en octobre 1821. Il fut nommé pair de France, avec le titre de comte en 1822. Mais son indépendance sourcilleuse vis-à-vis du pouvoir puis, sous la monarchie de Juillet, ses convictions légitimistes, le rendirent impopulaire et le privèrent du chapeau de cardinal en général accordé au titulaire du siège de Paris.   2. Saint Paul, *Première Épître aux Corinthiens*, XIII, 5.

nécessiteux d'autre condition que celle du besoin. Elle
accepte avec une profonde et sensible reconnaissance le
don que l'auguste veuve vous a chargé de lui confier pour
être employé au soulagement de nos malheureux frères
victimes du fléau qui désole la capitale.

« Elle fera avec la plus exacte fidélité la répartition des
quatre mille francs que vous m'avez remis de sa part,
dont ma lettre est une nouvelle quittance, mais dont j'aurai l'honneur de vous envoyer l'état de distribution lorsque les intentions de la bienfaisance auront été remplies.

« Veuillez, monsieur le vicomte, faire agréer à madame
la duchesse de Berry les remercîments d'un pasteur et
d'un père qui, chaque jour, offre à Dieu sa vie pour ses
brebis et ses enfants, et qui appelle de tout côté les
secours capables d'égaler leurs misères. Son cœur royal
a trouvé déjà en lui-même sans doute sa récompense du
sacrifice qu'elle consacre à nos infortunes ; la religion lui
assure de plus l'effet des divines promesses consignées
au livre des béatitudes pour ceux qui *font miséricorde*[1].

« La répartition a été faite sur-le-champ entre MM. les
curés des douze principales paroisses de Paris, auxquels
j'ai adressé la lettre dont je joins ici la copie.

« Recevez, monsieur le vicomte, l'assurance, etc.

« HYACINTHE, archevêque de Paris. »

On est toujours émerveillé de voir à quel point la religion convient au style, et donne même aux lieux
communs une gravité et une convenance que l'on sent
tout d'abord. Ceci contraste avec le ton des lettres anonymes qui se sont mêlées aux lettres que je viens de citer.
L'orthographe de ces lettres anonymes[2] est assez cor-

---

1. Allusion au Sermon sur la Montagne (*Matthieu*, V, 7).   **2.** Ces
lettres, que le mémorialiste ne cite pas toutes, sont réunies dans un
dossier des archives de Combourg qui porte, de la main de Pilorge,
la suscription suivante : « Lettres originales anonymes dont quelques
fragments sont cités à propos de la distribution des douze mille francs.
Je ne les ai conservées que comme une preuve de ma véracité. » En
tête de la première, Chateaubriand a écrit de sa main : « Voici un
échantillon de ces épîtres. » Autres exemples dans Durry : t. I, p. 90-
91 et t. II, p. 66-67.

recte, l'écriture jolie ; elles sont, à proprement parler, *littéraires*, comme la révolution de Juillet. Ce sont les jalousies, les haines, les vanités écrivassières, à l'aise sous l'inviolabilité d'une poltronnerie qui, ne montrant pas son visage, ne peut pas être rendue visible par un soufflet.

ÉCHANTILLONS.

« Voudrais-tu bien nous dire, vieux républiquinquiste [1], le jour que tu voudras graisser tes maucassines ? il nous sera facile de te procurer de la graisse de chouans, et si tu voulais du sang de tes amis pour écrire leur histoire, il n'en manque pas dans la boue de Paris, son élément.

« Vieux brigand, demande à ton scélérat et digne ami Fitz-James si la pierre qu'il a reçue dans la partie féodale lui a fait plaisir. Tas de canailles, nous vous arracherons les tripes du ventre, etc., etc. »

Dans une autre missive, on voit une potence très bien dessinée avec ces mots :

« Mets-toi aux genoux d'un prêtre, fais acte de contrition, car on veut ta vieille tête pour finir tes trahisons. »

Au surplus, le choléra dure encore : la réponse que j'adresserais à un adversaire connu ou inconnu lui arriverait peut-être lorsqu'il serait couché sur le seuil de sa porte. S'il était au contraire destiné à vivre, où sa réplique me parviendrait-elle ? peut-être dans ce lieu de repos, dont aujourd'hui personne ne peut s'effrayer, surtout nous autres hommes qui avons étendu nos années entre la Terreur et la peste, premier et dernier horizon de notre vie. Trêve : laissons passer les cercueils.

---

1. On désignait parfois les partisans de Henri V sous le sobriquet de « henriquinquistes ». Le jeu de mot consiste à accuser Chateaubriand de double jeu, entre république et légitimité.

(2)

Convoi du général Lamarque.

Paris, rue d'Enfer, 10 juin 1832.

Le convoi du général Lamarque a amené deux journées sanglantes et la victoire de la quasi-légitimité sur le parti républicain[1]. Ce parti incomplet et divisé a fait une résistance héroïque.

On a mis Paris en état de siège : c'est la censure sur la plus grande échelle possible[2], la censure à la manière de la Convention, avec cette différence qu'une commission militaire remplace le tribunal révolutionnaire. On fait fusiller en juin 1832 les hommes qui remportèrent la victoire en juillet 1830 ; cette même École polytechnique,

---

1. Le général comte Maximilien Lamarque (1770-1832) devait à sa double réputation de militaire patriote et de brillant orateur (il siégeait à la Chambre des députés depuis 1828) une grande popularité. Il avait été, lui aussi, victime du choléra, mais ses funérailles, le 5 juin 1832, donnèrent lieu à une véritable insurrection où se mêlèrent des républicains, des réfugiés politiques, des membres des sociétés secrètes, des polytechniciens, etc. Les insurgés parvinrent à se procurer des armes et à élever des barricades ; mais ils ne réussirent pas à entraîner le peuple ni la Garde nationale : aussi ne furent-ils pas soutenus jusqu'au bout par les cadres du parti républicain. Grâce au sang-froid du préfet de police Gisquet, secondé par le général Lobau, ils ne tardèrent pas à être encerclés, puis contenus entre les Halles et la place de la Bastille : c'est dans la soirée du 6 juin que le dernier flot de résistance fut écrasé au cloître Saint-Merry. Le drame de ces journées fiévreuses a été retracé par Victor Hugo dans la quatrième partie des *Misérables*, où il trouve son épilogue symbolique avec la mort de Gavroche.   **2.** Chateaubriand avait contresigné, le 7 juin 1832, une déclaration imprimée contre le rétablissement de la censure ; mais sa publication ayant été différée, il envoya quelques jours plus tard une lettre de protestation individuelle au directeur du *Temps*, Jacques Costes, qui renonça lui aussi à la publier dans son journal. C'est à ce document (signalé dans *Bulletin*, 1964, p. 91) que sont empruntées de nombreuses expressions de la suite de ce paragraphe : leur violence explique pourquoi elles ne pouvaient être reproduites dans la presse.

cette même artillerie de la garde nationale, on les sacrifie ! elles conquirent le pouvoir pour ceux qui les fou-
droient, les désavouent et les licencient. Les républicains
ont certainement le tort d'avoir préconisé des mesures
d'anarchie et de désordre ; mais que n'employâtes-vous
d'aussi nobles bras à nos frontières ? ils nous auraient
délivrés du joug ignominieux de l'étranger. Des têtes
généreuses, exaltées, ne seraient pas restées à fermenter
dans Paris, à s'enflammer contre l'humiliation de notre
politique extérieure et contre la foi-mentie de la royauté
nouvelle. Vous avez été impitoyables, vous qui, sans partager les périls des trois journées, en avez recueilli le fruit.
Allez maintenant avec les mères reconnaître les corps de
ces décorés de Juillet, de qui vous tenez places, richesses,
honneurs. Jeunes gens, vous n'obtenez pas tous le même
sort sur le même rivage ! Vous avez un tombeau sous la
colonnade du Louvre et une place à la Morgue ; les uns
pour avoir ravi, les autres pour avoir donné une couronne.
Vos noms, qui les sait, vous sacrificateurs et victimes à
jamais ignorés d'une révolution mémorable ? Le sang
dont sont cimentés les monuments que les hommes admi-
rent est-il connu ? les ouvriers qui bâtirent la grande pyramide pour le cadavre d'un roi sans gloire dorment oubliés
dans le sable auprès de l'indigente racine qui servit à les
nourrir pendant leur travail.

(3)

Paris, rue d'Enfer, fin juillet 1832.

MADAME LA DUCHESSE DE BERRY DESCEND EN PROVENCE
ET ARRIVE DANS LA VENDÉE.

Madame la duchesse de Berry n'a pas eu plutôt sanc-
tionné la mesure des 12 000 francs qu'elle s'est embar-

quée pour sa fameuse aventure[1]. Le soulèvement de Marseille a manqué ; il ne restait plus qu'à tenter l'Ouest : mais la gloire vendéenne est une gloire à part ; elle vivra dans nos fastes ; toutefois, les trois quarts et demi de la France ont choisi une autre gloire, objet de jalousie ou d'antipathie ; la Vendée est une oriflamme vénérée et admirée dans le trésor de Saint-Denis, sous laquelle désormais la jeunesse et l'avenir ne se rangeront plus.

Madame, débarquée comme Bonaparte sur la côte de Provence, n'a pas vu le drapeau blanc voler de clocher en clocher[2] : trompée dans son attente, elle s'est trouvée presque seule à terre avec M. de Bourmont. Le maréchal voulait lui faire repasser sur-le-champ la frontière ; elle a demandé la nuit pour y penser ; elle a bien dormi parmi les rochers au bruit de la mer ; le matin en se réveillant elle a trouvé un noble songe dans sa pensée : « Puisque je suis sur le sol de la France, je ne m'en irai pas : partons pour la Vendée. » M. de ***[3], averti par un homme fidèle, l'a prise dans sa voiture comme sa femme, a traversé avec elle toute la France et est venu la déposer à ***[4], elle est demeurée quelque temps dans un château sans être reconnue de personne, excepté du curé du lieu ; le maréchal Bourmont doit la rejoindre en Vendée par une autre route.

Instruits de tout cela à Paris, il nous était facile de prévoir le résultat. L'entreprise a pour la cause royaliste un autre inconvénient ; elle va découvrir la faiblesse de cette cause et dissiper des illusions. Si Madame ne fût point descendue dans la Vendée, la France aurait toujours cru

---

1. La duchesse de Berry avait quitté Marina di Massa dans la nuit du 24 au 25 avril 1832, sur un vapeur sarde, le *Carlo-Alberto*, censé faire route vers Barcelone, mais que le mauvais temps obligea de faire escale à Nice, ce qui alerta les autorités françaises. Le 29 avril, au petit jour, la noble passagère débarqua au pied de l'Estaque avec ses partisans et se cacha dans une ferme. C'est là que, le lendemain soir, elle apprit le fiasco du soulèvement de Marseille.   2. Allusion à la formule de Napoléon sur le drapeau tricolore dans sa proclamation du 1er mars 1815 (voir t. II, p. 622).   3. Alban de Villeneuve-Bargemont (1789-1850), ancien préfet de la Restauration.   4. À Montaigu, en Vendée, au château de la Preuille, où elle arriva le 17 mai.

qu'il y avait dans l'Ouest un camp royaliste au repos, comme je l'appelais[1].

Mais enfin, il restait encore un moyen de sauver Madame et de jeter un nouveau voile sur la vérité : il fallait que la princesse partît immédiatement ; arrivée à ses risques et périls comme un brave général qui vient passer son armée en revue, tempérer son impatience et son ardeur, elle aurait déclaré être accourue pour dire à ses soldats que le moment d'agir n'était point encore favorable, qu'elle reviendrait se mettre à leur tête quand l'occasion l'appellerait. MADAME aurait du moins montré une fois un Bourbon aux Vendéens[2] ; les ombres des Cathelineau, des d'Elbée, des Bonchamp, des La Roche-jaquelein, des Charette se fussent réjouies.

Notre comité s'est rassemblé[3] ; tandis que nous discourions, arrive de Nantes un capitaine qui nous apprend le lieu habité par l'héroïne[4]. Le capitaine est un beau jeune homme, brave comme un marin, original comme un Breton. Il désapprouvait l'entreprise ; il la trouvait insensée ; mais il disait : « Si Madame ne s'en va pas, il s'agit de mourir et voilà tout ; et puis, messieurs du conseil, faites pendre Walter Scott, car c'est lui qui est le vrai coupable. » Je fus d'avis d'écrire notre sentiment à la princesse. M. Berryer, se disposant à aller plaider un procès à Quim-

---

1. Dans la lettre que Chateaubriand avait écrite à la duchesse quelques semaines auparavant (voir *supra*, p. 78). **2.** Critique indirecte des frères de Louis XVI, qui ne se mirent jamais en première ligne lors des guerres vendéennes. À Quiberon, en 1795, le futur Charles X avait préféré demeurer sur un vaisseau anglais mouillé au large plutôt que de venir encourager par sa présence les royalistes qu'il envoyait à la mort. **3.** Malgré ses réticences, Chateaubriand avait donc accepté, sous la pression des circonstances, de se joindre au « petit conseil » ou « petit comité » alors composé du maréchal Victor, du marquis de Clermont-Tonnerre, du duc de Fitz-James, du baron Hyde de Neuville et de Berryer. **4.** La ferme des Mesliers, dans les environs de Nantes. C'est bien, en effet, comme une héroïne de roman que se comporte alors la mère de Henri V, grande lectrice de Walter Scott, et qui avait eu, à Édimbourg, le loisir de méditer sur le destin des Stuarts.

per[1], s'est généreusement proposé pour porter la lettre et
voir Madame s'il le pouvait. Quand il a fallu rédiger le
billet, personne ne se souciait de l'écrire : je m'en suis
chargé[2].

Notre messager est parti, et nous avons attendu l'événement[3]. J'ai bientôt reçu, par la poste, le billet suivant
qui n'avait point été cacheté et qui, sans doute, avait passé
sous les yeux de l'autorité[4] :

« Angoulême, 7 juin.

« Monsieur le vicomte,

« J'avais reçu et transmis votre lettre de vendredi dernier, lorsque, dans la journée de dimanche, le préfet de la

---

1. Pierre-Antoine Berryer (1790-1868), avocat comme son père (qui
avait défendu Ney) et député de la Haute-Loire, avait préféré, comme une
quarantaine de ses collègues, ne pas démissionner après la révolution de
Juillet pour pouvoir continuer à combattre le nouveau régime sur le terrain parlementaire. Lors des élections de juillet 1831, il avait été un des
rares membres du parti légitimiste à être réélu. Comme Chateaubriand, il
entendait désormais mener une opposition légale. Il devait alors se rendre
à Vannes (et non pas à Quimper) pour aller défendre, le 12 juin, devant
les assises du Morbihan, un officier prévenu de « chouannerie », le
commandant Guillemot.   2. Dans cette lettre rédigée par Chateaubriand, le comité parisien déconseillait formellement toute action armée,
dont il soulignait le caractère inopportun, voire suicidaire ; il incriminait
les illusions des conseillers de la duchesse et leur méconnaissance de la
situation réelle du pays ; il invitait enfin la mère de Henri V à quitter la
France au plus vite.   3. Berryer avança donc son départ pour la Bretagne, vit Bourmont à Nantes le 22 mai, la duchesse de Berry la nuit suivante et réussit à obtenir que le soulèvement prévu pour le 24 fût reporté
sine die. Mais ce contre-ordre fut lui-même annulé quelques heures plus
tard, et une nouvelle date fut fixée (la nuit du 3 au 4 juin). Ce cafouillage
aura des conséquences désastreuses sur le déroulement des opérations.
Entre-temps, Chateaubriand avait adressé, le 1er juin, à la duchesse de
Berry une seconde lettre de mise en garde, encore plus pressante, qui fut
saisie par la police.   4. Ce ne fut pas dans cette affaire la seule impru-
dence qui alerta les autorités. Dès les derniers jours de mai, le maréchal
Soult, ministre de la Guerre, fit renforcer des garnisons et ordonna des
mouvements de troupe. On annonça enfin le 2 juin à la duchesse de Berry
que la saisie de sa correspondance avec les insurgés avait entraîné la
découverte de tous les plans royalistes. Ce fut alors la confusion, puis la
déconfiture dans son camp, à la veille des journées révolutionnaires des
5 et 6 juin à Paris.

Loire-Inférieure m'a fait inviter à quitter la ville de Nantes. J'étais en route et aux portes d'Angoulême ; je viens d'être conduit devant le préfet qui m'a notifié un ordre de M. de Montalivet [1] qui prescrit de me reconduire à Nantes sous l'escorte de la gendarmerie. Depuis mon départ de Nantes, le département de la Loire-Inférieure est mis en état de siège : par ce transport tout illégal, on me soumet donc aux lois d'exception. J'écris au ministre pour lui demander de me faire appeler à Paris ; il a ma lettre par ce même courrier. Le but de mon voyage à Nantes paraît être tout à fait mal interprété. Jugez dans votre prudence si vous jugeriez convenable d'en parler au ministre. Je vous demande pardon de vous faire cette demande ; mais je ne peux l'adresser qu'à vous.

« Croyez, je vous prie, monsieur le vicomte, à mon vieil et sincère attachement, comme à mon profond respect.

« Votre tout dévoué serviteur,

« BERRYER FILS.

« P.S. – Il n'y a pas un moment à perdre si vous voulez bien voir le ministre. Je me rends à Tours où ses nouveaux ordres me trouveront encore dans la journée de dimanche ; il peut les transmettre ou par le télégraphe ou par estafette. »

J'ai fait connaître à M. Berryer, par cette réponse, le parti que j'avais pris :

---

1. Marthe-Camille Bachasson, comte de Montalivet (1801-1880), avait perdu très jeune son père, ancien ministre de Napoléon (1822), puis un an plus tard son frère aîné : il accéda ainsi à la pairie, mais ne pourra siéger à la Chambre haute qu'à partir de 1826. Il est alors partisan des idées libérales et constitutionnelles (voir XXVIII, 7 ; t. III, p. 179). Il fut nommé ministre de l'Intérieur le 3 novembre 1830, et occupera ces fonctions à plusieurs reprises jusqu'en 1839. Alors que Berryer avait quitté Nantes le dimanche 3 juin, il télégraphia le 5 juin au préfet de la Charente pour ordonner son arrestation à son arrivée à Angoulême. La duchesse de Berry se réfugia, de son côté, à Nantes même.

« Paris, 10 juin 1832.

« J'ai reçu, monsieur, votre lettre datée d'Angoulême le 7 de ce mois. Il était trop tard pour que je visse monsieur le ministre de l'intérieur, comme vous le désirez ; mais je lui ai écrit immédiatement en lui faisant passer votre propre lettre incluse dans la mienne. J'espère que la méprise qui a occasionné votre arrestation sera bientôt reconnue et que vous serez rendu à la liberté et à vos amis, au nombre desquels je vous prie de me compter. Mille compliments empressés et nouvelle assurance de mon entier et sincère dévouement.

« CHATEAUBRIAND. »

Voici ma lettre au ministre de l'intérieur :

Paris, ce 9 juin 1832.

« Monsieur le ministre de l'intérieur,
« Je reçois à l'instant la lettre ci-incluse. Comme il est vraisemblable que je ne pourrais parvenir jusqu'à vous aussi promptement que le désire M. Berryer, je prends le parti de vous envoyer sa lettre. Sa réclamation me semble juste : il sera aussi innocent à Paris comme à Nantes et à Nantes comme à Paris ; c'est ce que l'autorité reconnaîtra, et elle évitera, en faisant droit à la réclamation de M. Berryer, de donner à la loi un effet rétroactif. J'ose tout espérer, monsieur le comte, de votre impartialité.

« J'ai l'honneur, etc., etc.

« CHATEAUBRIAND. »

(4)

Mon arrestation.

Paris, rue d'Enfer, fin juillet 1832.

Un de mes vieux amis, M. Frisell, Anglais[1], venait de perdre à Passy sa fille unique, âgée de dix-sept ans. J'étais allé le 19 juin[2] à l'enterrement de la pauvre Élisa, dont la jolie madame Delessert[3] terminait le portrait quand la mort y mit le dernier coup de pinceau. Revenu dans ma solitude, rue d'Enfer, je m'étais couché plein de mes mélancoliques pensées qui naissent de l'association de la jeunesse, de la beauté et de la tombe. Le 20 juin, à quatre heures du matin, Baptiste, à mon service depuis long-temps, entre dans ma chambre, s'approche de mon lit et me dit : « Monsieur, la cour est pleine d'hommes qui se sont placés à toutes les portes, après avoir forcé Desbros-ses[4] à ouvrir la porte cochère, et voilà trois *messieurs* qui veulent vous parler. » Comme il achevait ces mots, les *messieurs* entrent, et le chef, s'approchant très poliment

---

1. John Fraser Frisell (1771-1846) était en réalité Écossais. Après de brillantes études à Glasgow, il était venu en France pour « assister » à la Révolution. Arrêté, puis incarcéré à Dijon pendant la Terreur, il fut ensuite, malgré sa nationalité britannique, autorisé à demeurer en France comme « savant ». Il se fixa donc dans notre pays, au grand déplaisir de sa famille, et ne le quitta que pour voyager ou séjourner en Italie. Il avait rencontré, au cours de son passage en Bourgogne, Mme de Chastenay, et avait été reçu dès 1801 dans le salon de Mme de Beaumont ; il sera désor-mais un ami fidèle des Joubert et des Chateaubriand, malgré des prises de bec homériques avec Céleste qui avouait : « C'est une tête bien folle, rachetée par un excellent cœur. »   **2.** Erreur de date, comme un peu plus loin : c'est le 15 juin 1832 qu'ont eu lieu les obsèques de la « pauvre Élisa », et le 16 au matin que Chateaubriand fut arrêté.   **3.** Valentine de Laborde (1806-1894), nièce de Natalie de Noailles, avait épousé en 1824 Gabriel Delessert (1786-1858), qui sera préfet de police de 1836 à 1848, et pair de France (1844). La future égérie de Mérimée collaborait alors au journal légitimiste *La Mode* où ses dessins avaient beaucoup de succès.   **4.** Le concierge.

de mon lit, me déclare qu'il a ordre de m'arrêter et de me mener à la préfecture de police. Je lui demandai si le soleil était levé, ce qu'exigeait la loi, et s'il était porteur d'un ordre légal : il ne me répondit rien sur le soleil, mais il m'exhiba la signification suivante :

Copie :

« Préfecture de police.

« De par le roi ;
« Nous, conseiller d'État, préfet de police,
« Vu les renseignements à nous parvenus ;
« En vertu de l'article 10 du Code d'instruction criminelle ;
« Requérons le commissaire, ou autre en cas d'empêchement, de se transporter chez M. le vicomte de Chateaubriand et partout où besoin sera, prévenu de complot contre la sûreté de l'État, à l'effet d'y rechercher et saisir tous papiers, correspondances, écrits, contenant des provocations à des crimes et délits contre la paix publique ou susceptibles d'examen, ainsi que tous objets séditieux ou armes dont il serait détenteur. »

Tandis que je lisais la déclaration *du grand complot contre la sûreté de l'État*, dont moi chétif j'étais prévenu, le capitaine des mouchards dit à ses subordonnés : « Messieurs, faites votre devoir ! » Le devoir de ces messieurs était d'ouvrir toutes les armoires, de fouiller toutes les poches, de se saisir de tous papiers, lettres et documents, de lire iceux, si faire se pouvait, et de découvrir toutes armes, comme il appert aux termes du susdit mandat.

Après lecture prise de la pièce, m'adressant au respectable chef de ces voleurs d'hommes et de libertés : « Vous savez, monsieur, que je ne reconnais point votre gouvernement, que je proteste contre la violence que vous me faites ; mais comme je ne suis pas le plus fort et que je n'ai nulle envie de me colleter avec vous, je vais me lever et vous suivre : donnez-vous, je vous prie, la peine de vous asseoir. »

Je m'habillai et, sans rien prendre avec moi, je dis au vénérable commissaire : « Monsieur, je suis à vos ordres : allons-nous à pied ? – Non, monsieur, j'ai eu soin de vous amener un fiacre. – Vous avez bien de la bonté : monsieur, partons ; mais souffrez que j'aille dire adieu à madame de Chateaubriand. Me permettez-vous d'entrer seul dans la chambre de ma femme ? – Monsieur, je vous accompagnerai jusqu'à la porte et je vous attendrai. – Très bien, monsieur » ; et nous descendîmes.

Partout sur mon chemin je trouvai des sentinelles ; on avait posé une vedette[1] jusque sur le boulevard à une petite porte qui s'ouvre à l'extrémité de mon jardin. Je dis au chef : « Ces précautions-là étaient très inutiles ; je n'ai pas la moindre envie de vous fuir et de m'échapper. » Les messieurs avaient bousculé mes papiers, mais n'avaient rien pris. Mon grand sabre de Mamelouck[2] fixa leur attention ; ils se parlèrent tout bas et finirent par laisser l'arme sous un tas d'in-folios poudreux, au milieu desquels elle gisait avec un crucifix de bois jaune que j'avais apporté de la Terre-Sainte.

Cette pantomime m'aurait presque donné envie de rire, mais j'étais cruellement tourmenté pour madame de Chateaubriand. Quiconque la connaît, connaît aussi la tendresse qu'elle me porte, ses frayeurs, la vivacité de son imagination et le misérable état de sa santé ; cette descente de la police et mon enlèvement pouvaient lui faire un mal affreux. Elle avait déjà entendu quelque bruit et je la trouvai assise dans son lit, écoutant tout effrayée, lorsque j'entrai dans sa chambre à une heure si extraordinaire.

« Ah ! bon Dieu ! » s'écria-t-elle : « êtes-vous malade ? Ah ! bon Dieu, qu'est-ce qu'il y a ? qu'est-ce qu'il y a ? » et il lui prit un tremblement. Je l'embrassai en ayant peine à retenir mes larmes, et je lui dis : « Ce n'est rien, on m'envoie chercher pour faire ma déclaration comme témoin dans une affaire relative à un procès de presse.

---

1. Voir t. I, p. 577, note 1.   2. Souvenir du voyage en Orient.

Dans quelques heures tout sera fini et je vais revenir déjeuner avec vous. »

Le mouchard était resté à la porte ouverte ; il voyait cette scène, et je lui dis en allant me remettre entre ses mains : « Vous voyez, monsieur, l'effet de votre visite un peu matinale. » Je traversai la cour avec mes recors[1] ; trois d'entre eux montèrent avec moi dans le fiacre, le reste de l'escouade accompagnait à pied la capture et nous arrivâmes sans encombre dans la cour de la préfecture de police.

Le geôlier qui devait me mettre en souricière[2] n'était pas levé ; on le réveilla en frappant à son guichet, et il alla préparer mon gîte. Tandis qu'il s'occupait de son œuvre, je me promenais dans la cour de long en large avec le sieur Léotaud qui me gardait. Il causait et me disait amicalement, car il était très honnête : « Monsieur le vicomte, j'ai bien l'honneur de vous remettre ; je vous ai présenté les armes plusieurs fois lorsque vous étiez ministre et que vous veniez chez le roi : je servais dans les gardes du corps : mais que voulez-vous ! on a une femme, des enfants ; il faut vivre ! – Vous avez raison, monsieur Léotaud : combien ça vous rapporte-t-il ? – Ah ! monsieur le vicomte, c'est selon les captures... Il y a des gratifications tantôt bien, tantôt mal, comme à la guerre ».

Pendant ma promenade, je voyais rentrer les mouchards dans différents déguisements comme des masques

---

1. « Celui qu'un sergent ou un huissier mène avec lui pour lui servir de témoin ou lui prêter main-forte en cas de besoin » (*Féraud*).
2. Argot policier des années 1820-1840 : ensemble des cellules de la Conciergerie où étaient gardés les prévenus en attendant leur interrogatoire ; à peu près ce que nous appelons aujourd'hui le dépôt (voir Balzac, *Splendeurs et Misères des courtisanes*, 1846). À la même époque, Nerval donne au mot un sens voisin : « À la préfecture, il fallait attendre son tour dans une grande salle qu'on appelait, je crois, la *souricière* » (*Mémoires d'un Parisien. Sainte-Pélagie en 1832*, publié dans *L'Artiste* du 11 avril 1841 : voir *Œuvres complètes*, « Bibliothèque de la Pléiade », t. I, p. 750). Le terme désigne ici une simple cellule.

le mercredi des Cendres à la descente de la Courtille[1] :
ils venaient rendre compte des faits et gestes de la nuit.
Les uns étaient habillés en marchands de salades, en
crieurs des rues, en charbonniers, en forts de la halle, en
marchands de vieux habits, en chiffonniers, en joueurs
d'orgue ; les autres étaient coiffés de perruques sous lesquelles paraissaient des cheveux d'une autre couleur ; les
autres avaient barbes, moustaches et favoris postiches ;
les autres traînaient les jambes comme de respectables
invalides et portaient un éclatant ruban rouge à leur boutonnière. Ils s'enfonçaient dans une petite cour et bientôt
revenaient sous d'autres costumes, sans moustaches, sans
barbes, sans favoris, sans perruques, sans hottes, sans
jambes de bois, sans bras en écharpe ; tous ces oiseaux
du lever de l'aurore de la police s'envolaient et disparais-
saient avec le jour grandissant. Mon logis étant prêt, le
geôlier vint nous avertir, et M. Léotaud, chapeau bas, me
conduisit jusqu'à la porte de l'honnête demeure et me dit,
en me laissant aux mains du geôlier et de ses aides :
« Monsieur le vicomte, j'ai bien l'honneur de vous
saluer : au plaisir de vous revoir. » La porte d'entrée se
referma sur moi. Précédé du geôlier qui tenait les clefs et
de ses deux garçons qui me suivaient pour m'empêcher
de rebrousser chemin, j'arrivai par un étroit escalier au
deuxième étage. Un petit corridor noir me conduisit à une
porte ; le guichetier l'ouvrit : j'entrai après lui dans ma
case. Il me demanda si je n'avais besoin de rien : je lui
répondis que je déjeunerais dans une heure. Il m'avertit
qu'il y avait un café et un restaurateur qui fournissaient
aux prisonniers tout ce qu'ils désiraient pour leur argent.
Je priai mon gardien de me faire apporter du thé, et, s'il

---

1. Le quartier de la Courtille prolongeait le faubourg du Temple du
côté de Belleville. Situé hors des barrières, il était connu dès le
XVIIIe siècle pour ses ombrages et ses guinguettes. C'est là que Rampo-
neau avait eu son célèbre cabaret du *Tambour royal*. Sous la Restauration et la monarchie de Juillet, la Courtille fut aussi célèbre à cause de
son carnaval. Les festivités du mardi gras y duraient jusqu'au lendemain, si bien que le mercredi des Cendres, au petit jour, on pouvait
voir refluer sur le centre de la capitale une foule hétéroclite de masques
avinés et livides.

le pouvait, de l'eau chaude et froide et des serviettes. Je
lui donnai vingt francs d'avance : il se retira respectueusement en me promettant de revenir.

Resté seul, je fis l'inspection de mon bouge : il était
un peu plus long que large, et sa hauteur pouvait être de
sept à huit pieds[1]. Les cloisons, tachées et nues, étaient
barbouillées de la prose et des vers de mes devanciers, et
surtout du griffonnage d'une femme qui disait force
injures au juste-milieu. Un grabat à draps sales occupait
la moitié de ma loge ; une planche, supportée par deux
tasseaux, placée contre le mur, à deux pieds au-dessus du
grabat, servait d'armoire au linge, aux bottes et aux souliers des détenus ; une chaise et un meuble infâme composaient le reste de l'ameublement.

Mon fidèle gardien m'apporta les serviettes et les
cruches d'eau que je lui avais demandées ; je le suppliai
d'ôter du lit les draps sales, la couverture de laine jaunie,
d'enlever le seau qui me suffoquait et de balayer mon
bouge après l'avoir arrosé. Toutes les œuvres du juste-
milieu étant emportées, je me fis la barbe ; je m'inondai
des flots de ma cruche, je changeai de linge, madame de
Chateaubriand m'avait envoyé un petit paquet ; je rangeai
sur la planche au-dessus du lit toutes mes affaires comme
dans la cabine d'un vaisseau. Quand cela fut fait, mon
déjeuner arriva et je pris mon thé sur ma table *bien lavée*
et que je recouvris d'une serviette blanche. On vint bientôt chercher les ustensiles de mon festin matinal et on me
laissa seul dûment enfermé.

Ma loge n'était éclairée que par une fenêtre grillée qui
s'ouvrait fort haut ; je plaçai ma table sous cette fenêtre
et je montai sur cette table pour respirer et jouir de la
lumière. À travers les barreaux de ma cage à voleur, je
n'apercevais qu'une cour ou plutôt un passage sombre et
étroit, des bâtiments noirs autour desquels tremblotaient
des chauves-souris. J'entendais le cliquetis des clefs et

---

1 Le récit de cette détention de quatorze jours, esquissé dès 1836
dans *Littérature anglaise*, est confirmé par les *Mémoires* de Gisquet. Il
faut le replacer aussi dans le contexte contemporain de la littérature
carcérale (Hugo, Pellico, etc.). Le ton de Chateaubriand est plus humoristique, sans rien perdre de son âpreté satirique.

des chaînes, le bruit des sergents de ville et des espions, le pas des soldats, le mouvement des armes, les cris, les rires, les chansons dévergondées des prisonniers mes voisins, les hurlements de Benoît[1], condamné à mort comme meurtrier de sa mère et de son obscène ami. Je distinguai ces mots de Benoît entre les exclamations confuses de la peur et du repentir : « Ah ! ma mère ! ma pauvre mère ! » Je voyais l'envers de la société, les plaies de l'humanité, les hideuses machines qui font mouvoir ce monde.

Je remercie les hommes de lettres, grands partisans de la liberté de la presse, qui naguère m'avaient pris pour leur chef et combattaient sous mes ordres ; sans eux, j'aurais quitté la vie sans savoir ce que c'était que la prison, et cette épreuve-là m'aurait manqué. Je reconnais à cette attention délicate le génie, la bonté, la générosité, l'honneur, le courage des hommes de plume en place. Mais, après tout, qu'est-ce que cette courte épreuve ? Le Tasse a passé des années dans un cachot et je me plaindrais ! Non ; je n'ai pas le fol orgueil de mesurer mes contrariétés de quelques heures avec les sacrifices prolongés des immortelles victimes dont l'histoire a conservé les noms.

Au surplus, je n'étais point du tout malheureux ; le génie de mes grandeurs passées et de ma *gloire* âgée de trente ans ne m'apparut point ; mais ma muse d'autrefois, bien pauvre, bien ignorée, vint rayonnante m'embrasser par ma fenêtre : elle était charmée de mon gîte et tout inspirée ; elle me retrouvait comme elle m'avait vu dans ma misère à Londres, lorsque les premiers songes de René flottaient dans ma tête. Qu'allions-nous faire, la solitaire du Pinde et moi ? Une chanson à l'instar de ce pauvre poète Lovelace[2] qui, dans les geôles des Communes anglaises, chantait le roi Charles Ier, son maître ? Non ; la voix d'un prisonnier m'aurait semblé de mauvais augure pour mon petit roi Henri V : c'est du pied de l'autel qu'il faut adresser des hymnes au malheur. Je

---

1. Frédéric Benoît qui, au mois de juillet 1831, avait assassiné son amant, et sa propre mère, avait été condamné à mort la veille (15 juin), après un procès retentissant : il avait 19 ans.   2. Richard Lovelace (1618-1658), poète anglais, ami et défenseur de Charles Ier, fut emprisonné par Cromwell à la tour de Londres.

ne chantai donc point la couronne tombée d'un front
innocent ; je me contentai de dire une autre couronne
blanche aussi, déposée sur le cercueil d'une jeune fille ;
je me souvins d'Élisa Frisell, que j'avais vu enterrer la
veille dans le cimetière de Passy. Je commençai quelques
vers élégiaques d'une épitaphe latine ; mais voilà que la
quantité d'un mot m'embarrassa ; vite je saute en bas de
la table où j'étais juché, appuyé contre les barreaux de la
fenêtre, et je cours frapper de grands coups de poing dans
ma porte. Les cavernes d'alentour retentirent [1] ; le geôlier
monte épouvanté, suivi de deux gendarmes ; il ouvre mon
guichet, et je lui crie, comme aurait fait Santeuil [2] : « Un
Gradus ! un *Gradus* ! » Le geôlier écarquillait les yeux,
les gendarmes croyaient que je révélais le nom d'un de
mes complices ; ils m'auraient mis volontiers les poucet-
tes [3] ; je m'expliquai ; je donnai de l'argent pour acheter
le livre, et on alla demander un *Gradus* à la police
étonnée.

Tandis que l'on s'occupait de ma commission, je
regrimpai sur ma table, et, changeant d'idée sur ce trépied [4], je me mis à composer des strophes sur la mort
d'Élisa ; mais au milieu de mon inspiration, vers trois
heures, voilà que des huissiers entrent dans ma cellule et
m'appréhendent au corps sur les rives du Permesse [5] : ils
me conduisent chez le juge d'instruction qui instrumentait
dans un greffe obscur, en face de ma geôle, de l'autre
côté de la cour. Le juge, jeune robin fat et gourmé,
m'adresse les questions d'usage sur mes nom, prénoms,

---

1. Allusion plaisante à un vers de Virgile à propos du cheval de
Troie (*Enéide*, II, vers 53) : *Insonuere cavae gemitumque dedere caver-
nae.* « La profondeur de ses flancs caverneux résonna et il en sortit un
gémissement. »　　**2.** Jean Santeuil (1630-1697), chanoine de Saint-
Victor et auteur de poésies latines (en particulier des épitaphes et des
Hymnes). On donnait le titre de *Gradus ad Parnassum* à des dictionnaires de prosodie latine utilisés dans les collèges.　　**3.** Les menottes
(ou entraves, sous diverses formes). Ce terme familier du langage policier est mentionné pour la première fois dans le Dictionnaire de Boiste
(1823).　　**4.** Juché sur sa table, Chateaubriand se compare à la pythie
de Delphes sur son trépied et de manière plus générale à tous les poètes
inspirés par Apollon.　　**5.** Torrent de Béotie consacré au culte des
Muses.

âge, demeure. Je refusai de répondre et de signer quoi que ce fût, ne reconnaissant point l'autorité politique d'un gouvernement qui n'avait pour lui ni l'ancien droit héréditaire, ni l'élection du peuple, puisque la France n'avait point été consultée et qu'aucun congrès national n'avait été assemblé. Je fus reconduit à ma souricière.

À six heures on m'apporta mon dîner, et je continuai à tourner et retourner dans ma tête les vers de mes stances improvisant quand et quand[1] un air qui me semblait charmant. Madame de Chateaubriand m'envoya un matelas, un traversin, des draps, une couverture de coton, des bougies et les livres que je lis la nuit. Je fis mon ménage et toujours chantonnant :

> *Il descend le cercueil et les roses sans taches,*

ma romance de la jeune fille et de la jeune fleur se trouva faite[2] :

> *Il descend le cercueil et les roses sans taches*
> *Qu'un père y déposa, tribut de sa douleur ;*
> *Terre, tu les portas et maintenant tu caches*
>   *Jeune fille et jeune fleur.*

> *Ah ! ne les rends jamais à ce monde profane,*
> *À ce monde de deuil, d'angoisse et de malheur ;*
> *Le vent brise et flétrit, le soleil brûle et fane*
>   *Jeune fille et jeune fleur.*

> *Tu dors, pauvre Élisa, si légère d'années !*
> *Tu ne sens plus du jour le poids et la chaleur.*
> *Vous avez achevé vos fraîches matinées,*
>   *Jeune fille et jeune fleur.*

---

1. En même temps. Cette locution adverbiale se rencontre chez Guez de Balzac ou chez Voiture ; mais elle est devenue au XIXᵉ siècle, une pure coquetterie de style.   **2.** Sous le titre de « Jeune fille et jeune fleur », ces strophes « coururent le monde, bien plus renommées pour être écloses sous les voûtes de la Conciergerie que pour leur mérite poétique » (Marcellus, p. 423).

Mais ton père, Élisa, sur ta tombe s'incline ;
De ton front jusqu'au sien a monté la pâleur.
Vieux chêne !... le temps a fauché sur ta racine
*   Jeune fille et jeune fleur !*

(5)

Paris, rue d'Enfer, fin de juillet 1832.

PASSAGE DE MA LOGE DE VOLEUR AU CABINET DE TOILETTE DE
MADEMOISELLE GISQUET. — ACHILLE DE HARLAY.

Je commençais à me déshabiller ; un bruit de voix se
fit entendre ; ma porte s'ouvre, et M. le préfet de police [1],
accompagné de M. Nay, se présente. Il me fit mille
excuses de la prolongation de ma détention au dépôt ; il
m'apprit que mes amis, le duc de Fitz-James et le baron
Hyde de Neuville, avaient été arrêtés comme moi [2], et
que dans l'encombrement de la préfecture on ne savait où
placer les personnes que la justice croyait devoir interpel-
ler. « Mais, ajouta-t-il, vous allez venir chez moi, monsieur le vicomte, et vous choisirez dans mon appartement
ce qui vous conviendra le mieux. »
Je le remerciai et je le priai de me laisser dans mon
trou ; j'en étais déjà tout charmé, comme un moine de sa
cellule. M. le préfet se refusa à mes instances, et il me
fallut dénicher. Je revis les salons que j'avais quittés
depuis le jour où M. le préfet de police de Bonaparte

---

1. Henri-Joseph Gisquet (1792-1866) avait été nommé préfet de
police par Casimir Périer le 14 octobre 1831, et demeurera en fonction
jusqu'au mois de septembre 1836. Son secrétaire Nay allait devenir
son gendre.   **2.** En revanche, les autres membres du comité, absents
de Paris, ne furent pas inquiétés. La comtesse de Boigne souligne
combien, dans cette affaire, le zèle des magistrats, déclenché par les
imprudences de Berryer, fut peu apprécié du pouvoir.

m'avait fait venir pour m'inviter à m'éloigner de Paris[1].
M. Gisquet et madame Gisquet m'ouvrirent toutes leurs
chambres en me priant de désigner celle que je voudrais
occuper. M. Nay me proposa de me céder la sienne.
J'étais confus de tant de politesse ; j'acceptai une petite
pièce écartée qui donnait sur le jardin et qui, je crois,
servait de cabinet de toilette à mademoiselle Gisquet ; on
me permit de garder mon domestique qui coucha sur un
matelas en dehors de ma porte, à l'entrée d'un étroit escalier plongeant dans le grand appartement de madame Gisquet. Un autre escalier conduisait au jardin ; mais celui-
là me fut interdit, et chaque soir on plaçait une sentinelle
au bas contre la grille qui sépare le jardin du quai.
Madame Gisquet est la meilleure femme du monde, et
mademoiselle Gisquet est très jolie et fort bonne musi-
cienne. Je n'ai qu'à me louer des soins de mes hôtes : ils
semblaient vouloir expier les douze heures de ma première réclusion.

Le lendemain de mon installation dans le cabinet de
mademoiselle Gisquet, je me levai tout content, en me
souvenant de la chanson d'Anacréon sur la toilette d'une
jeune Grecque[2] ; je mis la tête à la fenêtre : j'aperçus un
petit jardin bien vert, un grand mur masqué par un vernis
du Japon ; à droite, au fond du jardin, des bureaux où l'on
entrevoyait d'agréables commis de la police, comme de
belles nymphes parmi des lilas ; à gauche, le quai de la
Seine, la rivière et un coin du vieux Paris, dans la paroisse
de Saint-André-des-Arts[3]. Le son du piano de mademoiselle Gisquet parvenait jusqu'à moi avec la voix des mouchards qui demandaient quelques chefs de division pour
faire leur rapport.

Comme tout change dans ce monde ! Ce petit jardin
anglais romantique de la police était un lambeau déchiré
et biscornu du jardin français, à charmilles taillées au
ciseau, de l'hôtel du premier président du Parlement de

---

1. Allusion à Pasquier : voir I, t. I, p. 214-215.   2. « Je voudrais
être miroir pour que tu me regardes sans cesse » (Anacréon, *Odes*, XX,
vers 5-6).   3. La préfecture de police occupait alors une partie du
Palais de justice et les appartements du préfet donnaient sur le quai des
Orfèvres.

Paris. Cet ancien jardin occupait, en 1580, l'emplacement de ce paquet de maisons qui borne la vue au nord et au couchant, et il s'étendait jusqu'au bord de la Seine. Ce fut là qu'après la journée des barricades, le duc de Guise vint visiter Achille de Harlay[1] : « Il trouva le premier président qui se pourmenoit dans son jardin, lequel s'estonna si peu de sa venue, qu'il ne daigna seulement pas tourner la tête ni discontinuer sa pourmenade commencée, laquelle achevée qu'elle fut, et estant au bout de son allée, il retourna, et en retournant il vit le duc de Guise qui venoit à lui ; alors ce grave magistrat, haussant la voix, lui dit : *C'est grand-pitié que le valet chasse le maistre ; au reste, mon âme est à Dieu, mon cœur est à mon roy, et mon corps est entre les mains des méchans ; qu'on en fasse ce qu'on voudra*[2]. » L'Achille de Harlay qui se *pourmène* aujourd'hui dans ce jardin est M. Vidocq, et le duc de Guise, Coco Lacour[3] ; nous avons changé les grands hommes pour les grands principes. Comme nous sommes libres maintenant ! comme j'étais libre surtout à ma fenêtre, témoin ce bon gendarme en faction au bas de mon escalier et qui se préparait à me tirer au vol s'il m'eût poussé des ailes ! Il n'y avait pas de rossignol dans mon jardin, mais il y avait beaucoup de moineaux fringants, effrontés et querelleurs que l'on trouve partout, à la campagne, à la ville, dans les palais, dans les prisons, et qui se perchent tout aussi gaiement sur l'instrument de mort que sur un rosier : à qui peut s'envoler, qu'importent les souffrances de la terre !

---

1. Achille de Harlay (1536-1619), Premier président du parlement de Paris lors de la journée des Barricades (12 mai 1588) qui chassa Henri III de sa capitale pour la livrer au duc de Guise (voir *Histoire de France*, Ladvocat, t. V, *ter*, p. 392-395). **2.** Chateaubriand emprunte cette citation au *Discours sur la vie de Harlay*, par Jacques de la Valée (Paris, 1616). **3.** Adjoint de Vidocq, auquel il avait succédé en 1827. La publication des *Mémoires* de ce dernier, en octobre 1828, avait eu un gros retentissement.

(6)

Juge d'instruction. — M. Desmortiers.

Rue d'Enfer, fin de juillet 1832.

Madame de Chateaubriand obtint la permission de me voir. Elle avait passé treize mois, sous la Terreur, dans les prisons de Rennes avec mes deux sœurs Lucile et Julie [1] ; son imagination, restée frappée, ne peut plus supporter l'idée d'une prison. Ma pauvre femme eut une violente attaque de nerfs en entrant à la préfecture, et ce fut une obligation de plus que j'eus au juste-milieu. Le second jour de ma détention, le juge d'instruction, le sieur Desmortiers [2], m'arriva accompagné de son greffier.

M. Guizot avait fait nommer procureur général à la cour royale de Rennes un M. Hello [3], écrivain, et par conséquent envieux et irritable comme tout ce qui barbouille du papier dans un parti triomphant.

Le protégé de M. Guizot, trouvant mon nom et ceux de M. le duc de Fitz-James et de M. Hyde de Neuville mêlés dans le procès que l'on poursuivait à Nantes contre M. Berryer, écrivit au ministre de la justice que, s'il était le maître, il ne manquerait pas de nous faire arrêter et de nous joindre au procès, à la fois comme complices et comme pièces de conviction. M. de Montalivet avait cru devoir céder aux avis de M. Hello [4] ;

---

1. Voir t. I, p. 654.   **2.** Le magistrat instructeur se nommait en réalité Poultier. Louis-Henri Desmortiers, ancien conseiller à la cour de Paris sous la Restauration, avait été nommé par le régime de Juillet procureur du Roi près le tribunal de première instance de la Seine. **3.** Charles-Guillaume Hello (1787-1850) avait été nommé procureur général à Rennes au mois de septembre 1830. Il avait publié en 1827 un *Essai sur le régime constitutionnel* et montra un réel acharnement dans ses poursuites contre Berryer et ses prétendus complices. Il terminera sa carrière à la Cour de cassation.   **4.** Dès le 16 juin, Montalivet avait envisagé de faire transférer les trois détenus à Nantes, où ils auraient été passibles du conseil de guerre.

il fut un temps où M. de Montalivet venait humblement chez moi prendre mes conseils et mes idées sur les élections et la liberté de la presse. La Restauration, qui a fait un pair de M. de Montalivet, n'a pu en faire un homme d'esprit, et voilà sans doute pourquoi elle lui fait *mal au cœur* aujourd'hui.

M. Desmortiers, le juge d'instruction, entra donc dans ma petite chambre ; un air doucereux était étendu comme une couche de miel sur un visage contracté et violent.

> *Je m'appelle Loyal, natif de Normandie,*
> *Et suis huissier à verge, en dépit de l'envie* [1].

M. Desmortiers était naguère de la congrégation, grand communiant, grand légitimiste, grand partisan des ordonnances, et devenu forcené juste-milieu. Je priai cet animal de s'asseoir avec toute la politesse de l'ancien régime ; je lui approchai un fauteuil ; je mis devant son greffier une petite table, une plume et de l'encre ; je m'assis en face de M. Desmortiers, et il me lut d'une voix bénigne les petites accusations qui, dûment prouvées, m'auraient tendrement fait couper le cou : après quoi, il passa aux interrogations.

Je déclarai de nouveau que, ne reconnaissant point l'ordre politique existant, je n'avais rien à répondre, que je ne signerais rien, que tous ces procédés judiciaires étaient superflus, qu'on pouvait s'en épargner la peine et passer outre ; que je serais du reste toujours charmé d'avoir l'honneur de recevoir M. Desmortiers*.

Je vis que cette manière d'agir mettait en fureur le saint homme, qu'ayant partagé mes opinions, ma conduite lui semblait une satire de la sienne ; à ce ressentiment se mêlait l'orgueil du magistrat qui se croyait blessé dans

---

* J'ai donné le premier l'exemple de ce refus de reconnaissance de juges que quelques républicains ont suivi depuis. (Note de 1840, Paris.)

---

1. *Tartuffe*, V, 4, vers 1741-1742. Desmortiers ne figure pas, comme pourrait le suggérer la référence moliéresque, sur les listes officielles des membres de la Congrégation et, encore une fois, Chateaubriand se trompe sur la personne.

ses fonctions. Il voulut raisonner avec moi ; je ne pus jamais lui faire comprendre la différence qui existe entre l'ordre *social* et l'ordre *politique*. Je me soumettais, lui dis-je, au premier, parce qu'il est de droit naturel ; j'obéissais aux lois civiles, militaires et financières, aux lois de police et d'ordre public ; mais je ne devais obéissance au droit politique qu'autant que ce droit émanait de l'autorité royale consacrée par les siècles, ou dérivait de la souveraineté du peuple. Je n'étais pas assez niais ou assez faux pour croire que le peuple avait été convoqué, consulté, et que l'ordre politique établi était le résultat d'un arrêt national. Si l'on me faisait un procès pour vol, meurtre, incendie et autres crimes et délits sociaux, je répondrais à la justice ; mais quand on m'intentait un procès politique, je n'avais rien à répondre à une autorité qui n'avait aucun pouvoir légal, et, par conséquent, rien à me demander.

Quinze jours s'écoulèrent de la sorte. M. Desmortiers, dont j'avais appris les fureurs (fureurs qu'il tâchait de communiquer aux juges), m'abordait d'un air confit, me disant : « Vous ne voulez donc pas me dire votre illustre nom ? » Dans un des interrogatoires, il me lut une lettre de Charles X au duc de Fitz-James, et où se trouvait une phrase honorable pour moi. « Eh bien ! monsieur, lui dis-je, que signifie cette lettre ? Il est notoire que je suis resté fidèle à mon vieux roi, que je n'ai pas prêté serment à Philippe. Au surplus, je suis vivement touché de la lettre de mon souverain exilé. Dans le cours de ses prospérités, il ne m'a jamais rien dit de semblable, et cette phrase me paye de tous mes services. »

(7)

Paris, rue d'Enfer, fin de juillet 1832.

Ma vie chez M. Gisquet. – Je suis mis en liberté.

Madame Récamier, à qui tant de prisonniers ont dû consolation et délivrance[1], se fit conduire à ma nouvelle retraite. M. de Béranger descendit de Passy[2] pour me dire en chanson, sous le règne de ses amis, ce qui se pratiquait dans les geôles au temps des miens[3] : il ne pouvait plus me jeter au nez la Restauration. Mon gros vieux ami M. Bertin vint m'administrer les sacrements ministériels ; une femme enthousiaste accourut de Beauvais[4] afin *d'admirer* ma gloire ; M. Villemain fit acte de courage ; M. Dubois[5],

---

1. Voir tome III, p. 621 et 625.   2. En 1831, Béranger avait quitté son domicile de la rue de la Tour-d'Auvergne, évoqué au livre précédent (*supra*, p. 59) pour aller habiter Passy où il restera jusqu'en 1835. Dans les années suivantes, il vivra loin de Paris (à Fontainebleau, puis à Tours), avant de revenir se loger à Passy, 15, rue Vineuse, au mois de janvier 1841.   3. Le poète-chansonnier rendit visite à Chateaubriand, dans la seconde quinzaine de juin, à deux reprises. Il avait lui-même passé plus de douze mois en prison sous la Restauration, dans des conditions qu'il jugeait assez confortables : du 19 décembre 1821 au 18 mars 1822, à Sainte-Pélagie ; du 10 décembre 1828 au 22 septembre 1829, à la Force.   4. Elle se nommait Fanny Denoix des Vergnes. Voir le récit de sa visite du 29 juin dans Durry, t. II, p. 70-72.   5. Paul-François Dubois (1793-1874) avait été en 1824, avec Pierre Leroux, le fondateur du *Globe* dont il assura la direction jusqu'en octobre 1830 (voir t. III, p. 338, note 1). Ce Breton de Rennes avait noué dès 1826 avec Chateaubriand des relations qui prirent assez vite une tournure cordiale, comme en témoigne la douzaine de lettres qu'il reçut à cette époque du grand écrivain. Le dernier billet connu de celui-ci est ainsi libellé : « Paris, jeudi 17 mars 1831 – J'ai reconnu le *Breton*. Je ne vous remercie pas. Je vous suis dévoué et attaché pour la vie. » Dubois avait été élu en juillet 1831 député de la Loire inférieure (siège qu'il occupera jusqu'en 1848) et à ce titre il devait être bien informé de la situation à Nantes. Il fera par la suite une carrière universitaire : École normale (qu'il dirigea de 1840 à 1850, et qu'il

M. Ampère[1], M. Lenormant[2], mes généreux et savants jeunes amis, ne m'oublièrent pas ; l'avocat des républicains, M. Ch. Ledru[3], ne me quittait plus : dans l'espoir d'un procès, il grossissait l'affaire, et il eût payé de tous ses honoraires le bonheur de me défendre.

M. Gisquet m'avait offert, comme je vous l'ai dit, tous ses salons ; mais je n'abusai pas de la permission. Seulement, un soir, je descendis pour entendre, assis entre lui et sa femme, mademoiselle Gisquet jouer du piano. Son père la gronda et prétendit qu'elle avait exécuté sa sonate moins bien que de coutume. Ce petit concert que mon hôte me donnait en famille, n'ayant que moi pour auditeur, était tout singulier. Pendant que cette scène toute pastorale se passait dans l'intimité du foyer, des sergents de ville m'amenaient du dehors des confrères à coups de crosse de fusil et de bâton ferré ; quelle paix et quelle harmonie régnaient pourtant au cœur de la police !

J'eus le bonheur de faire accorder une faveur toute semblable à celle dont je jouissais, la faveur de la geôle, à M. Ch. Philipon[4] : condamné pour son talent à quelques

---

installa dans ses bâtiments actuels) ; Inspection générale ; Académie des sciences morales et politiques (1870).
1. Jean-Jacques Ampère (1800-1864), fils du célèbre physicien lyonnais, fut un historien de la littérature et un comparatiste estimé : voyageur, professeur au Collège de France, académicien, ses publications sont nombreuses et presque toutes intéressantes. À 22 ans, il avait voué à Juliette Récamier, qui aurait pu être sa mère, un amour sans espoir, qui demeura la plus fidèle des amitiés. Il avait été choisi en 1837 par Chateaubriand pour être son exécuteur testamentaire (voir livre Récamier, fin du chapitre 23 ; t. III, p. 664).   **2.** Sur le second exécuteur testamentaire de Chateaubriand, devenu le neveu par alliance de Mme Récamier, voir t. III, p. 450, note 6.   **3.** Charles Ledru avait commencé à se faire connaître dans le barreau parisien à la fin de la Restauration. Lié depuis 1828 avec Armand Carrel, dont il partageait les convictions républicaines, il fut un des actionnaires du *National*. Sans doute est-ce par ce biais qu'il fut amené à faire la connaissance de Chateaubriand : il se trouva mêlé à son affaire du printemps 1832 et prendra de nouveau la parole en sa faveur lors du procès du 27 février 1833 (voir *infra*, p. 196).   **4.** Charles *Philippon* (1800-1862) fut un caricaturiste réputé, mais aussi un homme de presse avisé. Au mois de novembre 1830, il avait participé à la fondation du journal satirique hebdomadaire *La Caricature*, auquel collaborèrent, entre

mois de détention, il les passait dans une maison de santé à Chaillot ; appelé en témoignage à Paris dans un procès, il profita de l'occasion et ne retourna pas à son gîte ; mais il s'en repentit : dans le lieu où il se tenait caché, il ne pouvait plus voir à l'aise une enfant qu'il aimait : il regrette sa prison, et, ne sachant comment y rentrer, il m'écrivit la lettre suivante pour me prier de négocier cette affaire avec mon hôte :

« Monsieur,

« Vous êtes prisonnier et vous me comprendriez, ne fussiez-vous pas Chateaubriand... Je suis prisonnier aussi, prisonnier volontaire depuis la mise en état de siège, chez un ami, chez un pauvre artiste comme moi. J'ai voulu fuir la justice des conseils de guerre dont j'étais menacé par la saisie de mon journal du 9 courant. Mais, pour me cacher, il a fallu me priver des embrassements d'une enfant que j'idolâtre, d'une fille adoptive âgée de cinq ans, mon bonheur et ma joie. Cette privation est un supplice que je ne pourrais supporter plus longtemps, c'est la mort ! Je vais me trahir, et ils me jetteront à Sainte-Pélagie, où je ne verrai ma pauvre enfant que rarement, s'ils le veulent encore, et à des heures données, où je tremblerai pour sa santé et où je mourrai d'inquiétude, si je ne la vois pas tous les jours.

« Je m'adresse à vous, monsieur, à vous légitimiste, moi républicain de tout cœur, à vous homme grave et parlementaire, moi caricaturiste et partisan de la plus âcre personnalité politique, à vous de qui je ne suis nullement

---

autres, Daumier, Dévéria, Gavarni, Granville, Monnier, et qui, réorganisé à son profit en décembre 1832, devait continuer à paraître jusqu'au 27 août 1835. Il créa aussi, le 1er décembre 1832, le quotidien *Le Chari-vari*. Contre celui que Barthélemy appelle le « Juvénal de la caricature », le parquet multiplia les saisies, les procès et les condamnations (amendes et prison) : six mois et 2 000 francs le 14 novembre 1831 ; six mois et 2 000 francs le 7 mars 1832 ; encore un mois et 1 000 francs le 26 avril ; au total, en effet, treize mois ! Il purgea une partie de ces peines à Sainte-Pélagie, puis dans la maison de santé du docteur Pinel, à Chaillot, dont il ne sortira que le 4 février 1833. Chateaubriand écrivit le 22 juin au préfet Gisquet une lettre en sa faveur (voir *Bulletin*, 1968-1969, p. 81).

connu et qui êtes prisonnier comme moi, pour obtenir de
M. le préfet de police qu'il me laisse rentrer dans la maison de santé où l'on m'avait transféré. Je m'engage sur
l'honneur à me présenter à la justice toutes les fois que
j'en serai requis, et je renonce à me *soustraire à quel
tribunal que ce soit*, si l'on veut me laisser avec ma
pauvre enfant.

« Vous me croirez, vous, monsieur, quand je parle
d'honneur et que je jure de ne pas m'enfuir, et je suis
persuadé que vous serez mon avocat, quoique les profonds politiques puissent voir là une *nouvelle* preuve d'alliance entre les légitimistes et les républicains, tous
hommes dont les opinions s'accordent si bien.

« Si à un tel hôte, à un tel avocat, on refusait ce que je
demande, je saurais que je n'ai plus rien à espérer, et je
me verrais pour *neuf mois* séparé de ma pauvre Emma.

« Toujours, monsieur, quel que soit le résultat de votre
généreuse intervention, ma reconnaissance n'en sera pas
moins éternelle, car je ne douterai jamais des pressantes
sollicitations que votre cœur va vous suggérer.

« Agréez, monsieur, l'expression de la plus sincère
admiration et croyez-moi votre très humble et très dévoué
serviteur.

« CH. PHILIPON,
Propriétaire de *la Caricature* (journal),
condamné à treize mois de prison.

« Paris, le 21 juin 1832. »

J'obtins la faveur que M. Philipon demandait : il me
remercia par un billet qui prouve, non la grandeur du
service (lequel se réduisait à faire garder à Chaillot mon
client par un gendarme), mais cette joie secrète des passions, qui ne peut être bien comprise que par ceux qui
l'ont véritablement sentie.

« Monsieur,
« Je pars pour Chaillot avec ma chère enfant.
« Je voudrais vous remercier, mais je sens les mots trop
froids pour exprimer ce que j'éprouve de reconnaissance ;

j'ai eu raison de penser, monsieur, que votre cœur vous suggérerait d'éloquentes instances. Je suis sûr de ne pas me tromper en croyant qu'il vous dira que je ne suis point ingrat et qu'il vous peindra mieux que je ne le ferais le trouble de bonheur où votre bonté m'a mis.

« Agréez, je vous en prie, monsieur, mes très sincères remerciements et daignez me croire votre serviteur, le plus affectionné de vos serviteurs.

« CHARLES PHILIPON. »

À cette singulière marque de mon crédit, j'ajouterai cet étrange témoignage de ma *renommée* : un jeune employé des bureaux de M. Gisquet m'adressa de très beaux vers qui me furent remis par M. Gisquet lui-même ; car enfin il faut être juste : si un gouvernement lettré m'attaquait ignoblement, les Muses me défendaient noblement ; M. Villemain [1] se prononça en ma faveur avec courage, et, dans le journal même des *Débats*, mon gros ami Bertin protesta, en signant son article contre mon arrestation [2]. Voici ce que me dit le poète qui signe *J. Chopin, employé au cabinet* :

À MONSIEUR DE CHATEAUBRIAND,
À LA PRÉFECTURE DE POLICE.

Un jour admirant ton génie,
J'osai te dédier mes vers
Et comme un filet d'eau s'épanche au sein des mers,
Je portai ce tribut au dieu de l'harmonie.
Aujourd'hui l'infortune a passé sur ton front
Toujours serein dans la tempête.

---

1. Voir Villemain, p. 510.   **2.** Dans son numéro du 18 juin 1832, le *Journal des débats* avait publié une protestation qui ne porte pas la signature nominale de son directeur, mais exprime dans son ensemble le point de vue de la rédaction. Cet article à peine lu, Chateaubriand prenait la plume et écrivait, à son tour, à Bertin une lettre de remerciement, qui était une forme de mise au point destinée au public. Cette réponse fut reproduite, avec quelques coupures, dans le numéro du 21 juin 1832.

Le présent fugitif, qu'est-ce pour le poète ?
Ta gloire restera... nos haines passeront.
Ennemi généreux, ta voix mâle et puissante
  A prêté son charme à l'erreur,
  Mais ton éloquence entraînante
  Fait toujours absoudre ton cœur.
Naguère un roi frappa ta noble indépendance ;
  Tu fus grand devant sa rigueur...
  Il tombe : banni de la France,
  Tu ne vois plus que son malheur !
Ah ! qui pourrait sonder ton dévouement fidèle
Et forcer le torrent à détourner ses eaux ?
Mais lorsqu'un seul parti s'applaudit de ton zèle,
Ta gloire est à nous tous... reprends donc tes pinceaux.

J. Chopin,
Employé au cabinet.

Mademoiselle Noémi (je suppose que c'est le prénom de mademoiselle Gisquet) se promenait souvent seule dans le petit jardin un livre à la main. Elle jetait à la dérobée un regard vers ma fenêtre. Qu'il eût été doux d'être délivré de mes fers, comme Cervantès[1], par la fille de mon maître ! Tandis que je prenais un air romantique, le beau et jeune M. Nay vint dissiper mon rêve. Je l'aperçus causant avec mademoiselle Gisquet de cet air qui ne nous trompe pas, nous autres créateurs de sylphides. Je dégringolai de mes nuages, je fermai ma fenêtre et j'abandonnai l'idée de laisser pousser ma moustache blanchie par le vent de l'adversité.

Après quinze jours, une ordonnance de non-lieu me rendit la liberté le 30 juin, au grand bonheur de madame de Chateaubriand, qui serait morte, je crois, si ma détention se fût prolongée. Elle vint me chercher dans un fiacre ; je le remplis de mon petit bagage aussi lestement que j'étais jadis sorti du ministère, et je rentrai dans la

---

1. Chateaubriand prête ici à Cervantès lui-même la vie et les aventures du captif mis en scène dans les chapitres xxxix, xl et xli de la première partie de *Don Quichotte*.

rue d'Enfer avec *ce je ne sais quoi d'achevé que le malheur donne à la vertu*[1].

Si M. Gisquet allait par l'histoire à la postérité, peut-être y arriverait-il en assez mauvais état ; je désire que ce que je viens d'écrire de lui serve ici de contrepoids à une renommée ennemie[2]. Je n'ai eu qu'à me louer de ses attentions et de son obligeance : sans doute si j'avais été condamné, il ne m'eût pas laissé échapper, mais enfin lui et sa famille m'ont traité avec une convenance, un bon goût, un sentiment de ma position, de ce que j'étais et de ce que j'avais été, que n'ont point eus une administration lettrée et des légistes d'autant plus brutaux qu'ils agissaient contre le faible et qu'ils n'avaient pas peur.

De tous les gouvernements qui se sont élevés en France depuis quarante années, celui de Philippe est le seul qui m'ait jeté dans la loge des bandits ; il a posé sur ma tête sa main, sur ma tête respectée même d'un conquérant irrité : Napoléon leva le bras et ne frappa pas. Et pourquoi cette colère ? Je vais vous le dire : j'ose protester en faveur du droit contre le fait, dans un pays où j'ai demandé la liberté sous l'Empire, la gloire sous la Restau-

---

1. Citation infidèle de Bossuet : « La France le vit alors accompli par ces derniers traits, et avec je ne sais quoi d'achevé que des malheurs ajoutent aux grandes vertus » (*Oraison funèbre* du prince de Condé). Il est intéressant de voir comment Chateaubriand transpose le texte de Bossuet, pour lui donner une *frappe* de maxime. 2. Gisquet avait commencé par travailler pour le compte de la banque Périer, puis il avait, en 1825, fondé sa propre maison. C'est alors qu'il se lança dans les affaires puis, après la révolution de Juillet, dans la politique. Au début de 1831, il fut mêlé comme intermédiaire à une commande massive de fusils anglais sur laquelle le maréchal Soult et Casimir Périer auraient prélevé des commissions excessives. Le ministre de la Guerre et le président du Conseil furent innocentés par la justice. C'est alors que Gisquet fut nommé préfet de police, poste dans lequel il fit preuve de compétence. Rendu à la vie privée en septembre 1836, il fut nommé conseiller d'État, puis élu député de la Seine le 4 novembre 1837. Son opposition politique au ministère Molé ne fut peut-être pas étrangère à une nouvelle accusation de concussion qui fut portée contre lui par *Le Messager* en 1838 : le journal fut encore une fois condamné, mais le pouvoir en profita pour destituer Gisquet de son titre de conseiller d'État. Il ne se représenta pas aux élections de 1839, mais publia en 1840 des *Mémoires* destinés à justifier sa conduite.

ration ; dans un pays où, solitaire, je compte non par frères, sœurs, enfants, joies, plaisirs, mais par tombeaux. Les derniers changements politiques m'ont séparé du reste de mes amis : ceux-ci sont allés à la fortune et passent tout engraissés de leur déshonneur auprès de ma pauvreté ; ceux-là ont abandonné leurs foyers exposés aux insultes. Les générations si fort éprises de l'indépendance se sont vendues : communes dans leur conduite, intolérables dans leur orgueil, médiocres ou folles dans leurs écrits, je n'attends de ces générations que le dédain et je le leur rends ; elles n'ont pas de quoi me comprendre, elles ignorent la foi à la chose jurée, l'amour des institutions généreuses, le respect de ses propres opinions, le mépris du succès et de l'or, la félicité des sacrifices, le culte de la faiblesse et du malheur.

(8)

Paris, fin de juillet 1832.

Lᴇᴛᴛʀᴇ à M. ʟᴇ ᴍɪɴɪsᴛʀᴇ ᴅᴇ ʟᴀ ᴊᴜsᴛɪᴄᴇ, ᴇᴛ ʀᴇ́ᴘᴏɴsᴇ.

Après l'ordonnance de non-lieu[1], il me restait un devoir à remplir. Le délit dont j'avais été prévenu se liait à celui pour lequel M. Berryer était en prévention à Nantes. Je n'avais pu m'expliquer avec le juge d'instruction puisque je ne reconnaissais pas la compétence du tribunal. Pour réparer le dommage que pouvait avoir causé à M. Berryer mon silence, j'écrivis à M. le ministre de la justice[2] la lettre qu'on va lire, et que je rendis publique par la voie des journaux.

---

1. Rendue le 30 juin 1832.   **2.** Félix Barthe (voir t. III, p. 463, note 4).

« Paris, ce 3 juillet 1832.

« Monsieur le ministre de la justice,

« Permettez-moi de remplir auprès de vous, dans l'intérêt d'un homme trop longtemps privé de sa liberté, un devoir de conscience et d'honneur.

« M. Berryer fils, interrogé par le juge d'instruction à Nantes le 18 du mois dernier, a répondu : *Qu'il avait vu madame la duchesse de Berry ; qu'il lui avait soumis avec le respect dû à son rang, à son courage et à ses malheurs, son opinion personnelle et celle d'honorables amis sur la situation actuelle de la France, et sur les conséquences de la présence de Son Altesse Royale dans l'Ouest.*

« M. Berryer, développant avec son talent accoutumé ce vaste sujet, l'a résumé de la sorte : *Toute guerre étrangère ou civile, en la supposant couronnée de succès, ne peut ni soumettre ni rallier les opinions.*

« Questionné sur les honorables amis dont il venait de parler, M. Berryer a dit notablement : *Que des hommes graves lui ayant manifesté sur les circonstances présentes une opinion conforme à la sienne, il avait cru devoir appuyer son avis sur l'autorité du leur ; mais qu'il ne les nommait pas sans qu'ils y eussent consenti.*

« Je suis, monsieur le ministre de la justice, un de ces hommes consultés par M. Berryer. Non seulement j'ai approuvé son opinion, mais j'ai rédigé une note dans le sens de cette opinion même. Elle devait être remise à madame la duchesse de Berry, dans le cas où cette princesse se trouvât réellement sur le sol français, ce que je ne croyais pas. Cette première note n'étant pas signée, j'en écrivis une seconde que je signai et par laquelle je suppliais encore plus instamment l'intrépide mère du petit-fils de Henri IV de quitter une patrie que tant de discordes ont déchirée.

« Telle est la déclaration que je devais à M. Berryer. Le véritable coupable, s'il y a coupable, c'est moi. Cette déclaration servira, j'espère, à la prompte délivrance du prisonnier de Nantes ; elle ne laissera peser que sur ma tête l'inculpation d'un fait, très innocent sans doute, mais

dont, en dernier résultat, j'accepte toutes les conséquences.

« J'ai l'honneur d'être, etc.

« CHATEAUBRIAND.
« Rue d'Enfer-Saint-Michel, nᵒ 84. »

« Ayant écrit à M. le comte de Montalivet, le 9 du
mois dernier, pour une affaire relative à M. Berryer, M. le
ministre de l'intérieur ne crut pas même devoir me faire
connaître qu'il avait reçu ma lettre ; comme il m'importe
beaucoup de savoir le sort de celle que j'ai l'honneur
d'écrire aujourd'hui à M. le ministre de la justice, je lui
serai infiniment obligé d'ordonner à ses bureaux de m'en
accuser réception.

« CH. »

La réponse de M. le ministre de la justice ne se fit pas
attendre ; la voici :

« Paris, le 3 juillet.

« Monsieur le vicomte,
« La lettre que vous m'avez adressée, contenant des
renseignements qui peuvent éclairer la justice, je la fais
parvenir immédiatement au procureur du roi près le tribunal de Nantes, afin qu'elle soit jointe aux pièces de l'instruction commencée contre M. Berryer[1].

« Je suis avec respect, etc.,

« Le garde des sceaux,
« BARTHE. »

Par cette réponse M. Barthe se réservait gracieusement
une nouvelle poursuite contre moi. Je me souviens des

---

1. Transféré à Nantes, Berryer avait été mis au secret et devait
comparaître devant une commission militaire. Mais il avait décliné
cette juridiction et du reste, le 30 juin, un arrêt de la Cour de cassation
avait rendu aux tribunaux ordinaires les affaires concernant les civils.
Berryer demeura toutefois incarcéré jusqu'à son acquittement par les
assises du Loir-et-Cher, le 16 octobre 1832.

superbes dédains des grands hommes du juste-milieu, quand je laissais entrevoir la possibilité d'une violence exercée sur ma personne ou sur mes écrits. Eh ! bon Dieu ! pourquoi me parer d'un danger imaginaire ? Qui s'embarrassait de mon opinion ? qui songeait à toucher à un seul de mes cheveux ? Amés et féaux du pot-au-feu, intrépides héros de la paix à tout prix, vous avez pourtant eu votre terreur de comptoir et de police, votre état de siège de Paris, vos mille procès de presse, vos commissions militaires pour condamner à mort l'auteur des *Cancans* [1] ; vous m'avez pourtant plongé dans vos geôles ; la peine applicable à mon *crime* n'était rien moins que la peine capitale. Avec quel plaisir je vous livrerais ma tête, si, jetée dans la balance de la justice, elle la faisait pencher du côté de l'honneur, de la gloire et de la liberté de ma patrie !

(9)

Paris, rue d'Enfer, fin de juillet 1832.

OFFRE DE MA PENSION DE PAIR PAR CHARLES X : MA RÉPONSE.

J'étais plus que jamais déterminé à reprendre mon exil ; madame de Chateaubriand, effrayée de mon aventure, aurait déjà voulu être bien loin ; il ne fut plus question que de chercher le lieu où nous dresserions nos tentes. La grande difficulté était de trouver quelque argent

---

1. Titre donné à une série de pamphlets hebdomadaires publiés par Pierre-Clément Bérard qui cherchait à retrouver la véhémence des *Actes des Apôtres* pour la mettre au service de la cause légitimiste. Depuis 1831, les condamnations pleuvaient sur lui, au point qu'il finit par totaliser quatorze ans de prison ! Il réussit à prendre la fuite, gagna la Hollande, puis Prague, avant de se fixer à Rome en 1833. Il a laissé des *Souvenirs de Sainte-Pélagie en 1832* et un *Voyage à Prague*.

pour vivre en terre étrangère et pour payer d'abord une dette qui m'attirait des menaces de poursuites et de saisie.

La première année d'une ambassade ruine toujours l'ambassadeur : c'est ce qui m'arriva pour Rome. Je me retirai à l'avènement du ministère Polignac, et je m'en allai ajoutant à ma détresse ordinaire soixante mille francs d'emprunt. J'avais frappé à toutes les bourses royalistes : aucune ne s'ouvrit : on me conseilla de m'adresser à M. Laffitte. M. Laffitte m'avança dix mille francs que je donnai immédiatement aux créanciers les plus pressés. Sur le produit de mes brochures, je retrouvai la somme que je lui ai rendue avec reconnaissance ; mais une trentaine de mille francs restait toujours à payer en outre de mes vieilles dettes, car j'en ai qui ont de la barbe tant elles sont âgées ; malheureusement cette barbe est une barbe d'or, dont la coupe annuelle se fait sur mon menton.

M. le duc de Lévis, à son retour d'un voyage en Écosse, m'avait dit de la part de Charles X que ce prince voulait continuer à me faire ma pension de pair [1] ; je crus devoir refuser cette offre. Le duc de Lévis revint à la charge quand il me vit au sortir de prison dans l'embarras le plus cruel, ne trouvant rien de ma maison et de mon jardin rue d'Enfer, et étant harcelé par une nuée de créanciers. J'avais déjà vendu mon argenterie. Le duc de Lévis m'apporta vingt mille francs, me disant noblement que ce n'était pas les deux années de pension de pairie que le Roi reconnaissait me devoir, et que mes dettes à Rome n'étaient qu'une dette de la couronne. Cette somme me mettait en liberté, je l'acceptai comme un prêt momentané, et j'écrivis au Roi la lettre suivante* :

---

* On verra dans mon premier voyage à Prague ma conversation avec Charles X au sujet de ce prêt. (Note de Paris, 1834.)

---

1. Gaston-François-Félix de Lévis (1794-1863) avait hérité du titre ducal de son père à la mort de celui-ci en février 1830. Il avait refusé de prêter serment au nouveau régime et accompagné la famille royale dans son exil. Rappelons que la pension annuelle de pair de France se montait à 12 000 francs.

« Sire,

« Au milieu des calamités dont il a plu à Dieu de sanctifier votre vie, vous n'avez point oublié ceux qui souf-
frent au pied du trône de saint Louis. Vous daignâtes me
faire connaître, il y a quelques mois, votre généreux dessein de me continuer la pension de pair à laquelle je
renonçai en refusant le serment au pouvoir illégitime ; je
pensai que Votre Majesté avait des serviteurs plus
pauvres que moi et plus dignes de ses bontés. Mais les
derniers écrits que j'ai publiés m'ont causé des dommages
et suscité des persécutions ; j'ai essayé inutilement de
vendre le peu de choses que je possède. Je me vois forcé
d'accepter, non la pension annuelle que Votre Majesté se
proposait de me faire sur sa royale indigence, mais un
secours provisoire pour me dégager des embarras qui
m'empêchent de regagner l'asile où je pourrai vivre de
mon travail. Sire, il faut que je sois bien malheureux pour
me rendre à charge, même un moment, à une couronne
que j'ai soutenue de tous mes efforts et que je continuerai
de servir le reste de ma vie.

« Je suis, avec le plus profond respect, etc.

« Chateaubriand. »

(10)

Paris, rue d'Enfer, du 1er au 8 août 1832.

Billet de madame la duchesse de Berry.
Lettre à Béranger. — Départ de Paris.

Mon neveu le comte Louis de Chateaubriand m'avança
de son côté une même somme de vingt mille francs. Ainsi
dégagé des obstacles matériels, je fis les préparatifs de
mon second départ. Mais une raison d'honneur m'arrêtait : madame la duchesse de Berry était sur le sol fran-

çais ; que deviendrait-elle, et ne devais-je pas rester aux
lieux où ses périls pouvaient m'appeler ? Un billet de la
Princesse qui m'arriva du fond de la Vendée acheva de
me rendre libre.

« J'allais vous écrire, monsieur le vicomte, touchant ce
gouvernement provisoire, que j'ai cru devoir former lorsque j'ignorais quand et même si je pouvais rentrer en
France, et dont on me mande que vous aviez consenti à
faire partie. Il n'a pas existé de fait, puisqu'il ne s'est
jamais réuni et quelques-uns des membres ne se sont
entendus que pour me faire parvenir un avis que je n'ai
pu suivre[1]. Je ne leur en sais pas du tout mauvais gré.
Vous avez jugé d'après le rapport que vous ont fait de
ma position et de celle du pays ceux qui avaient des raisons pour connaître mieux que moi les effets d'une *fatale
influence*[2] à laquelle je n'ai pas voulu croire, et je suis
sûre que si M. de Ch. eût été près de moi, son cœur noble
et généreux s'y fût également refusé. Je n'en compte donc
pas moins sur les bons services individuels et même les
conseils des personnes qui faisaient partie du gouvernement provisoire, et dont le choix m'avait été dicté par
leur zèle éclairé et leur dévouement à la légitimité dans
la personne de Henri V. Je vois que votre intention est de
quitter encore la France, je le regretterais beaucoup si je
pouvais vous approcher de moi ; mais vous avez des
armes qui touchent de loin[3] et j'espère que vous ne cesse-
rez pas de combattre pour Henri V.

---

1. Voir chapitre 3, p. 110, note 2.   **2.** De son entourage en général et, en particulier, du comte de Mesnard que certains légitimistes
(comme Ferdinand de Bertier) jugent alors déplorable.   **3.** C'est-à-
dire une plume. On a cru, à tort, la formule ironique. En réalité, les
brochures de Chateaubriand avaient déjà montré leur redoutable effica-
cité. En outre, selon Mme de Boigne, il aurait alors quitté Paris avec
la ferme intention de continuer le combat hors de France : « Monsieur
de Chateaubriand rêva pour lors une résidence à Lugano. Il y conserve-
rait le feu sacré de la liberté et ferait gémir une presse tout à fait
indépendante sous les efforts de son génie. Il voulait placer dans cette
petite république un levier avec lequel son talent soulèverait le monde.
Cette fantaisie le fit retourner en Suisse (...), après des adieux solennels
à son ingrate patrie » (Boigne, t. II, p. 279-280).

« Croyez, monsieur le vicomte, à toute mon estime et amitié.

« M.C.R. »

Par ce billet, Madame se passait de mes services, ne se rendait point aux conseils que j'avais osé lui donner dans la note dont M. Berryer avait été le porteur ; elle en paraissait même un peu blessée, bien qu'elle reconnût qu'une *fatale influence* l'avait égarée.

Ainsi rendu à ma liberté et dégagé de tout, aujourd'hui 7 août, n'ayant plus rien à faire qu'à partir, j'ai écrit ma lettre d'adieu à M. de Béranger, qui m'avait visité dans ma prison.

« Paris, 7 août 1832.

« À M. de Béranger,

« Je voulais, monsieur, aller vous dire adieu et vous remercier de votre souvenir ; le temps m'a manqué et je suis obligé de partir sans avoir le plaisir de vous voir et de vous embrasser. J'ignore mon avenir : y a-t-il aujourd'hui un avenir clair pour personne ? Nous ne sommes pas dans un temps de révolution, mais de transformation sociale : or les transformations s'accomplissent lentement, et les générations qui se trouvent placées dans la période de la métamorphose périssent obscures et misérables. Si l'Europe (ce qui pourrait bien être) est à l'âge de la décrépitude, c'est une autre affaire : elle ne produira rien, et s'éteindra dans une impuissante anarchie de passions, de mœurs et de doctrines. En ce cas, monsieur, vous aurez chanté sur un tombeau.

« J'ai rempli, monsieur, tous mes engagements : je suis revenu à votre voix ; j'ai défendu ce que j'étais venu défendre ; j'ai subi le choléra : je retourne à la montagne. Ne brisez pas votre lyre comme vous nous en menacez ; je lui dois un de mes plus glorieux titres au souvenir des hommes. Faites encore sourire et pleurer la France : car il arrive, par un secret de vous seul connu, que dans vos chansons populaires, les paroles sont gaies et la musique plaintive. »

« Je me recommande à votre amitié et à votre muse.

« CHATEAUBRIAND. »

Je dois me mettre en route demain. Madame de Chateaubriand me rejoindra à Lucerne.

(11)

Journal de Paris à Lugano.

Bâle, 12 août 1832.

Beaucoup d'hommes meurent sans avoir perdu leur clocher de vue ; je ne puis rencontrer le clocher qui me doit voir mourir. En quête d'un asile pour achever mes *Mémoires*, je chemine de nouveau[1] traînant à ma suite un énorme bagage de papiers, correspondances diplomatiques, notes confidentielles, lettres de ministres et de rois ; c'est l'histoire portée en croupe par le roman.

J'ai vu à Vesoul M. Augustin Thierry, retiré chez son frère le préfet[2]. Lorsque autrefois, à Paris, il m'envoya son *Histoire de la conquête des Normands*, je l'allai remercier. Je trouvai un jeune homme dans une chambre dont les volets étaient à demi fermés ; il était presque aveugle ; il essaya de se lever pour me recevoir, mais ses jambes ne le portaient plus et il tomba dans mes bras. Il rougit lorsque je lui exprimai mon admiration sincère : ce fut alors qu'il me répondit que son ouvrage était le mien, et que c'était en lisant la bataille des Francs dans les *Martyrs* qu'il avait conçu l'idée d'une nouvelle manière d'écrire l'histoire[3]. Quand je pris congé de lui, alors il s'efforça de me suivre et il se traîna jusqu'à la porte en

---

1. Chateaubriand quitta Paris seul, le 8 août 1832 ; sa femme devait le rejoindre quelques semaines plus tard à Lucerne. **2.** Historien comme son frère aîné, Amédée Thierry (1797-1873) avait publié en 1828 une *Histoire des Gaulois* que Chateaubriand mentionne dans la préface des *Études historiques*. Nommé préfet de la Haute-Saône au lendemain de la révolution de Juillet, il fera ensuite carrière au Conseil d'État, non sans poursuivre son œuvre historique. Sur la rencontre de Vesoul, le 9 août, voir Villemain. p. 515-516. **3.** Voir *supra*, p. 60.

s'appuyant contre le mur : je sortis tout ému de tant de talent et de tant de malheur.

À Vesoul, surgit, après un long bannissement, Charles X, maintenant faisant voile vers le nouvel exil qui sera pour lui le dernier[1].

J'ai passé la frontière sans accident avec mon fatras : voyons si, au revers des Alpes, je ne pourrais jouir de la liberté de la Suisse et du soleil de l'Italie, besoin de mes opinions et de mes années.

À l'entrée de Bâle, j'ai rencontré un vieux Suisse, douanier ; il m'a fait faire un *bedit garandaine d'in guart d'hire* ; on a descendu mon bagage dans une cave ; on a mis en mouvement je ne sais quoi qui imitait le bruit d'un métier à bas ; il s'est élevé une fumée de vinaigre, et, purifié ainsi de la contagion de la France, le bon Suisse m'a relâché.

J'ai dit dans l'*Itinéraire*, en parlant des cigognes d'Athènes : « Du haut de leurs nids, que les révolutions ne peuvent atteindre, elles ont vu au-dessous d'elles changer la race des mortels : tandis que des générations impies se sont élevées sur les tombeaux des générations religieuses, la jeune cigogne a toujours nourri son vieux père. »

Je retrouve à Bâle le nid de cigogne que j'y laissai il y a six ans[2] ; mais l'hôpital au toit duquel la cigogne de Bâle a échafaudé son nid n'est pas le Parthénon, le soleil du Rhin n'est pas le soleil du Céphise, le concile[3] n'est pas l'aréopage. Érasme n'est pas Périclès : pourtant c'est

---

1. Au mois de février 1814, c'est par Vesoul que le comte d'Artois était rentré en France : il avait daté de cette ville, le 27 février, sa *Proclamation aux Français*. En août 1832 Charles X et son entourage venaient à peine de quitter Holy-Rood ; ils séjournaient alors à Londres dont ils partiront le 18 septembre pour gagner Prague, où ils arriveront le 25 octobre 1832.   2. C'est au mois de juillet 1826, après son séjour à Lausanne, que Chateaubriand était revenu à Paris en passant par Bâle.   3. Le concile réuni à Bâle en 1431 pour approfondir les réformes entreprises par celui de Constance, suscita un schisme qui se prolongea jusqu'en 1449. Quant à Érasme, il passa les dernières années de sa vie (1526-1531) à Bâle où séjournait de son côté Hans Holbein : alors au début de sa carrière, le peintre exécuta plusieurs portraits du célèbre humaniste.

quelque chose que le Rhin, la forêt Noire, le Bâle romain et germanique. Louis XIV étendit la France jusqu'aux portes de cette ville, et trois monarques ennemis la traversèrent en 1813 pour venir dormir dans le lit de Louis le Grand, en vain défendu par Napoléon. Allons voir les *danses de la mort* de Holbein ; elles nous rendront compte des vanités humaines.

La danse de la mort (si toutefois ce n'était pas même alors une véritable peinture) eut lieu à Paris, en 1424, au cimetière des Innocents : elle nous venait de l'Angleterre. La représentation du spectacle fut fixée dans les tableaux [1] ; on les vit exposés dans les cimetières de Dresde, de Lübeck, de Minden, de la Chaise-Dieu, de Strasbourg, de Blois en France, et le pinceau de Holbein immortalisa à Bâle ces joies de la tombe.

Ces danses macabres du grand artiste ont été emportées à leur tour par la mort, qui n'épargne pas ses propres folies : il n'est resté à Bâle, du travail de Holbein, que six pièces sciées sur les pierres du cloître et déposées à la bibliothèque de l'Université. Un dessin colorié a conservé l'ensemble de l'ouvrage [2].

Ces grotesques sur un fond terrible ont du génie de Shakespeare, génie mêlé de comique et de tragique. Les personnages sont d'une vive expression : pauvres et riches, jeunes et vieux, hommes et femmes, papes, cardi-

---

1. Mais c'est la gravure qui contribua le plus à la diffusion européenne du sujet. À cet égard, la série la plus célèbre est sans doute la suite des quarante et une estampes qu'Holbein dessina vers 1524-1527 et que grava Hans Lützeburger. Elles furent pour la première fois réunies en volume à Lyon en 1538, sous le titre : *Les Simulachres et historiées faces de la Mort* ; à chaque gravure correspondait un quatrain. On ne dispose malheureusement toujours pas de la synthèse iconographique, littéraire et religieuse qu'exigerait ce thème de la danse macabre, de la fin du XIVe au milieu du XVIe siècle.   2. Ces fragments de la Danse macabre de Bâle, alors attribués à Holbein, aujourd'hui datés de 1440 environ, mais restaurés aux XVIe et XVIIe siècles, avaient été retrouvés en 1805 sur un mur, puis déposés, en très mauvais état, au musée historique de la ville (ancienne église des franciscains). À partir de témoignages du XVIIe siècle, le peintre Johan Rudolf Feyeraband avait reconstitué la totalité de la fresque. C'est à son dessin aquarellé que se réfère ici Chateaubriand.

naux, prêtres, empereurs, rois, reines, princes, ducs, nobles, magistrats, guerriers, tous se débattent et raisonnent avec et contre la Mort ; pas un ne l'accepte de bonne grâce.

La Mort est variée à l'infini, mais toujours bouffonne à l'instar de la vie, qui n'est qu'une sérieuse pantalonnade. Cette Mort du peintre satirique a une jambe de moins comme le mendiant à jambe de bois qu'elle accoste ; elle joue de la mandoline derrière l'os de son dos, comme le musicien qu'elle entraîne. Elle n'est pas toujours chauve ; des brins de cheveux blonds, bruns, gris, voltigent sur le cou du squelette et le rendent plus effroyable en le rendant presque vivant. Dans un des cartouches la Mort a quasi de la chair, elle est quasi jeune comme un jeune homme, et elle emmène une jeune fille qui se regarde dans un miroir. La Mort a dans son bissac des tours d'un écolier narquois : elle coupe avec des ciseaux la corde du chien qui conduit un aveugle, et l'aveugle est à deux pas d'une fosse ouverte ; ailleurs, la Mort, en petit manteau, aborde une de ses victimes avec les gestes d'un Pasquin[1]. Holbein a pu prendre l'idée de cette formidable gaieté dans la nature même : entrez dans un reliquaire, toutes les têtes de mort semblent ricaner parce qu'elles découvrent les dents ; c'est le rire sans les lèvres qui le bordent et qui forment le sourire. De quoi ricanent-elles ? du néant ou de la vie ?

La cathédrale de Bâle et surtout les anciens cloîtres m'ont plu. En parcourant ces derniers, remplis d'inscriptions funèbres, j'ai lu les noms de quelques réformateurs. Le protestantisme choisit mal le lieu et prend mal son temps quand il se place dans les monuments catholiques ; on voit moins alors ce qu'il a réformé que ce qu'il a détruit. Ces pédants secs qui pensaient refaire un christianisme primitif dans un vieux christianisme, créateur de la société depuis quinze siècles, n'ont pu élever un seul monument. À quoi ce monument eût-il répondu ? Comment aurait-il été en rapport avec les mœurs ? Les hommes n'étaient point faits comme Luther et Calvin au

---

1. Personnage de valet bouffon de la *commedia dell'arte*.

temps de Luther et de Calvin ; ils étaient faits comme
Léon X avec le génie de Raphaël, ou comme saint Louis
avec le génie gothique ; le petit nombre ne croyait à rien,
le grand nombre croyait à tout. Aussi le protestantisme
n'a-t-il pour temples que des salles d'écoles, ou pour
églises que les cathédrales qu'il a dévastées ! il y a établi
sa nudité[1]. Jésus-Christ et ses apôtres ne ressemblaient
pas sans doute aux Grecs et aux Romains de leur siècle,
mais ils ne venaient pas *réformer* un ancien culte ; ils
venaient *établir* une religion nouvelle, remplacer les
dieux par un dieu.

Lucerne, 14 août 1832.

Le chemin de Bâle à Lucerne par l'Argovie offre une
suite de vallées dont quelques-unes ressemblent à la vallée d'Argelès, moins le ciel espagnol des Pyrénées. À
Lucerne, les montagnes, différemment groupées, étagées,
profilées, coloriées, se terminent, en se retirant les unes
derrière les autres et en s'enfonçant dans la perspective,
aux neiges voisines du Saint-Gothard. Si l'on supprimait
le Righi et le Pilate, et si l'on ne conservait que les collines surfacées[2] d'herbages et de sapinières qui bordent
immédiatement le lac des Quatre-Cantons, on reproduirait
un lac d'Italie.

Les arcades du cloître du cimetière dont la cathédrale
est environnée sont comme les loges d'où l'on peut jouir
de ce spectacle. Les monuments de ce cimetière ont pour
étendard une croisette de fer portant un Christ doré. Aux
rayons du soleil, ce sont autant de points de lumière qui
s'échappent des tombes ; de distance en distance il y a
des bénitiers dans lesquels trempe un rameau, avec lequel
on peut bénir des cendres regrettées. Je ne pleurais rien
là en particulier, mais j'ai fait descendre la rosée lustrale
sur la communauté silencieuse des chrétiens et des mal-

---

1. Chateaubriand avait déjà développé ce thème, à propos du règne
de François Ier, dans son *Histoire de France*.   2. Dont la surface
est recouverte de (*T.L.F.*, qui cite ce passage). Néologisme à valeur
descriptive, dont on tirera le verbe *surfacer* : rendre une surface lisse.

heureux mes frères. Une épitaphe me dit : *Hodie mihi, cras tihi* ; une autre : *Fuit homo* ; une autre : *Siste, viator ; abi, viator*[1]. Et j'attends demain, et j'aurai été homme ; et voyageur je m'arrête ; et voyageur je m'en vais. Appuyé à l'une des arcades du cloître, j'ai regardé longtemps le théâtre des aventures de Guillaume Tell et de ses compagnons : théâtre de la liberté helvétique, si bien chanté et décrit par Schiller et Jean de Müller[2]. Mes yeux cherchaient dans l'immense tableau la présence des plus illustres morts, et mes pieds foulaient les cendres les plus ignorées.

En revoyant les Alpes il y a quatre ou cinq ans, je me demandais ce que j'y venais chercher : que dirais-je donc aujourd'hui ? que dirai-je demain et demain encore ? Malheur à moi qui ne puis vieillir et qui vieillis toujours !

Lucerne, 15 août 1832.

Les capucins sont allés ce matin, selon l'usage le jour de l'Assomption, bénir les montagnes. Ces moines professent la religion sous la protection de laquelle naquit l'indépendance suisse : cette indépendance dure encore. Que deviendra notre liberté moderne, toute maudite de la bénédiction des philosophes et des bourreaux ? Elle n'a pas quarante années et elle a été vendue et revendue, maquignonnée, brocantée à tous les coins de rue. Il y a plus de liberté dans le froc d'un capucin qui bénit les Alpes que dans la friperie entière des législateurs de la République, de l'Empire, de la Restauration et de l'usurpation de Juillet.

Le voyageur français en Suisse est touché et attristé ; notre histoire, pour le malheur des peuples de ces régions, se lie trop à leur histoire ; le sang de l'Helvétie a coulé pour nous et par nous ; nous avons porté le fer et le feu dans la chaumière de Guillaume Tell ; nous avons engagé dans nos guerres civiles le paysan guerrier qui gardait le trône de nos

---

1. « Aujourd'hui c'est à moi ; demain ce sera ton tour » ; « Ce fut un homme » ; « Arrête-toi, voyageur ; va-t-en voyageur. »   2. Décrit par Müller dans son *Histoire de la Confédération helvétique* (1786-1795) et chanté par Schiller dans *Guillaume Tell* (1804).

rois. Le génie de Thorwaldsen a fixé le souvenir du 10 août
à la porte de Lucerne. Le lion helvétique expire, percé
d'une flèche, en couvrant de sa tête affaissée et d'une de
ses pattes l'écu de France dont on ne voit plus qu'une des
fleurs de lis [1]. La chapelle consacrée aux victimes, le bouquet d'arbres verts qui accompagne le bas-relief sculpté
dans le roc, le soldat échappé au massacre du 10 Août, qui
montre aux étrangers le monument, le billet de Louis XVI
qui ordonne aux Suisses de mettre bas les armes, le devant
d'autel offert par madame la Dauphine à la chapelle expiatoire, et sur lequel ce parfait modèle de douleur a brodé
l'image de l'agneau divin immolé !... Par quel conseil de la
Providence, après la dernière chute du trône des Bourbons,
m'envoie-t-elle chercher un asile auprès de ce monument ?
Du moins, je puis le contempler sans rougir, je puis poser
ma main faible, mais non parjure, sur l'écu de France,
comme le lion l'enserre de ses ongles puissants, mais
détendus par la mort.

Eh bien, ce monument, un membre de la Diète a proposé de le détruire ! Que demande la Suisse ? la liberté ?
elle en jouit depuis quatre siècles ; l'égalité ? elle l'a ; la
république ? c'est la forme de son gouvernement ; l'allé-
gement des taxes ? elle ne paye presque point d'impôts.
Que veut-elle donc ? elle veut changer, c'est la loi des
êtres. Quand un peuple, transformé par le temps, ne peut
plus rester ce qu'il a été, le premier symptôme de sa maladie, c'est la haine du passé et des vertus de ses pères.

Je suis revenu du monument du 10 Août par le grand
pont couvert, espèce de galerie de bois suspendue sur le
lac. Deux cent trente-huit tableaux triangulaires [2], placés

---

1. Ce monument (*Löwendenkmal*) qui rappelle le sacrifice des vingt-
six officiers et des sept cent soixante soldats de la garde suisse des
Tuileries, massacrés à Paris le 10 août 1792, représente un lion mourant
dans une grotte. Commandé par le colonel Pfyffer, il a été taillé dans
le grès par Ahorn sur le modèle fourni par le célèbre sculpteur danois.
2. Chiffre emprunté au *Manuel du voyageur en Suisse* (3ᵉ édition française, Zurich, 1829). En réalité chacun des ponts de Lucerne possédait
une décoration peinte spécifique. Le *Kappelbrücke*, alors appelé *Hof-
brücke* (si c'est bien celui que vise Chateaubriand) était orné de cent
douze peintures sur bois du début du XVIIᵉ siècle : vies de saint Léger
et de saint Maurice, histoire de Lucerne et de la Suisse.

entre les chevrons du toit, décorent cette galerie. Ce sont des fastes populaires où le Suisse, en passant, apprenait l'histoire de sa religion et de sa liberté.

J'ai vu les poules d'eau privées[1] ; j'aime mieux les poules d'eau sauvages de l'étang de Combourg.

Dans la ville, le bruit d'un chœur de voix m'a frappé ; il sortait d'une chapelle de la Vierge : entré dans cette chapelle, je me suis cru transporté aux jours de mon enfance. Devant quatre autels dévotement parés, des femmes récitaient avec le prêtre le chapelet et les litanies. C'était comme la prière du soir au bord de la mer dans ma pauvre Bretagne, et j'étais au bord du lac de Lucerne ! Une main renouait ainsi les deux bouts de ma vie pour me faire mieux sentir tout ce qui s'était perdu dans la chaîne de mes années.

Sur le lac de Lucerne, 16 août 1832, midi[2].

Alpes, abaissez vos cimes, je ne suis plus digne de vous : jeune, je serais solitaire ; vieux, je ne suis qu'isolé, je la peindrais bien encore, la nature ; mais pour qui ? qui se soucierait de mes tableaux ? quels bras, autres que ceux du temps, presseraient en récompense mon *génie* au front dépouillé ? qui répéterait mes chants ? à quelle muse en inspirerais-je ? Sous la voûte de mes années comme sous celle des monts neigeux qui m'environnent, aucun rayon de soleil ne viendra me réchauffer. Quelle pitié de traîner, à travers ces monts, des pas fatigués que personne ne voudrait suivre ! Quel malheur de ne me trouver libre d'errer de nouveau qu'à la fin de ma vie !

---

1. C'est-à-dire « apprivoisées ». Chateaubriand se plaisait en leur compagnie, si nous en croyons Alexandre Dumas qui rencontra le mémorialiste à Lucerne le 20 août suivant et lui consacra, au tome III de ses *Impressions de voyage*, un chapitre enthousiaste intitulé : « Les poules d'eau de M. de Chateaubriand. » 2. Ici commence une suite de méditations lyriques dont Chateaubriand reprendra les thèmes dans les fragments intitulés « Amour et vieillesse » (voir Appendice II, p. 696-703).

Deux heures.

Ma barque s'est arrêtée à la cale [1] d'une maison sur la rive droite du lac, avant d'entrer dans le golfe d'Uri. J'ai gravi le verger de cette auberge et suis venu m'asseoir sous deux noyers qui protègent une étable. Devant moi, un peu à droite, sur le bord opposé du lac, se déploie le village de Schwitz, parmi des vergers et les plans inclinés de ces pâturages dits *Alpes* dans le pays : il est surmonté d'un roc ébréché en demi-cercle et dont les deux pointes, le *Mythen* et le *Haken* (la mitre et la crosse), tirent leur appellation de leur forme. Ce chapiteau cornu repose sur des gazons, comme la couronne de la rude indépendance helvétique sur la tête d'un peuple de bergers. Le silence n'est interrompu autour de moi que par le tintement de la clochette de deux génisses restées dans l'étable voisine : elle semble me sonner la gloire de la pastorale liberté que Schwitz a donnée, avec son nom, à tout un peuple : un petit canton dans le voisinage de Naples, appelé *Italia*, a de même, mais avec des droits moins sacrés, communiqué son nom à la terre des Romains.

Trois heures.

Nous partons, nous entrons dans le golfe ou le lac d'Uri. Les montagnes s'élèvent et s'assombrissent. Voilà la croupe herbue du Gruttli et les trois fontaines où Fürst, An der Halden [2] et Stauffacher jurèrent la délivrance de leur pays ; voilà, au pied de l'Achsenberg, la chapelle qui signale l'endroit où Tell, sautant de la barque de Gessler, la repoussa d'un coup de pied au milieu des vagues.

Mais Tell et ses compagnons ont-ils jamais existé ? Ne seraient-ils que des personnages du Nord, nés des chants des Scaldes et dont on retrouve les traditions héroïques

---

1. « Au mouillage ». Le mot est dérivé du provençal *cala* (Nicot, 1606). Il est mentionné par *Trévoux* et par *Féraud* et désigne un abri entre des pointes de terre ou de rocher, une rade, un petit port ou même un embarcadère. Déclaré vieux par *Académie*, 1835.   **2.** *Sic*, pour : Melchtal.

sur les rivages de la Suède [1] ? Les Suisses sont-ils aujour-
d'hui ce qu'ils étaient à l'époque de la conquête de leur
indépendance ? Ces sentiers des ours, ces *rochers des
gémissements* (hackenmesser) voient rouler des calèches
où Tell et ses compagnons bondissaient, l'arc à la main,
d'abîme en abîme : moi-même suis-je un voyageur en
harmonie avec ces lieux ?

Un orage me vient heureusement assaillir. Nous abor-
dons dans une crique, à quelques pas de la chapelle de
Tell : c'est toujours le même Dieu qui soulève les vents,
et la même confiance dans ce Dieu qui rassure les
hommes. Comme autrefois, en traversant l'Océan, les lacs
de l'Amérique, les mers de la Grèce, de la Syrie, j'écris
sur un papier inondé. Les nuages, les flots, les roulements
de la foudre s'allient mieux au souvenir de l'antique
liberté des Alpes que la voix de cette nature efféminée et
dégénérée que mon siècle a placée malgré moi dans mon
sein.

Altorf [2].

Débarqué à Fluelen, arrivé à Altorf, le manque de chevaux va me retenir une nuit au pied du Bannberg. Ici,
Guillaume Tell abattit la pomme sur la tête de son fils :
le trait d'arc était de la distance qui sépare ces deux fontaines. Croyons, malgré la même histoire racontée par
Saxon le Grammairien, et que j'ai citée le premier dans
mon *Essai sur les Révolutions* [3] ; ayons foi en la religion
et la liberté, les deux seules grandes choses de l'homme :
la gloire et la puissance sont éclatantes, non grandes.

Demain, du haut du Saint-Gothard, je saluerai de nouveau cette Italie que j'ai saluée du sommet du Simplon et
du Mont-Cenis. Mais à quoi bon ce dernier regard jeté

---

1. Chateaubriand avait déjà formulé cette hypothèse, à propos de
Guillaume Tell, dans son *Essai historique* (p. 187, note C). C'est en
effet à partir de la fin du xvᵉ siècle que les historiens de la Suisse ont
commencé à donner corps à la légende ; en revanche, on ne trouve
même pas le nom de Guillaume Tell dans les chroniques contempo-
raines des événements de 1307. **2.** Pour : Altdorf (*passim*).
3. Voir la note 1.

sur les régions du midi et de l'aurore ! Le pin des glaciers
ne peut descendre parmi les orangers qu'il voit au-dessous de lui dans les vallées fleuries.

                                        Dix heures du soir.

L'orage recommence ; les éclairs s'entortillent aux
rochers ; les échos grossissent et prolongent le bruit de la
foudre ; les mugissements de la Schächen et de la Reuss
accueillent le barde de l'Armorique. Depuis longtemps je
ne m'étais trouvé seul et libre ; rien dans la chambre où
je suis enfermé : deux couches pour un voyageur qui
veille et qui n'a ni amours à bercer, ni songes à faire. Ces
montagnes, cet orage, cette nuit sont des trésors perdus
pour moi. Que de vie, cependant, je sens au fond de mon
âme ! Jamais, quand le sang le plus ardent coulait de mon
cœur dans mes veines, je n'ai parlé le langage des passions avec autant d'énergie que je le pourrais faire en ce
moment. Il me semble que je vois sortir des flancs du
Saint-Gothard ma sylphide des bois de Combourg. Me
viens-tu retrouver, charmant fantôme de ma jeunesse ?
as-tu pitié de moi ? Tu le vois, je ne suis changé que de
visage ; toujours chimérique, dévoré d'un feu sans cause
et sans aliment. Je sors du monde, et j'y entrais quand je
te créai dans un moment d'extase et de délire. Voici
l'heure où je t'invoquais dans ma tour. Je puis encore
ouvrir ma fenêtre pour te laisser entrer. Si tu n'es pas
contente des grâces que je t'avais prodiguées, je te ferai
cent fois plus séduisante ; ma palette n'est pas épuisée ;
j'ai vu plus de beautés et je sais mieux peindre. Viens
t'asseoir sur mes genoux ; n'aie pas peur de mes cheveux,
caresse-les de tes doigts de fée ou d'ombre ; qu'ils rebru-
nissent sous tes baisers. Cette tête, que ces cheveux qui
tombent n'assagissent point, est tout aussi folle qu'elle
l'était lorsque je te donnai l'être, fille aînée de mes illusions, doux fruit de mes mystérieuses amours avec ma
première solitude ! Viens, nous monterons encore
ensemble sur nos nuages ; nous irons avec la foudre sil-
lonner, illuminer, embraser les précipices où je passerai

demain. Viens ! emporte-moi comme autrefois, mais ne me rapporte plus.

On frappe à ma porte ; ce n'est pas toi ! c'est le guide ! Les chevaux sont arrivés, il faut partir. De ce songe, il ne reste que la pluie, le vent et moi, songe sans fin, éternel orage.

17 août 1832 (Amsteg).

D'Altorf ici, une vallée entre les montagnes rapprochées, comme on en voit partout : la Reuss bruyante au milieu. À l'auberge du Cerf, un petit étudiant allemand qui vient des glaciers du Rhône et qui me dit : « Fous fenir l'Altorf ce madin ? allez fite ! » Il me croyait à pied comme lui ; puis, apercevant mon char à bancs : « Oh ! tes chefals ! c'être autré chosse. » Si l'étudiant voulait *troquir*[1] ses jeunes jambes contre mon char à bancs et mon plus mauvais char de gloire, avec quel plaisir je prendrais son bâton, sa blouse grise et sa barbe blonde[2]. Je m'en irais aux glaciers du Rhône ; je parlerais la langue de Schiller à ma maîtresse, et je rêverais creusement la liberté germanique ; lui, il cheminerait vieux comme le temps, ennuyé comme un mort, détrompé par l'expérience, s'étant attaché au cou, comme une sonnette, un bruit dont il serait plus fatigué au bout d'un quart d'heure que du fracas de la Reuss. L'échange n'aura pas lieu, les bons marchés ne sont pas à mon usage. Mon écolier[3] part ; il me dit en ôtant et remettant son bonnet teuton, avec un petit coup de tête : « Permis ! » Encore une ombre évanouie. L'écolier ignore mon nom ; il m'aura

---

1. Échanger. On a classé ce verbe parmi les néologismes de Chateaubriand en le rattachant à des formes dialectales. En réalité, le mémorialiste, qui emploie ailleurs le verbe *troquer*, cherche ici à imiter la prononciation germanique.   **2.** On a pu rapprocher ce passage des plaintes du vieux duc de Silva dans *Hernani* : « Quand passe un jeune pâtre », etc. (acte III, scène I, vers 735 *sq.*). Chateaubriand qui avait assisté, en compagnie de Madame Récamier, à la première du drame de Victor Hugo, avait été touché par le personnage de don Ruy Gomes.   **3.** Au sens de cette époque : élève des écoles (médecine, droit), étudiant.

rencontré et ne le saura jamais : je suis dans la joie de
cette idée ; j'aspire à l'obscurité avec plus d'ardeur que
je ne souhaitais autrefois la lumière : celle-ci m'importune ou comme éclairant mes misères ou comme me montrant des objets dont je ne puis plus jouir : j'ai hâte de
passer le flambeau à mon voisin.

Trois garçonnets tirant à l'arbalète : Guillaume Tell
et Gessler sont partout. Les peuples libres conservent le
souvenir des fondations de leur indépendance. Demandez
à un petit pauvre de France s'il a jamais lancé la hache
en mémoire du roi Hlowigh ou Khlowig ou Clovis[1] !

(12)

Chemin du Saint-Gothard.

Le nouveau chemin du Saint-Gothard, en sortant
d'Amsteg, va et vient en zigzag pendant deux lieues ; tantôt joignant la Reuss, tantôt s'en écartant quand la fissure
du torrent s'élargit. Sur les reliefs perpendiculaires du
paysage, des pentes rases ou bouquetées de cépées[2] de
hêtres, des pics dardant la nue, des dômes coiffés de
glace, des sommets chauves ou conservant quelques
rayons de neige comme des mèches de cheveux blancs ;
dans la vallée, des ponts, des cabanes en planches noircies, des noyers et des arbres fruitiers qui gagnent en luxe
de branches et de feuilles ce qu'ils perdent en succulence
de fruits. La nature alpestre force ces arbres à redevenir
sauvages ; la sève se fait jour malgré la greffe : un caractère énergique brise les liens de la civilisation.

Un peu plus haut, au limbe[3] droit de la Reuss, la scène
change : le fleuve coule avec cascades dans une ornière

---

1. Allusion au débat contemporain sur la transcription en français
moderne des noms francs. Dans la préface des *Études historiques* (Ladvocat, t. IV, p. CXV), Chateaubriand avait adopté une position de
compromis.   **2.** Voir t. I, p. 217, note 3.   **3.** Voir t. I, p. 239,
note 1.

caillouteuse, sous une avenue double et triple de pins ;
c'est la vallée du Pont-d'Espagne à Cauterets. Aux pans
de la montagne, les mélèzes végètent sur les arêtes vives
du roc ; amarrés par leurs racines, ils résistent au choc
des tempêtes.

Le chemin, quelques carrés de pommes de terre, attestent seuls l'homme dans ce lieu : il faut qu'il mange et
qu'il marche ; c'est le résumé de son histoire. Les troupeaux, relégués aux pâturages des régions supérieures, ne
paraissent point ; d'oiseaux, aucun ; d'aigles, il n'en est
plus question : le grand aigle est tombé dans l'océan en
passant à Sainte-Hélène ; il n'y a vol si haut et si fort qui
ne défaille dans l'immensité des cieux. L'aiglon royal
vient de mourir [1]. On nous avait annoncé d'autres aiglons
de Juillet 1830 ; apparemment qu'ils sont descendus de
leur aire pour nicher avec les pigeons pattus. Ils n'enlève-
ront jamais de chamois dans leurs serres ; débilité à la
lueur domestique, leur regard clignotant ne contemplera
jamais du sommet du Saint-Gothard le libre et éclatant
soleil de la gloire de la France.

(13)

VALLÉE DE SCHŒLLENEN. − PONT DU DIABLE.

Après avoir franchi le pont du *Saut du prêtre*, et
contourné le mamelon du village de Wasen, on reprend
la rive droite de la Reuss ; à l'une et l'autre orée [2], des
cascades blanchissent parmi des gazons tendus comme
des tapisseries vertes sur le passage des voyageurs. Par
un défilé on aperçoit le glacier de Ranz qui se lie aux
glaciers de la Furca.

---

1. Le duc de Reichstadt, fils de Napoléon et ancien roi de Rome,
venait de mourir à Vienne, le 22 juillet 1832. La nouvelle fut connue
à Paris le 25, peu de temps avant le départ de Chateaubriand pour la
Suisse.		**2.** Bordure, lisière.

Enfin, on pénètre dans la vallée de Schœllenen, où commence la première rampe du Saint-Gothard. Cette vallée est une cloche de deux mille pieds de profondeur entaillée dans un plein bloc de granit. Les parois du bloc forment des murs gigantesques surplombants. Les montagnes n'offrent plus que leurs flancs et leurs crêtes ardentes et rougies. La Reuss tonne dans un lit vertical, matelassé de pierres. Un débris de tour témoigne d'un autre temps, comme la nature accuse ici des siècles immémorés. Soutenu en l'air par des murs le long des masses graniteuses, le chemin, torrent immobile, circule parallèle au torrent mobile de la Reuss. Çà et là, des voûtes en maçonnerie ménagent au voyageur un abri contre l'avalanche ; on vire encore quelques pas dans une espèce d'entonnoir tortueux, et tout à coup, à l'une des volutes de la conque, on se trouve face à face du pont du Diable.

Ce pont coupe aujourd'hui l'arcade du nouveau pont plus élevé, bâti derrière et qui le domine ; le vieux pont ainsi altéré ne ressemble plus qu'à un court aqueduc à double étage. Le pont nouveau, lorsqu'on vient de la Suisse, masque la cascade en retraite. Pour jouir des arcs-en-ciel et des rejaillissements de la cascade, il se faut placer sur ce pont ; mais quand on a vu la cataracte du Niagara, il n'y a plus de chute d'eau. Ma mémoire oppose sans cesse mes voyages à mes voyages, montagnes à montagnes, fleuves à fleuves, forêts à forêts, et ma vie détruit ma vie. Même chose m'arrive à l'égard des sociétés et des hommes.

Les chemins modernes, que le Simplon a enseignés et que le Simplon efface [1], n'ont pas l'effet pittoresque des anciens chemins. Ces derniers, plus hardis et plus naturels, n'évitaient aucune difficulté ; ils ne s'écartaient guère du cours des torrents ; ils montaient et descendaient avec le terrain, gravissaient les rochers, plongeaient dans

---

1. C'est au mois de septembre 1800 que le Premier consul décida de remplacer le traditionnel chemin de portage du Simplon par une route carrossable reliant Brigue à Domodossola. Les plans furent établis par Nicolas Céart, ingénieur en chef des Ponts-et-Chaussées pour le département du Léman : les premières voitures passèrent le 9 octobre 1805 et la nouvelle route fut ouverte à la circulation en 1807.

les précipices, passaient sous les avalanches, n'ôtant rien au plaisir de l'imagination et à la joie des périls. L'ancienne route du Saint-Gothard, par exemple, était tout autrement aventureuse que la route actuelle[1]. Le pont du Diable méritait sa renommée, lorsqu'en l'abordant on apercevait au-dessus la cascade de la Reuss, et qu'il traçait un arc obscur, ou plutôt un étroit sentier à travers la vapeur brillante de la chute. Puis, au bout du pont, le chemin montait à pic, pour atteindre la chapelle dont on voit encore la ruine. Au moins les habitants d'Uri ont eu la pieuse idée de bâtir une autre chapelle à la cascade.

Enfin ce n'étaient pas des hommes comme nous qui traversaient autrefois les Alpes, c'étaient des hordes de Barbares ou des légions romaines. C'étaient des caravanes de marchands, des chevaliers, des condottieri, des routiers, des pèlerins, des prélats, des moines. On racontait des aventures étranges : Qui avait bâti le pont du Diable ? qui avait précipité dans la prairie de Wasen, la roche du Diable ? Çà et là s'élevaient des donjons, des croix, des oratoires, des monastères, des ermitages, gardant la mémoire d'une invasion, d'une rencontre, d'un miracle ou d'un malheur. Chaque tribu montagnarde conservait sa langue, ses vêtements, ses mœurs, ses usages. On ne trouvait point, il est vrai, dans un désert, une excellente auberge ; on n'y buvait point de vin de Champagne ; on n'y lisait point la gazette ; mais s'il y avait plus de voleurs au Saint-Gothard, il y avait moins de fripons dans la société. Que la civilisation est une belle chose ! cette *perle*[2] je la laisse au *beau premier lapidaire*.

Suwaroff et ses soldats ont été les derniers voyageurs dans ce défilé, au bout duquel ils rencontrèrent Masséna[3].

---

1. Celle-ci venait de recevoir un nouveau tracé, achevé en 1830.
2. Citation de La Fontaine (« Le Coq et la Perle », *Fables*, I, 20).
3. Allusion à la victoire de Masséna sur les troupes austro-russes de Souvarov, le 26 septembre 1799, à Zurich.

(14)

LE SAINT-GOTHARD.

Après avoir débouché du pont du Diable et de la galerie d'Urnerloch, on gagne la prairie d'Ursern, fermée par des redans comme les sièges de pierres d'une arène. La Reuss coule paisible au milieu de la verdure ; le contraste est frappant : c'est ainsi qu'au-dessus et avant les révolutions la société paraît tranquille ; les hommes et les empires sommeillent à deux pas de l'abîme où ils vont tomber.

Au village de l'Hospital commence la seconde rampe, laquelle atteint le sommet du Saint-Gothard, qui est envahi par des masses de granit. Ces masses roulées, enflées, brisées, festonnées à leur cime par quelques guirlandes de neige, ressemblent aux vagues fixes et écumeuses d'un *océan* de pierre sur lequel l'homme a laissé les ondulations de son chemin.

Au pied du mont Adule, entre mille roseaux,
Le Rhin, tranquille et fier du progrès de ses eaux,
Appuyé d'une main sur son urne penchante,
Dormait au bruit flatteur de son onde naissante.

Très beaux vers[1], mais inspirés par les fleuves de marbre de Versailles. Le Rhin ne sort point d'une couche de roseaux : il se lève d'un lit de frimas, son urne ou plutôt ses urnes sont de glace ; son origine est congénère à ces peuples du Nord dont il devint le fleuve adoptif et la ceinture guerrière. Le Rhin, né du Saint-Gothard dans les Grisons, verse ses eaux à la mer de la Hollande, de la Norvège et de l'Angleterre ; le Rhône, fils aussi du Saint-Gothard, porte son tribut au Neptune de l'Espagne, de l'Italie et de la Grèce : des neiges stériles forment les réservoirs de la fécondité du monde ancien et du monde moderne.

---

1. Boileau, « Au Roi, sur le passage du Rhin », *Épîtres*, IV.

Deux étangs, sur le plateau du Saint-Gothard, donnent naissance, l'un au Tessin, l'autre à la Reuss. La source de la Reuss est moins élevée que la source du Tessin, de sorte qu'en creusant un canal de quelques centaines de pas, on jetterait le Tessin dans la Reuss. Si l'on répétait le même ouvrage pour les principaux affluents de ces eaux, on produirait d'étranges métamorphoses dans les contrées au bas des Alpes. Un montagnard se peut donner le plaisir de supprimer un fleuve, de fertiliser ou de stériliser un pays ; voilà de quoi rabattre l'orgueil de la puissance.

C'est chose merveilleuse que de voir la Reuss et le Tessin se dire un éternel adieu et prendre leurs chemins opposés sur les deux versants du Saint-Gothard ; leurs berceaux se touchent ; leurs destinées sont séparées : ils vont chercher des terres différentes et divers soleils ; mais leurs mères, toujours unies, ne cessent du haut de la solitude de nourrir leurs enfants désunis.

Il y avait jadis, sur le Saint-Gothard, un hospice desservi par des capucins ; on n'en voit plus que les ruines ; il ne reste de la religion qu'une croix de bois vermoulu avec son Christ : Dieu demeure quand les hommes se retirent.

Sur le plateau du Saint-Gothard, désert dans le ciel, finit un monde et commence un autre monde : les noms germaniques sont remplacés par des noms italiens. Je quitte ma compagne, la Reuss qui m'avait amené, en la remontant, du lac de Lucerne, pour descendre au lac de Lugano avec mon nouveau guide, le Tessin.

Le Saint-Gothard est taillé à pic du côté de l'Italie ; le chemin qui se plonge dans la Val-Tremola fait honneur à l'ingénieur forcé de le dessiner dans la gorge la plus étroite. Vu d'en haut, ce chemin ressemble à un ruban plié et replié ; vu d'en bas, les murs qui soutiennent les remblais font l'effet des ouvrages d'une forteresse, ou imitent ces digues qu'on élève les unes au-dessus des autres contre l'envahissement des eaux. Quelquefois aussi, à la double file des bornes plantées régulièrement sur les deux côtés de la route, on dirait d'une colonne de soldats descendant des Alpes pour envahir encore une fois la malheureuse Italie.

Samedi, 18 août 1832. Lugano.

J'ai passé de nuit Airolo, Bellinzona et la Val-Levantine[1] : je n'ai point vu la terre, j'ai seulement entendu les torrents. Dans le ciel, les étoiles se levaient parmi les coupoles et les aiguilles des montagnes. La lune n'était point d'abord à l'horizon, mais son aube s'épanouit par degrés devant elle, de même que ces *gloires* dont les peintres du quatorzième siècle entouraient la tête de la Vierge ; elle parut enfin, creusée et réduite au quart de son disque, sur la cime dentelée du Furca ; les pointes de son croissant ressemblaient à des ailes ; on eût dit d'une colombe blanche échappée de son nid de rocher : à sa lumière affaiblie et rendue plus mystérieuse, l'astre échancré me révéla le lac Majeur au bout de la Val-Levantine. Deux fois j'avais rencontré ce lac, une fois en me rendant au congrès de Vérone, une autre fois en allant en ambassade à Rome. Je le contemplais alors au soleil, dans le chemin des prospérités ; je l'entrevoyais à présent la nuit, du bord opposé, sur la route de l'infortune. Entre mes voyages, séparés seulement de quelques années, il y avait de moins une monarchie de quatorze siècles.

Ce n'est pas que j'en veuille le moins du monde à ces révolutions politiques ; en me rendant à la liberté, elles m'ont rendu à ma propre nature. J'ai encore assez de sève pour reproduire la primeur de mes songes, assez de flamme pour renouer mes liaisons avec la créature imaginaire de mes désirs. Le temps et le monde que j'ai traversés n'ont été pour moi qu'une double solitude où je me suis conservé tel que le ciel m'avait formé. Pourquoi me plaindrais-je de la rapidité des jours, puisque je vivais dans une heure autant que ceux qui passent des années à vivre ?

---

1. Transcription littérale du féminin italien : *Valle Levantina*, comme plus haut : *Valle Tremola*.

(15)

Description de Lugano.

Lugano est une petite ville d'un aspect italien : portiques comme à Bologne, peuple faisant son ménage dans la rue comme à Naples, architecture de la Renaissance, toits dépassant les murs sans corniches, fenêtres étroites et longues, nues ou ornées d'un chapiteau et percées jusque dans l'architrave. La ville s'adosse à un coteau de vignes que dominent deux plans superposés de montagnes, l'un de pâturages, l'autre de forêts : le lac est à ses pieds.

Il existe, sur le plus haut sommet d'une montagne, à l'est de Lugano, un hameau dont les femmes, grandes et blanches, ont la réputation des Circassiennes. La veille de mon arrivée était la fête de ce hameau ; on était allé en pèlerinage à la Beauté : cette tribu sera quelque débris d'une race de barbares du Nord conservé sans mélange au-dessus des populations de la plaine.

Je me suis fait conduire aux diverses maisons qu'on m'avait indiquées comme me pouvant convenir : j'en ai trouvé une charmante, mais d'un loyer beaucoup trop cher.

Pour mieux voir le lac, je me suis embarqué. Un de mes deux bateliers parlait un jargon franco-italien entrelardé d'anglais. Il me nommait les montagnes et les villages sur les montagnes : San-Salvador, au sommet duquel on découvre le dôme de la cathédrale de Milan ; Castagnola, avec ses oliviers dont les étrangers mettent de petits rameaux à leur boutonnière ; Saint-Georges, enfaîté de son ermitage : chacun de ces lieux avait son histoire.

L'Autriche, qui prend tout et ne donne rien, conserve au pied du mont Caprino un village enclavé dans le territoire du Tessin. En face, de l'autre côté, au pied du San-Salvador, elle possède encore une espèce de promontoire sur lequel il y a une chapelle ; mais elle a prêté gracieusement aux Luganois ce promontoire pour exécuter les cri-

minels et pour y élever des fourches patibulaires. Elle
argumentera quelque jour de cette *haute justice*, exercée
par sa permission sur son territoire, comme d'une preuve
de sa suzeraineté sur Lugano. On ne fait plus subir aujour-
d'hui aux condamnés le supplice de la corde, on leur
coupe la tête : Paris a fourni l'instrument, Vienne le
théâtre du supplice ; présents dignes de deux grandes
monarchies.

Ces images me poursuivaient, lorsque sur la vague
d'azur, au souffle de la brise parfumé de l'ambre des pins,
vinrent à passer les barques d'une confrérie qui jetait des
bouquets dans le lac au son des hautbois et des cors. Des
hirondelles se jouaient autour de ma voile. Parmi ces
voyageuses, ne reconnaîtrai-je pas celles que je rencontrai
un soir en errant sur l'ancienne voie de Tibur et de la
maison d'Horace ? La Lydie du poète n'était point alors
avec ces hirondelles de la campagne de Tibur ; mais je
savais qu'en ce moment même une autre jeune femme
enlevait furtivement une rose déposée dans le jardin abandonné d'une villa du siècle de Raphaël, et ne cherchait
que cette fleur sur les ruines de Rome.

Les montagnes qui entourent le lac de Lugano, ne réu-
nissant guère leurs bases qu'au niveau du lac, ressemblent
à des îles séparées par d'étroits canaux ; elles m'ont rappelé la grâce, la forme et la verdure de l'archipel des
Açores. Je consommerais donc l'exil de mes derniers
jours sous ces riants portiques où la princesse de Belgiojoso [1] a laissé tomber quelques jours de l'exil de sa jeunesse ? J'achèverais donc mes *Mémoires* à l'entrée de
cette terre classique et historique où Virgile et le Tasse
ont chanté, où tant de révolutions se sont accomplies ? Je
me remémorerais ma destinée bretonne à la vue de ces
montagnes ausoniennes ? Si leur rideau venait à se lever,
il me découvrirait les plaines de la Lombardie ; par-delà,
Rome ; par-delà, Naples, la Sicile, la Grèce, la Syrie,
l'Égypte, Carthage : bords lointains que j'ai mesurés, moi

---

1. Une lettre du 21 août à Hortense Allart nous apprend que la
« villa charmante » mais trop chère, mentionnée plus haut, avait été
habitée par la princesse Belgiojoso.

qui ne possède pas l'espace de terre que je presse sous la plante de mes pieds ! mais pourtant mourir ici ? finir ici ? – n'est-ce pas ce que je veux, ce que je cherche ? Je n'en sais rien.

(16)

Lucerne, 20, 21 et 22 août 1832.

LES MONTAGNES. – COURSES AUTOUR DE LUCERNE.
CLARA WENDEL. – PRIÈRES DES PAYSANS.

J'ai quitté Lugano sans y coucher ; j'ai repassé le Saint-Gothard, j'ai revu ce que j'avais vu : je n'ai rien trouvé à rectifier à mon esquisse. À Altorf, tout était changé depuis vingt-quatre heures : plus d'orage, plus d'apparition dans ma chambre solitaire. Je suis venu passer la nuit à l'auberge de Fluelen, ayant parcouru deux fois la route dont les extrémités aboutissent à deux lacs et sont tenues par deux peuples liés d'un même nœud politique, séparés sous tous les autres rapports. J'ai traversé le lac de Lucerne, il avait perdu à mes yeux une partie de son mérite : il est au lac de Lugano ce que sont les ruines de Rome aux ruines d'Athènes, les champs de la Sicile aux jardins d'Armide.

Au surplus, j'ai beau me battre les flancs pour arriver à l'exaltation alpine des écrivains de montagne, j'y perds ma peine [1].

Au physique, cet air vierge et balsamique qui doit rani-

---

1. Chateaubriand avait déjà publié, dans le *Mercure de France* du 1ᵉʳ février 1806, un article intitulé : « Voyage au Mont-Blanc et réflexions sur les paysages de montagne » ; ce texte avait été repris, avec un titre abrégé, dans Ladvocat, t. VII, p. 297-319. Il le développe ici et c'est pour lui une occasion de donner la réplique à tous les « écrivains de montagne » devenus à la mode : Rousseau, Coxe et son traducteur Ramond de Carbonnières, Senancour...

mer mes forces, raréfier mon sang, désenfumer ma tête fatiguée, me donner une faim insatiable, un repos sans rêves, ne produit point sur moi ces effets. Je ne respire pas mieux, mon sang ne circule pas plus vite, ma tête n'est pas moins lourde au ciel des Alpes qu'à Paris. J'ai autant d'appétit aux *Champs-Élysées* qu'au Montanvers, je dors aussi bien rue Saint-Dominique qu'au mont Saint-Gothard, et si j'ai des songes dans la délicieuse plaine de Montrouge, c'est qu'il en faut au sommeil.

Au moral, en vain j'escalade les rocs, mon esprit n'en devient pas plus élevé, mon âme plus pure ; j'emporte les soucis de la terre et le faix des turpitudes humaines. Le calme de la région sublunaire d'une marmotte ne se communique point à mes sens éveillés. Misérable que je suis, à travers les brouillards qui roulent à mes pieds, j'aperçois toujours la figure épanouie du monde. Mille toises gravies dans l'espace ne changent rien à ma vue du ciel ; Dieu ne me paraît pas plus grand du sommet de la montagne que du fond de la vallée. Si pour devenir un homme robuste, un saint, un génie supérieur, il ne s'agissait que de planer sur les nuages, pourquoi tant de malades, de mécréants, et d'imbéciles ne se donnent-ils pas la peine de grimper au Simplon ? Il faut certes qu'ils soient bien obstinés à leurs infirmités.

Le paysage n'est créé que par le soleil ; c'est la lumière qui fait le paysage. Une grève de Carthage, une bruyère de la rive de Sorrente, une lisière de cannes desséchées dans la Campagne romaine, sont plus magnifiques, éclairées des feux du couchant ou de l'aurore, que toutes les Alpes de ce côté-ci des Gaules. De ces trous surnommés vallées, où l'on ne voit goutte en plein midi ; de ces hauts paravents à l'ancre appelés montagnes ; de ces torrents qui beuglent avec les vaches de leurs bords ; de ces faces violâtres, de ces cous goitreux, de ces ventres hydropiques [1] : foin !

Si les montagnes de nos climats peuvent justifier les éloges de leurs admirateurs, ce n'est que quand elles sont

---

1. La physiologie particulière du « crétin des Alpes » a été décrite en détail au XVIIIe siècle. Voir encore Balzac.

enveloppées dans la nuit dont elles épaississent le chaos : leurs angles, leurs ressauts, leurs saillies, leurs grandes lignes, leurs immenses ombres portées, augmentent d'effet à la clarté de la lune. Les astres les découpent et les gravent dans le ciel en pyramides, en cônes, en obélisques, en architecture d'albâtre, tantôt jetant sur elles un voile de gaze et les harmoniant par des nuances indéterminées, légèrement lavées de bleu ; tantôt les sculptant une à une et les séparant par des traits d'une grande correction. Chaque vallée, chaque réduit avec ses lacs, ses rochers, ses forêts, devient un temple de silence et de solitude. En hiver, les montagnes nous présentent l'image des zones polaires ; en automne, sous un ciel pluvieux, dans leurs différentes nuances de ténèbres, elles ressemblent à des lithographies grises, noires, bistrées : la tempête aussi leur va bien, de même que les vapeurs, demi-brouillards, demi-nuages, qui roulent à leurs pieds ou se suspendent à leurs flancs.

Mais les montagnes ne sont-elles pas favorables aux méditations, à l'indépendance, à la poésie ? De belles et profondes solitudes mêlées de mer ne reçoivent-elles rien de l'âme, n'ajoutent-elles rien à ses voluptés ? Une sublime nature ne rend-elle pas plus susceptible de passion, et la passion ne fait-elle pas mieux comprendre une nature sublime ? Un amour intime ne s'augmente-t-il pas de l'amour vague de toutes les beautés des sens et de l'intelligence qui l'environnent, comme les principes semblables s'attirent et se confondent ? Le sentiment de l'infini, entrant par un immense spectacle dans un sentiment borné, ne l'accroît-il pas, ne l'étend-il pas jusqu'aux limites où commence une éternité de vie ?

Je reconnais tout cela ; mais entendons-nous bien : ce ne sont pas les montagnes qui existent telles qu'on les croit voir alors ; ce sont les montagnes comme les passions, le talent et la muse en ont tracé les lignes, colorié les ciels, les neiges, les pitons, les déclivités, les cascades irisées, l'atmosphère *flou*, les ombres tendres et légères : le paysage est sur la palette de Claude le Lorrain, non sur le Campo-Vaccino. Faites-moi aimer, et vous verrez qu'un pommier isolé, battu du vent, jeté de travers au

milieu des froments de la Beauce ; une fleur de sagette [1]
dans un marais ; un petit cours d'eau dans un chemin ;
une mousse, une fougère, une capillaire sur le flanc d'une
roche ; et un ciel humide, effumé [2] ; une mésange dans le
jardin d'un presbytère ; une hirondelle volant bas, par un
jour de pluie, sous le chaume d'une grange ou le long
d'un cloître ; une chauve-souris même remplaçant l'hirondelle autour d'un clocher champêtre, tremblotant sur
ses ailes de gaze dans les dernières lueurs du crépuscule ;
toutes ces petites choses, rattachées à quelques souvenirs,
s'enchanteront des mystères de mon bonheur ou de la
tristesse de mes regrets. En définitive, c'est la jeunesse
de la vie, ce sont les personnes qui font les beaux sites.
Les glaces de la baie de Baffin [3] peuvent être riantes avec
une société selon le cœur, les bords de l'Ohio et du Gange
lamentables en l'absence de toute affection. Un poète a
dit [4] :

La patrie est aux lieux où l'âme est enchaînée.

Il en est de même de la beauté.

En voilà trop à propos de montagnes ; je les aime
comme grandes solitudes ; je les aime comme cadre, bordure et lointain d'un beau tableau ; je les aime comme
rempart et asile de la liberté ; je les aime comme ajoutant
quelque chose de l'infini aux passions de l'âme : équitablement et raisonnablement voilà tout le bien qu'on en
peut dire. Si je ne dois pas me fixer au revers des Alpes,
ma course au Saint-Gothard restera un fait sans liaison,
une vue d'optique isolée au milieu des tableaux de mes
Mémoires : j'éteindrai la lampe, et Lugano rentrera dans
la nuit.

À peine arrivé à Lucerne, j'ai vite couru de nouveau à
la cathédrale ou *Hofkirche*, bâtie sur l'emplacement d'une

---

1. Nom vulgaire de la sagittaire, dont les feuilles en forme de flèches
et les grappes de fleurs blanches apparaissent à la surface des marécages. La capillaire est une variété de fougère.   **2.** Adouci, estompé,
Cf. t. II, p. 123, note 1.   **3.** La mer de Baffin est située au-delà du
cercle polaire arctique, au nord-ouest du Groenland.   **4.** Voltaire
dans *Mahomet* (acte I, scène 2, vers 110).

chapelle dédiée à saint Nicolas, patron des mariniers[1] :
cette chapelle primitive servait aussi de phare, car pendant la nuit on la voyait éclairée d'une manière surnatu-
relle. Ce furent des missionnaires irlandais qui prêchèrent
l'Évangile dans la contrée presque déserte de Lucerne ; ils
y apportèrent la liberté dont n'a pas joui leur malheureuse
patrie[2]. Lorsque je suis revenu à la cathédrale, un homme
creusait une fosse ; dans l'église, on achevait un service
autour d'un cercueil, et une jeune femme faisait bénir à
un autel un bonnet d'enfant ; elle l'a mis, avec une
expression visible de joie, dans un panier qu'elle portait
à son bras, et s'en est allée chargée de son trésor. Le
lendemain, j'ai trouvé la fosse du cimetière refermée, un
vase d'eau bénite posé sur la terre fraîche, et du fenouil
semé pour les petits oiseaux : ils étaient déjà seuls, auprès
de ce mort d'une nuit. J'ai fait quelques courses autour
de Lucerne parmi de magnifiques bois de pins. Les
abeilles, dont les ruches sont placées au-dessus des portes
des fermes, à l'abri des toits prolongés habitent avec les
paysans. J'ai vu la fameuse Clara Wendel[3] aller à la
messe derrière ses compagnes de captivité, dans son uniforme de prisonnière. Elle est fort commune ; je lui ai
trouvé l'air de toutes ces brutes de France présentes à tant
de meurtres, sans être pour cela plus distinguées qu'une
bête féroce, malgré ce que veut leur prêter la théorie du
crime et de l'admiration des égorgements. Un simple
chasseur, armé d'une carabine, conduit ici les galériens
aux travaux de la journée et les ramène à leur prison.

J'ai poussé ce soir ma promenade le long de la Reuss,
jusqu'à une chapelle bâtie sur le chemin : on y monte par

---

1. La collégiale Saint-Léger (*Leodegar* en allemand) a été fondée
au VIIIe siècle. **2.** À cette époque, les catholiques de Grande-Bretagne ont obtenu leur émancipation (1829), mais les Irlandais, sous la
direction de Daniel O'Connell sont toujours en lutte pour leur indépendance. **3.** Le 15 septembre 1816, un conseiller de Lucerne, Xavier
Keller, avait été trouvé mort au bord de la Reuss. Cette mystérieuse
affaire ne fut éclaircie qu'en 1825 : c'était un crime politique, exécuté
par des hommes de main. Parmi les coupables figuraient un frère et
une sœur de Clara Wendel. Celle-ci échappa à la peine capitale, mais
fut néanmoins condamnée, pour complicité, à la détention perpétuelle.

un petit portique italien. De ce portique je voyais un prêtre priant seul à genoux dans l'intérieur de l'oratoire, tandis que j'apercevais au haut des montagnes les dernières lueurs du soleil couchant. En revenant à Lucerne, j'ai entendu dans les cabanes des femmes réciter le chapelet ; la voix des enfants répondait à l'adoration maternelle. Je me suis arrêté, j'ai écouté au travers des entrelacs de vignes ces paroles adressées à Dieu du fond d'une chaumière. La belle, jeune et élégante jeune fille qui me sert à l'*Aigle d'or* dit aussi très régulièrement son *Angelus* en fermant les rideaux des croisées de ma chambre. Je lui donne en rentrant quelques fleurs que j'ai cueillies ; elle me dit, en rougissant et se frappant doucement le sein avec sa main : « Per me ? » Je lui réponds : « Pour vous. » Notre conversation finit là.

(17)

M. A. DUMAS. – MADAME DE COLBERT.
LETTRE DE M. DE BÉRANGER.

Lucerne, 26 août 1832.

Madame de Chateaubriand n'est point encore arrivée[1], je vais faire une course à Constance. Voici M. A. Dumas[2] ; je l'avais déjà aperçu chez David[3], tandis

---

1. Elle ne quittera Paris qu'au début du mois de septembre. **2.** Compromis dans les émeutes des 5 et 6 juin 1832, auréolé aussi de la réputation sulfureuse que lui avaient faite ses drames (*Henri III et sa cour*, février 1829 ; *Anthony*, mai 1831 ; enfin *La Tour de Nesle*, créé le 29 mai 1832), Alexandre Dumas avait reçu des autorités le conseil de « voyager » pour se faire un peu oublier. Sur son passage à Lucerne, voir *supra*, p. 150, note 1.   **3.** Pierre-Jean David (1788-1856), le célèbre sculpteur angevin, avait exécuté, au mois de juillet 1829, un buste en marbre de Chateaubriand pour lequel celui-ci a posé (à son retour de Rome), et qui se trouve aujourd'hui au château de Combourg. Un an plus tard, il fera son portrait en médaillon.

qu'il se faisait mouler chez le grand sculpteur. Madame
de Colbert, avec sa fille madame de Brancas, traverse
aussi Lucerne*. C'est chez madame de Colbert, en
Beauce, que j'écrivis, il y a près de vingt ans[1], dans ces
Mémoires, l'histoire de ma jeunesse à Combourg. Les
lieux semblent voyager avec moi, aussi mobiles, aussi
fugitifs que ma vie.

Le courrier de la malle m'apporte une très belle lettre
de M. de Béranger, en réponse à celle que je lui avais
écrite en partant de Paris : cette lettre a déjà été imprimée
en note, avec une lettre de M. Carrel[2], dans le *Congrès
de Vérone*.

(18)

ZURICH. – CONSTANCE. – MADAME RÉCAMIER.

Genève, septembre 1832.

En allant de Lucerne à Constance, on passe par Zurich
et Winterthur. Rien ne m'a plu à Zurich, hors le souvenir
de Lavater et de Gessner[3], les arbres d'une esplanade qui
domine les lacs, le cours de la Limath, un vieux corbeau
et un vieil orme ; j'aime mieux cela que tout le passé
historique de Zurich, n'en déplaise même à la bataille
de Zurich[4]. Napoléon et ses capitaines, de victoires en
victoires, ont amené les Russes à Paris.

Winterthur est une bourgade neuve et industrielle, ou
plutôt une longue rue propre. Constance a l'air de n'ap-

---

* L'une et l'autre ne sont plus. (Paris, note de 1836.)

1. En réalité quinze : voir t. I, p. 260, note 1.   **2.** Voir *infra*, p. 532-
534.   **3.** Tous deux nés à Zurich : Salomon Gessner (1730-1788) est le
célèbre auteur des *Idylles* que Chateaubriand a désigné, dès son *Essai historique*, comme le « Théocrite des Alpes » ; le pasteur Johan Gaspar Lavater
(1741-1801) est le créateur de la *physiognomonie*.   **4.** Voir p. 158,
note 3.

partenir à personne ; elle est ouverte à tout le monde. J'y
suis entré le 27 août, sans avoir vu un douanier ou un
soldat, et sans qu'on m'ait demandé mon passeport.

Madame Récamier était arrivée depuis deux jours[1]
pour faire une visite à la reine de Hollande. J'attendais
madame de Chateaubriand, venant me rejoindre à
Lucerne. Je me proposais d'examiner s'il ne serait pas
préférable de se fixer d'abord en Souabe, sauf à descendre
ensuite en Italie.

Dans la ville délabrée de Constance, notre auberge était
fort gaie ; on y faisait les apprêts d'une noce. Le lendemain de mon arrivée, madame Récamier voulut se mettre
à l'abri de la joie de nos hôtes : nous nous embarquâmes
sur le lac, et, traversant la nappe d'eau où sort le Rhin
pour devenir fleuve, nous abordâmes à la grève d'un parc.

Ayant mis pied à terre, nous franchîmes une haie de
saules, de l'autre côté de laquelle nous trouvâmes une
allée sablée circulant parmi des bosquets d'arbustes, des
groupes d'arbres et des tapis de gazon. Un pavillon s'élevait au milieu des jardins, et une élégante *villa* s'appuyait
contre une futaie. Je remarquai dans l'herbe des veilleuses[2], toujours mélancoliques pour moi à cause des réminiscences de mes divers et nombreux automnes. Nous
nous promenâmes au hasard, et puis nous nous assîmes
sur un banc au bord de l'eau. Du pavillon des bocages
s'élevèrent des harmonies de harpe et de cor qui se turent
lorsque, charmés et surpris, nous commencions à les
écouter : c'était une scène d'un conte de fées. Les harmonies ne renaissant pas, je lus à madame Récamier ma
description du Saint-Gothard ; elle me pria d'écrire
quelque chose sur ses tablettes, déjà à demi remplies des
détails de la mort de J.-J. Rousseau. Au-dessous de ces
dernières paroles de l'auteur d'*Héloïse* : « Ma femme,

---

1. Après la terrible alerte du choléra, Mme Récamier avait décidé
de faire un voyage en Suisse ; en compagnie de son amie Mme Salvage
et de sa femme de chambre, elle avait quitté Paris le 16 août, pour
arriver à Constance le 21. Déçue de ne point trouver Chateaubriand,
elle avait rendu à la reine Hortense une première visite le 24, avant de
revenir à Constance où Chateaubriand la rejoignit le 27.   **2.** Nom
populaire et poétique de la colchique.

ouvrez la fenêtre que je voie encore le soleil », je traçai ces mots au crayon : *Ce que je voulais sur le lac de Lucerne, je l'ai trouvé sur le lac de Constance, le charme et l'intelligence de la beauté. Je ne veux point mourir comme Rousseau[1] ; je veux encore voir longtemps le soleil, si c'est près de vous que je dois achever ma vie. Que mes jours expirent à vos pieds, comme ces vagues dont vous aimez le murmure. – 28 août 1832.*

L'azur du lac vacillait derrière les feuillages ; à l'horizon du midi s'amoncelaient les sommets de l'Alpe des Grisons ; une brise passant et se retirant à travers les saules s'accordait avec l'aller et le venir de la vague : nous ne voyions personne ; nous ne savions où nous étions.

(19)

MADAME LA DUCHESSE DE SAINT-LEU.

En rentrant à Constance, nous avons aperçu madame la duchesse de Saint-Leu[2] et son fils Louis-Napoléon[3] : ils venaient au-devant de madame Récamier. Sous l'Empire je n'avais point connu la reine de Hollande ; je savais qu'elle s'était montrée généreuse lors de ma démission à la mort du duc d'Enghien et quand je voulus sauver mon cousin Armand ; sous la Restauration, ambassadeur à

---

1. La thèse du suicide de Rousseau est alors admise. Reprise dès 1788 par Mme de Staël dans ses *Lettres sur les ouvrages et le caractère de Jean-Jacques Rousseau*, elle se trouve encore dans la biographie de Musset-Pathay (1822) comme dans la notice de la *Biographie Michaud* (t. XXXIX, 1825, p. 142-143).   2. Sous la Restauration, la reine Hortense (voir t. III, p. 396, note 2) avait vécu à Rome. C'est là que Mme Récamier avait noué avec elle des relations amicales (en 1823 et 1824). Elle avait depuis travaillé à rapprocher Chateaubriand de la duchesse de Saint-Leu.   3. Depuis la mort de son frère aîné Napoléon-Louis, en 1831 (voir t. II, p. 322, note 1), et celle, toute récente, du duc de Reichstadt, le prince Louis-Napoléon (1808-1877), futur Napoléon III, était devenu le chef de la Maison impériale.

Rome, je n'avais eu avec madame la duchesse de Saint-Leu que des rapports de politesse ; ne pouvant aller moi-même chez elle, j'avais laissé libres les secrétaires et les attachés de lui faire leur cour, et j'avais invité le cardinal Fesch à un dîner diplomatique de cardinaux. Depuis la dernière chute de la Restauration le hasard m'avait fait échanger quelques lettres[1] avec la reine Hortense et le prince Louis. Ces lettres sont un assez singulier monument des grandeurs évanouies ; les voici :

MADAME DE SAINT-LEU APRÈS AVOIR LU LA DERNIÈRE LETTRE[2]
DE M. DE CHATEAUBRIAND.

« Arenenberg, ce 15 octobre 1831.

« M. de Chateaubriand a trop de génie pour n'avoir pas compris toute l'étendue de celui de l'empereur Napoléon. Mais à son imagination si brillante il fallait plus que de l'admiration : des souvenirs de jeunesse, une illustre infortune, attirèrent son cœur ; il y dévoua sa personne et son talent, et, comme le poète qui prête à tout le sentiment qui l'anime, il revêtit ce qu'il aimait des traits qui devaient enflammer son enthousiasme. L'ingratitude ne le découragea pas, car le malheur était toujours là qui en appelait à lui ; cependant son esprit, sa raison, ses sentiments vraiment français en font malgré lui l'antagoniste de son parti. Il n'aime des anciens temps que l'honneur qui rend fidèle, et la religion qui rend sage, la gloire de sa patrie qui en fait la force, la liberté des consciences et des opinions qui donne un noble essor aux facultés de l'homme, l'aristocratie du mérite qui ouvre une carrière

---

1. Dans sa préface des *Mémoires* de la reine Hortense, Jean Hano-teau a publié quatre lettres de Chateaubriand à celle-ci (*Revue des Deux-Mondes* du 15 juin 1926).   2. En réalité sa dernière brochure sur le bannissement des Bourbons (voir XXXIV, 11), dans laquelle Chateaubriand évaluait les chances du duc de Reichstadt (*Écrits politiques*, t. II, p. 622-623).

à toutes les intelligences, voilà son domaine plus qu'à tout autre. Il est donc libéral, napoléoniste et même républicain plutôt que royaliste. Aussi la nouvelle France, ses nouvelles illustrations sauraient l'apprécier, tandis qu'il ne sera jamais compris de ceux qu'il a placés dans son cœur si près de la divinité ; et s'il n'a plus qu'à chanter le malheur, fût-il le plus intéressant, les hautes infortunes sont devenues si communes dans notre siècle, que sa brillante imagination, sans but et sans mobile réel, s'éteindra faute d'aliments assez élevés pour inspirer son beau talent.

« Hortense. »

APRÈS AVOIR LU UNE NOTE SIGNÉE HORTENSE.

« M. de Chateaubriand est extrêmement flatté et on ne peut plus reconnaissant des sentiments de bienveillance exprimés avec tant de grâce dans la première partie de la note ; dans la seconde se trouve cachée une séduction de femme et de reine qui pourrait entraîner un amour-propre moins détrompé que celui de M. de Chateaubriand.

« Il y a certainement aujourd'hui de quoi choisir une occasion d'infidélité entre de si hautes et de si nombreuses infortunes ; mais, à l'âge où M. de Chateaubriand est parvenu, des revers qui ne comptent que peu d'années dédaigneraient ses hommages : force lui est de rester attaché à son vieux malheur, tout tenté qu'il pourrait être par de plus jeunes adversités.

« Chateaubriand. »

« Paris, ce 6 novembre 1831. »

« Arenenberg, le 4 mai 1832.

« Monsieur le vicomte,

« Je viens de lire votre dernière brochure[1]. Que les Bourbons sont heureux d'avoir pour soutien un génie tel

---

1. Sans doute les *Courtes explications*... (voir *supra*, p. 94, note 3).

que le vôtre ! Vous relevez une cause avec les mêmes armes qui ont servi à l'abattre ; vous trouvez des paroles qui font vibrer tous les cœurs français. Tout ce qui est national trouve de l'écho dans votre âme ; ainsi quand vous parlez du grand homme qui illustra la France pendant vingt ans, la hauteur du sujet vous inspire, votre génie l'embrasse tout entier, et votre âme alors, s'épanchant naturellement, entoure la plus grande gloire des plus grandes pensées.

« Moi aussi, monsieur le vicomte, je m'enthousiasme pour tout ce qui fait l'honneur de mon pays ; c'est pourquoi, me laissant aller à mon impulsion, j'ose vous témoigner la sympathie que j'éprouve pour celui qui montre tant de patriotisme et tant d'amour pour la liberté. Mais permettez-moi de vous le dire, vous êtes le seul défenseur redoutable de la vieille royauté ; vous la rendriez nationale si l'on pouvait croire qu'elle pensât comme vous ; ainsi, pour la faire valoir, il ne suffit pas de vous déclarer de son parti, mais bien de prouver qu'elle est du vôtre.

« Cependant, monsieur le vicomte, si nous différons d'opinions, au moins sommes-nous d'accord dans les souhaits que nous formons pour le bonheur de la France.

« Agréez, je vous prie, etc., etc.

« Louis-Napoléon Bonaparte. »

« Paris, 19 mai 1832.

« Monsieur le comte,

« On est toujours mal à l'aise pour répondre à des éloges ; quand celui qui les donne avec autant d'esprit que de convenance est de plus dans une condition sociale à laquelle se rattachent des souvenirs hors de pair, l'embarras redouble. Du moins, monsieur, nous nous rencontrons dans une sympathie commune ; vous voulez avec votre jeunesse, comme moi avec mes vieux jours, l'honneur de la France. Il ne manquait plus à l'un et à l'autre, pour mourir de confusion ou de rire, que de voir le *juste-milieu* bloqué dans Ancône[1] par les soldats du pape. Ah ! mon-

---

1. Voir XXXIV, 13 (*supra*, p. 80, note 1).

sieur, où est votre oncle ? À d'autres que vous je dirais :
Où est le tuteur des rois et le maître de l'Europe ? En
défendant la cause de la légitimité, je ne me fais aucune
illusion ; mais je pense que tout homme qui tient à l'estime publique doit rester fidèle à ses serments : lord Falkland[1], ami de la liberté et ennemi de la cour, se fit tuer à
Newbury dans l'armée de Charles Ier. Vous vivrez, monsieur le comte, pour voir votre patrie libre et heureuse ;
vous traverserez des ruines parmi lesquelles je resterai,
puisque je fais moi-même partie de ces ruines.

« Je m'étais flatté un moment de l'espoir de mettre cet
été l'hommage de mon respect aux pieds de madame la
duchesse de Saint-Leu : la fortune, accoutumée à déjouer
mes projets, m'a encore trompé cette fois. J'aurais été
heureux de vous remercier de vive voix de votre obligeante lettre ; nous aurions parlé d'une grande gloire et
de l'avenir de la France, deux choses, monsieur le comte,
qui vous touchent de près.

                                   « Chateaubriand. »

Les Bourbons m'ont-ils jamais écrit des lettres pareilles
à celles que je viens de produire ? Se sont-ils jamais douté
que je m'élevais au-dessus de tel faiseur de vers ou de tel
politique de feuilleton ?

Lorsque, petit garçon, j'errais compagnon des pâtres
sur les bruyères de Combourg, aurais-je pu croire qu'un
temps viendrait où je marcherais entre les deux plus
hautes puissances de la terre, puissances abattues, donnant le bras d'un côté à la famille de saint Louis, de
l'autre à celle de Napoléon ; grandeurs ennemies qui s'ap-
puient également, dans l'infortune qui les rapproche, sur
l'homme faible et fidèle, naguère haï de l'usurpation et
dédaigné de la légitimité ?

Madame Récamier alla s'établir à Wolfberg, château
habité par Mme Parquin, dans le voisinage d'Arenen-

---

1. Sur le personnage de lord Falkland (1610-1643), et le modèle
qu'il représente pour Chateaubriand, voir t. I, p. 592, note 1.

berg [1], séjour de madame la duchesse de Saint-Leu ; je restai deux jours à Constance. Je vis tout ce qu'on pouvait voir : la halle ou le grenier public que l'on baptise *salle du Concile*, la prétendue statue de Huss, les tableaux-caricatures, la place où Jérôme de Prague et Jean Huss furent, dit-on, brûlés [2] ; enfin, toutes les abominations ordinaires de l'histoire et de la société.

Le Rhin, en sortant du lac, s'annonce bien comme un roi ; pourtant il n'a pu défendre Constance, qui a, si je ne me trompe, été saccagée par Attila, assiégée par les Hongrois, les Suédois, et prise deux fois par les Français : partout où un fleuve sort d'un lac il y a une ville.

Constance est le Saint-Germain de l'Allemagne ; les vieilles gens de la vieille société s'y sont retirés. Quand je frappais à une porte, m'enquérant d'un appartement pour madame de Chateaubriand, je rencontrais quelque chanoinesse, fille majeure ; quelque prince de race antique, électeur en bas âge et à demi-solde ; ce qui allait fort bien avec les clochers abandonnés et les couvents déserts de la ville. L'armée de Condé a combattu glorieusement sous les murs de Constance et semble avoir déposé son ambulance dans cette ville [3]. J'eus le malheur de retrouver un vétéran émigré ; il me faisait l'honneur de m'avoir connu autrefois ; il avait plus de jours que de cheveux ; ses paroles ne finissaient point ; il ne se pouvait retenir et laissait aller ses années [4].

---

1. La reine Hortense possédait depuis 1817, à Arenenberg, un petit château dominant la partie occidentale du lac de Constance, et dont elle fit sa résidence ordinaire à partir de 1825. Non loin de là, à Erma-tingen, un ancien officier, familier du prince Louis, Charles Parquin avait acheté le château de Wolfberg, où sa femme née Cochelet, ancienne condisciple de Mlle de Beauharnais au pensionnat de Mme Campan, et demeurée au service de la reine de Hollande, tenait une sorte de pension de famille où pouvaient descendre les fidèles qui venaient rendre visite à la souveraine exilée.   2. C'est au cours du concile de Constance (1414-1418), qui déposa les trois papes du grand schisme et affirma la supériorité des conciles œcuméniques, que Jan Hus fut condamné et brûlé pour hérésie.   3. En octobre 1799, elle occupa la ville pendant quelques heures avant de se dissoudre. 4. Voir une expression semblable à propos de Delisle de Sales au tome I, p. 341-342.

(20)

ARENENBERG. – RETOUR À GENÈVE.

Le 29 d'août j'allai dîner à Arenenberg.

Arenenberg est situé sur une espèce de promontoire, dans une chaîne de collines escarpées. La reine de Hollande, que l'épée avait faite et que l'épée a défaite, a bâti le château, ou, si l'on veut, le pavillon d'Arenenberg. On y jouit d'une vue étendue, mais triste. Cette vue domine le lac inférieur de Constance, qui n'est qu'une expansion du Rhin sur des prairies noyées. De l'autre côté du lac on aperçoit des bois sombres, restes de la Forêt-Noire, quelques oiseaux blancs voltigeant sous un ciel gris et poussés par un vent glacé. Là, après avoir été assise sur un trône, la reine Hortense est venue se percher sur un rocher ; en bas est l'île du lac [1] où l'on a, dit-on, retrouvé la tombe de Charles le Gros, et où meurent à présent des serins rendus à la liberté, des serins qui demandent en vain le soleil des Canaries. Madame la duchesse de Saint-Leu était mieux à Rome : elle n'est pas cependant descendue par rapport à sa naissance et à sa première vie ; au contraire, elle a monté ; son abaissement n'est que relatif à un accident de sa fortune ; ce ne sont pas là de ces chutes comme celle de madame la Dauphine, tombée de toute la hauteur des siècles.

Les compagnons et les compagnes de madame la duchesse de Saint-Leu étaient son fils, madame Salvage, madame*** [2]. En étrangers il y avait madame Récamier, M. Vieillard [3] et moi. Madame la duchesse de Saint-Leu

---

1. Reichenau, où se trouvait une abbaye bénédictine qui passait pour avoir abrité la tombe de Charles III le Gros (839-888).   **2.** Sans doute Mme Parquin.   **3.** Narcisse Vieillard (1791-1857), ancien officier de la Grande Armée (artillerie) et demeuré fervent bonapartiste, avait été choisi par la reine Hortense pour être le précepteur de ses fils. Il se retirera par la suite en Normandie, deviendra député de la Manche de 1842 à 1846, puis de nouveau de 1848 à 1851. Il terminera sa carrière au Sénat, pour services rendus le 2 décembre.

se tirait fort bien de sa difficile position de reine et de demoiselle de Beauharnais.

Après le dîner, elle s'est mise à son piano avec M. Cottereau, beau grand jeune peintre [1] à moustaches, à chapeau de paille, à blouse, au col de chemise rabattu, au costume bizarre tenant des mignons d'Henri III et des bergers de la Calabre, aux manières sans façon, à ce mauvais ton d'atelier entre le familier, le drôle, l'original, l'affecté. Il chassait, il peignait, il chantait, il aimait, il riait, spirituel et bruyant.

Le prince Louis habite un pavillon à part, où j'ai vu des armes, des cartes topographiques et stratégiques ; petites industries qui faisaient, comme par hasard, penser au sang du conquérant sans le nommer : le prince Louis est un jeune homme instruit, plein d'honneur et naturellement grave.

Madame la duchesse de Saint-Leu m'a lu quelques fragments de ses mémoires [2] ; elle m'a montré un cabinet rempli des dépouilles de Bonaparte. Je me suis demandé pourquoi ce vestiaire me laissait froid ; pourquoi ce petit chapeau qui fait le bonheur des bourgeois de Paris, pourquoi cette ceinture, cet uniforme porté à telle bataille me trouvaient si indifférent ; je n'étais pas plus ému qu'à l'aspect de ces habits de généraux pendillant aux boutiques des revendeurs dans la rue du Bac ; j'étais bien plus troublé en racontant la mort de Napoléon à Sainte-Hélène. La raison en est que Napoléon est notre contemporain ; nous l'avons tous vu et connu : l'homme dans notre souvenir travaille contre le héros encore trop près de sa gloire. Dans deux mille ans ce sera autre chose. La forme même et la matière de ces reliques nuisent à leur effet : nous verrions avec un respect curieux la cuirasse du Macédonien sur le dessin de laquelle fut tracé le plan d'Alexandrie, mais que faire d'un frac râpé ? J'aimerais

---

1. Félix Cottereau (1799-1852), ami du prince Louis, était un sigisbée agréable, mais un peintre médiocre : « Pourquoi a-t-il choisi une profession dans laquelle son esprit lui est inutile ? », écrit à son propos Delacroix (*Journal*, Plon, 1981, p. 151). Il finira inspecteur des Beaux-Arts.   2. Achevés en 1820, les *Mémoires* de la reine Hortense ne seront publiés en totalité qu'en 1927, chez Plon.

mieux la jaquette de montagnard corse que Napoléon a dû porter dans son enfance : sans qu'on s'en doute, le sentiment des arts exerce un grand empire sur nos idées.

Que Madame de Saint-Leu s'enthousiasme de cette friperie, c'est tout simple ; mais les autres spectateurs ont besoin de se rappeler les manteaux royaux déchirés par les ongles napoléoniens. Il n'y a que les siècles qui aient donné le parfum de l'ambre à la sueur d'Alexandre. Attendons : d'un conquérant, il ne faut montrer que l'épée.

La famille de Bonaparte ne se peut persuader qu'elle n'est rien [1]. Aux Bonapartes il manque une race ; aux Bourbons, un homme : il y aurait beaucoup plus de chance de restauration pour les derniers, car un homme peut tout à coup survenir et l'on ne crée pas une race. Tout est mort pour la famille de Napoléon avec Napoléon : il n'a pour héritier que sa renommée. La dynastie de saint Louis est si puissante par son vaste passé, qu'en tombant elle a arraché avec ses racines une partie du sol de la société.

Je ne saurais dire à quel point ce monde impérial me paraît caduc de manières, de physionomie, de ton, de mœurs ; mais d'une vieillesse différente du monde légitimiste : celui-ci jouit d'une décrépitude arrivée avec le temps ; il est aveugle et sourd, il est débile, laid et grognon, mais il a son air naturel et les béquilles vont bien à son âge. Les impérialistes, au contraire, ont une fausse apparence de jeunesse ; ils veulent être ingambes, et ils sont aux Invalides ; ils ne sont pas antiques comme les légitimistes, ils ne sont que vieillis comme une mode passée : ils ont l'air de divinités de l'Opéra descendues de leur char de carton doré ; de fournisseurs en banqueroute par suite d'une mauvaise spéculation ou d'une bataille perdue ; de joueurs ruinés qui conservent encore un reste de magnificence d'emprunt, des breloques, des chaînes,

---

1. Ce paragraphe, ainsi que le suivant, ont été retranchés par les éditeurs de 1850 : il ne faut pas oublier que le prince Louis-Napoléon avait été élu à la présidence de la République, au mois de décembre 1848, à une écrasante majorité.

des cachets, des bagues, des velours flétris, des satins fanés et du point d'Angleterre rentrait[1].

Retourné au Wolfberg avec madame Récamier, je partis de nuit : le temps était obscur et pluvieux ; le vent soufflait dans les arbres, et la hulotte lamentait : vraie scène de la Germanie.

Madame de Chateaubriand arriva bientôt à Lucerne[2] : l'humidité de la ville l'effraya, et, Lugano étant trop cher, nous nous décidâmes à venir à Genève. Nous prîmes notre route par Sempach ; le lac garde la mémoire d'une bataille qui assura l'affranchissement des Suisses[3] à une époque où les nations de ce côté-ci des Alpes avaient perdu leurs libertés. Au-delà de Sempach, nous passâmes devant l'abbaye de Saint-Urbain[4], tombante comme tous les monuments du christianisme. Elle est située dans un lieu triste, à l'orée d'une bruyère qui conduit à des bois : si j'eusse été libre et seul, j'aurais demandé aux moines quelque trou dans leurs murailles pour y achever mes *Mémoires* auprès d'une chouette ; puis je serais allé finir mes jours sans rien faire sous le beau soleil fainéant de Naples ou de Palerme : mais les beaux pays et le printemps me sont devenus des injures, des désastres et des regrets.

En arrivant à Berne, on nous apprit qu'il y avait une grande révolution dans la ville ; j'avais beau regarder, les rues étaient désertes, le silence régnait, la terrible révolution s'accomplissait sans parler, à la paisible fumée d'une pipe au fond de quelque estaminet[5].

---

1. Participe passé du verbe *rentraire* : recoudre ensemble deux morceaux de tissu de façon que le raccord ne soit pas visible.   **2.** Chateaubriand avait regagné Lucerne le 31 août ; c'est là que sa femme viendra le rejoindre une semaine plus tard.   **3.** Le 9 juillet 1386, les confédérés suisses y remportèrent une victoire mémorable sur les Autrichiens du duc Léopold.   **4.** À une lieue au nord-est de Lagenthal, cette abbaye cistercienne avait été reconstruite au XVIIIe siècle. **5.** Cette année 1832 vit éclater de graves dissensions entre les cantons suisses à propos du projet de réforme de la constitution fédérale : ce fut le mouvement dit de la « Régénération ».

Madame Récamier ne tarda pas à nous rejoindre à Genève[1].

(21)

COPPET. – TOMBEAU DE MADAME DE STAËL.

Genève, fin de septembre 1832[2].

J'ai commencé à me remettre sérieusement au travail ; j'écris le matin et je me promène le soir. Je suis allé hier visiter Coppet. Le château était fermé[3] ; on m'en a ouvert les portes ; j'ai erré dans les appartements déserts. Ma compagne de pèlerinage a reconnu tous les lieux où elle croyait voir encore son amie, ou assise à son piano, ou entrant, ou sortant, ou causant sur la terrasse qui borde la galerie ; madame Récamier a revu la chambre qu'elle avait habitée ; des jours écoulés ont remonté devant elle : c'était comme une répétition de la scène que j'ai peinte dans *René* : « Je parcourus les appartements sonores où l'on n'entendait que le bruit de mes pas... Partout les salles étaient détendues, et l'araignée filait sa toile dans les couches abandonnées... Qu'ils sont doux, mais qu'ils sont rapides les moments que les frères et les sœurs passent dans leurs jeunes années, réunis sous l'aile de leurs vieux parents ! La famille de l'homme n'est que d'un jour ; le souffle de Dieu la disperse comme une fumée. À

---

1. Arrivés le 11 septembre à Genève, les Chateaubriand ne tardèrent pas à louer, dans la vieille ville, un appartement au deuxième étage de la maison Bois de Chêne, 25, rue de la Cité (aujourd'hui 13 Grand'-Rue), qu'ils occupèrent à partir du 19 septembre. Mme Récamier de son côté arriva de Zurich le 7 octobre et séjourna hôtel du Nord jusqu'au 25 octobre. Chateaubriand repartira pour Paris le 13 novembre 1832. **2.** Compte tenu de la note précédente, la date inscrite au début de ce chapitre ne saurait être exacte : c'est *octobre* 1832 qu'il faut lire. La visite à Coppet, elle, se situe entre le 15 et le 20 octobre (voir Levaillant, p. 89 *sq.*). **3.** Il appartenait encore à la belle-fille de Mme de Staël, née Adèle Verlet, devenue veuve en 1827 (voir la note 2, p. 133).

peine le fils connaît-il le père, le père le fils, le frère la
sœur, la sœur le frère ! Le chêne voit germer ses glands
autour de lui, il n'en est pas ainsi des enfants des hommes ! »

Je me rappelais aussi ce que j'ai dit dans ces Mémoires
de ma dernière visite à Combourg, en partant pour l'Amérique. Deux mondes divers, mais liés par une secrète sympathie, nous occupaient, madame Récamier et moi.
Hélas ! ces mondes isolés, chacun de nous les porte en
soi ; car où sont les personnages qui ont vécu assez longtemps les uns près des autres pour n'avoir pas des souvenirs séparés ? Du château, nous sommes entrés dans le
parc ; le premier automne commençait à rougir et à détacher quelques feuilles ; le vent s'abattait par degrés et
laissait ouïr un ruisseau qui fait tourner un moulin. Après
avoir suivi les allées qu'elle avait coutume de parcourir
avec madame de Staël, madame Récamier a voulu saluer
ses cendres. À quelque distance du parc est un taillis mêlé
d'arbres plus grands, et environné d'un mur humide et
dégradé. Ce taillis ressemble à ces bouquets de bois au
milieu des plaines que les chasseurs appellent des *remi-
ses* ; c'est là que la mort a poussé sa proie et renfermé
ses victimes.

Un sépulcre avait été bâti d'avance dans ce bois pour
y recevoir M. Necker, madame Necker et madame de
Staël ; quand celle-ci est arrivée au rendez-vous, on a
muré la porte de la crypte [1]. L'enfant d'Auguste de Staël
est resté en dehors, et Auguste lui-même, mort avant son
enfant [2], a été placé sous une pierre aux pieds de ses
parents. Sur la pierre sont gravées ces paroles tirées de
l'Écriture : *Pourquoi cherchez-vous parmi les morts celui*

---

1. Le duc de Broglie, gendre de Mme de Staël, a été le dernier, lors
des obsèques de celle-ci au mois de juillet 1817, à pénétrer dans ce
tombeau extraordinaire, où les cadavres de Mme Necker, puis de son
mari avaient été immergés dans un « esprit de vin » destiné à les
conserver. Il en a publié une description précise dans ses *Mémoires*
(Calmann-Lévy, 1886, t. I, p. 383-384). 2. Auguste de Staël était
mort en 1827, quelques semaines avant la naissance de son fils « posthume », disparu à son tour en 1829.

qui est vivant dans le ciel[1] *?* Je ne suis point entré dans
le bois ; madame Récamier a seule obtenu la permission
d'y pénétrer. Resté assis sur un banc devant le mur d'enceinte, je tournais le dos à la France et j'avais les yeux
attachés, tantôt sur la cime du mont Blanc, tantôt sur le
lac de Genève : des nuages d'or couvraient l'horizon derrière la ligne sombre du Jura ; on eût dit d'une gloire
qui s'élevait au-dessus d'un long cercueil. J'apercevais de
l'autre côté du lac la maison de lord Byron[2], dont le faîte
était touché d'un rayon du couchant ; Rousseau n'était
plus là pour admirer ce spectacle, et Voltaire, aussi disparu, ne s'en était jamais soucié. C'était au pied du tombeau de madame de Staël que tant d'illustres absents sur
le même rivage se présentaient à ma mémoire : ils semblaient venir chercher l'ombre leur égale pour s'envoler
au ciel avec elle et lui faire cortège pendant la nuit. Dans
ce moment, madame Récamier, pâle et en larmes, est sortie du bocage funèbre elle-même comme une ombre. Si
j'ai jamais senti à la fois la vanité et la vérité de la gloire
et de la vie, c'est à l'entrée du bois silencieux, obscur,
inconnu, où dort celle qui eut tant d'éclat et de renom, et
en voyant ce que c'est que d'être véritablement aimé.

(22)

PROMENADE.

Cette vesprée même, lendemain du jour de mes dévo-
tions aux morts de Coppet, fatigué des bords du lac, je
suis allé chercher, toujours avec madame Récamier, des
promenades moins fréquentées. Nous avons découvert, en
aval du Rhône, une gorge resserrée où le fleuve coule

---

1. *Luc*, XXIV, 5.   2. La villa Diodati, à Cologny, où Byron avait
résidé de 1816 à 1818. Il y avait mené une vie scandaleuse, mais aussi
écrit le troisième chant de *Childe-Harold*, *Le Prisonnier de Chillon*,
ainsi que le début de *Manfred*.

bouillonnant au-dessous de plusieurs moulins, entre des falaises rocheuses coupées de prairies[1]. Une de ces prairies s'étend au pied d'une colline sur laquelle, parmi un bouquet d'arbres, est plantée une maison.

Nous avons remonté et descendu plusieurs fois en causant cette bande étroite de gazon qui sépare le fleuve bruyant du silencieux coteau : combien est-il de personnes qu'on puisse ennuyer de ce que l'on a été et mener avec soi en arrière sur la trace de ses jours ? Nous avons parlé de ces temps toujours pénibles et toujours regrettés où les passions font le bonheur et le martyre de la jeunesse. Maintenant j'écris cette page à minuit, tandis que tout repose autour de moi et qu'à travers ma fenêtre je vois briller quelques étoiles sur les Alpes.

Madame Récamier va nous quitter[2], elle reviendra au printemps, et moi je vais passer l'hiver à évoquer mes heures évanouies, à les faire comparaître une à une au tribunal de ma raison. Je ne sais si je serai bien impartial et si le juge n'aura pas trop d'indulgence pour le coupable. Je passerai l'été prochain dans la patrie de Jean-Jacques. Dieu veuille que je ne gagne pas la maladie du rêveur ! Et puis, quand l'automne sera revenu, nous irons en Italie : *Italiam !* c'est mon éternel refrain[3].

---

1. Au pied du faubourg de Sous-Terre, sur la rive droite du Rhône, dans un lieu-dit les « falaises de Saint-Jean ».   2. Le 24 octobre, veille de son départ, Mme Récamier exprime, dans une lettre à son neveu Paul David, sa tristesse à la pensée de cette séparation. Elle avait en vain tenté de convaincre Chateaubriand de revenir passer au moins la mauvaise saison à Paris.   3. Allusion au passage de Virgile (*Énéide*, IV, p. 345-347) où Énée objecte à Didon que les oracles lui ont ordonné de se rendre en Italie : *Hic amor, haec patria est.*

(23)

LETTRE AU PRINCE LOUIS-NAPOLÉON.

Le prince Louis-Napoléon m'ayant donné sa brochure intitulée *Rêveries politiques*, je lui ai écrit cette lettre :

« Genève, octobre 1832.

« Prince,
« J'ai lu avec attention la petite brochure que vous avez bien voulu me confier. J'ai mis par écrit, comme vous l'avez désiré, quelques réflexions naturellement nées des vôtres et que j'avais déjà soumises à votre jugement. Vous savez, prince, que mon jeune roi est en Écosse, que tant qu'il vivra il ne peut y avoir pour moi d'autre roi de France que lui ; mais si Dieu, dans ses impénétrables conseils, avait rejeté la race de saint Louis, si les mœurs de notre patrie ne lui rendaient pas l'état républicain possible, il n'y a pas de nom qui aille mieux à la gloire de la France que le vôtre.
« Je suis, etc, etc.,

« CHATEAUBRIAND. »

(24)

CIRCULAIRE AUX RÉDACTEURS EN CHEF DES JOURNAUX. LETTRES AU MINISTRE DE LA JUSTICE, AU PRÉSIDENT DU CONSEIL, À MADAME LA DUCHESSE DE BERRY. – J'ÉCRIS MON *MÉMOIRE* SUR LA CAPTIVITÉ DE LA PRINCESSE.

Paris, rue d'Enfer, janvier 1833.

J'avais beaucoup rêvé de cet avenir prochain que je m'étais fait et auquel je croyais toucher. À la tombée du

jour, j'allais vaguer dans les détours de l'Arve, du côté
de Salève. Un soir[1], je vis entrer M. Berryer ; il revenait
de Lausanne et m'apprit l'arrestation de madame la
duchesse de Berry ; il n'en savait pas les détails. Mes
projets de repos furent encore une fois renversés. Quand
la mère de Henri V avait cru à des succès, elle m'avait
donné mon congé ; son malheur déchirait son dernier billet et me rappelait à sa défense. Je partis sur-le-champ de
Genève après avoir écrit aux ministres[2]. Arrivé dans ma
rue d'Enfer, j'adressai aux rédacteurs en chef des journaux la circulaire suivante :

« Monsieur,

« Arrivé à Paris le 17 de ce mois, j'écrivis le 18 à M. le
ministre de la justice pour m'informer si la lettre que
j'avais eu l'honneur de lui envoyer de Genève, le 12, pour
madame la duchesse de Berry, lui était parvenue et s'il
avait eu la bonté de la faire passer à Madame.

« Je sollicitais en même temps de M. le garde des
sceaux l'autorisation nécessaire pour me rendre à Blaye
auprès de la princesse.

« M. le garde des sceaux me voulut bien répondre, le
19, qu'il avait transmis mes lettres au président du conseil
et que c'était à lui qu'il me fallait adresser. J'écrivis en
conséquence, le 20, à M. le ministre de la guerre[3]. Je
reçois aujourd'hui, 22, sa réponse du 21 : il regrette d'être
dans la nécessité de m'annoncer que le gouvernement n'a
pas jugé qu'il y ait lieu d'accéder à mes demandes. Cette
décision a mis un terme à mes démarches auprès des autorités[4].

« Je n'ai jamais eu la prétention, monsieur, de me
croire capable de défendre seul la cause du malheur et de
la France. Mon dessein, si l'on m'avait permis de parve-

---

1. Le soir du 12 novembre 1832. La duchesse de Berry, qui avait
trouvé refuge dans une maison de Nantes, avait été découverte le
8 novembre au petit jour et aussitôt conduite à la forteresse de Blaye.
2. Sur les motivations de ce retour à Paris, voir Boigne, t. II, p. 300.
3. Le maréchal Soult, président du Conseil depuis le 11 octobre.
4. Chateaubriand avait prié Mme de Boigne, amie de la reine Marie-
Amélie et du chancelier Pasquier, de « demander son admission au
château de Blaye ». Cette intervention fut inutile (Boigne, t. II, p. 301).

nir aux pieds de l'auguste prisonnière, était de lui proposer pour l'occurrence la formation d'un conseil d'hommes plus éclairés que moi. Outre les personnes honorables et distinguées qui se sont déjà présentées, j'aurais pris la liberté d'indiquer au choix de Madame M. le marquis de Pastoret, M. Lainé, M. de Villèle, etc.

« Maintenant, monsieur, écarté officiellement, je rentre dans mon droit privé. Mes *Mémoires sur la vie et la mort de M. le duc de Berry*, enveloppés dans les cheveux de la veuve aujourd'hui captive, reposent auprès du cœur que Louvel rendit plus semblable à celui d'Henri IV[1]. Je n'ai point oublié cet insigne honneur dont le moment actuel me demande compte et me fait sentir toute la responsabilité.

« Je suis, monsieur, etc., etc.

« CHATEAUBRIAND. »

Pendant que j'écrivais cette circulaire aux journaux, j'avais trouvé le moyen de faire passer ce billet à madame la duchesse de Berry :

« Paris, ce 23 novembre 1832.

« Madame,

« J'ai eu l'honneur de vous adresser de Genève une première lettre en date du 12 de ce mois. Cette lettre dans laquelle je vous suppliais de me faire l'honneur de me choisir pour l'un de vos défenseurs, a été imprimée dans les journaux.

« La cause de Votre Altesse Royale peut être traitée individuellement par tous ceux qui, sans y être autorisés, auraient des vérités utiles à faire connaître ; mais si Madame désire qu'on s'en occupe en son propre nom,

---

1. À côté de son château de Rosny, la duchesse de Berry avait fait édifier un hospice au centre duquel une chapelle devait abriter le cœur de son mari. Cette chapelle fut bénie le 18 mars 1824. Dans un caveau furent déposés le couteau de Louvel et la chemise du duc assassiné. La duchesse avait aussi voulu que fût placé dans les fondations du monument un exemplaire des *Mémoires* (...) *touchant la vie et la mort de Mgr le duc de Berry*. Chateaubriand fut ému par ce geste et témoigna de sa reconnaissance (voir sa lettre dans *Bulletin*, 1959, p. 43 et pl. III).

ce n'est pas un seul homme, mais un conseil d'hommes politiques et de légistes qui doit être chargé de cette haute affaire. Dans ce cas, je demanderais que Madame voulût bien m'adjoindre (avec les personnes dont elle aurait fait choix) M. le comte de Pastoret[1], M. Hyde de Neuville, M. de Villèle, M. Lainé, M. Royer-Collard, M. Pardessus[2], M. Mandaroux-Vertamy[3], M. de Vaufreland.

« J'avais aussi pénsé, Madame, qu'on aurait pu appeler à ce conseil quelques hommes d'un grand talent et d'une opinion contraire à la nôtre ; mais peut-être serait-ce les placer dans une fausse position, les obliger à faire un sacrifice d'honneur et de principe, dont les esprits élevés et les consciences droites ne s'arrangent pas.

« CHATEAUBRIAND. »

Vieux soldat discipliné, j'accourais donc pour m'aligner dans le rang et marcher sous mes capitaines : réduit par la volonté du pouvoir à un duel, je l'acceptai. Je ne m'attendais guère à venir, de la tombe du mari, combattre auprès de la prison de la veuve.

En supposant que je dusse rester seul, que j'eusse mal compris ce qui convient à la France, je n'en étais pas moins dans la voie de l'honneur. Or, il n'est pas inutile aux hommes qu'un homme s'immole à sa conscience ; il est bon que quelqu'un consente à se perdre pour demeurer ferme à des principes dont il a la conviction et qui tiennent à ce qu'il y a de noble dans notre nature : ces dupes

---

1. Claude-Emmanuel Pastoret (1756-1840), magistrat aixois, avait été ministre de la Justice en 1791, avant de devenir le premier président de la Législative. Membre du Conseil des Cinq-Cents (1796), il avait été proscrit en Fructidor. Il se rallia donc à Bonaparte, et deviendra en 1808 sénateur, avec le titre de comte. Ayant voté la déchéance de Napoléon en 1814, il fut aussitôt nommé pair de France, avec le titre de marquis en 1817. Il succéda en 1829 à Dambray comme chancelier, mais demeura fidèle à la branche aînée après la révolution de Juillet. Il faisait partie du « conseil de Régence » que la duchesse de Berry avait institué.   2. Jean-Marie Pardessus (1772-1853), juriste et historien, avait donné en 1830 sa démission de conseiller à la Cour de cassation.   3. Avocat à la Cour de cassation et ami de Chateaubriand, dont il sera par la suite le conseiller juridique, puis un des exécuteurs testamentaires.

sont les contradicteurs nécessaires du fait brutal, les victimes chargées de prononcer le *veto* de l'opprimé contre
le triomphe de la force. On loue les Polonais ; leur
dévouement est-il autre chose qu'un sacrifice ? il n'a rien
sauvé ; il ne pouvait rien sauver ; dans les idées mêmes
de mes adversaires, le dévouement sera-t-il stérile pour la
race humaine ?

Je préfère, dit-on, une famille à ma patrie : non, je
préfère au parjure la fidélité à mes serments, le monde
moral à la société matérielle ; voilà tout ; pour ce qui est
de la famille, je ne m'y consacre que dans la persuasion
qu'elle était essentiellement utile à la France ; je confonds
sa prospérité avec celle de la patrie, et lorsque je déplore
les malheurs de l'une, je déplore les désastres de l'autre :
vaincu, je me suis prescrit des devoirs, comme les vain-
queurs se sont imposé des intérêts. Je tâche de me retirer
du monde avec ma propre estime ; dans la solitude, il faut
prendre garde au choix que l'on fait de sa compagne.

(25)

Extrait du *Mémoire sur la captivité de madame
la duchesse de Berry*.

Paris, rue d'Enfer.

En France, pays de vanité, aussitôt qu'une occasion de
faire du bruit se présente, une foule de gens la saisissent :
les uns agissent par bon cœur, les autres par la conscience
qu'ils ont de leur mérite. J'eus donc beaucoup de concur-
rents ; ils sollicitèrent, ainsi que moi, de madame la
duchesse de Berry, l'honneur de la défendre[1]. Du moins,

---

1. Celle-ci finit par choisir Antoine-Louis Hennequin (1786-1840),
avocat royaliste alors connu puisqu'il venait de défendre les inculpés
de la rue des Prouvaires. Il sera plus tard député de Lille, de juin 1834
à sa mort.

ma présomption à m'offrir pour champion à la princesse
était un peu justifiée par d'anciens services : si je ne jetais
pas dans la balance l'épée de Brennus, j'y mettais mon
nom : tout peu important qu'il est, il avait déjà remporté
quelques victoires pour la monarchie. J'ai ouvert mon
*Mémoire sur la captivité de madame la duchesse de Ber-
ry*[1] par une considération dont je suis vivement frappé ;
je l'ai souvent reproduite, et il est probable que je la
reproduirai encore.

« On ne cesse, disais-je, de s'étonner des événements ;
toujours on se figure d'atteindre le dernier ; toujours la
révolution recommence. Ceux qui depuis quarante années
marchent pour arriver au terme, gémissent ; ils croyaient
s'asseoir, quelques heures au bord de leur tombe : vain
espoir ! le temps frappe ces voyageurs pantelants et les
force d'avancer. Que de fois, depuis qu'ils cheminent, la
vieille monarchie est tombée à leurs pieds ! à peine
échappés à ces écroulements successifs, ils sont obligés
d'en traverser de nouveau les décombres et la poussière.
Quel siècle verra la fin du mouvement ?

« La Providence a voulu que les générations de passage
destinées à des jours immémorés[2] fussent petites, afin que
le dommage fût de peu. Aussi voyons-nous que tout
avorte, que tout se dément, que personne n'est semblable
à soi-même et n'embrasse toute sa destinée, qu'aucun
événement ne produit ce qu'il contenait et ce qu'il devait
produire. Les hommes supérieurs de l'âge qui expire
s'éteignent ; auront-ils des successeurs ? Les ruines de
Palmyre aboutissent à des sables. »

De cette observation générale passant aux faits particuliers, j'expose, dans mon argumentation, qu'on pouvait

---

1. Le *Mémoire* est daté du 24 décembre 1832 ; il fut publié le 29
chez Le Normant, avec le millésime de 1833. Le succès fut considérable : trente mille exemplaires avaient été vendus, lorsque Barthe fit
saisir la brochure le 9 janvier 1833. La comtesse de Boigne a retracé
avec ironie son élaboration ; Chateaubriand lui en avait donné lecture
chez Mme Récamier, vers la mi-décembre (Boigne, t. II, p. 301).
2. Qui ne laisse (ou ne doit pas laisser) de trace dans la mémoire
publique. Ce mot, recommandé par Mercier dans sa *Néologie*, ne sera
guère utilisé que par Chateaubriand (voir t. I, p. 747).

agir avec madame la duchesse de Berry par des mesures arbitraires en la considérant comme prisonnière de police, de guerre, d'État, ou en demandant aux Chambres un bill d'*attainder*[1] ; qu'on pouvait la soumettre à la compétence des lois en lui appliquant la loi d'exception Briqueville, ou la loi commune du code ; qu'on pouvait regarder sa personne comme inviolable et sacrée.

Les ministres soutenaient la première opinion, les hommes de Juillet la seconde, les royalistes la troisième.

Je parcours ces diverses suppositions : je prouve que si madame la duchesse de Berry était descendue en France, elle n'y avait été attirée que parce qu'elle entendait les opinions demander un autre présent, appeler un autre avenir.

Infidèle à son extraction populaire, la révolution sortie des journées de Juillet a répudié la gloire et courtisé la honte. Excepté dans quelques cœurs dignes de lui donner asile, la liberté devenue l'objet de la dérision de ceux qui en faisaient leur cri de ralliement, cette liberté que ces bateleurs se renvoient à coups de pied, cette liberté étranglée après flétrissure au tourniquet des lois d'exception, transformera, par son anéantissement, la révolution de 1830 en une cynique duperie.

Là-dessus, et pour nous délivrer tous, madame la duchesse de Berry est arrivée. La fortune l'a trahie ; un juif l'a vendue, un ministre l'a achetée[2]. Si l'on ne veut pas agir contre elle par mesure de police il ne reste plus qu'à la traduire en cour d'assises. Je le suppose ainsi, et

---

1. Un vote de mise en accusation pour haute trahison. **2.** Simon Deutz, fils du grand-rabbin de Paris, avait trouvé dans la conversion au catholicisme, sous la Restauration, un moyen de parvenir. Il avait été recommandé par le pape lui-même à la duchesse de Berry, lors du passage de celle-ci à Rome en 1831. Il était ensuite devenu son agent de liaison et connaissait donc le lieu où elle se cachait. Il avait déjà proposé de la livrer à Montalivet, qui ne donna pas suite : on espérait encore que la duchesse quitterait la France de son plein gré. Mais lorsque Thiers le remplaça au mois de septembre 1832, il avait moins de raisons de ménager la famille royale. Il accepta donc sans aucun scrupule les conditions de Deutz : 500 000 francs, somme énorme dont le reçu, daté du 17 novembre 1832, a été retrouvé par Changy (*op. cit.*, p. 211).

j'ai mis en scène le défenseur de la princesse ; puis, après avoir fait parler le défenseur, je m'adresse à l'accusateur :

« Avocat, levez-vous :

« Établissez doctement que Caroline-Ferdinande de Sicile, veuve de Berry, nièce de feu Marie-Antoinette d'Autriche, veuve Capet, est coupable de réclamation envers un homme réputé oncle et tuteur d'un orphelin nommé Henri ; lequel oncle et tuteur serait, selon le dire calomnieux de l'*accusée*, détenteur de la couronne d'un pupille, lequel pupille prétend impudemment avoir été roi depuis le jour de l'abdication du ci-devant Charles X et de l'ex-dauphin, jusqu'au jour de l'élection du roi des Français.

« À l'appui de votre plaidoirie, que les juges fassent comparaître d'abord Louis-Philippe comme témoin à charge ou à décharge, si mieux n'aime se récuser comme parent. Ensuite que les juges confrontent avec l'*accusée* le descendant du grand traître[1] ; que l'Iscariote en qui Satan était entré, *intravit Satanas in Judam*, dise combien il a reçu de deniers pour le marché, etc., etc.

« Puis, d'après l'expertise des lieux, il sera prouvé que l'*accusée* a été pendant six heures à la géhenne de feu dans un espace trop étroit où quatre personnes pouvaient à peine respirer, ce qui a fait dire contumélieusement[2] à la torturée qu'on lui faisait la *guerre à la Saint-Laurent*[3]. Or, Caroline-Ferdinande, étant pressée par ses complices contre la plaque ardente, le feu aurait pris deux fois à ses vêtements, et, à chaque coup que les gendarmes portaient en dehors à l'âtre embrasé, la commotion se serait éten-

---

1. C'est-à-dire Judas qui avait livré Jésus pour trente deniers et se pendit ensuite. La citation latine renvoie à *Luc*, XXII, 3.   **2.** Avec mépris, de manière injurieuse. Le mot est déjà déclaré vieilli par *Trévoux*.   **3.** Le diacre Laurent fut brûlé vif sur un gril. La veille de son arrestation, dans la maison cernée où elle avait trouvé refuge, la duchesse de Berry se cacha derrière une plaque de cheminée dans laquelle les gendarmes qui faisaient la perquisition allumèrent du feu pour se chauffer. La duchesse résista le plus longtemps qu'elle put à la chaleur et à la fumée avant de se rendre.

due au cœur de la délinquante et lui aurait fait vomir des bouillons de sang.

« Puis, en présence de l'image du Christ, on déposera comme pièce de conviction, sur le bureau, la robe brûlée : car il faut qu'il y ait toujours une robe jetée au sort dans ces marchés de Judas. »

Madame la duchesse de Berry a été mise en liberté par un acte arbitraire du pouvoir et lorsqu'on a cru l'avoir déshonorée. Le tableau que je traçais de la plaidoirie fit sentir à Philippe l'odieux d'un jugement public, et le détermina à une grâce à laquelle il pensait avoir attaché un supplice : les païens, sous le règne de Sévère, jetèrent aux bêtes une jeune femme chrétienne nouvellement délivrée. Ma brochure, dont il ne reste aujourd'hui que des phrases, a eu son résultat historique important.

Je m'attendris encore en copiant l'apostrophe qui termine mon écrit ; c'est, j'en conviens, une folle dépense de larmes.

« Illustre captive de Blaye, MADAME ! que votre héroïque présence sur une terre qui se connaît en héroïsme amène la France à vous répéter ce que mon indépendance politique m'a acquis le droit de vous dire : *Madame, votre fils est mon roi !*[1] Si la Providence m'inflige encore quelques heures, verrai-je vos triomphes, après avoir eu l'honneur d'embrasser vos adversités ? Recevrai-je ce loyer de ma foi ? Au moment où vous reviendrez heureuse, j'irais avec joie achever dans la retraite des jours commencés dans l'exil. Hélas ! je me désole de ne pouvoir rien pour vos présentes destinées ! Mes paroles se perdent inutilement autour des murs de votre prison : le bruit des vents, des flots et des hommes, au pied de la forteresse solitaire, ne laissera pas même monter jusqu'à vous ces derniers accents d'une voix fidèle. »

---

1. La formule, qui deviendra vite un slogan pour les légitimistes, est sans doute venue du deuxième couplet du cantique à Notre-Dame de Bon-Secours que Chateaubriand savait par cœur (voir t. I, p. 207 et 541) : « Vous êtes mon refuge,/Votre fils est mon roi. »

(26)

Mon procès.

Paris, mars 1833.

Quelques journaux ayant répété la phrase : *Madame, votre fils est mon roi*, ont été traduits devant les tribunaux pour délit de presse[1] ; je me suis trouvé enveloppé dans la poursuite[2]. Cette fois je n'ai pu décliner la compétence des juges ; je devais essayer de sauver par ma présence les hommes attaqués pour moi ; il y allait de mon honneur de répondre de mes œuvres.

De plus, la veille de mon appel au tribunal, le *Moniteur* avait donné la déclaration de madame la duchesse de Berry[3] ; si je m'étais absenté, on aurait cru que le parti royaliste reculait, qu'il abandonnait l'infortune et rougissait de la princesse dont il avait célébré l'héroïsme.

Il ne manquait pas de conseillers timides qui me disaient : « Faites défaut ; vous serez trop embarrassé avec votre phrase : *Madame, votre fils est mon roi.* – Je la crierai encore plus haut », répondis-je[4]. Je me rendis

---

1. Le 4 janvier 1833, une manifestation de jeunes légitimistes à qui la fameuse phrase avait servi de cri de ralliement, se déroula devant le domicile de Chateaubriand. Certains organes de presse la reproduisirent dans leur compte rendu du lendemain. C'est pour cela qu'ils furent saisis (en particulier *La Quotidienne*, *La Gazette de France* et *La Mode*), et que leur rédaction fut traduite devant la justice.   2. Chateaubriand fut inculpé le 25 janvier et son procès se déroula le 27 février.   3. Au cours du mois de janvier 1833, les médecins qui eurent à examiner la duchesse de Berry souffrante diagnostiquèrent une grossesse. Celle-ci se confirma dans les semaines suivantes, si bien que la princesse fut obligée de signer, le 22 février, une déclaration dans laquelle elle avouait un « mariage secret » qui aurait eu lieu pendant son séjour en Italie. Celle-ci fut aussitôt reproduite dans *Le Moniteur* du 26 février.   4. Au premier moment, néanmoins, Chateaubriand avait laissé éclater sa fureur contre la malheureuse, cette « misérable », cette « danseuse de corde » italienne (Boigne, t. II, p. 301). Selon Falloux, il se voyait déjà désigné par la rumeur publique comme le « cocu de la légitimité » (*Mémoires*, Perrin, 1925, t. I, p. 57).

dans la salle même où jadis était installé le Tribunal révolutionnaire ; où Marie-Antoinette avait comparu, où mon frère avait été condamné. La révolution de Juillet a fait enlever le crucifix dont la présence, en consolant l'innocence, faisait trembler le juge.

Mon apparition devant les juges a eu un effet heureux, elle a contrebalancé un moment l'effet de la déclaration du *Moniteur*, et maintenu la mère de Henri V au rang où sa courageuse aventure l'avait placée ; on a douté, quand on a vu que le parti royaliste osait braver l'événement et ne se tenait pas pour battu.

Je n'avais point voulu d'avocat, mais M. Ledru, qui s'était attaché à moi lors de ma détention, a voulu parler : il s'est troublé et m'a fait beaucoup de peine, M. Berryer, qui plaidait pour la *Quotidienne*, a pris indirectement ma défense. À la fin des débats, j'ai appelé le jury la *pairie universelle*, ce qui n'a pas peu contribué à notre acquittement à tous [1].

Rien de remarquable n'a signalé ce procès dans la terrible chambre qui avait retenti de la voix de Fouquier-Tinville et de Danton ; il n'y a eu d'amusant que l'argumentation de M. Persil [2] ; voulant démontrer ma culpabilité, il citait cette phrase de ma brochure : *Il est difficile d'écraser ce qui s'aplatit sous les pieds*, et il s'écriait : « Sentez-vous, messieurs, tout ce qu'il y a de méprisant dans ce paragraphe, *il est difficile d'écraser ce qui s'aplatit sous les pieds ?* » et il faisait le mouvement d'un homme qui écrase sous ses pieds quelque chose. Il recommençait triomphant : les rires de l'auditoire recommen-

---

1. Sur les plaidoiries, voir Durry, t. I, p. 123.   2. Jean-Charles Persil (1785-1870), avocat libéral, avait été nommé en 1830 procureur général près la Cour royale de Paris. Il se distingue alors par la sévérité de ses réquisitoires contre les journalistes et les républicains. Le surnom de « Père-Scie » qui lui fut attribué dans un portrait charge publié dans *La Caricature* du 11 avril 1833, évoque à la fois le caractère diffus de ses interventions et le couperet de la guillotine. Il deviendra bientôt garde des Sceaux (1834-1837), puis directeur de la Monnaie. Élu député du Gers en 1833, il évolua peu à peu vers la droite conservatrice en faveur de laquelle il publia, au lendemain des élections du 2 mars 1839, un article remarqué dans *le Journal des débats* du 25 avril.

çaient. Ce brave homme ne s'apercevait ni du contentement de l'auditoire à la malencontreuse phrase, ni du ridicule parfait dont il était en trépignant dans sa robe noire comme s'il eût dansé, en même temps que son visage était pâle d'inspiration et ses yeux hagards d'éloquence.

Lorsque les jurés rentrèrent et prononcèrent *non coupable*, des applaudissements éclatèrent, je fus environné par des jeunes gens qui avaient pris pour entrer des robes d'avocats[1] : M. Carrel était là.

La foule grossit à ma sortie : il y eut une rixe dans la cour du palais entre mon escorte et les sergents de ville. Enfin, je parvins à grand-peine chez moi au milieu de la foule qui suivait mon fiacre en criant : *Vive Chateaubriand !*

Dans un autre temps cet acquittement eût été très significatif ; déclarer qu'il n'était pas coupable de dire à la duchesse de Berry : *Madame, votre fils est mon roi*, c'était condamner la révolution de Juillet ; mais aujourd'hui cet arrêt ne signifie rien, parce qu'il n'y a en toute chose ni opinion ni durée. En vingt-quatre heures tout est changé ; je serais condamné demain pour le fait sur lequel j'ai été acquitté aujourd'hui.

Je suis allé mettre ma carte chez les jurés et notamment chez M. Chevet[2], l'un des membres de la *pairie universelle*.

Il avait été plus aisé à l'honnête citoyen de trouver dans sa conscience un arrêt en ma faveur qu'il ne m'eût été facile de trouver dans ma poche l'argent nécessaire pour joindre au bonheur de l'acquittement le plaisir de faire chez mon juge un bon dîner : M. Chevet a prononcé avec plus d'équité sur la *légitimité*, l'*usurpation* et sur l'auteur du *Génie du Christianisme* que beaucoup de publicistes et de censeurs.

---

1. Ce fut le cas de Falloux, qui a raconté dans ses *Mémoires* cette sortie tumultueuse.   **2.** Célèbre maison de comestibles du Palais-Royal, ancêtre de la maison Corcellet.

(27)

POPULARITÉ.

Paris, avril 1833.

Le *Mémoire sur la captivité de madame la duchesse de Berry* m'a valu dans le parti royaliste une immense popularité. Les députations et les lettres me sont arrivées de toutes parts. J'ai reçu du nord et du midi de la France des adhésions couvertes de plusieurs milliers de signatures. Elles demandent toutes, en s'en référant à ma brochure, la mise en liberté de madame la duchesse de Berry. Quinze cents jeunes gens de Paris sont venus me complimenter, non sans un grand émoi de la police[1] : j'ai reçu une coupe de vermeil avec cette inscription : *À Chateaubriand les Villeneuvois fidèles (Lot-et-Garonne)*[2]. Une ville du Midi m'a envoyé de très bon vin pour remplir cette coupe, mais je ne bois pas. Enfin, la France légitimiste a pris pour devise ces mots : MADAME, VOTRE FILS EST MON ROI ! et plusieurs journaux les ont adoptés pour épigraphe ; on les a gravés sur des colliers et sur des bagues. Je serai le premier à avoir dit en face de l'usurpation une vérité que personne n'osait dire, et chose étrange ! je crois moins au retour de Henri V que le plus misérable juste-milieu ou le plus violent républicain.

Au reste je n'entends pas le mot usurpateur dans le sens étroit que lui donne le parti royaliste ; il y aurait beaucoup de choses à dire sur ce mot, comme sur celui de légitimité : mais il y a véritablement usurpation et usurpation de la pire espèce dans le tuteur qui dépouille le pupille et proscrit l'orphelin. Toutes ces grandes phrases « qu'il fallait sauver la patrie » sont des prétextes que fournit à l'ambition une politique immorale. Vraiment, ne faudrait-il pas regarder la lâcheté de votre usurpation

---

1. Voir la note 1 du chapitre 26.   **2.** Chateaubriand les remercia le 17 avril.

comme un effort de votre vertu ! Seriez-vous, par hasard, Brutus sacrifiant ses fils à la grandeur de Rome ?

J'ai pu comparer dans ma vie la renommée littéraire à la popularité ; la première, pendant quelques heures, m'a plu, mais cet amour de renommée a passé vite. Quant à la popularité, elle m'a trouvé indifférent, parce que dans la révolution, j'ai trop vu d'hommes entourés de ces masses qui, après les avoir élevés sur le pavois, les précipitaient dans l'égout. Démocrate par nature, aristocrate par mœurs, je ferais très volontiers l'abandon de ma fortune et de ma vie au peuple, pourvu que j'eusse peu de rapport avec la foule. Toutefois j'ai été extrêmement sensible au mouvement des jeunes gens de Juillet qui me portèrent en triomphe à la Chambre des pairs ; c'est qu'ils ne m'y portaient pas pour être leur chef et parce que je pensais comme eux ; ils rendaient seulement justice à un ennemi ; ils reconnaissaient en moi un homme de liberté et d'honneur ; cette générosité me touchait. Mais cette autre popularité que je viens d'acquérir dans mon propre parti ne m'a pas causé d'émotion ; entre les royalistes et moi il y a quelque chose de glacé : nous désirons le même roi ; à cela près, la plupart de nos vœux sont opposés.

LIVRE TRENTE-SIXIÈME

(1)

Paris, rue d'Enfer, 9 mai 1833.

INFIRMERIE DE MARIE-THÉRÈSE.

J'ai amené la série des derniers faits jusqu'à ce jour : pourrai-je enfin reprendre mon travail ? Ce travail consiste dans les diverses parties de ces *Mémoires* non encore achevées. J'aurai quelque difficulté à m'y remettre *ex abrupto*, car j'ai la tête préoccupée des choses du moment ; je ne suis pas dans les dispositions convenables pour recueillir mon passé dans le calme où il dort, tout agité qu'il fut quand il était à l'état de vie. J'ai pris la plume pour écrire ; sur qui et à propos de quoi ? je l'ignore.

En parcourant des regards le journal dans lequel depuis six mois[1] je me rends compte de ce que je fais et de ce

---

1. En 1832, Chateaubriand avait quitté Paris pour aller achever ses *Mémoires* en Suisse. Lors de son retour précipité, au mois de novembre précédent, il avait laissé toute sa documentation à Genève. Depuis cette date, il avait interrompu son travail et vivait sans projet précis, pour ainsi dire au jour le jour. C'est à quoi renvoie le mot *journal*, sans impliquer forcément une réelle pratique diaristique. En réalité ces paragraphes de raccord introduisent à une description qui constitue, au

qui m'arrive, je vois que la plupart des pages sont datées de la rue d'Enfer[1].

Le pavillon que j'habite près de la barrière pouvait monter à une soixantaine de mille francs ; mais, à l'époque de la hausse des terrains, je l'achetai beaucoup plus cher, et je ne l'ai pu jamais payer : il s'agissait de sauver l'Infirmerie de Marie-Thérèse fondée par les soins de madame de Chateaubriand et contiguë au pavillon[2] ;

---

début de ce livre, un prologue comparable à celui du livre I. Le mémorialiste souligne lui-même le parallélisme entre la description de son infirmerie et celle de la Vallée-aux-Loups : à chaque âge de la vie, correspondent une maison, des arbres, un espace : un nouvel avatar de Combourg.

1. Aujourd'hui avenue Denfert-Rochereau. C'est en 1879 que, par une sorte de calembour municipal, on changea le nom ancien de la rue (sur les origines duquel on discute) en celui du colonel qui avait dirigé la résistance de Belfort lors de la guerre de 1870.   2. Ce pavillon et cette infirmerie ont une histoire difficile à suivre, malgré la documentation réunie en 1985 par Noël Richard. La seule certitude que nous ayons, c'est que ladite entreprise fut pour Chateaubriand un véritable gouffre financier. C'est au début de la Restauration que Mme de Chateaubriand avait conçu le projet de fonder une maison de retraite où seraient accueillis dans leur vieillesse des ecclésiastiques ou des veuves de la bonne société, malades ou infirmes. Placée sous le patronage de la Dauphine, cette œuvre charitable fut appelée pour cette raison *infirmerie Marie-Thérèse*, et confiée à des Filles de la Charité (sœurs de Saint-Vincent-de-Paul). Encore fallait-il lui trouver un local. En octobre 1819, Chateaubriand loua une propriété comprenant deux corps de logis, avec un assez grand jardin maraîcher (aujourd'hui 98, avenue Denfert-Rochereau), qu'il acheta quelques mois plus tard (mai 1820) pour la somme de 55 000 francs (achevés de payer en 1823, la première année de son ministère). La maison ouvrit le 25 octobre 1819 et ses débuts furent modestes ; mais, le 18 octobre 1820, elle recevait sa consécration officielle avec la visite de Madame la Dauphine et du cardinal de Talleyrand-Périgord, archevêque de Paris. Désormais, la vicomtesse de Chateaubriand allait considérer *son* infirmerie comme la grande affaire de sa vie et devait se dépenser sans compter pour elle : elle avait trouvé sa vocation, à charge pour son mari de régler les factures. Ainsi la nouvelle chapelle, construite de 1820 à 1822 (et qui existe toujours) coûta 69 000 francs. En 1824, la propriété attenante du côté nord (un pavillon dans un vaste terrain allant jusqu'au boulevard Raspail actuel) fut mise en vente. Pour conjurer le risque de promiscuités pénibles, Chateaubriand se porta acquéreur et accepta de la payer trois fois sa valeur réelle, soit 180 000 francs. Le contrat du 17 janvier

une compagnie d'entrepreneurs se proposait d'établir un café et des *montagnes russes* dans le susdit pavillon, bruit qui ne va guère avec l'agonie.

Ne suis-je pas heureux de mes sacrifices ? sans doute ; on est toujours heureux de secourir les malheureux ; je partageais volontiers aux nécessiteux le peu que je possède ; mais je ne sais si cette disposition bienfaisante s'élève chez moi jusqu'à la vertu. Je suis bon comme un condamné qui prodigue ce qui ne lui servira plus dans une heure. A Londres, le patient qu'on va pendre vend sa peau pour boire ; je ne vends pas la mienne, je la donne aux fossoyeurs.

Une fois ma maison achetée, ce que j'avais de mieux à faire était de l'habiter[1] ; je l'ai arrangée telle qu'elle

---

1825 stipule que 18 100 francs devaient être versés comptant ; 100 000 francs le seraient le 15 mai suivant ; enfin le reliquat de 61 900 francs devait être réglé au plus tard le 15 mai 1831. Dès le printemps 1825, Chateaubriand avait dû emprunter pour verser le deuxième acompte. En dépit des soucis de son bienfaiteur, la maison Marie-Thérèse ne tarda pas à prospérer sous la direction énergique de Mme de Chateaubriand, secondée par sœur Reine, la supérieure des religieuses, au point de devenir une des institutions charitables les plus en vue de la capitale : le nombre des pensionnaires (et du personnel) augmenta, on aménagea de nouvelles installations (des habitations plus spacieuses, une ferme, etc.), une fabrique de chocolat fut créée, tandis que les peintres les plus cotés (Guérin en 1821, Gérard en 1828) contribuaient à la décoration de la chapelle, et que les plus grandes dames honoraient de leur présence la célébration des fêtes religieuses.

1. Les premières échéances de 1825 venaient à expiration le 15 février 1826. Chateaubriand chercha, au cours des semaines suivantes, à revendre le pavillon, mais sans succès, tandis que sa femme fuyait la capitale (voir XXVIII, 10, note 1 ; t. III, p. 188). La signature du contrat des *Œuvres complètes* vint à point pour arranger les choses. Au retour de Lausanne (juillet 1826), Chateaubriand fit enfin aménager le pavillon pour que lui et sa femme puissent y résider. On ne le connaît plus que par la gravure (voir *Album Chateaubriand*, p. 247). Le cabinet de travail du mémorialiste, situé au premier étage, disposait de trois grandes fenêtres donnant sur le parc, du côté du couchant. Néanmoins, une fois installés, les Chateaubriand souhaitèrent clarifier la situation, et dégager une partie de leur responsabilité financière dans une institution qui devenait une charge trop lourde. Par un acte de donation des 25 et 26 avril 1828, ils procédèrent à la cession partielle de leur infirmerie au diocèse de Paris : celle-ci devenait une « maison de retraite

est. Des fenêtres du salon on aperçoit d'abord ce que les Anglais appellent *pleasure-ground*, avant-scène formée d'un gazon et de massifs d'arbustes. Au-delà de ce pourpris[1], par-dessus un mur d'appui que surmonte une barrière blanche losangée, est un champ variant de cultures et consacré à la nourriture des bestiaux de l'*Infirmerie*. Au-delà de ce champ vient un autre terrain séparé du champ par un autre mur d'appui à claire-voie verte, entrelacée de viornes et de rosiers du Bengale ; cette marche de mon État consiste en un bouquet de bois, un préau et une allée de peupliers. Ce recoin est extrêmement solitaire, il ne me rit point comme le recoin d'Horace, *angulus ridet*[2]. Tout au contraire, j'y ai quelquefois pleuré. Le proverbe dit : *Il faut que jeunesse se passe.* L'arrière-saison a aussi quelque frasque à passer :

> Les pleurs et la pitié,
> *Sorte d'amour ayant ses charmes.*

> (LA FONTAINE.)[3]

Mes arbres sont de mille sortes. J'ai planté vingt-trois cèdres de Salomon et deux chênes de druides : ils font les cornes à leur maître de peu de durée, *brevem dominum*[4]. Un mail, double allée de marronniers, conduit du

---

dépendant des séminaires diocésains » ; mais la vicomtesse de Chateaubriand conservait la majeure partie de ses attributions administratives (et de ses pensionnaires). Enfin le 9 juillet 1838, Chateaubriand revendit au diocèse le pavillon et son parc pour la somme de 200 000 francs ; dont il fallut déduire le solde des arriérés, soit 78 000 francs.
1. Mot formé, en moyen français, à partir du participe passé du verbe *pourprendre*, « investir, occuper ». Dans la langue du XVIe siècle, il signifie : enclos, enceinte, habitation ; et même, chez les poètes de la Pléiade : jardin.   **2.** *Ille terrarum mihi praeter omnis/Angulus ridet...* : « Plus que tous il me sourit, ce coin de la terre », dit Horace de Tibur (*Odes*, II, 6, vers 13-14).   **3.** La Fontaine, *La Matrone d'Éphèse*, vers 149-150.   **4.** Allusion à Horace, *Odes*, II, 14, vers 23-25 : *... neque harum quas colis arborum/ Te praeter invisas cupressos/ Ulla brevem dominum sequetur./* « Aucun de ces arbres que tu entretiens, hormis les détestables cyprès, ne te suivra, toi, leur maître éphémère. »

jardin supérieur au jardin inférieur : le long du champ intermédiaire, la déclivité du sol est rapide.

Ces arbres, je ne les ai pas choisis comme à la *Vallée-aux-Loups* en mémoire des lieux que j'ai parcourus : qui se plaît au souvenir conserve des espérances. Mais lorsqu'on n'a ni enfants, ni jeunesse, ni patrie, quel attachement peut-on porter à des arbres dont les feuilles, les fleurs, les fruits ne sont plus les chiffres mystérieux employés au calcul des époques d'illusion ? En vain on me dit : « Vous rajeunissez », croit-on me faire prendre pour ma dent de lait ma dent de sagesse ? encore celle-ci ne m'est venue que pour manger un pain amer sous la royauté du 7 Août. Au reste mes arbres ne s'informent guère s'ils servent de calendrier à mes plaisirs ou d'extraits mortuaires à mes ans ; ils croissent chaque jour, du jour que je décrois : ils se marient à ceux de l'enclos des *Enfants trouvés*[1] et du boulevard d'Enfer qui m'enveloppent. Je n'aperçois pas une maison ; à deux cents lieues de Paris je serais moins séparé du monde. J'entends bêler les chèvres qui nourrissent les orphelins délaissés. Ah ! si j'avais été comme eux dans les bras de saint Vincent de Paul ! né d'une faiblesse, obscur et inconnu comme eux, je serais aujourd'hui quelque ouvrier sans nom, n'ayant rien eu à démêler avec les hommes, ne sachant ni pourquoi ni comment j'étais venu à la vie, ni comment ni pourquoi j'en dois sortir.

La démolition d'un mur m'a mis en communication avec l'*Infirmerie de Marie-Thérèse* ; je me trouve à la fois dans un monastère, dans une ferme, un verger et un parc. Le matin je m'éveille au son de l'*Angelus* ; j'entends de mon lit le chant des prêtres dans la chapelle ; je vois de ma fenêtre un calvaire qui s'élève entre un noyer et un sureau : des vaches, des poules, des pigeons et des abeilles ; des sœurs de charité en robe d'étamine noire et en cornette de basin blanc, des femmes convalescentes, de vieux ecclésiastiques vont errant parmi les lilas, les azalées, les pompadouras et les rhododendrons du jardin,

---

1. Aujourd'hui hôpital Saint-Vincent-de-Paul. Le boulevard est devenu le boulevard Raspail.

parmi les rosiers, les groseilliers, les framboisiers et les légumes du potager. Quelques-uns de mes curés octogénaires étaient exilés avec moi : après avoir mêlé ma misère à la leur sur les pelouses de Kensington, j'ai offert à leurs derniers pas les gazons de mon hospice ; ils y traînent leur vieillesse religieuse comme les plis du voile du sanctuaire.

J'ai pour compagnon un gros chat gris-roux à bandes noires transversales, né au Vatican dans la loge de Raphaël : Léon XII l'avait élevé dans un pan de sa robe où je l'avais vu avec envie lorsque le pontife me donnait mes audiences d'ambassadeur. Le successeur de saint Pierre étant mort, j'héritai du chat sans maître, comme je l'ai dit en racontant mon ambassade à Rome[1]. On l'appelait *Micetto*, surnommé le *chat du pape*. Il jouit en cette qualité d'une extrême considération auprès des âmes pieuses. Je cherche à lui faire oublier l'exil, la chapelle Sixtine et le soleil de cette coupole de Michel-Ange sur laquelle il se promenait loin de la terre.

Ma maison, les divers bâtiments de l'*Infirmerie* avec leur chapelle et la sacristie gothique, ont l'air d'une colonie ou d'un hameau. Dans les jours de cérémonie, la religion cachée chez moi, la vieille monarchie à mon hôpital, se mettent en marche. Des processions, composées de tous nos infirmes, précédés des jeunes filles du voisinage, passent en chantant sous les arbres avec le Saint-Sacrement, la croix et la bannière. Madame de Chateaubriand les suit le chapelet à la main, fière du troupeau objet de sa sollicitude. Les merles sifflent, les fauvettes gazouillent, les rossignols luttent avec les hymnes. Je me reporte aux Rogations dont j'ai décrit la pompe champêtre[2] : de la théorie du christianisme, j'ai passé à la pratique.

Mon gîte fait face à l'occident. Le soir, la cime des arbres éclairés par derrière grave sa silhouette noire et dentelée sur l'horizon d'or. Ma jeunesse revient à cette heure ; elle ressuscite ces jours écoulés que le temps a réduits à l'insubstance[3] des fantômes. Quand les constel-

---

1. Voir XXX, I ; t. III, p. 342.   **2.** *Génie*, p. 913-915.   **3.** Néologisme : caractère de ce qui est sans substance.

lations percent leur voûte bleue, je me souviens de ce firmament splendide que j'admirais du giron des forêts américaines, ou du sein de l'Océan. La nuit est plus favorable que le jour aux réminiscences du voyageur ; elle lui cache les paysages qui lui rappelleraient les lieux qu'il habite ; elle ne lui laisse voir que les astres, d'un aspect semblable, sous les différentes latitudes du même hémisphère. Alors il reconnaît ces étoiles qu'il regardait de tel pays, à telle époque ; les pensées qu'il eut, les sentiments qu'il éprouva dans les diverses parties de la terre, remontent et s'attachent au même point du ciel.

Nous n'entendons parler du monde à l'*Infirmerie* qu'aux deux quêtes publiques et un peu le dimanche : ces jours-là, notre hospice est changé en une espèce de paroisse. La sœur supérieure prétend que de belles dames viennent à la messe dans l'espérance de me voir ; économe industrieuse, elle met à contribution leur curiosité : en leur promettant de me montrer, elle les attire dans le laboratoire ; une fois prises au trébuchet, elle leur cède bon gré, mal gré, pour de l'argent, des drogues au sucre. Elle me fait servir à la vente du chocolat fabriqué au profit de ses malades[1], comme La Martinière m'associait au débit de l'eau de groseilles qu'il avalait au succès de ses amours. La sainte pipeuse[2] vole aussi des trognons de plume dans l'encrier de madame de Chateaubriand ; elle les négocie parmi les royalistes de pure race, affirmant que ces trognons précieux ont écrit le *superbe Mémoire sur la captivité de madame la duchesse de Berry*.

Quelques bons tableaux de l'école espagnole et ita-

---

1. C'est plutôt Mme de Chateaubriand que Victor Hugo incrimine lorsqu'il raconte dans *Choses vues*, comment il fut victime de ce procédé : « Le chocolat catholique et le sourire de Mme de Chateaubriand me coûtèrent vingt francs, c'est-à-dire huit jours de nourriture. »
2. Formé à partir du verbe *piper*, ce substantif est rare. Il a commencé par renvoyer au vocabulaire de la chasse (chasser à la pipée, c'est imiter le cri des oiseaux pour les attirer et les prendre à la glu), avant de prendre un sens figuré : acquérir par un artifice, voler, tricher (voir t. II, p. 289, note 2).

lienne, une Vierge de Guérin[1], la *Sainte Thérèse*, dernier chef-d'œuvre du peintre de *Corinne*[2], nous font tenir aux arts. Quant à l'histoire, nous aurons bientôt à l'hospice la sœur du marquis de Favras et la fille de madame Roland : la monarchie et la république m'ont chargé d'expier leur ingratitude et de nourrir leurs invalides.

C'est à qui sera reçu à *Marie-Thérèse*. Les pauvres femmes obligées d'en sortir quand elles ont recouvré la santé se logent aux environs de l'*Infirmerie*, se flattant de retomber malades et d'y rentrer. Rien n'y sent l'hôpital[3] ; la juive, la protestante, la catholique, l'étrangère, la Française y reçoivent les soins d'une délicate charité qui se déguise en affectueuse parenté ; chacune des affligées croit reconnaître sa mère. J'ai vu une Espagnole, belle comme Dorothée, *la perle de Séville*[4], mourir à seize ans de la poitrine, dans le dortoir commun, se félicitant de son bonheur, regardant en souriant, avec des grands yeux noirs à demi éteints, une figure pâle et amaigrie, madame la Dauphine, qui lui demandait de ses nouvelles et l'assurait qu'elle serait bientôt guérie. Elle expira le soir même, loin de la mosquée de Cordoue et des bords du Guadalquivir, son fleuve natal : « D'où es-tu ? – Espagnole. – Espagnole et ici ! » (Lope de Véga.)

Grand nombre de veuves de chevaliers de Saint-Louis sont nos habituées ; elles apportent avec elles la seule

---

1. Ce tableau donné par Guérin en 1821 a disparu en 1871, pendant la Commune, en même temps qu'une partie du mobilier de la chapelle. **2.** Gérard avait exécuté cette toile dans la plus grande discrétion à la demande de Mme Récamier, pour laquelle il avait déjà travaillé (sa *Corinne au cap Misène*, commande du prince Auguste de Prusse, ornait depuis 1819 le salon de celle-ci). Il accepta de voir le tableau exposé au salon de mars 1828 (hors catalogue), avant de le donner à Mme de Chateaubriand pour la chapelle de son infirmerie, où il fut inauguré en grande pompe le mardi 3 juin 1828, et où il est toujours en place. C'est une œuvre originale, qui suscita des réactions très admiratives. **3.** Le nom même de cette *infirmerie* avait été choisi pour le faire oublier. On avait en effet souhaité ménager la délicatesse des pensionnaires et chercher à leur créer un cadre de vie agréable.   **4.** Le personnage principal de *La Niña de la plata*, comédie de Lope de Vega, porte ce nom. Mais le dialogue qui termine le paragraphe ne figure pas dans la pièce.

chose qui leur reste, les portraits de leurs maris en uniforme de capitaine d'infanterie : habit blanc, revers roses
ou bleu de ciel, frisure à l'oiseau royal. On les met au
grenier. Je ne puis voir leur régiment sans rire ; si l'ancienne monarchie eût subsisté, j'augmenterais aujour-
d'hui le nombre de ces portraits, je ferais dans quelque
corridor abandonné la consolation de mes petits-neveux.
« C'est votre grand-oncle François, le capitaine au régiment de Navarre : il avait bien de l'esprit ! il a fait dans
le *Mercure* le logogriphe qui commence par ces mots :
Retrancher ma tête, et dans l'*Almanach des Muses* la
pièce fugitive : *Le Cri du cœur.* »

Quand je suis las de mes jardins, la plaine de Montrouge les remplace. J'ai vu changer cette plaine : que
n'ai-je pas vu changer ! Il y a vingt-cinq ans qu'en allant
à Méréville, au Marais, à la Vallée-aux-Loups, je passais
par la barrière du Maine[1] ; on n'apercevait à droite et à
gauche de la chaussée que des moulins, les roues des
grues aux trouées des carrières et la pépinière de Cels[2],
ancien ami de Rousseau. Desnoyers bâtit ses salons de
cent couverts pour les soldats de la garde impériale qui
venaient trinquer entre chaque bataille gagnée, entre
chaque royaume abattu. Quelques guinguettes s'élevèrent
autour des moulins, depuis la barrière du Maine jusqu'à
la barrière du Montparnasse[3]. Plus haut était le *Moulin
janséniste* et la *petite maison* de Lauzun pour contraste[4].

---

1. La plaine de Montrouge, c'est à peu près le XIVᵉ arrondissement.
La barrière du Maine se trouvait sur le site de la place Bienvenüe
actuelle (avant la construction de la gare Montparnasse).
2. Jacques-Philippe-Martin Cels (1740-1806), ancien receveur des
Fermes, avait créé à Montrouge un jardin botanique où il aimait à
cultiver des plantes rares, et qu'il transforma par la suite en une pépinière devenue bien vite célèbre. Voir Étienne-Pierre Ventenat, *Description des plantes nouvelles ou peu connues du jardin de J.-M. Cels* (...),
Paris, Crapelet, an VIII (1800).   3. C'est-à-dire le long du boulevard
Edgar-Quinet actuel.   4. On avait donné le nom de Moulin janséniste au moulin des Trois-Cornets, situé sur le chemin de Vanves
(début de la rue Raymond Losserand), parce qu'il servait au XVIIIᵉ siècle
de lieu de promenade au collège des Oratoriens. Le pavillon de Lauzun
se trouvait entre le boulevard Saint-Jacques et la rue Jean-Dolent
(connue au XIXᵉ siècle sous le nom de « rue de Biron »).

Auprès des guinguettes furent plantés des acacias, ombrage des pauvres comme l'eau de Seltz est le vin de Champagne des gueux. Un théâtre forain fixa la population nomade des bastringues[1] ; un village se forma avec une rue pavée, des chansonniers et des gendarmes, Amphions et Cécrops de la police.

Pendant que les vivants s'établissaient, les morts réclamaient leur place. On enferma, non sans opposition des ivrognes, un cimetière dans une enceinte où fut enclos un moulin ruiné[2], comme la tour des *Abois* : c'est là que la mort porte chaque jour le grain qu'elle a recueilli ; un simple mur sépare les danses, la musique, les tapages nocturnes, les bruits d'un moment, les mariages d'une heure, du silence sans terme, de la nuit sans fin et des noces éternelles.

Je parcours souvent ce cimetière moins vieux que moi, où les vers qui rongent les morts ne sont pas encore morts ; je lis les épitaphes : que de femmes de seize à trente ans sont devenues la proie de la tombe ! heureuses de n'avoir vécu que leur jeunesse ! La duchesse de Gèvres, dernière goutte du sang de Du Guesclin, squelette d'un autre âge, fait son somme au milieu des dormeurs plébéiens.

Dans cet exil nouveau, j'ai déjà d'anciens amis : M. Lemoine[3] y repose. Secrétaire de M. de Montmorin, il m'avait été légué par madame de Beaumont. Il m'apportait presque tous les soirs, quand j'étais à Paris, la simple conversation qui me plaît tant quand elle s'unit à

---

1. On discute sur les origines de ce terme familier qui désigne, au début du XIXᵉ siècle, un bal populaire (voir t. II, p. 35) : peut-être le néerlandais *bas drinken*, « boire beaucoup ». Il signifie : un air de contre-danse, une musique bruyante ; puis, par métonymie, un bal de guinguette.   2. Le moulin des Frères-de-la-Charité qu'on avait surnommé, lui, le Moulin moliniste, parce qu'il servait de rendez-vous pour les promenades du collège des jésuites (Louis-le-Grand). Le cimetière du sud ou cimetière Montparnasse fut mis en service au mois de juillet 1824.   3. Jean-Baptiste Le Moine (1751-1829) se chargea de gérer, à partir de 1814, les finances de Chateaubriand et fut jusqu'à sa mort un fidèle commensal du couple. Voir à son sujet : Maurice Levaillant, *Splendeurs et Misères de M. de Chateaubriand*, Paris, Ollendorff, 1922.

la bonté du cœur et à la sûreté du caractère. Mon esprit fatigué et malade se délasse avec un esprit sain et reposé. J'ai laissé les cendres de la noble patronne de M. Lemoine au bord du Tibre.

Les boulevards qui environnent l'*Infirmerie* partagent mes promenades avec le cimetière ; je n'y rêve plus : n'ayant plus d'avenir, je n'ai plus de songes. Étranger aux générations nouvelles, je leur semble un besacier[1] poudreux, bien nu ; à peine suis-je recouvert maintenant d'un lambeau de jours écourtés que le temps rogne, comme le héraut d'armes coupait la jaquette d'un chevalier sans gloire : je suis aise d'être à l'écart. Il me plaît d'habiter à une portée de fusil de la barrière, au bord d'un grand chemin et toujours prêt à partir. Du pied de la colonne milliaire, je regarde passer le courrier, mon image et celle de la vie : *tanquam nuntius percurrens*[2].

Lorsque j'étais à Rome, en 1828, j'avais formé le projet de bâtir à Paris, au bout de mon ermitage, une serre et une maison de jardinier ; le tout sur mes économies de mon ambassade et les fragments d'antiquités trouvés dans mes fouilles à *Torre Vergata*. M. de Polignac arriva au ministère ; je fis aux libertés de mon pays le sacrifice d'une place qui me charmait ; retombé dans mon indigence, adieu ma serre : *fortuna vitrea est*[3].

La méchante habitude du papier et de l'encre fait qu'on ne peut s'empêcher de griffonner. J'ai pris la plume ignorant ce que j'allais écrire, et j'ai barbouillé cette description, trop longue au moins d'un tiers : si j'ai le temps, je l'abrégerai.

Je dois demander pardon à mes amis de l'amertume de quelques-unes de mes pensées. Je ne sais rire que des lèvres ; j'ai le *spleen*, tristesse physique, véritable mala-

---

1. Porteur de besace, mendiant. Mot emprunté à La Fontaine (« La Besace », *Fables*, I, 7) : « Le fabricateur souverain/ Nous créa besaciers,/ Tous de même manière. »   **2.** *Livre de la Sagesse*, V, 9 : *Transierunt omnia* (...) *tamquam nuntius percurrens* ; « Toutes choses ont passé comme une ombre, comme un messager qui se hâte dans sa course. »   **3.** Aphorisme du grammairien latin Publius Syrus : *Fortuna vitrea est : tum cum splendet frangitur* ; « La fortune est de verre : c'est quand elle brille qu'elle se brise. »

die ; quiconque a lu ces *Mémoires* a vu quel a été mon sort. Je n'étais pas à une nagée[1] du sein de ma mère, que déjà les tourments m'avaient assailli. J'ai erré de naufrage en naufrage ; je sens une malédiction sur ma vie, poids trop pesant pour cette cahute de roseaux. Que ceux que j'aime ne se croient donc pas reniés ; qu'ils m'excusent, qu'ils laissent passer ma fièvre : entre ces accès, mon cœur est tout à eux.

(2)

(Lettre de madame la duchesse de Berry.)

J'en étais là de ces pages décousues, jetées pêle-mêle sur ma table et emportées par le vent que laissent entrer mes fenêtres ouvertes, lorsqu'on m'a remis la lettre et la note suivantes de madame la duchesse de Berry ; allons, rentrons encore une fois dans la seconde partie de ma double vie, la partie positive[2].

« De la citadelle de Blaye, 7 mai 1833.

« Je suis péniblement contrariée du refus du gouvernement de vous laisser venir auprès de moi après la double demande que j'en ai faite. De toutes les vexations sans nombre qu'il m'a fallu éprouver, celle-ci est sans doute la plus pénible. J'avais tant de choses à vous dire ! tant de conseils à vous réclamer ! Puisqu'il faut renoncer à vous voir, je vais du moins essayer, par le seul moyen qui me reste, de vous remettre la commission que je voulais vous donner et que vous accomplirez : car je compte sans réserve sur votre attachement pour moi et sur votre dévouement pour mon fils. Je vous charge donc, mon-

---

1. Voir t. I, p. 733, note 2.   2. Ici commence la relation de ce que Chateaubriand appellera sa « dernière ambassade » : le double voyage à Prague et le séjour à Venise de 1833. C'est le dernier épisode autobiographique des *Mémoires* ; il se prolonge jusqu'à la fin du livre XLI.

sieur, spécialement d'aller à Prague et de dire à mes
parents que, si je me suis refusée jusqu'au 22 février à
déclarer mon mariage secret, ma pensée était de servir
davantage la cause de mon fils et de prouver qu'une mère,
une Bourbon, ne craignait pas d'exposer ses jours. Je
comptais seulement faire connaître mon mariage à la
majorité de mon fils ; mais les menaces du gouvernement,
les tortures morales, poussées au dernier degré, m'ont
décidée à faire ma déclaration. Dans l'ignorance où je
suis de l'époque à laquelle la liberté me sera rendue, après
tant d'espérances déçues, il est temps de donner à ma
famille et à l'Europe entière une explication qui puisse
prévenir des suppositions injurieuses. J'aurais désiré pouvoir la donner plus tôt ; mais une séquestration absolue
et les difficultés insurmontables pour communiquer avec
le dehors m'en avaient empêchée jusqu'ici. Vous direz à
ma famille que je suis mariée en Italie au comte Hector
Lucchesi-Palli [1], des princes de Campo-Franco.

« Je vous demande, ô monsieur de Chateaubriand, de
porter à mes chers enfants l'expression de toute ma tendresse pour eux. Dites bien à Henri que je compte plus
que jamais sur tous ses efforts pour devenir de jour en
jour digne de l'admiration et de l'amour des Français.
Dites à Louise combien je serais heureuse de l'embrasser
et que ses lettres ont été pour moi ma seule consolation.
Mettez mes hommages aux pieds du Roi et offrez mes
tendres amitiés à mon frère et à ma bonne sœur. Je les
prie de vous communiquer leurs intentions pour l'avenir.
Je vous demande de me rapporter partout où je serai les
vœux de mes enfants et de ma famille. Renfermée dans

---

1. Hector de Lucchesi-Palli (1808-1864) avait pour père le duc della
Grazia, prince de Campo-Franco. Alors jeune diplomate, il se trouvait à
La Haye lorsque fut conclu à Rome, le 14 décembre 1831, son mariage
morganatique avec la veuve du duc de Berry. En réalité la version
officielle ne rencontra aucun écho dans les cercles bien informés et la
comtesse de Boigne raconte comment la chose fut arrangée grâce à
Mme du Cayla (Boigne, t. II, p. 313-317 et 321-322). En privé, Chateaubriand ne se montra pas le moins sceptique. Interrogé sur le responsable de cette inopportune grossesse, il aurait répondu : « Comment
voulez-vous qu'on le dise, elle-même ne le sait pas ! »

les murs de Blaye, je trouve une consolation à avoir un interprète tel que monsieur le vicomte de Chateaubriand ; il peut à tout jamais compter sur mon attachement.

« Marie-Caroline. »

NOTE.

« J'ai éprouvé une grande satisfaction de l'accord qui règne entre vous et M. le marquis de Latour-Maubourg [1], y attachant un grand prix pour les intérêts de mon fils.

« Vous pouvez communiquer à madame la Dauphine la lettre que je vous écris. Assurez ma sœur que dès que je serai mise en liberté je n'aurai rien de plus pressé que de lui envoyer tous les papiers relatifs aux affaires politiques. Tous mes vœux auraient été de me rendre à Prague aussitôt que je serai libre ; mais les souffrances de tout genre que j'ai éprouvées ont tellement détruit ma santé, que je serai obligée de m'arrêter quelque temps en Italie pour me remettre un peu et ne pas trop effrayer, par mon changement, mes pauvres enfants. Étudiez le caractère de mon fils, ses qualités, ses penchants, ses défauts même ; vous direz au Roi, à madame la Dauphine et à moi-même ce qu'il y a à corriger, à changer, à perfectionner, et vous ferez connaître à la France ce qu'elle a à espérer de son jeune Roi.

« Par mes divers rapports avec l'empereur de Russie, je sais qu'il a fort bien accueilli à diverses reprises des propositions de mariage de mon fils avec la princesse Olga. M. de Choulot [2] vous donnera les renseignements les plus précis sur les personnes qui se trouvent à Prague.

« Désirant rester Française avant tout, je vous demande d'obtenir du Roi de conserver mon titre de princesse fran-

---

1. Voir t. II, p. 509, note 2.   **2.** Le comte Paul de Choulot (1794-1864) fut alors, sous le pseudonyme de *Paolo*, le principal agent de liaison de la duchesse de Berry. Ce gentilhomme du Nivernais, ancien ami du dernier duc de Bourbon, publiera en 1841 à Moulins des *Mémoires et Voyages du duc d'Enghien*, précédés d'une notice sur sa vie et sur sa mort.

çaise et mon nom. La mère du roi de Sardaigne [1] s'appelle toujours la *princesse de Carignan* malgré qu'elle ait épousé M. de Monléar, auquel elle a donné le titre de prince. Marie-Louise, duchesse de Parme, a conservé son titre d'impératrice en épousant le comte de Neipperg, et elle est restée tutrice de son fils : ses autres enfants s'appellent Neipperg.

« Je vous prie de partir le plus promptement possible pour Prague, désirant plus vivement que je ne puis vous le dire que vous arriviez à temps pour que ma famille n'apprenne tous ces détails que par vous.

« Je désire le plus possible qu'on ignore votre départ ou que du moins l'on ne sache point que vous êtes porteur d'une lettre de moi, pour ne pas faire découvrir mon seul moyen de correspondance qui est si précieux quoique fort rare. M. le comte Lucchesi, mon mari, est descendant d'une des quatre plus grandes et plus anciennes familles de Sicile, les seules qui restent des douze compagnons de Tancrède. Cette famille s'est toujours fait remarquer par le plus noble dévouement à la cause de ses rois. Le prince de Campo-Franco, père de Lucchesi, était le premier gentilhomme de la chambre de mon père. Le Roi de Naples actuel [2], ayant une entière confiance en lui, l'a placé auprès de son jeune frère le vice-roi de Sicile. Je ne vous parle pas de ses sentiments ; ils sont en tous points conformes aux nôtres.

« Convaincue que la seule manière d'être comprise par les Français c'est de leur parler toujours le langage de l'honneur et de leur faire envisager la gloire, j'avais eu la pensée de marquer le commencement du règne de mon fils par la réunion de la Belgique à la France. Le comte Lucchesi fut chargé par moi de faire à ce sujet les pre-

---

1. La princesse Marie-Christine de Saxe (1779-1851) avait épousé le prince de Carignan, Charles-Emmanuel de Savoie. Après le décès prématuré de son mari, le 16 août 1800, elle se remaria avec un simple gentilhomme français nommé Montléar. Or son fils Charles-Albert venait de monter sur le trône de Piémont-Sardaigne, le 27 avril 1831. 2. Né en 1810, le frère de la duchesse régna sur les Deux-Siciles de 1830 à 1859, sous le nom de Ferdinand II.

mières ouvertures au roi de Hollande[1] et au prince d'Orange ; il avait puissamment contribué à les faire bien accueillir. Je n'ai pas été assez heureuse pour terminer ce traité, l'objet de tous mes vœux ; mais je pense qu'il y a encore des chances de succès ; avant de quitter la Vendée, j'avais donné à M. le maréchal de Bourmont des pouvoirs pour continuer cette affaire. Personne n'est plus capable que lui de la mener à bien, à cause de l'estime dont il jouit en Hollande.

« Blaye, ce 7 mai 1833.

« M.-C.

« Dans l'incertitude où je suis de pouvoir écrire au marquis de Latour-Maubourg, tâchez de le voir avant votre départ. Vous pouvez lui dire tout ce que vous jugerez convenable, mais sous le secret le plus absolu. Convenez avec lui de la direction à donner aux journaux. »

(3)

RÉFLEXIONS ET RÉSOLUTIONS.

Je fus ému à la lecture de ces documents. La fille de tant de rois, cette femme tombée de si haut, après avoir fermé l'oreille à mes conseils, avait le noble courage de s'adresser à moi, de me pardonner d'avoir prévu le mauvais succès de son entreprise : sa confiance m'allait au cœur et m'honorait. Madame de Berry m'avait bien jugé ; la nature même de cette entreprise qui lui faisait tout

---

1. Affirmation suspecte dans la mesure où le roi des Pays-Bas continue, à cette date, de revendiquer la Belgique. Certes, le nouveau roi des Belges avait été proclamé le 21 juillet 1831 ; mais les troupes néerlandaises avaient occupé Anvers jusqu'à la capitulation de la citadelle, le 23 décembre 1832. Les hostilités furent suspendues le 21 mai 1833, mais Guillaume Ier se refusera jusqu'en 1838 à reconnaître la séparation de la Belgique et de la Hollande.

perdre ne m'éloignait pas. Jouer un trône, la gloire, l'avenir, une destinée, n'est pas chose vulgaire : le monde comprend qu'une princesse peut être une mère héroïque. Mais ce qu'il faut vouer à l'exécration, ce qui n'a pas d'exemple dans l'histoire, c'est la torture impudique infligée à une faible femme, seule, privée de secours, accablée de toutes les forces d'un gouvernement conjuré contre elle, comme s'il s'agissait de vaincre une puissance formidable. Des parents livrant eux-mêmes leur fille à la risée des laquais, la tenant par les quatre membres afin qu'elle accouche en public [1] ; appelant les autorités du coin, les geôliers, les espions, les passants pour voir sortir l'enfant des entrailles de leur prisonnière, de même qu'on avait appelé la France à voir naître son roi ! Et quelle prisonnière ? la petite-fille de Henri IV ! Et quelle mère ? la mère de l'orphelin banni dont on occupe le trône ! Trouverait-on dans les bagnes une famille assez mal née pour avoir la pensée de flétrir un de ses enfants d'une telle ignominie ? N'eût-il pas été plus noble de tuer madame la duchesse de Berry que de lui faire subir la plus tyrannique humiliation ? Ce qu'il y a eu d'indulgence dans cette lâche affaire appartient au siècle, ce qu'il y a d'infamant appartient au gouvernement.

La lettre et la note de madame la duchesse de Berry sont remarquables par plus d'un endroit : la partie relative à la réunion de la Belgique et au mariage de Henri V montre une tête capable de choses sérieuses ; la partie qui concerne la famille de Prague est touchante. La princesse craint d'être obligée de s'arrêter en Italie pour *se remettre un peu et ne pas trop effrayer de son changement ses pauvres enfants*. Quoi de plus triste et de plus douloureux ! Elle ajoute : « Je vous demande, ô monsieur de Chateaubriand ! de porter à mes chers enfants l'expression de toute ma tendresse, etc. »

Ô madame la duchesse de Berry ! que puis-je pour

---

1. La duchesse de Berry avait accouché le 10 mai. On avait en apparence respecté le protocole qui présidait à la naissance publique des enfants de France, mais en prenant pour témoins des espions et des geôliers.

vous, moi faible créature déjà à moitié brisée ? Mais
comment refuser quelque chose à ces paroles : « Renfermée dans les murs de Blaye, je trouve une consolation à
avoir un interprète tel que monsieur de Chateaubriand ; il
peut à tout jamais compter sur mon attachement. »

Oui : je partirai pour la dernière et la plus glorieuse de
mes ambassades ; j'irai de la part de la prisonnière de
Blaye trouver la prisonnière du Temple ; j'irai négocier
un nouveau pacte de famille, porter les embrassements
d'une mère captive à des enfants exilés, et présenter les
lettres par lesquelles le courage et le malheur m'accrédi-
tent auprès de l'innocence et de la vertu [1].

(4)

14 mai 1833.

Journal de Paris à Prague du 14 au 24 mai 1833.
Départ de Paris.
Calèche de M. de Talleyrand. Bâle.

Une lettre pour madame la Dauphine et un billet pour
les deux enfants étaient joints à la lettre qui m'était
adressée.

Il m'était resté de mes grandeurs passées un *coupé* dans

---

1. Chateaubriand avait une triple mission : notifier à Charles X le
mariage secret de la duchesse et lui révéler le nom de son nouveau
mari ; obtenir de lui qu'elle puisse conserver son titre de régente et sa
place au sein de la famille royale ; enfin observer les influences auxquelles se trouvait soumis le duc de Bordeaux et sonder le cœur de
celui-ci : avait-il « pris parti » pour ou contre sa mère ? Mais il se
faisait illusion en croyant que son ambassade avait un réel enjeu : sur
le premier point, on était mieux renseigné à Prague qu'il ne le suppo-
sait ; sur le deuxième, Charles X, son fils et sa nièce étaient bien
décidés à demeurer intraitables ; quant à la personnalité du jeune
Henri V, après avoir nourri des espérances, Chateaubriand ne tardera
pas à soupçonner son inconsistance.

lequel je brillais jadis à la cour de George IV[1], et une calèche de voyage autrefois construite à l'usage du prince de Talleyrand. Je fis radouber celle-ci, afin de la rendre capable de marcher contre nature : car, par son origine et ses habitudes, elle est peu disposée à courir après les rois tombés. Le 14 mai, à huit heures et demie du soir, anniversaire de l'assassinat de Henri IV, je partis pour aller trouver Henri V enfant, orphelin et proscrit.

Je n'étais pas sans inquiétude relativement à mon passeport ; pris aux affaires étrangères, il était sans signalement, et il avait onze mois de date ; délivré pour la Suisse et l'Italie il m'avait déjà servi à sortir de France et à y rentrer ; différents *visa* attestaient ces diverses circonstances. Je n'avais voulu ni le faire renouveler ni en requérir un nouveau. Toutes les polices eussent été averties, tous les télégraphes eussent joué ; j'aurais été fouillé à toutes les douanes dans ma vache[2], dans ma voiture, sur ma personne. Si mes papiers avaient été saisis, que de prétextes de persécution, que de visites domiciliaires, que d'arrestations ! Quelle prolongation peut-être de la captivité royale ! car il demeurait prouvé que la princesse avait des moyens secrets de correspondance au dehors. Il m'était donc impossible de signaler mon départ par la demande d'un passeport ; je me confiai à mon étoile.

Évitant la route trop battue de Francfort et celle de Strasbourg qui passe sous la ligne télégraphique, je pris le chemin de Bâle avec Hyacinthe Pilorge, mon secrétaire, façonné à toutes mes fortunes, et Baptiste, *valet de chambre*, lorsque j'étais *Monseigneur*, et redevenu *valet* tout court à la chute de ma seigneurie : nous montons et nous descendons ensemble. Mon cuisinier, le fameux Montmirel, se retira à ma sortie du ministère, me déclarant qu'il ne reviendrait *aux affaires* qu'avec moi. Il avait été sagement décidé, par l'introduction des ambassadeurs sous la Restauration, que tout ambassadeur mort rentrait dans *la vie privée* ; Baptiste était rentré dans la domesticité.

---

1. Sur ce coupé, voir Marcellus, p. 433.   2. Malle de voyage en osier recouverte de cuir qu'on arrimait sur le derrière de la voiture.

Arrivé à Altkirch, relais de la frontière[1], un gendarme se présenta et me demanda mon passeport. À la vue de mon nom, il me dit qu'il avait fait, sous les ordres de mon neveu Christian, capitaine dans les dragons de la garde, la campagne d'Espagne en 1823. Entre Altkirch et Saint-Louis je rencontrai un curé et ses paroissiens ; ils faisaient une procession contre les hannetons, vilaines bêtes fort multipliées depuis les journées de Juillet. À Saint-Louis, les préposés des douanes, qui me connaissaient, me laissèrent passer. J'arrivai joyeux à la porte de Bâle où m'attendait le vieux tambour-major suisse qui m'avait infligé au mois d'août précédent *un bedit garandaine t'un quart d'hir* ; mais il n'était plus question de *choléra* et j'allai descendre aux *Trois-Rois* au bord du Rhin ; c'était le 17 mai, à dix heures du matin.

Le maître de l'hôtel me procura un domestique de place appelé Schwartz, natif de Bâle, pour me servir d'interprète en Bohême. Il parlait allemand, comme mon bon Joseph, ferblantier milanais, parlait grec en Messénie en s'enquérant des ruines de Sparte.

Le même jour, 17 mai, à 6 heures du soir, je démarrai du port. En montant en calèche, je fus ébahi de revoir le gendarme d'Altkirch au milieu de la foule ; je ne savais s'il n'était point dépêché à ma suite : il avait tout simplement escorté la malle-poste de France. Je lui donnai pour boire à la santé de son ancien capitaine.

Un écolier s'approcha de moi et me jeta un papier avec cette suscription : « *Au Virgile du XIXe siècle* » ; on lisait écrit ce passage altéré de l'Énéide : *Macte animo, generose puer*[2]. Et le postillon fouetta les chevaux, et je partis tout fier de ma haute renommée à Bâle, tout étonné d'être Virgile, tout charmé d'être appelé *enfant, generose puer*.

---

1. Entre Mulhouse et Bâle.   **2.** Voir t. I, p. 240.

(5)

Bords du Rhin. – Saut du Rhin. Moskirch. – Orage.

Je franchis le pont, laissant les bourgeois et les paysans de Bâle en guerre au milieu de leur république[1], et remplissant à leur manière le rôle qu'ils sont appelés à jouer dans la transformation générale de la société. Je remontai la rive droite du Rhin et regardai avec une certaine tristesse les hautes collines du canton de Bâle. L'exil que j'étais venu chercher l'année dernière dans les Alpes me semblait une fin de vie plus heureuse, un sort plus doux que ces affaires d'empire où je m'étais réengagé. Nourrissais-je pour madame la duchesse de Berry ou son fils la plus petite espérance ? non ; j'étais en outre convaincu que, malgré mes services récents, je ne trouverais point d'amis à Prague. Tel qui a prêté serment à Louis-Philippe, et qui loue néanmoins les funestes ordonnances, doit être plus agréable à Charles X que moi qui n'ai point été parjure. C'est trop auprès d'un roi d'avoir deux fois raison : on préfère la trahison flatteuse au dévouement sévère. J'allais donc à Prague comme le soldat sicilien, pendu à Paris du temps de la Ligue, allait à la corde : le confesseur des Napolitains cherchait à lui mettre le cœur au ventre et lui disait chemin faisant : « *Allegramente ! allegramente !*[2] » Ainsi voguaient mes pensées tandis que les chevaux m'emportaient ; mais quand je songeais aux malheurs de la mère de Henri V, je me reprochais mes regrets.

Les bords du Rhin fuyant le long de ma voiture me faisaient une agréable distraction : lorsqu'on regarde un paysage par une fenêtre, quoiqu'on rêve à autre chose, il

---

1. Allusion à la scission du canton de Bâle en 1832. Opposés à la « Régénération », les bourgeois de Bâle-ville se séparèrent de la population de Bâle-campagne, qui avait pris parti en faveur de la nouvelle Constitution (voir livre XXXV, la fin du chapitre 20).   2. C'est Pierre de l'Estoile qui rapporte cette anecdote du mois de juin 1595 (Petitot, 1re série, t. XLVI, p. 441).

entre pourtant dans la pensée un reflet de l'image que l'on a sous les yeux. Nous roulions parmi des prairies peintes des fleurs de mai ; la verdure était nouvelle dans les bois, les vergers et les haies. Chevaux, ânes, vaches, moutons, porcs, chiens et chats, poules et pigeons, oies et dindons, étaient aux champs avec leurs maîtres. Le Rhin, fleuve guerrier, semblait se plaire au milieu de cette scène pastorale, comme un vieux soldat logé en passant chez des laboureurs.

Le lendemain matin, 18 mai, avant d'arriver à Schaffouse, je me fis conduire au saut du Rhin ; je dérobai quelques moments à la chute des royaumes pour m'instruire à son image. Je me serais bien arrangé de finir mes jours dans le castel qui domine le chasme[1]. Si j'avais placé à Niagara le rêve d'Atala non encore réalisé, si j'avais rencontré à Tivoli un autre songe déjà passé sur la terre[2], qui sait si, dans le donjon de la chute du Rhin, je n'aurais pas trouvé une vision plus belle, naguère errante à ses bords, et qui m'eût consolé de toutes les ombres que j'avais perdues !

De Schaffouse j'ai continué ma route pour Ulm. Le pays offre des bassins cultivés où des monticules couverts de bois et détachés les uns des autres plongent leurs pieds. Dans ce bois qu'on exploitait alors, on remarquait des chênes, les uns abattus, les autres debout ; les premiers écorcés à terre, leurs troncs et leurs branches nus et blancs comme le squelette d'un animal bizarre ; les seconds portant sur leurs rameaux hirsutes et garnis d'une mousse noire la fraîche verdure du printemps : ils réunissaient, ce qui ne se trouve jamais chez l'homme, la double beauté de la vieillesse et de la jeunesse.

Dans les sapinières de la plaine, des déracinements laissaient des places vides ; le sol avait été converti en prairies. Ces hippodromes de gazon au milieu des forêts ardoisées ont quelque chose de sévère et de riant, et rap-

---

1. Ce néologisme peut être considéré soit comme un hellénisme, soit comme un anglicisme (*chasm* : gouffre béant, abîme). *Cf.* t. I, p. 489 et *infra*, p. 483 (XLI, 2). **2.** Allusion à Pauline de Beaumont et à la visite qu'après sa mort Chateaubriand fit seul à Tivoli les 10 et 11 décembre 1803 (*Œuvres*, t. II, p. 1439-1443).

pellent les savanes du Nouveau-Monde. Les cabanes tiennent encore du caractère suisse ; les hameaux et les
auberges se distinguent par cette propreté appétissante
ignorée dans notre pays.

Arrêté pour dîner entre six et sept heures du soir à
Moskirch, je musais à la fenêtre de mon auberge : des
troupeaux buvaient à une fontaine, une génisse sautait et
folâtrait comme un chevreuil. Partout où l'on agit doucement envers les animaux, ils sont gais et se plaisent avec
l'homme. En Allemagne et en Angleterre on ne frappe
point les chevaux, on ne les maltraite pas de paroles ; ils
se rangent d'eux-mêmes au timon ; ils partent et s'arrêtent
à la moindre émission de la voix, au plus petit mouvement de la bride. De tous les peuples les Français sont
les plus inhumains : voyez nos postillons atteler leurs chevaux ? ils les poussent aux brancards à coups de botte
dans le flanc, à coups de manche de fouet sur la tête,
leur cassant la bouche avec le mors pour les faire reculer,
accompagnant le tout de jurements, de cris et d'insultes
au pauvre animal. On contraint les bêtes de somme à tirer
ou à porter des fardeaux qui surpassent leurs forces et,
pour les obliger d'avancer, on leur coupe le cuir à vire-
voltes de lanières [1] : la férocité du Gaulois nous est restée : elle est seulement cachée sous la soie de nos bas et
de nos cravates.

Je n'étais pas seul à béer ; les femmes en faisaient
autant à toutes les fenêtres de leurs maisons. Je me suis
souvent demandé en traversant des hameaux inconnus :
« Voudrais-tu demeurer là ? » Je me suis toujours
répondu : « Pourquoi pas ? » Qui, durant les folles heures
de la jeunesse, n'a dit avec le troubadour Pierre Vidal [2] :

> *Don n'ai mais d'un pauc cordo*
> *Que Na Raymbauda me do,*

---

1. À coups de fouets.   2. Troubadour provençal de la fin du
XIIᵉ siècle. Chateaubriand emprunte la citation suivante au tome III du
Choix des poésies originales des troubadours publié par Raynouard de
1816 à 1821.

*Quel reys Richartz ab Peitieus
Ni ab Tors ni ab Angieus.*

« Je suis plus riche avec un ruban que la belle Raimbaude me donne, que le roi Richard avec Poitiers, Tours et Angers. » Matière de songes est partout ; peines et plaisirs sont de tous lieux ; ces femmes de Moskirch qui regardaient le ciel ou mon chariot de poste, qui me regardaient ou ne regardaient rien, n'avaient-elles pas des joies et des chagrins, des intérêts de cœur, de fortune, de famille, comme on en a à Paris ? J'aurais été loin dans l'histoire de mes voisins, si le dîner ne s'était annoncé poétiquement au fracas d'un coup de tonnerre : c'était beaucoup de bruit pour peu de chose.

(6)

Le Danube. – Ulm.

19 mai 1833.

À dix heures du soir, je remontai en voiture ; je m'endormis au grignotement[1] de la pluie sur la capote de la calèche. Le son du petit cor de mon postillon me réveilla. J'entendis le murmure d'une rivière que je ne voyais pas. Nous étions arrêtés à la porte d'une ville ; la porte s'ouvre ; on s'enquiert de mon passeport et de mes bagages : nous entrions dans le vaste empire de Sa Majesté wurtembergeoise. Je saluai de ma mémoire la grande-duchesse Hélène, fleur gracieuse et délicate maintenant enfermée

---

1. Chateaubriand avait commencé par écrire : *gringottement* (manuscrit de 1845). Ce dérivé du verbe « gringotter » désigne, dans la langue du XVIᵉ siècle, le gazouillement des oiseaux ou le bruit léger des clochettes. Les copistes ont ensuite altéré ce mot qu'ils ne comprenaient pas, ce qui donne, dans la version définitive, une autre image.

dans les serres du Wolga [1]. Je n'ai conçu qu'un seul jour le prix du haut rang et de la fortune : c'est à la fête que je donnai à la jeune princesse de Russie dans les jardins de la villa de Médicis. Je sentis comment la magie du ciel, le charme des lieux, le prestige de la beauté et de la puissance pouvaient enivrer ; je me figurais être à la fois *Torquato Tasso* et *Alfonso d'Este* ; je valais mieux que le prince, moins que le poète ; Hélène était plus belle que Léonore. Représentant de l'héritier de François Ier et de Louis XIV, j'ai eu le songe d'un roi de France.

On ne me fouilla point : je n'avais rien contre les droits des souverains, moi qui reconnaissais ceux d'un jeune monarque quand les souverains eux-mêmes ne les reconnaissaient plus. La vulgarité, la modernité de la douane et du passeport contrastaient avec l'orage, la porte gothique, le son du cor et le bruit du torrent.

Au lieu de la châtelaine opprimée que je me préparais à délivrer, je trouvai, au sortir de la ville, un vieux bonhomme ; il me demanda *six cruches* (kreutzer), haussant de la main gauche une lanterne au niveau de sa tête grise, tendant la main droite à Schwartz assis sur le siège, ouvrant sa bouche comme la gueule d'un brochet pris à l'hameçon : Baptiste, mouillé et malade, ne s'en put tenir de rire.

Et ce torrent que je venais de franchir, qu'était-ce ? Je le demandai au postillon, qui me cria : « Donau (le Danube). » Encore un fleuve fameux traversé par moi à mon insu, comme j'étais descendu dans le site des lauriers-roses de l'Eurotas sans le connaître ! Que m'a servi de boire aux eaux du Meschacébé, de l'Eridan, du Tibre, du Céphise, de l'Hermus, du Jourdain, du Nil, du Bétis, du Tage, de l'Ebre, du Rhin, de la Sprée, de la Seine, de la Tamise et de mille autres fleuves obscurs ou célèbres ? Ignorés, ils ne m'ont point donné leur paix ; illustres, ils ne m'ont point communiqué leur gloire : ils pourront dire seulement qu'ils m'ont vu passer comme leurs rives voient passer leurs ondes.

---

1. Allié fidèle de Napoléon, le duc de Wurtemberg Frédéric avait reçu le titre de roi en 1806, et son fils Guillaume (1781-1864) lui avait succédé en 1816. La grande-duchesse Hélène était la nièce du souverain.

J'arrivai d'assez bonne heure, le dimanche 19 mai, à Ulm, après avoir parcouru le théâtre des campagnes de Moreau et de Bonaparte.

Hyacinthe, membre de la Légion d'honneur, en portait le ruban : cette décoration nous attirait des respects incroyables. N'ayant à ma boutonnière qu'une petite fleur, selon ma coutume, je passais, avant qu'on sût mon nom, pour un être mystérieux : mes Mamelucks, au Caire, voulaient, bon gré, mal gré que je fusse un général de Napoléon déguisé en savantasse ; ils n'en démordaient point et s'attendaient de quart d'heure en quart d'heure à me voir mettre l'Égypte dans la ceinture de mon cafetan.

C'est pourtant chez les peuples dont nous avons brûlé les villages et ravagé les moissons que ces sentiments existent. Je jouissais de cette gloire ; mais si nous n'avions fait que du bien à l'Allemagne, y serions-nous tant regrettés ? Inexplicable nature humaine !

Les maux de la guerre sont oubliés : nous avons laissé au sol de nos conquêtes le feu de la vie. Cette masse inerte mise en mouvement continue de fermenter, parce que l'intelligence y commence. En voyageant aujourd'hui, on s'aperçoit que les peuples veillent le sac sur le dos ; prêts à partir, ils semblent nous attendre pour nous mettre à la tête de la colonne. Un Français est toujours pris pour l'aide de camp qui apporte l'ordre de marcher.

Ulm est une petite ville propre sans caractère particulier ; ses remparts détruits se sont convertis en potagers et en promenades, ce qui arrive à tous les remparts. Leur fortune a quelque chose de pareil à celle des militaires ; le soldat porte les armes dans sa jeunesse ; devenu invalide, il se fait jardinier.

J'allai voir la cathédrale, vaisseau gothique à flèche élevée. Les bas-côtés se partagent en deux voûtes étroites soutenues par un seul rang de piliers, de manière que l'édifice intérieur tient à la fois de la cathédrale et de la basilique.

La chaire a pour dais un élégant clocher terminé en pointe comme une mitre ; l'intérieur de ce clocher se compose d'un noyau autour duquel tourne une voûte hélicoïde à filigranes de pierre. Des aiguilles symétriques per-

çant le dehors paraissent avoir été destinées à porter des
cierges ; ils illuminaient cette tiare quand le pontife prê-
chait les jours de fête. Au lieu de prêtres officiant, j'ai vu
de petits oiseaux sautillant dans ces feuillages de granit ;
ils célébraient la parole qui leur donna une voix et des
ailes le cinquième jour de la création.

La nef était déserte ; au chevet de l'église deux troupes
séparées de garçons et de filles écoutaient des instructions.

La réformation (je l'ai déjà dit)[1] a tort de se montrer
dans les monuments catholiques qu'elle a envahis ; elle y
est mesquine et honteuse. Ces hauts portiques demandent
un clergé nombreux, la pompe des solennités, les chants,
les tableaux, les ornements, les voiles de soie, les draperies, les dentelles, l'argent, l'or, les lampes, les fleurs et
l'encens des autels. Le protestantisme aura beau dire qu'il
est retourné au christianisme primitif, les églises
gothiques lui répondent qu'il a renié ses pères : les chrétiens, architectes de ces merveilles, étaient autres que les
enfants de Luther et de Calvin.

(7)

BLENHEIM. – LOUIS XIV. – FORÊT HERCYNIENNE.
LES BARBARES. – SOURCES DU DANUBE.

19 mai 1833.

Le 19 mai, à midi, j'avais quitté Ulm. À Dillingen les
chevaux manquèrent. Je demeurai une heure dans la
grande rue, ayant pour récréation la vue d'un nid de
cigogne planté sur une cheminée comme sur un minaret
d'Athènes ; une multitude de moineaux avaient fait inso-
lemment leurs nids dans la couche de la paisible *reine au*

---

1. Dans son *Histoire de France*, à la fin du chapitre consacré à
François Ier (Ladvocat, t. V *ter*, p. 265 *sq.*).

long cou. Au-dessous de la cigogne, une dame, logée au premier étage, regardait les passants à l'ombre d'une jalousie demi-relevée ; au-dessous de la dame était un saint de bois dans une niche. Le saint sera précipité de sa niche sur le pavé, la femme de sa fenêtre dans la tombe : et la cigogne ? elle s'envolera : ainsi finiront les trois étages.

Entre Dilligen et Donauwerth, on traverse le champ de bataille de Blenheim[1]. Les pas des armées de Moreau sur le même sol n'ont point effacé ceux des armées de Louis XIV ; la défaite du grand roi domine dans la contrée les succès du grand empereur.

Le postillon qui me conduisait était de Blenheim : arrivé à la hauteur de son village, il sonna du cor : peut-être annonçait-il son passage à la paysanne qu'il aimait ; elle tressaillait de joie au milieu des mêmes guérets où vingt-sept bataillons et douze escadrons français furent faits prisonniers, où le régiment de Navarre, dont j'ai eu l'honneur de porter l'uniforme, enterra ses étendards au bruit lugubre des trompettes : ce sont là les lieux communs de la succession des âges. En 1793, la République enleva de l'église de Blenheim les guidons[2] arrachés à la monarchie en 1704 : elle vengeait le royaume et immolait le roi ; elle abattait la tête de Louis XVI, mais elle ne permettait qu'à la France de déchirer le drapeau blanc.

Rien ne fait mieux sentir la grandeur de Louis XIV que de trouver sa mémoire jusqu'au fond des ravines creusées par le torrent des victoires napoléoniennes. Les conquêtes de ce monarque ont laissé à notre pays des frontières qui nous gardent encore. L'écolier de Brienne, à qui la légitimité donna une épée, enferma un moment l'Europe dans son antichambre ; mais elle en sortit : le petit-fils de Henri IV mit cette même Europe aux pieds de la France ; elle y est restée. Cela ne signifie pas que je compare Napoléon à Louis XIV : hommes de divers destins, ils appartiennent à des siècles dissemblables, à des nations différentes ; l'un a parachevé une ère, l'autre a commencé

----

1. Voir t. I, p. 736, note 1.   **2.** Les étendards.

un monde. On peut dire de Napoléon ce que dit Montaigne de César : « J'excuse la victoire de ne s'être pu dépêtrer de lui[1]. »

Les indignes tapisseries du château de Blenheim, que je vis avec Pelletier, représentent le maréchal de Tallart ôtant son chapeau au duc de Marlborough, lequel est en posture de Rodomont. Tallart[2] n'en demeura pas moins le favori du vieux lion : prisonnier à Londres, il vainquit, dans l'esprit de la reine Anne, Marlborough qui l'avait battu à Blenheim, et mourut membre de l'Académie française[3] : « C'était, selon Saint-Simon, un homme de taille médiocre avec des yeux un peu jaloux, plein de feu et d'esprit, mais sans cesse battu du diable par son ambition[4]. »

Je fais de l'histoire en calèche : pourquoi pas ? César en faisait bien en litière ; s'il gagnait les batailles qu'il écrivait, je n'ai pas perdu celles dont je parle.

De Dillingen à Donauwerth riche plaine d'inégal niveau où les champs de blé s'entremêlent aux prairies : on se rapproche et on s'éloigne du Danube selon les courbures du chemin et les inflexions du fleuve. À cette hauteur, les eaux du Danube sont encore jaunes comme celles du Tibre.

À peine êtes-vous sorti du village que vous en apercevez un autre ; villages propres et riants ; souvent les murs des maisons ont des fresques. Un certain caractère italien se prononce davantage à mesure que l'on avance vers l'Autriche : l'habitant du Danube n'est plus le paysan du Danube[5].

Son menton nourrissait une barbe touffue :
Toute sa personne velue
Représentait un ours, mais un ours mal léché.

---

1. *Essais*, livre II, chapitre 33.   **2.** Après sa défaite, le maréchal de Tallart (1652-1728) fut retenu prisonnier à Londres où il avait été ambassadeur de 1704 à 1712. Il contribua au cours de ce nouveau séjour à la disgrâce du duc de Marlborough.   **3.** En réalité académie des sciences.   **4.** *Mémoires* de Saint-Simon, édition Coirault, « Bibliothèque de la Pléiade », t. II, 1983, p. 309.   **5.** Allusion à la fable de La Fontaine (*Fables*, XI, 7, vers 11-13).

Mais le ciel d'Italie manque ici : le soleil est bas et blanc ; ces bourgs si dru semés ne sont pas ces petites villes de la Romagne qui couvent les chefs-d'œuvre des arts cachés sous elles ; on gratte la terre, et ce labourage fait pousser, comme un épi de blé, quelque merveille du ciseau antique.

À Donauwerth, je regrettai d'être arrivé trop tard pour jouir d'une belle perspective du Danube. Lundi 20, même aspect du paysage ; cependant le sol devient moins bon et les paysans paraissent plus pauvres. On commence à revoir des bois de pins et des collines. La forêt Hercynienne débordait jusqu'ici ; les arbres dont Pline nous a laissé la description singulière[1] furent abattus par des générations maintenant ensevelies avec les chênes séculaires.

Lorsque Trajan jeta un pont sur le Danube, l'Italie ouït pour la première fois le nom si fatal à l'ancien monde, le nom des Goths[2]. Le chemin s'ouvrit à des myriades de sauvages qui marchèrent au sac de Rome. Les Huns et leur Attila bâtirent leurs palais de bois en regard du Colysée, au bord du fleuve rival du Rhin, et comme lui ennemi du Tibre. Les hordes d'Alaric franchirent le Danube en 376 pour renverser l'empire grec civilisé, au même lieu où les Russes l'ont traversé en 1828 avec le dessein de renverser l'empire barbare assis sur les débris de la Grèce. Trajan aurait-il deviné qu'une civilisation d'une espèce nouvelle s'établirait un jour de l'autre côté des Alpes, aux confins du fleuve qu'il avait presque découvert ? Né dans la Forêt-Noire, le Danube va mourir dans la mer Noire. Où gît sa principale source ? dans la cour d'un baron allemand, lequel emploie la naïade à laver son linge. Un géographe s'étant avisé de nier le fait, le gentilhomme propriétaire lui a intenté un procès. Il a été décidé par arrêt que la source du Danube était dans la cour dudit

---

1. Dans son *Histoire naturelle*, XVI, 5-6.   2. *Cf. Études historiques*, Premier discours, 1re partie : « Vainqueur de Décibale, (Trajan) réduisit la Dacie en province. Cette conquête, qui fut un sujet de triomphe, devait être un sujet de deuil, car elle détruisit le dernier peuple qui séparait les Goths des Romains » (Ladvocat, t. IV, p. 81).

baron[1] et ne saurait être ailleurs. Que de siècles il a fallu pour arriver des erreurs de Ptolémée à cette importante vérité ! Tacite fait descendre le Danube du mont Abnoba, *montis Abnobae*[2]. Mais les barons hermondures, chérusques, marcomans et quades, qui sont les autorités sur lesquelles s'appuie l'historien romain, n'étaient pas si avisés que mon baron allemand. Eudore n'en savait pas tant, quand je le faisais voyager aux embouchures de l'Ister, où l'Euxin, selon Racine, devait porter Mithridate en *deux jours*[3]. « Ayant passé l'Ister vers son embouchure, je découvris un tombeau de pierre sur lequel croissait un laurier. J'arrachai les herbes qui couvraient quelques lettres latines, et bientôt je parvins à lire ce premier vers des élégies d'un poète infortuné :

> « *Mon livre, vous irez à Rome, et vous irez à Rome sans moi.* »
>
> (*Martyrs*[4].)

Le Danube, en perdant sa solitude, a vu se reproduire sur ses bords les maux inséparables de la société : pestes, famines, incendies, saccagements de villes, guerres, et ces divisions sans cesse renaissantes des passions ou des erreurs humaines.

> *Déjà nous avons vu le Danube inconstant*[5]
> *Qui, tantôt catholique et tantôt protestant,*

---

1. En réalité le Danube se forme, à partir de plusieurs sources, sur le versant oriental de la Forêt-Noire, dans le grand-duché de Bade. Simple torrent à son origine, il reçoit, à Donaueschingen, un ruisseau qui naît dans les jardins du palais Fürstenberg : famille princière plutôt que simple baron. **2.** Tacite, *Germanie*, I, 3. **3.** Allusion à *Mithridate*, III, I, vers 797 ; « Doutez-vous que l'Euxin ne me porte en deux jours/ Aux lieux où le Danube y vient finir son cours ? » **4.** Citation des *Martyrs* (*Œuvres*, 1, p. 225). Dans ses remarques sur le livre VII (*ibidem*, p. 573), Chateaubriand donne le texte latin de ce vers tiré des *Tristes* : *Parve, nec invideo, sine me liber ibis in urbem.* Il le juge « plus touchant » que la véritable épitaphe que la tradition attribue à Ovide. **5.** Ces vers proviennent des *Poésies françaises* (1716, t. I, p. 216) de François Régnier-Desmarais (1632-1713), poète, grammairien et... académicien.

Sert Rome et Luther de son onde,
Et qui, comptant après pour rien
Le Romain et le Luthérien,
Finit sa course vagabonde
Par n'être pas même chrétien.

(8)

RATISBONNE. – FABRIQUE D'EMPEREURS.
DIMINUTION DE LA VIE SOCIALE
À MESURE QU'ON S'ÉLOIGNE DE LA FRANCE.
SENTIMENTS RELIGIEUX DES ALLEMANDS.

Après Donauwerth on trouve Burkheim et Neubourg. Au déjeuner, à Ingolstadt, on m'a servi du chevreuil : c'est grand-pitié de manger cette charmante bête. J'ai toujours lu avec horreur le récit de la fête de l'installation de George Neville, archevêque d'York, en 1466 : on y rôtit quatre cents cygnes chantant en chœur leur hymne funèbre ! Il est aussi question dans ce repas de deux cent quatre butors[1] : je le crois bien !

Regensburg, que nous appelons *Ratisbonne* offre, en arrivant par Donauwerth, un aspect agréable. Deux heures sonnaient, le 20, lorsque je m'arrêtai devant l'hôtel de la poste. Tandis que l'on attelait, ce qui est toujours long en Allemagne, j'entrai dans une église voisine appelée la *Vieille Chapelle*, blanchie et dorée tout à neuf. Huit vieux prêtres noirs, à cheveux blancs, chantaient les vêpres ; j'avais prié autrefois dans une chapelle de Tivoli pour un homme qui priait lui-même à mes côtés ; dans une des citernes de Carthage, j'avais offert des vœux à saint Louis, mort non loin d'Utique, plus philosophe que Caton, plus sincère qu'Annibal, plus pieux qu'Énée : dans

---

1. Chateaubriand joue sur le double sens du mot : « oiseau de proie qui vit dans les marécages » ; mais aussi, au figuré, « homme grossier et stupide ».

la chapelle de Ratisbonne, j'eus la pensée de recommander au ciel le jeune roi que je venais chercher ; mais je craignais trop la colère de Dieu pour solliciter une couronne ; je suppliai le dispensateur de toutes grâces d'accorder à l'orphelin le bonheur, et de lui donner le dédain de la puissance.

Je courus de la *Vieille Chapelle* à la cathédrale. Plus petite que celle d'Ulm, elle est plus religieuse et d'un plus beau style. Ses vitraux coloriés l'enténèbrent de cette obscurité propre au recueillement. La blanche chapelle convenait mieux à mes souhaits pour l'innocence de Henri ; la sombre basilique me rendit tout ému pour mon vieux roi Charles.

Peu m'importait l'hôtel dans lequel on élisait jadis les empereurs, ce qui prouve du moins qu'il y avait des souverains électifs, même des souverains que l'on jugeait. Le dix-huitième article du testament de Charlemagne porte[1] : « Si quelques-uns de nos petits-fils, nés ou à naître, sont accusés, ordonnons qu'on ne leur rase pas la tête, qu'on ne leur crève pas les yeux, qu'on ne leur coupe pas un membre, ou qu'on ne les condamne pas à mort sans bonne discussion et examen. » Je ne sais quel empereur d'Allemagne déposé réclama seulement la souveraineté d'un clos de vigne qu'il affectionnait.

À Ratisbonne, jadis fabrique de souverains[2], on monnayait des empereurs souvent à bas titre ; ce commerce est tombé : une bataille de Bonaparte[3] et le prince Primat[4], plat courtisan de notre universel gendarme, n'ont

----

1. Le mémorialiste a déjà cité ce texte dans un fragment de son *Histoire de France* intitulé « Jean II ».   2. La ville libre et impériale de Ratisbonne a été, de 1663 à 1806, le siège de la Diète du Saint-Empire, mais c'est à Francfort qu'étaient élus les empereurs par les sept électeurs (les archevêques de Cologne, Mayence et Trèves et les quatre princes souverains de Bohême, Brandebourg, Palatinat et Saxe).   3. Eckmühl, le 22 avril 1809.   4. Karl Theodor von Dalberg (1744-1817), évêque de Constance (1800) puis archevêque-électeur de Mayence (1802). En relation avec Goethe, Schiller, Humboldt, Herder, c'était un esprit éclairé, qui se montra un partisan enthousiaste de Napoléon en Allemagne (voir t. II, p. 779). En 1803, son siège fut transféré de Mayence à Ratisbonne, avec le titre de Primat de Germanie. Après la formation de la Confédération du Rhin (1806), il fut

pas ressuscité la cité mourante. Les Regensbourgeois, habillés et crasseux comme le peuple de Paris, n'ont aucune physionomie particulière. La ville, faute d'un assez grand nombre d'habitants, est mélancolique ; l'herbe et le chardon assiègent ses faubourgs : ils auront bientôt haussé leurs plumets et leurs lances sur ses donjons. Kepler, qui de même que Copernic, a fait tourner la terre repose à jamais à Ratisbonne[1].

Nous sommes sortis par le pont de la route de Prague, pont très vanté et fort laid. En quittant le bassin du Danube, on gravit des escarpements. Kirn, le premier relais, est perché sur une rude côte, du sommet de laquelle, à travers les nues aqueuses, j'ai découvert des collines mornes et de pâles vallées. La physionomie des paysans change ; les enfants, jaunes et bouffis, ont l'air malade.

Depuis Kirn jusqu'à Waldmünchen l'indigence de la nature s'accroît : presque plus de hameaux ; des chaumières en rondins de sapin, liés avec un gâchis[2] de terre, comme sur les cols les plus maigres des Alpes.

La France est le cœur de l'Europe ; à mesure qu'on s'en éloigne, la vie sociale diminue ; on pourrait juger de la distance où l'on est de Paris par le plus ou moins de langueur du pays où l'on se retire. En Espagne et en Italie la diminution du mouvement et la progression de la mort sont moins sensibles : dans la première contrée un autre peuple, un autre monde, des Arabes chrétiens vous occupent ; dans la seconde le charme du climat et des arts, l'enchantement des amours et des ruines, ne laissent pas le temps vous opprimer. Mais en Angleterre, malgré la perfection de la société physique, en Allemagne, malgré la moralité des habitants, on se sent expirer. En Autriche

désigné comme son archichancelier et présida la Diète de Francfort. Il favorisa la modernisation des structures administratives et juridiques de la nouvelle Allemagne, mais devait prendre ses distances avec la France impériale à partir de 1812. Il mourut à Ratisbonne en 1817. Son neveu Emmerich (1773-1833), pour lequel il avait obtenu le titre de duc de Dalberg, fut membre du gouvernement provisoire, à Paris, en 1814 (voir XXII, 17 ; t. II, p. 577).
1. Où il est mort en 1630.   **2.** Espèce de mortier grossier.

et en Prusse, le joug militaire pèse sur vos idées, comme le ciel sans lumière sur votre tête ; je ne sais quoi vous avertit que vous ne pouvez ni écrire, ni parler, ni penser avec indépendance ; qu'il faut retrancher de votre existence toute la partie noble, laisser oisive en vous la première des facultés de l'homme, comme un inutile don de la divinité. Les arts et la beauté de la nature ne venant pas tromper vos heures, il ne vous reste qu'à vous plonger dans une grossière débauche ou dans ces vérités spéculatives dont se contentent les Allemands. Pour un Français, du moins pour moi, cette façon d'être est impossible ; sans dignité, je ne comprends pas la vie, difficile même à comprendre avec toutes les séductions de la liberté, de la gloire et de la jeunesse.

Cependant une chose me charme chez le peuple allemand, le sentiment religieux. Si je n'étais pas trop fatigué, je quitterais l'auberge de Nittenau où je crayonne ce journal ; j'irais à la prière du soir avec ces hommes, ces femmes, ces enfants qu'appelle à l'église le son d'une cloche. Cette foule, me voyant à genoux au milieu d'elle, m'accueillerait en vertu de l'union d'une commune foi. Quand viendra le jour où des philosophes dans leur temple béniront un philosophe arrivé par la poste, offriront avec cet étranger une prière semblable à un Dieu sur lequel tous les philosophes sont en désaccord ? Le chapelet du curé est plus sûr : je m'y tiens.

(9)

ARRIVÉE À WALDMÜNCHEN. — DOUANE AUTRICHIENNE.
L'ENTRÉE EN BOHÊME REFUSÉE.

21 mai.

Waldmünchen, où j'arrivai le mardi matin 21 mai, est le dernier village de Bavière de ce côté de la Bohême. Je me félicitais d'être à même de remplir promptement ma mission ; je n'étais plus qu'à cinquante lieues de Prague. Je me plonge dans l'eau glacée, je fais ma toilette à une fontaine, comme un ambassadeur qui se prépare à une entrée triomphale ; je pars et, à une demi-lieue de Waldmünchen, j'aborde plein d'assurance la douane autrichienne. Une barrière abaissée fermait le chemin ; je descends avec Hyacinthe dont le ruban rouge flamboyait. Un jeune douanier, armé d'un fusil, nous conduit au rez-de-chaussée d'une maison, dans une salle voûtée. Là, était assis à son bureau, comme à un tribunal, un gros et vieux chef de douaniers allemands ; cheveux roux, moustaches rousses, sourcils épais descendant en biais sur deux yeux verdâtres à moitié ouverts, l'air méchant ; mélange de l'espion de police de Vienne et du contrebandier de Bohême [1].

Il prend nos passeports sans dire mot ; le jeune douanier m'approche timidement une chaise, tandis que le chef, devant lequel il a l'air de trembler, examine les passeports. Je ne m'assieds pas et je vais regarder des pistolets accrochés au mur et une carabine placée dans l'angle de la salle ; elle me rappela le fusil avec lequel l'aga de l'isthme de Corinthe tira sur le paysan grec [2]. Après cinq minutes de silence, l'Autrichien aboie deux ou trois mots que mon Bâlois traduit ainsi : « Vous ne passerez pas. » Comment, je ne passerai pas, et pourquoi ?

L'explication commence :

« Votre signalement n'est pas sur le passeport. – Mon passeport est un passeport des affaires étrangères. – Votre passeport est vieux. – Il n'a pas un an de date ; il est légalement valide. – Il n'est pas visé à l'ambassade d'Autriche à Paris. – Vous vous trompez, il l'est. – Il n'a pas le timbre sec. – Oubli de l'ambassade ; vous voyez d'ailleurs le *visa* des autres légations étrangères. Je viens de traverser le canton de Bâle, le grand-duché de Bade, le royaume de Wurtemberg, la Bavière entière, on ne m'a

---

1. Les Archives autrichiennes ont conservé le nom des trois fonctionnaires alors en poste à la douane de Haselbach : le titulaire, Ferdinand de La Vigne ; le contrôleur Karl von Pfeilsferg, auquel se heurte Chateaubriand ; enfin le préposé Franz Karmine (le « jeune douanier »). **2.** *Itinéraire*, p. 845.

pas fait la moindre difficulté. Sur la simple déclaration de
mon nom, on n'a pas même déployé mon passeport.
– Avez-vous un caractère public ? – J'ai été ministre en
France, ambassadeur de sa Majesté Très Chrétienne à
Berlin, à Londres et à Rome. Je suis connu personnellement de votre souverain et du prince de Metternich.
– Vous ne passerez pas. – Voulez-vous que je dépose un
cautionnement ? Voulez-vous me donner une garde qui
répondra de moi ? – Vous ne passerez pas. – Si j'envoie
une estafette au gouvernement de Bohême ? – Comme
vous voudrez. »

La patience me manqua ; je commençai à envoyer le
douanier à tous les diables. Ambassadeur d'un roi sur le
trône, peu m'eût importé quelques heures perdues ; mais,
ambassadeur d'une princesse dans les fers, je me croyais
infidèle au malheur, traître envers ma souveraine captive.

L'homme écrivait : le Bâlois ne traduisait pas mon
monologue, mais il y a des mots français que nos soldats
ont enseignés à l'Autriche et qu'elle n'a pas oubliés. Je
dis à l'interprète : « Explique-lui que je me rends à Prague
pour offrir mon dévouement au roi de France. » Le douanier, sans interrompre ses écritures, répondit : « Charles X
n'est pas pour l'Autriche le roi de France. » Je répliquai :
« Il l'est pour moi. » Ces mots rendus au cerbère parurent
lui faire quelque effet ; il me regarda de côté et en dessous. Je crus que sa longue annotation serait en dernier
résultat un visa favorable. Il barbouille encore quelque
chose sur le passeport d'Hyacinthe, et rend le tout à l'interprète. Il se trouva que le *visa* était une explication des
motifs qui ne lui permettaient pas de me laisser continuer
ma route, de sorte que non seulement il m'était impossible d'aller à Prague, mais que mon passeport était
frappé de faux pour les autres lieux où je me pourrais
présenter. Je remontai en calèche, et je dis au postillon :
« À Waldmünchen. »

(10)

27 mai 1833.

Séjour à Waldmünchen. – Lettre au comte de Choteck.
Inquiétudes. – Le Saint-Viatique.

Mon retour ne surprit point le maître de l'auberge. Il
parlait un peu français, il me raconta que pareille chose
était déjà arrivée ; des étrangers avaient été obligés de
s'arrêter à Waldmünchen et d'envoyer leurs passeports à
Munich au *visa* de la légation autrichienne. Mon hôte,
très brave homme, directeur de la poste aux lettres, se
chargea de transmettre au grand bourgrave de Bohême la
lettre dont suit la copie.

« Waldmünchen, 21 mai 1833.

« Monsieur le gouverneur,
« Ayant l'honneur d'être connu personnellement de Sa
Majesté l'empereur d'Autriche et de M. le prince de Metternich, j'avais cru pouvoir voyager dans les États autrichiens avec un passeport qui, n'ayant pas une année de
date, était encore légalement valide et lequel avait été visé
par l'ambassadeur d'Autriche à Paris pour la Suisse et
l'Italie. En effet, monsieur le comte, j'ai traversé l'Allemagne et mon nom a suffi pour qu'on me laissât passer.
Ce matin seulement, M. le chef de la douane autrichienne
de Haselbach ne s'est pas cru autorisé à la même obligeance et cela pour les motifs énoncés dans son *visa* sur
mon passeport ci-joint, et sur celui de M. Pilorge, mon
secrétaire. Il m'a forcé à mon grand regret, de rétrograder
jusqu'à Waldmünchen où j'attends vos ordres. J'ose espérer, monsieur le comte, que vous voudrez bien lever la
petite difficulté qui m'arrête, en m'envoyant, par l'estafette que j'ai l'honneur de vous expédier, le permis nécessaire pour me rendre à Prague et de là à Vienne.

« Je suis avec une haute considération, monsieur le gouverneur, votre très humble et très obéissant serviteur.

			« CHATEAUBRIAND.

« Pardonnez, monsieur le comte, la liberté que je prends de joindre un billet ouvert pour M. le duc de Blacas. »

Un peu d'orgueil perce dans cette lettre : j'étais blessé ; j'étais aussi humilié que Cicéron, lorsque, revenant en triomphe de son gouvernement d'Asie, ses amis lui demandèrent s'il arrivait de Baïes ou de sa maison de Tusculum[1]. Comment ! mon nom, qui volait d'un pôle à l'autre, n'était pas venu aux oreilles d'un douanier dans les montagnes d'Haselbach ! chose d'autant plus cruelle qu'on a vu mes succès à Bâle. En Bavière, j'avais été salué de *Monseigneur* ou d'Excellence ; un officier bavarois, à Waldmünchen, disait hautement dans l'auberge que mon nom n'avait pas besoin du *visa* d'un ambassadeur d'Autriche. Ces consolations étaient grandes, j'en conviens ; mais enfin une triste vérité demeurait : c'est qu'il existait sur la terre un homme qui n'avait jamais entendu parler de moi.

Qui sait pourtant si le douanier d'Haselbach ne me connaissait pas un peu ! Les polices de tous les pays sont si tendrement ensemble ! Un politique qui n'approuve ni n'admire les traités de Vienne, un Français qui aime l'honneur et la liberté de la France, qui reste fidèle à la puissance tombée, pourrait bien être à l'index à Vienne. Quelle noble vengeance d'en agir avec M. de Chateaubriand comme avec un de ces commis voyageurs si suspects aux espions ! Quelle douce satisfaction de traiter comme un vagabond dont les papiers ne sont pas en règle un envoyé chargé de porter traîtreusement à un enfant banni les adieux de sa mère captive !

––––––––––

1. Allusion à une anecdote que Cicéron rapporte dans le *Pro Plancio*, XXVI, et que le mémorialiste cite de mémoire : c'est en réalité au retour de sa questure de Sicile que Cicéron, faisant halte à Pouzzoles, fut étonné de constater qu'il y était inconnu.

L'estafette partit de Waldmünchen le 21, à onze heures du matin ; je calculais qu'elle pourrait être de retour le surlendemain 23, de midi à quatre heures ; mais mon imagination travaillait : Qu'allait devenir mon message ? Si le gouverneur est un homme ferme et qui sache vivre, il m'enverra le permis ; si c'est un homme timide et sans esprit, il me répondra que ma demande n'étant pas dans ses attributions, il s'est empressé d'en référer à Vienne. Ce petit incident peut plaire et déplaire tout à la fois au prince de Metternich. Je sais combien il craint les journaux ; je l'ai vu à Vérone quitter les affaires les plus importantes, s'enfermer tout éperdu avec M. de Gentz [1], pour brocher un article en réponse au *Constitutionnel* et aux *Débats*. Combien s'écoulera-t-il de jours avant la transmission des ordres du ministre impérial ? que deviendrai-je ? Dans quelle inquiétude seront mes amis à Paris ? quand l'aventure s'ébruitera, que n'en feront point les gazettes ? que d'extravagances ne débiteront-elles pas ? D'un autre côté, M. de Blacas sera-t-il bien aise de me voir à Prague ? M. de Damas ne croira-t-il pas que je viens le détrôner ? M. le cardinal de Latil n'aura-t-il aucun souci ? Le triumvirat [2] ne profitera-t-il pas de la malencontre pour me faire fermer les portes au lieu de me les faire ouvrir ? Rien de plus aisé : un mot dit à l'oreille du gouverneur, mot que j'ignorerai toute ma vie, suffira.

Et si l'estafette ne rapporte rien ? Si le paquet a été perdu ? si le grand bourgrave ne juge pas à propos de me répondre ? s'il est absent ? si personne n'ose le remplacer ? que deviendrai-je sans passeport ? où pourrai-je me faire reconnaître ? à Munich ? à Vienne ? quel maître de poste me donnera des chevaux ? Je serai de fait prisonnier dans Waldmünchen.

Voilà les dragons [3] qui me traversaient la cervelle ; je songeais de plus à mon éloignement de ce qui m'était

---

1. Le conseiller aulique Frédéric de Gentz (1764-1832), publiciste et diplomate prussien, avait été le secrétaire général du congrès de Vienne, avant de devenir le collaborateur attitré de Metternich. **2.** Voir XXXVII, 2 ; *infra*, p. 265. **3.** Soucis, angoisses. Mme de Sévigné utilise souvent le mot dans ce sens figuré.

cher[1] : j'ai trop peu de temps à vivre pour perdre ce peu. Horace a dit : « *Carpe diem*, cueillez le jour[2]. » Conseil du plaisir à vingt ans, de la raison à mon âge.

Fatigué de *ruminer tous les cas dans ma tête*[3], j'entendis le bruit d'une foule au dehors ; mon auberge était sur la place du village. Je regardai par la fenêtre un prêtre portant les derniers sacrements à un mourant[4]. Qu'importaient à ce mourant les affaires des rois, de leurs serviteurs et du monde ? Chacun quittait son ouvrage et se mettait à suivre le prêtre ; jeunes femmes, vieilles femmes, enfants, mères avec leurs nourrissons dans leurs bras, répétaient la prière des agonisants. Arrivé à la porte du malade, le curé donna la bénédiction avec le saint viatique. Les assistants se mirent à genoux en faisant le signe de la croix et baissant la tête. Le passeport pour l'éternité ne sera point méconnu de celui qui distribue le pain et ouvre l'hôtellerie au voyageur.

(11)

CHAPELLE. — MA CHAMBRE D'AUBERGE.
DESCRIPTION DE WALDMÜNCHEN.

21 mai 1833.

Quoique j'eusse été sept jours sans me coucher, je ne pus rester au logis ; il n'était guère plus d'une heure : sorti du village du côté de Ratisbonne, j'avisai à droite,

---

1. Comme le prouve la lettre qu'il écrivit à Mme Récamier le mercredi 22 mai, dans laquelle il minimise sa mésaventure (*Récamier*, p. 376).   **2.** Horace, *Odes*, I, 11, vers 7-8 : *... dum loquimur, fugerit invida/ Aetas ; carpe diem...* Chateaubriand cite volontiers des passages de cette odelette : voir par exemple t. I, p. 172, note 1. **3.** Comme le bœuf de « L'Homme et la Couleuvre » (La Fontaine, *Fables*, X, 1, vers 52).   **4.** Le bonnetier Sebastian Kaiser devait décéder le soir de ce 21 mai à minuit. Il sera enterré le 23, le jour du départ de Chateaubriand.

au milieu d'un blé, une chapelle blanche ; j'y dirigeai mes pas. La porte était fermée ; à travers une fenêtre biaise on apercevait un autel avec une croix. La date de l'érection de ce sanctuaire, 1830, était écrite sur l'architrave ; on renversait une monarchie à Paris et l'on construisait une chapelle à Waldmünchen[1]. Les trois générations bannies devaient venir habiter un exil à cinquante lieues du nouvel asile élevé au roi crucifié. Des millions d'événements s'accomplissent à la fois : que fait au noir endormi sous un palmier au bord du Niger, le blanc qui tombe au même instant sous le poignard au rivage du Tibre ? Que fait à celui qui pleure en Asie celui qui rit en Europe ? Que faisait au maçon qui bâtissait cette chapelle, au prêtre bavarois qui exaltait ce Christ en 1830, le démolisseur de Saint-Germain-l'Auxerrois[2], l'abatteur des croix en 1830 ? Les événements ne comptent que pour ceux qui en pâtissent ou qui en profitent ; ils ne sont rien pour ceux qui les ignorent, ou qu'ils n'atteignent pas. Telle race de pâtre, dans les Abruzzes, a vu passer, sans descendre de la montagne, les Carthaginois, les Romains, les Goths, les générations du moyen âge, et les hommes de l'âge actuel. Cette race ne s'est point mêlée aux habitants successifs du vallon, et la religion seule est montée jusqu'à elle.

Rentré à l'auberge, je me suis jeté sur deux chaises dans l'espoir de dormir, mais en vain ; le mouvement de mon imagination était plus fort que ma lassitude. Je rabâchais sans cesse mon estafette : le dîner n'a rien fait à l'affaire. Je me suis couché au milieu de la rumeur des troupeaux qui rentraient des champs. À dix heures du soir autre bruit ; le watchman[3] a chanté l'heure ; cinquante chiens ont aboyé ; après quoi ils sont allés au chenil comme si le watchman eût donné l'ordre de se taire : j'ai reconnu la discipline allemande.

La civilisation a marché en Germanie depuis mon voyage à Berlin : les lits sont maintenant presque assez longs pour un homme de taille ordinaire ; mais le drap de

---

1. Elle existe toujours, avec sa dédicace : c'est la chapelle du Mont-des-Oliviers.   2. Voir *supra*, p. 33.   3. Le veilleur de nuit ; *cf.* t. I, p. 643.

dessus est toujours cousu à la couverture, et le drap de
dessous, trop étroit, finit par se tordre et se recoquiller[1]
de manière à vous être très incommode. Et puisque je suis
dans le pays d'Auguste Lafontaine[2] j'imiterai son génie ;
je veux instruire la dernière postérité de ce qui existait de
mon temps dans la chambre de mon auberge à Waldmünchen. Sachez donc, arrière-neveux, que cette chambre
était une chambre à l'italienne, murs nus, badigeonnés en
blanc, sans boiseries ni tapisserie aucune, large plinthe ou
bandeau colorié au bas, plafond avec un cercle à trois
filets, corniche peinte en rosaces bleues avec une guirlande de feuilles de laurier chocolat, et au-dessous de la
corniche, sur le mur, un rinceau à dessins rouges sur un
fond vert américain. Çà et là, de petites gravures françaises et anglaises encadrées. Deux fenêtres avec rideaux
de coton blanc. Entre les fenêtres un miroir. Au milieu de
la chambre une table de douze couverts au moins, garnie
de sa toile cirée à fond olive imprimé de roses et de fleurs
diverses. Six chaises avec leurs coussins recouverts d'une
toile rouge à carreaux écossais. Une commode, trois cou-
chettes autour de la chambre ; dans un angle, auprès de
la porte, un poêle de faïence vernissée noir, et dont les
faces présentent en relief les armes de Bavière ; il est
surmonté d'un récipient en forme de couronne gothique.
La porte est munie d'une machine de fer compliquée,
capable de clore les huis d'une geôle et de déjouer les
rossignols des amants et des voleurs. Je signale aux
voyageurs l'excellente chambre où j'écris cet inventaire
qui joute avec celui de l'Avare[3] ; je la recommande aux
légitimistes futurs qui pourraient être arrêtés par les héri-

---

1. Archaïsme : se rouler en coquille.   2. Le romancier Auguste
Lafontaine (1759-1831), descendant de réfugiés français, et pasteur à
Halle, fut un écrivain très prolifique : auteur de dizaines de romans
pour familles, de style agréable, mais où la minutie des descriptions va
de pair avec une constante niaiserie sentimentale. Son œuvre fut très
appréciée en France sous la Restauration.   3. Allusion à la burlesque
énumération, par La Flèche, des « hardes, nippes, bijoux » dont Harpa-
gon veut constituer le prêt de mille écus qu'il destine, sans le savoir, à
son propre fils (*Avare*, acte I, scène I).

tiers du bouquetin roux de Haselbach. Cette page de mes *Mémoires* fera plaisir à l'école littéraire moderne[1].

Après avoir compté, à la lueur de ma veilleuse, les astragales[2] du plafond, regardé les gravures de la *Jeune Milanaise*, de la *Belle Helvétienne*, de la *Jeune Française*, de la *Jeune Russe*, du feu roi de Bavière, de la feue reine de Bavière, qui ressemble à une dame que je connais et dont il m'est impossible de me rappeler le nom, j'attrapai quelques minutes de sommeil.

Délité[3] le 22 à sept heures, un bain emporta le reste de ma fatigue, et je ne fus plus occupé que de ma bourgade, comme le capitaine Cook d'un îlot découvert par lui dans l'océan Pacifique.

Waldmünchen est bâti sur la pente d'une colline ; il ressemble assez à un village délabré de l'État romain. Quelques devants de maison peints à fresque, une porte voûtée à l'entrée et à la sortie de la principale rue, point de boutiques ostensibles, une fontaine à sec sur la place. Pavé épouvantable mêlé de grandes dalles et de petits cailloux, tels qu'on n'en voit plus que dans les *environs de Quimper-Corentin*[4].

Le peuple, dont l'apparence est rustique, n'a point de costume particulier. Les femmes vont la tête nue ou enveloppée d'un mouchoir à la guise des laitières de Paris ; leurs jupons sont courts ; elles marchent jambes et pieds nus de même que les enfants. Les hommes sont habillés, partie comme les gens du peuple de nos villes, partie comme nos anciens paysans. Dieu soit loué ! Ils n'ont que des chapeaux, et les infâmes bonnets de coton de nos bourgeois leur sont inconnus.

---

1. Chateaubriand vise la volonté de « tout peindre » et les excès du réalisme qu'il avait déjà dénoncés dans son *Essai sur la littérature anglaise*. 2. Moulures décoratives. Mais aussi allusion au vers de Boileau qui raille la profusion du style descriptif : « Ce ne sont que festons, ce ne sont qu'astragales ! » 3. Néologisme formé *a contrario* sur « alité » : levé, sorti du lit. Chateaubriand détourne ainsi de son sens habituel un terme technique du vocabulaire des architectes et des maçons qui signifie : détacher une dalle ou un bloc de pierre de la masse ou de la carrière. 4. Réminiscence approximative de La Fontaine (« Le Charretier embourbé », *Fables*, VI, 18, vers 6).

Tous les jours il y a, *ut mos*[1], spectacle à Waldmünchen, et j'y assistais à la première place. À six heures du matin, un vieux berger, grand et maigre, parcourt le village à différentes stations ; il sonne d'une trompe droite, longue de six pieds, qu'on prendrait de loin pour un porte-voix ou une houlette. Il en tire d'abord trois sons métalliques assez harmonieux, puis il fait entendre l'air précipité d'une espèce de galop ou de ranz des vaches[2], imitant des mugissements de bœufs et des rires de pourceaux. La fanfare finit par une note soutenue et montante en fausset.

Soudain débouchent de toutes les portes des vaches, des génisses, des veaux, des taureaux ; ils envahissent en beuglant la place du village ; ils montent ou descendent de toutes les rues circonvoisines, et, s'étant formés en colonne, ils prennent le chemin accoutumé pour aller paître. Suit en caracolant l'escadron des porcs qui ressemblent à des sangliers et qui grognent. Les moutons et les agneaux placés à la queue font en bêlant la troisième partie du concert ; les oies composent la réserve : en un quart d'heure tout a disparu.

Le soir, à sept heures, on entend de nouveau la trompe ; c'est la rentrée des troupeaux. L'ordre de la troupe est changé : les porcs font l'avant-garde, toujours avec la même musique ; quelques-uns, détachés en éclaireurs, courent au hasard ou s'arrêtent à tous les coins. Les moutons défilent ; les vaches, avec leurs fils, leurs filles et leurs maris, ferment la marche ; les oies dandinent sur les flancs. Tous ces animaux regagnent leurs toits, aucun ne se trompe de porte ; mais il y a des cosaques qui vont à la maraude, des étourdis qui jouent et ne veulent pas rentrer, de jeunes taureaux qui s'obstinent à rester avec une compagne qui n'est pas de leur crèche. Alors viennent les femmes et les enfants avec leurs petites gaules ; ils obligent les traînards à rejoindre le corps, et les réfractaires à se soumettre à la règle. Je me réjouissais de ce spectacle,

---

1. Locution latine : « comme c'est la coutume ». **2.** Mélodie populaire que les bouviers de la Suisse jouaient sur la cornemuse en menant paître leurs troupeaux sur les alpages. Censé faire verser des larmes de nostalgie à tous les armaillis exilés, le « ranz des vaches », de *La Nouvelle Héloïse* à *Oberman*, est devenu un véritable mythe littéraire.

comme jadis Henri IV à Chauny s'amusait du vacher nommé *Tout-le-Monde* qui rassemblait ses troupeaux au son de la trompette.

Il y a bien des années qu'étant au château de Fervaques, en Normandie chez madame de Custine[1], j'occupais la chambre de Henri IV ; mon lit était énorme : le Béarnais y avait dormi avec quelque Florette ; j'y gagnai le royalisme, car je ne l'avais pas naturellement. Des fossés remplis d'eau environnent le château. La vue de ma fenêtre s'étendait sur des prairies que borde la petite rivière de Fervaques. Dans ces prairies j'aperçus un matin une élégante truie d'une blancheur extraordinaire ; elle avait l'air d'être la mère du prince Marcassin. Elle était couchée au pied d'un saule sur l'herbe fraîche, dans la rosée ; un jeune verrat cueillit un peu de mousse fine et dentelée avec ses défenses d'ivoire, et la vint déposer sur la dormeuse ; il renouvela cette opération tant de fois que la blanche laie finit par être entièrement cachée : on ne voyait plus que des pattes noires sortir du duvet de verdure dans lequel elle était ensevelie.

Ceci soit dit à la gloire d'une bête mal famée dont je rougirais d'avoir parlé trop longtemps, si Homère ne l'avait chantée[2]. Je m'aperçois en effet que cette partie de mes *Mémoires* n'est rien moins qu'une Odyssée : Waldmünchen est Ithaque ; le berger est le fidèle Eumée avec ses porcs ; je suis le fils de Laërte, revenu après avoir parcouru la terre et les mers. J'aurais peut-être mieux fait de m'enivrer du nectar d'Evanthée, de manger la fleur de la plante moly, de m'alanguir au pays des Lotophages[3], de rester chez Circé ou d'obéir au chant des Sirènes qui me disaient : « Approche, viens à nous. »

---

1. Voir XIV, I (t. II, p. 82).   **2.** À propos du fidèle porcher Eumée qu'Ulysse retrouve à Ithaque (*Odyssée*, chant XIV).   **3.** Suite de références « odysséennes » ; Evanthée (Euanthès), le « bien fleuri » est une épithète de Bacchus (chant IX, vers 197) ; la plante moly est un remède qu'Hermès donne à Ulysse pour lui permettre de conjurer les maléfices de Circé : « C'était une herbe à racine noire, avec des fleurs comme du lait » (chant X, vers 304). C'est aussi au chant IX qu'Ulysse aborde au pays des Lotophages, ou mangeurs de lotus, qui dissipe la nostalgie car il fait oublier le passé.

22 mai 1833.

Si j'avais vingt ans, je chercherais quelques aventures dans Waldmünchen comme moyen d'abréger les heures ; mais à mon âge on n'a plus d'échelle de soie qu'en souvenir, et l'on n'escalade les murs qu'avec les ombres. Jadis j'étais fort lié avec mon corps ; je lui conseillais de vivre sagement, afin de se montrer tout gaillard et tout ravigoté [1] dans une quarantaine d'années. Il se moquait des sermons de mon âme, s'obstinant à se divertir et n'aurait pas donné deux patards [2] pour être un jour ce qu'on appelle *un homme bien conservé* : « Au diable !, disait-il, que gagnerais-je à lésiner sur mon printemps pour goûter les joies de la vie quand personne ne voudra plus les partager avec moi ? » Et il se donnait du bonheur par-dessus la tête.

Je suis donc obligé de le prendre tel qu'il est maintenant : je le menai promener le 22 au sud-est du village. Nous suivîmes parmi les molières [3] un petit courant d'eau qui mettait en mouvement des usines. On fabrique des toiles à Waldmünchen ; les lés de ces toiles étaient déroulés sur les prés ; des jeunes filles, chargées de les mouiller, couraient pieds nus sur les zones [4] blanches, précédées de l'eau qui jaillissait de leur arrosoir, comme les jardiniers arroseraient une plate-bande de fleurs. Le long du ruisseau je pensais à mes amis, je m'attendrissais à leur souvenir, puis je me demandais ce qu'ils devaient dire de moi à Paris : « Est-il arrivé ? A-t-il vu la famille royale ? Reviendra-t-il bientôt ? » Et je délibérais si je n'enverrais pas Hyacinthe chercher du beurre frais et du pain bis, pour manger du cresson au bord d'une fontaine sous une cépée [5] d'aunes. Ma vie n'était pas plus ambitieuse que cela : pourquoi la fortune a-t-elle accroché à

---

1. Revigorer, redonner des forces (familier). **2.** « Petite monnaie du pape, en Avignon. » Entré dans le langage courant pour désigner une somme infime, un sou. *Cf.* XXXVII, 3 (p. 273) et XLI, 3 (p. 489). Après les évocations homériques, le mémorialiste a soudain changé de registre. **3.** « Terres grasses et marécageuses » (régional, selon le *T.L.F.*). **4.** Voir t. I, p. 490, note 4. **5.** Voir t. I, p. 217, note 3.

sa roue la basque de mon pourpoint avec le pan du manteau des rois ?

Rentré au village, j'ai passé près de l'église ; deux sanctuaires extérieurs accolent[1] le mur ; l'un présente saint Pierre ès Liens avec un tronc pour les prisonniers[2] ; j'y ai mis quelques kreutzers en mémoire de la prison de Pellico et de ma loge à la Préfecture de police. L'autre sanctuaire offre la scène du jardin des Oliviers : scène si touchante et si sublime qu'elle n'est pas même détruite ici par le grotesque des personnages.

J'ai hâté mon dîner et couru à la prière du soir que j'entendais tinter. En tournant le coin de l'étroite rue de l'église, une échappée de vue s'est ouverte sur des collines éloignées : un peu de clarté respirait encore à l'horizon et cette clarté mourante venait du côté de la France. Un sentiment profond a poigné[3] mon cœur. Quand donc mon pèlerinage finira-t-il ? Je traversai les terres germaniques bien misérable lorsque je revenais de l'armée des princes, bien triomphant lorsque, ambassadeur de Louis XVIII, je me rendais à Berlin ; après tant et de si diverses années, je pénétrais à la dérobée au fond de cette même Allemagne, pour chercher le Roi de France banni de nouveau.

J'entrai à l'église : elle était toute noire ; pas même une lampe allumée. À travers la nuit, je ne reconnaissais le sanctuaire, dans un enfoncement gothique, que par sa plus épaisse obscurité. Les murs, les autels, les piliers, me semblaient chargés d'ornements et de tableaux encrêpés ; la nef était occupée de bancs serrés et parallèles.

---

1. Embrassent ou touchent le mur, lui sont attenantes. Une seule de ces chapelles subsiste, intégrée dans la nouvelle église (1872-1873), où les statues, de style baroque, sont encore visibles aujourd'hui (voir *Bulletin*, 1983, pl. V).   **2.** En réalité un Christ flagellé qui présente ses épaules meurtries. Ses bras sont attachés comme par des menottes, et reliés à une espèce de borne par une chaîne. Peut-être est-ce cela qui a suggéré une confusion avec saint Pierre dans sa prison, à moins que ce ne soient les obsessions carcérales du voyageur (il est alors plongé dans la lecture de Silvio Pellico : voir *Récamier*, p. 375).   **3.** Forme incorrecte du participe passé du verbe *poindre* : saisir, étreindre, empoigner.

Une vieille femme disait à haute voix en allemand les *pater* du chapelet ; des femmes jeunes et vieilles, que je ne voyais pas, répondaient des *Ave Maria*. La vieille femme articulait bien, sa voix était nette, son accent grave et pathétique ; elle était à deux bancs de moi ; sa tête s'inclinait lentement dans l'ombre toutes les fois qu'elle prononçait le mot *Christo*, en ajoutant quelque oraison au *Pater*. Le chapelet fut suivi des litanies de la Vierge ; les *ora pro nobis*, psalmodiés en allemand [1] par les priantes invisibles, sonnaient à mon oreille comme le mot répété *espérance, espérance, espérance !* Nous sommes sortis pêle-mêle ; je suis allé me coucher avec l'espérance ; je ne l'avais pas serrée dans mes bras depuis longtemps ; mais elle ne vieillit point, et on l'aime toujours malgré ses infidélités.

Selon Tacite, les Germains croient la nuit plus ancienne que le jour : *nox ducere diem videtur* [2]. J'ai pourtant compté de jeunes nuits et des jours sempiternels. Les poètes nous disent aussi que le Sommeil est le frère de la Mort : je ne sais, mais très certainement la Vieillesse est sa plus proche parente.

23 mai 1833.

Le 23 au matin, le ciel mêla quelques douceurs à mes maux : Baptiste m'apprit que l'homme considérable du lieu, le brasseur de bière, avait trois filles, et possédait mes ouvrages rangés parmi ses cruchons. Quand je sortis, le *monsieur* et deux de *ses filles*, me regardaient passer : que faisait la troisième demoiselle ? Jadis m'était tombée une lettre du Pérou écrite de la propre main d'une dame, cousine du soleil, laquelle admirait *Atala* ; mais être connu à Waldmünchen, à la barbe du loup de Haselbach, c'était une chose mille fois plus glorieuse : il était vrai que ceci se passait en Bavière, à une lieue de l'Autriche, nargue de ma renommée [3]. Savez-vous ce qui me serait arrivé si mon excursion en Bohême n'eût été entreprise

---

1. *Bitte für uns.*   2. « C'est la nuit qui leur semble précéder le jour » (*Germanie*, XI, 2).   3. Il faut comprendre cette expression comme une apposition : qui narguait ma renommée.

que de mon chef ? (Mais que serais-je allé faire pour moi seul en Bohême ?) Arrêté à la frontière, je serais retourné à Paris. Un homme avait médité un voyage à Pékin ; un de ses amis l'aperçoit sur le Pont-Royal à Paris : « Eh comment ! je vous croyais en Chine ? – Je suis revenu : ces Chinois m'ont fait des difficultés à Canton, je les ai plantés là. »

Comme Baptiste me racontait mes triomphes, le glas d'un enterrement me rappelle à ma fenêtre. Le curé passe, précédé de la croix ; des hommes et des femmes affluent, les hommes en manteaux, les femmes en robes et en cornettes noires. Enlevé à trois portes de la mienne, le corps est conduit au cimetière : au bout d'une demi-heure les cortégeants[1] reviennent moins le cortégé. Deux jeunes femmes avaient leur mouchoir sur leurs yeux, l'une des deux poussait des cris ; elles pleuraient leur père ; l'homme décédé était celui qui reçut le viatique le jour de mon arrivée.

Si mes *Mémoires* parviennent jusqu'à Waldmünchen quand moi-même je ne serai plus, la famille en deuil aujourd'hui y trouvera la date de sa douleur passée. Du fond de son lit, l'agonisant a peut-être ouï le bruit de ma voiture ; c'est le seul bruit qu'il aura entendu de moi sur la terre.

La foule dispersée, j'ai pris le chemin que j'avais vu prendre au convoi dans la direction du levant d'hiver[2]. J'ai trouvé d'abord un vivier d'eau stagnante, à l'orée duquel s'écoulait rapidement un ruisseau comme la vie au bord de la tombe. Des croix au revers d'une butte m'ont indiqué le cimetière. Je gravis un chemin creux, et la brèche d'un mur m'introduisit dans le saint enclos.

Des sillons d'argile représentaient les corps au-dessus du sol ; des croix s'élevaient çà et là : elles marquaient les issues par lesquelles les voyageurs étaient entrés dans le nouveau monde, ainsi que les balises indiquent à l'embouchure d'un fleuve les passes ouvertes aux vaisseaux. Un pauvre vieux creusait la tombe d'un enfant ; seul, en

---

1. Emploi très rare du participe substantivé du verbe *cortéger* : accompagner, faire cortège à.   **2.** Le sud-est.

sueur et la tête nue, il ne chantait pas, il ne plaisantait pas
à l'instar des clowns d'Hamlet[1]. Plus loin était une autre
fosse près de laquelle on voyait une escabelle, un levier
et une corde pour la descente dans l'éternité.

Je suis allé droit à cette fosse qui semblait me dire :
« Voilà une belle occasion ! » Au fond du trou gisait le
récent cercueil recouvert de quelques pelletées de poussière en attendant le reste. Une pièce de toile blanchissait
sur le gazon : les morts avaient soin de leur linceul.

Loin de son pays, le chrétien a toujours moyen de s'y
transporter subitement : c'est de visiter autour des églises
le dernier asile de l'homme : le cimetière est le champ de
famille, et la religion la patrie universelle.

Il était midi quand je suis rentré ; d'après tous les calculs l'estafette ne pouvait être revenue avant trois heures ;
néanmoins chaque piétinement de chevaux me faisait
courir à la fenêtre : à mesure que l'heure approchait, je
me persuadais que le permis n'arriverait pas.

Pour dévorer le temps, je demandai la note de ma
dépense ; je me mis à supputer les poulets que j'avais
mangés : plus grand que moi n'a pas dédaigné ce soin.
Henri Tudor, septième du nom, en qui finirent les troubles
de la *Rose blanche* et la *Rose rouge*, comme je vais unir
la cocarde blanche à la cocarde tricolore, Henri VII a
paraphé une à une les pages d'un livret de comptes que
j'ai vu[2] : « À une femme pour trois pommes, 12 sous ;
pour avoir découvert trois lièvres, 6 schellings 8 sous ; à
maître Bernard, le poëte aveugle, 100 schellings (c'était
mieux qu'Homère) ; à un petit homme, *little man*, à Shaf-
tesbury, 20 schellings. » Nous avons aujourd'hui beaucoup de petits hommes, mais ils coûtent plus de
20 schellings.

À trois heures, heure à laquelle l'estafette aurait pu être
de retour, j'allai avec Hyacinthe sur la route d'Haselbach.
Il faisait du vent, le ciel était semé de nuages qui passaient sur le soleil en jetant leur ombre aux champs et

---

1. Les *clowns* sont les fossoyeurs de la célèbre scène du cimetière
dans *Hamlet* (acte V, scène I).   **2.** Ce registre de comptes manuscrit
lui avait été communiqué en 1822 (Marcellus, p. 440).

aux sapinières. Nous étions précédés d'un troupeau du village qui élevait dans sa marche la noble poussière de l'armée du grand-duc de Quirocie, combattue si vaillamment par le chevalier de la Manche [1]. Un calvaire pointait au haut d'une des montées du chemin, de là on découvrait un long ruban de la chaussée. Assis dans une ravine, j'interrogeais Hyacinthe resté au pied de la croix : « Sœur Anne, ne vois-tu rien venir ? [2] » Quelques carrioles de village aperçues de loin nous faisaient battre le cœur ; en approchant elles se montraient vides comme tout ce qui porte des songes. Il me fallut retourner au logis et dîner bien tristement. Une planche s'offrait après le naufrage : la diligence devait passer à six heures ; ne pouvait-elle pas apporter la réponse du gouverneur ? Six heures sonnent : point de diligence. À six heures un quart, Baptiste entre dans ma chambre : « Le courrier ordinaire de Prague vient d'arriver ; il n'y a rien pour Monsieur. » Le dernier rayon d'espoir s'éteignit.

(12)

LETTRE DU COMTE DE CHOTECK. – LA PAYSANNE. – DÉPART DE WALDMÜNCHEN. – DOUANE AUTRICHIENNE. – ENTRÉE EN BOHÊME. – FORÊT DE PINS. – CONVERSATION AVEC LA LUNE. PILSEN. – GRANDS CHEMINS DU NORD. – VUE DE PRAGUE.

À peine Baptiste était-il sorti de ma chambre que Schwartz paraît agitant en l'air une grande lettre, à grand cachet, et criant : *« Foilà le bermis.* » Je saute sur la dépêche ; je déchire l'enveloppe ; elle contenait, avec une lettre du gouverneur, le permis et un billet de M. de Blacas. Voici la lettre de M. le comte de Choteck [3] :

---

1. Allusion à *Don Quichotte*, 1re partie, chapitre 18.   **2.** Réminiscence du conte de Perrault : *La Barbe bleue*.   **3.** Le gouverneur de Bohême avait pris soin, comme il le manda aussitôt à Vienne, de consulter le duc de Blacas sur les intentions de Charles X. Celui-ci ne se serait pas opposé à la venue de Chateaubriand.

« Prague, 23 mai 1833.

« Monsieur le vicomte,

« Je suis bien fâché qu'à votre entrée en Bohême vous ayez éprouvé des difficultés et des retards dans votre voyage. Mais vu les ordres très sévères qui existent à nos frontières pour tous les voyageurs qui viennent de France, ordres que vous trouverez vous-même bien naturels dans les circonstances actuelles, je ne puis qu'approuver la conduite du chef de la douane de Haselbach. Malgré la célébrité tout européenne de votre nom, vous voudrez bien excuser cet employé, qui n'a pas l'honneur de vous connaître personnellement, d'autant plus que votre passeport n'était visé que pour la Lombardie et non pour tous les États autrichiens. Quant à votre projet de voyage pour Vienne, j'en écris aujourd'hui au prince de Metternich, et je m'empresserai de vous communiquer sa réponse dès votre arrivée à Prague.

« J'ai l'honneur de vous envoyer ci-jointe la réponse de M. le duc de Blacas, et je vous prie de vouloir bien recevoir les assurances de la haute considération avec laquelle j'ai l'honneur d'être, etc.

« Le comte de CHOTECK. »

Cette réponse était polie et convenable ; le gouverneur ne pouvait pas m'abandonner l'autorité inférieure, qui après tout avait fait son devoir. J'avais moi-même prévu à Paris les chicanes dont mon vieux passeport pourrait devenir la cause. Quant à Vienne, j'en avais parlé dans un but politique, afin de rassurer M. le comte de Choteck et de lui montrer que je ne fuyais pas le prince de Metternich.

À huit heures du soir, le jeudi 23 mai, je montai en voiture. Qui le croirait ? ce fut avec une sorte de peine que je quittai Waldmünchen ! Je m'étais déjà habitué à mes hôtes ; mes hôtes s'étaient accoutumés à moi. Je connaissais tous les visages aux fenêtres et aux portes ; quand je me promenais, ils m'accueillaient d'un air de bienveillance. Le voisinage accourut pour voir rouler ma calèche, délabrée comme la monarchie de Hugues Capet.

Les hommes ôtaient leurs chapeaux, les femmes me faisaient un petit signe de congratulation. Mon aventure était
l'objet des conversations du village ; chacun prenait mon
parti : les Bavarois et les Autrichiens se détestent ; les
premiers étaient fiers de m'avoir laissé passer.

J'avais remarqué plusieurs fois sur le seuil de sa chaumière une jeune Waldmünchenienne à figure de vierge de
la première manière de Raphael ; son père, à prestance
honnête de paysan, me saluait jusqu'à terre avec son
feutre à larges bords, il me donnait en allemand un bonjour que je lui rendais cordialement en français : placée
derrière lui, sa fille rougissait en me regardant par-dessus
l'épaule du vieillard. Je retrouvai ma vierge, mais elle
était seule. Je lui fis un adieu de la main ; elle resta immobile ; elle semblait étonnée ; je voulais croire en sa pensée
à je ne sais quels vagues regrets : je la quittai comme une
fleur sauvage qu'on a vue dans un fossé au bord d'un
chemin et qui a parfumé votre course. Je traversai les
troupeaux d'Eumée ; il découvrit sa tête devenue grise au
service des moutons. Il avait achevé sa journée ; il rentrait
pour sommeiller avec ses brebis, tandis qu'Ulysse allait
continuer ses erreurs[1].

Je m'étais dit avant d'avoir reçu le permis : « Si je
l'obtiens, j'accablerai mon persécuteur. » Arrivé à Haselbach, il m'advint, comme à George Dandin, que ma maudite bonté me reprit[2] ; je n'ai point de cœur pour le
triomphe. En vrai poltron je me blottis dans l'angle de
ma voiture et Schwartz présenta l'ordre du gouverneur ;
j'aurais trop souffert de la confusion du douanier. Lui, de
son côté, ne se montra pas et ne fit pas même fouiller ma
vache. Paix lui soit ! qu'il me pardonne les injures que je
lui ai dites, mais que par un reste de rancune je n'effacerai
pas de mes *Mémoires*.

Au sortir de la Bavière, de ce côté, une noire et vaste
forêt de sapins sert de portique à la Bohême. Des vapeurs

---

1. Ses errances, ses courses vagabondes (sens étymologique de *erra-
re*).   **2.** Il semble que Chateaubriand confonde le George Dandin de
Molière avec le juge Perrin Dandin de Racine : c'est ce dernier qui est
soudain « pris de compassion » pour le coupable. (*Les Plaideurs*,
acte III, scène 3, vers 827).

erraient dans les vallées, le jour défaillait, et le ciel, à l'ouest, était couleur de fleurs de pêcher ; les horizons baissaient presque à toucher la terre. La lumière manque à cette latitude, et avec la lumière la vie ; tout est éteint, hyémal[1], blêmissant ; l'hiver semble charger l'été de lui garder le givre jusqu'à son prochain retour. Un petit morceau de la lune qui entreluisait me fit plaisir ; tout n'était pas perdu, puisque je trouvais une figure de connaissance. Elle avait l'air de me dire : « Comment ! te voilà ? te souvient-il que je t'ai vu dans d'autres forêts ? te souviens-tu des tendresses que tu me disais quand tu étais jeune ? vraiment, tu ne parlais pas trop mal de moi. D'où vient maintenant ton silence ? Où vas-tu seul et si tard ? Tu ne cesses donc de recommencer ta carrière ? »

Ô lune ! vous avez raison ; mais si je parlais bien de vos charmes, vous savez les services que vous me rendiez ; vous éclairiez mes pas alors que je me promenais avec mon fantôme d'amour ; aujourd'hui ma tête est argentée à l'instar de votre visage, et vous vous étonnez de me trouver solitaire ! et vous me dédaignez ! J'ai pourtant passé des nuits entières enveloppé dans vos voiles ; osez-vous nier nos rendez-vous parmi les gazons et le long de la mer ? Que de fois vous avez regardé mes yeux passionnément attachés sur les vôtres ! Astre ingrat et moqueur, vous me demandez où je vais si tard : il est dur de me reprocher la continuité de mes voyages. Ah ! si je marche autant que vous, je ne rajeunis pas à votre exemple, vous qui rentrez chaque mois sous le cercle brillant de votre berceau ! Je ne compte pas des lunes nouvelles, mon décompte n'a d'autre terme que ma complète disparition, et, quand je m'éteindrai, je ne rallumerai pas mon flambeau comme vous rallumez le vôtre !

Je cheminai toute la nuit ; je traversai Teinitz, Stankau, Staab. Le 24 au matin je passai à Pilsen, *à la belle caserne*, style homérique. La ville est empreinte de cet air de tristesse qui règne dans ce pays. À Pilsen, Wallens-

---

1. Voir t. I, p. 448, note 2.

tein[1] espéra saisir un sceptre ; j'étais aussi en quête d'une couronne, mais non pour moi.

La campagne est coupée et hachée de hauteurs, dites montagnes de Bohême ; mamelons dont le bout est marqué par des pins, et le galbe dessiné par la verdure des moissons.

Les villages sont rares. Quelques forteresses affamées de prisonniers se juchent sur des rocs comme de vieux vautours. De Zditz à Beraun, les monts à droite deviennent chauves. On passe un village, les chemins sont spacieux, les postes bien montées ; tout annonce une monarchie qui imite l'ancienne France.

Jehan l'Aveugle[2], sous Philippe de Valois, les ambassadeurs de Georges[3] sous Louis XI, par quelles laies[4] forestières passèrent-ils ? À quoi bon les chemins modernes de l'Allemagne ? ils resteront déserts, car ni l'histoire, ni les arts, ni le climat n'appellent les étrangers sur leur chaussée solitaire. Pour le commerce, il est inutile que les voies publiques soient aussi larges, et aussi coûteuses d'entretien ; le plus riche trafic de la terre, celui de l'Inde et de la Perse, s'opère à dos de mulets, d'ânes et de chevaux, par d'étroits sentiers, à peine tracés à travers les chaînes de montagnes ou les zones de sable. Les grands chemins actuels, dans des pays infréquentés, serviront seulement à la guerre ; vomitoires à l'usage de nouveaux Barbares qui, sortant du nord avec l'immense train des armes à feu, viendront inonder des régions favorisées de l'intelligence et du soleil.

À Beraun passe la petite rivière du même nom, assez

---

1. Wallenstein (1583-1634), le héros de la guerre de Trente Ans, dont le destin tragique a inspiré à Schiller une célèbre trilogie (1798), que Benjamin Constant avait adaptée pour la scène française en 1809.   **2.** Jean de Luxembourg (1293-1346) fut roi de Bohême de 1310 à 1346 sous le nom de Jean Ier. Il avait conclu contre les Anglais une alliance avec la France de Philippe VI, et malgré sa cécité, il participa à la bataille de Crécy où il trouva la mort.   **3.** Georges Podiebrad (1420-1471), roi de Bohême de 1458 à 1468, envoya des ambassades à Louis XI pour solliciter son appui contre le roi de Hongrie Mathias Corvin ; mais celui-ci, aidé par le pape, finit par le déposséder du trône.   **4.** Terme de forestier : route étroite percée dans une futaie.

méchante comme tous les roquets. En 1784, elle atteignit le niveau tracé sur les murs de l'hôtel de la poste. Après Beraun, des gorges contournent quelques collines, et s'évasent à l'entrée d'un plateau. De ce plateau le chemin plonge dans une vallée à lignes vagues dont un hameau occupe le giron. Là prend naissance une longue montée qui mène à Duschnick, station de la poste et dernier relais. Bientôt descendant vers un tertre opposé, à la cime duquel s'élève une croix, on découvre Prague aux deux bords de la Moldau. C'est dans cette ville que les fils aînés de saint Louis achèvent une vie d'exil, que l'héritier de leur race commence une vie de proscription, tandis que sa mère languit dans une forteresse sur le sol d'où il est chassé. Français ! la fille de Louis XVI et de Marie-Antoinette, celle à qui vos pères ouvrirent les portes du Temple, vous l'avez envoyée à Prague ; vous n'avez pas voulu garder parmi vous ce monument unique de grandeur et de vertu ! Ô mon vieux Roi, vous que je me plais, parce que vous êtes tombé, à appeler mon maître ! Ô jeune enfant que j'ai le premier proclamé roi, que vais-je vous dire ? comment oserai-je me présenter devant vous, moi qui ne suis point banni, moi libre de retourner en France, libre de rendre mon dernier soupir à l'air qui enflamma ma poitrine lorsque je respirai pour la première fois, moi dont les os peuvent reposer dans ma terre natale ! Captive de Blaye, je vais voir votre fils !

LIVRE TRENTE-SEPTIÈME

(1)

Prague, 24 mai 1833.

CHÂTEAU DES ROIS DE BOHÊME.
PREMIÈRE ENTREVUE AVEC CHARLES X.

Entré à Prague le 24 mai, à sept heures du soir, je descendis à l'hôtel des Bains, dans la vieille ville bâtie sur la rive gauche de la Moldau. J'écrivis un billet à M. le duc de Blacas[1] pour l'avertir de mon arrivée ; je reçus la réponse suivante :

« Si vous n'êtes pas trop fatigué, monsieur le vicomte, le Roi sera charmé de vous recevoir dès ce soir, à neuf heures trois quarts ; mais si vous désirez vous reposer, ce serait avec grand plaisir que Sa Majesté vous verrait demain matin à onze heures et demie.

---

1. C'est la dernière fois que Chateaubriand rencontre sur son chemin le duc de Blacas. Ancien ministre de la Maison du Roi, celui-ci faisait en réalité office de Premier ministre. Très infatué de sa personne, Blacas joue sans aucun doute le premier rôle à la cour de Prague : il incarne pour Chateaubriand toutes les forces de résistance à la modernité. C'est donc sur lui que le mémorialiste va concentrer ses attaques, en particulier dans le portrait qu'on lira un peu plus loin, au chapitre 9.

« Agréez, je vous prie, mes compliments les plus empressés.

« Ce vendredi 24 mai à 7 heures.

« Blacas d'Aulps. »

Je ne crus pas pouvoir profiter de l'alternative qu'on me laissait : à neuf heures et demie du soir, je me mis en marche ; un homme de l'auberge, sachant quelques mots de français, me conduisit. Je gravis des rues silencieuses, sombres, sans réverbères, jusqu'au pied de la haute colline que couronne l'immense château des rois de Bohême[1]. L'édifice dessinait sa masse noire sur le ciel ; aucune lumière ne sortait de ses fenêtres : il y avait là quelque chose de la solitude, du site et de la grandeur du Vatican, ou du temple de Jérusalem vu de la vallée de Josaphat. On n'entendait que le retentissement de mes pas et de ceux de mon guide ; j'étais obligé de m'arrêter par intervalles sur les plates-formes des pavés échelonnés, tant la pente était rapide.

À mesure que je montais, je découvrais la ville au-dessous. Les enchaînements de l'histoire, le sort des hommes, la destruction des empires, les desseins de la Providence, se présentaient à ma mémoire en s'identifiant aux souvenirs de ma propre destinée : après avoir exploré des ruines mortes, j'étais appelé au spectacle des ruines vivantes.

Parvenu au plateau sur lequel est bâti Hradschin, nous traversâmes un poste d'infanterie dont le corps de garde avoisinait le guichet extérieur. Nous pénétrâmes par ce guichet dans une cour carrée, environnée de bâtiments uniformes et déserts. Nous enfilâmes à droite, au rez-de-chaussée, un long corridor qu'éclairaient de loin en loin des lanternes de verre accrochées aux parois du mur, comme dans une caserne ou dans un couvent. Au bout de ce corridor s'ouvrait un escalier, au pied duquel se promenaient deux sentinelles. Comme je montais le

---

1. Lorsque Charles X et sa famille étaient arrivés à Prague, le 25 octobre 1832, François Ier avait mis à leur disposition le deuxième étage du palais du Hradschin. Les exilés y vécurent jusqu'au mois de mai 1836, selon un cérémonial et une étiquette inspirés des Tuileries.

second étage, je rencontrai M. de Blacas qui descendait. J'entrai avec lui dans les appartements de Charles X ; là étaient encore deux grenadiers en faction. Cette garde étrangère, ces habits blancs à la porte du roi de France, me faisaient une impression pénible : l'idée d'une prison plutôt que d'un palais me vint.

Nous passâmes trois salles anuitées[1] et presque sans meubles : je croyais errer encore dans le terrible monastère de l'Escurial. M. de Blacas me laissa dans la troisième salle pour aller avertir le Roi, avec la même étiquette qu'aux Tuileries. Il revint me chercher, m'introduisit dans le cabinet de Sa Majesté, et se retira.

Charles X s'approcha de moi, me tendit la main avec cordialité en me disant : « Bonjour, bonjour, monsieur de Chateaubriand, je suis charmé de vous voir. Je vous attendais. Vous n'auriez pas dû venir ce soir, car vous devez être bien fatigué. Ne restez pas debout ; asseyons-nous. Comment se porte votre femme ? »

Rien ne brise le cœur comme la simplicité des paroles dans les hautes positions de la société et les grandes catastrophes de la vie. Je me mis à pleurer comme un enfant ; j'avais peine à étouffer avec mon mouchoir le bruit de mes larmes. Toutes les choses hardies que je m'étais promis de dire, toute la vaine et impitoyable philosophie dont je comptais armer mes discours, me manqua. Moi, devenir le pédagogue du malheur ! Moi, oser en remontrer à mon Roi, à mon Roi en cheveux blancs, à mon Roi proscrit, exilé, prêt à déposer sa dépouille mortelle dans la terre étrangère ! Mon vieux Prince me prit de nouveau par la main en voyant le trouble de cet *impitoyable ennemi*, de ce *dur opposant* des ordonnances de Juillet. Ses yeux étaient humides ; il me fit asseoir à côté d'une petite table de bois, sur laquelle il y avait deux bougies ; il s'assit auprès de la même table, penchant vers moi sa bonne oreille pour mieux m'entendre, m'avertissant ainsi de ses années qui venaient mêler leurs infirmités communes aux calamités extraordinaires de sa vie.

Il m'était impossible de retrouver la voix, en regar-

---

1. Envahies par la nuit, obscures : *cf.* t. I, p. 641, note 2.

dant dans la demeure des empereurs d'Autriche le soixante-huitième roi de France courbé sous le poids de ces règnes et de soixante-seize années : de ces années, vingt-quatre s'étaient écoulées dans l'exil, cinq sur un trône chancelant ; le monarque achevait ses derniers jours dans un dernier exil, avec le petit-fils dont le père avait été assassiné et de qui la mère était captive. Charles X, pour rompre ce silence, m'adressa quelques questions. Alors j'expliquai brièvement l'objet de mon voyage : je me dis porteur d'une lettre de madame la duchesse de Berry, adressée à madame la Dauphine, dans laquelle la prisonnière de Blaye confiait le soin de ses enfants à la prisonnière du Temple, comme ayant la pratique du malheur. J'ajoutai que j'avais aussi une lettre pour les enfants. Le Roi me répondit : « Ne la leur remettez pas ; ils ignorent en partie ce qui est arrivé à leur mère ; vous me donnerez cette lettre. Au surplus, nous parlerons de tout cela demain à deux heures : allez vous coucher. Vous verrez mon fils et les enfants à onze heures et vous dînerez avec nous. » Le Roi se leva, me souhaita une bonne nuit et se retira.

Je sortis ; je rejoignis M. de Blacas dans le salon d'entrée ; le guide m'attendait sur l'escalier. Je retournai à mon auberge, descendant les rues sur les pavés glissants avec autant de rapidité que j'avais mis de lenteur à les monter.

(2)

Prague, 25 mai 1833.

Monsieur le Dauphin.
Les Enfants de France.
Le duc et la duchesse de Guiche.
Triumvirat. – Mademoiselle.

Le lendemain, 25 mai, je reçus la visite de M. le comte de Cossé[1], logé dans mon auberge. Il me raconta les brouilleries du château relatives à l'éducation du duc de Bordeaux[2]. À dix heures et demie je montai à Hradschin ; le duc de Guiche[3] m'introduisit chez M. le Dauphin. Je le trouvai vieilli et amaigri ; il était vêtu d'un habit bleu râpé, boutonné jusqu'au menton et qui, trop large, semblait acheté à la friperie : le pauvre prince me fit une extrême pitié.

M. le Dauphin a du courage ; son obéissance à Charles X l'a seule empêché de se montrer à Saint-Cloud et à Rambouillet tel qu'il s'était montré à Chiclana[4] : sa sauvagerie en est augmentée. Il supporte avec peine la vue d'un nouveau visage. Il dit souvent au duc de Guiche : « Pourquoi êtes-vous ici ? je n'ai besoin de personne. Il n'y a pas de trou de souris assez petit pour me cacher. »

Il a dit encore plusieurs fois : « Qu'on ne parle pas de moi ; qu'on ne s'occupe pas de moi ; je ne suis rien ; je ne veux être rien. J'ai 20 000 francs de rente, c'est plus

---

1. Emmanuel de Cossé-Brissac (1793-1870) avait servi dans la Garde impériale lors de la campagne de France. Devenu ensuite aide de camp du duc de Berry, il était demeuré, après la mort de celui-ci, attaché à la maison de la duchesse.   **2.** Relatives, en particulier, au choix de ses professeurs. Chateaubriand avait exprimé son opinion à ce sujet dans sa brochure du 31 octobre 1831 (voir XXXIV, 11, *supra*, p. 65).   **3.** Voir t. III, p. 131, note 3.   **4.** Son quartier général lors du blocus de Cadix en 1823.

qu'il ne me faut. Je ne dois songer qu'à mon salut et à faire une bonne fin. » Il a dit encore : « Si mon neveu avait besoin de moi, je le servirais de mon épée ; mais j'ai signé, contre mon sentiment, mon abdication pour obéir à mon père ; je ne la renouvellerai pas[1] ; je ne signerai plus rien ; qu'on me laisse en paix. Ma parole suffit : je ne mens jamais. »

Et c'est vrai : sa bouche n'a jamais proféré un mensonge. Il lit beaucoup ; il est assez instruit, même dans les langues ; sa correspondance avec M. de Villèle pendant la guerre d'Espagne a son prix, et sa correspondance avec madame la Dauphine, interceptée et insérée dans *le Moniteur*[2], le fait aimer. Sa probité est incorruptible ; sa religion est profonde ; sa piété filiale s'élève jusqu'à la vertu ; mais une invincible timidité ôte au Dauphin l'emploi de ses facultés.

Pour le mettre à l'aise, j'évitai de l'entretenir de politique et ne m'enquis que de la santé de son père ; c'est un sujet sur lequel il ne tarit point. La différence du climat d'Édimbourg et de Prague, la goutte prolongée du Roi, les eaux de Tœplitz que le Roi allait prendre, le bien qu'il en éprouverait, voilà le texte de notre conversation. M. le Dauphin veille sur Charles X comme sur un enfant ; il lui baise la main quand il s'en approche, s'informe de sa nuit, ramasse son mouchoir, parle haut pour s'en faire entendre, l'empêche de manger ce qui l'incommoderait, lui fait mettre ou ôter une redingote selon le degré de froid ou de

---

1. Voir XXXIII, 3. Non seulement le prince avait signé de mauvais gré sa propre abdication, mais Charles X avait plus ou moins remis la sienne en cause dans une déclaration écrite faite en Écosse (voir *supra*, p. 76, note 2). De là une certaine confusion dans le camp légitimiste, sur la question de savoir qui devait être désormais reconnu comme le roi. Les uns, comme Chateaubriand, avaient pris parti pour Henri V, mais ils se heurtaient à des arrière-pensées du côté des « carlistes » qui considéraient que Charles X avait conservé une partie de ses droits (au moins comme tuteur de son petit-fils). Voilà ce qui explique, un peu plus loin, la stupeur du duc de Bordeaux lorsque Chateaubriand le salue du titre de roi : c'est un rôle auquel il a été encore bien peu préparé. 2. En mars 1815, le duc d'Angoulême avait pris la direction de la résistance royaliste dans la vallée du Rhône, tandis que sa femme cherchait à rallier la ville de Bordeaux à Louis XVIII.

chaud, l'accompagne à la promenade et le ramène. Je n'eus
garde de parler d'autre chose. Des journées de Juillet, de la
chute d'un empire, de l'avenir de la monarchie, mot[1].
« Voilà onze heures », me dit-il : « Vous allez voir les
enfants ; nous nous retrouverons à dîner. »

Conduit à l'appartement du gouverneur, les portes
s'ouvrent : je vois le baron de Damas[2], avec son élève ;
madame de Gontaut[3] avec Mademoiselle[4], M. Barrande[5],
M. Lavilatte[6] et quelques autres dévoués serviteurs ; tout
le monde debout. Le jeune prince, effarouché, me regardait de côté, regardait son gouverneur comme pour lui
demander ce qu'il avait à faire, de quelle façon il fallait
agir dans ce péril, ou comme pour obtenir la permission
de me parler. Mademoiselle souriait d'un demi-sourire
avec un air timide et indépendant ; elle semblait attentive
aux faits et gestes de son frère. Madame de Gontaut se

---

1. Formule elliptique : pas un mot.   **2.** Voir t. III, p. 209, note 2.
3. Marie-Louise-Joséphine de Montault de Navailles (1773-1862) avait
épousé en 1792 le vicomte de Gontaut-Biron. Devenue gouvernante des
enfants de France en 1819, elle avait reçu en 1826 le titre de duchesse.
Chateaubriand la connaissait depuis son émigration (voir t. I,
p. 686).   **4.** La princesse Louise (1819-1870) sœur aînée du duc de
Bordeaux. Elle épousera en 1845 le duc Charles-Louis de Bourbon-
Parme.   **5.** Joachim Barrande (1797-1883), ancien élève de Polytechnique et ingénieur des Ponts-et-Chaussées, était le professeur principal du prince. C'était un homme encore jeune, au caractère ferme. Il
se retira quelques mois plus tard, lorsque le baron de Damas cessa ses
fonctions de gouverneur ; mais il se fixa en Bohême où il ne tarda pas
à se faire une réputation de minéralogiste, et demeura fidèle au souvenir de son ancien élève.   **6.** Joseph Bouyonnet de Lavillatte (1780-
1858), né et mort à Planzat, dans le Puy-de-Dôme. Ses convictions
royalistes le conduisirent à maintes reprises en prison dans sa jeunesse :
il fut, en particulier, incarcéré à Vincennes jusqu'en 1810, à la suite de
la conspiration de Pichegru. Sous la Restauration, il entra au service et
participa, comme officier des grenadiers de la Garde royale, à la prise
du Trocadéro en 1823. Mais en 1826, à la prière de Mathieu de Montmorency, éphémère gouverneur du duc de Bordeaux, il passa dans la
maison civile de celui-ci comme « premier valet de chambre ». Il le
suivra dans son exil, et fut alors chargé de son instruction militaire.
Rentré à la fin de 1833 dans son Auvergne natale, il continuera de
rendre des visites au comte de Chambord (à Londres en 1843, où il
devait retrouver Chateaubriand, à Venise en 1846). Celui ci avait pour
lui une grande affection.

montrait fière de l'éducation qu'elle avait donnée. Après avoir salué les deux enfants, je m'avançai vers l'orphelin et je lui dis : « Henri V me veut-il permettre de déposer à ses pieds l'hommage de mon respect ? Quand il sera remonté sur son trône, il se souviendra peut-être que j'ai eu l'honneur de dire à son illustre mère : *Madame, votre fils est mon Roi.* Ainsi j'ai le premier proclamé Henri V Roi de France, et un jury français, en m'acquittant, a laissé subsister ma proclamation. Vive le Roi ! »

L'enfant, ébouriffé [1] de s'entendre saluer Roi, de m'entendre parler de sa mère dont on ne lui parlait plus, recula jusque dans les jambes du baron de Damas, en prononçant quelques mots accentués, mais presque à voix basse. Je dis à M. de Damas :

« Monsieur le baron, mes paroles semblent étonner le Roi. Je vois qu'il ne sait rien de sa courageuse mère et qu'il ignore ce que ses serviteurs ont quelquefois le bonheur de faire pour la cause de la royauté légitime. »

Le gouverneur me répondit : « On apprend à Monseigneur ce que de fidèles sujets comme vous, monsieur le vicomte... » Il n'acheva pas sa phrase.

M. de Damas se hâta de déclarer que le moment des études était arrivé. Il m'invita à la leçon d'équitation à quatre heures.

J'allai faire une visite à madame la duchesse de Guiche, logée assez loin de là dans une autre partie du château ; il fallait près de dix minutes pour s'y rendre de corridor en corridor. Ambassadeur à Londres, j'avais donné une petite fête à madame de Guiche [2], alors dans tout l'éclat de sa jeunesse et suivie d'un peuple d'adorateurs ; à Prague je la trouvai changée, mais l'expression de son visage me plaisait mieux. Sa coiffure lui seyait à ravir ; ses cheveux, nattés en petites tresses comme ceux d'une odalisque ou d'une médaille de Sabine, se festonnaient en bandeau des deux côtés de son front. La duchesse et le duc de Guiche représentaient à Prague la beauté enchaînée à l'adversité.

---

1. Ahuri. Emploi familier, propre au XVIIIe siècle, du verbe *ébouriffer* : surprendre au point de choquer. **2.** Voir tome III, p. 131.

Madame de Guiche était instruite de ce que j'avais dit au duc de Bordeaux. Elle me raconta qu'on voulait éloigner M. Barrande ; qu'il était question d'appeler des jésuites ; que M. de Damas avait suspendu, mais non abandonné ses desseins.

Il existait un triumvirat composé du duc de Blacas, du baron de Damas et du cardinal Latil ; ce triumvirat tendait à s'emparer du règne futur en isolant le jeune Roi, en l'élevant dans des principes et par des hommes antipathiques à la France. Le reste des habitants du château cabalait contre le triumvirat ; les enfants eux-mêmes étaient à la tête de l'opposition. Cependant l'opposition avait différentes nuances ; le parti Gontaut n'était pas tout à fait le parti Guiche ; la marquise de Bouillé[1], transfuge du parti Berry, se rangeait du côté du triumvirat avec l'abbé Moligny[2]. Madame la Dauphine, placée à la tête des impartiaux, n'était pas précisément favorable au parti de la jeune France, représenté par M. Barrande ; mais comme elle gâtait le duc de Bordeaux, elle penchait souvent de son côté et le soutenait contre son gouverneur.

Madame d'Agoult[3], dévouée corps et âme au triumvirat, n'avait d'autre crédit auprès de la Dauphine que celui de la présence et de l'importunité.

Après avoir fait ma cour à madame de Guiche, je me rendis chez madame de Gontaut. Elle m'attendait avec la princesse Louise.

---

1. Créole de la Martinique, Marie-Louise Carrère (vers 1780-1869) avait épousé le comte François-Marie-Michel de Bouillé (1779-1853) devenu sous la Restauration maréchal de camp, gouverneur de la Martinique et pair de France (1827). Mme de Bouillé était la première des « dames pour accompagner » la duchesse de Berry, qu'elle avait suivie en Angleterre.   **2.** M. de Moligny était alors, comme son ami Dupanloup, un jeune prêtre protégé par la Dauphine. Il avait exercé en particulier son ministère au catéchisme de la Madeleine. Il fut choisi après 1830 pour être le confesseur du duc de Bordeaux.   **3.** Anne-Charlotte de Choisy (1760-1841) avait émigré à Vienne avec ses parents, puis accompagné à Mittau la jeune Dauphine qu'elle ne devait plus quitter. C'est la princesse qui avait arrangé son mariage, sur le tard (1816), avec le vicomte Antoine-Jean d'Agoult (1750-1828), son premier écuyer, devenu par la suite gouverneur du château de Saint-Cloud.

Mademoiselle rappelle un peu son père : ses cheveux sont blonds ; ses yeux bleus ont une expression fine ; petite pour son âge, elle n'est pas aussi formée que la représentent ses portraits. Toute sa personne est un mélange de l'enfant, de la jeune fille et de la princesse : elle regarde, baisse les yeux, sourit avec une coquetterie naïve mêlée d'art : on ne sait si on doit lui dire des contes de fées, lui faire une déclaration, ou lui parler avec respect comme à une reine. La princesse Louise joint aux talents d'agrément beaucoup d'instruction : elle parle anglais et commence à savoir bien l'allemand ; elle a même un peu l'accent étranger, et l'*exil* se marque déjà dans son langage.

Madame de Gontaut me présenta à la sœur de mon petit Roi : innocents fugitifs, ils avaient l'air de deux gazelles cachées parmi des ruines. Mademoiselle Vachon, sous-gouvernante, fille excellente et distinguée, arriva. Nous nous assîmes, et madame de Gontaut me dit : « Nous pouvons parler, Mademoiselle sait tout ; elle déplore avec nous ce que nous voyons. »

Mademoiselle me dit aussitôt : « Oh ! Henri a été bien bête ce matin : il avait peur. Grand-papa nous avait dit : Devinez qui vous verrez demain : c'est une puissance de la terre ! Nous avions répondu : Eh bien ! c'est l'Empereur. Non, a dit grand-papa. Nous avons cherché ; nous n'avons pas pu deviner. Il a dit : C'est le vicomte de Chateaubriand. Je me suis tapé le front pour n'avoir pas deviné. » Et la princesse se frappait le front, rougissant comme une rose, souriant spirituellement avec ses beaux yeux tendres et humides ; je mourais de la respectueuse envie de baiser sa petite main blanche. Elle a repris :

« Vous n'avez pas entendu ce que vous a dit Henri quand vous lui avez recommandé de se souvenir de vous ? Il a dit : *Oh ! oui, toujours !* mais il l'a dit si bas ! Il avait peur de vous et il avait peur de son gouverneur. Je lui faisais des signes, vous avez vu ? Vous serez plus content ce soir ; il parlera : attendez. »

Cette sollicitude de la jeune princesse pour son frère était charmante ; je devenais presque criminel de lèse-majesté. Mademoiselle le remarquait, ce qui lui donnait un maintien de conquête d'une grâce toute gentille. Je la tranquillisai sur l'impression que m'avait laissée Henri. « J'étais bien contente », me dit-elle, « de vous entendre parler de maman devant M. de Damas. Sortira-t-elle bientôt de prison ? »

On sait que j'avais une lettre de madame la duchesse de Berry pour les enfants, je ne leur en parlai point parce qu'ils ignoraient les détails postérieurs à la captivité. Le Roi m'avait demandé cette lettre ; je crus qu'il ne m'était pas permis de la lui donner, et que je devais la porter à madame la Dauphine, à laquelle j'étais envoyé, et qui prenait alors les eaux de Carlsbad.

Madame de Gontaut me redit ce que m'avaient dit M. de Cossé et madame de Guiche. Mademoiselle gémissait avec un sérieux d'enfant. Sa gouvernante ayant parlé du renvoi de M. Barrande et de l'arrivée probable d'un jésuite, la princesse Louise croisa les mains et dit en soupirant : « Ça sera bien impopulaire ! » Je ne pus m'empêcher de rire ; Mademoiselle se prit à rire aussi, toujours en rougissant.

Quelques instants me restaient avant l'audience du Roi. Je remontai en calèche et j'allai chercher le grand bourgrave, le comte de Choteck. Il habitait une maison de campagne à une demi-lieue hors de la ville, du côté du château. Je le trouvai chez lui et le remerciai de sa lettre. Il m'invita à dîner pour le lundi, 27 mai.

(3)

CONVERSATION AVEC LE ROI.

Revenu au château à deux heures, je fus introduit comme la veille auprès du Roi par M. de Blacas. Charles X me reçut avec sa bonté accoutumée et cette élégante facilité de manières que les années rendent plus sensible en lui. Il me fit asseoir de nouveau à la petite table. Voici le détail de notre conversation : « Sire,

madame la duchesse de Berry m'a ordonné de venir vous
trouver et de présenter une lettre à madame la Dauphine.
J'ignore ce que contient cette lettre, bien qu'elle soit
ouverte ; elle est écrite au citron, ainsi que la lettre pour
les enfants. Mais dans mes deux lettres de créance, l'une
ostensible, l'autre confidentielle, Marie-Caroline m'explique sa pensée. Elle remet, pendant sa captivité, comme
je l'ai dit hier à Votre Majesté, ses enfants sous la protection particulière de madame la Dauphine. Madame la
duchesse de Berry me charge en outre de lui rendre
compte de l'éducation de Henri V, que l'on appelle ici le
duc de Bordeaux. Enfin, madame la duchesse de Berry
déclare qu'elle a contracté un mariage secret avec le
comte Hector Lucchesi-Palli, d'une famille illustre. Ces
mariages secrets de princesses, dont il y a plusieurs exemples, ne les privent pas de leurs droits. Madame la
duchesse de Berry demande à conserver son rang de princesse française, la régence et la tutelle. Quand elle sera
libre, elle se propose de venir à Prague embrasser ses
enfants et mettre ses respects aux pieds de Votre
Majesté. »

Le Roi me répondit sévèrement [1]. Je tirai ma réplique,
tant bien que mal, d'une récrimination.

« Que Votre Majesté me pardonne, mais il me semble
qu'on lui a inspiré des préventions : M. de Blacas doit
être l'ennemi de mon auguste cliente. »

Charles X m'interrompit : « Non ; mais elle l'a traité
mal, parce qu'il l'empêchait de faire des sottises, de folles
entreprises. – Il n'est pas donné à tout le monde, répondis-je, de faire des sottises de cette espèce : Henri IV se
battait comme madame la duchesse de Berry, et comme
elle il n'avait pas toujours assez de force.

« Sire », continuai-je, « vous ne voulez pas que
madame de Berry soit princesse de France ; elle le sera

---

1. Il est regrettable que le lecteur de la version définitive doive se
contenter de cette phrase pour le moins elliptique. En réalité, comme
le prouve le dossier des avant-textes, le roi avait pris la peine de développer ses raisons, en espérant peut-être que Chateaubriand pourrait à
son tour se faire son porte-parole auprès des légitimistes français. Mais
il ne fut pas compris.

malgré vous ; le monde entier l'appellera toujours la *duchesse de Berry*, l'héroïque mère de Henri V ; son intrépidité et ses souffrances dominent tout ; vous ne pouvez pas vous mettre au rang de ses ennemis ; vous ne pouvez pas, à l'instar du duc d'Orléans, vouloir flétrir du même coup les enfants et la mère : vous est-il donc si difficile de pardonner à la gloire d'une femme ? »

« – Eh bien, *monsieur l'ambassadeur* », dit le Roi avec une emphase bienveillante, « que madame la duchesse de Berry aille à Palerme ; qu'elle y vive maritalement avec M. Lucchesi, à la vue de tout le monde, alors on dira aux enfants que leur mère est mariée ; elle viendra les embrasser. »

Je sentis que j'avais poussé assez loin l'affaire ; les principaux points étaient aux trois quarts obtenus, la conservation du titre et l'admission à Prague dans un temps plus ou moins éloigné : sûr d'achever mon ouvrage avec madame la Dauphine, je changeai la conversation. Les esprits entêtés regimbent contre l'insistance ; auprès d'eux, on gâte tout en voulant tout emporter de haute lutte.

Je passai à l'éducation du prince dans l'intérêt de l'avenir : sur ce sujet, je fus peu compris. La religion a fait de Charles X un solitaire ; ses idées sont cloîtrées. Je glissai quelques mots sur la capacité de M. Barrande et l'incapacité de M. de Damas. Le Roi me dit : « M. Barrande est un homme instruit, mais il a trop de besogne ; il avait été choisi pour enseigner les sciences exactes au duc de Bordeaux, et il enseigne tout, histoire, géographie, latin. J'avais appelé l'abbé Maccarthy [1], afin de partager les travaux de M. Barrande ; il est mort ; j'ai jeté les yeux sur un autre instituteur ; il arrivera bientôt. »

Ces paroles me firent frémir, car le nouvel instituteur ne pouvait être évidemment qu'un jésuite remplaçant un

---

1. Nicolas de Mac-Carthy (1769-1833), prêtre irlandais entré en 1818 dans la compagnie de Jésus, avait été un prédicateur réputé sous la Restauration. Il venait de mourir le 3 mai.

jésuite[1]. Que, dans l'état actuel de la société en France, l'idée de mettre un disciple de Loyola auprès de Henri V fût seulement entrée dans la tête de Charles X, il y avait de quoi désespérer de la race.

Quand je fus revenu de mon étonnement, je dis : « Le Roi ne craint-il pas sur l'opinion l'effet d'un instituteur choisi dans les rangs d'une société célèbre, mais calomniée ? »

Le Roi s'écria : « Bah ! en sont-ils encore aux jésuites ? »

Je parlai au Roi des élections et du désir qu'avaient les royalistes de connaître sa volonté. Le Roi me répondit : « Je ne puis dire à un homme : Prêtez serment contre votre conscience. Ceux qui croient devoir le prêter agissent sans doute à bonne intention. Je n'ai, mon cher ami, aucune prévention contre les hommes ; peu m'importe leur vie passée, lorsqu'ils veulent sincèrement servir la France et la Légitimité. Les républicains m'ont écrit à Édimbourg ; j'ai accepté, quant à leur personne, tout ce qu'ils me demandaient ; mais ils ont voulu m'imposer les conditions du gouvernement, je les ai rejetées. Je ne céderai jamais sur les principes ; je veux laisser à mon petit-fils un trône plus solide que n'était le mien. Les Français sont-ils aujourd'hui plus heureux et plus libres qu'ils ne l'étaient avec moi ? Payent-ils moins d'impôts ? quelle vache à lait que cette France ! Si je m'étais permis le quart des choses que s'est permises M. le duc d'Orléans, que de cris ! de malédictions ! Ils conspiraient contre moi, ils l'ont avoué : j'ai voulu me défendre... »

Le Roi s'arrêta comme embarrassé dans le nombre de ses pensées, et par la crainte de dire quelque chose qui me blessât.

Tout cela était bien, mais qu'entendait Charles X par les *principes* ? s'était-il rendu compte de la cause des conspirations vraies ou fausses ourdies contre son gouver-

---

1. Ce furent les R.P. Deplace et Druilhet, qui venaient de Saint-Acheul, le collège le plus aristocratique de France. Ils ne restèrent pas à Prague plus de trois mois et furent bientôt remplacés par Mgr Frayssinous.

nement ? Il reprit après un moment de silence : « Comment se portent vos amis les Bertin ? Ils n'ont pas à se plaindre de moi, vous le savez : ils sont bien rigoureux envers un homme banni qui ne leur a fait aucun mal, du moins que je sache. Mais, mon cher, je n'en veux à personne, chacun se conduit comme il l'entend. »

Cette douceur de tempérament, cette mansuétude chrétienne d'un Roi chassé et calomnié, me firent venir les larmes aux yeux. Je voulus dire quelques mots de Louis-Philippe. « Ah ! répondit le Roi... M. le duc d'Orléans... il a jugé... que voulez-vous ?... les hommes sont comme ça. » Pas un mot amer, pas un reproche, pas une plainte ne put sortir de la bouche du vieillard trois fois exilé. Et cependant des mains françaises avaient abattu la tête de son frère et percé le cœur de son fils ; tant ces mains ont été pour lui remémoratrices[1] et implacables !

Je louai le Roi de grand cœur et d'une voix émue. Je lui demandai s'il n'entrait point dans ses intentions de faire cesser toutes ces correspondances secrètes, de donner congé à tous ces commissaires qui, depuis quarante années, trompent la Légitimité. Le Roi m'assura qu'il était résolu à mettre un terme à ces impuissantes tracasseries ; il avait, disait-il, déjà désigné quelques personnes graves, au nombre desquelles je me trouvais, pour composer en France une sorte de conseil propre à l'instruire de la vérité. M. de Blacas m'expliquerait tout cela. Je priai Charles X d'assembler ses serviteurs et de m'entendre : il me renvoya à M. de Blacas.

J'appelai la pensée du Roi sur l'époque de la majorité de Henri V ; je lui parlai d'une déclaration à faire alors comme d'une chose utile. Le Roi, qui ne voulait point intérieurement de cette déclaration, m'invita à lui en présenter le modèle. Je répondis avec respect, mais avec fermeté, que je ne formulerais jamais une déclaration au bas de laquelle mon nom ne se trouvât pas au-dessous de celui du Roi. Ma raison était que je ne voulais pas prendre sur mon compte les changements éventuels introduits

---

1. Qui rappellent le souvenir du passé (néologisme).

dans un acte quelconque par le prince de Metternich et par M. de Blacas.

Je représentai au Roi qu'il était trop loin de la France, qu'on aurait le temps de faire deux ou trois révolutions à Paris avant qu'il en fût informé à Prague. Le Roi répliqua que l'Empereur l'avait laissé libre de choisir le lieu de sa résidence dans tous les États autrichiens, le royaume de Lombardie excepté. « Mais », ajouta Sa Majesté, « les villes habitables en Autriche sont toutes à peu près à la même distance de France ; à Prague, je suis logé pour rien, et ma position m'oblige à ce calcul. »

Noble calcul que celui-là pour un prince qui avait joui pendant cinq ans d'une liste civile de 20 millions, sans compter les résidences royales ; pour un prince qui avait laissé à la France la colonie d'Alger et l'ancien patrimoine des Bourbons, évalué de 25 à 30 millions de revenu !

Je dis : « Sire, vos fidèles sujets ont souvent pensé que votre royale indigence pouvait avoir des besoins ; ils sont prêts à se cotiser, chacun selon sa fortune, afin de vous affranchir de la dépendance de l'étranger. – Je crois, mon cher Chateaubriand, dit le Roi en riant, que vous n'êtes guère plus riche que moi. Comment avez-vous payé votre voyage ? – Sire, il m'eût été impossible d'arriver jusqu'à vous, si madame la duchesse de Berry n'avait donné l'ordre à son banquier, M. Jauge[1], de me compter 6 000 francs. – C'est bien peu ! », s'écria le Roi, « avez-vous besoin d'un supplément ? – Non sire ; je devrais même, en m'y prenant bien, rendre quelque chose à la pauvre prisonnière ; mais je ne sais guère regratter. – Vous étiez un magnifique seigneur à Rome ? – J'ai

---

1. Ce banquier, dont le père avait été guillotiné sous la Terreur, ne se trouve recensé dans aucun *Almanach du commerce*, mais il apparaît à plusieurs reprises comme vice-président du collège électoral dans le département de la Seine sous la Restauration. Sans doute exerçait-il sa profession de manière discrète, puisqu'il fut chargé à partir de 1831 de gérer les fonds destinés à financer le soulèvement préparé par la duchesse de Berry. Chateaubriand emporta une somme de 4000 francs à son départ de Paris. Le reste devait lui être versé à Prague (voir *infra*, p. 299-300).

toujours mangé consciencieusement ce que le Roi m'a donné ; il ne m'en est pas resté deux sous. – Vous savez que je garde toujours à votre disposition votre traitement de pair : vous n'en avez pas voulu. – Non, sire, parce que vous avez des serviteurs plus malheureux que moi. Vous m'avez tiré d'affaire pour les 20 000 francs qui me restaient encore de dettes sur mon ambassade à votre grand ami M. Laffitte. – Je vous les devais, dit le Roi, ce n'était pas même ce que vous aviez abandonné de vos appointements en donnant votre démission d'ambassadeur, qui, par parenthèse, m'a fait assez de mal. – Quoi qu'il en soit, sire, dû ou non, Votre Majesté, en venant à mon secours, m'a rendu dans le temps service, et moi je lui rendrai son argent quand je pourrai ; mais pas à présent, car je suis gueux comme un rat ; ma maison rue d'Enfer n'est pas payée. Je vis pêle-mêle avec les pauvres de madame de Chateaubriand, en attendant le logement que j'ai déjà visité, à l'occasion de Votre Majesté, chez M. Gisquet. Quand je passe par une ville, je m'informe d'abord s'il y a un hôpital ; s'il y en a un, je dors sur les deux oreilles : *le vivre et le couvert, en faut-il davantage* [1] *?*

« – Oh ! ça ne finira pas comme ça. Combien, Chateaubriand, vous faudrait-il pour être riche ?

« – Sire, vous y perdriez votre temps ; vous me donneriez quatre millions ce matin, que je n'aurais pas un patard ce soir. »

Le Roi me secoua l'épaule avec la main : « À la bonne heure ! Mais à quoi diable mangez-vous votre argent ? Ma foi, sire, je n'en sais rien, car je n'ai aucun goût et ne fais aucune dépense : c'est incompréhensible ! Je suis si bête qu'en entrant aux affaires étrangères, je ne voulus pas prendre les 25 000 francs de frais d'établissement, et qu'en en sortant je dédaignai d'escamoter les fonds secrets ! Vous me parlez de ma fortune, pour éviter de me parler de la vôtre.

« C'est vrai », dit le Roi, « voici à mon tour ma confes-

---

1. Citation « arrangée » de La Fontaine (« Le Rat qui s'est retiré du monde », *Fables*, VII, 3, vers 10).

sion : en mangeant mes capitaux par portions égales d'année en année, j'ai calculé qu'à l'âge où je suis, je pourrais vivre jusqu'à mon dernier jour sans avoir besoin de personne. Si je me trouvais dans la détresse, j'aimerais mieux avoir recours, comme vous me le proposez, à des Français qu'à des étrangers. On m'a offert d'ouvrir des emprunts, entre autres un de 30 millions qui aurait été rempli en Hollande ; mais j'ai su que cet emprunt, coté aux principales bourses en Europe, ferait baisser les fonds français ; cela m'a empêché d'adopter le projet : rien de ce qui affecterait la fortune publique en France ne pouvait me convenir. » Sentiment digne d'un roi !

Dans cette conversation, on remarquera la générosité de caractère, la douceur des mœurs et le bon sens de Charles X. Pour un philosophe, c'eût été un spectacle curieux que celui du *sujet* et du *roi* s'interrogeant sur leur fortune et se faisant confidence mutuelle de leur misère au fond d'un château emprunté aux souverains de Bohême !

(4)

Henri V.

Prague, 25 et 26 mai 1833.

Au sortir de cette conférence, j'assistai à la leçon d'équitation de Henri. Il monta deux chevaux, le premier sans étriers en trottant à la longe, le second avec étriers en exécutant des voltes sans tenir la bride, une baguette passée entre son dos et ses bras. L'enfant est hardi et tout à fait élégant avec son pantalon blanc, sa jaquette, sa petite fraise[1] et sa casquette. M. O'Hégerty le père, écuyer instructeur, criait : « Qu'est-ce que c'est que cette

---

1. Cette fraise à la Henri IV se retrouve dans presque tous les portraits contemporains du prince.

jambe-là ! elle est comme un bâton ! Laissez aller la jambe ! Bien ! détestable ! qu'avez-vous donc aujourd'hui ? etc., etc. » La leçon finie, le jeune page-roi s'arrête à cheval au milieu du manège, ôte brusquement sa casquette pour me saluer dans la tribune où j'étais avec le baron de Damas et quelques Français, saute à terre léger et gracieux comme le petit Jehan de Saintré[1].

Henri est mince, agile, bien fait ; il est blond ; il a les yeux bleus avec un trait dans l'œil gauche qui rappelle le regard de sa mère. Ses mouvements sont brusques ; il vous aborde avec franchise ; il est curieux et questionneur ; il n'a rien de cette pédanterie qu'on lui donne dans les journaux ; c'est un vrai petit garçon comme tous les petits garçons de douze ans. Je lui faisais compliment sur sa bonne mine à cheval : « Vous n'avez rien vu », me dit-il, « il fallait me voir sur mon cheval noir ; il est méchant comme un diable ; il rue, il me jette par terre, je remonte, nous sautons la barrière. L'autre jour, il s'est cogné, il a la jambe grosse comme ça. N'est-ce pas que le dernier cheval que j'ai monté est joli ? mais je n'étais pas en train. »

Henri déteste à présent le baron de Damas dont la mine, le caractère, les idées lui sont antipathiques. Il entre contre lui dans de fréquentes colères. À la suite de ces emportements, force est de mettre le prince en pénitence ; on le condamne quelquefois à rester au lit : bête de châtiment. Survient un abbé Moligny[2], qui confesse le rebelle et tâche de lui faire peur du diable. L'obstiné n'écoute rien et refuse de manger. Alors madame la Dauphine donne raison à Henri qui mange et se moque du baron. L'éducation parcourt ce cercle vicieux.

Ce qu'il faudrait à M. le duc de Bordeaux serait une main légère qui le conduisît sans lui faire sentir le frein, un gouverneur qui fût plutôt son ami que son maître.

Si la famille de saint Louis était, comme celle des

---

1. Dans son *Histoire du petit Jehan de Saintré* (1791), le comte de Tressan avait transposé ce roman courtois du xve siècle qui conte comment un petit page se métamorphose en chevalier modèle sous le patronage de la « Dame des Belles Cousines », sa maîtresse. 2. Voir *supra*, p. 265, note 2.

Stuarts, une espèce de famille particulière chassée par une révolution, confinée dans une île, la destinée des Bourbons serait en peu de temps étrangère aux générations nouvelles. Notre ancien pouvoir royal n'est pas cela ; il représente l'ancienne royauté : le passé politique, moral et religieux des peuples est né de ce pouvoir et se groupe autour de lui. Le sort d'une race aussi entrelacée à l'ordre social qui fut, aussi apparentée à l'ordre social qui sera, ne peut jamais être indifférent aux hommes. Mais, toute destinée que cette race ait à vivre, la condition des individus qui la forment et avec lesquels un sort ennemi n'aurait point fait trêve, serait déplorable. Dans un perpétuel malheur, ces individus marcheraient oubliés sur une ligne parallèle, le long de la mémoire glorieuse de leur famille.

Rien de plus triste que l'existence des rois tombés ; leurs jours ne sont qu'un tissu de réalités et de fictions : demeurés souverains à leur foyer, parmi leurs gens et leurs souvenirs, ils n'ont pas plutôt franchi le seuil de leur maison, qu'ils trouvent l'ironique vérité à leur porte : Jacques II ou Édouard VII [1], Charles X ou Louis XIX [2], à huis clos, deviennent, à huis ouvert, Jacques ou Édouard, Charles ou Louis, sans chiffre, comme les hommes de peine leurs voisins ; ils ont le double inconvénient de la vie de cour et de la vie privée : les flatteurs, les favoris, les intrigues, les ambitions de l'une ; les affronts, la détresse, le commérage de l'autre : c'est une mascarade continuelle de valets et de ministres, changeant d'habits. L'humeur s'aigrit de cette situation, les espérances s'affaiblissent, les regrets s'augmentent ; on rappelle le passé ; on récrimine ; on s'adresse des reproches d'autant plus amers que l'expression cesse d'être renfermée dans le bon goût d'une belle naissance et les convenances d'une fortune supérieure ; on devient vulgaire par les souffrances vulgaires ; les soucis d'un trône perdu dégénèrent en tracesseries de ménage : les papes Clément XIV et Pie VI ne purent jamais rétablir la paix dans la domesti-

---

1. Le prétendant Charles Édouard Stuart, petit-fils de Jacques II.
2. Ce fut le nom éphémère du duc d'Angoulême entre la renonciation au trône de Charles X et sa propre abdication en faveur de son neveu.

cité du Prétendant. Ces aubains [1] découronnés restent en surveillance au milieu du monde, repoussés des princes comme infectés d'adversité, suspects aux peuples comme atteints de puissance.

(5)

DÎNER ET SOIRÉE À HRADSCHIN.

J'allai m'habiller : on m'avait prévenu que je pouvais garder au dîner du Roi ma redingote et mes bottes ; mais le malheur est d'un trop haut rang pour en approcher avec familiarité. J'arrivai au château à six heures moins un quart ; le couvert était mis dans une des salles d'entrée. Je trouvai au salon le cardinal Latil. Je ne l'avais pas rencontré depuis qu'il avait été mon convive à Rome, au palais de l'ambassade, lors de la réunion du conclave, après la mort de Léon XII. Quel changement de destinée pour moi et pour le monde entre ces deux dates !

C'était toujours le prestolet à ventre rondelet, à nez pointu, à face pâle, tel que je l'avais vu en colère à la Chambre des pairs, un couteau d'ivoire à la main. On assurait qu'il n'avait aucune influence et qu'on le nourrissait dans un coin en lui donnant des bourrades ; peut-être : mais il y a du crédit de différentes sortes ; celui du cardinal n'en est pas moins certain, quoique caché ; il le tire, ce crédit, des longues années passées auprès du Roi et du caractère de prêtre. L'abbé de Latil a été un confident intime ; la remembrance de madame de Polastron s'attache au surplis du confesseur ; le charme des dernières faiblesses humaines et la douceur des premiers sen-

---

1. « Étrangers au pays et au peuple parmi lesquels ils habitent. » Le sens originel est juridique : étranger non naturalisé et privé du droit de tester.

timents religieux se prolongent en souvenirs dans le cœur du vieux monarque [1].

Successivement arrivèrent M. de Blacas, M. A. de Damas [2], frère du baron, M. O'Hégerty père, M. et madame de Cossé. À six heures précises, le Roi parut, suivi de son fils ; on courut à table. Le Roi me plaça à sa gauche, il avait M. le Dauphin à sa droite ; M. de Blacas s'assit en face du Roi, entre le cardinal et madame de Cossé ; les autres convives étaient distribués au hasard. Les enfants ne dînent avec leur grand-père que le dimanche : c'est se priver du seul bonheur qui reste dans l'exil, l'intimité et la vie de famille.

Le dîner était maigre [3] et assez mauvais. Le Roi me vanta un poisson de la Moldau qui ne valait rien du tout. Quatre ou cinq valets de chambre en noir rôdaient comme des frères lais dans le réfectoire ; point de maître d'hôtel. Chacun prenait devant soi et offrait de son plat. Le Roi mangeait bien, demandait et servait lui-même ce qu'on lui demandait. Il était de bonne humeur ; la peur qu'il avait eue de moi était passée. La conversation roulait dans un cercle de lieux communs, sur le climat de la Bohême, sur la santé de madame la Dauphine, sur son voyage, sur les cérémonies de la Pentecôte qui devaient avoir lieu le lendemain ; pas un mot de politique. M. le Dauphin, le nez plongé dans son assiette, sortait quelquefois de son silence, et s'adressant au cardinal Latil : « Prince de l'Église, l'évangile de ce matin était selon saint Matthieu ? – Non, monseigneur, selon saint Marc. – Comment, saint Marc ? » Grande dispute entre saint Marc et saint Matthieu, et le cardinal était battu.

Le dîner a duré près d'une heure ; le Roi s'est levé ; nous l'avons suivi au salon. Les journaux étaient sur une table ; chacun s'est assis et l'on s'est mis à lire çà et là comme dans un café.

Les enfants sont entrés, le duc de Bordeaux conduit par

---

1. Voir t. III, p. 362, note 1.   **2.** Le comte Alfred de Damas (1794-1840), ancien gentilhomme de la Chambre.   **3.** Sans doute parce que ce samedi 25 mai 1833 était le jour de la Vigile de la Pentecôte.

son gouverneur, Mademoiselle par sa gouvernante. Ils ont couru embrasser leur grand-père, puis ils se sont précipités vers moi ; nous nous sommes nichés dans l'embrasure d'une fenêtre donnant sur la ville et ayant une vue superbe. J'ai renouvelé mes compliments sur la leçon d'équitation. Mademoiselle s'est hâtée de me redire ce que m'avait dit son frère, que je n'avais rien vu ; qu'on ne pouvait juger de rien quand le cheval noir était boiteux. Madame de Gontaut est venue s'asseoir auprès de nous, M. de Damas un peu plus loin, prêtant l'oreille, dans un état amusant d'inquiétude, comme si j'allais manger son pupille, lâcher quelques phrases à la louange de la liberté de la presse, ou à la gloire de madame la duchesse de Berry. J'aurais ri des craintes que je lui donnais, si depuis M. de Polignac je pouvais rire d'un pauvre homme. Tout d'un coup Henri me dit : « Vous avez vu des serpents devins[1] ? – Monseigneur veut parler des boas ; il n'y en a ni en Égypte, ni à Tunis, seuls points de l'Afrique où j'aie abordé ; mais j'ai vu beaucoup de serpents en Amérique. – Oh ! oui, dit la princesse Louise, le serpent à sonnette, dans le *Génie du Christianisme*[2]. »

Je m'inclinai pour remercier Mademoiselle. « Mais vous avez vu bien d'autres serpents ? a repris Henri. Sont-ils bien méchants ? – Quelques-uns, Monseigneur, sont fort dangereux, d'autres n'ont point de venin et on les fait danser. »

Les deux enfants se sont rapprochés de moi avec joie, tenant leurs quatre beaux yeux brillants fixés sur les miens.

« Et puis il y a le serpent de verre[3], ai-je dit : il est superbe et point malfaisant ; il a la transparence et la fragilité du verre ; on le brise dès qu'on le touche. – Les morceaux ne peuvent pas se rejoindre ? a dit le prince. – Mais non, mon frère, a répondu pour moi Mademoiselle. – Vous êtes allé à la cataracte de Niagara ? a repris Henri. Ça fait un terrible ronflement ? peut-on la des-

---

1. On donnait ce nom à certains boas.   **2.** *Génie*, p. 531-533 (1re partie, III, 2). Voir aussi le chapitre « Serpents » du *Voyage en Amérique* (*Œuvres* I, p. 746-747).   **3.** *Ibidem*, p. 747.

cendre en bateau ? – Monseigneur, un Américain s'est amusé à y précipiter une grande barque ; un autre Américain, dit-on, s'est jeté lui-même dans la cataracte ; il n'a pas péri la première fois ; il a recommencé et s'est tué à la seconde expérience. » Les deux enfants ont levé les mains et ont crié : « Oh ! »

Madame de Gontaut a pris la parole : « M. de Chateaubriand est allé en Égypte et à Jérusalem. » Mademoiselle a frappé des mains et s'est encore rapprochée de moi. « M. de Chateaubriand, m'a-t-elle dit, contez donc à mon frère les pyramides et le tombeau de Notre-Seigneur. »

J'ai fait du mieux que j'ai pu un récit des pyramides, du saint tombeau, du Jourdain, de la Terre-Sainte. L'attention des enfants était merveilleuse : Mademoiselle prenait dans ses deux mains son joli visage, les coudes presque appuyés sur mes genoux, et Henri perché sur un haut fauteuil remuait ses jambes ballantes.

Après cette belle conversation de serpents, de cataracte, de pyramides, de saint tombeau, Mademoiselle m'a dit : « Voulez-vous me faire une question sur l'histoire ? – Comment, sur l'histoire ? – Oui, questionnez-moi sur une année, l'année la plus obscure de toute l'histoire de France, excepté le dix-septième et le dix-huitième siècle que nous n'avons pas encore commencés. – Oh ! moi, s'écria Henri, j'aime mieux une année fameuse : demandez-moi quelque chose sur une année fameuse. » Il était moins sûr de son affaire que sa sœur.

Je commençai par obéir à la princesse et je dis : « Eh bien ! Mademoiselle veut-elle me dire ce qui se passait et qui régnait en France en 1001 ? » Voilà le frère et la sœur à chercher, Henri se prenant le toupet, Mademoiselle ombrant son visage avec ses deux mains, façon qui lui est familière, comme si elle jouait à *cache-cache*, puis elle découvre subitement sa mine jeune et gaie, sa bouche souriante, ses regards limpides. Elle dit la première : « C'était Robert qui régnait, Grégoire V était pape, Basile III empereur d'Orient... – Et Othon III empereur d'Occident », cria Henri qui se hâtait pour ne pas rester derrière sa sœur, et il ajouta : « Veremond II en Espagne. » Mademoiselle lui coupant la parole dit : « Ethelrède en Angleterre. – Non pas, dit son frère, c'était Edmond, *Côte-de-Fer*. » Mademoiselle avait raison ; Henri se trompait de quelques années en faveur de *Côte-de-Fer* qui l'avait charmé ; mais cela n'en était pas moins prodigieux [1].

« Et mon année fameuse ? demanda Henri d'un ton demi-fâché. – C'est juste, Monseigneur : que se passa-t-il en l'an 1593 ? – Bah ! s'écria le jeune prince. C'est l'abjuration d'Henri IV. » Mademoiselle devint rouge de n'avoir pu répondre la première.

Huit heures sonnèrent : la voix du baron de Damas coupa court à notre conversation, comme quand le marteau de l'horloge, en frappant dix heures, suspendait les pas de mon père dans la grande salle de Combourg.

Aimables enfants ! le vieux croisé vous a conté les aventures de la Palestine, mais non au foyer du château de la reine Blanche ! Pour vous trouver, il est venu heurter avec son bâton de palmier et ses sandales poudreuses au seuil glacé de l'étranger. Blondel [2] a chanté en vain au pied de la tour des ducs d'Autriche ; sa voix n'a pu vous rouvrir les chemins de la patrie. Jeunes proscrits, le voyageur aux terres lointaines [3] vous a caché une partie de son histoire ; il ne vous a pas dit que, poète et prophète, il a traîné dans les forêts de la Floride et sur les montagnes de la Judée autant de désespérances, de tristesses et de passions, que vous avez d'espoir, de joie et d'innocence ; qu'il fut une journée où, comme Julien, il jeta son sang vers le ciel [4], sang dont le Dieu de miséricorde lui a

---

1. Cette récitation princière révèle une érudition aussi indigeste que peu sûre. C'est Basile II qui régna sur Constantinople de 976 à 1025 et il fut le dernier empereur de ce nom. Par ailleurs, si Alphonse V le Noble fut roi de León et des Asturies de 999 à 1027, c'était dans une Espagne à majorité musulmane.   **2.** Chateaubriand se compare au trouvère de *Richard Cœur-de-lion* de Sedaine et Grétry. Voir t. I, p. 393, note 1.   **3.** C'est ainsi que se qualifie le narrateur des aventures de Chactas et de René (*Atala*, épilogue).   **4.** Chateaubriand assimile ici sa tentative de suicide à Combourg au geste de défi ultime attribué à Julien, et raconté dans les *Études historiques* (Ladvocat, t. V, p. 132).

conservé quelques gouttes pour racheter celles qu'il avait livrées au dieu de malédiction.

Le prince, emmené par son gouverneur, m'invita à sa leçon d'histoire, fixée au lundi suivant, onze heures du matin ; madame de Gontaut se retira avec Mademoiselle.

Alors commença une scène d'un autre genre : la royauté future, dans la personne d'un enfant, venait de me mêler à ses jeux ; la royauté passée, dans la personne d'un vieillard, me fit assister aux siens. Une partie de whist, éclairée par deux bougies dans le coin d'une salle obscure, commença entre le Roi et le Dauphin, le duc de Blacas et le cardinal Latil. J'en étais le seul témoin avec l'écuyer O'Hégerty. À travers les fenêtres dont les volets n'étaient pas fermés, le crépuscule mêlait sa pâleur à celle des bougies : la monarchie s'éteignait entre ces deux lueurs expirantes. Profond silence, hors le frôlement des cartes et quelques cris du Roi qui se fâchait. Les cartes furent renouvelées des Latins afin de soulager l'adversité de Charles VI : mais il n'y a plus d'Ogier et de Lahire [1] pour donner leur nom, sous Charles X, à ces distractions du malheur.

Le jeu fini, le Roi me souhaita le bonsoir. Je passai les salles désertes et sombres que j'avais traversées la veille, les mêmes escaliers, les mêmes cours, les mêmes gardes, et, descendu des talus de la colline, je regagnai mon auberge en m'égarant dans les rues et dans la nuit. Charles X restait enfermé dans les masses noires que je quittais : rien ne peut peindre la tristesse de son abandon et de ses années.

---

1. Ogier (le Danois) et Lahire étaient, avec Hector et Lancelot (du Lac), les noms des quatre valets du jeu de cartes qui se généralisa en France au XVe siècle. Hector et La Hire étaient des hommes de guerre du temps de Charles VII.

(6)

Prague, 27 mai 1833.

Visites.

J'avais grand besoin de mon lit ; mais le baron Capelle[1], arrivé de Hollande, logeait dans une chambre voisine
de la mienne, et il accourut.

Quand le torrent tombe de haut, l'abîme qu'il creuse et
dans lequel il s'engloutit fixe les regards et rend muet ;
mais je n'ai ni patience ni pitié pour les ministres dont la
main débile laissa tomber dans le gouffre la couronne de
saint Louis, comme si les flots devaient la rapporter !
Ceux de ces ministres qui prétendent s'être opposés aux
ordonnances sont les plus coupables ; ceux qui se disent
avoir été les plus modérés sont les moins innocents ; s'ils
y voyaient si clair, que ne se retiraient-ils ? « Ils n'ont pas
voulu abandonner le Roi ; monsieur le Dauphin les a
traités de poltrons. » Mauvaise défaite ; ils n'ont pu s'arracher à leurs portefeuilles. Quoi qu'ils en disent, il n'y
a pas autre chose au fond de cette immense catastrophe.
Et quel beau sang-froid depuis l'événement ! L'un écri-
vaille sur l'histoire d'Angleterre[2], après avoir si bien
arrangé l'histoire de France ; l'autre lamente la vie et la
mort du duc de Reichstadt[3], après avoir envoyé à Prague
le duc de Bordeaux.

Je connaissais M. Capelle : il est juste de se souvenir
qu'il était demeuré pauvre ; ses prétentions ne dépassaient
pas sa valeur ; il aurait très volontiers dit comme

---

1. Voir t. II, p. 640, note 1. Quoique signataire des ordonnances de
Juillet, le baron Capelle avait pu se réfugier en Hollande.   **2.** Haus-
sez, ancien ministre de la Marine, venait de publier une étude sur *La
Grande-Bretagne en 1833*.   **3.** Le comte de Montbel, ancien
ministre des Finances, avait publié chez Le Normant une *Notice sur la
vie du duc de Reichstadt* (1832). Sur le verbe *lamenter*, voir *supra*,
p. 30, note 2.

Lucien[1] : « Si vous venez m'écouter dans l'espoir de respirer l'ambre et d'entendre le chant du cygne, j'atteste les dieux que je n'ai jamais parlé de moi en termes si magnifiques. » Par le temps actuel, la modestie est une qualité rare, et le seul tort de M. Capelle est de s'être laissé nommer ministre.

Je reçus la visite de M. le baron de Damas : les vertus de ce brave officier lui avaient monté à la tête ; une congestion religieuse lui embarrassait le cerveau. Il est des associations fatales : le duc de Rivière recommanda en mourant M. de Damas pour gouverneur du duc de Bordeaux ; le prince de Polignac était membre de cette coterie. L'incapacité est une franc-maçonnerie dont les loges sont en tout pays ; cette charbonnerie a des oubliettes dont elle ouvre les soupapes, et dans lesquelles elle fait disparaître les États.

La domesticité était si naturelle à la cour, que M. de Damas, en choisissant M. de Lavilatte, n'avait jamais voulu lui octroyer d'autre titre que le titre de premier valet de chambre de monseigneur le duc de Bordeaux. À la première vue, je me pris de goût pour ce militaire à crocs gris, dogue fidèle, chargé d'aboyer autour de son mouton. Il appartenait à ces loyaux *porte-grenade* qu'estimait l'effrayant maréchal de Montluc, et dont il disait : « Il n'y a point d'arrière-boutique en eux. » M. de Lavilatte sera renvoyé pour sa sincérité, non à cause de sa brusquerie : de la brusquerie de caserne, on s'en arrange ; souvent l'adulation au camp fume la flatterie d'un air indépendant. Mais chez le vieux brave dont je parle tout était franchise ; il aurait retiré avec honneur sa moustache, s'il avait emprunté dessus 30 000 piastres comme Jean de Castro[2]. Sa figure rébarbative n'était que l'expression de la liberté ; il avertissait seulement par son air qu'il était

---

1. Citation de Lucien de Samosate *(Traité de l'ambre et des cygnes)*.
2. Cette anecdote se trouve dans les *Lettres persanes*, LXXVIII : « Un fameux général portugais (...) se coupa une de ses moustaches et envoya demander aux habitants de Goa vingt mille pistoles sur ce gage ; elles lui furent prêtées sur-le-champ et dans la suite, il retira sa moustache avec honneur. » Juan de Castro (1500-1548) fut vice-roi des Indes.

prêt. Avant de mettre au champ leur armée, les Florentins en prévenaient l'ennemi par le son de la cloche *Martinella*.

(7)

Prague, 27 mai 1833.

Messe. – Général Czernicki.

J'avais formé le projet d'entendre la messe à la cathédrale, dans l'enceinte des châteaux ; retenu par les visiteurs, je n'eus que le temps d'aller à la basilique des ci-devant jésuites[1]. On y chantait avec accompagnement d'orgues. Une femme, placée auprès de moi, avait une voix dont l'accent me fit tourner la tête. Au moment de la communion, elle se couvrit le visage de ses deux mains et n'alla point à la sainte table.

Hélas ! j'ai déjà exploré bien des églises dans les quatre parties de la terre, sans avoir pu dépouiller, même au tombeau du Sauveur, le rude cilice de mes pensées. J'ai peint Aben-Hamet errant dans la mosquée chrétienne de Cordoue : « Il entrevit au pied d'une colonne une figure immobile, qu'il prit d'abord pour une statue sur un tombeau. »

L'original de ce chevalier qu'entrevoyait Aben-Hamet était un moine que j'avais rencontré dans l'église de l'Escurial, et dont j'avais envié la foi. Qui sait cependant les tempêtes au fond de cette âme si recueillie, et quelle supplication montait vers *le pontife saint et innocent* ? Je venais d'admirer, dans la sacristie déserte de l'Escurial,

---

1. La Compagnie de Jésus avait à Prague trois églises : Saint-Ignace, San Salvator, et Saint-Nicolas à Malá Strana. Celle-ci, une des plus belles réalisations du baroque autrichien, se trouvait sur le parcours de Chateaubriand (entre son hôtel et la cathédrale Saint-Guy). Claudel y a situé une scène du *Soulier de satin*.

une des plus belles Vierges de Murillo ; j'étais avec une femme[1] ; elle me montra la première le religieux sourd au bruit des passions qui traversaient auprès de lui le formidable silence du sanctuaire.

Après la messe à Prague j'envoyai chercher une calèche : je pris le chemin tracé dans les anciennes fortifications et par lequel les voitures montent au château. On était occupé à dessiner des jardins sur ces remparts : l'euphonie[2] d'une forêt y remplacera le fracas de la bataille de Prague[3] : le tout sera très beau dans une quarantaine d'années : Dieu fasse que Henri V ne demeure pas assez longtemps ici pour jouir de l'ombre d'une feuille qui n'est pas encore née !

Devant dîner le lendemain chez le gouverneur, je crus qu'il était poli d'aller voir madame la comtesse de Choteck : je l'aurais trouvée aimable et belle, quand elle ne m'eût pas cité de mémoire des passages de mes écrits.

Je montai à la soirée de madame de Guiche ; j'y rencontrai le général Czernicky[4] et sa femme. Il me fit le récit de l'insurrection de la Pologne et du combat d'Ostrolenka.

Quand je me levai pour sortir, le général me demanda la permission de presser ma *vénérable* main et d'embrasser le *patriarche de la liberté de la presse* ; sa femme voulut embrasser en moi l'auteur du *Génie du Christianisme* : la monarchie reçut de grand cœur le baiser fraternel de la république. J'éprouvais une satisfaction

---

1. Natalie de Noailles. La visite date du printemps de 1807. 2. Par ce mot, Chateaubriand désigne une harmonie sonore qui est le propre de la nature comme de la musique. 3. La victoire sanglante que Frédéric II remporta sur les Autrichiens le 6 mai 1757. 4. Jean-Sigismond *Srynecki* (1787-1860), né dans la Galicie autrichienne, avait servi dans la Grande Armée de 1805 à 1814. Le 26 février 1831, il fut choisi par la Diète polonaise pour prendre la tête des troupes insurrectionnelles contre les Russes. Mais il se laissa manœuvrer par ses adversaires. Surpris à Ostrolenka, il demeura maître du champ de bataille, mais ses lourdes pertes le forcèrent à se replier sur Varsovie et à laisser la voie libre au maréchal Paskiewitsch. Il fut alors obligé de se démettre de son commandement et de quitter la Pologne. Après un séjour à Prague, il gagnera Bruxelles où Léopold Iᵉʳ le chargera de mettre sur pied la nouvelle armée belge.

d'honnête homme ; j'étais heureux de réveiller à différents titres de nobles sympathies dans des cœurs étrangers, d'être tour à tour pressé sur le sein du mari et de la femme par la liberté et la religion.

Lundi 27, au matin, l'*opposition* vient m'apprendre que je ne verrais point le jeune prince : M. de Damas avait fatigué son élève en le traînant d'église en église aux stations du Jubilé [1]. Cette lassitude servait de prétexte à un congé et motivait une course à la campagne : on me voulait cacher l'enfant.

J'employai la matinée à courir la ville. À cinq heures j'allai dîner chez le comte de Choteck.

(8)

DÎNER CHEZ LE COMTE DE CHOTECK.

La maison du comte de Choteck, bâtie par son père (qui fut aussi grand bourgrave de Bohême), présente extérieurement la forme d'une chapelle gothique : rien n'est original aujourd'hui, tout est copie. Du salon on a une vue sur les jardins ; ils descendent en pente dans une vallée : toujours lumière fade, sol grisâtre comme dans ces fonds anguleux des montagnes du Nord où la nature décharnée porte la haire.

Le couvert était mis dans le *pleasure-ground*, sous des arbres. Nous dînâmes sans chapeau : ma tête, que tant d'orages insultèrent en emportant ma chevelure, était sensible au souffle du vent. Tandis que je m'efforçais d'être

---

1. Le pape Léon XII avait remis en honneur, en 1825, la célébration des Jubilés, ou Années saintes. Celui de 1833 commémorait le mille huit-centième anniversaire de la mort du Christ. Pour obtenir les grâces attachées à ce rite, les fidèles devaient suivre des offices liturgiques et accomplir, comme à Rome, une succession de visites dans les diverses églises de la ville (stations).

présent au repas [1], je ne pouvais m'empêcher de regarder les oiseaux et les nuages qui volaient au-dessus du festin ; passagers embarqués sur les brises et qui ont des relations secrètes avec mes destinées ; voyageurs, objets de mon envie et dont mes yeux ne peuvent suivre la course aérienne sans une sorte d'attendrissement. J'étais plus en société avec ces parasites [2] errants dans le ciel qu'avec les convives assis auprès de moi sur la terre : heureux anachorètes qui pour *dapifer* [3] aviez un corbeau !

Je ne puis vous parler de la société de Prague, puisque je ne l'ai vue qu'à ce dîner. Il s'y trouvait une femme fort à la mode à Vienne, et fort spirituelle, assurait-on ; elle m'a paru aigre et sotte, quoiqu'elle eût quelque chose de jeune encore, comme ces arbres qui gardent l'été les grappes séchées de la fleur qu'ils ont portée au printemps.

Je ne sais donc des mœurs de ce pays que celles du seizième siècle, racontées par Bassompierre [4] : il aima Anna Esther, âgée de dix-huit ans, veuve depuis six mois. Il passa cinq jours et six nuits déguisé et caché dans une chambre auprès de sa maîtresse. Il joua à la paume dans Hradschin avec Wallenstein. N'étant ni Wallenstein ni Bassompierre, je ne prétendais ni à l'empire ni à l'amour : les Esther modernes veulent des Assuérus qui puissent, tout déguisés qu'ils sont, se débarrasser la nuit de leur *domino* : on ne dépose pas le masque des années.

---

1. Non sans difficulté : voir le *Journal* de Montbel (*Revue des Deux-Mondes* des 15 avril et 1er mai 1923). **2.** Ainsi nommés parce qu'ils se sont imposés au festin sans y avoir été conviés. **3.** Celui qui apporte le repas : voir t. II, p. 234, note 1 et, pour la forme francisée, XXX, 2 (t. III, p. 355). La légende dorée nous montre les ermites (Paul ou Antoine) retirés dans le désert et servis par un corbeau. **4.** Dans ses *Mémoires* (Petitot, 2e série, t. XIX, p. 322 *sq.*). La jeune veuve se nommait Anna-Esther Percherstoris et cette aventure se passait en 1604.

(9)

Prague, 27 mai 1833.

Pentecôte. – Le duc de Blacas.

Au sortir du dîner, à sept heures, je me rendis chez le Roi ; j'y rencontrai les personnes de la veille, excepté M. le duc de Bordeaux, qu'on disait souffrant de ses stations du dimanche. Le Roi était à demi couché sur un canapé, et Mademoiselle assise sur une chaise tout contre les genoux de Charles X, qui caressait le bras de sa petite-fille en lui faisant des histoires. La jeune princesse écoutait avec attention : quand je parus, elle me regarda avec le sourire d'une personne raisonnable qui m'aurait voulu dire : « Il faut bien que j'amuse grand-papa. »

« Chateaubriand, s'écria le Roi, je ne vous ai pas vu hier ? – Sire, j'ai été averti trop tard que Votre Majesté m'avait fait l'honneur de me nommer de son dîner : ensuite, c'était le dimanche de la Pentecôte, jour où il ne m'est pas permis de voir Votre Majesté. – Comment cela ? » dit le Roi. « – Sire, ce fut le jour de la Pentecôte, il y a neuf ans, que, me présentant pour vous faire ma cour, on me défendit votre porte [1]. »

Charles X parut ému : « On ne vous chassera pas du château de Prague. – Non, sire, car je ne vois pas ici ces bons serviteurs qui m'éconduisirent au jour de la prospérité. » Le whist commença, et la journée finit.

Après la partie, je rendis au duc de Blacas la visite qu'il m'avait faite. « Le Roi, me dit-il, m'a prévenu que nous causerions. » Je lui répondis que le Roi n'ayant pas jugé à propos de convoquer son conseil devant lequel j'aurais pu développer mes idées sur l'avenir de la France et la majorité du duc de Bordeaux, je n'avais plus rien à dire. « Sa Majesté n'a point de conseil », repartit M. de

---

1. Le 6 juin 1824.

Blacas avec un rire chevrotant et des yeux tout contents de lui, « il n'a que moi, absolument que moi. »

Le grand maître de la garde-robe a la plus haute idée de lui-même : maladie française. À l'entendre, il fait tout, il peut tout ; il a marié la duchesse de Berry[1] ; il dispose des rois ; il mène Metternich par le bout du nez ; il tient Nesselrode au collet ; il règne en Italie ; il a gravé son nom sur un obélisque à Rome ! il a dans sa poche les clefs des conclaves ; les trois derniers papes lui doivent leur exaltation ; il connaît si bien l'opinion, il mesure si bien son ambition à ses forces qu'en accompagnant madame la duchesse de Berry[2], il s'était fait donner un diplôme qui le nommait chef du conseil de la régence, premier ministre et ministre des affaires étrangères ! Et voilà comment ces pauvres gens comprennent la France et le siècle.

Cependant M. de Blacas est le plus intelligent et le plus modéré de la bande. En conversation il est raisonnable : il est toujours de votre avis : *Vous pensez cela ! c'est précisément ce que je disais hier. Nous avons absolument les mêmes idées !* Il gémit de son esclavage ; il est las des affaires, il voudrait habiter un coin de la terre ignoré, pour y mourir en paix loin du monde. Quant à son influence sur Charles X, ne lui en parlez pas ; on croit qu'il domine Charles X : erreur ! il ne peut rien sur le Roi ! le Roi ne l'écoute pas ; le Roi refuse ce matin une chose ; ce soir il accorde cette chose, sans qu'on sache pourquoi il a changé d'avis, etc. Lorsque M. de Blacas vous raconte ces balivernes, il est *vrai*, parce qu'il ne contrarie jamais le Roi ; il n'est pas *sincère*, parce qu'il n'inspire à Charles X que des volontés d'accord avec les penchants de ce prince.

Au surplus, M. de Blacas a du courage et de l'honneur ; il n'est pas sans générosité ; il est dévoué et fidèle. En se frottant aux hautes aristocraties et en entrant dans la richesse, il a pris de leur allure. Il est très bien né ; il sort

---

1. Lors de son ambassade extraordinaire à Naples en 1816.
2. Au mois de juin 1831, lorsque celle-ci quitta Holy-Rood pour se rendre en Italie.

d'une maison pauvre, mais antique, connue dans la poésie et dans les armes[1]. Le guindé de ses manières, son aplomb, son rigorisme d'étiquette, conservent à ses maîtres une noblesse qu'on perd trop aisément dans le malheur : du moins, dans le Muséum de Prague, l'inflexibilité de l'armure tient debout un corps qui tomberait. M. de Blacas ne manque pas d'une certaine activité ; il expédie rapidement les affaires communes ; il est ordonné et méthodique. Connaisseur assez éclairé dans quelques branches d'archéologie, amateur des arts sans imagination[2] et libertin à la glace, il ne s'émeut pas même de ses passions : son sang-froid serait une qualité de l'homme d'État, si son sang-froid n'était autre que sa confiance dans son génie, et son génie trahit sa confiance : on sent en lui le grand seigneur avorté, comme on le sent dans son compatriote La Valette, duc d'Épernon[3].

Ou il y aura, ou il n'y aura pas restauration ; s'il y a restauration, M. de Blacas rentre avec les places et les honneurs ; s'il n'y a pas restauration, la fortune du grand maître de la garde-robe est presque toute hors de France ; Charles X et Louis XIX seront morts ; il sera bien vieux, lui, M. de Blacas ; ses enfants resteront les compagnons du prince exilé, d'illustres étrangers dans des cours étrangères. Dieu soit loué de tout !

Ainsi la Révolution, qui a élevé et perdu Bonaparte, aura enrichi M. de Blacas : cela fait compensation. M. de Blacas, avec sa longue figure immobile et décolorée, est l'entrepreneur des pompes funèbres de la monarchie ; il l'a enterrée à Hartwell, il l'a enterrée à Gand, il l'a réenterrée à Édimbourg et il la réenterrera à Prague ou ailleurs, toujours veillant à la dépouille des hauts et

---

1. Au début du XIIIe siècle, un de ses ancêtres avait brillé à la cour du comte de Provence Béranger, à la fois comme troubadour et comme chevalier. **2.** Amateur de peinture, Blacas avait aussi constitué une belle collection de médailles et camées. Il protégea Champollion et favorisa en 1827 la création du musée égyptien au Louvre. **3.** De ce « mignon » du roi Henri III, resté en faveur auprès de son successeur, Chateaubriand dit qu'il est « le seul favori qui soit jamais devenu un personnage par une imperturbable morgue de médiocrité » (*Histoire de France*, Ladvocat, t. V *ter*, p. 427).

puissants défunts, comme ces paysans des côtes qui recueillent les objets naufragés que la mer rejette sur ses bords.

(10)

Prague, 28 et 29 mai 1833.

INCIDENCES.

Description de Prague. — Tycho-Brahé. Perdita.

Le mardi, 28 mai, la leçon d'histoire à laquelle je devais assister à onze heures n'ayant pas lieu, je me trouvai libre de parcourir ou plutôt de revoir la ville que j'avais déjà vue et revue en allant et venant.

Je ne sais pourquoi je m'étais figuré que Prague était niché dans un trou de montagnes qui portaient leur ombre noire sur un tapon[1] de maisons chaudronnées : Prague est une cité riante où pyramident[2] vingt-cinq à trente tours et clochers élégants ; son architecture rappelle une ville de la Renaissance. La longue domination des empereurs sur les pays cisalpins a rempli l'Allemagne d'artistes de ces pays ; les villages autrichiens sont des villages de la Lombardie, de la Toscane, ou de la terre ferme de Venise : on se croirait chez un paysan italien, si, dans les fermes à grandes chambres nues, un poêle ne remplaçait le soleil.

La vue dont on jouit des fenêtres du château est agréable : d'un côté on aperçoit les vergers d'un frais

---

1. Un paquet, un tas de maisons noircies. *Tapon* est signalé comme familier par *Académie*, 1835 et qualifié de « mot très bas » par le *Dictionnaire des onomatopées* de Charles Nodier.   2. Ce verbe assez répandu au XVIᵉ siècle est entré au XVIIIᵉ dans le vocabulaire des architectes, puis des critiques (ainsi Diderot dans le *Salon de 1767*), avant de passer dans la langue littéraire. Il désigne la position dominante de ce qui est élevé au-dessus du niveau ordinaire : voir t. I, p. 459.

vallon, à pente verte, enclos des murs dentelés de la ville,
qui descendent jusqu'à la Moldau, à peu près comme les
murs de Rome descendent du Vatican au Tibre ; de l'autre
côté, on découvre la ville traversée par la rivière, laquelle
rivière s'embellit d'une île plantée en amont, et embrasse
une île en aval, en quittant le faubourg du nord. La Moldau se jette dans l'Elbe. Un bateau qui m'aurait pris au
pont de Prague m'aurait pu débarquer au Pont-Royal à
Paris [1]. Je ne suis pas l'ouvrage des siècles et des rois ; je
n'ai ni le poids ni la durée de l'obélisque que le Nil
envoie maintenant à la Seine [2] ; pour remorquer ma
galère, la ceinture de la Vestale du Tibre [3] suffirait.

Le pont de la Moldau, bâti en bois en 795 par Mnata,
fut, à diverses époques, refait en pierre. Tandis que je
mesurais ce pont, Charles X cheminait sur le trottoir ; il
portait sous le bras un parapluie ; son fils l'accompagnait
comme un *cicerone* de louage. J'avais dit dans le *Conser-*
vateur qu'*on se mettrait à la fenêtre pour voir passer la*
monarchie : je la voyais passer sur le pont de Prague [4].

Dans les constructions qui composent Hradschin, on
voit des salles historiques, des musées que tapissent les
portraits restaurés et les armes fourbies des ducs et des
rois de Bohême. Non loin des masses informes, se
détache sur le ciel un joli bâtiment vêtu d'un des élégants
portiques du *cinquecento* : cette architecture a l'inconvénient d'être en désaccord avec le climat. Si l'on pouvait
du moins, pendant les hivers de Bohême, mettre ces
palais italiens en serre chaude avec les palmiers ? J'étais
toujours préoccupé de l'idée du froid qu'ils devaient avoir
la nuit.

Prague, souvent assiégé, pris et repris, nous est militai-
rement connu par la bataille de son nom et par la retraite

---

1. *Cf.* XXVI, 9 ; t. III, p. 102.   **2.** Donné à Charles X par Mehe-
met-Ali, il avait déjà quitté Louxor et devait arriver à Paris au mois de
décembre 1833.   **3.** Allusion à un épisode raconté par Ovide dans
les *Fastes* (IV, vers 270-348) : voir *Information littéraire*, 1967, n° 3,
p. 115.   **4.** Cette image revient souvent sous la plume de Chateaubriand. Le passage du *Conservateur* est cité au chapitre 10 du
livre XXV ; il est repris au chapitre 12 du livre XXVIII et au chapitre 8
du livre XXXIII (t. III, p. 49, 197 et 556).

où se trouvait Vauvenargues[1]. Les boulevards de la ville sont démolis. Les fossés du château, du côté de la haute plaine, forment une étroite et profonde entaille maintenant plantée de peupliers. À l'époque de la guerre de Trente Ans, ces fossés étaient remplis d'eau. Les protestants, ayant pénétré dans le château le 23 mai 1618, jetèrent par la fenêtre deux seigneurs catholiques avec le secrétaire d'État : les trois plongeurs se sauvèrent. Le secrétaire, en homme bien appris, demanda mille pardons à l'un des deux seigneurs d'être tombé malhonnêtement sur lui. Dans ce mois de mai 1833, on n'a plus la même politesse : je ne sais trop ce que je dirais en pareil cas, moi qui ai cependant été secrétaire d'État.

Tycho-Brahé[2] mourut à Prague : voudriez-vous, pour toute sa science, avoir comme lui un faux nez de cire ou d'argent ? Tycho se consolait en Bohême, ainsi que Charles X, en contemplant le ciel ; l'astronome admirait l'ouvrage, le roi adore l'ouvrier. L'étoile apparue en 1572 (éteinte en 1574), qui passa successivement du blanc éclatant au jaune rouge de Mars et au blanc plombé de Saturne, offrit aux observations de Tycho le spectacle de l'incendie d'un monde. Qu'est-ce que la révolution dont le souffle a poussé le frère de Louis XVI à la tombe du Newton danois, auprès de la destruction d'un globe, accomplie en moins de deux années ? Le général Moreau vint à Prague concerter avec l'empereur de Russie une restauration que lui, Moreau, ne devait pas voir.

Si Prague était au bord de la mer, rien ne serait plus charmant ; aussi Shakespeare frappe la Bohême de sa baguette et en fait un pays maritime :

« Es-tu certain », dit *Antigonus* à un matelot, dans le *Conte d'hiver*, « que notre vaisseau a touché les déserts de Bohême ? »

Antigonus descend à terre, chargé d'exposer une petite fille à laquelle il adresse ces mots :

---

1. Voir le début du chapitre 5 du livre XXXVIII.   2. Astronome danois (1546-1601) que Chateaubriand cite aussi dans la « Digression philosophique » (t. I, p. 790).

« Fleur ! prospère ici... La tempête commence... Tu as bien l'air de devoir être rudement bercée ! »

Shakespeare ne semble-t-il pas avoir raconté d'avance l'histoire de la princesse Louise, de cette jeune *fleur*, de cette nouvelle *Perdita*, transportée dans les déserts de la Bohême[1] ?

(11)

Prague, 28 et 29 mai 1833.

SUITE DES INCIDENCES.

DE LA BOHÊME. – LITTÉRATURE SLAVE ET NÉO-LATINE.

Confusion, sang, catastrophe, c'est l'histoire de la Bohême ; ses ducs et ses rois, au milieu des guerres civiles et des guerres étrangères, luttent avec leurs sujets, ou se collettent avec les ducs et les rois de Silésie, de Saxe, de Pologne, de Moravie, de Hongrie, d'Autriche et de Bavière.

Pendant le règne de Venceslas VI[2], qui mettait à la broche son cuisinier quand il n'avait pas bien rôti un lièvre, s'éleva Jean Huss, lequel ayant étudié à Oxford, en apporta la doctrine de Wiclef[3]. Les protestants, qui cherchaient partout des ancêtres sans en pouvoir trouver, rapportent que, du haut de son bûcher, Jean chanta, prophétisa la venue de Luther.

---

1. Dans le *Winter Tale*, Antigonus est un seigneur sicilien, et Perdita la fille de Léonte, roi de Sicile.   **2.** Venceslas VI (1359-1417) qui fut, comme roi de Bohême et comme empereur, célèbre par sa cruauté. **3.** Jan Hus (1371-1415) fut condamné pour hérésie par le concile de Constance. John Wyclif, réformateur anglais du XIVe siècle, avait dénoncé avec virulence les abus du Saint-Siège.

« Le monde rempli d'aigreur, dit Bossuet, enfanta Luther et Calvin, qui cantonnent[1] la chrétienté. »

Des luttes chrétiennes et païennes, des hérésies précoces de la Bohême, des importations d'intérêts étrangers et de mœurs étrangères, résulta une confusion favorable au mensonge. La Bohême passa pour le pays des sorciers.

D'anciennes poésies, découvertes en 1817 par M. Hanka, bibliothécaire du musée de Prague, dans les archives de l'église de Königinhof, sont célèbres. Un jeune homme que je me plais à citer, fils d'un savant illustre, M. Ampère, a fait connaître l'esprit de ces chants[2]. Célakowsky[3] a répandu des chansons populaires dans l'idiome slave.

Les Polonais trouvent le dialecte bohême efféminé ; c'est la querelle du dorien et de l'ionique. Le Bas-Breton de Vannes traite de barbare le Bas-Breton de Tréguier. Le slave ainsi que le magyar se prête à toutes les traductions : ma pauvre *Atala* a été accoutrée d'une robe *de point de Hongrie* ; elle porte aussi un doliman[4] arménien et un voile arabe.

Une autre littérature a fleuri en Bohême, la littérature moderne latine. Le prince de cette littérature, Bohuslas Hassenstein, baron de Lobkowitz, né en 1462, s'embarqua en 1490 à Venise, visita la Grèce, la Syrie, l'Arabie et l'Égypte. Lobkowitz m'a devancé de trois cent vingt-six ans[5] à ces lieux célèbres, et, comme lord Byron, il a chanté son pèlerinage. Avec quelle différence d'esprit, de

---

1. Terme de blason pris dans un sens figuré : sont disséminés dans les quatre coins du monde chrétien, qu'ils envahissent.   **2.** Ampère avait publié en 1828, dans *Le Globe*, un article sur « les Poésies nationales de la Bohême » (recueilli dans *Littérature, Voyages et Poésies*, 1850, t. I) que Hanka prétendait avoir découvertes. C'étaient en réalité, comme on le démontrera plus tard, de talentueuses « fabrications », sur le modèle des poésies gaéliques de Macpherson.   **3.** François-Ladislav Celakowsky (1799-1852), disciple de Herder et de Goethe, fut un des artisans du renouveau poétique tchèque au XIXe siècle. **4.** Pour : *dolman*. Sorte de robe longue, mais ajustée au buste et à manches étroites que les Ottomans portaient comme vêtement de dessus. Toutes ces références vestimentaires sont autant de métaphores de la traduction comme « habillement ».   **5.** De 1490 à 1806, on ne compte que 316 ans. Sur Lobkowitz, voir *infra*, XXXVIII, 2.

cœur, de pensées, de mœurs, nous avons, à plus de trois siècles d'intervalle, médité sur les mêmes ruines et sous le même soleil, Lobkowitz, Bohême ; lord Byron, Anglais ; et moi, enfant de France !

À l'époque du voyage de Lobkowitz, d'admirables monuments, depuis renversés, étaient debout. Ce devait être un spectacle étonnant que celui de la barbarie dans toute son énergie, tenant sous ses pieds la civilisation terrassée, les janissaires de Mahomet II ivres d'opium, de victoires et de femmes, le cimeterre à la main, le front festonné du turban sanglant, échelonnés pour l'assaut sur les décombres de l'Égypte et de la Grèce : et moi, j'ai vu la même barbarie, parmi les mêmes ruines, se débattre sous les pieds de la civilisation.

En arpentant la ville et les faubourgs de Prague, les choses que je viens de dire venaient s'appliquer sur ma mémoire, comme les tableaux d'une optique sur une toile. Mais, dans quelque coin que je me trouvasse, j'apercevais Hradschin, et le roi de France appuyé sur les fenêtres de ce château, comme un fantôme dominant toutes ces ombres.

(12)

Prague, 29 mai 1833.

Je prends congé du Roi.
Adieux. — Lettre des enfants à leur mère.
Un juif. — La servante saxonne.

Ma revue de Prague étant faite, j'allai le 29 mai dîner au château à six heures. Charles X était fort gai. Au sortir de table, en s'asseyant sur le canapé du salon, il me dit : « Chateaubriand, savez-vous que le *National*, arrivé ce matin, déclare que j'avais le droit de faire mes ordonnances ? – Sire, ai-je répondu, Votre Majesté jette des pierres dans mon jardin. » Le Roi, indécis, hésitait ; puis prenant son parti : « J'ai quelque chose sur le cœur : vous m'avez diablement maltraité dans la première partie de votre discours à la Chambre des pairs [1]. » Et tout de suite, le Roi, ne me laissant pas le temps de répondre, s'est écrié : « Oh ! la fin ! la fin !... le tombeau vide à Saint-Denis... C'est admirable... ! c'est très bien ! très bien... n'en parlons plus. Je n'ai pas voulu garder cela... c'est fini... c'est fini. » Et il s'excusait d'avoir osé hasarder ce peu de mots.

J'ai baisé avec un pieux respect la main royale.

« Que je vous dise, a repris Charles X, j'ai peut-être eu tort de ne pas me défendre à Rambouillet ; j'avais encore de grandes ressources... mais je n'ai pas voulu que le sang coulât pour moi ; je me suis retiré. »

Je n'ai point combattu cette noble excuse ; j'ai répondu :

« Sire, Bonaparte s'est retiré deux fois comme Votre Majesté, afin de ne pas prolonger les maux de la France. » Je mettais ainsi la faiblesse de mon vieux roi à l'abri de la gloire de Napoléon.

Les enfants arrivés, nous nous sommes approchés d'eux. Le Roi parla de l'âge de Mademoiselle : « Comment ! petit chiffon, s'écria-t-il, vous avez déjà quatorze ans ! – Oh ! quand j'en aurai quinze ! dit Mademoiselle. – Eh bien ! qu'en ferez-vous ? » dit le Roi. Mademoiselle resta court.

Charles X raconta quelque chose : « Je ne m'en souviens pas, dit le duc de Bordeaux. – Je le crois bien, répondit le Roi, cela se passait le jour même de votre naissance. – Oh ! répliqua Henri, il y a donc bien longtemps ! » Mademoiselle penchant un peu la tête sur son épaule, levant son visage vers son frère, dit avec une

---

1. Allusion au discours du 7 août 1830, reproduit avec sa conclusion sur le tombeau « vacant » à Saint-Denis, au chapitre 7 du livre XXXIII. Chateaubriand avait alors eu, en effet, des formules très sévères pour le régime déchu : « Lorsqu'après avoir menti jusqu'à dernière heure (...) ; quand la conspiration de la bêtise (...) ; quand une terreur de château organisée par des eunuques (...) » (t. III, p. 549).

petite mine ironique : « Il y a donc bien longtemps que vous êtes né ? »

Les enfants se retirèrent ; je saluai l'orphelin : je devais partir dans la nuit. Je lui dis adieu en français, en anglais et en allemand. Combien Henri apprendra-t-il de langues pour raconter ses errantes misères, pour demander du pain et un asile à l'étranger ?

Quand la partie de whist commença, je pris les ordres de Sa Majesté. « Vous allez voir madame la Dauphine à Carlsbad, dit Charles X. Bon voyage, mon cher Chateaubriand. Nous entendrons parler de vous dans les journaux. »

J'allai de porte en porte offrir mes derniers hommages aux habitants du château. Je revis la jeune princesse chez madame de Gontaut ; elle me remit pour sa mère une lettre au bas de laquelle se trouvaient quelques lignes de Henri.

Je devais partir le 30 à cinq heures du matin ; le comte de Choteck avait eu la bonté de faire commander les chevaux sur la route : un tripotage me retint jusqu'à midi.

J'étais porteur d'une lettre de crédit de 2 000 francs payable à Prague ; je m'étais présenté chez un gros et petit matou juif qui poussa des cris d'admiration en me voyant. Il appela sa femme à son secours ; elle accourut, ou plutôt elle roula jusqu'à mes pieds ; elle s'assit toute courte, toute grasse, toute noire, en face de moi, avec deux bras comme des ailerons, me regardant de ses yeux ronds : quand le Messie serait entré par la fenêtre, cette Rachel n'aurait pas paru plus réjouie ; je me croyais menacé d'un *Alleluia*. L'agent de change m'offrit sa fortune, des lettres de crédit pour toute l'étendue de la dispersion israélite ; il ajouta qu'il m'enverrait mes 2 000 francs à mon hôtel.

La somme n'était point comptée le 29 au soir ; le 30 au matin, lorsque les chevaux étaient déjà attelés, arrive un commis avec un paquet d'assignats, papier de différente origine, qui perd plus ou moins sur la place et qui n'a pas cours hors des États autrichiens. Mon compte était détaillé sur une note qui portait pour solde, *bon argent*. Je restai ébahi : « Que voulez-vous que je fasse de cela ?

dis-je au commis. Comment, avec ce papier, payer la poste et la dépense des auberges ? » Le commis courut chercher des explications. Un autre commis vint et me fit des calculs sans fin. Je renvoyai le second commis ; un troisième me rapporta des écus de Brabant. Je partis, désormais en garde contre la tendresse que je pourrais inspirer aux filles de Jérusalem.

Ma calèche était entourée, sous la porte, des gens de l'hôtel, parmi lesquels se pressait une jolie servante saxonne qui courait à un piano toutes les fois qu'elle attrapait un moment entre deux coups de sonnette : priez Léonard du Limousin, ou Fanchon de la Picardie, de vous jouer ou de vous chanter sur le piano *Tanti palpiti* ou la *Prière de Moïse*[1] !

(13)

Prague et route, 29 et 30 mai 1833.

CE QUE JE LAISSE À PRAGUE.

J'étais entré à Prague avec de grandes appréhensions. Je m'étais dit : Pour nous perdre, il suffit souvent à Dieu de nous remettre entre les mains nos destinées ; Dieu fait des miracles en faveur des hommes, mais il leur en abandonne la conduite, sans quoi ce serait lui qui gouvernerait en personne : or, les hommes font avorter les fruits de ces miracles. Le crime n'est pas toujours puni dans ce monde ; les fautes le sont toujours. Le crime est de la nature infinie et générale de l'homme ; le ciel seul en connaît le fond et s'en réserve quelquefois le châtiment. Les fautes d'une nature bornée et accidentelle sont de la

---

1. Airs alors très populaires de Rossini : le premier se trouve au premier acte de *Tancrède* (créé à Venise en 1813, à Paris en 1822) ; le second dans *Moïse* (créé à Paris en 1827).

compétence de la justice étroite de la terre ; c'est pourquoi il serait possible que les dernières fautes de la
monarchie fussent rigoureusement punies par les
hommes.

Je m'étais dit encore : On a vu des familles royales
tomber dans d'irréprochables erreurs, en s'infatuant d'une
fausse idée de leur nature : tantôt elles se regardent
comme des familles mortelles et privées ; selon l'occurrence elles se mettent au-dessus de la loi commune ou
dans les limites de cette loi. Violent-elles les constitutions
politiques ? elles s'écrient qu'elles en ont le droit, qu'elles
sont la source de la loi, qu'elles ne peuvent être jugées
par les règles ordinaires. Veulent-elles faire une faute
domestique, donner par exemple une éducation dange-
reuse à l'héritier du trône ? elles répondent aux réclama-
tions : « Un particulier peut agir envers ses enfants
comme il lui plaît, et nous ne le pourrions pas ! »

Eh ! non, vous ne le pouvez pas : vous n'êtes ni une
famille *divine*, ni une famille *privée* ; vous êtes une
famille *publique* ; vous appartenez à la société. Les
erreurs de la royauté n'attaquent pas la royauté seule ;
elles sont dommageables à la nation entière : un Roi
bronche et s'en va ; mais la nation s'en va-t-elle ? Ne
ressent-elle aucun mal ? ceux qui sont demeurés attachés
à la royauté absente, victimes de leur honneur, ne sont-
ils ni interrompus dans leur carrière, ni poursuivis dans
leurs proches, ni entravés dans leur liberté, ni menacés
dans leur vie ? Encore une fois, la royauté n'est point une
propriété privée, c'est un bien commun, indivis, et des
tiers sont engagés dans la fortune du trône. Je craignais
que, dans les troubles inséparables du malheur, la royauté
n'eût point aperçu ces vérités et n'eût rien fait pour y
revenir en temps utile.

D'un autre côté, tout en reconnaissant les avantages
immenses de la loi salique, je ne me dissimulais pas que
la durée de race a quelques graves inconvénients pour les
peuples et pour les rois : pour les peuples, parce qu'elle
mêle trop leur destinée avec celle des rois ; pour les rois,
parce que le pouvoir permanent les enivre ; ils perdent les
notions de la terre ; tout ce qui n'est pas à leurs autels,

prières prosternées, humbles vœux, abaissements profonds, est impiété. Le malheur ne leur apprend rien ; l'adversité n'est qu'une plébéienne grossière qui leur manque de respect, et les catastrophes ne sont pour eux que des insolences.

Je m'étais heureusement trompé : je n'ai point trouvé Charles X dans ces hautes erreurs qui naissent au faîte de la société ; je l'ai trouvé seulement dans les illusions communes d'un accident inattendu, et qui sont plus explicables. Tout sert à consoler l'amour-propre du frère de Louis XVIII : il voit le monde politique se détruire, et il attribue avec quelque raison cette destruction à son époque, non à sa personne : Louis XVI n'a-t-il pas péri ? la République n'est-elle pas tombée ? Bonaparte n'a-t-il pas été contraint d'abandonner deux fois le théâtre de sa gloire et n'est-il pas allé mourir captif sur un écueil ? Les trônes de l'Europe ne sont-ils pas menacés ? Que pouvait-il donc lui, Charles X, plus que ces pouvoirs renversés ? Il a voulu se défendre contre des ennemis ; il était averti du danger par sa police et par des symptômes publics : il a pris l'initiative ; il a attaqué pour n'être pas attaqué. Les héros des trois émeutes n'ont-ils pas avoué qu'ils conspiraient, qu'ils avaient joué la comédie pendant quinze ans ? Eh bien ! Charles a pensé qu'il était de son devoir de faire un effort ; il a essayé de sauver la légitimité française et avec elle la légitimité européenne : il a livré la bataille, et il l'a perdue ; il s'est immolé au salut des monarchies ; voilà tout. Napoléon a eu son Waterloo, Charles X ses journées de Juillet.

Ainsi les choses se présentent au monarque infortuné ; il reste immuable, accoté[1] des événements qui calent et assujettissent son esprit. À force d'immobilité, il atteint une certaine grandeur : homme d'imagination, il vous écoute, il ne se fâche point contre vos idées, il a l'air d'y entrer et n'y entre point du tout. Il est des axiomes généraux qu'on met devant soi comme des gabions ; placé derrière ces abris, on tiraille de là sur les intelligences qui marchent.

---

1. Appuyé sur : voir t. I, p. 348, note 3.

La méprise de beaucoup est de se persuader, d'après des événements répétés dans l'histoire, que le genre humain est toujours dans sa place primitive ; ils confondent les *passions* et les *idées* : les premières sont les mêmes dans tous les siècles, les secondes changent avec la succession des âges. Si les effets matériels de quelques actions sont pareils à diverses époques, les causes qui les ont produits sont différentes.

Charles X se regarde comme un principe, et, en effet, il y a des hommes qui, à force d'avoir vécu dans des idées fixes, de générations en générations semblables, ne sont plus que des monuments. Certains individus, par le laps de temps et par leur prépondérance, deviennent des *choses transformées en personnes* ; ces individus périssent quand ces choses viennent à périr ; Brutus et Caton étaient la république romaine incarnée ; ils ne lui pouvaient survivre, pas plus que le cœur ne peut battre quand le sang se retire.

Je traçai autrefois ce portrait de Charles X[1] :

« Vous l'avez vu depuis dix ans, ce sujet fidèle, ce frère respectueux, ce père tendre, si affligé dans un de ses fils, si consolé par l'autre ! Vous le connaissez, ce Bourbon qui vint le premier après nos malheurs, digne héraut de la vieille France, se jeter entre vous et l'Europe, une branche de lis à la main ! Vos yeux s'arrêtent avec amour et complaisance sur ce prince qui, dans la maturité de l'âge, a conservé le charme et la noble élégance de la jeunesse, et qui, maintenant, orné du diadème, n'est encore qu'*un Français de plus au milieu de vous*[2] ! Vous répétez avec émotion tant de mots heureux échappés à ce nouveau monarque, qui puise dans la loyauté de son cœur la grâce de bien dire !

« Quel est celui d'entre nous qui ne lui confierait sa vie, sa fortune, son honneur ? Cet homme que nous voudrions tous avoir pour ami, nous l'avons aujourd'hui pour

1. Dans *Le Roi est mort : vive le Roi*, brochure de trente-sept pages publiée chez Le Normant au mois de septembre 1824 et recueillie dans les *Mélanges politiques* (Ladvocat, t. III, 1827, p. 287-307).   **2.** Le propos avait été prêté au prince lors de son retour en France, au mois de mars 1814.

roi. Ah ! tâchons de lui faire oublier les sacrifices de sa vie ! Que la couronne pèse légèrement sur la tête blanchie de ce chevalier chrétien ! Pieux comme saint Louis, affable, compatissant et justicier comme Louis XII, courtois comme François Ier, franc comme Henri IV, qu'il soit heureux de tout le bonheur qui lui a manqué pendant de si longues années ! Que le trône, où tant de monarques ont rencontré des tempêtes, soit pour lui un lieu de repos. »

Ailleurs j'ai célébré encore le même prince : le modèle a seulement vieilli, mais on le reconnaît dans les jeunes touches du portrait : l'âge nous flétrit en nous enlevant une certaine vérité de poésie qui fait le teint et la fleur de notre visage, et cependant on aime malgré soi le visage qui s'est fané en même temps que nos propres traits. J'ai chanté des hymnes à la race de Henri IV ; je les recommencerais de grand cœur, tout en combattant de nouveau les méprises de la légitimité et en m'attirant de nouveau ses disgrâces, si elle était destinée à renaître. La raison en est que la royauté légitime constitutionnelle m'a toujours paru le chemin le plus doux et le plus sûr vers l'entière liberté. J'ai cru et je croirais encore faire l'acte d'un bon citoyen en exagérant même les avantages de cette royauté, afin de lui donner, si cela dépendait de moi, la durée nécessaire à l'accomplissement de la transformation graduelle de la société et des mœurs.

Je rends service à la mémoire de Charles X en opposant la pure et simple vérité à ce qu'on dira de lui dans l'avenir. L'inimitié des partis le représentera comme un homme infidèle à ses serments et violateur des libertés publiques : il n'est rien de tout cela. Il a été de bonne foi en attaquant la Charte ; il ne s'est pas cru, et ne devait pas se croire parjure ; il avait la ferme intention de rétablir cette Charte après l'avoir *sauvée*, à sa manière et comme il la comprenait. Charles X est tel que je l'ai peint : doux, quoique sujet à la colère, bon et tendre avec ses familiers, aimable, léger, sans fiel, ayant tout du chevalier, la dévotion, la noblesse, l'élégante courtoisie, mais entremêlée de faiblesse, ce qui n'exclut pas le courage passif et la gloire de bien mourir ; incapable de suivre jusqu'au bout une bonne ou une mauvaise résolution ; pétri avec les préjugés de son siècle et de son rang ; à une époque ordinaire, roi convenable ; à une époque extraordinaire, homme de perdition, non de malheur.

(14)

Le duc de Bordeaux.

Pour ce qui est du duc de Bordeaux, on voudrait en faire à Hradschin un roi toujours à cheval, toujours donnant de grands coups d'épée. Il faut sans doute qu'il soit brave ; mais c'est une erreur de se figurer qu'en ce temps-ci le droit de conquête serait reconnu, qu'il suffirait d'être Henri IV pour remonter sur le trône. Sans courage, on ne peut régner ; avec le courage seul, on ne règne plus : Bonaparte a tué l'autorité de la victoire.

Un rôle extraordinaire pourrait être conçu par Henri V ; je suppose qu'il sente à vingt ans sa position et qu'il se dise : « Je ne puis pas demeurer immobile ; j'ai des devoirs de mon sang à remplir envers le passé, mais suis-je forcé de troubler la France à cause de moi seul ? Dois-je peser sur les siècles futurs de tout le poids des siècles finis ? Tranchons la question ; inspirons des regrets à ceux qui ont injustement proscrit mon enfance ; montrons-leur ce que je pouvais être. Il ne dépend que de moi de me dévouer à mon pays en consacrant de nouveau, quelle que soit l'issue du combat, le principe des monarchies héréditaires. »

Alors le fils de saint Louis aborderait la France dans une double idée de gloire et de sacrifice ; il y descendrait avec la ferme résolution d'y rester une couronne sur le front ou une balle dans le cœur : au dernier cas, son héritage irait à Philippe. La vie triomphante ou la mort sublime de Henri rétablirait la légitimité, dépouillée seulement de ce que ne comprend plus le siècle et de ce qui ne convient plus au temps. Au reste, en supposant le sacrifice de mon jeune prince, il ne le ferait pas pour moi : après Henri V mort sans enfants, je ne reconnaîtrais jamais de monarque en France !

Je me suis laissé aller à des rêves : ce que je suppose relativement au parti qu'aurait à prendre Henri n'est pas possible : en raisonnant de la sorte, je me suis placé en pensée dans un ordre de choses au-dessus de nous ; ordre qui, naturel à une époque d'élévation et de magnanimité, ne paraîtrait aujourd'hui qu'une exaltation de roman ; c'est comme si j'opinais à l'heure qu'il est d'en revenir aux Croisades ; or, nous sommes terre à terre dans la triste réalité d'une nature humaine amoindrie. Telle est la disposition des âmes, que Henri rencontrerait dans l'apathie de la France au-dedans, et dans les royautés au-dehors, des obstacles invincibles. Il faudra donc qu'il se soumette, qu'il consente à attendre les événements, à moins qu'il ne se décidât à un rôle qu'on ne manquerait pas de stigmatiser du nom d'aventurier. Il faudra qu'il rentre dans la série des faits médiocres et qu'il voie, sans toutefois s'en laisser accabler, les difficultés qui l'environnent.

Les Bourbons ont tenu après l'Empire, parce qu'ils succédaient à l'arbitraire : se figure-t-on Henri transporté de Prague au Louvre après l'usage de la plus entière liberté ? La nation française n'aime pas au fond cette liberté ; mais elle adore l'égalité ; elle n'admet l'absolu que pour elle et par elle, et sa vanité lui commande de n'obéir qu'à ce qu'elle s'impose. La Charte a essayé vainement de faire vivre sous la même loi deux nations devenues étrangères l'une à l'autre, la France ancienne et la France moderne ; comment, quand des préjugés se sont accrus, feriez-vous se comprendre l'une et l'autre France ? Vous ne ramèneriez point les esprits en remettant sous les yeux des vérités incontestables.

À entendre la passion ou l'ignorance, les Bourbons sont les auteurs de tous nos maux ; la réinstallation de la branche aînée serait le rétablissement de la domination du château ; les Bourbons sont les fauteurs et les complices de ces traités oppresseurs dont à bon droit je n'ai jamais cessé de me plaindre : et pourtant rien de plus absurde que toutes ces accusations, où les dates sont également oubliées et les faits grossièrement altérés. La Restauration n'exerça quelque influence dans les actes diplomatiques qu'à l'époque de la première invasion. Il est reconnu qu'on ne voulait point cette Restauration, puisqu'on traitait avec Bonaparte à Châtillon ; que, l'eût-il voulu, il demeurait empereur des Français. Sur l'entêtement de son génie et faute de mieux, on prit les Bourbons qui se trouvaient là. Monsieur, lieutenant général du royaume, eut alors une certaine part aux transactions du jour ; on a vu, dans la vie d'Alexandre[1], ce que le traité de Paris de 1814 nous avait laissé.

En 1815 il ne fut plus question des Bourbons ; ils n'entrèrent en rien dans les contrats spoliateurs de la seconde invasion : ces contrats furent le résultat de la rupture du ban de l'île d'Elbe. À Vienne, les alliés déclarèrent qu'ils ne se réunissaient que contre un seul homme ; qu'ils ne prétendaient imposer ni aucune sorte de maître, ni aucune espèce de gouvernement à la France. Alexandre même avait demandé au congrès un roi autre que Louis XVIII. Si celui-ci en venant s'asseoir aux Tuileries ne se fût hâté de voler son trône, il n'aurait jamais régné. Les traités de 1815 furent abominables, précisément parce qu'on refusa d'entendre la voix paternelle de la légitimité, et c'est pour les faire brûler, ces traités, que j'avais voulu reconstruire notre puissance en Espagne.

Le seul moment où l'on retrouve l'esprit de la Restauration est au congrès d'Aix-la-Chapelle ; les alliés étaient convenus de nous ravir nos provinces du Nord et de l'Est : M. de Richelieu intervint. Le tzar, touché de notre malheur, entraîné par son équitable penchant, remit à M. le duc de Richelieu la carte de France sur laquelle était tracée la ligne fatale[2]. J'ai vu de mes propres yeux

---

1. Le chapitre XXI de la première partie du *Congrès de Vérone* est intitulé : « Alexandre. Abrégé de sa vie ». Chateaubriand avait sans doute songé à incorporer ces pages sur le souverain russe, pour lequel il avait de la sympathie, dans ses *Mémoires*.   2. Il y a ici confusion de dates. C'est lors des négociations qui avaient abouti au second traité de Paris (20 septembre 1815) que les Prussiens avaient exigé que notre pays fût amputé de certaines forteresses et territoires frontaliers supplé-

cette carte du Styx entre les mains de madame de Montcalm, sœur du noble négociateur.

La France occupée comme elle l'était, nos places
forces ayant garnison étrangère, pouvions-nous résister ?
Une fois privés de nos départements militaires, combien
de temps aurions-nous gémi sous la conquête ? Eussions-
nous eu un souverain d'une famille nouvelle, un prince
d'occasion, on ne l'aurait point respecté. Parmi les alliés,
les uns cédèrent à l'illusion d'une grande race, les autres
crurent que, sous une puissance usée, le royaume perdrait
son énergie et cesserait d'être un objet d'inquiétude :
Cobbet lui-même en convient dans sa lettre [1]. C'est donc
une monstrueuse ingratitude de ne pas voir que, si nous
sommes encore la vieille Gaule, nous le devons au sang
que nous avons le plus maudit. Ce sang, qui depuis huit
siècles circulait dans les veines mêmes de la France, ce
sang qui l'avait faite ce qu'elle est, l'a sauvée encore.
Pourquoi s'obstiner à nier éternellement les faits ? On a
abusé contre nous de la victoire, comme nous en avions
abusé contre l'Europe. Nos soldats étaient allés en Russie ; ils ont ramené sur leurs pas les soldats qui fuyaient
devant eux. Après action, réaction, c'est la loi. Cela ne
fait rien à la gloire de Bonaparte, gloire isolée et qui reste
entière ; cela ne fait rien à notre gloire nationale, toute
couverte de la poussière de l'Europe dont nos drapeaux
ont balayé les tours. Il était inutile, dans un dépit d'ailleurs trop juste, d'aller chercher à nos maux une autre
cause que la cause véritable. Loin d'être cette cause, les
Bourbons de moins dans nos revers, nous étions partagés.

_____

mentaires ; ils avaient ainsi tracé, au crayon bleu, sur une carte, une
configuration nouvelle, mais inacceptable. Le tsar les avait alors
convaincus de renoncer à ces dispositions. Alexandre Ier conserva néanmoins le document que, trois ans plus tard, à Aix-la-Chapelle, il devait
remettre au duc de Richelieu, comme preuve de sa bonne volonté
envers la France.

1. Le pamphlétaire radical anglais William Cobbett (1762-1835)
avait adressé le 1er mars 1823 une lettre ouverte à Chateaubriand sur la
politique menée par la France en Espagne. Celui-ci inséra une traduction de ce texte (due à son ami Frisell) dans le *Congrès de Vérone*
(1re partie, XLIX).

Appréciez maintenant les calomnies dont la Restauration a été l'objet ; qu'on interroge les archives des relations extérieures, on sera convaincu de l'indépendance du langage tenu aux puissances sous le règne de Louis XVIII et de Charles X. Nos souverains avaient le sentiment de la dignité nationale ; ils furent surtout rois à l'étranger, lequel ne voulut jamais avec franchise le rétablissement, et ne vit qu'à regret la résurrection de la monarchie aînée. Le langage diplomatique de la France à l'époque dont je traite est, il faut le dire, particulier à l'aristocratie ; la démocratie, pleine de larges et fécondes vertus, est pourtant arrogante quand elle domine : d'une munificence incomparable lorsqu'il faut d'immenses dévouements, elle échoue aux détails ; elle est rarement élevée, surtout dans les longs malheurs. Une partie de la haine des cours d'Angleterre et d'Autriche contre la légitimité vient de la fermeté du cabinet des Bourbons.

Loin de précipiter cette légitimité, mieux avisé on en eût étayé les ruines ; à l'abri dans l'intérieur, on eût élevé le nouvel édifice, comme on bâtit un vaisseau qui doit braver l'océan sous un bassin couvert taillé dans le roc : ainsi la liberté anglaise s'est formée au sein de la loi normande. Il ne fallait pas répudier le fantôme monarchique ; ce centenaire du moyen âge, comme Dandolo, *avoit les yeux en la tête beaux, et si, n'en véoit goutte*[1] ; vieillard qui pouvait guider les jeunes croisés et qui, paré de ses cheveux blancs, imprimait encore vigoureusement sur la neige ses pas ineffaçables.

Que, dans nos craintes prolongées, des préjugés et des hontes vaniteuses nous aveuglent, on le conçoit ; mais la distante postérité reconnaîtra que la Restauration a été, historiquement parlant, une des plus heureuses phases de notre cycle révolutionnaire. Les partis dont la chaleur n'est pas éteinte peuvent à présent s'écrier : « Nous fûmes libres sous l'Empire, esclaves sous la monarchie de la Charte ! » Les générations futures, ne s'arrêtant pas à

---

1. Citation de Villehardouin, *Conquête de Constantinople*, § 34 (Petitot, 1ʳᵉ série, t. I, p. 143). Le doge Enrico Dandolo avait détourné la deuxième croisade vers Constantinople, objet de sa convoitise.

cette contre-vérité, risible si elle n'était un sophisme, diront que les Bourbons rappelés prévinrent le démembrement de la France, qu'ils fondèrent parmi nous le gouvernement représentatif, qu'ils firent prospérer les finances, acquittèrent des dettes qu'ils n'avaient pas contractées, et payèrent religieusement jusqu'à la pension de la sœur de Robespierre [1]. Enfin, pour remplacer nos colonies perdues, ils nous laissèrent, en Afrique, une des plus riches provinces de l'empire romain.

Trois choses demeurent acquises à la légitimité restaurée : elle est entrée dans Cadix ; elle a donné à Navarin l'indépendance à la Grèce ; elle a affranchi la chrétienté en s'emparant d'Alger : entreprises dans lesquelles avaient échoué Bonaparte, la Russie, Charles-Quint et l'Europe. Montrez-moi un pouvoir de quelques jours (et un pouvoir si disputé), lequel ait accompli de telles choses.

Je crois, la main sur la conscience, n'avoir rien exagéré et n'avoir exposé que des faits dans ce que je viens de dire sur la légitimité. Il est certain que les Bourbons ne voudraient ni ne pourraient rétablir une monarchie de château et se cantonner dans une tribu de nobles et de prêtres ; il est certain qu'ils n'ont point été ramenés par les alliés ; ils ont été l'accident, non la cause de nos désastres, cause qui vient évidemment de Napoléon. Mais il est certain aussi que le retour de la troisième race [2] a malheureusement coïncidé avec le succès des armes étrangères. Les Cosaques se sont montrés dans Paris au moment où l'on y revoyait Louis XVIII : alors pour la France humiliée, pour les intérêts particuliers, pour toutes les passions émues, la Restauration et l'invasion sont deux choses identiques ; les Bourbons sont devenus la victime d'une confusion des faits, d'une calomnie changée, comme tant d'autres, en une vérité-mensonge. Hélas ! il est difficile d'échapper à ces calamités que la nature et le temps pro-

---

1 Marie-Charlotte de Robespierre (1750-1834) avait reçu du gouvernement impérial une pension de 3 600 francs qui fut maintenue, mais réduite de moitié, par Louis XVIII. Le gouvernement Villèle la supprima en 1823, mais elle fut rétablie sous le gouvernement Martignac. 2. Les Capétiens.

duisent ; on a beau les combattre, le bon droit n'entraîne
pas toujours la victoire. Les Psylles, nation de l'ancienne
Afrique, avaient pris les armes contre le vent du Midi ;
un tourbillon s'éleva et engloutit ces braves : « Les Nasa-
moniens », dit Hérodote[1], « s'emparèrent de leur pays
abandonné. »

En parlant de la dernière calamité des Bourbons, leur
commencement me revient en mémoire : je ne sais quel
augure de leur tombe se fit entendre à leur berceau.
Henri IV ne se vit pas plutôt maître de Paris qu'il fut saisi
d'un pressentiment funeste. Les entreprises d'assassinat
qui se renouvelaient, sans alarmer son courage, influaient
sur sa gaieté naturelle. À la procession du Saint-Esprit, le
5 janvier 1595, il parut habillé de noir, portant à la lèvre
supérieure un emplâtre sur la blessure que Jean Châtel lui
avait faite à la bouche en le voulant frapper au cœur. Il
avait le visage morne ; madame de Balagni lui en ayant
demandé la cause : « Comment », lui répondit-il, « pour-
rois-je être content de voir un peuple si ingrat, qu'encore
que j'aie fait et fasse tous les jours ce que je puis pour
lui, et pour le salut duquel je voudrois sacrifier mille vies,
si Dieu m'en avoit donné autant, me dresser tous les jours
de nouveaux attentats, car depuis que je suis ici je n'oy
parler d'autre chose ? »

Cependant ce peuple criait : Vive le Roi ! « Sire, dit
un seigneur de la cour, voyez comme tout votre peuple
se réjouit de vous voir. » Henri secouant la tête : « C'est
un peuple. Si mon plus grand ennemi étoit là où je suis,
et qu'il le vît passer, il lui en feroit autant qu'à moi et
crieroit encore plus haut. »

Un ligueur, apercevant le Roi affaissé au fond de son
carrosse, dit : « Le voilà déjà au cul de la charrette[2]. »
Ne vous semble-t-il pas que ce ligueur parlait de
Louis XVI allant du Temple à l'échafaud ?

Le vendredi 14 mai 1610, le Roi, revenant des Feuil-
lants avec Bassompierre et le duc de Guise, leur dit :
« Vous ne me connoissez pas maintenant, vous autres, et

1. Hérodote, *Histoire*, IV, 173.   **2.** *Journal* de l'Estoile, Petitot,
1re série, t. XLVII, p. 107.

quand vous m'aurez perdu, vous connoîtrez alors ce que
je valois et la différence qu'il y a de moi aux autres
hommes. – Mon Dieu, sire, repartit Bassompierre, ne ces-
serez-vous jamais de nous troubler, en nous disant que
vous mourrez bientôt ? » Et alors le maréchal retrace à
Henri sa gloire, sa prospérité, sa bonne santé qui prolongeait sa jeunesse. « Mon ami », lui répondit le Roi, « il
faut quitter tout cela. » Ravaillac était à la porte du
Louvre.

Bassompierre se retira et ne vit plus le Roi que dans
son cabinet.

« Il étoit étendu, dit-il, sur son lit ; et M. de Vic, assis
sur le même lit que lui, avoit mis sa croix de l'Ordre sur
sa bouche, et lui faisoit souvenir de Dieu. M. le Grand[1]
en arrivant se mit à genoux à la ruelle et lui tenoit une
main qu'il baisoit, et je m'étois jeté à ses pieds que je
tenois embrassés en pleurant amèrement. »

Tel est le récit de Bassompierre[2].

Poursuivi par ces tristes souvenirs, il me semblait que
j'avais vu dans les longues salles de Hradschin les derniers Bourbons passer *tristes et mélancoliques*, comme le
premier Bourbon dans la galerie du Louvre ; j'étais venu
baiser les pieds de la royauté après sa mort. Qu'elle meure
à jamais ou qu'elle ressuscite, elle aura mes derniers serments : le lendemain de sa disparition finale, la république commencera pour moi. Au cas que les Parques,
qui doivent éditer mes *Mémoires*, ne les publient pas
incessamment[3], on saura, quand ils paraîtront, quand on
aura tout lu, tout pesé, jusqu'à quel point je me suis
trompé dans mes regrets et dans mes conjectures. – Respectant le malheur, respectant ce que j'ai servi et ce que
je continuerai de servir au prix du repos de mes derniers
jours, je trace mes paroles, vraies ou trompées, sur mes

---

1. Le grand écuyer de France.   2. *Mémoires* de Bassompierre,
Petitot, 2e série, t. XIX, p. 434-435.   3. Au moment où ces lignes
sont écrites, Chateaubriand semble considérer que ses *Mémoires* paraîtront au lendemain de sa mort.

heures tombantes, feuilles séchées et légères[1] que le souffle de l'éternité aura bientôt dispersées.

Si les hautes races approchaient de leur terme (abstraction faite des possibilités de l'avenir et des espérances vivaces qui repoussent sans cesse au fond du cœur de l'homme), ne serait-il pas mieux que, par une fin digne de leur grandeur, elles se retirassent dans la nuit du passé avec les siècles ? Prolonger ses jours au-delà d'une éclatante illustration ne vaut rien ; le monde se lasse de vous et de votre bruit ; il vous en veut d'être toujours là : Alexandre, César, Napoléon ont disparu selon les règles de la renommée. Pour mourir beau, il faut mourir jeune ; ne faites pas dire aux enfants du printemps : « Comment ! c'est là ce génie, cette personne, cette race à qui le monde battait des mains, dont on aurait payé un cheveu, un sourire, un regard du sacrifice de la vie ! » Qu'il est triste de voir le vieux Louis XIV ne trouver auprès de lui, pour parler de son siècle, que le vieux duc de Villeroi ! Ce fut une dernière victoire du grand Condé d'avoir, au bord de sa fosse, rencontré Bossuet : l'orateur ranima les eaux muettes de Chantilly ; avec l'enfance du vieillard, il repétrit l'adolescence du jeune homme ; il rebrunit les cheveux sur le front du vainqueur de Rocroi, en disant, lui Bossuet, un immortel adieu à ses cheveux blancs[2]. Vous qui aimez la gloire, soignez votre tombeau ; couchez-vous-y bien ; tâchez d'y faire bonne figure, car vous y resterez[3].

---

1. Allusion au passage où Virgile évoque la Sibylle de Cumes : *Fata canit foliisque...* « Elle annonce les décrets du destin, et trace sur des feuilles des lettres et des mots. Tous les vers prophétiques que la vierge a écrits sur des feuilles, elle les dispose en ordre et les conserve enfermés dans son antre. Mais que les gonds aient tourné, qu'un vent léger vienne agiter ces feuilles délicates, que le souffle venant de la porte vienne les éparpiller, elle les laisse voltiger » (*Énéide*, III, vers 444-451). **2.** À la fin de son *Oraison funèbre du prince de Condé*. La fascination que Chateaubriand éprouve pour cette péroraison remonte au *Génie du christianisme* (3ᵉ partie, III, 4, p. 866). **3.** La conclusion de ce chapitre est une reprise des considérations développées en 1834 dans « Avenir du monde » : voir Appendice, II, 2 ; *infra*, p. 707-713.

LIVRE TRENTE-HUITIÈME

(1)

MADAME LA DAUPHINE.

Le chemin de Prague à Carlsbad s'allonge dans les ennuyeuses plaines qu'ensanglanta la guerre de Trente Ans. En traversant la nuit[1] ces champs de bataille, je m'humilie devant ce Dieu des armées[2], qui porte le ciel à son bras comme un bouclier. On aperçoit d'assez loin les monticules boisés au pied desquels se trouvent les eaux. Les beaux esprits des médecins de Carlsbad comparent la route au serpent d'Esculape qui, descendant la colline, vient boire à la coupe d'Hygie[3].

---

1. Parti de Prague le jeudi 30 mai, Chateaubriand arriva de bonne heure à Carlsbad le vendredi 31, pour en repartir le soir du 1er juin 1833. **2.** Le « Dieu des armées » est une formule biblique assez fréquente (*Isaïe* I, 24 ; II, 12, etc. *Jérémie* II, 19 ; V, 14, etc.) : voir XXIV, 6 (t. II, p. 724). En revanche, celle de la relative semble reposer sur la contamination de deux images indépendants dans les Écritures. La première renvoie au bras de Dieu, emblème de sa puissance créatrice. La seconde présente Yahvé lui-même comme un bouclier pour son peuple : voir *Genèse*, XV, 1 ; *Deutéronome*, XXXIII, 29 ; *Psaumes*, III, 4 ; XVIII, 3 et 31 ; etc. **3.** Esculape, dieu de la médecine, a une fille, Hygie, elle-même honorée comme une déesse, et chargée de veiller sur la santé des êtres vivants. Son iconographie la représente souvent tenant dans sa main gauche une coupe dans laquelle vient boire un serpent.

Du haut de la tour de la ville, *Stadtthurm*, tour emmitrée [1] d'un clocher, des gardiens sonnent de la trompe aussitôt qu'ils aperçoivent un voyageur. Je fus salué du son joyeux comme un moribond, et chacun de se dire avec transport dans la vallée : « Voici un arthritique, voici un hypocondriaque, voici un myope ! » Hélas ! j'étais mieux que tout cela, j'étais un incurable.

À sept heures du matin, le 31, j'étais installé à l'*Écu d'Or*, auberge tenue au bénéfice du comte de Bolzona, très noble homme ruiné. Logeaient dans cet hôtel le comte et madame la comtesse de Cossé (ils m'avaient devancé), et mon compatriote le général de Trogoff [2], naguère gouverneur du château de Saint-Cloud, ci-devant né à Landivisiau dans le rayon de la lune de Landernau, et, tout trapu qu'il est, capitaine de grenadiers autrichiens à Prague, pendant la Révolution. Il venait de visiter son seigneur banni, successeur de saint Clodoald, moine en son temps à Saint-Cloud. Trogoff, après son pèlerinage, s'en retournait en Basse-Bretagne. Il emportait un rossignol de Hongrie et un rossignol de Bohême qui ne laissaient dormir personne dans l'hôtel, tant ils se plaignaient de la cruauté de Térée [3]. Trogoff les bourrait de cœur de bœuf râpé, sans pouvoir venir à bout de leur douleur.

Et mœstis late loca questibus implet.

---

1. Néologisme : surmonté de quelque chose qui ressemble à une mitre.   2. Joachim-Simon de Trogoff (1763-1840) avait commencé par faire la guerre avec les insurgés américains ; en 1791, il avait émigré, rallié la petite armée de Condé, puis servi dans les forces autrichiennes jusqu'en 1814. Il fut réintégré dans les cadres français sous la Restauration, avec le grade de général de brigade, puis nommé en 1828 gouverneur du château de Saint-Cloud ; il accompagna le roi jusqu'à Cherbourg, avant de se retirer dans sa province. Ce Breton si peu francisé est présenté par Chateaubriand comme un « homme lige » féodal, sorti des temps les plus reculés.   3. Philomèle, fille de Pandion, outragée par son beau-frère Térée qui lui a ensuite coupé la langue pour qu'elle ne puisse révéler son forfait, se métamorphose en rossignol et ne cesse, depuis, de remplir la profondeur de la nuit de ses plaintes et de son affliction : c'est le sens du vers de Virgile (*Géorgiques*, IV, 514) cité ensuite.

Nous nous embrassâmes comme deux Bretons, Trogoff et moi. Le général, court et carré comme un Celte de la Cornouaille, a de la finesse sous l'apparence de la franchise, et du comique dans la manière de conter. Il plaisait assez à madame la Dauphine, et, comme il sait l'allemand, elle se promenait avec lui. Instruite de mon arrivée par madame de Cossé, elle me fit proposer de la voir à neuf heures et demie, ou à midi : à midi j'étais chez elle.

Elle occupait une maison isolée, à l'extrémité du village, sur la rive droite de la Tèple, petite rivière qui se rue de la montagne et traverse Carlsbad dans sa longueur. En montant l'escalier de l'appartement de la princesse, j'étais troublé : j'allais voir, presque pour la première fois, ce modèle parfait des souffrances humaines, cette Antigone de la chrétienté. Je n'avais pas causé dix minutes dans ma vie avec madame la Dauphine ; à peine m'avait-elle adressé, dans le cours rapide de ses prospérités, deux ou trois paroles ; elle s'était toujours montrée embarrassée avec moi. Bien que je n'eusse jamais écrit et parlé d'elle qu'avec une admiration profonde, madame la Dauphine avait dû nécessairement nourrir à mon égard les préjugés de ce troupeau d'antichambre, au milieu duquel elle vivait : la famille royale végétait isolée dans cette citadelle de la bêtise et de l'envie, qu'assiégeaient, sans pouvoir y pénétrer, les générations nouvelles.

Un domestique m'ouvrit la porte : j'aperçus madame la Dauphine assise au fond d'un salon sur un sofa, entre deux fenêtres, brodant à la main un morceau de tapisserie. J'entrai si ému que je ne savais pas si je pourrais arriver jusqu'à la princesse.

Elle releva la tête qu'elle tenait baissée tout contre son ouvrage, comme pour cacher elle-même son émotion, et, m'adressant la parole, elle me dit : « Je suis heureuse de vous voir, monsieur de Chateaubriand ; le Roi m'avait mandé votre arrivée. Vous avez passé la nuit ? vous devez être fatigué. »

Je lui présentai respectueusement les lettres de madame la duchesse de Berry ; elle les prit, les posa sur le canapé près d'elle, et me dit : « Asseyez-vous, asseyez-vous. »

Puis elle recommença sa broderie avec un mouvement rapide, machinal et convulsif.

Je me taisais ; madame la Dauphine gardait le silence : on entendait le piquer de l'aiguille et le tirer de la laine que la princesse passait brusquement dans le canevas, sur lequel je vis tomber quelques pleurs. L'illustre infortunée les essuya dans ses yeux avec le dos de sa main, et, sans relever la tête, elle me dit : « Comment se porte ma sœur ? Elle est bien malheureuse, bien malheureuse. Je la plains beaucoup, je la plains beaucoup. » Ces mots brefs et répétés cherchaient en vain à nouer une conversation dont les expressions manquaient aux deux interlocuteurs. La rougeur des yeux de la Dauphine, causée par l'habitude des larmes, lui donnait une beauté qui la faisait ressembler à la Vierge du *Spasimo*[1].

« Madame », répondis-je enfin, « madame la duchesse de Berry est bien malheureuse, sans doute ; elle m'a chargé de venir remettre ses enfants sous votre protection pendant sa captivité. C'est un grand soulagement à ses peines de penser que Henri V retrouve dans Votre Majesté une seconde mère. »

Pascal a eu raison de mêler la grandeur et la misère de l'homme : qui pourrait croire que madame la Dauphine comptât pour quelque chose ces titres de Reine, de Majesté, qui lui étaient si naturels et dont elle avait connu la vanité ? Eh bien ! le mot de *Majesté* fut pourtant un mot magique ; il rayonna sur le front de la princesse dont il écarta un moment les nuages ; ils revinrent bientôt s'y replacer comme un diadème.

« Oh ! non, non, monsieur de Chateaubriand, me dit la princesse en me regardant et cessant son ouvrage, je ne suis pas Reine. – Vous l'êtes, Madame, vous l'êtes par les lois du royaume : Monseigneur le Dauphin n'a pu

---

1. C'est le nom qu'on donne alors à un tableau célèbre, attribué à Raphaël et considéré comme une des œuvres les plus accomplies du maître de *La Transfiguration*. Exécuté pour une église de Palerme (Santa Maria dello Spasimo), il fut transporté à Madrid sous le règne de Charles IV. Il se trouve aujourd'hui au musée du Prado, mais il a été restitué à son véritable auteur Jules Romain. Il avait été exposé au Louvre jusqu'en 1815.

abdiquer que parce qu'il a été Roi. La France vous
regarde comme sa Reine, et vous serez la mère de
Henri V. »

La Dauphine ne disputa plus : cette petite faiblesse, en
la rendant à la femme, voilait l'éclat de tant de grandeurs
diverses, leur donnait une sorte de charme et les mettait
plus en rapport avec la condition humaine.

Je lus à haute voix ma lettre de créance dans laquelle
madame la duchesse de Berry m'expliquait son mariage,
m'ordonnait de me rendre à Prague, demandait à conserver son titre de princesse française, et mettait ses enfants
sous la garde de sa sœur.

La princesse avait repris sa broderie ; elle me dit après
la lecture : « Madame la duchesse de Berry a raison de
compter sur moi. C'est très bien, monsieur de Chateaubriand, très bien : je plains beaucoup ma belle-sœur, vous
le lui direz. »

Cette insistance de madame la Dauphine à dire qu'elle
plaignait madame la duchesse de Berry, sans aller plus
loin, me fit voir combien peu, au fond, il y avait de sympathie entre ces deux âmes. Il me paraissait aussi qu'un
mouvement involontaire avait agité le cœur de la sainte.
Rivalité de malheur ! La fille de Marie-Antoinette n'avait
pourtant rien à craindre dans cette lutte ; la palme lui
serait restée.

« Si Madame », repris-je, « voulait lire la lettre que
madame la duchesse de Berry lui écrit, et celle qu'elle
adresse à ses enfants, elle y trouverait peut-être de nouveaux éclaircissements. J'espère que Madame me remettra une lettre à porter à Blaye. »

Les lettres étaient tracées au citron. « Je n'entends rien
à cela, dit la princesse, comment allons-nous faire ? » Je
proposai le moyen d'un réchaud avec quelques éclisses
de bois blanc ; Madame tira la sonnette dont le cordon
descendait derrière le sofa. Un valet de chambre vint,
reçut les ordres et dressa l'appareil sur le palier, à la porte
du salon. Madame se leva et nous allâmes au réchaud.
Nous le mîmes sur une petite table adjoignant la rampe
de l'escalier. Je pris une des deux lettres et la présentai
parallèlement à la flamme. Madame la Dauphine me

regardait et souriait parce que je ne réussissais pas. Elle me dit : « Donnez, donnez, je vais essayer à mon tour. » Elle passa la lettre au-dessus de la flamme ; la grande écriture ronde de madame la duchesse de Berry parut : même opération pour la seconde lettre. Je félicitai Madame de son succès. Étrange scène : la fille de Louis XVI déchiffrant avec moi, au haut d'un escalier à Carlsbad, les caractères mystérieux que la captive de Blaye envoyait à la captive du Temple !

Nous revînmes nous asseoir dans le salon. La Dauphine lut la lettre qui lui était adressée. Madame la duchesse de Berry remerciait sa sœur de la part qu'elle avait prise à son infortune, lui recommandait ses enfants et plaçait particulièrement son fils sous la tutelle des vertus de sa tante. La lettre aux enfants était quelques mots de tendresse. La duchesse de Berry invitait Henri à se rendre digne de la France.

Madame la Dauphine me dit : « Ma sœur me rend justice, j'ai bien pris part à ses peines. Elle a dû beaucoup souffrir, beaucoup souffrir. Vous lui direz que j'aurai soin de M. le duc de Bordeaux. Je l'aime bien. Comment l'avez-vous trouvé ? Sa santé est bonne, n'est-ce pas ? Il est fort quoique un peu nerveux. »

Je passai deux heures en tête-à-tête avec Madame, honneur qu'on a rarement obtenu : elle paraissait contente. Ne m'ayant jamais connu que sur des récits ennemis, elle me croyait sans doute un homme violent, bouffi de mon mérite ; elle me savait gré d'avoir figure humaine et d'être un bon garçon. Elle me dit avec cordialité : « Je vais me promener pour le régime des eaux ; nous dînerons à trois heures, vous viendrez si vous n'avez pas besoin de vous coucher. Je veux vous voir tant que cela ne vous fatiguera pas. »

Je ne sais à quoi je devais mon succès ; mais certainement la glace était rompue, la prévention effacée ; ces regards, qui s'étaient attachés, au Temple, sur les yeux de Louis XVI et de Marie-Antoinette, s'étaient reposés avec bienveillance sur un pauvre serviteur.

Toutefois, si j'étais parvenu à mettre la Dauphine à l'aise, je me sentais extrêmement contraint : la peur de dépasser certain niveau m'ôtait jusqu'à cette faculté des choses communes que j'avais auprès de Charles X. Soit que je n'eusse pas le secret de tirer de l'âme de Madame ce qui s'y trouve de sublime ; soit que le respect que j'éprouvais fermât le chemin à la communication de la pensée, je sentais une stérilité désolante qui venait de moi[1].

À trois heures, j'étais revenu chez madame la Dauphine. J'y rencontrai madame la comtesse Esterhazy[2] et sa fille, madame d'Agoult, MM. O'Hégerty fils et de Trogoff ; ils avaient l'honneur de dîner chez la princesse. La comtesse Esterhazy, jadis belle, est encore bien : elle avait été liée à Rome avec M. le duc de Blacas. On assure qu'elle se mêle de politique et qu'elle instruit M. le prince de Metternich de tout ce qu'elle apprend. Quand, au sortir du Temple, Madame fut envoyée à Vienne, elle rencontra la comtesse Esterhazy qui devint sa compagne. Je remarquais qu'elle écoutait attentivement mes paroles ; elle eut le lendemain la naïveté de dire devant moi qu'elle avait passé la nuit à écrire. Elle se disposait à partir pour Prague, une entrevue secrète était fixée dans un lieu convenu avec M. de Blacas ; de là, elle se rendait à Vienne. Vieux attachements rajeunis par l'espionnage ! Quelles affaires, et quels plaisirs ! Mademoiselle Esterhazy n'est pas jolie, elle a l'air spirituel et méchant.

La vicomtesse d'Agoult, aujourd'hui dévote, est une personne importante comme on en trouve dans tous les cabinets des princesses. Elle a poussé sa famille tant qu'elle a pu, en s'adressant à tout le monde, particulière-

---

1. Le courant ne passa jamais entre Chateaubriand et la fille de Louis XVI. Le *Journal* de Montbel témoigne des préventions et de la gêne de la princesse face à un écrivain qu'elle ne comprenait pas. Celui-ci, de son côté, manifesta toujours dans ses écrits une vénération hyperbolique pour celle qu'il qualifiait en privé de « mangeuse de reliques » ! 2. Marie-Françoise de Roisins, qui avait épousé le comte Nicolas Esterhazy, figurait parmi les relations les plus anciennes de la Dauphine. Elle se trouvait alors à Carlsbad en compagnie de sa fille Marianne. Informatrice précieuse, c'est elle qui a permis à Montbel de consigner dans son journal de curieuses précisions sur le séjour de Chateaubriand en Bohême.

ment à moi : j'ai eu le bonheur de placer ses neveux ; elle en avait autant que feu l'archichancelier Cambacérès.

Le dîner fut si mauvais et si exigu que j'en sortis mourant de faim ; il était servi dans le salon même de madame la Dauphine, car elle n'avait point de salle à manger. Après le repas on enleva la table ; Madame revint s'asseoir sur le sofa, reprit son ouvrage, et nous fîmes cercle autour. Trogoff conta des histoires, Madame les aime. Elle s'occupe particulièrement des femmes. Il fut question de la duchesse de Guiche : « Ses tresses ne lui vont pas bien », dit la Dauphine, à mon grand étonnement.

De son sofa, Madame voyait à travers la fenêtre ce qui se passait au dehors : elle nommait les promeneurs et les promeneuses. Arrivèrent deux petits chevaux, avec deux jockeys vêtus à l'écossaise ; Madame cessa de travailler, regarda beaucoup et dit : « C'est madame... (j'ai oublié le nom) qui va dans la montagne avec ses enfants. » Marie-Thérèse curieuse, sachant les cancans du voisinage, la princesse des trônes et des échafauds descendue de la hauteur de sa vie au niveau des autres femmes, m'intéressait singulièrement ; je l'observais avec une sorte d'attendrissement philosophique.

À cinq heures, la Dauphine s'alla promener en calèche ; à sept, j'étais revenu à la soirée. Même établissement : Madame sur le sofa, les personnes du dîner et cinq ou six jeunes et vieilles buveuses d'eau élargissant le cercle. La Dauphine faisait des efforts touchants, mais visibles, pour être gracieuse ; elle adressait un mot à chacun. Elle me parla plusieurs fois, en affectant de me nommer pour me faire connaître ; mais entre chaque phrase elle retombait dans une distraction. Son aiguille multipliait ses mouvements, son visage se rapprochait de sa broderie ; j'apercevais la princesse de profil, et je fus frappé d'une ressemblance sinistre : Madame a pris l'air de son père ; quand je voyais sa tête baissée comme sous le glaive de la douleur, je croyais voir celle de Louis XVI attendant la chute du fer.

À huit heures et demie la soirée finit ; je me couchai accablé de sommeil et de lassitude.

Le vendredi[1], premier de juin, j'étais debout à cinq heures ; à six, je me rendis au Mühlenbad (bain du Moulin) : les buveurs et les buveuses se pressaient autour de la fontaine, se promenaient sous la galerie de bois à colonnes, ou dans le jardin attenant à cette galerie. Madame la Dauphine arriva, vêtue d'une mesquine robe de soie grise ; elle portait sur ses épaules un châle usé et sur sa tête un vieux chapeau. Elle avait l'air d'avoir raccommodé ses vêtements, comme sa mère à la Conciergerie. M. O'Hégerty, son écuyer, lui donnait le bras. Elle se mêla à la foule et présenta sa tasse aux femmes qui puisent l'eau de la source. Personne ne faisait attention à madame la comtesse de Marne[2]. Marie-Thérèse, sa grand-mère, bâtit en 1762 la maison dite du Mühlenbad ; elle octroya aussi à Carlsbad les cloches qui devaient appeler sa petite-fille au pied de la croix.

Madame étant entrée dans le jardin, je m'avançai vers elle : elle sembla surprise de cette flatterie de courtisan. Je m'étais rarement levé si matin pour les personnes royales, hors peut-être le 13 février[3] 1820, lorsque j'allai chercher le duc de Berry à l'Opéra. La princesse me permit de faire cinq ou six tours de jardin à ses côtés, causa avec bienveillance, me dit qu'elle me recevrait à deux heures et me donnerait une lettre. Je la quittai par discrétion ; je déjeunai à la hâte, et j'employai le temps qui me restait à parcourir la vallée.

---

1. Lapsus pour : samedi.   2. C'est le titre qu'avait pris la Dauphine pour préserver son incognito, du nom de son domaine de Marne-la-Coquette.   3. C'est en réalité dans les premières heures du 14 février 1820 que Chateaubriand, réveillé en pleine nuit, se rendit au chevet du duc de Berry que Louvel venait de frapper.

(2)

INCIDENCES.

Sources. – Eaux minérales. – Souvenirs historiques[1].

Carlsbad, 1er juin 1833.

Comme Français, je ne trouvais à Carlsbad que des souvenirs pénibles. Cette ville prend son nom de Charles IV[2], roi de Bohême, qui s'y vint guérir de trois blessures reçues à Crécy, en combattant auprès de son père Jean. Lobkowitz[3] prétend que Jean fut tué par un Écossais ; circonstance ignorée des historiens.

Sed cum Gallorum fines et amica tuetur
Arva, Caledonia cuspide fossus obit.

« Tandis qu'il défend les confins des Gaules et les champs amis, il meurt percé d'une lance calédonienne. » Le poète n'aurait-il pas mis *Caledonia* pour la quan-

---

1. Les informations historiques ou littéraires contenues dans ce chapitre proviennent toutes du petit ouvrage suivant : *Ode latine sur Carlsbad, composée vers la fin du xvᵉ siècle, par le baron Bohuslas Hassenstein de Lobkovitz, avec une traduction polyglotte, une notice biographique sur ce poète, des observations sur* (...) *ces thermes, par le chevalier Jean de Carro* (...) *praticien à Carlsbad pendant la saison des eaux*, Prague, 1829, iv-66 pages.
Son auteur, Jean de Carro (1770-1856), était né à Genève, puis avait poursuivi des études de médecine à Édimbourg ; il avait ensuite quitté la Suisse pour se fixer à Vienne (où il avait rencontré Mme de Staël en 1808), puis en Bohême. Il raconte dans ses *Mémoires*, publiés en 1855 à Carlsbad, comment il guida Chateaubriand dans la station thermale.   2. Fils de Jean Iᵉʳ (voir *supra*, p. 255, note 2), Charles IV fut roi de Bohême et empereur de 1346 à 1378.   3. Lobkowitz (1462-1510) fut à la fois humaniste, poète et voyageur. Son ode latine « Sur les thermes de Charles IV » comporte dix-huit hexamètres : voir *infra*, p. 326.

tité[1] ? En 1346, Édouard était en guerre avec Robert Bruce[2], et les Écossais étaient alliés de Philippe.

La mort de Jean de Bohême l'Aveugle, à Crécy, est une des aventures les plus héroïques et les plus touchantes de la chevalerie. Jean voulait aller au secours de son fils Charles ; il dit à ses compagnons : « Seigneurs, vous êtes mes amis : je vous requiers que vous me meniez si avant que je puisse férir un coup d'espée ; ils répondirent que volontiers ils le feroient... Le roi de Bohême alla si avant, qu'il férit un coup de son épée, voire plus de quatre, et recombattit moult vigoureusement et aussi firent ceux de sa compagnie ; et si avant s'y boutèrent sur les Anglois, que tous y demourèrent et furent le lendemain trouvés sur la place autour de leur seigneur, et tous leurs chevaux liés ensemble[3]. »

On ne sait guère que Jean de Bohême était enterré à Montargis, dans l'église des Dominicains, et qu'on lisait sur sa tombe ce reste d'une inscription effacée : « Il trépassa à la tête de ses gens, ensemblement les recommandant à Dieu le Père. Priez Dieu pour ce doux roi. »

Puisse ce souvenir d'un Français expier l'ingratitude de la France, lorsqu'aux jours de nos nouvelles calamités nous épouvantâmes le ciel par nos sacrilèges et jetâmes hors de sa tombe un prince mort pour nous aux jours de nos anciens malheurs !

À Carlsbad les chroniques racontent que Charles IV, fils du roi Jean, étant à la chasse, un de ses chiens s'élançant après un cerf tomba du haut d'une colline dans un bassin d'eau bouillante. Ses hurlements firent accourir les chasseurs, et la source du *Sprudel* fut découverte. Un pourceau qui s'échauda dans les eaux de Tœplitz les indiqua à des pâtres.

---

1. C'est ce que suggère Carro dans son commentaire. Ces vers sont empruntés à une autre ode latine du même Lobkowitz sur la mort de Jean Ier, que le praticien de Carlsbad cite dans sa notice.   **2.** Non pas Robert Bruce, premier du nom, mais son fils David qui lui a succédé en 1329.   **3.** Citations de Froissart que Chateaubriand emprunte au récit qu'il a donné de la bataille de Crécy dans son *Histoire de France* (Ladvocat, t. V *ter*, p. 91-93).

Telles sont les traditions germaniques[1]. J'ai passé à Corinthe ; les débris du temple des courtisanes étaient dispersés sur les cendres de Glycère ; mais la fontaine Pirène, née des pleurs d'une nymphe, coulait encore parmi les lauriers-roses où volait, au temps des Muses, le cheval Pégase. La vague d'un port sans vaisseaux baignait des colonnes tombées dont le chapiteau trempait dans la mer, comme la tête de jeunes filles noyées étendues sur le sable ; le myrte avait poussé dans leur chevelure et remplaçait la feuille d'acanthe ; voilà les traditions de la Grèce[2].

On compte à Carlsbad huit fontaines ; la plus célèbre est le *Sprudel*, découverte par le limier. Cette fontaine émerge de terre entre l'église et la Tèple avec un bruit creux et une vapeur blanche ; elle saute par bonds irréguliers à six ou sept pieds de haut. Les sources de l'Islande sont seules supérieures au Sprudel, mais nul ne vient

---

1. Traditions populaires que Carro ne mentionne que pour les rejeter avec dédain : « Le saut du cerf et le chien échaudé sont aussi superflus pour expliquer la fondation de la ville que les cochons égarés et retrouvés dans les eaux chaudes de Téplitz. » 2. Cette digression sur Corinthe a son origine dans un ouvrage de Lamennais, rédigé à Sainte-Pélagie en 1841 et publié au mois de février 1843 : *Une voix de prison*. On y trouve la touchante histoire de « La jeune fille noyée ». Celle-ci a été surprise en train de pêcher par la marée montante. Elle attache alors sa chevelure au rocher sur lequel elle est prisonnière pour ne pas être emportée par la houle et pouvoir néanmoins reposer en terre chrétienne. Ainsi est amenée la conclusion : « Le lendemain, on retrouva son corps. Elle avait noué aux algues pendantes ses longs cheveux noirs. » Frappé par cette image, Chateaubriand ne tarda pas à la transposer dans *Rancé*, à propos de Marcelle de Castellane : « Les jeunes filles de la Bretagne se laissent noyer sur les grèves, après s'être attachées aux algues d'un rocher » (*Œuvres*, I, p. 1017). Mais elle renvoie cette fois au suicide par amour. Un dernier avatar la transporte ici sur le rivage de Corinthe. Un temple dorique inconnu, situé par les archéologues sur la colline, et que Chateaubriand déclare, dans son *Itinéraire*, ne pas même avoir vu, se métamorphose dans son imagination en un sanctuaire de courtisanes (Glycère fut une des plus fameuses) ; et voici que ses colonnes (corinthiennes, bien sûr !) baignent dans la mer leur acanthe ondoyant. Bel exemple de contamination poétique, où la Bretonne noyée se pare des grâces à la fois mélancoliques et voluptueuses de la Grèce.

chercher la santé dans les déserts de l'Hécla[1] où la vie expire ; où le jour de l'été, sortant du jour, n'a ni couchant ni aurore ; où la nuit de l'hiver, renaissant de la nuit, est sans aube et sans crépuscule.

L'eau du *Sprudel* cuit les œufs et sert à laver la vaisselle ; ce beau phénomène est entré au service des ménagères de Carlsbad : image du génie qui se dégrade en prêtant sa puissance à des œuvres viles.

M. Alexandre Dumas a fait une traduction libre de l'ode latine de Lobkowitz sur le *Sprudel*[2].

Fons heliconiadum, etc.

Fontaine consacrée aux hymnes du poète,
Quel est donc le foyer de ta chaleur secrète ?
D'où vient ton lit brûlant et de soufre et de chaux ?
La flamme dont l'Etna n'embrase plus les nues
S'ouvre-t-elle vers toi des routes inconnues,
Ou, voisine du Styx, fait-il bouillir tes eaux ?

Carlsbad est le rendez-vous ordinaire des souverains, ils devraient bien s'y guérir de la couronne pour eux et pour nous.

On publie une liste quotidienne des visiteurs du Sprudel : sur les anciens rôles on lit les noms des poètes et des hommes de lettres les plus éclairés du Nord, Gurowsky, Traller, Dunker, Weisse[3], Herder, Gœthe ; j'aurais voulu y trouver celui de Schiller, objet de ma préférence. Dans la feuille du jour, parmi la foule des arrivants obscurs, on remarque le nom de la *comtesse de Marne* ; il est seulement imprimé en petites capitales.

En 1830, au moment même de la chute de la famille

---

1. Le principal volcan islandais, toujours enveloppé de brouillard.   **2.** La version de Dumas venait en tête des vingt-deux traductions plus ou moins libres que renfermait le livre de Carro. Chateaubriand ne cite que la première de ses quatre strophes.   **3.** Adam Gurowski (1805-1866) est un homme de lettres polonais, réfugié à Paris en 1831, et auteur de *La Vérité sur la Russie* (1835), Charles Félix Weisse (1726-1804) est un poète allemand. Les identités de Traller et de Dunker sont plus difficiles à préciser (transcriptions fautives ?).

royale à Saint-Cloud, la veuve et les filles de Christophe [1] prenaient les eaux de Carlsbad. LL. MM. haïtiennes se sont retirées en Toscane auprès des Majestés napoléoniennes. La plus jeune fille du roi Christophe, très instruite et fort jolie, est morte à Pise : sa beauté d'ébène repose libre sous les portiques du *Campo-Santo*, loin du champ des cannes et des mangliers à l'ombre desquels elle était née esclave.

On a vu à Carlsbad, en 1826, une Anglaise de Calcutta [2] passée du figuier banian à l'olivier de Bohême, du soleil du Gange à celui de la Tèple ; elle s'éteignait comme un rayon du ciel indien égaré dans le froid et la nuit. Le spectacle des cimetières, dans les lieux consacrés à la santé, est mélancolique : là sommeillent de jeunes femmes étrangères les unes aux autres : sur leurs tombeaux sont gravés le nombre de leurs jours et l'indication de leur patrie : on croit parcourir une serre où l'on cultive des fleurs de tous les climats et dont les noms sont écrits sur une étiquette aux pieds de ces fleurs.

La loi indigène est venue au-devant des besoins de la mort exotique ; prévoyant le décès des voyageurs loin de leur pays, elle a permis d'avance les exhumations. J'aurais donc pu dormir dans le cimetière de Saint-André une dizaine d'années, et rien n'aurait entravé les dispositions testamentaires de ces *Mémoires*. Si madame la Dauphine décédait ici, les lois françaises permettraient-elles le retour de ses cendres ? Ce serait un point délicat de controverse entre les sorboniqueurs de la doctrine [3] et les casuistes de proscription.

---

1. Henri Christophe (1767-1820), ancien esclave affranchi, devenu général de Toussaint, avait été choisi en 1806 pour être le président de la nouvelle république de Haïti. Il se proclama roi en 1811 : voir t. I, p. 638, note 1. Son suicide, le 8 octobre 1820, avait inspiré à Béranger une chanson : « La mort du roi Christophe ».   **2.** Une des patientes du docteur Carro, qui se borne à écrire à son sujet : « J'ai soigné une dame née à Calcutta, mariée à Batavia qui, portée toute sa vie en palanquin, essaya pour la première fois ses jambes sur nos collines les plus élevées. »   **3.** Allusion méprisante au groupe des doctrinaires (voir *supra*, p. 49, note 1), dont les têtes pensantes avaient enseigné à la Sorbonne et qui défendaient la prérogative royale.

Les eaux de Carlsbad sont, assure-t-on, bonnes pour le foie et mauvaises pour les dents. Quant au foie, je n'en sais rien ; mais il y a beaucoup d'édentés à Carlsbad ; les années plus que les eaux sont peut-être coupables du fait : le temps est un insigne menteur et un grand arracheur de dents.

Ne vous semble-t-il pas que je recommence *le chef-d'œuvre d'un inconnu*[1] ? un mot me mène à un autre ; je m'en vais en Islande et aux Indes.

> *Voilà les Appenins et voici le Caucase*[2].

Et pourtant je ne suis pas encore sorti de la vallée de la Tèple.

(3)

SUITE DES INCIDENCES.

Vallée de la Tèple. — Sa flore.

Pour voir d'un coup d'œil la vallée de la Tèple, je gravis une colline, à travers un bois de pins : les colonnes perpendiculaires de ces arbres formaient un angle aigu avec le sol incliné ; les uns avaient leurs cimes, les deux tiers, la moitié, le quart de leur tronc où les autres avaient leur pied.

J'aimerai toujours les bois : la Flore de Carlsbad, dont le souffle avait brodé les gazons sous mes pas, me paraissait charmante ; je retrouvais la laîche digitée, la bella-

---

1. Ouvrage anonyme paru en 1714 et dû à Hyacinthe Cordonnier, dit Saint-Hyacinthe (1684-1746). Cette satire du commentaire philologique et historique, et de toute érudition, a eu au XVIIIe siècle, dans le contexte de la querelle des Anciens et des Modernes, un succès durable. **2.** Citation de La Fontaine, « Le Rat et l'Huître » (*Fables*, VIII, 9, vers 7).

done vulgaire, la salicaire commune, le millepertuis, le muguet vivace, le saule cendré : doux sujets de mes premières anthologies[1].

Voilà que ma jeunesse vient suspendre ses réminiscences aux tiges de ces plantes que je reconnais en passant. Vous souvenez-vous de mes études botaniques chez les Siminoles, de mes œnothères, de mes nymphéas dont je parais mes Floridiennes, des guirlandes de clématite dont elles enlaçaient la tortue, de notre sommeil dans l'île au bord du lac, de la pluie de roses du magnolia qui tombait sur nos têtes[2] ? Je n'ose calculer l'âge qu'aurait à présent ma volage *fille peinte* ; que cueillerais-je aujourd'hui sur son front ? les rides qui sont sur le mien. Elle dort sans doute à l'éternité sous les racines d'une cyprière de l'Alabama ; et moi qui porte en ma mémoire ces souvenirs lointains, solitaires, ignorés, je vis ! Je suis en Bohême, non pas avec Atala et Céluta, mais auprès de madame la Dauphine qui va me donner une lettre pour madame la duchesse de Berry.

(4)

Dernière conversation avec la Dauphine. – Départ.

À une heure, j'étais aux ordres de madame la Dauphine.

« Vous voulez partir aujourd'hui, monsieur de Chateaubriand ?

« – Si Votre Majesté le permet. Je tâcherai de retrouver en France madame de Berry ; autrement je serais obligé de faire le voyage de Sicile[3], et Son Altesse Royale serait trop longtemps privée de la réponse qu'elle attend.

---

1. Au sens étymologique : bouquet ou collection de fleurs, herbier. Chateaubriand songe à son goût ancien pour la botanique (Marcellus, p. 454-456). **2.** Voir livre VIII, 2 et 4. **3.** Voir XXXIX, 1, note 1 (*infra*, p. 364).

« – Voilà un billet pour elle. J'ai évité de prononcer votre nom pour ne pas vous compromettre en cas d'événement. Lisez. »

Je lus ce billet ; il était tout entier de la main de madame la Dauphine : je l'ai copié exactement.

« Carlsbad, ce 31 mai 1833.

« J'ai éprouvé une vraie satisfaction, ma chère sœur, à recevoir enfin directement de vos nouvelles. Je vous plains de toute mon âme. Comptez toujours sur mon intérêt constant pour vous et surtout pour vos chers enfants, qui me sont plus précieux que jamais. Mon existence, tant qu'elle durera, leur sera consacrée. Je n'ai pas encore pu faire vos commissions à notre famille, ma santé ayant *exigée* [1] que je vinsse ici prendre les eaux. Mais je m'en acquitterai aussitôt mon retour près d'elle, et croyez que nous n'aurons, eux et moi, jamais que les mêmes sentiments sur tout.

« Adieu, ma chère sœur, je vous plains du fond de mon cœur, et vous embrasse tendrement.

« M.T. »

Je fus frappé de la réserve de ce billet : quelques expressions vagues d'attachement couvraient mal la sécheresse du fond. J'en fis la remarque respectueuse, et plaidai de nouveau la cause de l'infortunée prisonnière. Madame me répondit que le Roi en déciderait. Elle me promit de s'intéresser à sa sœur ; mais il n'y avait rien de cordial ni dans la voix ni dans le ton de la Dauphine ; on y sentait plutôt une irritation contenue. La partie me sembla perdue quant à la personne de ma cliente. Je me rabattis sur Henri V. Je crus devoir à la Princesse la sincérité dont j'avais toujours usé à mes risques et périls pour éclairer les Bourbons ; je lui parlai sans détour et sans flatterie de l'éducation de M. le duc de Bordeaux. « Je sais que Madame a lu avec bienveillance une brochure à la fin de laquelle j'exprimais quelques idées relatives à l'éducation

---

1. C'est la « petite faute » que signale le manuscrit de 1845 et que les éditeurs de 1848 ont préféré faire disparaître.

de Henri V[1]. Je crains que les entours de l'enfant ne nuisent à sa cause : MM. de Damas, de Blacas et Latil ne
sont pas populaires. »

Madame en convint ; elle abandonna même tout à fait
M. de Damas, en disant deux ou trois mots à l'honneur
de son courage, de sa probité et de sa religion.

« Au mois de septembre, Henri V sera majeur : ne
pense-t-elle pas qu'il serait utile de former auprès de lui
un conseil dans lequel on ferait entrer des hommes que
la France regarde avec moins de prévention ?

« – Monsieur de Chateaubriand, en multipliant les
conseillers, on multiplie les avis ; et puis, qui proposeriez-
vous aux choix du Roi ?

« – M. de Villèle. »

Madame, qui brodait, arrêta son aiguille, me regarda
avec étonnement, et m'étonna à mon tour par une critique
assez judicieuse du caractère et de l'esprit de M. de Villèle. Elle ne le considérait que comme un administrateur
habile.

« Madame est trop sévère, lui dis-je : M. de Villèle est
un homme d'ordre, de comptabilité, de modération, de
sang-froid, et dont les ressources sont infinies ; s'il
n'avait eu l'ambition d'occuper la première place, pour
laquelle il n'est pas suffisant, c'eût été un ministre à garder éternellement dans le conseil du Roi ; on ne le remplacera jamais. Sa présence auprès de Henri V serait du
meilleur effet.

« – Je croyais que vous n'aimiez pas M. de Villèle ?

« – Je me mépriserais si, après la chute du trône, je
continuais de nourrir le sentiment de quelque mesquine
rivalité. Nos divisions royalistes ont déjà fait trop de mal ;
je les abjure de grand cœur et suis prêt à demander pardon
à ceux qui m'ont offensé. Je supplie Votre Majesté de
croire que ce n'est là ni l'étalage d'une fausse générosité,
ni une pierre posée en prévision d'une future fortune. Que
pourrais-je demander à Charles X dans l'exil ? Si la Restauration arrivait, ne serais-je pas au fond de ma tombe ? »

---

1. Voir XXXIV, 11 (*supra*, p. 65).

Madame me regarda avec affabilité ; elle eut la bonté de me louer par ces seuls mots : « C'est très bien, monsieur de Chateaubriand ! » Elle semblait toujours surprise de trouver un *Chateaubriand* si différent de celui qu'on lui avait peint.

« – Il est une autre personne, Madame, qu'on pourrait appeler, repris-je : mon noble ami, M. Lainé. Nous étions trois hommes en France qui ne devions jamais prêter serment à Philippe : moi, M. Lainé et M. Royer-Collard. En dehors du gouvernement et dans des positions diverses, nous aurions formé un triumvirat de quelque valeur. M. Lainé a prêté son serment par faiblesse, M. Royer-Collard par orgueil ; le premier en mourra ; le second en vivra, parce qu'il vit de tout ce qu'il fait, ne pouvant rien faire qui ne soit admirable.

« – Vous avez été content de monsieur le duc de Bordeaux ?

« – Je l'ai trouvé charmant. On assure que Votre Majesté le gâte un peu.

« – Oh ! non, non. Sa santé, en avez-vous été content ?

« – Il m'a semblé se porter à merveille ; il est délicat et un peu pâle.

« – Il a souvent de belles couleurs ; mais il est nerveux. Monsieur le Dauphin est fort estimé dans l'armée, n'est-ce pas ? fort estimé ? on se souvient de lui, n'est-ce pas ? »

Cette brusque question, sans liaison avec ce que nous venions de dire, me dévoila une plaie secrète que les journées de Saint-Cloud et de Rambouillet avaient laissée dans le cœur de la Dauphine. Elle ramenait le nom de son mari pour se rassurer ; je courus au-devant de la pensée de la princesse et de l'épouse ; j'affirmai, avec raison, que l'armée se souvenait toujours de l'impartialité, des vertus, du courage de son généralissime.

Voyant l'heure de la promenade arriver :

« – Votre Majesté n'a plus d'ordres à me donner ? je crains d'être importun.

« – Dites à vos amis combien j'aime la France ; qu'ils sachent bien que je suis Française. Je vous charge particu-

lièrement de dire cela ; vous me ferez plaisir de le dire :
je regrette bien la France, je regrette beaucoup la France.

« – Ah ! madame, que vous a donc fait cette France ?
vous qui avez tant souffert, comment avez-vous encore le
mal du pays ?

« – Non, non, monsieur de Chateaubriand, ne l'oubliez
pas ; dites-leur bien à tous que je suis Française, que je
suis Française. »

Madame me quitta ; je fus obligé de m'arrêter dans
l'escalier avant de sortir ; je n'aurais pas osé me montrer
dans la rue ; mes pleurs mouillent encore ma paupière en
retraçant cette scène.

Rentré à mon auberge, je repris mon habit de voyage.
Tandis qu'on apprêtait la voiture, Trogoff bavardait ; il
me redisait que madame la Dauphine était très contente
de moi, qu'elle ne s'en cachait pas, qu'elle le racontait à
qui voulait l'entendre. « C'est une chose immense que
votre voyage ! » criait Trogoff, tâchant de dominer la
voix de ses deux rossignols. « Vous verrez les suites de
cela ! » Je ne croyais à aucune suite.

J'avais raison ; on attendait le soir même M. le duc de
Bordeaux. Bien que tout le monde connût son arrivée, on
m'en avait fait mystère. Je me donnai garde de me montrer instruit du secret.

À six heures du soir, je roulais vers Paris. Quelle que
soit l'immensité de l'infortune à Prague, la petitesse de
la vie de prince réduite à elle-même est désagréable à
avaler ; pour en boire la dernière goutte, il faut avoir brûlé
son palais et s'être enivré d'une foi ardente. – Hélas !
nouveau Symmaque [1], je pleure l'abandon des autels ; je
lève les mains vers le Capitole ; j'invoque la majesté de

---

1. Chateaubriand a hésité, dans cette conclusion du chapitre, entre
le nom de Libanius et celui de Symmaque. Chacun, sous le règne de
Théodose, puis de son fils Honorius, se fit le défenseur du polythéisme
contre la nouvelle religion chrétienne. Symmaque avait été mis en
scène dans *Les Martyrs* (début du livre XVI). Dans les *Études historiques*, Chateaubriand évoque de nouveau la polémique entre le pontife de Jupiter et saint Ambroise, mais cite aussi le discours de Libanius
Pro Templis (pour la conservation des temples).

Rome ! mais si le dieu était devenu de bois et que Rome ne se ranimât plus dans sa poussière ?

(5)

JOURNAL DE CARLSBAD À PARIS.

Cynthie. — Egra. — Wallenstein.

Le chemin de Carlsbad jusqu'à Ellbogen, le long de l'Egra, est agréable. Le château de cette petite ville est du XIIe siècle et placé en sentinelle sur un rocher, à l'entrée d'une gorge de vallée. Le pied du rocher, couvert d'arbres, s'enveloppe d'un pli de l'Egra ; de là le nom de la ville et du château, *Ellbogen* (le coude). Le donjon rougissait du dernier rayon du soleil, lorsque je l'aperçus du grand chemin. Au-dessus des montagnes et des bois penchait la colonne torse de la fumée d'une fonderie.

Je partis à neuf heures et demie du relais de Zwoda. Je suivais la route où passa Vauvenargues[1] dans la retraite de Prague ; ce jeune homme à qui Voltaire, dans l'éloge funèbre des officiers morts en 1741[2], adresse ces paroles : « Tu n'es plus, ô douce espérance du reste de mes jours ; je t'ai toujours vu le plus infortuné des hommes et le plus tranquille. »

---

1. Né en 1715, Vauvenargues faisait alors partie, comme capitaine au Royal-Infanterie, des troupes du maréchal de Belle-Isle que les Autrichiens avaient investies dans Prague. Le duc de Belle-Isle réussit à se dégager et à se replier en bon ordre vers la Bavière, à travers un pays difficile et enneigé, sans autres pertes graves que les victimes du froid. Parmi elles, Vauvenargues qui, après avoir eu les jambes gelées, fut obligé, à vingt-sept ans, de quitter le service.   **2.** Cet *Éloge des officiers qui sont morts dans la guerre de 1741* ne fut publié qu'en 1749, deux ans après la mort de Vauvenargues.

Du fond de ma calèche, je regardais se lever les étoiles[1].

N'ayez pas peur, Cynthie[2] ; ce n'est que la susurration des roseaux inclinés par notre passage dans leur forêt mobile. J'ai un poignard pour les jaloux et du sang pour toi. Que ce tombeau ne vous cause aucune épouvante ; c'est celui d'une femme jadis aimée comme vous : Cecilia Metella[3] reposait ici.

Qu'elle est admirable cette nuit dans la campagne romaine ! La lune se lève derrière la Sabine pour regarder la mer ; elle fait sortir des ténèbres diaphanes les sommets cendrés de bleu d'Albano, les lignes plus lointaines et moins gravées du Soracte. Le long canal des vieux aqueducs laisse échapper quelques globules de son onde à travers les mousses, les ancolies, les giroflées, et joint les montagnes aux murailles de la ville. Plantés les uns sur les autres, les portiques aériens, en découpant le ciel, promènent dans les airs le torrent des âges et le cours des ruisseaux. Législatrice du monde, Rome, assise sur la pierre de son sépulcre, avec sa robe de siècles, projette le dessin irrégulier de sa grande figure dans la solitude lactée.

Asseyons-nous : ce pin, comme le chevrier des Abruzzes, déploie son ombrelle parmi des ruines. La lune

---

1. Soudain nous changeons de ciel, et de temps, comme dans un récit de rêve. Selon Marcellus (p. 457), « la moitié au moins de cette singulière élégie » aurait été écrite à Rome, quatre ans plus tôt. Ce qui est sûr, c'est que Chateaubriand ne cessa de revoir et de corriger ce poème en prose qui constitue sans doute la plus belle « élégie romaine » du romantisme français. **2.** Ce nom de la muse de Properce (voir ses *Élégies*, I, 2) est aussi une épithète de Diane (« née sur le mont Cynthus »). Il désigne une créature imaginaire, réincarnation italienne de la Sylphide, émule des jeunes femmes qui ont inspiré les poètes latins, et dont les noms vont être associés au sien un peu plus loin. **3.** Cecilia Metella était la fille de Metellus, le conquérant de la Crète, et la femme du triumvir Crassus. Un tombeau colossal lui fut élevé, à la fin du Iᵉʳ siècle avant notre ère, le long de la voie Appienne où il se dresse encore aujourd'hui. Le cadre de ce nocturne est donc la campagne romaine, à proximité des catacombes de Saint-Sébastien, et non loin du vallon de la nymphe Égérie.

neige[1] sa lumière sur la couronne gothique de la tour du tombeau de Metella et sur les festons de marbre enchaînés aux cornes des bucranes[2] ; pompe élégante qui nous invite à jouir de la vie, sitôt écoulée.

Écoutez ! la nymphe Égérie[3] chante au bord de sa fontaine ; le rossignol se fait entendre dans la vigne de l'hypogée[4] des Scipions ; la brise alanguie de la Syrie nous apporte indolemment la senteur des tubéreuses sauvages. Le palmier de la *villa* abandonnée se balance à demi noyé dans l'améthyste et l'azur des clartés phébéennes[5]. Mais toi, pâlie par les reflets de la candeur[6] de Diane, ô Cynthie, tu es mille fois plus gracieuse que ce palmier[7]. Les mânes de Délie, de Lalagé, de Lydie, de Lesbie[8], d'Olympia posés sur des corniches ébréchées, balbutient autour de toi des paroles mystérieuses[9]. Tes regards se croisent avec ceux des étoiles et se mêlent à leurs rayons.

Mais, Cynthie, il n'y a de vrai que le bonheur dont tu peux jouir. Ces constellations si brillantes sur ta tête ne s'harmonient à tes félicités que par l'illusion d'une pers-

---

1. Laisse tomber, déverse comme de la neige. Emploi transitif très rare du verbe *neiger*, et image admirable.   **2.** Littéralement : « crânes de bœufs ». Reliés par des guirlandes de feuillage et de fleurs qui rappelaient les victimes des sacrifices, ils composent un motif ornemental qu'on rencontre souvent sur les monuments antiques. *Bucranes* est un terme technique, emprunté au vocabulaire archéologique ; il a remplacé en dernière instance les « têtes de buffles » qu'on trouve encore dans le manuscrit de 1845 et dans la copie de 1847.   **3.** On avait honoré à Nemi une déesse ou une nymphe de ce nom, à côté de Diane. Son culte fut transféré à Rome près de la porte Capène, dans le bois des Camènes (c'est-à-dire des Muses) où coulait une source. C'est là que le roi Numa Pompilius prétendait avoir des entretiens nocturnes avec Egérie (Tite-Live, I, 21, 4).   **4.** Cette partie souterraine de leur sépulture familiale avait été découverte à la fin du XVIIIe siècle. **5.** Phébé est un des noms mythologiques de la lune.   **6.** Au sens étymologique : blancheur.   **7.** C'est Ulysse qui compare Nausicaa à une pousse de palmier qui monte vers le ciel (*Odyssée*, VI, vers 163).   **8.** Noms de femmes immortalisés par les poètes latins : Délie par Tibulle, Lydie et Lalagé par Horace, Lesbie par Catulle. Sur Olympia Pamphili, voir t. III, p. 357, note 2.   **9.** Homère au contraire compare les âmes à des chauves-souris qui voltigent en poussant des cris aigus : voir *Iliade*, XXIII, 101 ; *Odyssée*, XXIV, 5-7.

pective trompeuse. Jeune Italienne, le temps fuit ! sur ces tapis de fleurs tes compagnes ont déjà passé.

Une vapeur se déroule, monte et enveloppe l'œil de la nuit d'une rétine argentée ; le pélican crie et retourne aux grèves ; la bécasse s'abat dans les prêles des sources diamantées ; la cloche résonne sous la coupole de Saint-Pierre ; le plain-chant nocturne, voix du moyen âge, attriste le monastère isolé de Sainte-Croix ; le moine psalmodie à genoux les laudes [1], sur les colonnes calcinées [2] de Saint-Paul ; des vestales se prosternent sur la dalle glacée qui ferme leurs cryptes ; le *pifferaro* [3] souffle sa complainte de minuit devant la Madone solitaire, à la porte condamnée d'une catacombe. Heure de la mélancolie, la religion s'éveille et l'amour s'endort !

Cynthie, ta voix s'affaiblit : il expire sur tes lèvres, le refrain que t'apprit le pêcheur napolitain dans sa barque vélivole [4], ou le rameur vénitien dans sa gondole légère. Va aux défaillances de ton repos ; je protégerai ton sommeil. La nuit, dont tes paupières couvrent tes yeux dispute de suavité avec celle que l'Italie assoupie et parfumée verse sur ton front. Quand le hennissement de nos chevaux se fera entendre dans la campagne, quand l'étoile du matin annoncera l'aube, le berger de Frascati descendra avec ses chèvres, et moi je cesserai de te bercer de ma chanson à demi-voix soupirée :

« Un faisceau de jasmins et de narcisses, une Hébé d'albâtre, récemment sortie de la cavée [5] d'une fouille, ou tombée du fronton d'un temple, gît sur ce lit d'anémones : non, Muse, vous vous trompez. Le jasmin, l'Hébé d'albâtre, est une magicienne de Rome, née il y a seize mois de mai et la moitié d'un printemps, au son de la lyre, au lever de l'aurore, dans un champ de roses de Pæstum.

« Vent des orangers de Palerme qui soufflez sur l'île de Circé ; brise qui passez au tombeau du Tasse, qui

---

1. Office monastique qui suit Matines et qui se chante à la fin de la nuit.   **2.** Voir t. III, p. 415, note 3.   **3.** Le joueur de fifre, un des personnages populaires de la Ville éternelle.   **4.** Latinisme : qui vole sur les flots grâce à sa voile.   **5.** Substantif rare formé sur le verbe *caver* : creuser. Il désigne ici une tranchée, une excavation.

caressez les nymphes et les amours de la Farnésine[1] ;
vous qui vous jouez au Vatican parmi les Vierges de
Raphaël, les statues des Muses, vous qui mouillez vos
ailes aux cascatelles de Tivoli ; génies des arts qui vivez
de chefs-d'œuvre et voltigez avec les souvenirs, venez :
à vous seuls je permets d'inspirer le sommeil de Cynthie.

« Et vous, filles majestueuses de Pythagore, Parques à
la robe de lin, sœurs inévitables assises à l'essieu des
sphères, tournez le fil de la destinée de Cynthie sur des
fuseaux d'or ; faites-les descendre de vos doigts et remonter à votre main avec une ineffable harmonie ; immortelles filandières, ouvrez la porte d'ivoire[2] à ces songes
qui reposent sur un sein de femme sans l'oppresser. Je
te chanterai, ô canéphore des solennités romaines, jeune
Charite[3] nourrie d'ambroisie au giron de Vénus, sourire
envoyé de l'Orient pour glisser sur ma vie ; violette
oubliée au jardin d'Horace...
....
.... »

« *Mein Herr ? dix kreutzers bour la parrière.* »

Peste soit de toi avec tes cruches[4] ! j'avais changé de
ciel ! j'étais si en train ! la muse ne reviendra pas ! ce
maudit Egra, où nous arrivons, est la cause de mon
malheur.

Les nuits sont funestes à Egra. Schiller nous montre
Wallenstein trahi par ses complices, s'avançant vers la
fenêtre d'une salle de la forteresse d'Egra[5] : « Le ciel est
orageux et troublé, dit-il ; le vent agite l'étendard placé
sur la tour ; les nuages passent rapidement sur le croissant
de la lune qui jette à travers la nuit une lumière vacillante
et incertaine. »

Wallenstein, au moment d'être assassiné, s'attendrit sur

---

1. Villa construite au début du XVIᵉ siècle au pied du Janicule, en
face du palais Farnèse. Elle a été décorée de fresques par Raphaël
(*Galatée*) et ses élèves (*Histoire de Psyché*). **2.** Celle qui laisse passer les songes agréables, qui ouvre la voie des illusions : voir t. II,
p. 219, note 4. **3.** C'est le nom des Grâces dans la poésie grecque :
il a été remis en honneur par les poètes de la Pléiade. **4.** Jeu de
mots sur la prononciation allemande de *kreutzer*. **5.** Au quatrième
acte de la *Mort de Wallenstein*, troisième volet de sa trilogie.

la mort de Max Piccolomini, aimé de Thécla : « La fleur de ma vie a disparu ; il était près de moi comme l'image de ma jeunesse. Il changeait pour moi la réalité en un beau songe. »

Wallenstein se retire au lieu de son repos : « La nuit est avancée ; on n'entend plus de mouvement dans le château : allons ! que l'on m'éclaire ; ayez soin que l'on ne me réveille pas trop tard ; je pense que je vais dormir longtemps, car les épreuves de ce jour ont été rudes. »

Le poignard des meurtriers arrache Wallenstein aux rêves de l'ambition, comme la voix du préposé à la barrière a mis fin à mon rêve d'amour. Et Schiller, et Benjamin Constant (qui fit preuve d'un talent nouveau en imitant le tragique allemand[1]), sont allés rejoindre Wallenstein, tandis que je rappelle aux portes d'Egra leur triple renommée.

(6)

2 juin 1833

WEISSENSTADT. — LA VOYAGEUSE.
BERNECK ET SOUVENIRS. — BAIREUTH. — VOLTAIRE.
HOHLFELD. — ÉGLISE. — LA PETITE FILLE À LA HOTTE.
L'HÔTELIER ET SA SERVANTE.

Je traverse Egra, et samedi[2] 2 juin, à la pointe du jour, j'entre en Bavière : une grande fille rousse, nu-pieds, tête nue, vient m'ouvrir la barrière, comme l'Autriche en personne. Le froid continue ; l'herbe des fossés est couverte

---

1. Dans *Wallenstein, tragédie en cinq actes et en vers, précédée de quelques réflexions sur le théâtre allemand, et suivie de notes historiques*, Paris et Genève, J.-J. Paschoud, 1809. Constant avait envoyé un exemplaire de son ouvrage à Chateaubriand qui le remercia par une lettre aimable le 1er février 1809. 2. En réalité : dimanche (voir *supra*, p. 314, note 1).

d'une gelée blanche ; des renards mouillés sortent des aveinières[1] ; des nues grises, échancrées, à grande envergure sont croisées dans le ciel comme des ailes d'aigle.

J'arrive à Weissenstadt à neuf heures du matin ; au même moment, une espèce de voiturin emportait une jeune femme coiffée en cheveux ; elle avait bien l'air de ce que probablement elle était : joie, courte fortune d'amour, puis l'hôpital et la fosse commune. Plaisir errant, que le ciel ne soit pas trop sévère à tes tréteaux ! il y a dans ce monde tant d'acteurs plus mauvais que toi.

Avant de pénétrer dans le village, j'ai traversé des *wastes* : ce mot s'est trouvé au bout de mon crayon ; il appartenait à notre ancienne langue franke[2] : il peint mieux l'aspect d'un pays désolé que le mot *lande*, qui signifie *terre*.

Je sais encore la chanson qu'on chantait le soir en traversant les landes[3] :

> *C'est le chevalier des Landes :*
> *Malheureux chevalier !*
> *Quand il fut dans la lande,*
> *A ouï les sings sonner.*

Après Weissenstadt vient Berneck. En sortant de Berneck, le chemin est bordé de peupliers, dont l'avenue tournoyante m'inspirait je ne sais quel sentiment mêlé de plaisir et de tristesse. En fouillant dans ma mémoire, j'ai trouvé qu'ils ressemblaient aux peupliers dont le grand chemin était aligné autrefois du côté de Paris à l'entrée de

---

1. Voir t. I, p. 219, note 1.   **2.** « Guaste », en ancien français, devenu *waste* en Flandres : « terre inculte ou en friche » (Godefroy).   **3.** On a depuis longtemps cherché à identifier cette chanson populaire, mais sans succès. Dans une note de la *Défense du Génie*, Chateaubriand cite déjà, à propos de *René*, le début de ce quatrain qu'il déclare appartenir à « une vieille ballade de Pélerin, que les paysans chantent encore dans plusieurs provinces ». Delandine de Saint-Esprit affirme avoir entendu cette complainte « sous le chaume rustique dans les montagnes du Forez » (*Nouvelles de Chateaubriand*, Paris, Barba, 1833, p. 11). Mais le mot *sing* (sonnerie de cloches) renverrait plutôt à une origine celtique ou flamande.

Villeneuve-sur-Yonne. Madame de Beaumont n'est plus ;
M. Joubert n'est plus ; les peupliers sont abattus, et, après
la quatrième chute de la monarchie, je passe au pied des
peupliers de Berneck : « Donnez-moi », dit saint Augustin, « un homme qui aime, et il comprendra ce que je
dis. »

La jeunesse rit de ces mécomptes ; elle est charmante,
heureuse ; en vain vous lui annoncez le moment où elle
en sera à de pareilles amertumes ; elle vous choque de
son aile légère et s'envole aux plaisirs : elle a raison si
elle meurt avec eux.

Voici Baireuth, réminiscence d'une autre sorte. Cette
ville est située au milieu d'une plaine creuse mélangée de
céréales et d'herbages : les rues en sont larges, les maisons basses, la population faible. Du temps de Voltaire et
de Frédéric II, la margrave de Baireuth était célèbre : sa
mort inspira au chantre de Ferney la seule ode où il ait
montré quelque talent lyrique [1] :

> *Tu ne chanteras plus, solitaire Sylvandre,*
> *Dans ce palais des arts où les sons de ta voix*
> *Contre les préjugés osaient se faire entendre,*
> *Et de l'humanité faisaient parler les droits.*

Le poète se loue ici justement, si ce n'est qu'il n'y
avait rien de moins solitaire au monde que Voltaire-Syl-
vandre. Le poète ajoute, en s'adressant à la margrave :

> *Des tranquilles hauteurs de la philosophie,*
> *Ta pitié contemplait, avec des yeux sereins,*
> *Les fantômes changeants du songe de la vie,*
> *Tant de rêves détruits, tant de projets si vains.*

Du haut d'un palais, il est aisé de contempler avec des
yeux sereins les pauvres diables qui passent dans la rue,
mais ces vers n'en sont pas moins d'une raison puissante... Qui les sentirait mieux que moi ? J'ai vu défiler

---

1. *Ode sur la mort de S.A.S. Madame la princesse de Bareith*
(1759).

tant de fantômes à travers le songe de la vie ! Dans ce
moment même, ne viens-je pas de contempler les trois
larves [1] royales du château de Prague et la fille de Marie-
Antoinette à Carlsbad ? En 1733, il y a juste un siècle, de
quoi s'occupait-on ici ? avait-on la moindre idée de ce
qui est aujourd'hui ? Lorsque Frédéric se mariait en 1733,
sous la rude tutelle de son père, avait-il vu dans Matthieu
Laensberg [2] M. de Tournon [3] intendant de Baireuth et quittant cette intendance pour la *préfecture de Rome* ? En
1933, le voyageur passant en Franconie demandera à mon
ombre si j'aurais pu deviner les faits dont il sera le
témoin.

Tandis que je déjeunais, j'ai lu des leçons qu'une dame
allemande, jeune et jolie nécessairement, écrivait sous la
dictée d'un maître :

« Celui *qu'il* est content, est riche. Vous et *je* nous
avons peu d'argent ; mais nous sommes *content*. Nous
sommes *ainci* à mon avis plus riches que tel qui a *un*
tonne d'or, et il est. »

C'est vrai, mademoiselle, *vous* et *je* avons peu d'argent ; vous êtes contente, à ce qu'il paraît, et vous vous
moquez d'une tonne d'or ; mais si par hasard je n'étais
pas content, moi, vous conviendrez qu'une tonne d'or
pourrait m'être assez agréable.

Au sortir de Baireuth, on monte. De minces pins
élagués me représentaient les colonnes de la mosquée du
Caire, ou de la cathédrale de Cordoue, mais rapetissées
et noircies, comme un paysage reproduit dans la chambre
obscure [4]. Le chemin continue de coteaux en coteaux et

---

1. Il faut comprendre le mot au sens qui est le sien à la fin du
chapitre 4 du livre IX (t. I, p. 567) : les larves sont les ombres errantes
des morts qui ont été privés de sépulture. C'est très précisément la
situation des exilés de Prague : ils ne sont plus vraiment vivants, mais
ils ne sont pas encore enterrés.   **2.** C'est sous le nom de ce mathématicien et astrologue très populaire que paraissait, depuis 1635, le
célèbre *Almanach de Liège*.   **3.** Le comte de Tournon avait été
intendant de Bayreuth avant de devenir en 1809 préfet du département
du Tibre.   **4.** Procédé optique conçu pour renvoyer une image renversée des objets, celle que Niepce et Daguerre parviendront à fixer
sur une plaque en 1839.

de vallées en vallées ; les coteaux larges avec un toupet
de bois au front, les vallées étroites et vertes, mais peu
arrosées. Dans le point le plus bas de ces vallées, on aperçoit un hameau indiqué par le campanile d'une petite
église. Toute la civilisation chrétienne s'est formée de la
sorte : le missionnaire devenu curé s'est arrêté ; les Barbares se sont cantonnés autour de lui, comme les troupeaux se rassemblent autour du berger. Jadis ces réduits
écartés m'auraient fait rêver de plus d'une espèce de songe ; aujourd'hui, je ne rêve rien et ne suis bien nulle part.

Baptiste souffrant d'un excès de fatigue m'a contraint
de m'arrêter à Hohlfeld. Tandis qu'on apprêtait le souper,
je suis monté au rocher qui domine une partie du village.
Sur ce rocher s'allonge un beffroi carré ; des martinets
criaient en rasant le toit et les faces du donjon. Depuis
mon enfance à Combourg, cette scène composée de
quelques oiseaux et d'une vieille tour ne s'était pas reproduite ; j'en eus le cœur tout serré. Je descendis à l'église
sur un terrain pendant à l'ouest ; elle était ceinte de son
cimetière délaissé des nouveaux défunts. Les anciens
morts y ont seulement tracé leurs sillons ; preuve qu'ils
ont labouré leur champ. Le soleil couchant, pâle et noyé
à l'horizon d'une sapinière, éclairait le solitaire asile où
nul autre homme que moi n'était debout. Quand serai-je
couché à mon tour ? Êtres de néant et de ténèbres, notre
impuissance et notre puissance sont fortement caractéri-
sées : nous ne pouvons nous procurer à volonté ni la
lumière ni la vie ; mais la nature, en nous donnant des
paupières et une main, a mis à notre disposition la nuit et
la mort.

Entré dans l'église dont la porte entre-bâillait, je me suis
agenouillé avec l'intention de dire un *Pater* et un *Ave* pour
le repos de l'âme de ma mère ; servitudes d'immortalité
imposées aux âmes chrétiennes dans leur mutuelle tendresse. Voilà que j'ai cru entendre le guichet d'un confes-
sional s'ouvrir ; je me suis figuré que la mort, au lieu d'un
prêtre, allait apparaître à la grille de la pénitence. Au
moment même le sonneur de cloches est venu fermer la
porte de l'église, je n'ai eu que le temps de sortir.

En retournant à l'auberge, j'ai rencontré une petite hotteuse : elle avait les jambes et les pieds nus ; sa jupe était
courte, son corset déchiré ; elle marchait courbée et les
bras croisés. Nous montions ensemble un chemin escar-
pé ; elle tournait un peu de mon côté son visage hâlé : sa
jolie tête échevelée se collait contre sa hotte. Ses yeux
étaient noirs ; sa bouche s'entrouvrait pour respirer : on
voyait que, sous ses épaules chargées, son jeune sein
n'avait encore senti que le poids de la dépouille des vergers. Elle donnait envie de lui dire des roses : ῾Ρόδα μ
εἴρηκας (Aristophane)[1].

Je me mis à tirer l'horoscope de l'adolescente vendangeuse : vieillira-t-elle au pressoir, mère de famille obscure
et heureuse ? Sera-t-elle emmenée dans les camps par un
caporal ? Deviendra-t-elle la proie de quelque don Juan ?
La villageoise enlevée aime son ravisseur autant d'étonnement que d'amour ; il la transporte dans un palais de
marbre sur le détroit de Messine, sous un palmier au bord
d'une source, en face de la mer qui déploie ses flots
d'azur, et de l'Etna qui jette des flammes[2].

J'en étais là de mon histoire, lorsque ma compagne,
tournant à gauche sur une grande place, s'est dirigée vers
quelques habitations isolées. Au moment de disparaître,
elle s'est arrêtée ; elle a jeté un dernier regard sur l'étranger ; puis, inclinant la tête pour passer avec sa hotte sous
une porte abaissée, elle est entrée dans une chaumière,
comme un petit chat sauvage se glisse dans une grange
parmi des gerbes. Allons retrouver dans sa prison Son
Altesse Royale madame la duchesse de Berry.

> *Je la suivis, mais je pleurai*
> *De ne pouvoir plus suivre qu'elle*[3].

Mon hôte de Hohlfeld est un singulier homme ; lui et
sa servante sont aubergistes à leur corps défendant ; ils
ont horreur des voyageurs. Quand ils découvrent de loin

---

1. *Les Nuées*, vers 910 : « Tu me dis des roses » ; c'est-à-dire : tes
paroles sont de miel.   2. *Cf.* III, 8 (t. I, p. 283).   3. Conclusion
des *Stances à Mme du Châtelet* de Voltaire.

une voiture, ils se vont cacher en maudissant ces vaga-
bonds qui n'ont rien à faire et courent les grands chemins,
ces fainéants qui dérangent un honnête cabaretier et l'empêchent de boire le vin qu'il est obligé de leur vendre. La
vieille voit bien que son maître se ruine ; mais elle attend
pour lui un coup de la Providence ; comme Sancho elle
dira : « Monsieur, acceptez ce beau royaume de Micomi-
con qui vous tombe du ciel dans la main[1]. »

Une fois le premier mouvement d'humeur passé, le
couple, flottant entre deux vins, fait bonne mine. La
chambrière écorche un peu le français, vous bigle[2] ferme,
et a l'air de vous dire : « J'ai vu d'autres godelereaux que
vous dans les armées de Napoléon ! » Elle sentait la pipe
et l'eau-de-vie comme la gloire au bivouac ; elle me jetait
une œillade agaçante et maligne : qu'il est doux d'être
aimé au moment même où l'on n'avait plus d'espérance
de l'être ! Mais, Javotte, vous venez trop tard à mes *tenta-
tions cassées et mortifiées*, comme parlait un ancien Français[3] ; mon arrêt est prononcé : « Vieillard harmonieux,
repose-toi » m'a dit M. Lherminier[4]. Vous le voyez, bienveillante étrangère, il m'est défendu d'entendre votre
chanson[5] :

> Vivandière du régiment,
> *Javotte* l'on me nomme.
> Je vends, je donne et bois gaîment
> Mon vin et mon rogomme.

---

1. *Don Quichotte*, 1ʳᵉ partie, XXX.   2. Bigler : loucher, puis :
regarder de côté (familier).   3. Montaigne, *Essais*, III, 2.   4. Dans
un article de la *Revue des Deux-Mondes* du 15 octobre 1832 consacré
au rôle de Chateaubriand dans le parti légitimiste. Jean-Louis-Eugène
Lerminier (1803-1857), juriste et publiciste de la mouvance doctrinaire,
ancien collaborateur du *Globe* et passé, comme lui, au saint-simonisme.
Nommé en 1831 professeur de législation comparée au Collège de
France, il exerçait une certaine influence sur la jeunesse du quartier
latin, qui diminuera beaucoup après son ralliement au régime sous le
ministère Molé (1838).   5. C'est le premier couplet de *La Vivan-
dière* de Béranger que cite ici Chateaubriand, en modifiant le nom de
son héroïne : « C'est Catin qu'on me nomme » avait écrit Béranger au
vers 2, et au vers 6 : « Soldats, voilà Catin ! » La chanson date de
1817.

J'ai le pied leste et l'œil mutin,
Tin tin, tin tin, tin tin, tin tin,
R'lin tin tin.

C'est encore pour cela que je me refuse à vos séductions ; vous êtes légère ; vous me trahiriez. Volez donc, dame Javotte de Bavière, comme votre devancière, madame Isabeau[1].

(7)

2 juin 1833.

BAMBERG. – UNE BOSSUE.
WÜRTZBOURG : SES CHANOINES. – UN IVROGNE.
L'HIRONDELLE.

Parti de Hohlfeld, il est nuit quand je traverse Bamberg. Tout dort ; je n'aperçois qu'une petite lumière dont la débile clarté vient du fond d'une chambre pâlir à une fenêtre. Qui veille ici ? le plaisir ou la douleur ? l'amour ou la mort ?

À Bamberg, en 1815, Berthier, prince de Neuchâtel tomba d'un balcon dans la rue[2] : son maître allait tomber de plus haut.

Dimanche, 2 juin.

À Dettelbach, réapparition des vignes. Quatre végétaux marquent la limite de quatre natures et de quatre climats ; le bouleau, la vigne, l'olivier et le palmier, toujours en marchant vers le soleil.

Après Dettelbach, deux relais jusqu'à Würtzbourg, et

1. Isabeau de Bavière, veuve de Charles VI et régente du royaume, avait signé le traité de Troyes (1420) qui dépossédait son fils du trône de France au profit des Anglais.　2. Voir t. III, p. 170, note 9.

une bossue assise derrière ma voiture ; c'était l'Andrienne de Térence : *Inopia... egregia forma, aetate integra*[1]. Le postillon la veut faire descendre ; je m'y oppose pour deux raisons : 1° parce que je craindrais que cette fée me jetât un sort ; 2° parce qu'ayant lu dans une de mes biographies que je suis bossu[2], toutes les bossues sont mes sœurs. Qui peut s'assurer de n'être pas bossu ? qui vous dira jamais que vous l'êtes ? Si vous vous regardez au miroir, vous n'en verrez rien ; se voit-on jamais tel qu'on est ? Vous trouverez à votre taille un tour qui vous sied à merveille. Tous les bossus sont fiers et heureux ; la chanson consacre les avantages de la bosse[3]. À l'ouverture d'un sentier, ma bossue, affistolée[4], mit pied à terre majestueusement : chargée de son fardeau, comme tous les mortels, Serpentine[5] s'enfonça dans un champ de blé, et disparut parmi les épis plus hauts qu'elle.

À midi, 2 juin, j'étais arrivé au sommet d'une colline d'où l'on découvrait Würtzbourg. La citadelle sur une hauteur, la ville au bas avec son palais, ses clochers et ses tourelles. Le palais, quoique épais, serait beau même à Florence ; en cas de pluie, le prince pourrait mettre tous ses sujets à l'abri dans son château, sans leur céder son appartement.

L'évêque de Würtzbourg était autrefois souverain à la nomination des chanoines du chapitre. Après son élection, il passait, nu jusqu'à la ceinture, entre ses confrères rangés sur deux files ; ils le fustigeaient. On espérait que les princes, choqués de cette manière de sacrer un dos

---

1. « Elle était dans la misère (...) mais de la plus grande beauté et dans la fleur de son âge. » Citation tronquée et ironique de Térence, *Andrienne*, vers 71-73 : *... commigravit huc viciniae/ Inopia et cognatorum neglegentia/ Coacta, egregia forma atque aetate integra.*
2. Voir Scipion Marin, *Histoire de la vie et des ouvrages de M. de Chateaubriand*, Paris, Vimont, 1832, t. I, p. 14-16. On trouvera ce texte, accompagné de quelques autres témoignages sur la prétendue difformité de Chateaubriand dans Duchemin, p. 436-437. Voir aussi Sainte-Beuve, t. II, p.'389.   3. Allusion à une chanson populaire du temps : « Depuis longtemps je me suis aperçu/ De l'agrément qu'on a d'être bossu... »   4. « Terme de dérision, bas et populaire, pour dire *Ajuster*. Le voilà joliment *affistolé* » (*Trévoux*).   5. Nom pittoresque de fée-couleuvre.

royal, renonceraient à se mettre sur les rangs. Aujourd'hui cela ne réussirait pas : il n'est pas de descendant de Charlemagne qui ne se laissât fouetter trois jours de suite pour obtenir la couronne d'Yvetot[1].

J'ai vu le frère de l'empereur d'Autriche, duc de Würtzbourg[2] ; il chantait à Fontainebleau très agréablement, dans la galerie de François Ier, aux concerts de l'impératrice Joséphine.

On a retenu Schwartz deux heures au bureau des passeports. Laissé avec ma voiture dételée devant une église, j'y suis entré : j'ai prié avec la foule chrétienne, qui représente la vieille société au milieu de la nouvelle. Une procession est sortie et a fait le tour de l'église ; que ne suis-je moine sur les ruines de Rome ! les temps auxquels j'appartiens s'accompliraient en moi.

Quand les premières semences de la religion germèrent dans mon âme, je m'épanouissais comme une terre vierge qui, délivrée de ses ronces, porte sa première moisson. Survint une bise aride et glacée, et la terre se dessécha. Le ciel en eut pitié ; il lui rendit ses tièdes rosées ; puis la bise souffla de nouveau. Cette alternative de doute et de foi a fait longtemps de ma vie un mélange de désespoir et d'ineffables délices. Ma bonne sainte mère, priez pour moi Jésus-Christ : votre fils a besoin d'être racheté plus qu'un autre homme.

Je quitte Würtzbourg à quatre heures et prends la route de Manheim. Entrée dans le duché de Bade ; village en goguettes[3] ; un ivrogne me donne la main en criant : *Vive l'Empereur !* Tout ce qui s'est passé, à compter de la chute de Napoléon, est en Allemagne comme non avenu. Ces hommes, qui se sont levés pour arracher leur indépendance nationale à l'ambition de Bonaparte, ne rêvent

---

1. Allusion à une des plus célèbres chansons de Béranger, *Le Roi d'Yvetot* (1823), qui propose pour modèle le plus débonnaire des souverains. 2. Ferdinand de Habsbourg (1769-1824), dépossédé du grand-duché de Toscane par les Français en 1796, avait reçu à titre de compensation la principauté ecclésiastique de Würtzbourg que le traité de Presbourg venait de séculariser. Il y régna de 1805 à 1814, date à laquelle il recouvra la Toscane, tandis que Würtzbourg revenait à la Bavière. 3. Voir t. I, p. 393, note 2.

que de lui, tant il a ébranlé l'imagination des peuples,
depuis les Bédouins sous leurs tentes jusqu'aux Teutons
dans leurs huttes.

À mesure que j'avançais vers la France, les enfants
devenaient plus bruyants dans les hameaux, les postillons
allaient plus vite : la vie renaissait.

À Bischofsheim, où j'ai dîné, une jolie curieuse s'est
présentée à mon grand couvert : une hirondelle, vraie
Procné [1], à la poitrine rougeâtre, s'est venue percher à ma
fenêtre ouverte, sur la barre de fer qui soutenait l'enseigne
du *Soleil d'Or* ; puis elle a ramagé le plus doucement du
monde, en me regardant d'un air de reconnaissance et
sans montrer la moindre frayeur. Je ne me suis jamais
plaint d'être réveillé par la fille de Pandion ; je ne l'ai
jamais appelée *babillarde*, comme Anacréon [2] ; j'ai toujours, au contraire, salué son retour de la chanson des
enfants de l'île de Rhodes [3] : « Elle vient, elle vient l'hirondelle, ramenant le beau temps et les belles années !
ouvrez, ne dédaignez pas l'hirondelle. »

« François », m'a dit ma convive de Bischofsheim,
« ma trisaïeule logeait à Combourg, sous les chevrons de
la couverture de ta tourelle ; tu lui tenais compagnie
chaque année en automne, dans les roseaux de l'étang,
quand tu rêvais le soir avec ta sylphide. Elle aborda ton
rocher natal le jour même que tu t'embarquais pour
l'Amérique, et elle suivit quelque temps ta voile. Ma
grand-mère nichait à la croisée de Charlotte ; huit ans
après, elle arriva à Jaffa avec toi ; tu l'as remarqué dans
ton *Itinéraire* [4]. Ma mère, en gazouillant à l'aurore, tomba
un jour par la cheminée dans ton cabinet aux *affaires
étrangères* [5] ; tu lui ouvris la fenêtre. Ma mère a eu plusieurs enfants ; moi qui te parle, je suis de son dernier
nid ; je t'ai déjà rencontré sur l'ancienne voie de Tivoli
dans la campagne de Rome ; t'en souviens-tu ? Mes

---

1. Cette autre fille de Pandion, épouse de Térée et sœur de Philomèle, fut métamorphosée en hirondelle.   **2.** Anacréon, *Odes*, XII,
vers 2.   **3.** Chanson populaire de la Grèce antique que nous a transmise Athénée, et recueillie dans les *Lyriques grecs*, édition Bergk,
tome III, p. 671.   **4.** *Itinéraire*, p. 959.   **5.** Le matin de son renvoi, 6 juin 1824.

plumes étaient si noires et si lustrées ! tu me regardas tristement. Veux-tu que nous nous envolions ensemble ? »

— « Hélas ! ma chère hirondelle, qui sais si bien mon histoire, tu es extrêmement gentille ; mais je suis un pauvre oiseau mué, et mes plumes ne reviendront plus ; je ne puis donc m'envoler avec toi. Trop lourd de chagrins et d'années, me porter te serait impossible. Et puis, où irions-nous ? le printemps et les beaux climats ne sont plus de ma saison. À toi l'air et les amours, à moi la terre et l'isolement. Tu pars ; que la rosée rafraîchisse tes ailes ! qu'une vergue hospitalière se présente à ton vol fatigué, lorsque tu traverseras la mer d'Ionie ! qu'un octobre serein te sauve du naufrage ! Salue pour moi les oliviers d'Athènes et les palmiers de Rosette. Si je ne suis plus quand les fleurs te ramèneront, je t'invite à mon banquet funèbre : viens au soleil couchant happer des moucherons sur l'herbe de ma tombe ; comme toi, j'ai aimé la liberté, et j'ai vécu de peu[1]. »

(8)

3 et 4 juin 1833.

AUBERGE DE WIESENBACH.
UN ALLEMAND ET SA FEMME. — MA VIEILLESSE.
HEIDELBERG. — PÈLERINS. — RUINES. — MANHEIM.

Je me mis moi-même en route par terre, quelques instants après que l'hirondelle eut appareillé. La nuit fut couverte ; la lune se promenait, affaiblie et rongée, entre des nuages ; mes yeux, à moitié endormis, se fermaient en la regardant ; je me sentais comme expirer à la lumière

---

1. Sur ce passage, entendu à Londres dès 1822, voir Marcellus, p. 460-464.

mystérieuse qui éclaire les ombres : « J'éprouvais je ne sais quel paisible accablement, avant-coureur du dernier repos. » (Manzoni) [1].

Je m'arrête à Wiesenbach : auberge solitaire, étroit vallon cultivé entre deux collines boisées. Un Allemand de Brunswick, voyageur comme moi, ayant entendu prononcer mon nom, accourt. Il me serre la main, me parle de mes ouvrages ; sa femme, me dit-il, apprend à lire le français dans le *Génie du Christianisme*. Il ne cessait de s'étonner de ma *jeunesse*. « Mais », a-t-il ajouté, « c'est la faute de mon jugement ; je devais vous croire, à vos derniers ouvrages, aussi jeune que vous me le paraissez. »

Ma vie a été mêlée à tant d'événements que j'ai, dans la tête de mes lecteurs, l'ancienneté de ces événements mêmes. Je parle souvent de ma tête grise : calcul de mon amour-propre, afin qu'on s'écrie en me voyant : « Ah ! il n'est pas si vieux ! » On est à l'aise avec des cheveux blancs : on s'en peut vanter ; se glorifier d'avoir les cheveux noirs serait de bien mauvais goût : grand sujet de triomphe d'être comme votre mère vous a fait ! mais être comme le temps, le malheur et la sagesse vous ont mis, c'est cela qui est beau ! Ma petite ruse m'a réussi quelquefois. Tout dernièrement, un prêtre avait désiré me connaître ; il resta muet à ma vue ; recouvrant enfin la parole, il s'écria : « Ah ! monsieur, vous pourrez donc encore combattre longtemps pour la foi ! »

Un jour, passant par Lyon, une dame m'écrivit ; elle me priait de donner une place à sa fille dans ma voiture et de la mener à Paris. La proposition me parut singulière ; mais enfin, vérification faite de la signature, l'inconnue se trouva être une dame fort respectable ; je répondis poliment. La mère se présenta avec sa fille, divinité de seize ans. La mère n'eut pas plutôt jeté les yeux sur moi, qu'elle devint rouge écarlate ; sa confiance l'abandonna : « Pardonnez, monsieur, me dit-elle en balbutiant : je n'en

---

1. *Adelchi*, IV, 1, vers 15-16 : *Sento una pace/ Stanca, foriera della tomba*, dit Hermangarde à sa sœur, dans ce drame de Manzoni, joué en 1823 et traduit par Fauriel. Chateaubriand cite un autre passage de cette même scène au chapitre 10 du livre XXXIX (*infra*, p. 414).

suis pas moins remplie de considération... Mais vous comprendrez les convenances... Je me suis trompée... Je suis si surprise... » J'insistai en regardant ma future compagne, qui semblait rire du débat ; je me confondais en protestations que je prendrais tous les soins imaginables de cette belle jeune personne ; la mère s'anéantissait en excuses et en révérences. Les deux dames se retirèrent. J'étais fier de leur avoir fait tant de peur. Pendant quelques heures, je me crus rajeuni par l'Aurore. La dame s'était figuré que l'auteur du *Génie du Christianisme* était un vénérable abbé de Chateaubriand, vieux bonhomme grand et sec, prenant incessamment du tabac dans une énorme tabatière de fer blanc, et lequel pouvait très bien se charger de conduire une innocente pensionnaire au Sacré-Cœur.

On racontait à Vienne, il y a deux ou trois lustres, que je vivais tout seul dans une certaine vallée appelée la Vallée-aux-Loups. Ma maison était bâtie dans une île : lorsqu'on voulait me voir, il fallait sonner du cor au bord opposé de la rivière. (La rivière à Châtenay !) Alors, je regardais par un trou : si la compagnie me plaisait (chose qui n'arrivait guère), je venais moi-même la chercher dans un petit bateau ; sinon, non. Le soir, je tirais mon canot à terre, et l'on n'entrait point dans mon île. Au fait, j'aurais dû vivre ainsi ; cette histoire de Vienne m'a toujours charmé : M. de Metternich ne l'a pas sans doute inventée ; il n'est pas assez mon ami pour cela.

J'ignore ce que le voyageur allemand aura dit de moi à sa femme, et s'il se sera empressé de la détromper sur ma caducité. Je crains d'avoir les inconvénients des cheveux noirs et des cheveux blancs, et de n'être ni assez jeune ni assez sage. Au surplus, je n'étais guère en train de coquetterie à Wiesenbach ; une bise triste gémissait sous les portes et dans les corridors de l'hôtellerie : quand le vent souffle, je ne suis plus amoureux que de lui.

De Wiesenbach à Heidelberg, on suit le cours du Neckar, encaissé par des collines, qui portent des forêts sur un banc de sable et de sulfate sanguine. Que de fleuves j'ai vu couler ! Je rencontrai des pèlerins de Walthuren : ils formaient deux files parallèles des deux côtés du grand chemin : les voitures passaient au milieu. Les femmes marchaient pieds nus, un chapelet à la main, un paquet de linge sur la tête ; les hommes nu-tête, le chapelet aussi à la main. Il pleuvait ; dans quelques endroits, les nues aqueuses rampaient sur le flanc des collines. Des bateaux chargés de bois descendaient la rivière, d'autres la remontaient à la voile ou à la traîne. Dans les brisures des collines étaient des hameaux parmi les champs, au milieu de riches potagers ornés de rosiers du Bengale et différents arbustes à fleurs. Pèlerins, priez pour mon pauvre petit Roi : il est exilé, il est innocent ; il commence son pèlerinage quand vous accomplissez le vôtre et quand je finis le mien. S'il ne doit pas régner, ce me sera toujours quelque gloire d'avoir attaché le débris d'une si grande fortune à ma barque de sauvetage. Dieu seul donne le bon vent et ouvre le port.

En approchant de Heidelberg, le lit du Neckar, semé de rochers, s'élargit. On aperçoit le port de la ville et la ville elle-même qui fait bonne contenance. Le fond du tableau est terminé par un haut horizon terrestre : il semble barrer le fleuve.

Un arc de triomphe en pierres rouges annonce l'entrée de Heidelberg. À gauche, sur une colline, s'élèvent les ruines d'un château du moyen âge. À part leur effet pittoresque et quelques traditions populaires, les débris du temps gothique n'intéressent que les peuples dont ils sont l'ouvrage. Un Français s'embarrasse-t-il des seigneurs palatins, des princesses palatines, toutes grasses, toutes blanches qu'elles aient été, avec des yeux bleus ? On les oublie pour sainte Geneviève de Brabant. Dans ces débris modernes, rien de commun aux peuples modernes, sinon la physionomie chrétienne et le caractère féodal.

Il en est autrement (sans compter le soleil) des monuments de la Grèce et de l'Italie ; ils appartiennent à toutes les nations : ils en commencent l'histoire ; leurs inscriptions sont écrites dans des langues que tous les hommes civilisés connaissent. Les ruines mêmes de l'Italie renouvelée ont un intérêt général, parce qu'elles sont empreintes du sceau des arts, et les arts tombent dans le domaine public de la société. Une fresque du Dominiquin ou du Titien, qui s'efface ; un palais de Michel-Ange ou de Palladio, qui s'écroule, mettent en deuil le génie de tous les siècles.

On montre à Heidelberg un tonneau démesuré, Colysée en ruine des ivrognes ; du moins aucun chrétien n'a perdu la vie dans cet amphithéâtre des Vespasiens du Rhin ; la raison, oui : ce n'est pas grande perte.

Au débouché de Heidelberg, les collines à droite et à gauche du Neckar s'écartent, et l'on entre dans une plaine. Une chaussée tortueuse, élevée de quelques pieds au-dessus du niveau des blés, se dessine entre deux rangées de cerisiers maltraités du vent et de noyers *souvent du passant insultés* [1].

A l'entrée de Manheim, on traverse des plants de houblon dont les longs échalas secs n'étaient encore décorés qu'au tiers de leur hauteur par la liane grimpante ; Julien l'Apostat a fait contre la bière une jolie épigramme [2] ; l'abbé de La Bletterie [3] l'a imité avec assez d'élégance :

> *Tu n'es qu'un faux Bacchus,...*
> *J'en atteste le véritable.*

....

> *Que le Gaulois, pressé d'une soif éternelle*
> *Au défaut de la grappe ait recours aux épis,*
> *De Cérès qu'il vante le fils :*
> *Vive le fils de Sémèle !*

Quelques vergers, des promenades ombragées de saules, à toute venue, forment le faubourg verdoyant de Manheim. Les maisons de la ville n'ont souvent qu'un étage au-dessus du rez-de-chaussée. La principale rue est large et plantée d'arbres au milieu : c'est encore une cité déchue. Je n'aime pas le faux or : aussi n'ai-je jamais

---

1. Boileau, *Épîtres*, VI, vers 12 (à propos de la Seine) : « Tous ses bords sont couverts de saules non plantés/ Et de noyers souvent du passant insultés. »   2. *Anthologie palatine*, IX, 368 (collection Budé, t. VIII, p. 9).   3. Jean-Philippe-René de la Bletterie (1696-1772), né à Rennes et professeur au Collège de France, nous a laissé une *Vie* de Julien (1735) et une traduction de Tacite (1755-1768).

voulu d'or de Manheim[1] ; mais j'ai certainement de *l'or de Toulouse*, à en juger par les désastres de ma vie ; qui plus que moi cependant a respecté le temple d'Apollon ?

(9)

3 et 4 juin 1833.

Le Rhin. – Le Palatinat.
Armée aristocratique ; armée plébéienne.
couvent et château. – Monts Tonnerre.
auberge solitaire. – Kaiserslautern. – Sommeil.
Oiseaux. – Saarbruck.

J'ai traversé le Rhin à deux heures de l'après-midi ; au moment où je passais, un bateau à vapeur remontait le fleuve. Qu'eût dit César s'il eût rencontré une pareille machine lorsqu'il bâtissait son pont ?

De l'autre côté du Rhin, en face de Manheim, on retrouve la Bavière, par une suite des odieuses coupures et des tripotages des traités de Paris, de Vienne et d'Aix-la-Chapelle. Chacun a fait sa part avec des ciseaux, sans égard à la raison, à l'humanité, à la justice, sans s'embarrasser du lopin de population qui tombait dans une gueule royale.

En roulant dans le Palatinat cis-rhénan, je songeais que ce pays formait naguère un département de la France[2], que la blanche Gaule était ceinte du Rhin, écharpe *bleue* de la Germanie. Napoléon, et la République avant lui, avaient réalisé le rêve de plusieurs de nos rois et surtout de Louis XIV. Tant que nous n'occuperons pas nos fron-

---

1. C'est-à-dire du simili-or, qu'on travaillait dans cette ville. Pour celui de Toulouse, voir t. II, p. 103, note 5.   **2.** Le département du Mont-Tonnerre, qui avait pour chef-lieu Mayence.

tières naturelles[1], il y aura guerre en Europe, parce que
l'intérêt de la conservation pousse la France à saisir les
limites nécessaires à son indépendance nationale. Ici,
nous avons planté des trophées pour réclamer en temps
et lieu.

La plaine entre le Rhin et les monts Tonnerre est triste ;
le sol et les hommes semblent dire que leur sort n'est pas
fixé, qu'ils n'appartiennent à aucun peuple ; ils paraissent
s'attendre à de nouvelles invasions d'armées, comme à de
nouvelles inondations du fleuve. Les Germains de Tacite
dévastaient de grands espaces à leurs frontières et les laissaient vides entre elles et les ennemis. Malheur à ces
populations limitrophes qui cultivent les champs de
bataille où les nations doivent se rencontrer !

En approchant de...[2], j'ai vu une chose mélancolique :
un bois de jeunes pins de cinq à six pieds abattus et liés
en fagots, une forêt coupée en herbe. J'ai parlé du cimetière de Lucerne[3] où se pressent à part les sépultures des
enfants. Je n'ai jamais senti plus vivement le besoin de
finir mes courses, de mourir sous la protection d'une main
amie appliquée sur mon cœur pour l'interroger lorsqu'on
dira : « Il ne bat plus. » Du bord de ma tombe, je voudrais
pouvoir jeter en arrière un regard de satisfaction sur mes
nombreuses années, comme un pontife arrivé au sanctuaire bénit la longue file de lévites qui lui servirent de
cortège.

Louvois incendia le Palatinat ; malheureusement la
main qui tenait le flambeau était celle de Turenne. La
Révolution a ravagé le même pays, témoin et victime tour
à tour de nos victoires aristocratiques et plébéiennes. Il

---

1. Dans les *Réflexions politiques* (1814), Chateaubriand ne cherchait
pas encore à donner un contenu géographique à cette notion qu'il préfé-
rait définir par « la conformité des mœurs et des langages » ; la France,
écrivait-il alors, « finit là où on ne parle plus français » (*Écrits politiques*, t. I, p. 228). Mais les clauses des traités de Vienne qui faisaient
pour la première fois de la Prusse une puissance rhénane vont précipiter
son évolution : il deviendra bientôt, et demeurera, un farouche partisan
de la « frontière naturelle » du Rhin.   2. Le nom de la localité est
demeuré en blanc.   3. On cherche en vain ce développement au chapitre 11 du livre XXXV.

suffit des noms des guerriers pour juger de la différence
des temps : d'un côté, Condé, Turenne, Créqui, Luxembourg, La Force, Villars ; de l'autre, Kellermann, Hoche,
Pichegru, Moreau. Ne renions aucun de nos triomphes ;
les gloires militaires surtout n'ont connu que des ennemis
de la France, et n'ont eu qu'une opinion : sur le champ
de bataille, l'honneur et le péril nivellent les rangs. Nos
pères appelaient le sang sorti d'une blessure non mortelle,
sang volage : mot caractéristique de ce dédain de la mort,
naturel aux Français dans tous les siècles. Les institutions
ne peuvent rien changer à ce génie national. Les soldats
qui, après la mort de Turenne, disaient : « Qu'on lâche la
Pie[1], nous camperons où elle s'arrêtera », auraient parfaitement valu les grenadiers de Napoléon.

Sur les hauteurs de Dunkeim, premier rempart des
Gaules de ce côté, on découvre des assiettes de camps et
des positions militaires aujourd'hui dégarnies de soldats :
Burgondes, Francs, Goths, Huns, Suèves, flots du déluge
des Barbares, ont tour à tour assailli ces hauteurs.

Non loin de Dunkeim on aperçoit les éboulements d'un
monastère. Les moines enclos dans cette retraite avaient
vu bien des armées circuler à leurs pieds ; ils avaient
donné l'hospitalité à bien des guerriers ; là, quelque croisé
avait fini sa vie, changé son heaume contre le froc ; là
furent des passions qui appelèrent le silence et le repos
avant le dernier repos et le dernier silence. Trouvèrent-
elles ce qu'elles cherchaient ? ces ruines ne le diront pas.

Après les débris du sanctuaire de la paix, viennent les
décombres du repaire de la guerre, les bastions, mantelets,
courtines, tourillons démolis d'une forteresse. Les remparts s'écroulent comme les cloîtres. Le château était
embusqué dans un sentier scabreux pour le fermer à l'ennemi : il n'a pas empêché le temps et la mort de passer.

De Dunkeim à Frankenstein, la route se faufile dans un
vallon si resserré qu'il garde à peine la voie d'une voiture ; les arbres descendant de deux talus opposés se joi-
gnent et s'embrassent dans la ravine. Entre la Messénie
et l'Arcadie, j'ai suivi des vallons semblables, au beau

---

1. Voir t. I, p. 241, note 2.

chemin près : Pan n'entendait rien aux ponts et chaussées. Des genêts en fleur et un geai m'ont reporté au souvenir de la Bretagne ; je me souviens du plaisir que me fit le cri de cet oiseau dans les montagnes de Judée. Ma mémoire est un panorama ; là, viennent se peindre sur la même toile les sites et les cieux les plus divers avec leur soleil brûlant ou leur horizon brumeux.

L'auberge à Frankenstein est placée dans une prairie de montagnes, arrosée d'un courant d'eau. Le maître de la poste parle français ; sa jeune sœur, ou sa femme, ou sa fille, est charmante. Il se plaint d'être Bavarois ; il s'occupe de l'exploitation des forêts ; il me représentait un planteur américain.

À Kaiserslautern, où j'arrivai de nuit comme à Bamberg, je traversai la région des songes : que voyaient dans leur sommeil tous ces habitants endormis ? Si j'avais le temps, je ferais l'histoire de leurs rêves ; rien ne m'aurait rappelé la terre, si deux cailles ne s'étaient répondu d'une cage à l'autre. Dans les champs en Allemagne, depuis Prague jusqu'à Manheim, on ne rencontre que des corneilles, des moineaux et des alouettes ; mais les villes sont remplies de rossignols, de fauvettes, de grives, de cailles ; plaintifs prisonniers et prisonnières qui vous saluent aux barreaux de leur geôle quand vous passez. Les fenêtres sont parées d'œillets, de réséda, de rosiers, de jasmins. Les peuples du Nord ont les goûts d'un autre ciel ; ils aiment les arts et la musique : les Germains vinrent chercher la vigne en Italie ; leurs fils renouvelleraient volontiers l'invasion pour conquérir aux mêmes lieux des oiseaux et des fleurs.

Le changement de la veste du postillon m'avertit, le mardi 4 juin, à Saarbruck, que j'entrais en Prusse. Sous la croisée de mon auberge je vis défiler un escadron de hussards ; ils avaient l'air fort animés : je l'étais autant qu'eux ; j'aurais joyeusement concouru à frotter[1] ces messieurs, bien qu'un vif sentiment de respect m'attache à la famille royale de Prusse, bien que les emportements des Prussiens à Paris n'aient été que les représailles des

---

1. À les étriller, à leur flanquer une raclée.

brutalités de Napoléon à Berlin ; mais si l'histoire a le temps d'entrer dans ces froides justices qui font dériver les conséquences des principes, l'homme témoin des faits vivants est entraîné par ces faits, sans aller chercher dans le passé les causes dont ils sont sortis et qui les excusent. Elle m'a fait bien du mal, ma patrie ; mais avec quel plaisir je lui donnerais mon sang ! Oh ! les fortes têtes, les politiques consommés, les bons Français surtout, que ces négociateurs des traités de 1815 !

Encore quelques heures, et ma terre natale va de nouveau tressaillir sous mes pas. Que vais-je apprendre ? Depuis trois semaines j'ignore ce qu'ont dit et fait mes amis. Trois semaines ! long espace pour l'homme qu'un moment emporte, pour les empires que trois journées renversent ! Et ma prisonnière de Blaye, qu'est-elle devenue ? Pourrai-je lui transmettre la réponse qu'elle attend ? Si la personne d'un ambassadeur doit être sacrée, c'est la mienne ; ma carrière diplomatique devint sainte auprès du chef de l'Église ; elle achève de se sanctifier auprès d'un monarque infortuné : j'ai négocié un nouveau pacte de famille entre les enfants du Béarnais ; j'en ai porté et rapporté les actes de la prison à l'exil, et de l'exil à la prison.

(10)

4 et 5 juin.

En passant la limite qui sépare le territoire de Saarbruck de celui de Forbach, la France ne s'est pas montrée à moi d'une manière brillante : d'abord un cul-de-jatte, puis un autre homme qui rampait sur les mains et sur les genoux, traînant après lui ses jambes comme deux queues torses ou deux serpents morts ; ensuite ont paru dans une charrette deux vieilles, noires, ridées, avant-garde des femmes françaises. Il y avait de quoi faire rebrousser chemin à l'armée prussienne.

Mais après j'ai trouvé un beau jeune soldat à pied avec

une jeune fille ; le soldat poussait devant lui la brouette de la jeune fille, et celle-ci portait la pipe et le sabre du troupier. Plus loin une autre jeune fille tenant la manche d'une charrue, et un laboureur âgé piquant les bœufs ; plus loin un vieillard mendiant pour un enfant aveugle ; plus loin une croix. Dans un hameau, une douzaine de têtes d'enfants, à la fenêtre d'une maison non achevée, ressemblaient à un groupe d'anges dans une gloire. Voici une garçonnette de cinq à six ans, assise sur le seuil de la porte d'une chaumière ; tête nue, cheveux blonds, visage barbouillé, faisant une petite mine à cause d'un vent froid ; ses deux épaules blanches sortant d'une robe de toile déchirée, les bras croisés sur ses genoux haussés et rapprochés de sa poitrine, regardant ce qui se passait autour d'elle avec la curiosité d'un oiseau ; Raphaël l'aurait *croquée*, moi j'avais envie de la voler à sa mère.

À l'entrée de Forbach, une troupe de chiens savants se présente : les deux plus gros attelés au fourgon des costumes ; cinq ou six autres de différentes queues, museaux, tailles et pelage, suivent le bagage, chacun son morceau de pain à la gueule. Deux graves instructeurs, l'un portant un gros tambour, l'autre ne portant rien, guident la bande. Allez, mes amis, faites le tour de la terre comme moi, afin d'apprendre à connaître les peuples. Vous tenez tout aussi bien votre place dans le monde que moi ; vous valez bien les chiens de mon espèce. Présentez la patte à Diane, à Mirza, à Pax, chapeau sur l'oreille, épée au côté, la queue en trompette entre les deux basques de votre habit ; dansez pour un os ou pour un coup de pied, comme nous faisons nous autres hommes ; mais n'allez pas vous tromper en sautant pour le Roi !

Lecteurs, supportez ces arabesques ; la main qui les dessina ne vous fera jamais d'autre mal ; elle est séchée. Souvenez-vous, quand vous les verrez, qu'ils ne sont que les capricieux enroulements tracés par un peintre à la voûte de son tombeau.

À la douane, un vieux cadet de commis a fait semblant de visiter ma calèche. J'avais préparé une pièce de cent sous ; il la voyait dans ma main, mais il n'osait la prendre à cause des chefs qui le surveillaient. Il a ôté sa casquette sous prétexte de mieux fouiller, l'a posée sur le coussin devant moi, me disant tout bas : « Dans ma casquette, s'il vous plaît. » Oh ! le grand mot ! il renferme l'histoire du genre humain ; que de fois la liberté, la fidélité, le dévouement, l'amitié, l'amour ont dit : « Dans ma casquette, s'il vous plaît ! » Je donnerai ce mot à Béranger pour le refrain d'une chanson.

Je fus frappé, en entrant à Metz, d'une chose que je n'avais pas remarquée en 1821 ; les fortifications à la moderne enveloppent les fortifications à la gothique : Guise et Vauban sont deux noms bien associés.

Nos ans et nos souvenirs sont étendus en couches régulières et parallèles, à différentes profondeurs de notre vie, déposés par les flots du temps qui passe successivement sur nous. C'est de Metz que sortit en 1792 la colonne engagée sous Thionville avec notre petit corps d'émigrés. J'arrive de mon pèlerinage à la retraite du prince banni que je servais dans son premier exil. Je lui donnai alors un peu de mon sang, je viens de pleurer auprès de lui ; à mon âge on n'a guère plus que des larmes.

En 1821 M. de Tocqueville, beau-frère de mon frère, était préfet de la Moselle [1]. Les arbres, gros comme des échalas que M. de Tocqueville plantait en 1820 à la porte de Metz, donnent maintenant de l'ombre. Voilà une échelle à mesurer nos jours ; mais l'homme n'est pas comme le vin, il ne s'améliore pas en comptant par feuilles [2]. Les anciens faisaient infuser des roses dans le Falerne [3] ; lorsqu'on débouchait une amphore d'un consulat séculaire, elle embaumait le festin. La plus pure intelligence se mêlerait à de vieux ans, que personne ne serait tenté de s'enivrer avec elle.

Je n'avais pas été un quart d'heure dans l'auberge à Metz, que voici venir Baptiste en grande agitation : il tire

---

1. Hervé-Louis-François-Joseph Clérel, comte de Tocqueville (1772-1856), pair de France en 1815, fut préfet de la Moselle de février 1817 à juin 1823. Sur ses liens de famille avec Chateaubriand, voir t. I, p. 354, note 1. **2.** « On trouve dans quelques coutumes le mot de *feuilles* pour dire *années*, comme les poètes prennent les étés, les automnes et les autres saisons » *(Trévoux).* C'est aussi une expression de vigneron. **3.** Célèbre vin de Campanie chanté par Horace.

mystérieusement de sa poche un papier blanc dans lequel était enveloppé un cachet ; M. le duc de Bordeaux et Mademoiselle l'avaient chargé de ce cachet, lui recommandant de ne me le donner que *sur terre de France*. Ils avaient été bien inquiets toute la nuit avant mon départ, craignant que le bijoutier n'eût pas le temps d'achever l'ouvrage.

Le cachet a trois faces : sur l'une est gravée une ancre ; sur la seconde les deux mots que Henri m'avait dits lors de notre première entrevue : « *Oui, toujours !* » ; sur la troisième la date de mon arrivée à Prague. Le frère et la sœur me priaient de porter le cachet *pour l'amour d'eux*. Le mystère de ce présent, l'ordre des deux enfants exilés de ne me remettre le témoignage de leur souvenir que sur *terre de France*, remplirent mes yeux de larmes. Le cachet ne me quittera jamais ; je le porterai pour l'amour *de Louise et de Henri*.

J'eusse aimé à voir à Metz la maison de Fabert[1], soldat devenu maréchal de France, et qui refusa le collier des ordres, sa noblesse ne remontant qu'à son épée.

Les Barbares nos pères égorgèrent, à Metz, les Romains surpris au milieu des débauches d'une fête ; nos soldats ont valsé au monastère d'Alcobaça avec le squelette d'Inès de Castro[2] : malheurs et plaisirs, crimes et folies, quatorze siècles vous séparent, et vous êtes aussi complètement passés les uns que les autres. L'éternité commencée tout à l'heure est aussi ancienne que l'éternité datée de la première mort, du meurtre d'Abel[3]. Néanmoins les hommes, durant leur apparition éphémère sur ce globe, se persuadent qu'ils laissent d'eux quelque trace : eh ! bon Dieu, oui, chaque mouche a son ombre.

Parti de Metz, j'ai traversé Verdun où je fus si malheu-

---

1. Le Lorrain Abraham Fabert (1599-1662) fut un grand homme de guerre et un administrateur apprécié de Richelieu comme de Mazarin. Maréchal de France en 1650, il refusa néanmoins le grand cordon du Saint-Esprit que le jeune Louis XIV voulait lui conférer en 1661, sous prétexte qu'il ne possédait pas les quatre quartiers de noblesse requis pour cette distinction.   2. « Image forcée », selon Marcellus (p. 467) qui oppose au texte de Chateaubriand le témoignage de son beau-père, le comte de Forbin.   3. *Genèse*, IV, 6-8.

reux, où demeure aujourd'hui l'amie solitaire de Carrel[1].
J'ai côtoyé les hauteurs de Valmy ; je n'en veux pas plus
parler que de Jemmapes[2] : j'aurais peur d'y trouver une
couronne.

Châlons m'a rappelé une grande faiblesse de Bonaparte ; il y exila la beauté[3]. Paix à Châlons qui me dit que
j'ai encore des amis.

À Château-Thierry, j'ai retrouvé mon dieu, La Fontaine. C'était l'heure du salut : la femme de Jean n'y était
plus[4], et Jean était retourné chez madame de La Sablière.

En rasant le mur de la cathédrale de Meaux, j'ai répété
à Bossuet ses paroles : « L'homme arrive au tombeau
traînant après lui la longue chaîne de ses espérances trompées[5]. »

À Paris j'ai passé les quartiers habités par moi avec
mes sœurs dans ma jeunesse[6] ; ensuite le Palais de justice, remémoratif de mon jugement ; ensuite la Préfecture
de police, qui me servit de prison. Je suis enfin rentré
dans mon hospice, en dévidant ainsi le fil de mes jours.
Le fragile insecte des bergeries descend au bout d'une
soie vers la terre, où le pied d'une brebis va l'écraser.

---

1. Sur le passage de Chateaubriand à Verdun en 1792, voir IX, 16
(t. I, p. 609-610). Sur Carrel et son amie, voir *infra*, p. 541.
2. Allusion au rôle que joua le duc de Chartres dans ces victoires de
la république naissante et que, devenu roi, Louis-Philippe se plaisait à
rappeler.   **3.** Mme Récamier (voir t. III, p. 614).   **4.** Allusion à
une anecdote transmise par Louis Racine. La Fontaine, venu voir sa
femme à Château-Thierry, ne la trouva pas à la maison : elle était allée
assister à un office. Le poète serait reparti sans attendre son retour.
5. Citation libre de Bossuet, « Sermon du mauvais riche » (5 mars
1662). Mais Chateaubriand concentre en une formule frappante le texte
plus diffus du prédicateur : « Est-il homme, messieurs, qui soit plus
aisé à mener bien loin qu'un qui espère, parce qu'il aide lui-même à
se tromper ? Le moindre jour dissipe toutes ses ténèbres et le console
de tous ses ennuis ; et quand même il n'y a plus aucune espérance, la
longue habitude d'attendre toujours, que l'on a contractée à la Cour,
fait que l'on vit toujours en attente et que l'on ne peut se défaire du
titre de poursuivant, sans lequel on croirait n'être plus du monde. Ainsi
nous allons toujours tirant après nous cette longue chaîne traînante de
notre espérance » (*Œuvres oratoires de Bossuet*, édition Lebarq, Desclée de Brouwer, 1892, t. IV, p. 103-104).   **6.** Voir le chapitre 3 du
livre IV.

LIVRE TRENTE-NEUVIÈME

(1)

CE QU'AVAIT FAIT MADAME LA DUCHESSE DE BERRY.
CONSEIL DE CHARLES X EN FRANCE.
MES IDÉES SUR HENRI V.
MA LETTRE À MADAME LA DAUPHINE.

Paris, rue d'Enfer, 6 juin 1833.

En descendant de voiture, et avant de me coucher, j'écrivis une lettre à madame la duchesse de Berry pour lui rendre compte de ma mission. Mon retour avait mis la police en émoi ; le télégraphe l'annonça au préfet de Bordeaux et au commandant de la forteresse de Blaye : on eut ordre de redoubler de surveillance ; il paraît même qu'on fit embarquer *Madame* avant le jour fixé pour son départ. Ma lettre manqua Son Altesse Royale de quelques heures et lui fut portée en Italie[1]. Si Madame n'eût point

---

1. De retour à Paris le 6 juin 1833, Chateaubriand avait aussitôt rédigé un compte rendu de sa mission. Mais son messager habituel (toujours le comte de Choulot) arriva trop tard à Blaye pour que la duchesse de Berry puisse en prendre connaissance : quelques heures plus tôt, dans la matinée du 8 juin, elle avait pris la mer à destination de la Sicile, sous la garde du général Bugeaud. C'est à Palerme, où elle arriva le 5 juillet, que la lettre de Chateaubriand dont nous ignorons le contenu, lui fut remise.

fait de déclaration ; si même, après cette déclaration, elle
en eût nié les suites ; bien plus, si, arrivée en Sicile, elle
eût protesté contre le rôle qu'elle avait été contrainte de
jouer pour échapper à ses geôliers, la France et l'Europe
auraient cru son dire, tant le gouvernement de Philippe
est suspect. Tous les Judas auraient subi la punition du
spectacle qu'ils avaient donné au monde dans la tabagie
de Blaye. Mais Madame n'avait pas voulu conserver un
caractère politique en niant son mariage ; ce qu'on gagne
par le mensonge en réputation d'habileté, on le perd en
considération ; l'ancienne sincérité que vous avez pu pro-
fesser vous défend à peine. Qu'un homme estimé du
public s'avilisse, il n'est plus à l'abri dans son nom, mais
derrière son nom. Madame, par son aveu, s'est échappée
des ténèbres de sa prison : l'aigle femelle, comme l'aigle
mâle, a besoin de liberté et de soleil.

M. le duc de Blacas, à Prague, m'avait annoncé la formation d'un conseil dont je devais être le chef avec M. le
Chancelier[1] et M. le marquis de Latour-Maubourg : j'allais devenir seul (toujours selon M. le duc) le conseil de
Charles X, absent pour quelques affaires. On me montra
un plan : la machine était fort compliquée ; le travail de
M. de Blacas conservait quelques dispositions faites par
la duchesse de Berry, lorsque, de son côté, elle avait prétendu organiser l'État, en venant follement, mais brave-
ment, se mettre à la tête de son royaume *in partibus*[2]. Les
idées de cette femme aventureuse ne manquaient point de
bon sens : elle avait divisé la France en quatre grands
gouvernements militaires, désigné les chefs, nommé les
officiers, enrégimenté les soldats, et, sans s'embarrasser
si tout son monde était au drapeau, elle était elle-même
accourue pour le porter ; elle ne doutait point de trouver

---

1. Voir XXXV, 24 (*supra*, p. 189, note 1).   **2.** Cette formule du
droit ecclésiastique désigne des diocèses « historiques » mais tombés
en déshérence, parce que situés *in partibus infidelium*, c'est-à-dire dans
des régions jadis chrétiennes, mais conquises depuis des siècles par les
musulmans en Orient. Ils sont donc attribués de manière symbolique à
des prélats dépourvus de juridiction épiscopale. Ici, la formule est, bien
entendu, ironique.

aux champs la chape de saint Martin ou l'oriflamme[1], Galaor ou Bayard. Coups de haches d'armes et balles de mousquetons, retraite dans les forêts, périls aux foyers de quelques amis fidèles, cavernes, châteaux, chaumières, escalades, tout cela allait et plaisait à *Madame*. Il y a dans son caractère quelque chose de bizarre, d'original et d'entraînant qui la fera vivre[2] ; l'avenir la prendra à gré, en dépit des personnes correctes et des sages couards.

J'aurais porté aux Bourbons, s'ils m'avaient appelé, la popularité dont je jouissais au double titre d'écrivain et d'homme d'État. Il m'était impossible de douter de cette popularité, car j'avais reçu les confidences de toutes les opinions. On ne s'en était pas tenu à des généralités ; chacun m'avait désigné ce qu'il désirait en cas d'événement ; plusieurs m'avaient confessé leur génie et fait toucher au doigt et à l'œil la place à laquelle ils étaient éminemment propres. Tout le monde (amis et ennemis) m'envoyait auprès du duc de Bordeaux. Par les différentes combinaisons de mes opinions et de mes diverses fortunes, par les ravages de la mort qui avait enlevé successivement les hommes de ma génération, je semblais être resté le seul au choix de la famille royale.

Je pouvais être tenté du rôle qu'on m'assignait ; il y avait de quoi flatter ma vanité dans l'idée d'être, moi serviteur inconnu et rejeté des Bourbons, d'être l'appui de leur race, de tendre la main dans leurs tombeaux à Philippe-Auguste, saint Louis, Charles V, Louis XII, François Ier, Henri IV, Louis XIV ; de protéger de ma faible renommée le sang, la couronne et les ombres de tant de grands hommes, moi seul contre la France infidèle et l'Europe avilie.

Mais pour arriver là qu'aurait-il fallu faire ? ce que l'esprit le plus commun eût fait : caresser la cour de Prague, vaincre ses antipathies, lui cacher mes idées jusqu'à ce que je fusse à même de les développer.

---

1. Celui de Saint-Denis, qui fut la première bannière, rouge, des rois de France.   **2.** Il est difficile de ne pas songer, à la lecture de ce portrait, à la séduisante héroïne des *Chouans*, Mlle de Verneuil : la première version du roman de Balzac date de 1829.

Et, certes, ces idées allaient loin : si j'avais été gouverneur du jeune prince, je me serais efforcé de gagner sa confiance. Que s'il eût recouvré sa couronne, je ne lui aurais conseillé de la porter que pour la déposer au temps venu. J'eusse voulu voir les Capets disparaître d'une façon digne de leur grandeur. Quel beau, quel illustre jour que celui où, après avoir relevé la religion, perfectionné la constitution de l'État, élargi les droits des citoyens, rompu les derniers liens de la presse, émancipé les communes, détruit le monopole, balancé équitablement le salaire avec le travail, raffermi la propriété en en contenant les abus, ranimé l'industrie, diminué l'impôt, rétabli notre honneur chez les peuples, et assuré, par des frontières reculées, notre indépendance contre l'étranger ; quel beau jour que celui-là où, après toutes ces choses accomplies, mon élève eût dit à la nation solennellement convoquée :

« Français, votre éducation est finie avec la mienne. Mon premier aïeul, Robert le Fort, mourut pour vous, et mon père a demandé grâce pour l'homme qui lui arracha la vie. Mes ancêtres ont élevé et formé la France à travers la barbarie ; maintenant la marche des siècles, le progrès de la civilisation ne permettent plus que vous ayez un tuteur. Je descends du trône ; je confirme tous les bienfaits de mes pères en vous déliant de vos serments à la monarchie. » Dites si cette fin n'aurait pas surpassé ce qu'il y a eu de plus merveilleux dans cette race ? Dites si jamais temple assez magnifique aurait pu être élevé à sa mémoire ? Comparez-la, cette fin, à celle que feraient les fils décrépits de Henri IV, accrochés obstinément à un trône submergé dans la démocratie, essayant de conserver le pouvoir à l'aide des mesures de police, des moyens de violence, des voies de corruption, et traînant quelques instants une existence dégradée ? « Qu'on fasse mon frère roi », disait Louis XIII enfant, après la mort de Henri IV, « moi je ne veux pas être roi ». Henri V n'a d'autre frère que son peuple : qu'il le fasse roi.

Pour arriver à cette résolution, toute chimérique qu'elle semble être, il faudrait sentir la grandeur de sa race, non parce qu'on est descendu d'un vieux sang, mais parce qu'on est l'héritier d'hommes par qui la France fut puissante, éclairée et civilisée.

Or, je viens de le dire tout à l'heure, le moyen d'être appelé à mettre la main à ce plan eût été de cajoler les faiblesses de Prague, d'élever des pies-grièches avec l'enfant du trône à l'imitation de Luynes[1], de flatter Concini à l'instar de Richelieu[2]. J'avais bien commencé à Carlsbad ; un petit bulletin de soumission et de commérage aurait avancé mes affaires. M'enterrer tout vivant à Prague, il est vrai, n'était pas facile, car non seulement j'avais à vaincre les répugnances de la famille royale, mais encore la haine de l'étranger. Mes idées sont odieuses aux cabinets ; ils savent que je déteste les traités de Vienne, que je ferais la guerre à tout prix pour donner à la France des frontières nécessaires, et pour rétablir en Europe l'équilibre des puissances.

Cependant avec des marques de repentir, en pleurant, en expiant mes péchés d'honneur national, en me frappant la poitrine, en admirant pour pénitence le génie des sots qui gouvernent le monde, peut-être aurais-je pu ramper jusqu'à la place du baron de Damas ; puis, me redressant tout à coup, j'aurais jeté mes béquilles[3].

Mais hélas ! mon ambition, où est-elle ? ma faculté de dissimuler, où est-elle ? mon arc de supporter la contrainte et l'ennui, où est-il ? mon moyen d'attacher de l'importance à quoi que ce soit, où est-il ? Je pris deux ou trois fois la plume ; je commençai deux ou trois brouillons menteurs pour obéir à madame la Dauphine, qui m'avait ordonné de lui écrire. Bientôt, révolté contre moi, j'écrivis d'un trait, en suivant mon allure, la lettre qui devait me casser le cou. Je le savais très bien ; j'en pesais très bien les résultats : peu m'importait. Aujourd'hui même que la chose est faite, je suis ravi d'avoir envoyé

---

1. Le premier duc de Luynes (1578-1621) passe pour avoir gagné la faveur de Louis XIII par son incontestable compétence dans le dressage des faucons. 2. Lors des états généraux de 1614, le jeune évêque de Luçon, Armand du Plessis de Richelieu, sut se ménager les bonnes grâces de Concini, le favori de la régente, Marie de Médicis. Celui-ci fut assassiné en 1617. 3. Comme Sixte-Quint : voir t. III, p. 356, note 1.

le tout au diable et jeté mon *gouvernat* par une aussi large fenêtre. On me dira : « Ne pouviez-vous exprimer les mêmes vérités en les énonçant avec moins de crudité ? » Oui, oui, en délayant, tournoyant, emmiellant, chevrotant, tremblotant :

> ... *Son œil pénitent ne pleure qu'eau bénite* [1].

Je ne sais pas cela.

Voici la lettre (abrégée cependant de près de moitié) qui fera hérisser le poil de nos diplomates de salon. Le duc de Choiseul avait eu un peu de mon humeur ; aussi a-t-il passé la fin de sa vie à Chanteloup.

LETTRE À MADAME LA DAUPHINE

« Paris, rue d'Enfer, 30 juin 1833.

« Madame,

« Les moments les plus précieux de ma longue carrière sont ceux que madame la Dauphine m'a permis de passer auprès d'elle. C'est dans une obscure maison de Carlsbad qu'une princesse, objet de la vénération universelle, a daigné me parler avec confiance. Au fond de son âme le ciel a déposé un trésor de magnanimité et de religion que les prodigalités du malheur n'ont pu tarir. J'avais devant moi la fille de Louis XVI de nouveau exilée ; cette orpheline du Temple, que le roi martyr avait pressée sur son cœur avant d'aller cueillir la palme ! Dieu est le seul nom que l'on puisse prononcer quand on vient à s'abîmer dans la contemplation des impénétrables conseils de sa providence.

« L'éloge est suspect quand il s'adresse à la prospérité : avec la Dauphine l'admiration est à l'aise. Je l'ai dit, Madame : vos malheurs sont montés si haut, qu'ils sont

---

1. C'est en ces termes que Mathurin Régnier évoque Macette, son entremetteuse retirée du monde (*Satire* XIII, vers 31) :

> « Son œil tout pénitent ne pleure qu'eau bénite. »

devenus une des gloires de la Révolution. J'aurai donc rencontré une fois dans ma vie des destinées assez supérieures, assez à part, pour leur dire, sans crainte de les blesser ou de n'en être pas compris, ce que je pense de l'état futur de la société. On peut causer avec vous du sort des empires, vous qui verriez passer sans les regretter, aux pieds de votre vertu, tous ces royaumes de la terre [1] dont plusieurs se sont déjà écroulés aux pieds de votre race.

« Les catastrophes qui vous firent leur plus illustre témoin et leur plus sublime victime, toutes grandes qu'elles paraissent, ne sont néanmoins que les accidents particuliers de la transformation générale qui s'opère dans l'espèce humaine ; le règne de Napoléon, par qui le monde a été ébranlé, n'est qu'un anneau de la chaîne révolutionnaire. Il faut partir de cette vérité pour comprendre ce qu'il y a de possible dans une troisième Restauration, et quel moyen cette Restauration a de s'encadrer dans le plan du changement social. Si elle n'y entrait pas comme un élément homogène, elle serait inévitablement rejetée d'un ordre de choses contraire à sa nature.

« Ainsi, Madame, si je vous disais que la légitimité a des chances de revenir par l'aristocratie de la noblesse et du clergé avec leurs privilèges, par la cour avec ses distinctions, par la royauté avec ses prestiges, je vous tromperais. La légitimité en France n'est plus un sentiment ; elle est un principe en tant qu'elle garantit les propriétés et les intérêts, les droits et les libertés ; mais s'il demeurait prouvé qu'elle ne veut pas défendre ou qu'elle est impuissante à protéger ces propriétés et ces intérêts, ces droits et ces libertés, elle cesserait même d'être un principe. Lorsqu'on avance que la légitimité arrivera forcément, qu'on ne saurait se passer d'elle, qu'il suffit d'attendre, pour que la France à genoux vienne lui crier merci, on avance une erreur. La Restauration peut ne reparaître jamais ou ne durer qu'un moment, si la légitimité cherche sa force là où elle n'est plus.

« Oui, Madame, je le dis avec douleur, Henri V pourrait rester un prince étranger et banni ; jeune et nouvelle

---

1. Allusion à la tentation de Jésus : *Matthieu*, IV, 8 ; *Luc*, IV, 5.

ruine d'un antique édifice déjà tombé, mais enfin une ruine. Nous autres, vieux serviteurs de la légitimité, nous aurons bientôt dépensé le petit fonds d'années qui nous reste, nous reposerons incessamment dans notre tombe, endormis avec nos vieilles idées, comme les anciens chevaliers avec leurs anciennes armures que la rouille et le temps ont rongées, armures qui ne se modèlent plus sur la taille et ne s'adaptent plus aux usages des vivants.

« Tout ce qui militait en 1789 pour le maintien de l'ancien régime, religion, lois, mœurs, usages, propriétés, classes, privilèges, corporations, n'existe plus. Une fermentation générale se manifeste ; l'Europe n'est guère plus en sûreté que nous ; nulle société n'est entièrement détruite, nulle entièrement fondée ; tout y est usé ou neuf, ou décrépit ou sans racine ; tout y a la faiblesse de la vieillesse et de l'enfance. Les royaumes sortis des circonscriptions territoriales tracées par les derniers traités sont d'hier ; l'attachement à la patrie a perdu sa force, parce que la patrie est incertaine et fugitive pour des populations vendues à la criée, brocantées comme des meubles d'occasion, tantôt adjointes à des populations ennemies, tantôt livrées à des maîtres inconnus. Défoncé, sillonné, labouré, le sol est ainsi préparé à recevoir la semence démocratique que les journées de Juillet ont mûrie.

« Les rois croient qu'en faisant sentinelle autour de leurs trônes, ils arrêteront les mouvements de l'intelligence ; ils s'imaginent qu'en donnant le signalement des principes ils les feront saisir aux frontières ; ils se persuadent qu'en multipliant les douanes, les gendarmes, les espions de police, les commissions militaires, ils les empêcheront de circuler. Mais ces idées ne cheminent pas à pied, elles sont dans l'air, elles volent, on les respire. Les gouvernements absolus, qui établissent des télégraphes, des chemins de fer, des bateaux à vapeur, et qui veulent en même temps retenir les esprits au niveau des dogmes politiques du XIVe siècle, sont inconséquents ; à la fois progressifs et rétrogrades, ils se perdent dans la confusion résultant d'une théorie et d'une pratique contradictoires. On ne peut séparer le principe industriel du principe de la liberté ; force est de les étouffer tous les deux ou de les admettre l'un et l'autre. Partout où la langue française est entendue, les idées arrivent avec les passeports du siècle.

« Vous voyez, Madame, combien le point de départ est essentiel à bien choisir. L'enfant de l'espérance sous votre garde, l'innocence réfugiée sous vos vertus et vos malheurs comme sous un dais royal, je ne connais pas de plus imposant spectacle ; s'il y a une chance de succès pour la légitimité, elle est là tout entière. La France future pourra s'incliner sans descendre, devant la gloire de son passé, s'arrêter tout émue à cette grande apparition de son histoire représentée par la fille de Louis XVI, conduisant par la main le dernier des Henris. Reine protectrice du jeune prince, vous exercerez sur la nation l'influence des immenses souvenirs qui se confondent dans votre personne auguste. Qui ne sentira renaître une confiance inaccoutumée lorsque l'orpheline du Temple veillera à l'éducation de l'orphelin de saint Louis ?

« Il est à désirer, Madame, que cette éducation, dirigée par des hommes dont les noms soient populaires en France, devienne publique dans un certain degré. Louis XIV, qui justifie d'ailleurs l'orgueil de sa devise, a fait un grand mal à sa race en isolant les fils de France dans les barrières d'une éducation orientale.

« Le jeune prince m'a paru doué d'une vive intelligence. Il devra achever ses études par des voyages chez les peuples de l'ancien et même du nouveau continent, pour connaître la politique et ne s'effrayer ni des institutions ni des doctrines. S'il peut servir comme soldat dans quelque guerre lointaine et étrangère, on ne doit pas craindre de l'exposer. Il a l'air résolu ; il semble avoir au cœur du sang de son père et de sa mère ; mais s'il pouvait jamais éprouver autre chose que le sentiment de la gloire dans le péril, qu'il abdique : sans le courage, en France, point de couronne.

« En me voyant, Madame, étendre dans un long avenir la pensée de l'éducation de Henri V, vous supposerez naturellement que je ne le crois pas destiné à remonter sitôt sur le trône. Je vais essayer de déduire avec impartialité les raisons opposées d'espérance et de crainte.

« La Restauration peut avoir lieu aujourd'hui, demain.
Je ne sais quoi de si brusque, de si inconstant se fait
remarquer dans le caractère français, qu'un changement
est toujours probable ; il y a toujours cent contre un à
parier, en France, qu'une chose quelconque ne durera
pas : c'est à l'instant que le gouvernement paraît le mieux
assis qu'il s'écroule. Nous avons vu la nation adorer et
détester Bonaparte, l'abandonner, le reprendre, l'abandonner encore, l'oublier dans son exil, lui dresser des
autels après sa mort, puis retomber de son enthousiasme.
Cette nation volage, qui n'aima jamais la liberté que par
boutades, mais qui est constamment affolée d'égalité ;
cette nation multiforme, fut fanatique sous Henri IV, fac-
tieuse sous Louis XIII, grave sous Louis XIV, révolutionnaire sous Louis XVI, sombre sous la République,
guerrière sous Bonaparte, constitutionnelle sous la Restauration : elle prostitue aujourd'hui ses libertés à la
monarchie dite républicaine, variant perpétuellement de
nature selon l'esprit de ses guides. Sa mobilité s'est augmentée depuis qu'elle s'est affranchie des habitudes du
foyer et du joug de la religion[1]. Ainsi donc, un hasard
peut amener la chute du gouvernement du 9 août ; mais
un hasard peut se faire attendre : un avorton nous est né ;
mais la France est une mère robuste ; elle peut, par le lait
de son sein, corriger les vices d'une paternité dépravée.

« Quoique la royauté actuelle ne semble pas viable, je
crains toujours qu'elle ne vive au-delà du terme qu'on
pourrait lui assigner. Depuis quarante ans, tous les gouvernements n'ont péri en France que par leur faute.
Louis XVI a pu vingt fois sauver sa couronne et sa vie ;
la République n'a succombé qu'à l'excès de ses fureurs ;
Bonaparte pouvait établir sa dynastie, et il s'est jeté en
bas du haut de sa gloire ; sans les ordonnances de Juillet,
le trône légitime serait encore debout. Le chef du gouvernement actuel ne commettra aucune de ces fautes qui
tuent ; son pouvoir ne sera jamais suicide ; toute son habileté est exclusivement employée à sa conservation : il est

---

1. *Cf.* les paroles du Christ : « Prenez sur vous mon joug (...) car
mon joug est doux et mon fardeau léger » (*Matthieu*, XI, 29-30).

trop intelligent pour mourir d'une sottise, et il n'a pas en
lui de quoi se rendre coupable des méprises du génie, ou
des faiblesses de l'honneur et de la vertu. Il a senti qu'il
pourrait périr par la guerre, il ne fera pas la guerre ; que
la France soit dégradée dans l'esprit des étrangers, peu
lui importe : des publicistes prouveront que la honte est
de l'industrie et l'ignominie du crédit.

« La quasi-légitimité veut tout ce que veut la légitimité,
à la personne royale près : elle veut l'ordre ; elle peut
l'obtenir par *l'arbitraire* mieux que la légitimité. Faire du
despotisme avec des paroles de liberté et de prétendues
institutions royalistes, c'est tout ce qu'elle veut ; chaque
fait accompli enfante un droit, chaque heure commence
une légitimité. Le temps a deux pouvoirs : d'une main il
renverse, de l'autre il édifie. Enfin le temps agit sur les
esprits par cela seul qu'il marche ; on se sépare violemment du pouvoir, on l'attaque, on le boude ; puis la lassitude survient ; le succès réconcilie à sa cause ; bientôt il
ne reste plus en dehors que quelques âmes élevées dont
la persévérance met mal à l'aise ceux qui ont failli.

« Madame, ce long exposé m'oblige à quelques explications devant Votre Altesse Royale.

« Si je n'avais fait entendre une voix libre au jour de
la fortune, je ne me serais pas senti le courage de dire la
vérité au temps du malheur. Je ne suis point allé à Prague
de mon propre mouvement ; je n'aurais pas osé vous
importuner de ma présence : les dangers du dévouement
ne sont point auprès de votre auguste personne, ils sont
en France : c'est là que je les ai cherchés. Depuis les
journées de Juillet je n'ai cessé de combattre pour la
cause légitime. Le premier, j'ai osé proclamer la royauté
de Henri V. Un jury français, en m'acquittant, a laissé
subsister ma proclamation. Je n'aspire qu'au repos,
besoin de mes années ; cependant je n'ai pas hésité à le
sacrifier lorsque des décrets ont étendu et renouvelé la
proscription de la famille royale. Des offres m'ont été
faites pour m'attacher au gouvernement de Louis-Philippe : je n'avais pas mérité cette bienveillance ; j'ai
montré ce qu'elle avait d'incompatible avec ma nature,
en réclamant ce qui pouvait me revenir des adversités de

mon vieux Roi. Hélas ! ces adversités, je ne les avais pas causées et j'avais essayé de les prévenir. Je ne remémore point ces circonstances pour me donner une importance et me créer un mérite que je n'ai pas ; je n'ai fait que mon devoir ; je m'explique seulement, afin d'excuser l'indépendance de mon langage. Madame pardonnera à la franchise d'un homme qui accepterait avec joie un échafaud pour lui rendre un trône.

« Quand j'ai paru devant Votre Majesté à Carlsbad, je puis dire que je n'avais pas le bonheur d'en être connu. A peine m'avait-elle fait l'honneur de m'adresser quelques mots dans ma vie. Elle a pu voir, dans les conversations de la solitude, que je n'étais pas l'homme qu'on lui avait peut-être dépeint ; que l'indépendance de mon esprit n'ôtait rien à la modération de mon caractère, et surtout ne brisait pas les chaînes de mon admiration et de mon respect pour l'illustre fille de mes rois.

« Je supplie encore Votre Majesté de considérer que l'ordre des vérités développées dans cette lettre, ou plutôt dans ce mémoire, est ce qui fait ma force, si j'en ai une ; c'est par là que je touche à des hommes de divers partis et que je les ramène à la cause royaliste. Si j'avais répudié les opinions du siècle, je n'aurais eu aucune prise sur mon temps. Je cherche à rallier auprès du trône antique ces idées modernes qui, d'adverses qu'elles sont, deviennent amies en passant à travers ma fidélité. Les opinions libérales qui affluent n'étant plus détournées au profit de la monarchie légitime reconstruite, l'Europe monarchique périrait. Le combat est à mort entre les deux principes monarchique et républicain, s'ils restent distincts et séparés : la consécration d'un édifice unique rebâti avec les matériaux divers de deux édifices vous appartiendrait à vous, Madame, qui avez été admise à la plus haute comme à la plus mystérieuse des initiations, le malheur non mérité, à vous qui êtes marquée à l'autel du sang des victimes sans tache[1], à vous qui, dans le recueillement

---

1. Cette formule rituelle de la loi hébraïque a fini par désigner, dans le Nouveau Testament, la personne même du Christ (voir *Hébreux*, IX, 14).

d'une sainte austérité, ouvririez avec une main pure et bénie les portes du nouveau temple.

« Vos lumières, Madame, et votre raison supérieure éclaireront et rectifieront ce qu'il peut y avoir de douteux et d'erroné dans mes sentiments touchant l'état présent de la France.

« Mon émotion, en terminant cette lettre, passe ce que je puis dire.

« Le palais des souverains de Bohême est donc le Louvre de Charles X et de son pieux et royal fils ! Hradschin est donc le château de Pau du jeune Henri ! et vous, Madame, quel Versailles habitez-vous ? à quoi comparer votre religion, vos grandeurs, vos souffrances, si ce n'est à celles des femmes de la maison de David qui pleuraient au pied de la croix ? Puisse Votre Majesté voir la royauté de saint Louis sortir radieuse de la tombe ! Puissé-je m'écrier, en rappelant le siècle qui porte le nom de votre glorieux aïeul ; car, Madame, rien ne vous va, rien ne vous est contemporain que le grand et le sacré :

> ... Ô jour heureux pour moi !
> De quelle ardeur j'irais reconnaître mon Roi[1] !

« Je suis, avec le plus profond respect, Madame, de Votre Majesté

« Le très humble et très obéissant serviteur,

« CHATEAUBRIAND. »

Après avoir écrit cette lettre[2], je rentrai dans les habitudes de ma vie : je retrouvai mes vieux prêtres, le coin solitaire de mon jardin qui me parut bien plus beau que le jardin du comte de Choteck, mon boulevard d'Enfer, mon cimetière de l'Ouest, mes *Mémoires* ramenteurs[3] de mes jours passés, et surtout la petite société choisie de l'Abbaye-aux-Bois. La bienveillance d'une amitié

---

1. Ainsi parle le fidèle Abner dans *Athalie* (acte I, scène I, vers 145-146).   2. Cette lettre, ou plutôt ce « mémoire », constitue un véritable testament politique qui témoigne de la continuité de la pensée politique de Chateaubriand depuis son *Essai historique* de 1797.   3. Voir t. I, p. 602, note 1.

sérieuse fait abonder les pensées ; quelques instants du commerce de l'âme suffisent au besoin de ma nature ; je répare ensuite cette dépense d'intelligence par vingt-deux heures de rien-faire et de sommeil.

(2)

Paris, rue d'Enfer, 25 août 1833.

LETTRE DE MADAME LA DUCHESSE DE BERRY.

Tandis que je commençais à respirer, je vis entrer un matin chez moi le voyageur qui avait remis un paquet de ma part à madame la duchesse de Berry à Palerme ; il m'apportait cette réponse de la princesse :

« Naples, 10 août 1833.

« Je vous ai écrit un mot, monsieur le vicomte, pour vous accuser la réception de votre lettre, voulant une occasion sûre pour vous parler de ma reconnaissance de ce que vous avez vu et fait à Prague. Il me paraît que l'on *vous a peu laissé voir*, mais assez cependant pour juger que, malgré les *moyens* employés, le résultat, en ce qui regarde notre cher enfant, n'est pas tel qu'on pouvait le craindre. Je suis bien aise d'en avoir de vous l'assurance ; mais on me mande de Paris que M. Barrande est éloigné. Que cela va-t-il devenir ? Combien il me tarde d'être à mon poste !

« Quant aux demandes que je vous avais prié de faire (et qui n'ont pas été parfaitement accueillies), on a prouvé par là que l'on n'était pas mieux informé que moi : car je n'avais nul besoin de ce que je demandais, n'ayant en rien perdu mes droits.

« Je vais vous demander vos conseils pour répondre aux sollicitations qui me sont faites de toutes parts. Vous ferez de ce qui suit l'usage que, dans votre sagesse, vous jugerez convenable. La France royaliste, les personnes dévouées à Henri V, attendent de sa mère, libre enfin, une proclamation.

« J'ai laissé à Blaye quelques lignes qui doivent être connues aujourd'hui [1] ; on espère plus de moi ; on veut savoir la triste histoire de ma détention pendant sept mois dans cette impénétrable bastille. Il faut qu'elle soit connue dans ses plus grands détails ; qu'on y voie la cause de tant de larmes et de chagrins qui ont brisé mon cœur. On y apprendra les tortures morales que j'ai dû souffrir. Justice doit y être rendue à qui il appartient ; mais aussi il y faudra dévoiler les atroces mesures prises contre une femme sans défense, puisqu'on lui a toujours refusé un conseil, par un gouvernement à la tête duquel est son parent, pour m'arracher un secret qui, dans tous les cas, ne pouvait concerner la politique, et dont la découverte ne devait pas changer ma situation si j'étais à craindre pour le gouvernement français, qui avait le pouvoir de me garder, mais non le droit, sans un jugement que j'ai plus d'une fois réclamé.

« Mais mon parent, mari de ma tante, chef d'une famille à laquelle, en dépit d'une opinion si généralement et si justement répandue contre elle, j'avais bien voulu faire espérer la main de ma fille, Louis-Philippe enfin, me croyant enceinte et non mariée (ce qui eût décidé toute autre famille à m'ouvrir les portes de ma prison), m'a fait infliger toutes les tortures morales pour me forcer à des démarches par lesquelles il a cru pouvoir établir le déshonneur de sa nièce. Du reste, s'il faut m'expliquer d'une manière positive sur mes déclarations et ce qui les a motivées, sans entrer dans aucuns détails sur mon intérieur [2], dont je ne dois compte à personne, je dirai avec

---

1. Ce « petit manifeste », daté de « la citadelle de Blaye, le 7 juin 1833 », commençait ainsi : « Mère de Henri V, j'étais venue, sans autre appui que ses malheurs et son bon droit pour mettre un terme aux calamités que subit la France », etc. Il demeura toutefois confidentiel car la presse ne le publia pas. On lira du reste à la fin du chapitre le jugement sévère que Chateaubriand porte sur ce document. **2.** Sur ma vie privée.

toute vérité qu'elles m'ont été arrachées par les vexations, les tortures morales et l'espoir de recouvrer ma liberté.

« Le porteur vous donnera des détails et vous parlera de l'incertitude forcée sur le moment de mon voyage et sa direction, ce qui s'est opposé au désir que j'avais de profiter de votre offre obligeante en vous engageant à me joindre avant d'arriver à Prague, ayant bien besoin de vos conseils. Aujourd'hui il serait trop tard, voulant arriver près de mes enfants le plus tôt possible. Mais, comme rien n'est sûr dans ce monde, et que je suis accoutumée aux contrariétés, si, *contre ma volonté*, mon arrivée à Prague était retardée, je compte bien sur vous à l'endroit où je serais obligée de m'arrêter, d'où je vous écrirai ; si au contraire, j'arrive près de mon fils aussitôt que je le désire, vous savez mieux que moi si vous y devez venir. Je ne puis que vous assurer du plaisir que j'aurai à vous voir en tout temps et en tous lieux.

« MARIE-CAROLINE. »

« Naples, 18 août 1833.

« Notre ami n'ayant pu encore partir je reçois des rapports sur ce qui se passe à Prague qui ne sont pas de nature à diminuer mon désir de m'y rendre, mais aussi me rendent plus urgent le besoin de vos conseils. Si donc vous pouvez vous rendre à Venise sans tarder, vous m'y trouverez, ou des lettres poste restante, qui vous diront où vous pouvez me rejoindre. Je ferai encore une partie du voyage avec des personnes pour lesquelles j'ai bien de l'amitié et de la reconnaissance, M. et madame de Bauffremont [1]. Nous par-

---

1. Mme de Hautefort et le comte de Brissac avaient accompagné la duchesse de Berry à Blaye, mais ils avaient résilié leur charge au mois de mai. Marie-Caroline demanda alors à la princesse de Bauffremont de lui servir de dame de compagnie pour se rendre à Prague. Celle-ci finit par accepter, mais à condition que son mari serait du voyage (voir Boigne, t. II, p. 318). Élisabeth-Laurence de Montmorency (1802-1860), fille du duc et pair de ce nom, avait épousé Théodore-Paul, prince de Bauffremont-Courtenay. Né en 1793, celui-ci avait été aide de camp du duc de Berry, puis du duc de Bordeaux. Lieutenant-colonel de cavalerie, il avait démissionné en 1830.

lons souvent de vous ; leur dévouement à moi et à notre Henri leur fait bien souhaiter de vous voir arriver. M. de Mesnard [1] partage bien ce désir. »

Madame de Berry rappelle dans sa lettre un petit manifeste publié à sa sortie de Blaye et qui ne valait pas grand-chose, parce qu'il ne disait ni oui ni non. La lettre d'ailleurs est curieuse comme document historique, en révélant les sentiments de la princesse à l'égard de ses parents geôliers, et en indiquant les souffrances endurées par elle. Les réflexions de Marie-Caroline sont justes ; elle les exprime avec animation et fierté. On aime encore à voir cette mère courageuse et dévouée, enchaînée ou libre, constamment préoccupée des intérêts de son fils. Là, du moins dans ce cœur, est de la jeunesse et de la vie. Il m'en coûtait de recommencer un long voyage, mais j'étais trop touché de la confiance de cette pauvre princesse pour me refuser à ses vœux et la laisser sur les grands chemins. M. Jauge accourut au secours de ma misère comme la première fois.

Je me remis en campagne avec une douzaine de volumes éparpillés autour de moi. Or, pendant que je pérégrinais [2] derechef dans la calèche du prince de Bénévent, il mangeait à Londres au râtelier de son cinquième maître [3], en expectative de l'accident qui l'enverra peut-être dormir à Westminster, parmi les saints, les rois et les

---

1. Le comte de Mesnard (1769-1842), ancien condisciple de Bonaparte à Brienne, avait émigré en Angleterre. C'est là qu'il entra au service du duc de Berry. Sous la Restauration, il fut son aide de camp, puis demeura auprès de sa veuve en qualité de premier écuyer. Pair de France en 1823, il avait participé à la tentative de soulèvement de 1832, été arrêté à Nantes, puis acquitté le 15 mars 1833, en même temps que les autres passagers du *Carlo-Alberto*. Il avait alors remplacé à Blaye le comte de Brissac, puis accompagné la duchesse en Italie. Il exerçait sur elle une influence que certains jugeaient excessive (voir les *Souvenirs* de Ferdinand de Bertier). On allait même jusqu'à lui attribuer la paternité de la petite Rosalie, née à Blaye le 10 mai 1833. **2.** Vieux mot qui signifiait autrefois : « aller en pèlerinage, courir les pays étrangers ». **3.** Talleyrand avait accepté, au lendemain de la révolution de Juillet, de représenter la France à Londres, où il restera jusqu'en 1835.

sages ; sépulture justement acquise à sa religion, sa fidélité et ses vertus.

(3)

Du 7 au 10 septembre 1833, sur la route.

JOURNAL DE PARIS À VENISE.

JURA. – ALPES. – MILAN. – VÉRONE.
APPEL DES MORTS. – LA BRENTA.

Je partis de Paris le 3 septembre 1833, prenant la route du Simplon par Pontarlier.

Salins brûlé[1] était rebâti ; je l'aimais mieux dans sa laideur et dans sa caducité espagnoles. L'abbé d'Olivet[2] naquit au bord de la *Furieuse* ; ce premier maître de Voltaire, qui reçut son élève à l'Académie, n'avait rien de son ruisseau paternel.

La grande tempête qui a causé tant de naufrages dans la Manche m'assaillit sur le Jura. J'arrivai de nuit aux *wastes* du relais du Lévier[3]. Le caravansérail bâti en planches, fort éclairé, rempli de voyageurs réfugiés, ne ressemblait pas mal à la tenue d'un sabbat. Je ne voulus pas m'arrêter ; on amena les chevaux. Quand il fallut fermer les lanternes de la calèche, la difficulté fut grande ; l'hôtesse, jeune sorcière extrêmement jolie, prêta son secours en riant. Elle avait soin de coller son lumignon,

---

1. Un terrible incendie avait ravagé Salins en 1825.   **2.** Le professeur de Voltaire au collège Louis-le-Grand, devenu académicien en 1723, tranchait par son aménité avec le nom de la rivière qui traverse la ville de Salins, où il était né en 1682, quatre ans après le rattachement de la Franche-Comté à la France.   **3.** Le bourg de Levier se trouve à peu près à mi-chemin de Salins et de Pontarlier, en lisière de la forêt du même nom.

abrité dans un tube de verre, auprès de son visage, afin d'être vue.

À Pontarlier, mon ancien hôte, très légitimiste de son vivant, était mort. Je soupai à l'auberge du *National* : bon augure pour le journal de ce nom. Armand Carrel est le chef de ces hommes qui n'ont pas menti aux journées de Juillet.

Le château de Joux défend les approches de Pontarlier ; il a vu se succéder dans ses donjons deux hommes dont la Révolution gardera la mémoire : Mirabeau et Toussaint-Louverture, le Napoléon noir, imité et tué par le Napoléon blanc. « Toussaint, dit madame de Staël, fut amené dans une prison de France, où il périt de la manière la plus misérable. Peut-être Bonaparte ne se souvient-il pas seulement de ce forfait, parce qu'il lui a été moins reproché que les autres [1]. »

L'ouragan croissait : j'essuyai sa plus grande violence entre Pontarlier et Orbes. Il agrandissait les montagnes, faisait tinter les cloches dans les hameaux, étouffait le bruit des torrents dans celui de la foudre, et se précipitait en hurlant sur ma calèche, comme un grain noir sur la voile d'un vaisseau. Quand de bas éclairs lézardaient les bruyères, on apercevait des troupeaux de moutons immobiles, la tête cachée entre leurs pattes de devant, présentant leurs queues comprimées et leurs croupes velues aux giboulées de pluie et de grêle fouettées par le vent. La voix de l'homme, qui annonçait le temps écoulé du haut d'un beffroi montagnard, semblait le cri de la dernière heure.

À Lausanne tout était redevenu riant : j'avais déjà bien des fois visité cette ville ; je n'y connais plus personne.

À Bex, tandis qu'on attelait à ma voiture les chevaux qui avaient peut-être traîné le cercueil de madame de Custine, j'étais appuyé contre le mur de la maison où était morte mon hôtesse de Fervaques [2]. Elle avait été célèbre au Tribunal révolutionnaire par sa longue chevelure. J'ai

---

1. *Dix années d'exil*, édition critique par Simone Balayé et Mariella Vianello Bonifacio, Fayard, 1996, p. 115.　**2.** Voir XXVIII, 10 (t. III, p. 189, note 5).

vu à Rome de beaux cheveux blonds retirés d'une tombe[1].

Dans la vallée du Rhône, je rencontrai une garçonnette presque nue, qui dansait avec sa chèvre ; elle demandait la charité à un riche jeune homme bien vêtu qui passait en poste, courrier galonné en avant, deux laquais assis derrière le brillant carrosse. Et vous vous figurez qu'une telle distribution de la propriété peut exister ? Vous pensez qu'elle ne justifie pas les soulèvements populaires ?

Sion me remémore une époque de ma vie : de secrétaire d'ambassade que j'étais à Rome, le premier consul m'avait nommé ministre plénipotentiaire au Valais.

À Brig, je laissai les jésuites s'efforçant de relever ce qui ne peut l'être[2] ; inutilement établis aux pieds du temps, ils sont écrasés sous sa masse, comme leur monastère sous le poids des montagnes.

J'étais à mon dixième passage des Alpes ; je leur avais dit tout ce que j'avais à leur dire dans les différentes années et les diverses circonstances de ma vie. Toujours regretter ce qu'il a perdu, toujours s'égarer dans les souvenirs, toujours marcher vers la tombe en pleurant et s'isolant : c'est l'homme.

Les images empruntées de la nature montagneuse ont surtout des rapports sensibles avec nos fortunes ; celui-ci passe en silence comme l'épanchement d'une source ; celui-ci attache un bruit à son cours comme un torrent ; celui-là jette son existence comme une cataracte qui épouvante et disparaît.

Le Simplon a déjà l'air abandonné, de même que la vie de Napoléon ; de même que cette vie, il n'a plus que sa gloire ; c'est un trop grand ouvrage pour appartenir aux petits États auxquels il est dévolu. Le génie n'a point de famille ; son héritage tombe par droit d'aubaine[3] à la

---

1. *Voyage en Italie*, p. 1453.   **2.** Après le rétablissement de leur Compagnie en 1814, les Jésuites avaient pu reprendre leur enseignement au collège de Brigg.   **3.** Voir *supra*, p. 277, note 1. En ce qui concerne le Simplon, Valéry déclare au contraire ne pas avoir « remarqué la dégradation dont quelques-uns des derniers voyageurs semblent menacer la route du Simplon » (t. I, p. 71).

plèbe, qui le grignote, et plante un chou où croissait un cèdre.

La dernière fois que je traversai le Simplon, j'allais en ambassade à Rome ; je suis tombé ; les pâtres que j'avais laissés au haut de la montagne y sont encore : neiges, nuages, rochers ruiniques, forêts de pins, fracas des eaux, environnent incessamment la hutte menacée de l'avalanche. La personne la plus vivante de ces chalets est la chèvre. Pourquoi mourir ? je le sais. Pourquoi naître ? je l'ignore. Toutefois, reconnaissez que les premières souffrances, les souffrances morales, les tourments de l'esprit sont de moins chez les habitants de la région des chamois et des aigles. Lorsque je me rendais au congrès de Vérone, en 1822, la station du pic du Simplon était tenue par une Française[1] ; au milieu d'une nuit froide et d'une bourrasque qui m'empêchait de la voir, elle me parla de la Scala de Milan ; elle attendait des rubans de Paris ; sa voix, la seule chose que je connaisse de cette femme, était fort douce à travers les ténèbres et les vents.

La descente sur Domo d'Ossola m'a paru de plus en plus merveilleuse ; un certain jeu de lumière et d'ombre en accroissait la magie. On était caressé d'un petit souffle que notre ancienne langue appelait l'*aure* ; sorte d'avant-brise du matin, baignée et parfumée dans la rosée. J'ai retrouvé le lac Majeur, où je fus si triste en 1828, et que j'aperçus de la vallée de Bellinzona, en 1832. À Sesto-Calende, l'Italie s'est annoncée : un Paganini aveugle[2] chante et joue du violon au bord du lac en passant le Tessin.

Je revis, en entrant à Milan, la magnifique allée de tulipiers dont personne ne parle ; les voyageurs les prennent apparemment pour des platanes. Je réclame contre ce silence en mémoire de mes sauvages : c'est bien le moins que l'Amérique donne des ombrages à l'Italie. On pourrait aussi planter à Gênes des magnolias mêlés à des

---

1. Sur ce relais (hôtel de la Poste, à Simplon-village) et son hôtesse, voir Marcellus, p. 473.   2. Cette antonomase témoigne de la réputation du violoniste Paganini (1784-1840), depuis le premier concert parisien du virtuose, le 9 mars 1831.

palmiers et des orangers. Mais qui songe à cela ? qui pense à embellir la terre ? on laisse ce soin à Dieu. Les gouvernements sont occupés de leur chute, et l'on préfère un arbre de carton sur un théâtre de fantoccini [1] au magnolia dont les roses parfumeraient le berceau de Christophe Colomb.

À Milan, la vexation pour les passeports est aussi stupide que brutale. Je ne traversai pas Vérone sans émotion : c'était là qu'avait réellement commencé ma carrière politique active. Ce que le monde aurait pu devenir, si cette carrière n'eût été interrompue par une misérable jalousie [2], se présentait à mon esprit.

Vérone, si animée en 1822 par la présence des souverains de l'Europe, était retournée en 1833 au silence ; le congrès était aussi passé dans ses rues solitaires que la cour des Scaligeri et le sénat des Romains. Les arènes, dont les gradins s'étaient offerts à mes regards chargés de cent mille spectateurs, béaient désertes ; les édifices, que j'avais admirés sous l'illumination brodée à leur architecture, s'enveloppaient, gris et nus, dans une atmosphère de pluie.

Combien s'agitaient d'ambitions parmi les acteurs de Vérone ! que de destinées de peuples examinées, discutées et pesées ! Faisons l'appel [3] de ces poursuivants de songes ; ouvrons le livre du jour de colère : *Liber scriptus proferetur* [4] ; monarques ! princes ! ministres ! voici votre ambassadeur, voici votre collègue revenu à son poste : où êtes-vous ? répondez ?

L'empereur de Russie Alexandre ? – Mort.

L'empereur d'Autriche François II ? – Mort.

Le roi de France Louis XVIII ? – Mort.

Le roi de France Charles X ? – Mort.

Le roi d'Angleterre George IV ? – Mort.

Le roi de Naples Ferdinand Ier ? – Mort.

Le duc de Toscane ? – Mort.

---

1. Marionnettes, poupées de chiffon.   **2.** Celle de Villèle.
3. Cet « appel des morts » remonte bien à 1833 ; mais il fut actualisé lors de sa première publication en 1838 dans le *Congrès de Vérone*.
4. Verset du *Dies irae*, qui renvoie à saint Jean, *Apocalypse*, V.

Le pape Pie VII ? – Mort.

Le roi de Sardaigne Charles-Félix ? – Mort.

Le duc de Montmorency, ministre des affaires étrangères de France ? – Mort.

M. Canning, ministre des affaires étrangères d'Angleterre ? – Mort.

M. de Bernstorff, ministre des affaires étrangères en Prusse ? – Mort.

M. de Gentz, de la chancellerie d'Autriche ? – Mort.

Le cardinal Consalvi, secrétaire d'État de Sa Sainteté ? – Mort.

M. de Serre, mon collègue au congrès ? – Mort.

M. d'Aspremont, mon secrétaire d'ambassade ? – Mort.

Le comte de Neipperg, mari de la veuve de Napoléon ? – Mort.

La comtesse Tolstoï ? – Morte.

Son grand et jeune fils ? – Mort.

Mon hôte du palais Lorenzi ? – Mort.

Si tant d'hommes couchés avec moi sur le registre du congrès se sont fait inscrire à l'obituaire[1] ; si des peuples et des dynasties royales ont péri ; si la Pologne a succombé ; si l'Espagne est de nouveau anéantie[2] ; si je suis allé à Prague m'enquérir des restes fugitifs de la grande race dont j'étais le représentant à Vérone, qu'est-ce donc que les choses de la terre ? Personne ne se souvient des discours que nous tenions autour de la table du prince de Metternich ; mais, ô puissance du génie ! aucun voyageur n'entendra jamais chanter l'alouette dans les champs de

---

1. Registre sur lequel est inscrite la liste des morts pour lesquels a été célébré un service funèbre. 2. Marie-Christine de Bourbon-Sicile (1806-1878) avait épousé, le 11 décembre 1829, le roi Ferdinand VII et lui avait donné une fille. Elle avait aussitôt obtenu que fussent abolies en Espagne les dispositions de la loi salique qui excluait les femmes de la succession au trône. À la mort du roi, le 20 septembre 1833, la petite infante Isabelle, âgée de trois ans, fut reconnue comme son héritière, tandis que sa mère se voyait confier la régence. Le frère de Ferdinand VII fit alors valoir ses droits « légitimes » à la couronne : c'est ainsi que commença une cruelle guerre civile qui devait durer sept ans.

Vérone sans se rappeler Shakespeare[1]. Chacun de nous, en fouillant à diverses profondeurs dans sa mémoire, retrouve une autre couche de morts, d'autres sentiments éteints, d'autres chimères qu'inutilement il allaita, comme celles d'Herculanum, à la mamelle de l'Espérance. En sortant de Vérone, je fus obligé de changer de mesure pour supputer le temps passé ; je rétrogradais de vingt-sept années, car je n'avais pas fait la route de Vérone à Venise depuis 1806. À Brescia, à Vicence, à Padoue, je traversai les murailles de Palladio, de Scamozzi, de Franceschini, de Nicolas de Pise, de frère Jean.

Les bords de la Brenta trompèrent mon attente ; ils étaient demeurés plus riants dans mon imagination : les digues élevées le long du canal enterrent trop les marais. Plusieurs *villa* ont été démolies ; mais il en reste encore quelques-unes très élégantes. Là demeure peut-être le signor *Pococurante* que les grandes dames à sonnets dégoûtaient, que les deux jolies filles commençaient fort à lasser, que la musique fatiguait au bout d'un quart d'heure, qui trouvait Homère d'un mortel ennui, qui détestait le pieux Énée, le petit Ascagne, l'imbécile roi Latinus, la bourgeoise Amate et l'insipide Lavinie[2] ; qui s'embarrassait peu d'un mauvais dîner d'Horace sur la route de Brindae ; qui déclarait ne vouloir jamais lire Cicéron et encore moins Milton, ce barbare, gâteur de l'enfer et du diable du Tasse. « Hélas ! » disait tout bas Candide à Martin, « j'ai bien peur que cet homme-ci n'ait un souverain mépris pour nos poètes allemands[3] ! »

Malgré mon demi-désappointement et beaucoup de dieux dans les petits jardins, j'étais charmé des arbres de soie[4], des orangers, des figuiers et de la douceur de l'air,

---

1. Est-il besoin de rappeler que *Roméo et Juliette* se déroule *in fair Verona* (vers 2), et que c'est une alouette qui, au matin de leurs noces, oblige les amants à se séparer ; en leur annonçant le lever du jour (acte III, scène 5) ?   **2.** Énumération burlesque des personnages mis en scène par Virgile dans la seconde partie de son *Énéide*.   **3.** Résumé humoristique du chapitre XXV de *Candide*.   **4.** On appelle, au XIXᵉ siècle, « arbres *à* soie » certaines variétés de la famille des apocynacées, à cause des étamines soyeuses de leur fleur : tel ce rare *Asclepias carnata* que la duchesse de Duras envoie, de Nice, à Cha-

moi qui, si peu de temps auparavant, cheminais dans les sapinières de la Germanie et sur les monts des Tchèques où le soleil a mauvais visage.

J'arrivai le 10 de septembre au lever du jour à Fusina, que Philippe de Comines et Montaigne appellent *Chaffousine*. À dix heures et demie j'étais débarqué à Venise. Mon premier soin fut d'envoyer au bureau de la poste : il ne s'y trouva rien ni à mon adresse directe ni à l'adresse indirecte de Paolo[1] : de madame la duchesse de Berry, aucune nouvelle. J'écrivis au comte Griffi, ministre de Naples à Florence, pour le prier de me faire connaître la marche de Son Altesse Royale.

M'étant mis en règle, je me résolus d'attendre patiemment la princesse : Satan m'envoya une tentation. Je désirai, par ses suggestions diaboliques, demeurer seul une quinzaine de jours à l'hôtel de l'Europe, au grand détriment de la monarchie légitime. Je souhaitai de mauvais chemins à l'auguste voyageuse sans songer que ma restauration du roi Henri V pourrait être retardée d'un *demi-mois* : j'en demande, comme Danton, pardon à Dieu et aux hommes[2].

---

teaubriand (XXIX, 2 ; t. III, p. 238). Mais il ne faut pas les confondre avec les « arbres *de* soie », qui sont des acacias que le *Dictionnaire de botanique* de Baillon répertorie sous la dénomination : *acacia* (*albizzia*) *julibrissin*. Malgré ce nom savant, ce fut une variété assez répandue au XIXᵉ siècle : « Un grand nombre d'acacias sont cultivés dans les jardins d'agrément. L'un des plus remarquables est l'acacia julibrissin ou arbre de soie, originaire de l'Orient et que l'on cultive en plein air jusque sous le climat de Paris » (Pierre Larousse, *Dictionnaire du XIXᵉ siècle*).

1. Voir *supra*, p. 213, note 2.   **2.** Voir IX, 4 (t. I, p. 664).

(4)

INCIDENCES.

Venise, hôtel de l'Europe, 10 septembre 1833.

VENISE.

Salve, Italum Regina...
Nec tu semper eris.

(SANNAZAR)[1]

O d'Italia dolente
Eterno lume...
Venezia !

(CHIABRERA)[2]

On peut, à Venise[3], se croire sur le tillac d'une superbe galère à l'ancre, sur le *Bucentaure*, où l'on vous donne une fête et du bord duquel vous apercevez à l'entour des

---

1. Jacopo Sannazaro (1458-1530), né et mort à Naples, fut un humaniste et un poète de la cour des rois aragonais. Surnommé le « Virgile chrétien », il est connu pour ses *Élégies* latines. Chateaubriand leur emprunte sa première épigraphe : Salve, Italum Regina, *altae pulcherrima Romae/ Æmula, quae terris, quae dominaris aquis !* « *Salut, reine des Italiens*, de la superbe Rome rivale belle entre toutes, toi dont la terre et la mer reconnaissent la domination » (III, 1)./ Nec tu semper eris, *quae septem amplecteris arces/ Nec tu, quae mediis aemula surgis aquis.* « *Tu ne dureras pas toujours*, toi qui embrasses sept citadelles, ni toi, sa rivale, qui surgis du milieu des eaux » (II, 1). Ce parallèle entre Venise et Rome rappelle leur antique grandeur et prophétise leur décadence prochaine. Ces vers sont déjà cités par Addison (voir XXIX, 7, t. III, p. 269, note 3). 2. « *Éternelle lumière de la malheureuse Italie !* » Ces vers de Gabriele Chiabrera (1552-1637) sont empruntés à un poème de ses *Canzoni eroiche* intitulé : « Per Vittorio Capello, Generale de' Veneziani nella Morea ». 3. Pour les sources et le commentaire de cette section des *Mémoires*, le travail de référence demeure : Maurice Levaillant, *Deux livres des Mémoires d'outre-tombe*, t. I, Paris, Delagrave, 1936. Parmi les ouvrages consultés par Chateaubriand, il faut au moins citer Valéry, alors reconnu comme « un

choses admirables. Mon auberge, l'hôtel de l'Europe [1], est placée à l'entrée du grand canal en face de la *Douane de mer*, de la *Giudecca* et de *Saint-Georges-Majeur*. Lorsqu'on remonte le grand canal entre les deux files de ses palais, si marqués de leurs siècles, si variés d'architecture, lorsqu'on se transporte sur la *grande* et la *petite* place, que l'on contemple la basilique et ses dômes, le palais des doges, les *procurazie nuove*, la *Zecca*, la tour de l'Horloge, le beffroi de Saint-Marc, la colonne du Lion, tout cela mêlé aux voiles et aux mâts des vaisseaux, au mouvement de la foule et des gondoles, à l'azur du ciel et de la mer, les caprices d'un rêve ou les jeux d'une imagination orientale n'ont rien de plus fantastique. Quelquefois Cicéri [2] peint et rassemble sur une toile, pour les prestiges du théâtre, des monuments de toutes les formes, de tous les temps, de tous les pays, de tous les climats : c'est encore Venise.

Ces édifices surdorés, embellis avec profusion par Giorgione, Titien, Paul Véronèse, Tintoret, Jean Bellini, Pâris Bordone, les deux Palma, sont remplis de bronzes, de marbres, de granits, de porphyres, d'antiques précieuses, de manuscrits rares ; leur magie intérieure égale leur magie extérieure ; et quand, à la clarté suave qui les

---

très bon guide » par le voyageur : c'est le tome I (1831) de son *Indicateur italien* (p. 355-477) qui concerne Venise. Le mémorialiste se réfère aussi volontiers à Quadri, *Otto giorni a Venezia* (1821-1822), dont la traduction française avait paru en 1823, pour la première partie (descriptive) et en 1831 pour la seconde (historique). **1.** Ancien palais Giustiniani transformé en hôtel de luxe à partir de 1817. Quadri le recommande pour ses « points de vue agréables » autant que pour la « commodité de ses appartements » (Durry, t. II, p. 102-103). **2.** Pierre Cicéri (1782-1863) a été le principal créateur de spectacles dans le Paris romantique. Il assura la mise en scène et les décors des plus célèbres opéras du temps : *La Vestale, La Muette de Portici, Guillaume Tell, Robert le diable*, etc. Il fut même mis à contribution pour le sacre de Charles X à Reims ! Il venait alors de réaliser les décors vénitiens du *Marino Faliero* de Casimir Delavigne (Théâtre de la porte Saint-Martin, mai 1829) et du *More de Venise* de Vigny (Théâtre-Français, octobre 1829). Son éclectisme pittoresque et son génie de la lumière le faisaient considérer comme un véritable magicien par un public enthousiaste.

éclaire, on découvre les noms illustres et les nobles souvenirs attachés à leurs voûtes, on s'écrie avec Philippe de Comines : « C'est la plus triomphante cité que j'aie jamais vue[1] ! »

Et pourtant ce n'est plus la Venise du ministre de Louis XI, la Venise épouse de l'Adriatique et dominatrice des mers ; la Venise qui donnait des empereurs à Constantinople, des rois à Chypre, des princes à la Dalmatie, au Péloponèse, à la Crète ; la Venise qui humiliait les Césars de la Germanie, et recevait à ses foyers inviolables les papes suppliants ; la Venise de qui les monarques tenaient à honneur d'être citoyens, à qui Pétrarque, Pléthon, Bessarion[2] léguaient les débris des lettres grecques et latines sauvées du naufrage de la barbarie ; la Venise qui, république au milieu de l'Europe féodale, servait de bouclier à la chrétienté ; la Venise, *planteuse de lions*[3], qui mettait sous ses pieds les remparts de Ptolémaïde[4], d'Ascalon, de Tyr, et abattait le croissant à Lépante ; la Venise dont les doges étaient des savants et les marchands des chevaliers ; la Venise qui terrassait l'Orient ou lui achetait ses parfums, qui rapportait de la Grèce des turbans conquis ou des chefs-d'œuvre retrouvés ; la Venise qui sortait victorieuse de la ligue ingrate de Cambrai ; la Venise qui triomphait par ses fêtes, ses courtisanes et ses arts, comme par ses armes et ses grands hommes ; la Venise à la fois Corinthe, Athènes et Carthage, ornant sa tête de couronnes rostrales et de diadèmes de fleurs.

Ce n'est plus même la cité que je traversai lorsque j'allais visiter les rivages témoins de sa gloire ; mais, grâce à ses brises voluptueuses et à ses flots amènes[5], elle garde un

---

1. Philippe de Commines, *Mémoires*, VII, 15.   **2.** « Gémiste Pléthon, le père du platonisme en Europe » (écrit Valéry) et son disciple Jean Bessarion (1395-1472) avaient quitté Constantinople en 1437 pour venir se fixer en Italie. Devenu cardinal en 1439, nommé ensuite par le pape patriarche de Constantinople *in partibus* (1463), Bessarion fut chargé de nombreuses missions diplomatiques en France et en Italie, et laissa une œuvre philosophique importante. Beaucoup de ses manuscrits, encore inédits, se trouvaient alors à la bibliothèque Marciana.   **3.** Expression de Byron (*Childe-Harold*, chant IV, strophe 2), avec lequel Chateaubriand rivalise ici.   **4.** C'est-à-dire Acre.   **5.** Au sens de (*locus*) *amoenus* : agréable, plein de charme. Ce terme

charme ; c'est surtout aux pays en décadence qu'un beau climat est nécessaire. Il y a assez de civilisation à Venise pour que l'existence y trouve ses délicatesses. La séduction du ciel empêche d'avoir besoin de plus de dignité humaine ; une vertu attractive s'exhale de ces vestiges de grandeur, de ces traces des arts dont on est environné. Les débris d'une ancienne société qui produisit de telles choses, ne vous laissent aucun désir d'avenir. Vous aimez à vous sentir mourir avec tout ce qui meurt autour de vous ; vous n'avez d'autre soin que de parer les restes de votre vie à mesure qu'elle se dépouille. La nature, prompte à ramener de jeunes générations sur des ruines comme à les tapisser de fleurs, conserve aux races les plus affaiblies l'usage des passions et l'enchantement des plaisirs.

Venise ne connut point l'idolâtrie ; elle grandit chrétienne dans l'île où elle fut nourrie, loin de la brutalité d'Attila. Les descendantes des Scipions, les Paule et les Eustochie, échappèrent dans la grotte de Bethléem à la violence d'Alaric [1].

À part de toutes les autres cités, fille aînée de la civilisation antique sans avoir été déshonorée par la conquête, Venise ne renferme ni décombres romains, ni monuments des Barbares. On n'y voit point non plus ce que l'on voit dans le nord et l'occident de l'Europe, au milieu des progrès de l'industrie ; je veux parler de ces constructions neuves, de ces rues entières élevées à la hâte, et dont les maisons demeurent ou non achevées, ou vides. Que pourrait-on bâtir ici ? de misérables bouges qui montreraient la pauvreté de conception des fils auprès de la magnificence du génie des pères ; des cahutes blanchies qui n'iraient pas au talon des gigantesques demeures des Foscati et des Pesaro. Quand on avise la truelle de mortier et la poignée de plâtre qu'une réparation urgente a forcé d'appliquer contre un chapiteau de marbre, on est choqué. Mieux valent

---

usuel au XVIᵉ siècle est considéré comme un archaïsme au XIXᵉ. Mais Littré, qui cite ce passage, le qualifie de « latinisme néologique ». C'est peut-être à ce titre qu'il a survécu dans la poésie symboliste.

1. Paule et sa fille Eustochie quittèrent Rome en 385 pour venir se retirer en Palestine, auprès de saint Jérôme (voir *Itinéraire*, p. 990). En revanche, le sac de Rome par Alaric date de 410.

les planches vermoulues barrant les fenêtres grecques ou moresques, les guenilles mises sécher sur d'élégants balcons, que l'empreinte de la chétive main de notre siècle.

Que ne puis-je m'enfermer dans cette ville en harmonie avec ma destinée, dans cette ville des poètes, où Dante, Pétrarque, Byron, passèrent ! Que ne puis-je achever d'écrire mes *Mémoires* à la lueur du soleil qui tombe sur ces pages ! L'astre brûle encore dans ce moment mes savanes floridiennes et se couche ici à l'extrémité du grand canal. Je ne le vois plus ; mais à travers une clairière de cette solitude de palais, ses rayons frappent le globe de la *Douane*, les antennes des barques, les vergues des navires, et le portail du couvent de *Saint-Georges-Majeur*. La tour du monastère, changée en colonne de rose, se réfléchit dans les vagues ; la façade blanche de l'église est si fortement éclairée, que je distingue les plus petits détails du ciseau. Les enclôtures des magasins de la *Giudecca* sont peintes d'une lumière titienne ; les gondoles du canal et du port nagent dans la même lumière. Venise est là, assise sur le rivage de la mer, comme une belle femme qui va s'éteindre avec le jour : le vent du soir soulève ses cheveux embaumés ; elle meurt saluée par toutes les grâces et tous les sourires de la nature.

(5)

Venise, septembre 1833.

ARCHITECTURE VÉNITIENNE. ANTONIO. – L'ABBÉ BETIO ET M. GAMBA. SALLES DU PALAIS DES DOGES. – PRISONS.

À Venise, en 1806[1], il y avait un jeune signor Armani,

---

1. *Le mémorialiste semble avoir sous les yeux les notes de sa femme lorsqu'il rédige ce paragraphe. Celle-ci évoque plus en détail, dans le* Cahier rouge, *Jean-Baptiste Armani (1768-1815), auteur de tragédies, poète et improvisateur qui fut son cicérone dans la cité des doges. Sa*

traducteur italien ou ami du traducteur du *Génie du Christianisme*. Sa sœur, comme il disait, était *moine monaca*.
Il y avait aussi un juif allant à la comédie du grand Sanhédrin de Napoléon[1] et qui reluquait ma bourse ; plus
M. Lagarde, chef des espions français[2], lequel me donna
à dîner : mon traducteur, sa sœur, le juif du Sanhédrin,
ou sont morts ou n'habitent plus Venise. À cette époque
je demeurais à l'hôtel du Lion-Blanc, près Rialto ; cet
hôtel a changé de lieu. Presque en face de mon ancienne
auberge est le palais Foscari qui tombe. Arrière toutes ces
vieilleries de ma vie ! j'en deviendrais fou à force de
ruines : parlons du présent.

J'ai essayé de peindre l'effet général de l'architecture
de Venise ; afin de me rendre compte des détails, j'ai
remonté, descendu et remonté le grand canal, vu et revu
la place Saint-Marc.

Il faudrait des volumes pour épuiser ce sujet. *Le fab-
briche più cospicue di Venezia*[3] du comte Cicognara four-
nissent le trait des monuments ; mais les expositions[4] ne
sont pas nettes. Je me contenterai de noter deux ou trois
des agencements les plus répétés.

Du chapiteau d'une colonne corinthienne se décrit un

---

traduction du *Génie du christianisme* avait paru à Venise en 1805 ; il
en publiera une des *Martyrs* en 1814.
    1. Par un décret du 30 mai 1806, Napoléon avait convoqué à Paris
une assemblée représentative des communautés juives de son empire.
Cent onze délégués participèrent à ces premières délibérations qui
eurent lieu du 26 juillet au 4 août 1806. Le grand sanhédrin proprement
dit se déroula quelques mois plus tard, du 9 février au 6 avril 1807.
Les délégués de Venise à cette seconde assemblée furent Foa Ventura,
Jacob Cracovia et le banquier Aaron Latis. Mme de Chateaubriand, qui
avait rencontré ce dernier à Venise, semble les avoir revus à Paris à
cette occasion.   **2.** Pierre-François-Denis de Lagarde, né en 1769,
ancien fonctionnaire du ministère des Affaires étrangères, ancien directeur de la censure, exerçait alors les fonctions de commissaire général
de la police à Venise. Selon le *Cahier rouge* (p. 58), son accueil fut
plein de prévenances.   **3.** Chateaubriand possédait les deux gros in-
folios, illustrés de planches, de cette prestigieuse publication collective
(Venise, 1815 et 1825), qui avait vu le jour sous la direction du comte
Léopold Cicognara (1767-1834), archéologue, historien et collectionneur.   **4.** La manière dont ils sont présentés par rapport à la lumière
et à leur environnement architectural.

demi-cercle dont la pointe descend sur le chapiteau d'une autre colonne corinthienne : juste au milieu de ces styles s'en élève une troisième, même dimension et même ordre ; du chapiteau de cette colonne centrale partent à droite et à gauche deux épicycles [1] dont les extrémités se vont aussi reposer sur les chapiteaux d'autres colonnes. Il résulte de ce dessin que les arcs, en se coupant, donnent naissance à des ogives au point de leur intersection*, de sorte qu'il se forme un mélange charmant de deux architectures, du plein cintre romain et de l'ogive arabe ou gothique orientale. Je suis ici l'opinion du jour, en supposant l'ogive arabe gothique ou *moyen-âgée* d'origine ; mais il est certain qu'elle existe dans les monuments dits cyclopéens : je l'ai vue pure dans les tombeaux d'Argos**.

Le palais du Doge offre des entrelacs reproduits dans quelques autres palais, particulièrement au palais Foscari : les colonnes soutiennent des cintres ogives ; ces cintres laissent entre eux des vides : entre ces vides l'architecte a placé deux rosaces. La rosace déprime l'extrémité des deux ellipses. Ces rosaces, qui se touchent par un point de leur circonférence, dans la façade du bâtiment, deviennent des espèces de roues alignées sur lesquelles s'exalte le reste de l'édifice.

Dans toute construction la base est ordinairement forte ; le monument diminue d'épaisseur à mesure qu'il envahit le ciel. Le palais ducal est tout juste le contraire de cette architecture naturelle : la base, percée de légers portiques

---

* Il est clair à mes yeux que l'ogive dont on va chercher si loin l'origine prétendue mystérieuse est née fortuitement de l'intersection des deux cercles de plein cintre ; aussi la retrouve-t-on partout. Les architectes n'ont fait dans la suite que la dégager des dessins dans lesquels elle figurait.

** Voyez la note précédente.

---

1. Chateaubriand semble utiliser ce terme astronomique comme synonyme de demi-cercle. Comme la plupart de ses contemporains, il désigne par le mot *ogive* le tracé en pointe des arcs plutôt que la structure des voûtes (voir *Études historiques*, Ladvocat, t. V *bis*, p. 433-434).

que surmonte une galerie en arabesques endentées de quatre feuilles de trèfle à jour, soutient une masse carrée presque nue : on dirait d'une forteresse bâtie sur des colonnes, ou plutôt d'un édifice renversé planté sur son léger couronnement et dont l'épaisse racine serait en l'air.

Les masques et les têtes architecturales sont remarquables dans les monuments de Venise. Au palais Pesaro, l'entablement du premier étage, d'ordre dorique, est décoré de têtes de géants ; l'ordre ionique du second étage est enlié[1] de têtes de chevaliers qui sortent horizontalement du mur, le visage tourné vers l'eau : les unes s'enveloppent d'une mentonnière, les autres ont la visière à demi baissée ; toutes ont des casques dont les panaches se recourbent en ornements sous la corniche. Enfin, au troisième étage, à l'ordre corinthien, se montrent des têtes de statues féminines aux cheveux différemment noués.

À Saint-Marc, bosselé de dômes, incrusté de mosaïques, chargé d'incohérentes dépouilles de l'Orient, je me trouvais à la fois à Saint-Vital de Ravenne, à Sainte-Sophie de Constantinople, à Saint-Sauveur de Jérusalem, et dans ces moindres églises de la Morée, de Chio et de Malte : Saint-Marc, d'architecture byzantine-composite est un monument de victoire et de conquête élevé à la croix, comme Venise entière est un trophée. L'effet le plus remarquable de son architecture est son obscurité sous un ciel brillant ; mais aujourd'hui, 10 septembre, la lumière du dehors, émoussée, s'harmoniait[2] avec la basilique sombre. On achevait les quarante heures[3] ordonnées pour obtenir du beau temps. La ferveur

---

1. Dans le vocabulaire technique de la maçonnerie, *enlier* signifie « joindre ensemble des pierres ou des briques pour construire un mur, en posant les unes sur leur longueur, les autres sur leur largeur » (Littré). Ces dernières sont donc perpendiculaires au plan du mur : elles peuvent faire relief et supporter à leur extrémité un ornement sculpté, comme c'est le cas au palais Pesaro.   2. Forme encore en usage en 1830 : voir, dans ce volume, p. 166 et 336.   3. Ces prières se déroulaient en cas de calamités publiques. Le chiffre de *quarante* avait une valeur symbolique. Il rappelait à la fois les quarante jours de jeûne accomplis par le Christ dans le désert (*Matthieu*, IV, 1-11), les quarante heures qu'il passa dans son tombeau avant de ressusciter, enfin les quarante jours qui séparent sa résurrection de son ascension.

des fidèles, priant contre la pluie, était grande : un ciel gris et aqueux semble la peste aux Vénitiens.

Nos vœux ont été exaucés : la soirée est devenue charmante ; la nuit je me suis promené sur le quai. La mer s'étendait unie ; les étoiles se mêlaient aux feux épars des barques et des vaisseaux ancrés çà et là. Les cafés étaient remplis ; mais on ne voyait ni Polichinelles, ni Grecs, ni Barbaresques : tout finit. Une madone, fort éclairée au passage d'un pont, attirait la foule : de jeunes filles à genoux disaient dévotement leurs patenôtres ; de la main droite elles faisaient le signe de la croix, de la main gauche elles arrêtaient les passants. Rentré à mon auberge, je me suis couché et endormi au chant des gondoliers stationnés sous mes fenêtres.

J'ai pour guide Antonio, le plus vieux et le plus instruit des ciceroni du pays : il sait par cœur les palais, les statues et les tableaux.

Le 11 septembre, visite à l'abbé Betio et à M. Gamba [1], conservateurs de la bibliothèque : ils m'ont reçu avec une extrême politesse, bien que je n'eusse aucune lettre de recommandation.

En parcourant les chambres du palais ducal, on marche de merveilles en merveilles. Là se déroule l'histoire entière de Venise peinte par les plus grands maîtres : leurs tableaux ont été mille fois décrits [2].

Parmi les antiques, j'ai, comme tout le monde, remarqué le groupe du Cygne et de Léda, et le Ganymède dit de Praxitèle. Le cygne est prodigieux d'étreinte et de volupté ; Léda est trop complaisante. L'aigle du Ganymède n'est point un aigle réel ; il a l'air de la meilleure bête du monde. Ganymède, charmé d'être enlevé, est ravissant : il parle à l'aigle qui lui parle.

Ces antiques sont posées aux deux extrémités des magnifiques salles de la bibliothèque. J'ai contemplé avec

---

1. Pietro Bettio fut bibliothécaire à la Marciana jusqu'à sa mort en 1846. Bartolomeo Gamba (1766-1841) fut son collègue à partir de 1824. Ancien inspecteur général de la Librairie du temps des Français, Gamba avait été ensuite directeur de la censure ; il était aussi imprimeur et éditeur. **2.** En particulier par Valéry : voir tome I, livre VI, chapitres 4, 5 et 6.

le saint respect du poète un manuscrit de Dante, et regardé avec l'avidité du voyageur la mappemonde de Fra Mauro (1460). L'Afrique cependant ne m'y semble pas aussi correctement tracée qu'on le dit[1]. Il faudrait surtout explorer à Venise les *archives* : on y trouverait des documents précieux.

Des salons peints et dorés, je suis passé aux *prisons* et aux *cachots* ; le même palais offre le microcosme de la société, joie et douleur. Les prisons sont *sous les plombs*, les cachots au *niveau de l'eau* du canal, et à double étage. On fait mille histoires d'étranglements et de décapitations secrètes ; en compensation, on raconte qu'un prisonnier sortit gros, gras et vermeil[2] de ces oubliettes, après dix-huit ans de captivité : il avait vécu comme un crapaud dans l'intérieur d'une pierre. Honneur à la race humaine ! quelle belle chose c'est !

Force sentences philanthropiques barbouillent les voûtes et les murs des souterrains, depuis que notre Révolution, si ennemie du sang, *dans cet affreux séjour, d'un coup de* HACHE *a fait entrer le jour*[3]. En France, on encombrait les geôles des victimes dont on se débarrassait par l'égorgement ; mais on a délivré dans les prisons de Venise les ombres de ceux qui peut-être n'y avaient jamais été ; les doux bourreaux qui coupaient le cou des enfants et des vieillards, les bénins spectateurs qui assistaient au guillotiner des femmes s'attendrissaient sur les

---

1. C'est encore à Valéry qu'est due cette affirmation. Chateaubriand possédait dans sa bibliothèque de la Vallée-aux-Loups (voir Duchemin, p. 422), un ouvrage de Placido Zurla (le futur cardinal : voir t. III, p. 350, note 3) sur la mappemonde de Fra Mauro, qui avait été, comme lui, camaldule à San Michele de Murano. 2. Peut-être une réminiscence de *Tartuffe* (acte 1, scène 4, vers 234) : « Gros et gras, le teint frais et la bouche vermeille. » 3. Allusion à un vers de Boileau transcrivant Homère dans sa traduction du *Traité du sublime* de Longin (VII) : « Il a peur que ce Dieu, dans cet affreux séjour,/ D'un coup de son trident ne fasse entrer le jour. » Le texte homérique original (*Iliade*, XX, vers 61-63) est encore plus explicite : « (Pluton) le seigneur du monde infernal fut pris de peur (...), craignant que Poséidon, ébranleur du sol, ne rompît au-dessus de lui la terre et que ne fussent montrées, aux mortels et aux immortels, les demeures effrayantes et fangeuses qui font horreur aux dieux mêmes. »

progrès de l'humanité, si bien prouvés par l'ouverture des cachots vénitiens. Pour moi, j'ai le cœur sec ; je n'approche point de ces héros de sensibilité. De vieilles larves sans tête ne se sont point présentées à mes yeux [1] sous le palais des doges ; il m'a seulement semblé voir dans les cachots de l'aristocratie ce que les chrétiens virent quand on brisa les idoles, des nichées de souris s'échappant de la tête des dieux [2]. C'est ce qui arrive à tout pouvoir éventré et exposé à la lumière ; il en sort la vermine que l'on avait adorée.

Le pont des Soupirs joint le palais ducal aux prisons de la ville ; il est divisé en deux parties dans la longueur : par un des côtés entraient les *prisonniers ordinaires* ; par l'autre les *prisonniers d'État* se rendaient au tribunal des Inquisiteurs ou des Dix. Ce pont est élégant à l'extérieur, et la façade de la prison est admirée : on ne peut se passer de beauté à Venise, même pour la tyrannie et le malheur ! Des pigeons font leur nid dans les fenêtres de la geôle ; de petites colombes, couvertes de duvet, agitent leurs ailes et gémissent aux grilles, en attendant leur mère. On encloîtrait autrefois d'innocentes créatures presque au sortir du berceau ; leurs parents ne les apercevaient plus qu'à travers les barreaux du parloir ou les guichets de la porte.

---

1. Peut-être Chateaubriand se souvient-il du chapitre XII du *Dernier Jour d'un condamné*, de Victor Hugo, qui avait inspiré à Louis Boulanger une impressionnante lithographie.   **2.** C'est ce qui se produisit lors de la destruction du temple de Sérapis à Alexandrie, en 391 : voir *Études historiques*, Ladvocat, t. V, p. 210. Chateaubriand affectionne cette image : elle est apparue sous sa plume dans son article du *Mercure* du 4 juillet 1807 ; on la retrouve dans la conclusion de *Littérature anglaise* (voir *infra*, Appendice II, 2, p. 721).

(6)

Venise, septembre 1833.

PRISON DE SILVIO PELLICO.

Vous pensez bien qu'à Venise je m'occupais nécessairement de Silvio Pellico[1]. M. Gamba m'avait appris que
l'abbé Betio était le maître du palais, et qu'en m'adressant
à lui je pourrais faire mes recherches. L'excellent bibliothécaire, auquel j'eus recours un matin, prit un gros trous-
seau de clefs, et me conduisit, en passant plusieurs
corridors et montant divers escaliers, aux mansardes de
l'auteur de *Mie Prigioni*[2].

---

1. Silvio Pellico (1789-1854) avait partagé son adolescence entre
Turin et Lyon. En 1810, de retour en Italie, il découvre Foscolo et se
fixe à Milan. Précepteur des enfants du comte Luigi Porro Lamberten-
ghi, il fréquente bientôt le groupe libéral du *Conciliatore*, rencontre
Mme de Staël et lord Byron, participe enfin à la naissance du *romanti-
cisme* italien. C'est au théâtre qu'il va connaître son premier succès
avec *Francesca da Rimini* (1819). Mais affilié au carbonarisme, il fut
arrêté le 13 octobre 1820, transféré quelques mois plus tard à Venise,
incarcéré au palais des Doges, enfin condamné à mort. Après la
commutation de sa peine en quinze ans de *carcere duro* à la forteresse
du Spielberg, il quitta Venise le 26 mars 1822 pour la Moravie où il
devait passer plus de huit ans. Libéré le 8 août 1830, il se décida, une
fois rentré en Italie, à rédiger, dans un esprit chrétien de réconciliation
et de pardon, le récit de ses années de détention, qu'il publia en 1832
sous le titre de : *Mes Prisons*. Le livre ne tarda pas à devenir un *best-
seller* européen. 2. Une première édition italienne du livre de Pellico avait paru à Paris, chez Baudry, au mois de mars 1833. C'est elle
que Chateaubriand avait emportée lors de son premier voyage à Prague,
pour la lire en voiture et dans les auberges entre Paris et Bâle. Sa
réaction fut enthousiaste. Avant la fin de 1833, devait paraître chez
H. Fournier, une version bilingue, avec une introduction biographique
due à Antoine de Latour. Cette traduction a connu de nombreuses rééditions. C'est à la quatrième, « revue et corrigée » et précédée par un
avant-propos du 1ᵉʳ avril 1834, que nous renvoyons : elle comporte
deux volumes in-12 ; le texte y est divisé en quatre parties.

M. Silvio Pellico ne s'est trompé que sur un point ; il a parlé de sa geôle comme de ces fameuses prisons-cachots en l'air, désignées par leur toiture *sotto i piombi*. Ces prisons sont, ou plutôt étaient au nombre de cinq dans la partie du palais ducal qui avoisine le pont *della Pallia* et le canal du *Pont des Soupirs*. Pellico n'habitait pas là ; il était incarcéré à l'autre extrémité du palais, vers le *Pont des Chanoines*, dans un bâtiment adhérent au palais ; bâtiment transformé en prison en 1820 pour les détenus politiques. Du reste, il était aussi *sous les plombs*, car une lame de ce métal formait la toiture de son ermitage.

La description que le prisonnier fait de sa première et de sa seconde chambre est de la dernière exactitude [1]. Par la fenêtre de la première chambre, on domine les combles de Saint-Marc ; on voit le puits dans la cour intérieure du palais, un bout de la grande place, les différents clochers de la ville, et au-delà des lagunes, à l'horizon, des montagnes dans la direction de Padoue ; on reconnaît la seconde chambre à sa grande fenêtre et à son autre petite fenêtre élevée ; c'est par la grande que Pellico apercevait ses compagnons d'infortune dans un corps de logis en face, et à gauche, au-dessus, les aimables enfants qui lui parlaient de la croisée de leur mère.

Aujourd'hui toutes ces chambres sont abandonnées, car les hommes ne restent nulle part, pas même dans les prisons ; les grilles des fenêtres ont été enlevées, les murs et les plafonds blanchis. Le doux et savant abbé Betio, logé dans cette partie déserte du palais, en est le gardien paisible et solitaire.

Les chambres qu'immortalise la captivité de Pellico ne manquent point d'élévation ; elles ont de l'air, une vue superbe ; elles sont prisons de poète ; il n'y aurait pas grand-chose à dire, la tyrannie et l'absurde admis : mais la sentence à mort pour opinion spéculative ! mais les cachots moraves ! mais dix années de la vie, de la jeunesse et du

---

1. Voir édition citée, deuxième partie, chapitre 2 (t. I, p. 167-169).

talent ! mais les cousins [1], vilaines bêtes qui me mangent
moi-même à l'hôtel de l'Europe, tout endurci que je suis
par le temps et les maringouins [2] des Florides. J'ai du reste
été souvent plus mal logé que Pellico ne l'était dans son
belvédère du palais ducal, notamment à la préfecture des
doges de la police française : j'étais aussi obligé de monter
sur une table pour jouir de la lumière.

L'auteur de *Françoise de Rimini* pensait à Zanze dans
sa geôle ; moi je chantais dans la mienne une jeune fille
que je venais de voir mourir. Je tenais beaucoup à savoir
ce qu'était devenue la petite gardienne de Pellico. J'ai
mis des personnes à la recherche [3] : si j'apprends quelque
chose, je vous le dirai.

(7)

Venise, septembre 1833.

LES FRARI. – ACADÉMIE DES BEAUX-ARTS.
L'ASSOMPTION DU TITIEN. – MÉTOPES DU PARTHÉNON.
DESSINS ORIGINAUX DE LÉONARD DE VINCI,
DE MICHEL-ANGE ET DE RAPHAËL.
ÉGLISE DE SAINTS JEAN ET PAUL.

Une gondole m'a débarqué aux *Frari*, où nous autres
Français accoutumés que nous sommes aux extérieurs
grecs ou gothiques de nos églises, nous sommes peu
frappés de ces dehors de basiliques de brique, ingrats et
communs à l'œil ; mais à l'intérieur l'accord des lignes,
la disposition des masses produisent une simplicité et un
calme de composition dont on est enchanté.

---

1. C'est ainsi que Latour traduit *le zinzare* (« les moustiques ») du
texte original. Outre la chaleur, Pellico ne cesse de se plaindre du bour-
donnement infernal de ces insectes et de leurs douloureuses piqûres
(*ibidem*, p. 187-189). 2. Autre variété de moustiques : voir le
Voyage en Amérique, p. 731-732. 3. Hyacinthe Pilorge et Antonio.

Les tombeaux des *Frari*, placés dans les murs latéraux, décorent l'édifice sans l'encombrer. La magnificence des marbres éclate de toutes parts, des rinceaux charmants attestent le fini de l'ancienne sculpture vénitienne. Sur un des carreaux du pavé de la nef on lit ces mots : *Ici repose le Titien émule de Zeuxis et d'Apelles*. Cette pierre est en face d'un des chefs-d'œuvre du peintre.

Canova a son fastueux sépulcre non loin de la dalle titienne ; ce sépulcre est la répétition du monument que le sculpteur avait imaginé pour le Titien lui-même, et qu'il exécuta depuis pour l'archiduchesse Marie-Christine. Les restes de l'auteur de l'*Hébé* et de la *Madeleine* ne sont pas tous réunis dans cette œuvre : ainsi Canova habite la représentation d'une tombe faite par lui, non pour lui, laquelle tombe n'est que son demi-cénotaphe[1].

Des *Frari*, je me suis rendu à la galerie *Manfrini*[2]. Le portrait de l'Arioste est vivant. Le Titien a peint sa mère[3], vieille matrone du peuple, crasseuse et laide : l'orgueil de l'artiste se fait sentir dans l'exagération des années et des misères de cette femme.

À l'*Académie des Beaux-Arts*[4], j'ai couru vite au

---

1. Tous les éléments de la nomenclature qui précède sont empruntés à Valéry. Chateaubriand a exprimé ailleurs son dégoût pour la « charcuterie » macabre qu'a dû subir la dépouille de Canova : voir Appendice I, p. 622, pour la main. Le cœur du sculpteur est conservé dans le demi-cénotaphe des Frari, tandis que son corps repose dans la petite église de Possagno, son village natal.   **2.** Girolamo *Manfrin*, enrichi par le monopole des Tabacs, avait réuni, jusqu'à sa mort en 1801, de somptueuses collections qui firent de son palais (situé dans le quartier de Canareggio, non loin du palais Labia) la plus importante galerie de Venise au XIXe siècle. Elle figure en bonne place dans tous les guides (dont Valéry, t. I, p. 404). Byron la mentionne déjà dans une lettre du 14 avril 1817 à John Murray.   **3.** Aucune des sources de Chateaubriand ne mentionne en ce lieu un portrait de la mère du Titien, mais seulement, à la nouvelle Académie, « une *Tête de Vieille*, peinte par lui et qu'on croit être le portrait de sa mère ».   **4.** Dans ce musée fondé en 1807, le comte Cicognara avait voulu regrouper les œuvres caractéristiques des peintres de Venise jusqu'alors dispersées dans les églises ou en provenance des monastères sécularisés. Valéry raconte (t. I, p. 414) comment il retrouva sous la crasse le chef-d'œuvre du Titien. Celui-ci a aujourd'hui regagné les Frari, dont il orne le maître-autel. En revanche, la description du tableau par Chateaubriand ne doit rien à Valéry.

tableau de l'*Assomption*, découverte du comte Cicognara : dix grandes figures d'hommes au bas du tableau ;
remarquez à gauche l'homme ravi en extase, regardant
Marie. La Vierge, au-dessus de ce groupe, s'élève au
centre d'un demi-cercle de chérubins ; multitude de faces
admirables dans cette gloire : une tête de femme, à droite,
à la pointe du croissant, d'une indicible beauté ; deux ou
trois esprits divins jetés horizontalement dans le ciel, à la
manière pittoresque et hardie du Tintoret. Je ne sais si un
ange debout n'éprouve pas quelque sentiment d'un amour
trop terrestre. Les proportions de la Vierge sont fortes ;
elle est couverte d'une draperie rouge ; son écharpe bleue
flotte à l'air ; ses yeux sont levés vers le Père éternel,
apparu au point culminant. Quatre couleurs tranchées, le
brun, le vert, le rouge et le bleu, couvrent l'ouvrage :
l'aspect du tout est sombre, le caractère peu idéal, mais
d'une vérité et d'une vivacité de nature incomparables :
je lui préfère pourtant la *Présentation de la Vierge au
Temple*, du même peintre, que l'on voit dans la même
salle.

En regard de l'*Assomption*, éclairée avec beaucoup
d'artifice, est le *Miracle de saint Marc*, du Tintoret,
drame vigoureux qui semble fouillé dans la toile plutôt
avec le ciseau et le maillet qu'avec le pinceau.

Je suis passé aux plâtres des métopes du Parthénon ;
ces plâtres avaient pour moi un triple intérêt : j'avais vu
à Athènes les vides laissés par les ravages de lord Elgin,
et, à Londres, les marbres enlevés dont je retrouvais les
moulures à Venise. La destinée errante de ces chefs-
d'œuvre se liait à la mienne, et pourtant Phidias n'a pas
façonné mon argile.

Je ne pouvais m'arracher aux dessins originaux de Léonard de Vinci, de Michel-Ange et de Raphaël. Rien n'est
plus attachant que ces ébauches du génie livré seul à ses
études et à ses caprices ; il vous admet à son intimité ; il
vous initie à ses secrets ; il vous apprend par quels degrés
et par quels efforts il est parvenu à la perfection : on est
ravi de voir comment il s'était trompé, comment il s'est
aperçu de son erreur et l'a redressée. Ces coups de crayon
tracés au coin d'une table, sur un méchant morceau de

papier, gardent une abondance et une naïveté de nature merveilleuses. Quand on songe que la main de Raphaël s'est promenée sur ces chiffons immortels, on en veut au vitrage qui vous empêche de baiser ces saintes reliques.

Je me suis délassé de mon admiration à l'*Académie des Beaux-Arts* par une admiration d'une autre sorte à Saints Jean et Paul ; ainsi l'on se rafraîchit l'esprit en changeant de lecture. Cette église, dont l'architecte inconnu a suivi les traces de *Nicolo Pisano*, est riche et vaste. Le chevet où se retire le maître-autel représente une espèce de conque debout ; deux autres sanctuaires accompagnent latéralement cette conque : ils sont hauts, étroits, à voûtes multicentres, et séparés du chevet par des refends à rainures.

Les cendres des doges Mocenigo, Morosini, Vendramin, et de plusieurs autres chefs de la République, reposent ici. Là se trouve aussi la peau d'Antoine Bragadino, défenseur de Famagouste, et à laquelle on peut appliquer l'expression de Tertullien : *une peau vivante*[1]. Ces dépouilles illustres inspirent un grand et pénible sentiment ; Venise elle-même, magnifique catafalque de ses magistrats guerriers, double cercueil de leurs cendres, n'est plus qu'une peau vivante.

Des vitraux coloriés et des draperies rouges, en voilant la lumière de Saints Jean et Paul, augmentent l'effet religieux. Les colonnes innombrables, apportées de l'Orient et de la Grèce ont été plantées dans la basilique comme des allées d'arbres étrangers.

Un orage est survenu pendant que j'errais dans

---

1. Cette expression transpose de manière frappante ce que dit Tertullien du caméléon dans son traité *De pallio (Du manteau)*, chapitre III : *Chameleon pellicula vivit*. Dans le volume des *Œuvres* de Tertullien que Chateaubriand possédait à la Vallée-aux-Loups (Duchemin, p. 406, n° 19 du catalogue), le commentateur de 1664 glose ainsi : *Etsi nihil aliud sit quam pellicula, vivit*. Le mémorialiste en a tiré ce raccourci admirable. C'est en 1571 que Famagouste, la capitale des anciens rois de Chypre, fut prise par les Ottomans et que son défenseur fut écorché vif (voir *Michaud*, t. III, 1811, p. 214).

l'église : quand sonnera la trompette[1] qui doit réveiller tous ces morts ? J'en disais autant sous Jérusalem, dans la vallée de Josaphat.

Après ces courses, rentré à l'hôtel de l'Europe, j'ai remercié Dieu de m'avoir transporté des pourceaux de Waldmünchen aux tableaux de Venise.

(8)

Venise, septembre 1833.

L'Arsenal. – Henri IV.
Frégate partant pour l'Amérique.

Après ma découverte des prisons où la matérielle Autriche essaye d'étouffer les intelligences italiennes, je suis allé à l'Arsenal[2]. Aucune monarchie, quelque puissante qu'elle soit, ou qu'elle ait été, n'a offert un pareil compendium nautique.

Un espace immense, clos de murs crénelés, renferme quatre bassins pour les vaisseaux de haut bord, des chantiers pour bâtir ces vaisseaux, des établissements pour ce qui concerne la marine militaire et marchande, depuis la corderie jusqu'aux fonderies de canons, depuis l'atelier où l'on taille la rame de la gondole jusqu'à celui où l'on équarrit la quille d'un soixante-quatorze, depuis les salles consacrées aux armes antiques conquises à Constantinople, en Chypre, en Morée, à Lépante, jusqu'aux salles où sont exposées les armes modernes : le tout mêlé de galeries de colonnes, d'architectures élevées et dessinées par les premiers maîtres.

---

1. La trompette du Jugement dernier (*Corinthiens*, I, XV, 52). C'est le 7 octobre 1806 que Chateaubriand avait médité au milieu des tombes de la vallée de Josaphat (*Itinéraire*, 1041).   **2.** Cette visite a eu lieu le samedi 14 septembre 1833.

Dans les arsenaux de la marine de l'Espagne, de l'Angleterre, de la France, de la Hollande, on voit seulement ce qui a rapport aux objets de ces arsenaux ; à Venise, les arts s'unissent à l'industrie. Le monument de l'amiral Emo [1], par Canova, vous attend auprès de la carcasse d'un navire ; des files de canons vous apparaissent à travers de longs portiques : les deux lions colossaux [2] du Pirée gardent la porte du bassin d'où va sortir une frégate pour un monde qu'Athènes n'a point connu, et qu'a découvert le génie de la moderne Italie. Malgré ces beaux débris de Neptune, l'arsenal ne rappelle plus ces vers du Dante [3] :

> *Quale nell' arzanà de' Veneziani*
> *Bolle l'inverno la tenace pece,*
> *A rimpalmar i legni lor non sani*
>
> *Ché navicar non ponno ; in quella vece,*
> *Chi fa suo legno nuovo, e chi ristoppa*
> *Le coste a quel che piú viaggi fece :*
>
> *Chi ribatte da proda, e chi da poppa :*
> *Altri fa remi, ed altri volge sarte,*
> *Chi terzeruolo ed artimon rintoppa.*

Tout ce mouvement est fini ; le vide des trois quarts et demi de l'arsenal, les fourneaux éteints, les chaudières rongées de rouille, les corderies sans rouets, les chantiers sans constructeurs, attestent la même mort qui a frappé les palais. Au lieu de la foule des charpentiers, des voi-

---

1. « Monument érigé par le Sénat de Venise au grand-amiral Angelo Emo, mort en 1792 » (Valéry, t. I, p. 463).   **2.** Ils ont été rapportés à Venise en 1687 par Francesco Morosini qui, après avoir conquis le Péloponnèse, avait mis le siège devant Athènes.   **3.** *Enfer*, XXI, vers 7-15 : « Comme chez les Vénitiens, dans l'arsenal, bout en hiver la poix tenace pour calfater les bateaux avariés qui ne peuvent plus naviguer et pendant ce temps l'un remet son navire à neuf, et l'autre étoupe les flancs de ceux qui ont beaucoup vogué ; qui cloue la proue, qui radoube la poupe ; un autre fait des rames, un autre tord des cordes ; qui rapièce les voiles et de misaine et d'artimon... » (traduction Jacqueline Risset, Flammarion, 1985).

liers, des matelots, des calfats, des mousses, on aperçoit
quelques galériens qui traînent leurs entraves : deux
d'entre eux mangeaient sur la culasse d'un canon ; à cette
table de fer ils pouvaient du moins rêver la liberté.

Lorsque autrefois ces galériens ramaient à bord du
Bucentaure, on jetait sur leurs épaules flétries une tunique
de pourpre pour les faire ressembler à des rois : fendant
les flots avec des pagaies dorées, ils réjouissaient leur
labeur du bruit de leurs chaînes, comme au Bengale, à
la fête de Dourga, les bayadères, vêtues de gaze d'or,
accompagnent leurs danses du son des anneaux dont leurs
cous, leurs bras et leurs jambes sont ornés. Les forçats
vénitiens mariaient le doge à la mer, et renouvelaient eux-
mêmes avec l'esclavage leur union indissoluble.

De ces flottes nombreuses qui portaient les croisés aux
rivages de la Palestine et défendaient à toute voile étrangère de se dérouler aux vents de l'Adriatique, il reste un
Bucentaure en miniature, le canot de Napoléon, une
pirogue de sauvages, et des dessins de vaisseaux, tracés
à la craie sur la planche [1] des écoles des gardes-marine.

Un Français arrivant de Prague et attendant à Venise
la mère de Henri V devait être touché de voir dans l'arsenal de Venise l'armure de Henri IV. L'épée que le Béarnais portait à la bataille d'Ivry était jointe à cette armure :
cette épée manque aujourd'hui [2].

Par un décret du grand conseil de Venise, du 3 avril
1600 : *Enrico di Borbone IV, re di Francia e di Navarra,
con li figliuoli e discendenti suoi, sia annumerato tra i
nobili di questo nostro maggior consiglio.*

Charles X, Louis XIX et Henri V, descendants *di
Enrico di Borbone*, sont donc gentilshommes de la république de Venise qui n'existe plus, comme ils sont rois
de France en Bohême, comme ils sont chanoines de Saint-
Jean-de-Latran à Rome, et toujours en vertu de Henri IV ;
je les ai représentés en cette dernière qualité : ils ont

---

1. C'est-à-dire le tableau noir utilisé par les instructeurs.   2. Ce
paragraphe est un résumé de Valéry (t. I, p. 462-463). Le texte du
décret, lui, est emprunté à Quadri : « Henri IV de Bourbon, roi de
France et de Navarre, avec ses fils et ses descendants (sera) compté
parmi les nobles de notre Grand Conseil. »

perdu leur épitoge et leur aumusse[1], et moi j'ai perdu mon ambassade. J'étais pourtant si bien dans ma stalle de Saint-Jean-de-Latran ! quelle belle église ! quel beau ciel ! quelle admirable musique ! Ces chants-là ont plus duré que mes grandeurs et celles de mon Roi-chanoine.

Ma gloire m'a fort gêné à l'arsenal ; elle rayonne sur mon front à mon insu : le feld-maréchal Palucci, amiral et commandant général de la marine, m'a reconnu à mes cornes de feu[2]. Il est accouru, m'a montré lui-même diverses curiosités ; puis, s'excusant de ne pouvoir m'accompagner plus longtemps, à cause d'un conseil qu'il allait présider, il m'a remis entre les mains d'un officier supérieur.

Nous avons rencontré le capitaine de la frégate en partance. Celui-ci m'a abordé sans façon et m'a dit, avec cette franchise de marin que j'aime tant : « Monsieur le vicomte (comme s'il m'avait connu toute sa vie), avez-vous quelque commission pour l'Amérique ? – Non, capitaine : faites-lui bien mes compliments ; il y a longtemps que je ne l'ai vue ! »

Je ne puis regarder un vaisseau sans mourir d'envie de m'en aller : si j'étais libre, le premier navire cinglant aux Indes aurait des chances de m'emporter. Combien ai-je regretté de n'avoir pu accompagner le capitaine Parry aux régions polaires[3] ! Ma vie n'est à l'aise qu'au milieu des nuages et des mers : j'ai toujours l'espérance qu'elle disparaîtra sous une voile. Les pesantes années que nous jetons dans les flots du temps ne sont pas des ancres ; elles n'arrêtent pas notre course.

---

1. Ces termes, choisis pour leur rareté, désignent le *surplis* brodé et le *camail* (pèlerine de soie ornée de bandes de fourrure blanche) qui composaient le costume de chœur des chanoines.   **2.** Passage ironique : le front rayonne comme le visage de Moïse redescendant de la montagne (*Exode*, XXXIV, 29-30), qu'on représente aussi parfois avec des « cornes de feu ».   **3.** Sur le capitaine anglais Parry (1790-1856), voir t. II, p. 406, note 1. Membre fondateur, en 1821, de la Société de géographie, dont il fut ensuite le vice-président, Chateaubriand avait continué, sous la Restauration, à suivre de près les expéditions polaires : voir le *Voyage en Amérique*, p. 650-655 et 664 ; sur Parry, voir aussi une note des *Natchez* (*Œuvres*, I, p. 578).

(9)

Venise, septembre 1833.

Cimetière de Saint-Christophe.

À l'Arsenal, je n'étais pas loin de l'île de Saint-Christophe, qui sert aujourd'hui de cimetière[1]. Cette île renfermait un couvent de capucins ; le couvent a été abattu et son emplacement n'est plus qu'un enclos de forme carrée. Les tombes n'y sont pas très multipliées, ou du moins elles ne s'élèvent pas au-dessus du sol nivelé et couvert de gazon. Contre le mur de l'ouest se collent cinq ou six monuments en pierre ; de petites croix de bois noir avec une date blanche s'éparpillent dans l'enclos : voilà comme on enterre maintenant les Vénitiens dont les aïeux reposent dans les mausolées des *Frari* et de *Saints Jean et Paul*. La société en s'élargissant s'est abaissée ; la démocratie a gagné la mort.

À l'orée du cimetière, vers le levant, on voit les sépultures des Grecs schismatiques et celles des protestants ; elles sont séparées entre elles par un mur et séparées encore des inhumations catholiques par un autre mur : tristes dissentiments dont la mémoire se perpétue dans l'asile où finissent toutes querelles. Attenant au cimetière grec est un autre retranchement qui protège un trou où

---

1. Le 15 septembre 1833, Chateaubriand écrivait à Mme Récamier : « J'ai pris Venise autrement que mes devanciers ; j'ai cherché des choses que les voyageurs qui se copient tous les uns les autres, ne cherchent point. Personne, par exemple, ne parle du cimetière de Venise » (*Récamier*, p. 386). Aucun guide contemporain ne mentionne en effet la petite île de *San Cristoforo della Pace*. Située au large des Fundamenta nuove, elle avait été convertie en cimetière à la suite du décret napoléonien du 7 décembre 1807 qui avait institué à Venise un « cimetière général ». Elle a disparu aujourd'hui comme telle, rattachée depuis 1836 à *San Michele*, sa voisine occidentale.

l'on jette aux limbes[1] les enfants mort-nés. Heureuses créatures ! vous avez passé de la nuit des entrailles maternelles à l'éternelle nuit, sans avoir traversé la lumière !

Auprès de ce trou gisent des ossements bêchés dans le sol comme des racines, à mesure que l'on défriche des tombes nouvelles : les uns, les plus anciens, sont blancs et secs ; les autres, récemment déterrés, sont jaunes et humides. Des lézards courent parmi ces débris, se glissent entre les dents, à travers les yeux et les narines, sortent par la bouche et les oreilles des têtes, leurs demeures ou leurs nids. Trois ou quatre papillons voltigeaient sur des fleurs de mauves entrelacées aux ossements, image de l'âme sous ce ciel qui tient de celui où fut inventée l'histoire de Psyché. Un crâne avait encore quelques cheveux de la couleur des miens. Pauvre vieux gondolier ! as-tu du moins conduit ta barque mieux que je n'ai conduit la mienne ?

Une fosse commune reste ouverte dans l'enclos ; on venait d'y descendre un médecin auprès de ses anciennes pratiques. Son cercueil noir n'était chargé de terre qu'en dessus, et son flanc nu attendait le flanc d'un autre mort pour le réchauffer. Antonio avait fourré là sa femme depuis une quinzaine de jours, et c'était le médecin défunt qui l'avait expédiée : Antonio bénissait un Dieu rémunérateur et vengeur[2], et prenait son mal en patience. Les cercueils des particuliers sont conduits à ce lugubre bazar dans des gondoles particulières et suivis d'un prêtre dans une autre gondole. Comme les gondoles ressemblent à des bières[3], elles conviennent à la cérémonie. Une nacelle

---

1. Au pluriel, ce mot désigne le séjour des enfants morts sans avoir reçu le baptême, et demeurés sur la *bordure* du Paradis.   2. Épithètes bibliques : le dieu rémunérateur se trouve dans saint Paul (*Hébreux*, XI, 56) ; le dieu vengeur dans *Isaïe*, XXXV, 4 et dans *Jérémie*, LI, 56.   3. Cette image commence à se banaliser en 1833. On la trouve dans les *Épigrammes vénitiennes* de Goethe (1790), qui ne sont pas encore traduites mais que Chateaubriand connaissait (sans doute grâce à Ampère) puisqu'il les cite dans la version de 1845, au chapitre 17 du livre VII (voir Appendice 1, p. 642). Elle avait été reprise en 1807 par Mme de Staël dans *Corinne* (XV, 7) et dès 1806, dans une lettre à Bertin, Chateaubriand avait lui-même comparé la gondole à un cercueil flottant.

plus grande, *omnibus* du Cocyte[1], fait le service des hôpitaux. Ainsi se trouvent renouvelés les enterrements de
l'Égypte et les fables de Caron et de sa barque.

Dans le cimetière du côté de Venise s'élève une chapelle octogone consacrée à saint Christophe. Ce saint,
chargeant un enfant sur ses épaules au gué d'une rivière,
le trouva lourd : or, l'enfant était le fils de Marie qui tient
le globe dans sa main ; le tableau de l'autel représente
cette belle aventure.

Et moi aussi j'ai voulu porter un enfant Roi, mais je
ne m'étais pas aperçu qu'il dormait dans son berceau avec
dix siècles : fardeau trop pesant pour mes bras.

Je remarquai dans la chapelle un chandelier de bois (le
cierge était éteint), un bénitier destiné à la bénédiction
des sépultures et un livret : *Pars Ritualis romani pro usu
ad exsequianda corpora defunctorum*[2] ; quand nous
sommes déjà oubliés, la Religion, parente immortelle et
jamais lassée, nous pleure et nous suit, *exsequor fugam*[3].
Une boîte renfermait un briquet ; Dieu seul dispose de
l'étincelle de la vie. Deux quatrains écrits sur papier
commun étaient appliqués intérieurement aux panneaux
de deux des trois portes de l'édifice :

> *Quivi dell' uom le frali spoglie ascose*
> *Pallida morte, o passeggier, t'addita,* etc[4].

Le seul tombeau un peu frappant du cimetière fut élevé
d'avance par une femme qui tarda ensuite dix-huit ans à
mourir : l'inscription nous apprend cette circonstance ;

---

1. La singularité de cette image est due au fait que « voiture *omnibus* » est encore une expression « moderne ». Le mot ne sera enregistré
que dans *Académie*, 1835.   **2.** « Partie du Rituel romain à utiliser
pour les obsèques des défunts. »   **3.** « Je suis avec toi jusqu'à ta
dernière heure. » Jeu de mots sur le verbe latin *exsequi*, apparenté à
obsèques, qui figure dans le titre cité. Il suggère au mémorialiste une
autre expression latine : *exsequi cladem fugamque* ; « accompagner,
suivre (quelqu'un) dans son désastre et dans sa fuite ». C'est-à-dire :
ne pas le quitter, lui demeurer fidèle jusqu'au bout.   **4.** « Les fragiles
dépouilles des hommes sont venues se cacher ici ; mais la pâle mort, ô
passant, te les montre du doigt... » Le reste du texte, ainsi que son
auteur, sont inconnus.

ainsi cette femme espéra en vain pendant dix-huit ans son sépulcre. Quel chagrin nourrit en elle ce long espoir ?

Sur une petite croix de bois noir on lit cette autre épitaphe : *Virginia Acerbi, d'anni 72, 1824. Morta nel bacio del Signore* : les années sont dures [1] à une belle Vénitienne.

Antonio me disait : « Quand ce cimetière sera plein, on le laissera reposer, et on enterrera les morts dans l'île Saint-Michel de Murano [2]. » L'expression était juste : la moisson faite, on laisse la terre en jachère et l'on creuse ailleurs d'autres sillons.

(10)

Venise, septembre 1833.

Saint-Michel de Murano. – Murano.
La femme et l'enfant. – Gondoliers.

Nous sommes allés voir cet autre champ qui attend le grand laboureur. Saint-Michel de Murano est un riant monastère avec une église élégante, des portiques et un cloître blanc. Des fenêtres du couvent on aperçoit, pardessus les portiques, les lagunes et Venise ; un jardin rempli de fleurs va rejoindre le gazon dont l'engrais se prépare encore sous la peau fraîche d'une jeune fille. Cette charmante retraite est abandonnée à des Franciscains [3] ; elle conviendrait mieux à des religieuses chantant

---

1. Chateaubriand semble vouloir jouer sur la double fonction possible de *acerbi* : soit nom propre de la défunte ; soit épithète rattachée à *anni*. Ce qui serait paradoxal à propos de cette femme morte à soixante-douze ans, puisqu'en italien, *morte acerba* signifie une « mort prématurée » ! 2. Voir la note 1, au début du chapitre. 3. Après la suppression des Camaldules en 1810, le couvent avait été transformé en prison, et abrité Silvio Pellico de 1821 à 1822.

comme les petites élèves des *Scuole* de Rousseau[1].
« Heureuses celles, dit Manzoni, qui ont pris le voile saint
avant d'avoir arrêté leurs yeux sur le front d'un homme[2] ! »

Donnez-moi là, je vous prie, une cellule pour achever
mes *Mémoires*.

Fra Paolo[3] est inhumé à l'entrée de l'église ; ce cher-
cheur de bruit doit être bien furieux du silence qui l'envi-
ronne.

Pellico, condamné à mort, fut déposé à Saint-Michel
avant d'être transporté à la forteresse du Spielberg. Le
président du tribunal où comparut Pellico remplace le
poète à Saint-Michel ; il est enseveli dans le cloître ; il ne
sortira pas, lui, de cette prison.

Non loin de la tombe du magistrat, est celle d'une
femme étrangère : mariée à l'âge de vingt-deux ans, au
mois de janvier, elle décéda au mois de février suivant.
Elle ne voulut pas aller au-delà de la lune de miel ; l'épitaphe porte : *Ci rivedremo*. Si c'était vrai !

Arrière ce doute, arrière la pensée qu'aucune angoisse
ne déchire le néant ! Athée, quand la mort vous enfoncera
ses ongles au cœur, qui sait si dans le dernier moment de
connaissance, avant la destruction du *moi*, vous n'éprou-
verez pas une atrocité de douleur capable de remplir
l'éternité, une immensité de souffrance dont l'être humain
ne peut avoir l'idée dans les bornes circonscrites du
temps ? Ah ! oui, *ci rivedremo !*

J'étais trop près de l'île et de la ville de Murano, pour
ne pas visiter les manufactures d'où vinrent à Combourg

---

1. Allusion à un passage de Rousseau, au livre VII des *Confessions*
(« Bibliothèque de la Pléiade », p. 314-315).   2. *Adelchi*, acte IV,
scène 1, vers 98-102. Voici le texte de Manzoni (c'est Hermangarde
qui parle) : ... *Felici voi ! felice/ Qualumque (...) il santo velo/ Sovra
gli occhi poso, pria di fissarli/ In fronte all'uom !* Cette scène a frappé
Chateaubriand (voir XXXVIII, 8, note 1). Le passage est cité plus longuement dans le *Congrès de Vérone* (1re partie, XXXI), à propos de la
tsarine Élisabeth : chaque fois la traduction est différente.   3. Paolo
Sarpi (1552-1623), en religion Fra Paolo, procureur général des Ser-
vites, fut un savant et un théologien réputé. Il fut le conseiller du Sénat
de Venise dans sa lutte contre Rome, et publia une *Histoire du concile
de Trente* (1613).

les glaces de la chambre de ma mère. Je n'ai point vu ces manufactures maintenant fermées ; mais on a filé devant moi, comme le temps file notre fragile vie, un mince cordon de verre : c'était de ce verre qu'était faite la perle pendante au nez de la petite Iroquoise du saut de Niagara [1] : la main d'une Vénitienne avait arrondi l'ornement d'une sauvage.

J'ai rencontré plus beau que Mila. Une femme portait un enfant emmaillotté ; la finesse du teint, le charme du regard de cette Muranaise, se sont idéalisés dans mon souvenir. Elle avait l'air triste et préoccupé. Si j'eusse été lord Byron, l'occasion était favorable pour essayer la séduction sur la misère ; on va loin ici avec un peu d'argent. Puis j'aurais fait le désespéré et le solitaire au bord des flots, enivré de mon succès et de mon génie. L'amour me semble autre chose : j'ai perdu de vue René depuis maintes années ; mais je ne sais s'il cherchait dans ses plaisirs le secret de son ennui.

Chaque jour après mes courses j'envoyais à la poste, et il ne s'y trouvait rien : le comte Griffi ne me répondait point de Florence ; les papiers publics permis dans ce pays d'indépendance n'auraient pas osé dire qu'un voyageur était descendu au *Lion Blanc* [2]. Venise, où sont nées les gazettes, est réduite à lire l'affiche qui annonce sur le même placard l'opéra du jour et l'exposition du saint sacrement. Les Aldes ne sortiront point de leurs tombeaux pour embrasser dans ma personne le défenseur de la liberté de la presse. Il me fallait donc attendre. Rentré à mon auberge, je dînai en m'amusant de la société des gondoliers stationnés, comme je l'ai dit, sous ma fenêtre à l'entrée du grand canal.

La gaieté de ces fils de Nérée [3] ne les abandonne jamais ; vêtus de soleil, la mer les nourrit. Ils ne sont pas

---

1. Voir VII, 9 (t. I, p. 494, note 4).   **2.** La princesse de Bauffremont, qui arrivera le lundi 16 septembre.   **3.** Nérée est une divinité marine. De ce vieillard semblable à Protée, on connaît surtout les filles : ce sont les Néréides, comme Galatée. Non sans humour, Chateaubriand leur donne ici des frères.

couchés et désœuvrés comme les lazzaroni[1] à Naples : toujours en mouvement, ce sont des matelots qui manquent de vaisseaux et d'ouvrage, mais qui feraient encore le commerce du monde et gagneraient la bataille de Lépante, si le temps de la liberté et de la gloire vénitiennes n'était passé.

À six heures du matin ils arrivent à leurs gondoles attachées, la proue à terre, à des poteaux. Alors ils commencent à gratter et laver leurs *barchette* aux *Traghetti*[2], comme des dragons étrillent, brossent et épongent leurs chevaux au piquet. La chatouilleuse cavale marine s'agite, se tourmente aux mouvements de son cavalier qui puise de l'eau dans un vase de bois, la répand sur les flancs et dans l'intérieur de la nacelle. Il renouvelle plusieurs fois l'aspersion, ayant soin d'écarter l'eau de la surface de la mer pour prendre dessous une eau plus pure. Puis il frotte les avirons, éclaircit les cuivres et les glaces du petit château noir ; il époussette les coussins, les tapis, et fourbit le fer taillant de la proue. Le tout ne se fait pas sans quelques mots d'humeur, ou de tendresse, adressés, dans le joli dialecte vénitien, à la gondole quinteuse ou docile.

La toilette de la gondole achevée, le gondolier passe à la sienne : il se peigne, secoue sa veste et son bonnet bleu, rouge ou gris ; se lave le visage, les pieds et les mains. Sa femme, sa fille ou sa maîtresse lui apporte dans une gamelle une miscellanée[3] de légumes, de pain et de viande. Le déjeuner fait, chaque gondolier attend en chantant la fortune : il l'a devant lui, un pied en l'air, présentant son écharpe au vent et servant de girouette, au haut du monument de la Douane de mer. A-t-elle donné le signal ? le gondolier favorisé, l'aviron levé, part debout à l'arrière de sa nacelle, de même qu'Achille voltigeait

---

1. Mme de Staël leur avait consacré un chapitre de *Corinne* (XI, 2). Il semble que Chateaubriand veuille à son tour faire un morceau du même genre.　**2.** Les embarcadères : c'est là que se prennent les gondoles qui assurent la traversée du canal ou les gondoles de location. **3.** Un mélange.

autrefois, ou qu'un écuyer de Franconi[1] galope aujourd'hui debout sur la croupe d'un destrier. La gondole, en forme de patin, glisse sur l'eau comme sur la glace. *Sia stati ! sta longo*[2] *!* en voilà pour toute la journée. Puis vienne la nuit, et la *calle* verra mon gondolier chanter et boire avec la *zitella* le demi-sequin que je lui laisse en allant, très certainement, remettre Henri V sur le trône.

(11)

Venise, septembre 1833.

Les Bretons et les Vénitiens.
Déjeuner sur le quai des Esclavons.
Mesdames à Trieste.

Je cherchais, en me réveillant, pourquoi j'aimais tant Venise, quand tout à coup je me suis souvenu que j'étais en Bretagne : la voix du sang parlait en moi. N'y avait-il pas au temps de César, en Armorique, un pays des Vénètes, *civitas Venetum, civitas Venetica ?* Strabon n'a-t-il pas *dit qu'on disait* que les Vénètes étaient descendants des Vénètes gaulois[3] ?

On a soutenu contradictoirement que les pêcheurs du Morbihan étaient une colonie des *pescatori* de Palestrine : Venise serait la mère et non la fille de Vannes. On peut

---

1. Le Vénitien Adolphe Franconi avait créé en 1783, entre la rue Saint-Honoré et le jardin des Tuileries, le cirque olympique, spécialisé dans les exercices de haute voltige et qui aura un succès durable. **2.** « Arrêtez ! Au large ! »   **3.** Chateaubriand cite ce passage de Strabon dans sa quarante-troisième remarque sur le livre IX des *Martyrs* (*Œuvres*, II, p. 592). Sur les sources possibles de ce débat, engagé avec humour à partir de Quadri, voir Levaillant, *Deux livres*, t. I, p. 271-273. Jean Markale a de nouveau posé la question du rapport entre Vénètes et Vénitiens dans *Le Druidisme*, Paris, Payot, p. 180-185.

arranger cela en supposant (ce qui d'ailleurs est très probable) que Vannes et Venise sont accouchées mutuelle-
ment l'une de l'autre. Je regarde donc les Vénitiens
comme des Bretons ; les gondoliers et moi nous sommes
cousins et sortis de la corne de la Gaulle, *cornu Galliae.*

Tout réjoui de cette pensée, je suis allé déjeuner dans
un café sur le quai des Esclavons. Le pain était tendre, le
thé parfumé, la crème comme en Bretagne, le beurre
comme à la Prévalaie[1] ; car le beurre, grâce au progrès
des lumières, s'est amélioré partout : j'en ai mangé d'excellent à Grenade. Le mouvement d'un port me ravit toujours : des maîtres de barque faisaient un pique-nique ;
des marchands de fruits et de fleurs m'offraient des
cédrats, des raisins et des bouquets ; des pêcheurs préparaient leurs tartanes ; des élèves de la marine, descendant
en chaloupe, allaient aux leçons de manœuvre à bord du
vaisseau-amiral ; des gondoles conduisaient des passagers
au bateau à vapeur de Trieste. C'est pourtant ce Trieste
qui pensa me faire sabrer sur les marches des Tuileries
par Bonaparte, comme il m'en menaça lorsque, en 1807,
je m'avisai d'écrire dans le *Mercure*[2] :

« Il nous était réservé de retrouver au fond de la mer
Adriatique le tombeau de deux filles de rois[3] dont nous
avions entendu prononcer l'oraison funèbre dans un grenier à Londres. Ah ! du moins la tombe qui renferme ces
nobles dames aura vu une fois interrompre son silence ;
le bruit des pas d'un Français aura fait tressaillir deux
Françaises dans leur cercueil. Les respects d'un pauvre
gentilhomme, à Versailles, n'eussent été rien pour des

---

1. Le plus réputé des beurres bretons (région de Rennes). Dans une
lettre que venait de révéler Mommerqué (*Lettres inédites de Mme de
Sévigné*, 1827, p. 14), la célèbre marquise écrivait déjà le 19 février
1690 : « J'aime le beurre charmant de la Prévalaie, dont il nous vient
toutes les semaines ; je (...) le mange comme si j'étais Bretonne : nous
faisons des beurrées infinies... »   2. Voir XVI, 10 et XVIII, 5 (t. II,
p. 212 et 283).   3. Mesdames Marie-*Adélaïde* (1732-1800) et *Victoire*-Louise (1733-1799), filles de Louis XV. Elles avaient émigré en
1791 et étaient mortes à Trieste ; la première le 27 février 1800, la
seconde le 7 juin 1799. Chateaubriand avait visité leur tombe au mois
de juillet 1806. Leurs restes avaient été rapatriés et ensevelis à Saint-
Denis le 13 janvier 1817.

princesses ; la prière d'un chrétien, en terre étrangère, aura peut-être été agréable à des saintes. »

Il y a, ce me semble, quelques années que je sers les Bourbons : ils ont éclairé ma fidélité, mais ils ne la lasseront pas. Je déjeune sur le quai des Esclavons, en attendant l'exilée.

(12)

Venise, septembre 1833.

Rousseau et Byron.

De ma petite table mes yeux errent sur toutes les rades : une brise du large rafraîchit l'air ; la marée monte ; un trois-mâts entre. Le Lido d'un côté, le palais du doge de l'autre, les lagunes au milieu, voilà le tableau. C'est de ce port que sortirent tant de flottes glorieuses : le vieux Dandolo en partit dans la pompe de la chevalerie des mers, dont Villehardouin, qui commença notre langue et nos mémoires, nous a laissé la description[1] :

« Et quand les nefs furent chargiées d'armes, et de viandes, et de chevaliers, et de serjanz, et li escus furent portendus inviron de borz et des chaldeals (haubans) des nefs, et les banières dont il avoit tant de belles. Ne oncques plus belles estoires (flottes) ne partit de nul port. »

Ma scène du matin à Venise me fait encore souvenir

---

1. *De la conquête de Constantinople*, Petitot, 1ʳᵉ série, t. I, § 38. Chateaubriand abrège le passage qu'il cite et sa transcription du texte original est parfois fautive.

de l'histoire du capitaine Olivet et de Zulietta, si bien racontée [1] :

« La gondole aborde », dit Rousseau, « et j'en vois sortir une jeune personne éblouissante, fort coquettement mise et fort leste, qui dans trois sauts fut dans la chambre ; et je la vis établie à côté de moi avant que j'eusse aperçu qu'on y avait mis un couvert. Elle était aussi charmante que vive, une brunette de vingt ans au plus. Elle ne parlait qu'italien ; son accent seul eût suffi pour me tourner la tête. Tout en mangeant, tout en causant, elle me regarde, me fixe un moment, puis s'écriant : "Bonne Vierge ! Ah ! mon cher Bremond, qu'il y a longtemps que je ne t'ai vu !" se jette entre mes bras, colle sa bouche contre la mienne, et me serre à m'étouffer. Ses grands yeux noirs à l'orientale lançaient dans mon cœur des traits de feu ; et quoique la surprise fît d'abord quelque diversion, la volupté me gagna très rapidement... Elle nous dit que je ressemblais à s'y tromper à M. de Bremond, directeur des douanes de Toscane : qu'elle avait raffolé de ce M. de Bremond ; qu'elle en raffolait encore ; qu'elle l'avait quitté parce qu'elle était une sotte ; qu'elle me prenait à sa place ; qu'elle voulait m'aimer parce que cela lui convenait ; qu'il fallait, par la même raison, que je l'aimasse tant que cela lui conviendrait ; et que, quand elle me planterait là, je prendrais patience comme avait fait son cher Bremond. Ce qui fut dit fut fait... Le soir, nous la ramenâmes chez elle. Tout en causant, je vis deux pistolets sur sa toilette. "Ah ! ah ! dis-je en en prenant un, voici une boîte à mouches de nouvelle fabrique ; pourrait-on savoir quel en est l'usage ?"... Elle nous dit avec une naïveté fière qui la rendait encore plus charmante : "Quand j'ai des bontés pour des gens que je n'aime point, je leur fais payer l'ennui qu'ils me donnent ; rien n'est plus juste : mais, en endurant leurs caresses, je ne veux pas endurer leurs insultes, et je ne manquerai pas le premier qui me manquera." »

« En la quittant j'avais pris son heure pour le lende-

1. Au livre VII des *Confessions* (« Bibliothèque de la Pléiade », p. 318-320).

main. Je ne la fis pas attendre. Je la trouvai *in vestito di confidenza*, dans un déshabillé plus que galant, qu'on ne connaît que dans les pays méridionaux, et que je ne m'amuserai pas à décrire, quoique je me le rappelle trop bien... Je n'avais point idée des voluptés qui m'attendaient. J'ai parlé de madame de Larnage, dans les transports que son souvenir me rend quelquefois encore ; mais qu'elle était vieille, et laide, et froide, auprès de ma Zulietta ! Ne tâchez pas d'imaginer les grâces et les charmes de cette fille enchanteresse, vous resteriez trop loin de la vérité ; les jeunes vierges des cloîtres sont moins fraîches, les beautés du sérail sont moins vives, les houris du paradis sont moins piquantes. »

Cette aventure finit par une bizarrerie de Rousseau et le mot de Zulietta : *Lascia le donne e studia la matematica*[1].
Lord Byron livrait aussi sa vie à des Vénus payées[2] : il remplit le palais Mocenigo de ces beautés vénitiennes *réfugiées*, selon lui, sous les *fazzioli*[3]. Quelquefois, troublé de sa honte, il fuyait, et passait la nuit sur les eaux dans sa gondole. Il avait pour sultane favorite Margherita Cogni, surnommée, de l'état de son mari, *la Fornarina*[4] : « Brune, grande (c'est lord Byron qui parle), tête vénitienne, de très beaux yeux noirs, et vingt-deux ans. Un jour d'automne, allant au Lido... nous fûmes surpris par une bourrasque... Au retour, après une lutte terrible, je trouvai Margherita en plein air sur les marches du palais Mocenigo, au bord du grand canal ; ses yeux noirs étincelaient à travers ses larmes ; ses longs cheveux de jais détachés, trempés de pluie, couvraient ses sourcils et son sein. Exposée en plein à l'orage, le vent qui s'engouffrait sous ses habits et sa chevelure les roulait autour de sa

---

1. « Laisse (tomber) les femmes et étudie les mathématiques. »
2. Pour rédiger la suite de ce chapitre, Chateaubriand a mis à contribution le tome III des *Mémoires de lord Byron*, publié par Thomas Moore, et aussitôt traduit par Mme Louise Belloc (Paris, Meunier, 1830-1831, 4 vol.).   **3.** C'est-à-dire chez les femmes du peuple, qui se couvraient la tête avec ces mouchoirs ou fichus de coton qu'on appelle *fazzioli*.   **4.** Nous dirions, avec Pagnol : la femme du boulanger ! C'est aussi sous ce nom qu'est connue la maîtresse de Raphaël.

taille élancée ; l'éclair tourbillonnait sur sa tête, et les vagues mugissaient à ses pieds ; elle avait tout l'aspect d'une Médée descendue de son char, ou d'une sibylle conjurant la tempête qui rugissait à l'entour ; seule chose vivante à portée de voix dans ce moment, excepté nous-mêmes. Me voyant sain et sauf, elle ne m'attendait pas pour me souhaiter la bienvenue ; mais vociférant de loin : "*Ah ! can della Madonna ! dunque sta il tempo per andar al Lido* ! Ah ! chien de la Vierge, est-ce là un temps pour aller au Lido ?" »

Dans ces deux récits de Rousseau et de Byron, on sent la différence de la position sociale, de l'éducation et du caractère des deux hommes. À travers le charme du style de l'auteur des *Confessions*, perce quelque chose de vulgaire, de cynique, de mauvais ton, de mauvais goût ; l'obscénité d'expression particulière à cette époque gâte encore le tableau. Zulietta est supérieure à son amant en élévation de sentiments et en élégance d'habitude ; c'est presque une grande dame éprise du secrétaire infime d'un ambassadeur mesquin. La même infériorité se retrouve quand Rousseau s'arrange pour élever à frais communs, avec son ami Carrio, une petite fille de onze ans dont ils devaient partager les faveurs ou plutôt les larmes.

Lord Byron est d'une autre allure : il laisse éclater les mœurs et la fatuité de l'aristocratie ; pair de la Grande-Bretagne, se jouant de la femme du peuple qu'il a séduite, il l'élève à lui par ses caresses et par la magie de son talent. Byron arriva riche et fameux à Venise, Rousseau y débarqua pauvre et inconnu ; tout le monde sait le palais qui divulgua les erreurs de l'héritier noble du célèbre commodore anglais [1] ; aucun cicerone ne pourrait vous indiquer la demeure où cacha ses plaisirs le fils plébéien de l'obscur horloger de Genève. Rousseau ne parle pas même de Venise ; il semble l'avoir habitée sans l'avoir vue : Byron l'a chantée admirablement.

Vous avez vu dans ces *Mémoires* ce que j'ai dit des

---

1. Le commodore John Byron (1723-1786), grand-père du poète. Ce hardi navigateur avait exploré, de 1764 à 1766, les côtes de la Patagonie, la Terre de Feu et les îles Malouines.

rapports d'imagination et de destinée qui semblent avoir existé entre l'historien de *René* et le poète de *Childe-Harold*[1]. Ici je signale encore une de ces rencontres tant flatteuses à mon orgueil. La brune Fornarina de lord Byron n'a-t-elle pas un air de famille[2] avec la blonde Velléda des *Martyrs*, son aînée ?

« Caché parmi les rochers, j'attendis quelque temps sans voir rien paraître. Tout à coup mon oreille est frappée des sons que le vent m'apporte du milieu du lac. J'écoute et je distingue les accents d'une voix humaine ; en même temps je découvre un esquif suspendu au sommet d'une vague ; il redescend, disparaît entre deux flots, puis se montre encore sur la cime d'une lame élevée ; il approche du rivage. Une femme le conduisait ; elle chantait en luttant contre la tempête, et semblait se jouer dans les vents : on eût dit qu'ils étaient sous sa puissance, tant elle paraissait les braver. Je la voyais jeter tour à tour en sacrifice dans le lac des pièces de toile, des toisons de brebis, des pains de cire et de petites meules d'or et d'argent.

« Bientôt elle touche à la rive, s'élance à terre, attache sa nacelle au tronc d'un saule et s'enfonce dans le bois en s'appuyant sur la rame de peuplier qu'elle tenait à la main. Elle passa tout près de moi sans me voir. Sa taille était haute ; une tunique noire, courte et sans manches, servait à peine de voile à sa nudité. Elle portait une faucille d'or suspendue à une ceinture d'airain, et elle était couronnée d'une branche de chêne. La blancheur de ses bras et de son teint, ses yeux bleus, ses lèvres de rose, ses longs cheveux blonds qui flottaient épars, annonçaient la fille des Gaulois, et contrastaient par leur douceur, avec sa démarche fière et sauvage. Elle chantait d'une voix

---

1. Au chapitre 4 du livre XII.   2. Avec néanmoins une sensible différence de ton. Byron dit de la Fornarina : « C'était un animal très remarquable (...), mais la plus terrible sorcière, et méchante comme un démon. »

mélodieuse des paroles terribles, et son sein découvert s'abaissait et s'élevait comme l'écume des flots[1]. »

Je rougirais de me montrer entre Byron et Jean-Jacques, sans savoir ce que je serai dans la postérité, si ces *Mémoires* devaient paraître de mon vivant ; mais quand ils viendront en lumière j'aurai passé et pour jamais, ainsi que mes illustres devanciers, sur le rivage étranger ; mon ombre sera livrée au souffle de l'opinion, vain et léger comme le peu qui restera de mes cendres.

Rousseau et Byron ont eu à Venise un trait de ressemblance : ni l'un ni l'autre n'a senti les arts. Rousseau, doué merveilleusement pour la musique, n'a pas l'air de savoir qu'il existe près de *Zulietta* des tableaux, des statues, des monuments ; et pourtant avec quel charme ces chefs-d'œuvre se marient à l'amour dont ils divinisent l'objet et augmentent la flamme ! Quant à lord Byron[2], il *abhorre l'infernal éclat* des couleurs de Rubens ; il *crache* sur tous les sujets de saints dont les églises regorgent ; il n'a jamais rencontré tableau ou statue approchant d'une lieue de sa pensée. Il préfère à ces arts imposteurs la beauté de quelques montagnes, de quelques mers, de quelques chevaux, d'un certain lion de Morée, et d'un tigre qu'il vit souper dans *Exeter Change*. N'y aurait-il point un peu de parti pris dans tout cela ?

Que d'affectation et de forfanterie[3] *!*

---

1. *Les Martyrs*, livre IX (*Œuvres*, II, p. 252-254).   2. Chateaubriand résume dans les lignes suivantes trois pages des *Mémoires de Byron* (trad. fr., t. III, p. 200-202), non sans reprendre des expressions littérales.   3. *Tartuffe*, III, 2, vers 857.

(13)

Venise, septembre 1833.

Beaux génies inspirés par Venise.

Mais quelle est donc cette ville où les plus hautes intelligences se sont donné rendez-vous ? Les unes l'ont elles-
mêmes visitée, les autres y ont envoyé leurs Muses.
Quelque chose aurait manqué à l'immortalité de ces
talents, s'ils n'eussent suspendu des tableaux à ce temple
de la volupté et de la gloire. Sans rappeler encore les
grands poètes de l'Italie, les génies de l'Europe entière y
placèrent leurs créations : là respire cette *Desdemona* de
Shakespeare, bien différente de la *Zulietta* de Rousseau
et de la *Margherita* de Byron, cette pudique Vénitienne
qui déclare sa tendresse à Othello : « Si vous avez un ami
qui m'aime, apprenez-lui à raconter votre histoire, cela
me pénétrera d'amour pour lui[1]. » Là paraît cette *Belvidera* d'Otway qui dit à Jaffier[2] :

Oh smile, as when our loves were in their spring
....
O ! lead me to some desert wide and wild,
Barren as our misfortunes, where my soul
May have its vent, where I may tell aloud

---

1. *Othello*, acte I, scène 3. Chateaubriand transpose au style direct
les paroles de Desdémone que rapporte Othello.   2. Personnages de
Venise sauvée (*Venice preserved*) du poète anglais John Otway (1651-
1685), représentée pour la première fois à Londres en 1682. Cette pièce
fit partie du programme que la troupe de Kemble présenta au Théâtre-
Italien, à Paris, de septembre à décembre 1827 : Miss Smithson y
triompha dans le rôle de Belvidera. Le passage cité est emprunté à la
fin du premier acte. Mme de Staël avait déjà souligné la beauté de cette
scène dans *Corinne* (VI, 2) où Oswald déclare : « Où trouverez-vous
ce sentiment mélancolique et tendre qui anime notre poésie ? que pour-
riez-vous comparer à la scène de Belvidera et de son époux dans
Otway ? »

To the high heavens, and ev'ry list'ning planet,
With what a boundless stock my bosom's fraught :
Where I may throw my eager arms about thee,
Give loose to love, with kisses kindling joy,
And let off all the fire that's in my heart.

« Oh ! souris-moi comme quand nos amours étaient dans leur printemps.... Conduis-moi à quelque désert vaste, sauvage, stérile comme nos malheurs, où mon âme puisse respirer, où je puisse à grands cris dire aux cieux élevés et aux astres écoutants de quelles richesses sans bornes mon sein est chargé ; où je puisse jeter mes bras impatients autour de toi, donner passage à l'amour par des baisers qui rallument la joie, et laisser aller tout le feu qui est dans mon cœur[1]. »

Gœthe, de notre temps, à célébré Venise[2], et le gentil Marot[3], qui le premier fit entendre sa voix au réveil des Muses françaises, se réfugia aux foyers du Titien. Montesquieu écrivait : « On peut avoir vu toutes les villes du monde et être surpris en arrivant à Venise[4]. »

Lorsque, dans un tableau trop nu, l'auteur des *Lettres persanes* représente une musulmane abandonnée dans le paradis à deux *hommes divins*[5], ne semble-t-il pas avoir peint la courtisane des *Confessions* de Rousseau et celle des *Mémoires* de Byron ? N'étais-je pas, entre mes deux Floridiennes, comme Anaïs entre ses deux anges ? Mais les *filles peintes* et moi, nous n'étions pas immortels.

Madame de Staël livre Venise à l'inspiration de Corin-

---

1. Prosper de Barante a donné une version française de *Venise sauvée*, précédée par une notice, dans le recueil des *Chefs-d'œuvre des théâtres étrangers* (Rapilly, t. XII, 1827). Mais la traduction de Chateaubriand ne lui doit rien ; elle est fidèle et énergique.   2. Où il a séjourné du 28 septembre au 14 octobre 1786. Grâce à Ampère qui avait rendu visite à Goethe, à Weimar, au printemps 1827, Chateaubriand pouvait connaître les *Épigrammes vénitiennes*, mais aussi certains passages du *Voyage en Italie*.   3. Accusé de complaisance envers la Réforme, Clément Marot avait trouvé refuge en 1535 à la cour de Ferrare. Mais il en fut bientôt chassé et se rendit alors à Venise, où il séjourna de juillet à novembre 1536, avant de regagner la France où il rentra en grâce auprès de François Ier.   4. Montesquieu, *Lettres persanes*, XXXI.   5. *Ibidem*, CXLI.

ne [1] : celle-ci écoute le bruit du canon qui annonce l'obscur sacrifice d'une jeune fille... Avis solennel « qu'une femme résignée donne aux femmes qui luttent encore contre le destin ». Corinne monte au sommet de la tour de Saint-Marc, contemple la ville et les flots, tourne les yeux vers *les nuages du côté de la Grèce* : « La nuit elle ne voit que le reflet des lanternes qui éclairent les gondoles : on dirait des ombres qui glissent sur l'eau, guidées par une petite étoile. » Oswald part ; Corinne s'élance pour le rappeler. « Une pluie terrible commençait alors : le vent le plus violent se faisait entendre. » Corinne descend sur le bord du canal. « La nuit était si obscure qu'il n'y avait pas une seule barque ; Corinne appelait au hasard des bateliers qui prenaient ses cris pour des cris de détresse de malheureux qui se noyaient pendant la tempête, et néanmoins personne n'osait approcher, tant les ondes agitées du grand canal étaient redoutables. »

Voilà encore la *Margherita* de lord Byron.

J'éprouve un plaisir indicible à revoir les chefs-d'œuvre de ces grands maîtres dans le lieu même pour lequel ils ont été faits. Je respire à l'aise au milieu de la troupe immortelle, comme un humble voyageur admis aux foyers d'une riche et belle famille.

---

1. C'est à Venise qu'Oswald se sépare de *Corinne* : voir livre XV, 7-9 et XVI, 1-3.

LIVRE QUARANTIÈME

(1)

De Venise à Ferrare, du 17 au 18 septembre 1833[1].

ARRIVÉE DE MADAME DE BAUFFREMONT À VENISE. — LE CATAJO. — LE DUC DE MODÈNE. — TOMBEAU DE PÉTRARQUE À ARQUA. — TERRE DES POÈTES.

L'intervalle était immense entre ces rêveries[2] et les vérités dans lesquelles je rentrais en me présentant à l'hôtel de la princesse de Bauffremont ; il me fallait sauter de 1806, dont le souvenir venait m'occuper, à 1833, là où je me trouvais en réalité : Marco Polo tomba de la Chine à Venise, précisément après une absence de vingt-sept ans.

Madame de Bauffremont porte à merveille sur son visage et dans ses manières le nom de Montmorency[3] : elle aurait pu très bien, comme cette Charlotte, mère du

---

1. Chateaubriand a daté par erreur ce chapitre « du 16 au 17 septembre 1833 ». Or c'est le mardi 17 qu'il a quitté Venise, après avoir vu, dans la matinée, Mme de Bauffremont qui était arrivée la veille ; c'est ensuite le mercredi 18, au petit jour, qu'il est arrivé à Ferrare. Nous avons rétabli ces dates.　**2.** La « Rêverie au Lido » qui constitue, dans le manuscrit de 1845, le chapitre 18 et dernier du livre précédent : voir Appendice I, *infra*, p. 645 *sq*.　**3.** Voir *supra*, p. 379, note 1. Sur Charlotte de Montmorency, voir t. II, p. 28, note 3.

grand Condé et de la duchesse de Longueville, être aimée de Henri IV. La princesse m'apprit que madame la duchesse de Berry m'avait écrit de Pise une lettre que je n'avais pas reçue : Son Altesse Royale arrivait à Ferrare où elle m'espérait.

Il m'en coûtait d'abandonner ma retraite ; une huitaine était encore nécessaire à ma revue ; je regrettais surtout de ne pouvoir mettre à fin l'aventure de Zanze[1], mais mon temps appartenait à la mère de Henri V, et toujours, quand je suis en route, vient un heurt qui me jette dans un autre chemin.

Je partis laissant mes bagages à l'hôtel de l'Europe, comptant revenir avec Madame.

Je retrouvai ma calèche à Fusina : on la tira d'une vieille remise, comme un joyau du garde-meuble de la couronne. Je quittai la rive qui prend peut-être son nom de la fourche à trois dents du roi de la mer : *Fuscina*.

Rendu à Padoue, je dis au postillon : « Route de Ferrare. » Elle est charmante, cette route, jusqu'à Monselice : colline d'une élégance extrême, vergers de figuiers, de mûriers et de saules festonnés de vignes, prairies gaies, châteaux ruineux. Je passai devant le *Catajo*, tout orné de soldats[2] : l'abbé Lenglet, fort érudit d'ailleurs, a pris ce manoir pour la Chine[3]. Le Catajo n'appartient pas à Angélique, mais au duc de Modène[4]. Je me suis trouvé nez à nez avec Son Altesse. Elle daignait se promener à

---

1. Sur cette aventure, voir Appendice I, 1, *infra*, p. 615-619. **2.** À cause de la présence du duc de Modène, venu recevoir la duchesse de Berry dans cette villa forte construite en 1572. **3.** Le savant abbé Nicolas Lenglet-Dufresnoy (1674-1755), historien versé aussi dans les romans, aurait confondu, dans une référence bibliographique, un ouvrage sur le Cataio avec un livre sur Cathay, c'est-à-dire sur la Chine ; c'est du moins ce que signale Valéry dans une note de son *Indicateur italien* (t. II, p. 49). **4.** Dans la même page, Valéry évoque le Cataio comme « un grand manoir » sur les créneaux duquel on ne serait pas surpris de « voir paraître le nain avec son cor, comme dans les romans de chevalerie ». Il indique aussi que le château a été légué au duc de Modène par le dernier marquis Obizzi. Sans doute est-ce ce qui amène Chateaubriand à rapprocher, selon un procédé de comparaison *a contrario* qu'il affectionne, la belle Angélique, reine du royaume de Cathay dans le *Roland furieux*, et le propriétaire actuel.

pied sur le grand chemin. Ce duc est un rejeton de la race des princes inventés par Machiavel[1] ; il a la fierté de ne pas reconnaître Louis-Philippe.

Le village d'Arqua montre le tombeau de Pétrarque, chanté avec son site par lord Byron[2] :

> *Che fai, che pensi ? che pur dietro guardi*
> *Nel tempo, che tornar non pote omai,*
> *Anima sconsolata ?*

« Que fais-tu, que penses-tu ? pourquoi regarder en arrière dans un temps qui ne peut jamais revenir, âme inconsolée ? »

Tout ce pays, dans un diamètre de quarante lieues, est le sol indigène des écrivains et des poètes : Tite-Live, Virgile, Catulle, Arioste, Guarini, les Strozzi, les trois Bentivoglio, Bembo, Bartoli, Bojardo, Pindemonte, Varano, Monti, une foule d'autres hommes célèbres, ont été enfantés par cette terre des Muses[3]. Le Tasse même était Bergamasque d'origine. Je n'ai vu des derniers poètes italiens qu'un des deux Pindemonte. Je n'ai connu

---

1. François-Joseph-Jean de Lorraine (1779-1846), petit-fils de Marie-Thérèse, se trouvait être aussi par sa mère le dernier descendant des Este. Cet archiduc autrichien avait pris possession de ses États en 1815, sous le nom de François IV. C'est lui qui avait accueilli, en 1831, la duchesse de Berry à Massa (duché dont il avait hérité en 1829). Il a incarné jusqu'à la caricature, pour ses contemporains, le type du souverain de la Sainte-Alliance, aussi absolu que borné. Il servira de modèle pour le prince de *La Chartreuse de Parme*, avant de devenir le beau-père du comte de Chambord.   2. Dans *Childe-Harold*, chant IV, strophes 30 à 33. Pour les vers de Pétrarque sur la mort de Laure, voir *Canzoniere*, II, 273, vers 1-3.   3. Virgile est né près de Mantoue, Tite-Live et Cesarotti à Padoue, Catulle et les frères Pindemonte à Vérone, Pierre Bembo (1470-1547) à Venise, Ercole Bentivoglio (1506-1573) à Bologne, Arioste et Bojardo (1430-1494) à Reggio. Mais c'est à Ferrare ou dans son voisinage qu'ont vu le jour : Tito Strozzi (1422-1501) et son fils Ercole (1471-1508) ; Gian-Battista Guarini (1538-1612) ; le cardinal Guido Bentivoglio (1579-1644) ; le père Daniele Bartoli (1608-1685) ; le cardinal Cornelio Bentivoglio (1668-1732) ; Alfonso Varano (1705-1788) et Vincenzo Monti (1754-1828).

ni Cesarotti, ni Monti, j'aurais été heureux de rencontrer Pellico et Manzoni[1], rayons d'adieux de la gloire italienne. Les monts Euganéens, que je traversais, se doraient de l'or du couchant avec une agréable variété de formes et une grande pureté de lignes : un de ces monts ressemblait à la principale pyramide de Saccarah[2], lorsqu'elle s'imprime au soleil tombant sur l'horizon de la Libye.

Je continuai mon voyage la nuit par Rovigo ; une nappe de brouillard couvrait la terre. Je ne vis le Pô qu'au passage de Lagoscuro. La voiture s'arrêta ; le postillon appela le bac avec sa trompe. Le silence était complet ; seulement, de l'autre côté du fleuve, le hurlement d'un chien et les cascades lointaines d'un triple écho répondaient à son cor ; avant-scène de l'empire élyséen[3] du Tasse dans lequel nous allions entrer.

Un froissement sur l'eau, à travers le brouillard et l'ombre, annonça le bac ; il glissait le long de la cordelle soutenue sur des bateaux à l'ancre. Entre les quatre et cinq heures du matin, j'arrivai le 18 à Ferrare ; je descendis à l'*hôtel des Trois Couronnes* ; Madame y était attendue.

---

1. Le comte Alessandro Manzoni (1785-1873), de bonne famille lombarde, était le petit-fils de Beccaria. Il avait passé une partie de sa jeunesse, de 1805 à 1809, à Paris, auprès de sa mère, proche du milieu idéologue : c'est alors qu'il noua une amitié durable avec Fauriel. Il ne tarda pas, néanmoins, à revenir à la foi catholique, peu après son mariage. De retour à Milan, sa poésie va prendre une teinte religieuse qui caractérise ses *Hymnes sacrés* (1ʳᵉ édition 1815). Puis il se tourne vers le théâtre auquel il donne *Adelchi* (1820-1822), tragédie historique qui remporta un grand succès. Au mois de juillet 1821, il avait par ailleurs salué la mort de Napoléon par une ode fameuse : *Le Cinq Mai*. Désormais, sans cesser de participer au débat littéraire, Manzoni va se consacrer à la rédaction de son œuvre majeure, *Les Fiancés (I Promessi Sposi)* : la première version de ce grand roman historique est publiée en 1827 ; la seconde verra le jour en 1840. Alors commence une longue vieillesse pour celui en qui la nouvelle Italie verra sa première gloire nationale, et que Verdi honorera de son *Requiem*. **2.** Voir *Itinéraire*, p. 1148. **3.** De discrètes réminiscences virgiliennes assimilent ici le Pô à un fleuve infernal dont la traversée prélude à la rencontre des ombres illustres.

Mercredi 18.

Son Altesse Royale n'étant point arrivée, je visitai l'église de Saint-Paul ; je n'y ai vu que des tombes ; du reste, pas une âme, hormis celles de quelques morts et la mienne qui ne vit guère. Au fond du chœur pendait un tableau du Guerchin.

La cathédrale est trompeuse : vous apercevez un front et des flancs où s'incrustent des bas-reliefs à sujets sacrés et profanes. Sur cet extérieur règnent encore d'autres ornements placés d'ordinaire à l'intérieur des édifices gothiques, comme rudentures, modillons arabes, soffites à nimbe, galeries à colonnettes, à ogives, à trèfles, ménagées dans l'épaisseur des murs[1]. Vous entrez, et vous restez ébahi à la vue d'une église neuve à voûtes sphériques, à piliers massifs. Quelque chose de ces disparates existe en France au physique et au moral : dans nos vieux châteaux on pratique des cabinets modernes, force nids à rats, alcôves et garde-robes. Pénétrez dans l'âme d'un bon nombre de ces hommes armoriés de noms historiques, qu'y trouvez-vous ? des inclinations d'antichambre.

Je fus tout penaud à l'aspect de cette cathédrale : elle semblait avoir été retournée comme une robe mise à l'envers : bourgeoise du temps de Louis XV, masquée en châtelaine du XIIe siècle.

Ferrare, jadis tant agitée de ses femmes, de ses plaisirs et de ses poètes, est presque déshabitée : là où les rues sont larges, elles sont désertes, et les moutons y pourraient paître. Les maisons délabrées ne se raviment pas, ainsi qu'à Venise, par l'architecture, les vaisseaux, la mer et la gaieté native du lieu. À la porte de la Romagne si malheureuse, Ferrare, sous le joug d'une garnison d'Autrichiens, a du visage d'un persécuté : elle semble porter le deuil éternel du Tasse ; prête à tomber, elle se courbe comme une vieille. Pour seul monument du jour sort à

---

1. Marcellus (p. 475) est sévère pour cette prolifération de termes techniques qu'il considère comme un « abus du style descriptif ». La cathédrale de Ferrare est en effet un édifice composite, mais sa large façade du XIIe siècle est aussi remarquable par la disposition et la variété des ouvertures que par la richesse de sa sculpture.

moitié de terre un tribunal criminel, avec des prisons non
achevées. Qui mettra-t-on dans ces cachots récents ? la
jeune Italie. Ces geôles neuves, surmontées de grues et
bordées d'échafaudages, comme les palais de la ville de
Didon[1], touchent à l'ancien cachot du chantre de la *Jérusalem*.

(2)

Ferrare, 18 septembre 1833.

LE TASSE.

S'il est une vie qui doive faire désespérer du bonheur
pour les hommes de talent, c'est celle du Tasse[2]. Le beau
ciel[3] que ses yeux regardaient en s'ouvrant au jour fut un
ciel trompeur.

« Mes adversités », dit-il, « commencèrent avec ma
vie. La cruelle fortune m'arracha des bras de ma mère. Je
me souviens de ses baisers mouillés de larmes, de ses
prières que les vents ont emportées. Je ne devais plus
presser mon visage contre son visage. D'un pas mal

---

1. Voir *Énéide*, IV, vers 88-89 : ... *pendent opera interrupta,
minaeque/ Murorum ingentes, aequataque machina caelo.*/ « Les travaux arrêtés demeurent en suspens, énormes murailles menaçantes,
échafaudages qui montent vers le ciel. »   **2.** Le Tasse fut, dès sa
jeunesse, un des poètes préférés de Chateaubriand (voir X, 9 ; t. I,
p. 570). Celui-ci a salué dans la *Jérusalem délivrée* « un modèle parfait
de composition », « une fleur de poésie exquise » (*Génie*, p. 630-631)
et il a rendu, dans son *Itinéraire*, hommage à la vérité de ses descriptions. Juliette Récamier partageait cette admiration. Mais dans les
pages qui suivent, le mémorialiste va plus loin : identifiant son propre
destin à celui du poète fou et captif, il esquisse le portrait emblématique
du génie incompris et persécuté ; thème majeur du romantisme auquel
Mme de Staël avait prélude lorsqu'elle avait défini la gloire comme
« le deuil éclatant du bonheur ».   **3.** Celui de Sorrente, où Le Tasse
est né le 11 mars 1544.

assuré comme Ascagne ou la jeune Camille, je suivis mon père errant et proscrit. C'est dans la pauvreté et l'exil que j'ai grandi[1]. »

Torquato Tasso perdit à Ostille Bernardo Tasso[2]. Torquato a tué Bernardo comme poète ; il l'a fait vivre comme père.

Sorti de l'obscurité par la publication du *Rinaldo*[3], le Tasse fut appelé à Ferrare. Il y débuta au milieu des fêtes du mariage d'Alphonse II avec l'archiduchesse Barbe[4]. Il y rencontra Léonore, sœur d'Alphonse : l'amour et le malheur achevèrent de donner à son génie toute sa beauté. « Je vis, raconte le poète[5] peignant dans l'*Aminte* la première cour de Ferrare, je vis des déesses et des nymphes charmantes, sans voiles, sans nuages : je me sentis inspiré d'une nouvelle vertu, d'une divinité nouvelle, et je chantai la guerre et les héros... ! »

Le Tasse lisait les stances de la *Gerusalemme*, à mesure qu'il les composait, aux deux sœurs d'Alphonse, Lucrèce et Léonore. On l'envoya auprès du cardinal Hippolyte d'Este, fixé à la cour de France : il mit en gage ses vêtements et ses meubles pour faire ce voyage, tandis que le cardinal qu'il honorait de sa présence faisait à Charles IX le fastueux cadeau de cent chevaux barbes avec leurs écuyers arabes superbement vêtus. Laissé d'abord dans les écuries, le Tasse fut ensuite présenté au roi-poète, ami de Ronsard. Dans une lettre[6] qui nous est restée, il juge les Français avec dureté. Il composa quelques vers de sa *Gerusalemme* dans une abbaye d'hommes en France dont le cardinal Hippolyte était pourvu ; c'était Châalis, près

---

1. *Canzone al Metauro*, vers 21-26 et 31-42.   2. Le père de Torquato, Bernardo Tasso (1493-1569), secrétaire du prince de Salerne, puis du duc de Mantoue, est mort à Ostiglia dont il était le gouverneur. Ce fut, en son temps, un poète réputé auquel on doit, en particulier, un *Amadis* de près de cinquante-sept mille vers (1560) !   3. Poème en douze chants imprimé à Venise en 1562.   4. Barbara de Habsbourg. Les noces furent célébrées au mois de décembre 1565 : Torquato Tasso avait vingt et un ans.   5. Chateaubriand abrège le passage en question : *Aminta*, I, 1, vers 625-628 et 633-638.   6. Lettre au comte Ercole de' Contrari (1572).

d'Ermenonville, où devait rêver et mourir J.-J. Rousseau : Dante aussi avait passé obscurément dans Paris.

Le Tasse retourna en Italie en 1571 et ne fut point témoin de la Saint-Barthélemy. Il se rendit directement à Rome et de là revint à Ferrare. L'*Aminte* fut jouée avec un grand succès. Tout en devenant le rival d'Arioste, l'auteur de *Renaud* admirait à un tel point l'auteur de *Roland*, qu'il refusait les hommages du neveu de ce poète : « Ce laurier que vous m'offrez, lui écrivait-il, le jugement des savants, celui des gens du monde, et le mien même, l'ont déposé sur la tête de l'homme à qui le sang vous lie. Prosterné devant son image, je lui donne les titres les plus honorables que puissent me dicter l'affection et le respect. Je le proclamerai hautement mon père, mon seigneur et mon maître [1]. »

Cette modestie, si inconnue de notre temps, ne désarma point la jalousie. Torquato avait vu les fêtes données par Venise à Henri III revenant de Pologne, lorsqu'on imprima furtivement un manuscrit de la *Jérusalem* : les minutieuses critiques des amis dont le Tasse consultait le goût le vinrent alarmer. Peut-être s'y montra-t-il trop sensible ; mais peut-être avait-il bâti sur l'espérance de sa gloire le succès de ses amours. Il se crut environné de pièges et de trahisons ; il fut obligé de défendre sa vie. Le séjour de Belriguardo, où Goethe évoque son ombre, ne le put calmer : « De même que le rossignol (dit le grand poète allemand faisant parler le grand poète italien), il exhalait de son sein malade d'amour l'harmonie de ses plaintes : ses chants délicieux, sa mélancolie sacrée, captivaient l'oreille et le cœur...

Qui a plus de droits à traverser mystérieusement les siècles que le secret d'un noble amour, confié au secret d'un chant sublime ?...

Qu'il est charmant (dit toujours Goethe [2] interprète des sentiments de Léonore), qu'il est charmant de se contempler dans le beau génie de cet homme, de l'avoir à ses côtés dans l'éclat de cette vie, d'avancer avec lui d'un

---

1. Lettre à Orazio Ariosto, du 16 janvier 1577.   **2.** Ces citations proviennent du *Torquato Tasso* de Goethe (1789).

pas facile vers l'avenir ! Dès lors le temps ne pourra rien sur toi, Léonore : vivante dans les champs du poète, tu seras encore jeune, encore heureuse, quand les années t'auront emportée dans leur cours. »

Le chantre d'Herminie conjure Léonore (toujours dans les vers du poète de la Germanie) de le reléguer dans une de ses *villa* les plus solitaires : « Souffrez, lui dit-il, que je sois votre esclave. Comme je soignerai vos arbres ! avec quelle précaution, en automne, je couvrirai votre citronnier de plantes légères ! Sous le verre des couches j'élèverai de belles fleurs. »

Le récit des amours du Tasse était perdu, Goethe l'a retrouvé.

Les chagrins des Muses et les scrupules de la religion commencèrent à altérer la raison du Tasse. On lui fit subir une détention passagère. Il s'échappa presque nu : égaré dans les montagnes, il emprunta les haillons d'un berger, et, déguisé en pâtre, il arriva chez sa sœur Cornélie. Les caresses de cette sœur et l'attrait du pays natal apaisèrent un moment ses souffrances : « Je voulais, disait-il, me retirer à Sorrente comme dans un port paisible, *quasi in porlo di quiete.* » Mais il ne put rester où il était né ! un charme l'attirait à Ferrare : l'amour est la patrie.

Reçu froidement du duc Alphonse, il se retira de nouveau ; il entra dans les petites cours de Mantoue, d'Urbino, de Turin, chantant pour payer l'hospitalité. Il disait au Metauro, ruisseau natal de Raphaël : « Faible, mais glorieux enfant de l'Apennin, voyageur vagabond, je viens chercher sur tes bords la sûreté et mon repos[1]. » Armide avait passé au berceau de Raphaël ; elle devait présider aux enchantements de la Farnésine.

Surpris par un orage aux environs de Verceil, le Tasse célébra la nuit qu'il avait passée chez un gentilhomme, dans le beau dialogue du *Père de famille*[2]. À Turin, on lui refusa l'entrée des portes, tant il était dans un état misérable. Instruit qu'Alphonse allait contracter un nouveau mariage, il reprend le chemin de Ferrare. Un esprit

---

1. *Canzone al Metauro*, vers 1-6.   2. Rédigé en 1580, publié en 1583 et dédié à Scipion Gonzague.

divin s'attachait aux pas de ce dieu caché sous l'habit des pasteurs d'Admète ; il croyait voir cet esprit et l'entendre : un jour, étant assis près du feu et apercevant la lumière du soleil sur une fenêtre : « *Ecco l'amico spirito che cortesemente è venuto a favellarmi.* Voilà l'esprit ami qui est venu courtoisement me parler. » Et Torquato causait avec un rayon de soleil. Il rentra dans la ville fatale comme l'oiseau fasciné se jette dans la gueule du serpent ; méconnu et repoussé des courtisans, outragé par les domestiques, il se répandit en plaintes, et Alphonse le fit enfermer dans une maison de fous à l'hôpital Sainte-Anne [1].

Alors le poète écrivait à un de ses amis [2] : « Sous le poids de mes infortunes, j'ai renoncé à toute pensée de gloire ; je m'estimerais heureux si je pouvais seulement éteindre la soif qui me dévore... L'idée d'une captivité sans terme et l'indignation des mauvais traitements que je subis augmentent mon désespoir. La saleté de ma barbe, celle de mes cheveux et de mes vêtements, me rendent un objet de dégoût pour moi-même. »

Le prisonnier implorait toute la terre et jusqu'à son impitoyable persécuteur ; il tirait de sa lyre des accents qui auraient dû faire tomber les murs dont on entourait ses misères.

> *Piango il morir : non piango il morir solo,*
> *Ma il modo..*
> *..*
> *Mi saria di conforto aver la tomba,*
> *Ch'altra mole innalzar credea co' carmi* [3].

« Je pleure le mourir ; je ne pleure pas seulement le mourir, mais la manière dont je meurs... Ce sera un

---

1. Cette scène se déroula le 11 mars 1579. Le poète demeura incarcéré à Ferrare jusqu'au mois de juillet 1586.   2. Cette lettre à Scipion Gonzague date du mois de mai 1579.   3. Ces vers, que Chateaubriand a pu voir dans la prison même du Tasse, sont cités par Valéry, avec leur traduction (t. II, p. 78). C'est le même Valéry qui renvoie à Byron.

secours d'avoir la tombe à celui qui croyait élever
d'autres monuments par ses vers. »

Lord Byron a composé un poème des *Lamentations du
Tasse* ; mais il ne se peut quitter, et se substitue partout
aux personnages qu'il met en scène ; comme son génie
manque de tendresse, ses *lamentations* ne sont que des
imprécations.

Le Tasse adressa au Conseil des Anciens de Bergame[1]
cette supplique :

« Torquato Tasso, Bergamasque non seulement d'origine, mais d'affection, ayant d'abord perdu l'héritage de
son père, la dot de sa mère... et (après le servage de beaucoup d'années et les fatigues d'un temps bien long)
n'ayant encore jamais perdu au milieu de tant de misères
la foi qu'il a dans cette cité (Bergame) ose lui demander
assistance. Qu'elle conjure le duc de Ferrare, jadis mon
protecteur et mon bienfaiteur, de me rendre à ma patrie,
à mes parents et à moi-même. L'infortuné Tasse supplie
donc vos seigneuries (les magistrats de Bergame) d'envoyer monseigneur Licino ou quelque autre pour traiter
de ma délivrance. La mémoire de leur bienfait ne finira
qu'avec ma vie. *Di VV.SS. affezionatissimo servitore,
Torquato Tasso, prigione e infermo nel ospedal di
Sant'Anna in Ferrara.* »

On refusait au Tasse de l'encre, des plumes, du papier.
Il avait chanté le *magnanime Alphonse*, et le magnanime
Alphonse plongeait au fond d'une loge d'aliéné celui qui
répandit sur sa tête ingrate un éclat impérissable. Dans un
sonnet plein de grâce[2], le prisonnier supplie une chatte
de lui prêter la luisance de ses yeux pour remplacer la
lumière dont on l'a privé : inoffensive raillerie qui prouve
la mansuétude du poète et l'excès de sa détresse.
« Comme sur l'océan qu'infeste et obscurcit la tempête..

....

le pilote fatigué lève la tête, durant la nuit, vers les étoiles
dont le pôle resplendit, ainsi fais-je, ô belle chatte, dans

-----

1. Dont sa famille était originaire. La lettre date de 1585.   **2.** Ce
sonnet *A le gatte dello spedale di S. Anna*, recueilli dans les *Rime*, est
de date incertaine.

ma mauvaise fortune. Tes yeux me semblent deux étoiles qui brillent devant moi... Ô chatte, lampe de mes veilles, ô chatte bien-aimée ! si Dieu vous garde de la bastonnade, si le ciel vous nourrit de chair et de lait, donnez-moi de la lumière pour écrire ces vers :

> *Fatemi luce a scriver queste carmi.* »

La nuit, le Tasse se figurait entendre des bruits étranges, des tintements de cloches funèbres ; des spectres le tourmentaient. « Je n'en puis plus, s'écriait-il, je succombe ! » Attaqué d'une grave maladie, il crut voir la Vierge le sauvant par miracle.

> *Egro io languiva, e d'alto sonno avvinto*
> ....
> *Giacea con guancia di pallor dipinta,*
> *Quando di luce incoronata.....................*
> *Maria, pronta scendesti al mio dolore*[1].

« Malade, je languissais vaincu du sommeil... je gisais, la pâleur répandue sur mes joues, quand, de lumière couronnée,... Marie, tu descendis rapidement à ma douleur. »

Montaigne visita le Tasse réduit à cet excès d'adversité, et ne lui témoigna aucune compassion[2]. À la même époque, Camoëns terminait sa vie dans un hospice à Lisbonne ; qui le consolait mourant sur un grabat ? les vers du prisonnier de Ferrare. L'auteur captif de la *Jérusalem*, admirant l'auteur mendiant des *Lusiades*, disait à Vasco de Gama[3] : « Réjouis-toi d'être chanté par le poète qui

---

1. Ainsi commence un sonnet de 1585, recueilli dans les *Poésies sacrées*. Le texte original du premier vers est un peu différent. **2.** Chateaubriand est loin de rendre justice à Montaigne qui écrit en réalité : « J'eus plus de despit encore que de compassion, de le voir à Ferrare en si piteux estat, survivant à soy-mesmes, mesconnoissant et soy et ses ouvrages » (*Essais*, II, 12). Cf. XXIX, 7 ; t. III, p. 267. **3.** Dans un sonnet de date incertaine à la gloire de Camoëns (voir t. I, p. 712, note 4), qui commence ainsi : « *Vasco, le cui felici ardite antenne...* » Chateaubriand cite ici les vers 10-11.

tant déploya son vol glorieux, que tes vaisseaux rapides
n'allèrent pas aussi loin. »

> *Tant'oltre stende il glorioso volo*
> *Che i tuoi spalmati legni andar men lunge.*

Ainsi retentissait la voix de l'Eridan [1] au bord du Tage ;
ainsi, à travers les mers, se félicitaient d'un hôpital à
l'autre, à la honte de l'espèce humaine, deux illustres
patients de même génie et de même destinée.

Que de rois, de grands et de sots, aujourd'hui noyés
dans l'oubli, se croyant, vers la fin du seizième siècle,
des personnages dignes de mémoire, ignoraient jusqu'aux
noms du Tasse et de Camoëns ! En 1754, on lut pour la
première fois « le nom de Washington dans le récit d'un
obscur combat donné dans les forêts entre une troupe de
Français, d'Anglais et de sauvages : quel est le commis à
Versailles, ou le pourvoyeur du *Parc-aux-Cerfs*, quel est
surtout l'homme de cour ou d'académie qui aurait voulu
changer son nom à cette époque contre le nom de ce planteur américain* ? »

Ferrare, 18 septembre 1833.

L'envie s'était empressée de répandre son poison sur
des plaies ouvertes. L'Académie de la Crusca avait
déclaré : « que la *Jérusalem délivrée* était une lourde et
froide compilation, d'un style obscur et inégal, pleine de
vers ridicules, de mots barbares, ne rachetant par aucune
beauté ses innombrables défauts. » Le fanatisme pour
Arioste avait dicté cet arrêt. Mais le cri de l'admiration
populaire étouffa les blasphèmes académiques : il ne fut
plus possible au duc Alphonse de prolonger la captivité
d'un homme qui n'était coupable que de l'avoir chanté.
Le pape réclama la délivrance de l'honneur de l'Italie.

---

* Mes *Études historiques* [2].

1. Le Pô.   2. Ladvocat, t. V *ter*, p. 446-447.

Sorti de prison, le Tasse n'en fut pas plus heureux. Léonore était morte. Il se traîna de ville en ville avec ses chagrins.

À Lorette, près de mourir de faim, il fut au moment, dit un de ses biographes[1], « de tendre la main qui avait bâti le palais d'Armide. » À Naples, il éprouva quelques doux sentiments de patrie. « Voilà, disait-il, les lieux d'où je suis parti enfant... Après tant d'années, je reviendrai blanchi, malade à ma rive native. »

> .... *E donde*
> *Partii fanciullo, or dopo tanti lustri*
> *Torno..*
> *Canuto ed egro alle native sponde.*

Il préféra à des demeures somptueuses une cellule au couvent de Montoliveto. Dans un voyage qu'il fit à Rome, la fièvre l'ayant saisi, un hôpital fut encore son refuge.

De Rome et de Florence revenu à Naples, s'en prenant de ses maux à son poème immortel, il le refit et le gâta. Il commença ses chants *delle sette giornate del mondo creato*, sujet traité par Du Bartas[2]. Le Tasse fait sortir Ève du sein d'Adam, tandis que Dieu « arrosait d'un sommeil paisible les membres de notre premier père assoupi. »

> *Ed irrigò di placida quiete*
> *Tutte le membra al sonnacchioso*[3]...

Le poète amollit l'image biblique, et, dans les douces créations de sa lyre, la femme n'est plus que le premier songe de l'homme. Le chagrin de laisser inachevé un pieux travail qu'il regardait comme un hymne expiatoire détermina le Tasse mourant à condamner à la destruction ses chants profanes.

Moins respecté de la société que des voleurs, le poète

---

1. *Michaud*, t. XLV, p. 24 *b*.   **2.** Dans *La Semaine, ou la Création en sept journées*, poème achevé en 1584.   **3.** Le Tasse, *Sette Giornate*, chant VII, vers 1026-1027.

reçut de Marc Sciarra[1], fameux chef de condottieri,
l'offre d'une escorte pour le conduire à Rome. Présenté
au Vatican, le pape lui adressa ces mots : « Torquato,
vous honorerez cette couronne qui honora ceux qui la
portèrent avant vous. » Éloge que la postérité a confirmé.
Le Tasse répondait aux éloges en répétant ce vers de
Sénèque :

> *Magnifica verba mors prope admota excutit*[2].

« La mort va rabattre bientôt de ces paroles magnifiques. »

Attaqué d'un mal qu'il pressentait devoir guérir tous
les autres, il se retira au couvent de Saint-Onuphre, le
1er avril 1595. Il monta à son dernier asile pendant une
tempête de vent et de pluie. Les moines le reçurent à la
porte où s'effacent aujourd'hui les fresques du Dominiquin. Il salua les pères : « Je viens mourir au milieu de
vous. » Cloîtres hospitaliers, déserts de religion et de poésie, vous avez prêté votre solitude à Dante proscrit et au
Tasse mourant !

Tous les secours furent inutiles. À la septième matinée
de la fièvre, le médecin du pape déclara au malade qu'il
conservait peu d'espérance. Le Tasse l'embrassa et le
remercia de lui avoir annoncé une aussi bonne nouvelle.
Ensuite il regarda le ciel et, avec une abondante effusion
du cœur, il rendit grâces au Dieu des miséricordes[3].

Sa faiblesse augmentant, il voulut recevoir l'eucharistie
à l'église du monastère : il s'y traîna appuyé sur les religieux et revint porté dans leurs bras. Lorsqu'il fut étendu
de nouveau sur sa couche, le prieur l'interrogea à propos
de ses dernières volontés.

« Je me suis peu soucié des biens de la fortune durant
la vie ; j'y tiens encore moins à la mort. Je n'ai point de
testament à faire.

---

1. Chef de bande qui ravageait les environs de Rome à la fin du
XVIe siècle. 2. Sénèque, *Les Troyennes*, vers 575. 3. Formule
biblique usuelle : *Exode*, XXXIV, 6 ; *Sagesse*, IX, 1 ; *Psaumes*, CIII,
8 ; etc.

« – Où marquez-vous votre sépulture ?

« – Dans votre église, si vous daignez tant honorer ma dépouille.

« – Voulez-vous dicter vous-même votre épitaphe ? »

Or, se tournant vers son confesseur : « Mon père, écrivez : Je rends mon âme à Dieu qui me l'a donnée, et mon corps à la terre dont il fut tiré[1]. Je lègue à ce monastère l'image sacrée de mon Rédempteur. »

Il prit dans ses mains un crucifix qu'il avait reçu du pape et le pressa sur ses lèvres.

Sept jours s'écoulèrent encore. Le chrétien éprouvé ayant sollicité la faveur des saintes huiles, survint le cardinal Cintio, apportant la bénédiction du souverain pontife. Le moribond en montra une grande joie. « Voici, dit-il, la couronne que j'étais venu chercher à Rome ; j'espère triompher demain avec elle. »

Virgile fit prier Auguste de jeter au feu l'*Énéide* ; le Tasse supplia Cintio de brûler la *Jérusalem*. Ensuite, il désira rester seul avec son crucifix.

Le cardinal n'avait pas gagné la porte, que ses larmes, violemment retenues, débordèrent : la cloche sonna l'agonie, et les religieux, psalmodiant les prières des morts, pleurèrent et se lamentèrent dans les cloîtres. À ce bruit, Torquato dit aux charitables solitaires (il lui semblait les voir errer autour de lui comme des ombres) : « Mes amis, vous me croyez laisser ; je vous précède seulement. »

Dès lors il n'eut d'entretien qu'avec son confesseur et quelques pères de grande doctrine. Près de rendre le dernier soupir, on recueillit de sa bouche cette stance, fruit de l'expérience de sa vie : « Si la mort n'était pas, il n'y aurait au monde rien de plus misérable que l'homme. » Le 25 avril 1595, vers le milieu du jour, le poète s'écria : *In manus tuas, Domine*[2] ....

---

1. *Genèse*, III, 19 : « C'est à la sueur de ton visage que tu mangeras du pain, jusqu'à ton retour au sol, car de lui tu as été pris. » Formule reprise maintes fois dans la Bible : *Job*, X, 9 et XXXIV, 15 ; *Psaumes*, XC, 3 ; CIV, 29 ; CXLVI, 4, etc.   **2.** *In manus tuas, Domine, commendo spiritum meum* ; « Entre tes mains, Seigneur, je remets mon esprit » (*Luc*, XXIII, 46) : ce sont les dernières paroles de Jésus sur la croix.

Le reste du verset fut à peine entendu, comme prononcé par un voyageur qui s'éloigne.

L'auteur de la *Henriade* s'éteint à l'hôtel de Villette, sur un quai de la Seine, et repousse les secours de l'Église ; le chantre de la *Jérusalem* expire chrétien à Saint-Onuphre : comparez, et voyez ce que la foi ajoute de beauté à la mort.

Tout ce qu'on rapporte[1] du triomphe posthume du Tasse me paraît suspect. Sa mauvaise fortune eut encore plus d'obstination qu'on ne l'a supposé. Il ne mourut point à l'heure désignée de son triomphe, il survécut vingt-cinq jours à ce triomphe projeté. Il ne mentit point à sa destinée ; il ne fut jamais couronné, pas même après sa mort ; on ne présenta point ses restes au Capitole en habit de sénateur au milieu du concours et des larmes du peuple ; il fut enterré, ainsi qu'il l'avait ordonné, dans l'église de Saint-Onuphre. La pierre dont on le recouvrit (toujours d'après son désir) ne présentait ni date ni nom ; dix ans après, Manso, marquis della Villa[2], dernier ami du Tasse et hôte de Milton, composa l'admirable épitaphe : « *Hic jacet Torquatus Tassus.* » Manso parvint difficilement à la faire inciser : car les moines, religieux observateurs des volontés testamentaires, s'opposaient à toute inscription ; et pourtant, sans l'*hic jacet*, ou les mots *Torquati Tassi ossa*, les cendres du Tasse eussent été perdues à l'ermitage du Janicule, comme l'ont été celles du Poussin à *San Lorenzo in Lucina*.

Le cardinal Cintio forma le dessein d'ériger un mausolée au chantre du saint sépulcre ; dessein avorté. Le cardinal Belvilacqua rédigea une pompeuse épitaphe destinée à la table d'un autre mausolée futur, et la chose en resta là. Deux siècles plus tard le frère de Napoléon s'occupa d'un monument à Sorrento : Joseph troqua bientôt le berceau du Tasse pour la tombe du Cid.

Enfin, de nos jours, une grande décoration funèbre est commencée en mémoire de l'Homère italien, jadis pauvre

---

1. *Michaud*, article cité.   **2.** Giambattista Manso, marquis de Villa (1560-1645), fondateur du collège des Nobles à Naples, a publié une *Vie* du Tasse qui a connu de nombreuses rééditions.

et errant comme l'Homère grec : l'ouvrage s'achèvera-
t-il ? Pour moi, je préfère au tumulus de marbre la petite
pierre de la chapelle dont j'ai parlé ainsi dans l'*Itinéraire*[1] : « Je cherchai (à *Venise*, 1806), dans une église
déserte, le tombeau de ce dernier peintre (*le Titien*) et
j'eus quelque peine à le trouver : la même chose m'était
arrivée à Rome (en 1803) pour le tombeau du Tasse.
Après tout, les cendres d'un poète religieux et infortuné
ne sont pas trop mal placées dans un ermitage. Le chantre
de la *Jérusalem* semble s'être réfugié dans cette sépulture
ignorée, comme pour échapper aux persécutions des hommes ; il remplit le monde de sa renommée et repose lui-
même inconnu sous l'oranger* de Saint-Onuphre. »
   La commission italienne chargée des travaux nécro-
lithes me pria de quêter en France et de distribuer les
indulgences des muses à chaque fidèle donateur de
quelques deniers au monument du poète. Juillet 1830 est
arrivé ; ma fortune et mon crédit ont pris de la destinée
des cendres du Tasse. Ces cendres semblent posséder une
vertu qui rejette toute opulence, repousse tout éclat, se
dérobe à tous honneurs ; il faut de grands tombeaux aux
petits hommes et de petits tombeaux aux grands.
   Le Dieu qui rit de tous mes songes, me précipitant du
Janicule avec les vieux pères conscrits, m'a ramené d'une
autre manière auprès du Tasse. Ici je puis juger encore
mieux du poète dont les trois filles sont nées à Ferrare :
Armide, Herminie et Clorinde.
   Qu'est-ce aujourd'hui que la maison d'Este ? qui pense
aux Obizzo, aux Nicolas, aux Hercule ? Quel nom reste
dans ces palais ? le nom de Léonore. Que cherche-t-on à
Ferrare ? la demeure d'Alphonse ? non, la prison du Tasse.
Où va-t-on processionnellement de siècle en siècle ? au
sépulcre du persécuteur ? non, au cachot du persécuté.
   Le Tasse remporte dans ces lieux une victoire plus
mémorable : il fait oublier l'Arioste ; l'étranger quitte les

---

* J'ai eu raison de dire l'oranger, c'est un oranger qui est dans les
préaux intérieurs de Saint-Onuphre. (Note de Paris, 1840[2].)

---

   1. *Itinéraire*, p. 770.   **2.** Voir XXX, 5 ; t. III, p. 372, note 1.

os du chantre de Roland au Musée, et court chercher la loge du chantre de Renaud à Sainte-Anne. Le sérieux convient à la tombe : on abandonne l'homme qui a ri pour l'homme qui a pleuré. Pendant la vie le bonheur peut avoir son mérite ; après la mort il perd son prix : aux yeux de l'avenir il n'y a de beau que les existences malheureuses. À ces martyrs de l'intelligence, impitoyablement immolés sur la terre, les adversités sont comptées en accroissement de gloire ; ils dorment au sépulcre avec leurs immortelles souffrances, comme des rois avec leur couronne. Nous autres vulgaires infortunés, nous sommes trop peu de chose pour que nos peines deviennent dans la postérité la parure de notre vie. Dépouillé de tout en achevant ma course, ma tombe ne me sera pas un temple, mais un lieu de rafraîchissement ; je n'aurai point le sort du Tasse ; je tromperai les tendres et harmonieuses prédictions de l'amitié[1] :

> *Le Tasse errant de ville en ville,*
> *Un jour accablé de ses maux,*
> *S'assit près du laurier fertile*
> *Qui sur la tombe de Virgile*
> *Étend toujours ses verts rameaux, etc.*

Je me hâtai de porter mes hommages à ce fils des Muses, si bien consolé par ses frères : riche ambassadeur, j'avais souscrit pour son mausolée à Rome[2] ; indigent pèlerin à la suite de l'exil, j'allai m'agenouiller à sa prison de Ferrare. Je sais qu'on élève des doutes[3] assez fondés sur l'identité des lieux ; mais, comme tous les vrais croyants, je nargue l'histoire ; cette crypte, quoi qu'on en dise, est l'endroit même que le *pazzo per amore*[4] habita sept années entières ; on passait nécessairement par ces cloîtres ; on arrivait à cette geôle où le jour se glissait à travers les barreaux de fer d'un soupirail, où la voûte rampante qui glace votre tête dégoutte l'eau salpêtrée sur un sol humide qui paralyse vos pieds.

---

1. Voir t. II, p. 291, note 1. **2.** Voir t. III, p. 316, note 2.
3. En particulier Valéry, t. II, p. 93. **4.** Le « fou par amour ».

Aux murs, en dehors de la prison, et tout autour du guichet, on lit les noms des adorateurs du dieu[1] : la statue de Memnon, frémissante d'harmonie sous le toucher de l'aurore, était couverte des déclarations des divers témoins du prodige. Je n'ai point charbonné mon *ex-voto* ; je me suis caché dans la foule, dont les prières secrètes doivent être, en raison de leur humilité même, plus agréables au Ciel.

Les bâtiments dans lesquels s'enclôt aujourd'hui la prison du Tasse dépendent d'un hôpital ouvert à toutes les infirmités ; on les a mises sous la protection des saints : *Sancto Torquato sacrum*[2]. À quelque distance de la loge bénie est une cour délabrée ; au milieu de cette cour, le concierge cultive un parterre environné d'une haie de mauves ; la palissade, d'un vert tendre, était chargée de larges et belles fleurs. J'ai cueilli une de ces roses de la couleur du deuil des rois, et qui me semblait croître au pied d'un Calvaire. Le génie est un Christ ; méconnu, persécuté, battu de verges, couronné d'épines, mis en croix pour et par les hommes, il meurt en leur laissant la lumière et ressuscite adoré.

(3)

Ferrare, 18 septembre 1833.

ARRIVÉE DE MADAME LA DUCHESSE DE BERRY[3].

Sorti le 18 au matin, en revenant aux *Trois-Couronnes*, j'ai trouvé la rue encombrée de peuple ; les voisins béaient aux fenêtres. Une garde de cent hommes des

---

1. En particulier les noms de Byron, de Lamartine, de Casimir Delavigne, tous cités par Valéry.   **2.** « Consacré à saint Torquato. »   **3.** Le mémorialiste change soudain de ton : à la méditation lyrique sur le génie souffrant, succède un vaudeville diplomatique.

troupes autrichiennes et papalines [1] occupait l'auberge. Le corps des officiers de la garnison, les magistrats de la ville, les généraux, le prolégat, attendaient MADAME, dont un courrier aux armes de France avait annoncé l'arrivée. L'escalier et les salons étaient ornés de fleurs. Oncques ne fut plus belle réception pour une exilée.

À l'apparition des voitures, le tambour battit aux champs, la musique des régiments éclata, les soldats présentèrent les armes. MADAME, parmi la presse, eut peine à descendre de sa calèche arrêtée à la porte de l'hôtellerie ; j'étais accouru ; elle me reconnut au milieu de la cohue. À travers les autorités constituées et les mendiants qui se jetaient sur elle, elle me tendit la main en me disant : « *Mon fils est votre roi !* aidez-moi donc à passer. » Je ne la trouvai pas trop changée, bien qu'amaigrie ; elle avait quelque chose d'une petite fille éveillée.

Je marchais devant elle ; elle donnait le bras à M. de Lucchesi ; madame de Podenas [2] la suivait. Nous montâmes les escaliers et entrâmes dans les appartements entre deux rangs de grenadiers, au fracas des armes, au bruit des fanfares, aux *vivat* des spectateurs. On me prenait pour le majordome, on s'adressait à moi pour être présenté à la mère de Henri V. Mon nom se liait à ces noms dans l'esprit de la foule.

Il faut savoir que Madame, depuis Palerme jusqu'à Ferrare, a été reçue avec les mêmes respects, malgré les notes des envoyés de Louis-Philippe. M. de Broglie ayant eu la bravoure de demander au pape le renvoi de la proscrite, le cardinal Bernetti [3] répondit : « Rome a toujours été

---

1. Pontificales. Ferrare faisait partie des États du pape depuis 1598. Conquise par les Français en 1796, la ville avait été rendue au Saint-Siège par le congrès de Vienne mais, depuis cette date, des troupes autrichiennes tenaient garnison dans la citadelle, ce qui explique cette double présence militaire.   **2.** La marquise de Podenas, née Adélaïde de Nadaillac (1785-1858). Elle avait épousé en 1813 le marquis Henri de Podenas (1785-1854), colonel de cavalerie, que Grégoire XVI fera en 1842 prince de Cantalupo.   **3.** Le cardinal Bernetti était redevenu, après la mort de Pie VIII, secrétaire d'État du nouveau pape Grégoire XVI. Le duc de Broglie était alors ministre des Affaires étrangères.

l'asile des grandeurs tombées. Si dans ses derniers temps la famille de Bonaparte trouva un refuge auprès du Père des fidèles, à plus forte raison la même hospitalité doit-elle être exercée envers la famille des rois très-chrétiens. »

Je crois peu à cette dépêche, mais j'étais vivement frappé d'un contraste : en France, le gouvernement prodigue des insultes à une femme dont il a peur ; en Italie, on ne se souvient que du nom, du courage et des malheurs de madame la duchesse de Berry [1].

Je fus obligé d'accepter mon rôle improvisé de premier gentilhomme de la chambre. La princesse était extrêmement drôle : elle portait une robe de toile grisâtre, serrée à la taille ; sur sa tête, une espèce de petit bonnet de veuve, ou de béguin d'enfant ou de pensionnaire en pénitence. Elle allait çà et là, comme un hanneton ; elle courait à l'étourdie, d'un air assuré, au milieu des curieux, de même qu'elle se dépêchait dans les bois de la Vendée. Elle ne regardait et ne reconnaissait personne ; j'étais obligé de l'arrêter irrespectueusement par sa robe, ou de lui barrer le chemin en lui disant : « Madame, voilà le commandant autrichien, l'officier en blanc ; Madame, voilà le commandant des troupes pontificales, l'officier en bleu. Madame, voilà le prolégat, le grand jeune abbé en noir. » Elle s'arrêtait, disait quelques mots en italien ou en français, pas trop justes, mais rondement, franchement, gentiment, et qui, dans leur déplaisance, ne déplaisaient pas : c'était une espèce d'allure ne ressemblant à rien de connu. J'en sentais presque de l'embarras, et pourtant je n'éprouvais aucune inquiétude sur l'effet produit par la petite échappée des flammes et de la geôle.

Une confusion comique survenait. Je dois dire une chose avec toute la réserve de la modestie ; le vain bruit de ma vie augmente à mesure que le silence réel de cette vie s'accroît. Je ne puis descendre aujourd'hui dans une auberge, en France ou à l'étranger, que je n'y sois immé-

---

1. Au cours des semaines précédentes, la duchesse de Berry avait été très bien reçue à Rome par le pape, puis à Florence par son beau-frère le grand-duc de Toscane.

diatement assiégé. Pour la vieille Italie, je suis le défenseur de la religion ; pour la jeune, le défenseur de la
liberté ; pour les autorités, j'ai l'honneur d'être la *Sua
Eccellenza* GIA *ambasciatore di Francia*[1] à Vérone et à
Rome. Des dames, toutes sans doute d'une rare beauté,
ont prêté la langue d'Angélique et d'Aquilan le Noir[2] à
la Floridienne Atala et au More Aben-Hamet. Je vois
donc arriver les écoliers, de vieux abbés à larges calottes,
des femmes dont je remercie les traductions et les grâces ;
puis des *mendicanti*, trop bien élevés pour croire qu'un ci-
devant ambassadeur est aussi gueux que leurs seigneuries.

Or, mes admirateurs étaient accourus à l'hôtel des
Trois-Couronnes, avec la foule attirée par madame la
duchesse de Berry : ils me rencognaient[3] dans l'angle
d'une fenêtre et me commençaient une harangue qu'ils
allaient achever à Marie-Caroline. Dans le trouble des
esprits, les deux troupes se trompaient quelquefois de
patron et de patronne : j'étais salué de *Votre Altesse
Royale* et MADAME me raconta qu'on l'avait complimen-
tée sur le *Génie du Christianisme* : nous échangions nos
renommées. La princesse était charmée d'avoir fait un
ouvrage en quatre volumes, et moi j'étais fier d'avoir été
pris pour la fille des rois.

Tout à coup la princesse disparut : elle s'en alla à pied,
avec le comte Lucchesi, voir la loge du Tasse ; elle se
connaissait en prisons. La mère de l'orphelin banni, de
l'enfant héritier de saint Louis, Marie-Caroline sortie de
la forteresse de Blaye, ne cherchant dans la ville de Renée
de France[4] que le cachot d'un poète, est une chose unique
dans l'histoire de la fortune et de la gloire humaine. Les
vénérables de Prague[5] auraient cent fois passé à Ferrare
sans qu'une idée pareille leur fût venue dans la tête ; mais
madame de Berry est Napolitaine, elle est compatriote du

---

1. « Son excellence, *ancien* ambassadeur de France. »   **2.** Autre
personnage du *Roland furieux*.   **3.** *Rencogner* : repousser, acculer
dans un coin (*Académie*, 1798).   **4.** Renée de France (1510-1575),
fille de Louis XII, avait épousé en 1528 le duc Hercule II. Protectrice
des lettres et favorable à la Réforme, elle avait accueilli Marot à Ferrare
(voir *supra*, p. 426, note 3).   **5.** Cette formule désigne la famille
royale dans son ensemble, ainsi que son entourage.

Tasse qui disait : *Ho desiderio di Napoli, come l'anime ben disposte, del paradiso* : « J'ai désir de Naples, comme les âmes bien disposées ont désir du paradis. »

J'étais dans l'opposition et en disgrâce ; les ordonnances se mitonnaient clandestinement au château et reposaient encore en joie et en secret au fond des cœurs : un jour la duchesse de Berry aperçut une gravure représentant le chantre de la Jérusalem aux barreaux de sa loge : « J'espère, dit-elle, que nous verrons bientôt comme cela Chateaubriand. » Paroles de prospérité, dont il ne faut pas plus tenir compte que d'un propos échappé dans l'ivresse. Je devais rejoindre MADAME au cachot même du Tasse, après avoir subi pour elle les prisons de la police. Quelle élévation de sentiments dans la noble princesse, quelle marque d'estime elle m'a donnée en s'adressant à moi à l'heure de son infortune après le souhait qu'elle avait formé ! Si son premier vœu élevait trop haut mes talents, sa confiance s'est moins trompée sur mon caractère.

(4)

Ferrare, 18 septembre 1833.

MADEMOISELLE LEBESCHU. – LE COMTE LUCCHESI-PALLI. DISCUSSION. – DÎNER. – BUGEAUD LE GEÔLIER. – MADAME DE SAINT-PRIEST, M. DE SAINT-PRIEST. – MADAME DE PODENAS. NOTRE TROUPE. – MON REFUS D'ALLER À PRAGUE. JE CÈDE SUR UN MOT.

M. de Saint-Priest, madame de Saint-Priest et M. A. Sala arrivèrent[1]. Celui-ci avait été officier dans la

---

1. Les assises de Montbrison ayant acquitté, le 15 mars 1833, les « conjurés » du *Carlo-Alberto* (voir XXXV, 3, note 1), certains cherchèrent à rejoindre la duchesse de Berry en Italie. Second fils du ministre de Louis XVI (voir t. I, p. 383), Emmanuel-Louis-Marie Gui-

garde royale, et il a été substitué dans mes affaires de librairie à M. Delloye [1], major dans la même garde. Deux heures après l'arrivée de Madame, j'avais vu mademoiselle Lebeschu [2], ma compatriote ; elle s'était empressée de me dire les espérances qu'on voulait bien fonder sur moi. Mademoiselle Lebeschu figure dans le procès du *Carlo Alberto*.

Revenue de sa poétique visitation, la duchesse de Berry m'a fait appeler : elle m'attendait avec M. le comte Lucchesi et madame de Podenas.

Le comte Lucchesi-Palli est grand et brun : MADAME le dit *Tancrède* par les femmes. Ses manières, avec la princesse sa femme, sont un chef-d'œuvre de convenance, ni humbles, ni arrogantes, mélange respectueux de l'autorité du mari et de la soumission du sujet.

Madame m'a sur-le-champ parlé d'affaires ; elle m'a remercié de m'être rendu à son invitation ; elle m'a dit qu'elle allait à Prague, non seulement pour se réunir à sa famille, mais pour obtenir l'acte de majorité de son fils : puis elle m'a déclaré qu'elle m'emmenait avec elle.

Cette déclaration, à laquelle je ne m'étais pas attendu, me consterna : retourner à Prague ! Je présentai les objections qui se présentèrent à mon esprit.

Si j'allais à Prague avec MADAME et si elle obtenait ce qu'elle désire, l'honneur de la victoire n'appartiendrait pas tout entier à la mère de Henri V, et ce serait un mal ; si Charles X s'obstinait à refuser l'acte de majorité, moi présent (comme j'étais persuadé qu'il le ferait), je per-

---

gnard, vicomte de Saint-Priest (1789-1881), avait servi dans la Garde impériale russe, puis, après 1815, comme officier général français. Ambassadeur à Berlin (1825), puis à Madrid (1827), démissionnaire en 1830, il avait aidé la duchesse de Berry dans la préparation du soulèvement de 1832. Ce sera par la suite un conseiller très écouté du comte de Chambord. Il avait épousé la fille du marquis de Caraman.

1. Delloye se fit éditeur après 1830. C'est lui qui, en association avec Adolphe Sala (voir t. III, p. 471, note 2), constitua la société en commandite qui allait devenir propriétaire des *Mémoires* (voir t. I, p. 16). 2. Mathilde Lebeschu, femme de chambre de la duchesse de Berry, avait protégé sa fuite en se faisant passer pour elle lorsque le *Carlo-Alberto* avait été arraisonné, en avril 1832, dans le port de La Ciotat.

drais mon crédit. Il me semblait donc meilleur de me garder comme une réserve, dans le cas où MADAME manquerait sa négociation.

Son Altesse Royale combattit ces raisons : elle soutint qu'elle n'aurait aucune force à Prague si je ne l'accompagnais ; que je faisais peur à ses grands parents, qu'elle consentait à me laisser l'éclat de la victoire et l'honneur d'attacher mon nom à l'avènement de son fils.

M. et madame de Saint-Priest entrèrent au milieu de ce débat et insistèrent dans le sens de la princesse. Je persistai dans mon refus. On annonça le dîner.

MADAME fut très gaie. Elle me raconta ses contestes[1], à Blaye, avec le général Bugeaud, de la façon la plus amusante. Bugeaud l'attaquait sur la politique et se fâchait ; MADAME se fâchait plus que lui : ils criaient comme deux aigles et elle le chassait de la chambre. Son Altesse Royale s'abstint de certains détails dont elle m'aurait peut-être fait part si j'étais resté avec elle. Elle ne lâcha pas Bugeaud ; elle l'accommodait de toutes pièces : « Vous savez, me dit-elle, que je vous ai demandé quatre fois ? Bugeaud fit passer mes demandes à d'Argout. D'Argout répondit à Bugeaud qu'il était une bête, qu'il aurait dû refuser tout d'abord votre admission sur l'étiquette du sac ; il est de *bon goût*, ce M. d'Argout. » MADAME appuyait sur ces deux mots pour rimer, avec son accent italien.

Cependant le bruit de mon refus s'étant répandu inquiéta nos fidèles. Mademoiselle Lebeschu vint après le dîner me chapitrer dans ma chambre ; M. de Saint-Priest, homme d'esprit et de raison, me dépêcha d'abord M. Sala, puis il le remplaça et me pressa à son tour. « On avait fait partir M. de La Ferronnays[2] à Hradschin, afin de lever les premières difficultés. M. de Montbel était

---

1. Discussions, disputes. Le mot est vieux et rare déjà au XVIIIe siècle : « ne se dit guère » (*Académie*, 1694) ; « autrefois en usage » (*Féraud*). **2.** Faute de pouvoir obtenir de la duchesse de Berry la délivrance de son acte de mariage (dont elle ne possédait qu'une copie sans valeur légale), La Ferronnays avait proposé à Charles X de confier au comte de Montbel la délicate mission de partir pour Rome, de se faire présenter la pièce « authentique » et de revenir à Prague

arrivé ; il était chargé d'aller à Rome lever le contrat de mariage rédigé en bonne et due forme, et qui était déposé entre les mains du cardinal Zurla. »

« En supposant, a continué M. de Saint-Priest, que Charles X se refuse à l'acte de majorité, ne serait-il pas bon que MADAME obtînt une déclaration de son fils ? Quelle devrait être cette déclaration ? – Une note fort courte, ai-je répondu, dans laquelle Henri protesterait contre l'usurpation de Philippe. »

M. de Saint-Priest a porté mes paroles à MADAME. Ma résistance continuait d'occuper les entours de la princesse. Madame de Saint-Priest, par la noblesse de ses sentiments, paraissait la plus vive dans ses regrets. Madame de Podenas n'avait point perdu l'habitude de ce sourire serein qui montre ses belles dents : son calme était plus sensible au milieu de notre agitation.

Nous ne ressemblions pas mal à une troupe ambulante des comédiens français jouant à Ferrare, par la permission de messieurs les magistrats de la ville, *la Princesse fugitive*, ou *la Mère persécutée*. Le théâtre présentait à droite la prison du Tasse, à gauche la maison de l'Arioste ; au fond le château où se donnèrent les fêtes de Léonore et d'Alphonse. Cette royauté sans royaume, ces émois d'une cour renfermée dans deux calèches errantes, laquelle avait le soir pour palais l'hôtel des Trois Couronnes ; ces conseils d'État tenus dans une chambre d'auberge, tout cela complétait la diversité des scènes de ma fortune. Je quittais dans les coulisses mon heaume de chevalier et je reprenais mon chapeau de paille ; je voyageais avec la monarchie de droit roulée dans mon portemanteau, tandis que la monarchie de fait étalait ses fanfreluches aux Tuileries. Voltaire appelle toutes les royautés à passer leur

confirmer son existence. Mais lorsque les deux hommes virent ensemble la duchesse à Florence, au début du mois de septembre 1833, elle opposa une vive résistance à ce projet : elle craignait, disait-elle, de se voir privée de ses droits de mère et de princesse du sang. On finit par la convaincre : Montbel se rendit à Rome où le cardinal Zurla, grand-pénitencier, lui aurait confirmé par écrit le mariage de la duchesse et lui aurait montré « un acte parfaitement en règle », daté du 14 décembre 1831 et signé du R.P. Rozaven.

carnaval à Venise avec Achmet III : Ivan, empereur de toutes les Russies, Charles-Édouard, roi d'Angleterre, les deux rois des Polacres, Théodore, roi de Corse, et quatre Altesses Sérénissimes. « Sire, la chaise de Votre Majesté est à Padoue et la barque est prête. – Sire, Votre Majesté partira quand elle voudra. – Ma foi, sire, on ne veut plus faire crédit à Votre Majesté, ni à moi non plus, et nous pourrions bien être coffrés cette nuit. »

Pour moi, je dirai comme Candide : « Messieurs, pourquoi êtes-vous tous rois ? Je vous avoue que ni moi ni Martin ne le sommes[1]. »

Il était onze heures du soir ; j'espérais avoir gagné mon procès et obtenu de Madame mon *laisser-passer*. J'étais loin de compte ! Madame ne quitte pas si vite une volonté ; elle ne m'avait point interrogé sur la France, parce que, préoccupée de ma résistance à son dessein, c'était là son affaire du moment. M. de Saint-Priest, entrant dans ma chambre, m'apporta la minute d'une lettre que Son Altesse Royale se proposait d'écrire à Charles X. « Comment, m'écriai-je, Madame persiste dans sa résolution ? Elle veut que je porte cette lettre ? mais il me serait impossible, même matériellement, de traverser l'Allemagne ; mon passeport n'est que pour la Suisse et l'Italie.

« – Vous nous accompagnerez jusqu'à la frontière d'Autriche, repartit M. de Saint-Priest ; Madame vous prendra dans sa voiture ; la frontière franchie, vous rentrerez dans votre calèche et vous arriverez trente-six heures avant nous. »

Je courus chez la princesse ; je renouvelai mes instances : la mère de Henri V me dit : « Ne m'abandonnez pas. » Ce mot mit fin à la lutte ; je cédai ; Madame parut pleine de joie. Pauvre femme ! elle avait tant pleuré ! comment aurais-je pu résister au courage, à l'adversité, à la grandeur déchue, réduits à se cacher sous ma *protection* ! Une autre princesse, madame la Dauphine, m'avait aussi remercié de mes inutiles services : Carlsbad et Ferrare étaient deux exils de divers soleils, et j'y avais recueilli les plus nobles honneurs de ma vie.

---

1. *Candide*, XXVI.

Madame partit d'assez grand matin, le 19, pour Padoue où elle me donna rendez-vous ; elle devait s'arrêter au Catajo, chez le duc de Modène. J'avais cent choses à voir à Ferrare, des palais, des tableaux, des manuscrits, il fallut me contenter de la prison du Tasse. Je me mis en route quelques heures après Son Altesse Royale. J'arrivai de nuit à Padoue. J'envoyai Hyacinthe chercher à Venise mon mince bagage d'écolier allemand, et je me couchai tristement à *l'Étoile d'or*, qui n'a jamais été la mienne.

(5)

Padoue, 20 septembre 1833.

PADOUE. – TOMBEAUX. – MANUSCRIT DE ZANZE.

Le vendredi, 20 septembre, je passai une partie de la matinée à écrire à mes amis mon changement de destination. Arrivèrent successivement les personnes de la suite de Madame.

N'ayant plus rien à faire, je sortis avec un cicerone. Nous visitâmes les deux églises de Sainte-Justine et de Saint-Antoine-de-Padoue [1]. La première, ouvrage de Jérôme de Brescia, est d'une grande majesté : du bas de la nef on n'aperçoit pas une seule des fenêtres percées très haut, de sorte que l'église est éclairée sans qu'on sache par où s'introduit la lumière. Cette église a plusieurs bons tableaux de Paul Véronèse, de Liberi, de Palma, etc.

Saint-Antoine-de-Padoue (*il Santo*) présente un monument gothique grécisé, style particulier aux anciennes églises de la Vénétie. La chapelle Saint-Antoine est de Jacques Sansovino et de François son fils : on s'en aperçoit de prime abord ; les ornements et la forme sont dans le goût de la *loggetta* du clocher de Saint-Marc.

---

1. Voir Valéry, t. II, p. 9-20.

Une *signora* en robe verte, en chapeau de paille recouvert d'un voile, priait devant la chapelle du saint, un domestique en livrée priait également derrière elle : je supposai qu'elle faisait un vœu pour le soulagement de quelque mal moral ou physique ; je ne me trompais pas ; je la retrouvai dans la rue : femme d'une quarantaine d'années, pâle, maigre, marchant roide et d'un air souffrant, j'avais deviné son amour ou sa paralysie. Elle était sortie de l'église avec l'espérance : dans l'espace de temps qu'elle offrait au ciel sa fervente oraison, n'oubliait-elle pas sa douleur, n'était-elle pas réellement guérie ?

Il Santo abonde en mausolées ; celui de Bembo[1] est célèbre. Au cloître on rencontre la tombe du jeune d'Orbesan, mort en 1595.

Gallus eram, Patavi morior, spes una parentum ![2]

L'épitaphe française d'Orbesan se termine par un vers qu'un grand poète voudrait avoir fait.

Car il n'est si beau jour qui n'amène sa nuit.

Charles-Guy Patin[3] est enterré à la cathédrale : son drôle de père ne le put sauver, lui qui avait *traité un jeune gentilhomme âgé de sept ans, lequel fut saigné treize fois et fut guéri dans quinze jours, comme par miracle.*

Les anciens excellaient dans l'inscription funèbre :

---

1. Sur le cardinal Pierre Bembo, poète et secrétaire de Léon X, voir la note 3 de la page 430. Son tombeau a été réalisé par Michele Sanmicheli, avec un buste sculpté par Daniele Cattaneo.   **2.** « J'étais Français, mais je meurs à Padoue, unique espoir de mes parents. » Valéry donne le texte intégral des épitaphes, latine et française, de ce « jeune guerrier », baron de La Bastide, prénommé Arminius et « mort en 1595, âgé de vingt ans ».   **3.** Fils de Guy Patin, médecin comme son père, Charles Patin (1633-1693) avait été obligé de quitter la France après un démêlé avec Colbert. Il se fixa en 1668 à Padoue, où il enseigna la médecine et la chirurgie.

« Ici repose Épictète, disait son cippe, esclave, contrefait, pauvre comme Irus, et pourtant le favori des dieux [1]. »

Camoëns, parmi les modernes, a composé la plus magnifique des épitaphes, celle de Jean III de Portugal : « Qui gît dans ce grand sépulcre ? quel est celui que désignent les illustres armoiries de ce massif écusson ? Rien ! car c'est à cela qu'arrive toute chose... Que la terre lui soit aussi légère à cette heure qu'il fut autrefois pesant au More. »

Mon cicerone padouan était un bavard, fort différent de mon Antonio de Venise ; il me parlait à tout propos de *ce grand tyran* Angelo [2] : le long des rues il m'annonçait chaque boutique et chaque café ; au *Santo* il me voulait absolument montrer la langue bien conservée du prédicateur de l'Adriatique. La tradition de ces sermons ne viendrait-elle pas de ces chansons que, dans le moyen âge, les pêcheurs (à l'exemple des anciens Grecs) chantaient aux poissons pour les charmer ? Il nous reste encore quelques-unes de ces ballades pélagiennes [3] en anglo-saxon.

De Tite-Live, point de nouvelles [4] ; de son vivant, j'aurais volontiers, comme l'habitant de Gadès, fait exprès le voyage de Rome pour le voir ; j'aurais volontiers comme Panormita, vendu mon champ pour acheter quelques fragments de l'*Histoire romaine*, ou, comme Henri IV, promis une province pour une *Décade* [5]. Un mercier [6] de

---

1. *Anthologie palatine*, VII, 676. Cette épitaphe est de Léonidas de Tarente. Sur Irus, voir t. 1, p. 622, note 1.   2. Angelo Malipieri, auquel Victor Hugo allait consacrer un drame : *Angelo, tyran de Padoue*, créé au Théâtre-Français le 28 avril 1835.   3. Maritime, qui concerne la mer : voir t. I, p. 217, note 5.   4. Le grand historien latin est né et mort à Padoue.   5. Les anecdotes qui précèdent, de provenance diverse, ont toutes été reprises par N.-E. Lemaire au tome XII (et dernier) de son édition de Tite-Live (1825).   6. C'est dans une édition qu'il possédait lui-même à la Vallée-aux-Loups (Crevier, 1785, t. I, p. IV) que Chateaubriand a pu recueillir cette histoire transmise par Chapelain : son ami le marquis de Rouville ayant acheté des battoirs (raquettes pour jouer à la paume) chez un mercier de Saumur, découvrit qu'ils étaient tendus de parchemin provenant de manuscrits de Tite-Live vendus comme rebut par les religieuses de Fontevrault.

Saumur n'en était pas là ; il mit tout simplement à couvrir des battoirs un manuscrit de Tite-Live, à lui vendu, en guise de vieux papiers, par l'apothicaire du couvent de l'abbaye de Fontevrault.

Quand je rentrai à *l'Étoile d'or*, Hyacinthe était revenu de Venise. Je lui avais recommandé de passer chez Zanze, et de lui faire mes excuses d'être parti sans la voir. Il trouva la mère et la fille dans une grande colère ; elles venaient de lire *Le mie Prigioni*[1]. La mère disait que Silvio était un *scélérat*, il s'était permis d'écrire que Brollo l'avait tiré, lui Pellico, par une jambe, lorsque lui Pellico était monté sur une table. La fille s'écriait : « Pellico est un calomniateur ; c'est de plus un ingrat. Après les services que je lui ai rendus, il cherche à me déshonorer. » Elle menaçait de faire saisir l'ouvrage et d'attaquer l'auteur devant les tribunaux ; elle avait commencé une réfutation du livre : Zanze est non seulement une artiste[2], mais une femme de lettres[3].

Hyacinthe la pria de me donner la réfutation non achevée : elle hésita, puis elle lui remit le manuscrit : elle était pâle et fatiguée de son travail. La vieille geôlière prétendait toujours vendre la broderie de sa fille et l'ouvrage en mosaïque. Si jamais je retourne à Venise je m'acquitterai mieux envers madame Brollo que je ne l'ai fait envers Abou Gosch, chef des Arabes des montagnes de Jérusalem ; je lui avais promis, à celui-ci, une couffe de riz de Damiette, et je ne la lui ai jamais envoyée[4].

---

1. Comme il le raconte dans un des chapitres supprimés du livre sur Venise (voir Appendice I, p. 615-619), Chateaubriand avait vu Zanze, la fille du geôlier de Pellico à Venise, chez sa mère, Mme Brollo, devenue veuve. Mais il avait dû partir pour Ferrare sans la revoir, et sans lui remettre un exemplaire de *Mes prisons*, qu'elle ne connaissait pas encore. De Padoue, il lui avait donc fait porter le livre par Hyacinthe Pilorge.   **2.** Elle travaillait pour vivre à des mosaïques et à des broderies qu'elle vendait à des étrangers de passage (voir *infra*, p. 615-616).   **3.** La formule est à prendre au second degré, mais elle justifie par avance la longue citation qui va suivre.   **4.** Voir *Itinéraire*, p. 1128 : « Je voulus lui donner quelque argent ; il le refusa, et me pria seulement de lui envoyer deux *couffes* de riz de Damiette quand je serais en Égypte : je le lui promis de grand cœur. » En réalité Chateaubriand oublia sa promesse. Mais Marcellus, qui, de son côté,

Voici le commentaire de Zanze :

« La Veneziana maravigliandosi che contro di essa si
sieno persona che abbia avutto ardire di scrivere pezze di
un romanzo formatto ed empitto di impie falsità, si lagna
fortemente contro l'auttore mentre potteva servirsi di altra
persona onde dar sfogo al suo talento, ma non prendersi
spasso di una giovine onesta di educazione e religione, e
questa stimatta ed amatta e conosciutta a fondo da tutti.

« Comme Silvio può dire che nella età mia di 13 anni
(che talli erano, alorquando lui dice di avermi conos-
ciuta), comme può dire chi io fossi giornarieramente
statta a visitarlo nella sua abitazione ? se io giuro di essere
statta se non pochissime volte, e sempre accompagnata o
dal padre, o madre, o fratello ? Comme può egli dire che
io le abbia confidatto un amore, che io era sempre alle
mie scuolle, e che appena cominciavo a conoscere, anzi
non ancor poteva ne conosceva mondo, ma solo dedicatta
alli doveri di religione, a quelli di doverosa figlia, e
sempre occupatta e miei lavori, che questi erano il mio
sollo piacere ? Io giuro che non ho mai parlatto con lui,
ne di amore, ne di altra qualsiasi cosa. Sollo se qualche
volte io lo vedeva, loguardava con ochio di pietà, poichè
il mio cuore era per ogni mio simille, pieno di compazio-
ne ; anzi io odiava il luogo che per sola combinazione
mio padre si ritrovava : perchè altro impiego lo aveva
sempre occupatto ; ma dopo essere stato un bravo soldato,
avendo bene servito la repubblica e poi il suo sovrano, fù
statto ammesso contro sua volontà, non che di quella di
sua famiglia, in quell' impiego. Falsissimo è che io abbia
mai preso une mano del sopradetto Silvio, ne comme
padre, ne comme frattello ; prima, perchè abenchè giovi-
netta e priva di esperienza, avevo abastanza avutta educazione onde conoscere il mio dovere. Comme può egli dire
di esser statto da me abbraciatto, che io non avrei fatto
questo con un fratello nemeno ; talli erano li scrupoli che

rencontra Abou Gosh en 1820, signale dans son commentaire (p. 483)
que celui-ci avait, lui aussi, « parfaitement oublié la couffe de riz » et
jusqu'au nom de Chateaubriand.

aveva il mio cuore, stante l'educazione avutta nelli conventi, ove il mio padre mi aveva sempre mantenuta.

« Bensi vero sarà che lui a fondo mi conoscha piu di quello che io possa conoscer lui, mentre mi sentiva giornarieramente in compagnia di miei fratelli, in una stanza a lui vicina ; che questa era il luogo ove dormiva e studiava li miei sopradetti fratelli, e comme talli mi era lecitto di stare con loro ? comme può egli dire che io ciarlassi con lui degli affari di mia famiglia, che sfogava il mio cuore contro il riguore di mia madre e benevolenza del padre, che io non aveva motivo alcuno di lagnarmi di essa, ma fù da me sempre ammatta ?

« E comme può egli dire di avermi sgridatta avendogli portato un cativo caffè ? Che io non so se alcuna persona posia dire di aver avutto ardire di sgridarmi : anzi di avermi per solla sua bontà tutti stimata.

« Mi formo mille maraviglie che un uomo di spirito e di tallenti abbia ardire di vantarsi di simile cose ingiuste contro una giovine onesta, onde farle perdere quella stima che tutti professa per essa, non che l'amore di un rispetoso consorte, la sua pace e tranquilità in mezzo il bracio di sua famiglia e figlia.

« Io mi trovo oltremodo sdegnatta contro questo auttore, per avermi esposta in questo modo in un publico libro, di piú di tanto prendersi spaso del nominare ogni momento il mio nome.

« Ha pure avutto riguardo nel mettere il nome di Tremerello in cambio di quello di Mandricardo ; che tale era il nome del servo che cosi bene le portava ambaciatte. E questo io potrei farle certo, perché sapeva quanto infedelle lui era ed interessato : che pur per mangiare e bevere avrebe sacrificatto qualunque persona ; lui era un perfido contro tutti coloro che per sua disgrazia capitavano poveri e non poteva mangiarlo quanto voleva ; trattava questi infelici pegio di bestie. Ma quando io vedeva, lo sgridava e lo diceva a mio padre, non potendo il mio cuore vedere simili tratti verso il suo simile. Lui ero buono sollamente con chi le donava une buona mancia e bene le dava a mangiare. – Il cielo le perdoni ! Ma avrà da render conto delle sue cative opere verso suoi simili, e per l'odio che a me professava e per le coressioni che io le faceva. Per tale cativo sogetto Silvio a avutto riguardo, e per me che non meritava di essere esposta, non ha avutto il minimo riguardo.

« Ma io ben saprò ricorere, ove mi verane fatta una vera giustizia, mentre non intendo ne voglio esser, ne per bene ne malle, nominatta in publico.

« Io sono felice in bracio a un marito, che tanto mi ama, e ch'è veramente e virtuosamente corisposto, ben conoscendo il mio sentimento, non che vedendo il mio operare : e dovrò a cagione di un uomo che si è presso un punto sopra di me, onde dar forza alli suoi mal fondati scritti, essendo questi posti in falso !

« Silvio perdonerà il mio furore ; ma doveva lui bene aspetarselo quando al chiaro io era dal suo operato.

« Questa è la ricompensa di quanto ha fatto la mia famiglia, avendolo trattatto con quella umanità, che merita ogni creatura cadutta in talli disgrazie, e non trattata comme era li ordini !

« Io intanto faccio qualunque giuramento, che tutto quello que fú detto a mio riguardo, dà falso. Forse Silvio sarà statto malle informato di me ; ma non può egli dire con verità talli cose non essendo vere, ma sollo per avere un piú forte motivo onde fondare il suo romanzo.

« Vorei dire di piú ; ma le occupazioni di mia famiglia non mi permette di perdere di piú tempo. Sollo ringraziarò intanto il signor Silvio col suo operare e di avermi senza colpa veruna posto in seno una continua inquietudine e forse una perpetua infelicità. »

TRADUCTION.

« La Vénitienne va s'émerveillant que quelqu'un ait eu le courage d'écrire contre elle deux scènes d'un roman formé et rempli de faussetés impies. Elle se plaint fortement de l'auteur qui se pouvait servir d'une autre personne pour donner carrière à son talent, et non prendre pour jouer une jeune fille honnête d'éducation et de religion, estimée, aimée et connue à fond de tous.

« Comment Silvio peut-il dire qu'à mon âge de treize ans (qui étaient mes ans lorsqu'il dit m'avoir connue) ; comment peut-il dire que j'allais journellement le visiter dans sa demeure, si je jure de n'y être allée que très peu de fois, et toujours accompagnée ou de mon père, ou de ma mère, ou d'un frère ? Comment peut-il dire que je lui ai confié un amour, moi qui étais toujours à mes écoles, moi qui, à peine commençant à savoir quelque chose, ne pouvais connaître ni l'amour, ni le monde ; seulement consacrée que j'étais aux devoirs de la religion, à ceux d'une obéissante fille, toujours occupée de mes travaux, mes seuls plaisirs ?

« Je jure que je ne lui ai jamais parlé (à Pellico) ni d'amour, ni de quoi que ce soit ; mais si quelquefois je le voyais, je le regardais d'un œil de pitié, parce que mon cœur était pour chacun de mes semblables plein de compassion. Aussi je haïssais le lieu où mon père se trouvait par fortune : il avait toujours occupé une autre place ; mais après avoir été un brave soldat, ayant bien servi la République et ensuite son souverain, il fut mis contre sa volonté et celle de sa famille dans cet emploi.

« Il est très faux (*falsissimo*) que j'aie jamais pris une main du susdit Silvio, ni comme celle de mon père, ni comme celle de mon frère ; premièrement parce que, bien que jeunette et privée d'expérience, j'avais suffisamment reçu d'éducation pour connaître mes devoirs.

« Comment peut-il dire avoir été par moi embrassé, moi qui n'aurais pas fait cela avec un frère même : tels étaient les scrupules qu'avait imprimés dans mon cœur l'éducation reçue dans les couvents où mon père m'avait toujours maintenue !

« Vraiment, il arrivera que j'ai été plus connue de lui (Pellico) qu'il ne le pouvait être de moi ! Je me tenais journellement en la compagnie de mes frères dans une chambre à lui voisine (laquelle était le lieu où dormaient et étudiaient mes susdits frères) ; or, puisqu'il m'était loisible de demeurer avec eux, comment peut-il dire que je discourais avec lui des affaires de ma famille, que je soulageais mon cœur au sujet de la rigueur de ma mère et de la bonté de mon père ? Loin d'avoir aucun motif de me plaindre d'elle, elle fut par moi toujours aimée.

« Comment peut-il dire qu'il a crié contre moi pour lui avoir apporté de mauvais café ? Je ne sache personne qui puisse dire avoir eu l'audace de crier contre moi, m'ayant tous estimée par leur seule bonté.

« Je me fais mille étonnements de ce qu'un homme d'esprit et de talent ait eu le courage de se vanter injustement de semblables choses contre une jeune fille honnête, ce qui pourrait lui faire perdre l'estime que tous professent pour elle, et encore l'amour d'un respectable mari, lui faire perdre sa paix et sa tranquillité dans les bras de sa famille et de sa fille.

« Je me trouve indignée outre mesure contre cet auteur pour m'avoir exposée de cette manière dans un livre publié, et pour avoir pris une si grande liberté de citer mon nom à chaque instant.

« Et pourtant il a eu l'attention d'écrire le nom de *Tremerello* au lieu de celui de *Mandricardo*, nom de celui qui si bien lui portait des messages. Et celui-là je pourrais le lui faire connaître avec certitude, parce que je savais combien il lui était infidèle et combien intéressé. Pour boire et manger il aurait sacrifié tout le monde ; il était perfide à tous ceux qui pour leur malheur lui arrivaient pauvres, et qui ne pouvaient autant l'engraisser qu'il l'aurait voulu. Il traitait ces malheureux pire que des bêtes ; mais quand je le voyais, je lui adressais des reproches et le disais à mon père, mon cœur ne pouvant supporter de pareils traitements envers mon semblable. Lui (Mandricardo) était bon seulement avec ceux qui lui donnaient la *buona mancia* et lui donnaient bien à manger ; le ciel lui pardonne ! mais il aura à rendre compte de ses mauvaises actions envers ses semblables, et de la haine qu'il me portait à cause des remontrances que je lui faisais. Pour un tel mauvais sujet Silvio a eu des délicatesses, et pour moi, qui ne méritais pas d'être exposée, il n'a pas eu le moindre égard.

« Mais moi je saurai bien recourir où il me sera fait une véritable justice ; je n'entends pas, je ne veux pas être, soit en bien, soit en mal, nommée en public.

« Je suis heureuse dans les bras d'un mari qui m'aime tant, et qui est vraiment et vertueusement payé de retour. Il connaît bien non seulement ma conduite, mais mes sentiments. Et je devrai, à cause d'un homme qui juge à propos de m'exploiter dans l'intérêt de ses écrits mal fondés et remplis de faussetés... !

« Silvio me pardonnera ma fureur, mais il devait s'y attendre, alors que je viendrais à connaître clairement sa conduite à mon égard.

« Voilà la récompense de tout ce qu'a fait ma famille, l'ayant traité (Pellico) avec cette humanité que mérite chaque créature tombée en une pareille disgrâce, et ne l'ayant pas traité selon les ordres.

« Et moi cependant je fais le serment que tout ce qui a été dit à mon égard est faux. Peut-être Silvio aura été mal informé à mon égard, mais il ne peut dire avec vérité des choses qui, n'étant pas vraies, lui sont seulement un motif plus fort de fonder son roman.

« Je voudrais en dire davantage ; mais les occupations de ma famille ne me permettent pas de perdre plus de temps. Seulement je rends grâces au signor Silvio de son ouvrage et de m'avoir, innocente de faute, mis dans le sein une continuelle inquiétude, et peut-être une perpétuelle infélicité. »

Cette traduction littérale[1] est loin de rendre la verve féminine, la grâce étrangère, la naïveté animée du texte ; le dialecte dont se sert Zanze exhale un parfum du sol impossible à transfuser dans une autre langue. L'*apologie* avec ses phrases incorrectes, nébuleuses, inachevées, comme les extrémités vagues d'un groupe de l'Albane ; le manuscrit, avec son orthographe défectueuse ou vénitienne, est un monument de femme grecque, mais de ces femmes de l'époque où les évêques de Thessalie chantaient les amours de Théagène et de Chariclée[2]. Je préfère

---

1. Celle de Chateaubriand lui-même, dans le manuscrit de 1845, est souvent à la limite du contresens. Les éditeurs de 1850 ont dû réviser et améliorer ce texte.   **2.** Quoique né à Émèse, Héliodore, auteur des *Éthiopiques, ou Histoire de Théagène et de Chariclée,* fut évêque de Tricca en Thessalie au IIIe siècle de notre ère.

les deux pages de la petite geôlière à tous les dialogues de la grande Isotte[1], qui cependant a plaidé pour Ève contre Adam, comme Zanze plaide pour elle-même contre Pellico. Mes belles compatriotes provençales d'autrefois rappellent davantage la fille de Venise par l'idiome de ces générations intermédiaires, chez lesquelles la langue du vaincu n'est pas encore entièrement morte et la langue du vainqueur pas encore entièrement formée.

Qui de Pellico ou de Zanze a raison ? de quoi s'agit-il aux débats ? d'une simple confidence, d'un embrassement douteux, lequel, au fond, ne s'adresse peut-être pas à celui qui le reçoit. La vive épousée ne veut pas se reconnaître dans la délicieuse éphèbe[2] représentée par le captif ; mais elle conteste le fait avec tant de charme, qu'elle le prouve en le niant. Le portrait de Zanze dans le mémoire du demandeur est si ressemblant, qu'on le retrouve dans la réplique de la défenderesse : même sentiment de religion et d'humanité, même réserve, même ton de mystère, même désinvolture molle et tendre.

Zanze est pleine de puissance lorsqu'elle affirme, avec une candeur passionnée, qu'elle n'aurait pas osé embrasser son propre frère, à plus forte raison M. Pellico. La piété filiale de Zanze est extrêmement touchante, lorsqu'elle transforme Brollo en un vieux soldat de la république, réduit à l'état de geôlier *per sola combinazione*[3].

Zanze est tout admirable dans cette remarque : Pellico a caché le nom d'un homme pervers, et il n'a pas craint de révéler celui d'une innocente créature compatissante aux misères des prisonniers.

Zanze n'est point séduite par l'idée d'être immortelle dans un ouvrage immortel ; cette idée ne lui vient pas même à l'esprit : elle n'est frappée que de l'indiscrétion d'un homme ; cet homme, à en croire l'offensée, sacrifie la réputation d'une femme aux jeux de son talent, sans

---

1. Isotta Nogarola, femme de lettres de Vérone au XVᵉ siècle, avait publié un dialogue latin sur la question de savoir qui avait la plus lourde responsabilité dans le péché originel : Ève ou Adam ? **2.** Chateaubriand aime à employer ce substantif au genre féminin pour désigner une jeune fille : voir XIII, 6 (t. II, p. 46). **3.** « Par fortune », dit la traduction.

souci du mal dont il peut être la cause, ne pensant qu'à faire un roman au profit de sa renommée. Une crainte visible domine Zanze ; les révélations d'un prisonnier n'éveilleront-elles pas la jalousie d'un époux ?

Le mouvement qui termine l'*apologie* est pathétique et éloquent :

« Je rends grâces au signor Silvio de son ouvrage, et de m'avoir, innocente de faute, mis dans le sein une continuelle inquiétude et peut-être une perpétuelle infélicité, *una continua inquietudine e forse una perpetua infelicità*. »

Sur ces dernières lignes écrites d'une main fatiguée, on voit la trace de quelques larmes.

Moi, étranger au procès, je ne veux rien perdre. Je tiens donc que la Zanze de *Mie Prigioni* est la Zanze selon les Muses, et que la Zanze de l'*apologie* est la Zanze selon l'histoire. J'efface le petit défaut de taille [1] que j'avais cru voir dans la fille du vieux soldat de la république ; je me suis trompé : Angélique de la prison de Silvio est faite comme la tige d'un jonc, comme le stipe d'un palmier [2]. Je lui déclare que, dans mes *Mémoires*, aucun personnage ne me plaît autant qu'elle, sans en excepter ma sylphide. Entre Pellico et Zanze elle-même à l'aide du manuscrit dont je suis dépositaire, grande merveille sera si la *Veneziana* ne va pas à la postérité ! Oui, Zanze, vous prendrez place parmi les ombres de femmes qui naissent autour du poète, lorsqu'il rêve au son de sa lyre. Ces ombres délicates, orphelines d'une harmonie expirée et d'un songe évanoui, restent vivantes entre la terre et le ciel, et habitent à la fois leur double patrie. « Le beau paradis n'aurait pas ses grâces complètes si tu n'y étais », dit un troubadour à sa maîtresse absente par la mort [3].

---

1. Voir le portrait de Zanze, *infra*, p. 619. Chateaubriand avait même commencé par écrire : « J'ai vu apparaître une femme plus petite encore que sa mère, *un peu contrefaite*, enceinte... » (Levaillant, *Deux livres*, t. I, p. 201).   **2.** C'est la comparaison qu'utilise Ulysse pour décrire Nausicaa (*Odyssée*, VI, 163).   **3.** Ce chapitre se termine sur une note ambivalente. Chateaubriand exprime en effet une idée qui lui est chère (par exemple à propos de Napoléon) : les fictions de la littérature finissent par devenir une des formes de la vérité. Mais il procède, à propos de Zanze, avec une emphase comique qui témoigne aussi de son esprit critique.

(6)

Padoue, 20 septembre 1833.

NOUVELLE INATTENDUE.
LE GOUVERNEUR DU ROYAUME LOMBARD-VÉNITIEN.

L'histoire est encore venue étrangler le roman [1]. J'achevais à peine de lire à *l'Étoile d'or* la défense de Zanze, que M. de Saint-Priest entre dans ma chambre en disant : « Voici du nouveau. » Une lettre de Son Altesse Royale nous apprenait que le gouverneur du royaume lombard-vénitien s'était présenté au Catajo et qu'il avait annoncé à la princesse l'impossibilité où il se trouvait de la laisser continuer son voyage. Madame désirait mon départ immédiat.

Dans ce moment un aide de camp du gouverneur frappe à ma porte et me demande s'il me convient de recevoir son général. Pour toute réponse, je me rends à l'appartement de Son Excellence, descendue comme moi à *l'Étoile d'or*.

C'était un excellent homme que le gouverneur.

« Imaginez-vous, monsieur le vicomte, me dit-il, que mes ordres contre madame la duchesse de Berry étaient du 28 août : Son Altesse Royale m'avait fait dire qu'elle avait des passeports d'une date postérieure et une lettre de mon empereur. Voilà que, le 17 de ce mois de septembre, je reçois au milieu de la nuit une estafette : une dépêche, datée du 15, de Vienne, m'enjoint d'exécuter les premiers ordres du 28 août, et de ne pas laisser s'avancer madame la duchesse de Berry au-delà d'Udine ou de Trieste. Voyez, cher et illustre vicomte, quel grand malheur pour moi ! arrêter une princesse que j'admire et respecte, si elle ne se veut pas conformer au désir de mon

---

1. Cette formule se trouve déjà dans la lettre que Chateaubriand adressa le 20 septembre, de Padoue, à Mme Récamier.

souverain ! car la princesse ne m'a pas bien reçu ; elle m'a dit qu'elle ferait ce qui lui plairait. Cher vicomte, si vous pouviez obtenir de Son Altesse Royale qu'elle restât à Venise ou à Trieste en attendant de nouvelles instructions de ma cour ? Je viserai votre passeport pour Prague ; vous vous y rendrez tout de suite sans éprouver le moindre empêchement, et vous arrangerez tout cela ; car certainement ma cour n'a fait que céder à des demandes [1]. Rendez-moi, je vous en prie, ce service. »

J'étais touché de la candeur du noble militaire. En rapprochant la date du 15 septembre de celle de mon départ de Paris, 3 du même mois, je fus frappé d'une idée : mon entrevue avec Madame et la coïncidence de la majorité de Henri V [2] pouvaient avoir effrayé le gouvernement de Philippe. Une dépêche de M. le duc de Broglie, transmise par une note de M. le comte de Saint-Aulaire [3], avait peut-être déterminé la chancellerie de Vienne à renouveler la prohibition du 28 août. Il est possible que j'augure mal et que le fait que je soupçonne n'ait pas eu lieu ; mais deux *gentilshommes*, tous deux pairs de France de Louis XVIII, tous deux violateurs de leur serment, étaient bien dignes, après tout, d'être contre une femme, mère de leur roi légitime, les instruments d'une aussi généreuse politique. Faut-il s'étonner si la France d'aujourd'hui se confirme de plus en plus dans la haute opinion qu'elle a des gens de cour d'autrefois ?

Je me donnai garde de montrer le fond de ma pensée. La persécution avait changé mes dispositions au sujet du voyage de Prague ; j'étais maintenant aussi désireux de l'entreprendre seul dans les intérêts de ma souveraine, que j'avais été opposé à le faire avec elle lorsque les chemins lui étaient ouverts. Je dissimulai mes vrais senti-

---

1. Que ce soient celles de Paris, comme Chateaubriand le suppose un peu plus loin, ou celles de Prague. En effet ni Charles X, ni le duc de Blacas ne souhaitaient la venue de la duchesse de Berry. Ils avaient donc prié Metternich de lui interdire, au moins à titre provisoire, le territoire autrichien. Il y avait bien, contre la mère de Henri V, une alliance objective entre le gouvernement de Louis-Philippe et les « vénérables de Prague ». 2. C'est le 29 septembre 1833 que le duc de Bordeaux devait entrer dans sa quatorzième année. 3. Alors ambassadeur de France à Vienne.

ments, et, voulant entretenir le gouverneur dans la bonne
volonté de me donner un passeport, j'augmentai sa loyale
inquiétude ; je répondis :

« Monsieur le gouverneur, vous me proposez une chose
difficile. Vous connaissez madame la duchesse de Berry ;
ce n'est pas une femme que l'on mène comme on veut ;
si elle a pris son parti, rien ne la fera changer. Qui sait ?
il lui convient peut-être d'être arrêtée par l'empereur
d'Autriche, son oncle, comme elle a été mise au cachot
par Louis-Philippe, son oncle ! Les rois légitimes et les
rois illégitimes agiront les uns comme les autres ; Louis-
Philippe aura détrôné le fils de Henri IV, François II[1]
empêchera la réunion de la mère et du fils ; M. le prince
de Metternich relèvera M. le général Bugeaud dans son
poste, c'est à merveille. »

Le gouverneur était hors de lui : « Ah ! vicomte, que
vous avez raison ! cette propagande, elle est partout ! cette
jeunesse ne nous écoute plus ! pas encore autant dans l'État
vénitien que dans la Lombardie et le Piémont. – Et la
Romagne ! me suis-je écrié, et Naples ! et la Sicile ! et les
rives du Rhin ! et le monde entier ! – Ah ! ah ! ah !, criait le
gouverneur, nous ne pouvons pas rester ainsi : toujours
l'épée au poing, une armée sous les armes, sans nous battre.
La France et l'Angleterre en exemple à nos peuples ! Une
jeune Italie maintenant, après les carbonari ! La jeune Italie ! qui a jamais entendu parler de ça ?

« – Monsieur, ai-je dit, je ferai tous mes efforts pour
déterminer Madame à vous donner quelques jours ; vous
aurez la bonté de m'accorder un passeport : cette condes-
cendance peut seule empêcher Son Altesse Royale de
suivre sa première résolution.

« – Je prendrai sur moi, me dit le gouverneur rassuré,
de laisser Madame traverser Venise se rendant à Trieste ;
si elle traîne un peu sur les chemins, elle atteindra tout
juste cette dernière ville avec les ordres que vous allez

---

1. Comme au chapitre 3 du livre XXXIX, Chateaubriand donne au
souverain autrichien son ancien nom de dernier empereur germanique.
Après la dissolution du Saint-Empire au profit de la Confédération du
Rhin, le successeur de Léopold II avait pris le nom de François Ier.

chercher, et nous serons délivrés. Le délégué de Padoue vous donnera le *visa* pour Prague, en échange duquel vous laisserez une lettre annonçant la résolution de Son Altesse Royale de ne point dépasser Trieste. Quel temps ! quel temps ! Je me félicite d'être vieux, cher et illustre vicomte, pour ne pas voir ce qui arrivera. »

En insistant sur le passeport, je me reprochais intérieurement d'abuser peut-être un peu de la parfaite droiture du gouverneur, car il pourrait devenir plus coupable de m'avoir laissé aller en Bohême que d'avoir cédé à la duchesse de Berry. Toute ma crainte était qu'une fine mouche de la police italienne ne mît des obstacles au *visa*. Quand le délégué de Padoue vint chez moi, je lui trouvai une mine de secrétariat, un maintien de protocole, un air de préfecture comme à un homme nourri aux administrations françaises. Cette capacité bureaucratique me fit trembler. Aussitôt qu'il m'eut assuré avoir été commissaire à l'armée des alliés dans le département des Bouches-du-Rhône, l'espérance me revint : j'attaquai mon ennemi en tirant droit à son amour-propre. Je déclarai qu'on avait remarqué la stricte discipline des troupes stationnées en Provence. Je n'en savais rien, mais le délégué, me répondant par un débordement d'admiration, se hâta d'expédier mon affaire : je n'eus pas plutôt obtenu mon visa, que je ne m'en souciais plus.

(7)

Padoue, 20 septembre 1833.

Lettre de Madame à Charles X et à Henri V.
M. de Montbel. — Mon billet au gouverneur.
Je pars pour Prague.

La duchesse de Berry revint du Catajo, à neuf heures du soir : elle paraissait très animée ; quant à moi, plus j'avais été pacifique, plus je voulais qu'on acceptât le combat : on nous attaquait, force était de nous défendre. Je proposai, moitié en riant, à S.A.R. de l'emmener déguisée à Prague, et d'enlever à *nous deux* Henri V. Il ne s'agissait que de savoir où nous déposerions notre larcin. L'Italie ne convenait pas, à cause de la faiblesse de ses princes ; les grandes monarchies absolues devaient être abandonnées pour un millier de raisons. Restait la Hollande et l'Angleterre : je préférais la première parce qu'on y trouvait, avec un gouvernement constitutionnel, un roi habile[1].

Nous ajournâmes ces partis extrêmes ; nous nous arrêtâmes au plus raisonnable : il faisait tomber sur moi le poids de l'affaire. Je partirais seul avec une lettre de MADAME : je demanderais la déclaration de la majorité ; sur la réponse des grands parents, j'enverrais un courrier à S.A.R. qui attendrait ma dépêche à Trieste. MADAME joignit à sa lettre pour le vieux roi un billet pour Henri ; je ne le devais remettre au jeune prince que selon les circonstances. La suscription du billet était seule une protestation contre les arrière-pensées de Prague. Voici la lettre et le billet :

« Ferrare, 19 septembre 1833.

« Mon cher père, dans un moment aussi décisif que celui-ci pour l'avenir de Henri, permettez-moi de m'adresser à vous avec toute confiance. Je ne m'en suis point rapportée à mes propres lumières sur un sujet aussi important ; j'ai voulu, au contraire, consulter dans cette grave circonstance les hommes qui m'avaient montré le plus d'attachement et de dévouement. M. de Chateaubriand se trouvait tout naturellement à leur tête.

---

1. Il semble qu'il faille prendre à la lettre cette appréciation élogieuse qui nous paraît aujourd'hui singulière. Il ne faut pas oublier qu'après la double révolution de 1830, à Paris puis à Bruxelles, le roi des Pays-Bas et Charles X faisaient cause commune contre le même usurpateur : Louis-Philippe. Le souverain néerlandais avait même proposé au roi de France détrôné une aide financière. Sur la situation des Pays-Bas où Guillaume Ier avait été obligé de concéder un régime parlementaire, voir *supra*, p. 215, note 1.

« Il m'a confirmé ce que j'avais déjà appris, c'est que tous les royalistes en France regardent comme indispensable, pour le 29 septembre, un acte qui constate les droits et la majorité de Henri. Si le loyal M*** est en ce moment auprès de vous, j'invoque son témoignage que je sais être conforme à ce que j'avance.

« M. de Chateaubriand exposera au Roi ses idées au sujet de cet acte ; il dit avec raison, ce me semble, qu'il faut simplement constater la majorité de Henri et non pas faire un manifeste : je pense que vous approuverez cette manière de voir. Enfin, mon cher père, je m'en remets à lui pour fixer votre attention et amener une décision sur ce point nécessaire. J'en suis bien plus occupée, je vous assure, que de ce qui me concerne, et l'intérêt de mon Henri, qui est celui de la France, passe avant le mien. Je lui ai prouvé, je crois, que je savais m'exposer pour lui à des dangers, et que je ne reculais devant aucun sacrifice ; il me trouvera toujours la même.

« M. de Montbel m'a remis votre lettre [1] à son arrivée : je l'ai lue avec une bien vive reconnaissance ; vous revoir, retrouver mes enfants, sera toujours le plus cher de mes vœux. M. de Montbel vous aura écrit que j'avais fait tout ce que vous demandiez ; j'espère que vous aurez été satisfait de mon empressement à vous plaire et à vous prouver mon respect et ma tendresse. Je n'ai plus maintenant qu'un désir, c'est d'être à Prague pour le 29 septembre, et, quoique ma santé soit bien altérée, j'espère que j'arriverai. Dans tous les cas, M. de Chateaubriand me précédera. Je prie le Roi de l'accueillir avec bonté et d'écouter tout ce qu'il lui dira de ma part. Croyez, mon cher père, à tous les sentiments, etc.

« *P.S.* Padoue, le 20 septembre. – Ma lettre était écrite lorsqu'on me communique l'ordre de ne pas continuer mon voyage : ma surprise égale ma douleur. Je ne puis croire qu'un ordre semblable soit émané du cœur du Roi ;

---

1. Cette lettre du 25 août, avec un *post-scriptum* du 1er septembre, avait été remise à la duchesse à Florence, le 12 septembre. Sur la situation de la duchesse vis-à-vis de la famille royale, voir chapitre 4 (*supra*, p. 453, note 2).

ce sont mes ennemis seuls qui ont pu le dicter. Que dira la France ? Et combien Philippe va triompher ! Je ne puis que presser le départ du vicomte de Chateaubriand, et le charger de dire au Roi ce qu'il me serait trop pénible de lui écrire dans ce moment. »

Suscription : « À Sa Majesté Henri V, mon très cher fils, Prague. »

« Padoue, 20 septembre 1833.

« J'étais au moment d'arriver à Prague et de t'embrasser, mon cher Henri, un obstacle imprévu m'arrête dans mon voyage.

« J'envoie M. de Chateaubriand à ma place pour traiter de tes affaires et des miennes. Aie confiance, mon cher ami, dans ce qu'il te dira de ma part, et crois bien à ma tendre affection. En t'embrassant avec ta sœur, je suis

« Ton affectionnée mère et amie,

« Caroline. »

M. de Montbel tomba de Rome à Padoue au milieu de nos cancans. La petite cour de Padoue le bouda ; elle s'en prenait à M. de Blacas des ordres de Vienne. M. de Montbel, homme fort modéré, n'eut d'autre ressource que de se réfugier auprès de moi, bien qu'il me craignît ; en voyant ce collègue de M. de Polignac, je m'expliquai comment il avait écrit, sans s'en apercevoir, l'histoire du duc de Reichstadt[1], et admiré les archiducs, le tout à soixante lieues de Prague, lieu d'exil du duc de Bordeaux ; si lui, M. de Montbel, avait été propre à jeter par la fenêtre la monarchie de saint Louis et les monarchies de ce bas monde, c'est un petit accident auquel il n'avait pas pensé. Je fus gracieux envers le comte de Montbel ; je lui parlai du Colysée. Il retournait à Vienne se mettre à la disposition du prince de Metternich et servir d'intermédiaire à la correspondance de M. de Blacas. À onze heures, j'écrivais au gouverneur la lettre convenue : je pris soin de la dignité de Madame, n'engageant point S.A.R. et lui réservant toute faculté d'agir.

1. Voir p. 283, note 3.

« Padoue, ce 20 septembre 1833.

« Monsieur le gouverneur,
« S.A.R. madame la duchesse de Berry veut bien *pour le moment*, se conformer aux ordres qui vous ont été transmis. Son projet est d'aller à Venise en se rendant à Trieste ; là, d'après les renseignements que j'aurai l'honneur de lui adresser, elle prendra une dernière résolution.

« Agréez, je vous prie, mes remerciements les plus sincères, et l'assurance de la haute considération avec laquelle, je suis,

« Monsieur le gouverneur,
« Votre très humble et très obéissant serviteur,

« CHATEAUBRIAND. »

Le délégué, en lisant cette lettre, en fut très content. MADAME sortie de la Lombardie vénitienne, lui et le gouverneur cessaient d'être responsables ; les faits et gestes de la duchesse de Berry à Trieste ne regardaient plus que les autorités de l'Istrie ou du Frioul ; c'était à qui se débarrasserait de l'infortune : dans un certain jeu, on se hâte de passer à son voisin un petit morceau de papier qui brûle.

À dix heures, je pris congé de la princesse, elle remettait son sort, et celui de son fils entre mes mains. Elle me faisait roi d'une France de sa façon. Dans un village de Belgique, j'ai eu quatre voix pour monter au trône qu'occupe le gendre de Philippe [1]. Je dis à MADAME : « Je me soumets à la volonté de Votre Altesse Royale, mais je crains de tromper ses espérances. Je n'obtiendrai rien à Prague. » Elle me poussa vers la porte : « Partez, vous pouvez tout. »

À onze heures, je montai en voiture : la nuit était pluvieuse. Il me semblait retourner à Venise, car je suivais la route de Mestre ; j'avais plus envie de revoir Zanze que Charles X.

---

1. En 1831, la Belgique se cherchait un roi. Bien des noms furent envisagés. Le village de Tegelen, près de Vanloo proposa celui de Chateaubriand (*Bulletin*, 1935, p. 18-20). En définitive, le nouveau roi des Belges, Léopold de Saxe-Cobourg, épousa en 1832 la princesse Louise, fille du roi des Français.

LIVRE QUARANTE-UNIÈME

(1)

JOURNAL DE PADOUE À PRAGUE,
DU 20 AU 26 SEPTEMBRE 1833.

CONEGLIANO. – TRADUCTION DU *DERNIER ABENCÉRAGE*.
UDINE. – LA COMTESSE DE SAMOYLOFF. – M. DE LA FERRON-
NAYS. – UN PRÊTRE. – LA CARINTHIE. LA DRAVE. – UN PETIT
PAYSAN. – FORGES. – DÉJEUNER AU HAMEAU DE
SAINT-MICHEL.

Je me désolai en passant à Mestre, vers la fin de la
nuit, de ne pouvoir aller au rivage : peut-être un phare
lointain des dernières lagunes m'aurait indiqué la plus
belle des îles du monde ancien, comme une petite lumière
découvrit à Christophe Colomb la première île du Nouveau Monde. C'était à Mestre que j'avais débarqué de
Venise, lors de mon premier voyage en 1806 : *fugit
aetas*[1].

Je déjeunai à Conegliano : j'y fus complimenté par les
amis d'une dame[2], traducteur de l'*Abencérage*, et sans

---

1. « Le temps fuit » (Horace, *Odes*, 1, 2, vers 7-8).   2. Cette
jeune femme se nommait Edvige de' Battisti di San Giorgio di Solari
(1808-1867).

doute ressemblant à Blanca : « Il vit sortir une jeune femme, vêtue à peu près comme ces reines gothiques sculptées sur les monuments de nos anciennes abbayes, une mantille noire était jetée sur sa tête ; elle tenait avec sa main gauche cette mantille croisée et fermée comme une guimpe au-dessous de son menton, de sorte que l'on n'apercevait de tout son visage que ses grands yeux et sa bouche de rose [1]. » Je paye ma dette au traducteur de mes rêveries espagnoles, en reproduisant ici son portrait.

Quand je remontai en voiture, un prêtre me harangua sur le *Génie du Christianisme*. Je traversais le théâtre des victoires qui menèrent Bonaparte à l'invasion de nos libertés.

Udine est une belle ville : j'y remarquai un portique imité du palais des doges. Je dînai à l'auberge, dans l'appartement que venait d'occuper madame la comtesse de Samoyloff ; il était encore tout rempli de ses dérangements. Cette nièce de la princesse Bagration, *autre injure des ans* [2], est-elle encore aussi jolie qu'elle l'était à Rome en 1829, lorsqu'elle chantait si extraordinairement à mes concerts ? Quelle brise roulait de nouveau cette fleur sous mes pas ? quel souffle poussait ce nuage ? Fille du Nord, tu jouis de la vie ; hâte-toi : des harmonies qui te charmaient ont déjà cessé ; tes jours n'ont pas la durée du jour polaire.

Sur le livre de l'hôtel était écrit le nom de mon noble ami, le comte de La Ferronnays, retournant de Prague à Naples, de même que j'allais de Padoue à Prague. Le comte de La Ferronnays, mon compatriote à double titre, puisqu'il est Breton et Malouin, a entremêlé ses destinées politiques aux miennes : il était ambassadeur à Pétersbourg quand j'étais à Paris ministre des affaires étrangères ; il occupa cette dernière place, et je devins à mon tour ambassadeur sous sa direction. Envoyé à Rome, je donnai ma démission à l'avènement du ministère Poli-

---

1. *Œuvres*, II, p. 1367.   **2.** Cette citation de La Fontaine (*Philémon et Baucis*, vers 66) se rapporte à un « vieux vase » destiné à équilibrer une table boiteuse ! Il faut comprendre : « autre effet des outrages du temps ». La princesse Bagration était la veuve du célèbre général russe tué le 7 septembre 1812 à la Moskowa.

gnac, et La Ferronnays hérita de mon ambassade. Beau-
frère de M. de Blacas, il est aussi pauvre que celui-ci est
riche ; il a quitté la pairie et la carrière diplomatique lors
de la révolution de Juillet ; tout le monde l'estime, et personne ne le hait, parce que son caractère est pur et son
esprit tempérant. Dans sa dernière négociation à Prague [1],
il s'est laissé surprendre par Charles X, qui marche vers
ses derniers lustres. Les vieilles gens se plaisent aux
cachotteries, n'ayant rien à montrer qui vaille. En excep-
tant mon vieux roi, je voudrais qu'on noyât quiconque
n'est plus jeune, moi tout le premier avec douze de mes
amis.

À Udine, je pris la route de Villach ; je me rendais en
Bohême par Salzbourg et Linz. Avant d'attaquer les
Alpes, j'ouïs le branle des cloches et j'aperçus dans la
plaine un campanile illuminé. Je fis interroger le postillon
à l'aide d'un Allemand de Strasbourg, cicerone italien à
Venise, qu'Hyacinthe m'avait amené pour interprète
slave à Prague. La réjouissance dont je m'enquérais avait
lieu à l'occasion d'un prêtre nouvellement promu aux
ordres sacrés ; il devait dire le lendemain sa première
messe. Combien de fois ces cloches, qui proclament
aujourd'hui l'union indissoluble d'un homme avec Dieu,
appelleront-elles cet homme au sanctuaire, et à quelle
heure ces mêmes cloches sonneront-elles sur son cercueil ?

22 septembre.

Je dormis presque toute la nuit, au bruit des torrents,
et je me réveillai au jour, le 22, parmi les montagnes. Les
vallées de la Carinthie sont agréables, mais n'ont rien
de caractéristique : point de costume parmi les paysans ;
quelques femmes portent des fourrures comme les Hon-
groises ; d'autres ont la tête couverte de coiffes blanches
mises en arrière, ou de bonnets de laine bleue renflés en

---

1. Voir *supra*, p. 453, note 2.

bourrelet sur le bord, tenant le milieu entre le turban de l'Osmanli et la calotte à bouton du Talapoin[1].

Je changeai de chevaux à Villach. En sortant de cette station, je suivis une large vallée au bord de la Drave, nouvelle connaissance pour moi : à force de passer les rivières, je trouverai enfin mon dernier rivage. Lander vient de découvrir l'embouchure du Niger[2] ; le hardi voyageur a rendu ses jours à l'éternité au moment où il nous apprenait que le fleuve mystérieux de l'Afrique verse ses ondes à l'Océan.

À l'entrée de la nuit, nous faillîmes d'être arrêtés au village de Saint-Paternion : il s'agissait de graisser la voiture ; un paysan vissa l'écrou d'une des roues à contre-sens, avec tant de force qu'il était impossible de l'ôter. Tous les habiles du village, le maréchal ferrant à leur tête, échouèrent dans leurs tentatives. Un garçon de quatorze à quinze ans quitte la troupe, revient avec une paire de tenailles, écarte les travailleurs, entoure l'écrou d'un fil d'archal[3], le tortille avec ses pinces, et, pesant de la main dans le sens de la vis, enlève l'écrou sans le moindre effort : ce fut un *vivat* universel. Cet enfant ne serait-il point quelque Archimède ? La reine d'une tribu d'Esquimaux, cette femme qui traçait au capitaine Parry une carte des mers polaires[4], regardait attentivement des matelots soudant à la forge des bouts de fer, et devançait par son génie toute sa race.

Dans la nuit du 22 au 23, je traversai une masse épaisse de montagnes ; elles continuèrent leur brouillée[5] devant moi jusqu'à Salzbourg : et pourtant ces remparts n'ont

---

1. Les Talapoins sont un ordre de moines bouddhistes qu'on rencontre alors de la Birmanie au Laos. Les voyageurs du temps signalent leur tunique de toile jaune, leur ceinture rouge, leur éventail et même leur tête rasée, mais aucun ne mentionne à leur propos de « calotte à boutons ».   **2.** Richard Lander (1804-1834) avait accompli son premier voyage en Afrique à vingt-trois ans. Il repartit pour explorer, de 1830 à 1831, le cours inférieur du Niger, mais il fut tué par les indigènes lors de sa seconde expédition sur le fleuve en 1834.   **3.** Un fil de laiton.   **4.** Voir XXXIX, 8 (p. 409, note 3).   **5.** Elles demeurèrent dans la brume ou le brouillard : *brouillée* ou, plus loin, *brouée*, sont deux formes du même mot, la seconde en usage dans les textes des xve et xvie siècles.

pas défendu l'empire romain. L'auteur des *Essais*, parlant du Tyrol, dit avec sa vivacité ordinaire d'imagination[1] : « C'étoit comme une robe que nous ne voyons que plissée, mais qui, si elle étoit espandue, seroit un fort grand pays. » Les monts où je tournoyais ressemblaient à un éboulement des chaînes supérieures, lequel, en couvrant un vaste terrain, aurait formé de petites Alpes offrant les divers accidents des grandes.

Des cascades descendaient de tous côtés, bondissaient sur des lits de pierres, comme les gaves des Pyrénées. Le chemin passait dans des gorges à peine ouvertes à la voie de la calèche. Aux environs de Gemünd, des forges hydrauliques mêlaient le retentissement de leurs pilons à celui des écluses de chasse ; de leurs cheminées s'échappaient des colonnes d'étincelles parmi la nuit et les noires forêts de sapins.

À chaque coup de soufflet sur l'âtre, les toits à jour de la fabrique s'illuminaient soudain, comme la coupole de Saint-Pierre de Rome un jour de fête. Dans la chaîne du Karch, on ajouta trois paires de bœufs à nos chevaux. Notre long attelage, sur les eaux torrentueuses et les ravines inondées, avait l'air d'un pont vivant : la chaîne opposée du Tauern était drapée de neige.

Le 23, à neuf heures du matin, je m'arrêtai au joli hameau de Saint-Michel, au fond d'une vallée. De belles grandes filles autrichiennes me servirent un déjeuner bien propre dans une petite chambre dont les deux fenêtres regardaient des prairies et l'église du village. Le cimetière, entourant l'église, n'était séparé de moi que par une cour rustique. Des croix de bois, inscrites dans un demi-cercle et auxquelles appendaient[2] des bénitiers, s'élevaient sur la pelouse des vieilles tombes : cinq sépultures encore sans gazon annonçaient cinq nouveaux repos. Quelques-unes des fosses, comme des plates-bandes de potager, étaient ornées de soucis en pleine fleur dorée ; des bergeronnettes couraient après des sauterelles dans ce jardin des morts. Une très vieille femme boiteuse,

---

1. C'est en réalité le *Journal de voyage* de Montaigne qui évoque ainsi le Tyrol italien.   2. Voir t. I, p. 401, note 4.

appuyée sur une béquille, traversait le cimetière et rapportait une croix abattue : peut-être la loi lui permettait-elle de butiner cette croix pour sa tombe ; le bois mort, dans les forêts, appartient à celui qui l'a ramassé.

> *Là dorment ignorés des poètes sans gloire,*
> *Des orateurs sans voix, des héros sans victoire*[1].

L'enfant de Prague ne dormirait-il pas mieux ici sans couronne que dans la chambre du Louvre où le corps de son père fut exposé ?

Mon déjeuner solitaire en société des voyageurs repus, couchés sous ma fenêtre, aurait été selon mes goûts si une mort trop récente ne m'eût affligé : j'avais entendu crier la geline[2] servie à mon festin. Pauvre poussin ! il était si heureux cinq minutes avant mon arrivée ! il se promenait parmi les herbes, les légumes et les fleurs ; il courait au milieu des troupeaux de chèvres descendues de la montagne ; ce soir, il se serait couché avec le soleil, et il était encore assez petit pour dormir sous l'aile de sa mère.

La calèche attelée, j'y suis remonté entouré des femmes, et les garçons de l'auberge m'ont accompagné ; ils avaient l'air heureux de m'avoir vu, quoiqu'ils ne me connussent pas et qu'ils ne dussent jamais me revoir : ils me donnaient tant de bénédictions ! Je ne me lasse pas de cette cordialité allemande. Vous ne rencontrez pas un paysan qui ne vous ôte son chapeau et ne vous souhaite cent bonnes choses : en France on ne salue que la mort ; l'insolence est réputée la liberté et l'égalité ; nulle sympathie d'homme à homme ; envier quiconque voyage un peu commodément, se tenir sur la hanche prêt à olinder[3] contre

---

1. Autocitation extraite des « Tombeaux champêtres, élégie, imitée de Gray » (Ladvocat, t. XXII, p. 329).   2. Archaïsme : « Poule ou poularde *(gallina)*. Ce mot ne se dit plus qu'en quelques provinces » *(Trévoux)*.   3. Ferrailler, batailler. Ce verbe est créé par Chateaubriand à partir du substantif féminin *olinde*, attesté depuis Richelet (1680) et ainsi défini par *Trévoux* : « Terme de fourbisseur. Sorte de lame qui est une des plus fines et des meilleures, et qui a pour marque une corne. » Les olindes doivent leur nom à Olinda, ville brésilienne dont elles provenaient. Par extension, le mot désigne une épée à lame

tout porteur d'une redingote neuve ou d'une chemise blanche, voilà le signe caractéristique de l'indépendance nationale : bien entendu que nous passons nos jours dans les antichambres à essuyer les rebuffades d'un manant parvenu. Cela ne nous ôte pas la haute intelligence et ne nous empêche pas de triompher les armes à la main ; mais on ne fait pas des mœurs *a priori* : nous avons été huit siècles une grande nation militaire ; cinquante ans n'ont pu nous changer ; nous n'avons pu prendre l'amour véritable de la liberté. Aussitôt que nous avons un moment de repos sous un gouvernement transitoire, la vieille monarchie repousse sur ses souches, le vieux génie français reparaît : nous sommes courtisans et soldats, rien de plus.

(2)

23 et 24 septembre 1833.

COL DU TAUERN. — CIMETIÈRE. — ATALA : COMBIEN CHANGÉE. LEVER DU SOLEIL. — SALZBOURG. — REVUE MILITAIRE. — BONHEUR DES PAYSANS. — WOKNABRÜCK. — PLANCOUËT ET MA GRAND-MÈRE. — NUIT. — VILLES D'ALLEMAGNE ET VILLES D'ITALIE. — LINZ.

Le dernier rang de nos montagnes enclavant la province de Salzbourg domine la région arable. Le Tauern a des glaciers ; son plateau ressemble à tous les plateaux des Alpes, mais plus particulièrement à celui du Saint-Gothard. Sur ce plateau encroûté d'une mousse roussâtre et gelée, s'élève un calvaire : consolation toujours prête, éternel refuge des infortunés. Autour de ce calvaire sont enterrées les victimes qui périssent au milieu des neiges.

Quelles étaient les espérances des voyageurs passant

très fine : « Aymar remit son olinde au fourreau » (Petrus Borel, *Champavert*, 1833).

comme moi dans ce lieu, quand la tourmente les surprit ?
Qui sont-ils ? Qui les a pleurés ? Comment reposent-ils
là, si loin de leurs parents, de leur pays, entendant chaque
hiver le mugissement des tempêtes dont le souffle les
enleva de la terre ? Mais ils dorment au pied de la croix ;
le Christ, leur compagnon solitaire, leur unique ami,
attaché au bois sacré, se penche vers eux, se couvre des
mêmes frimas qui blanchissent leurs tombes : au séjour
céleste il les présentera à son Père et les réchauffera dans
son sein[1].

La descente du Tauern est longue, mauvaise et périlleuse ; j'en étais charmé : elle rappelle, tantôt par ses cascades et ses ponts de bois, tantôt par le rétréci de son
chasme, la vallée du *Pont-d'Espagne* à Cauterets, ou le
versant du Simplon sur Domo d'Ossola ; mais elle ne
mène point à Grenade et à Naples. On ne trouve point au
bas des lacs brillants et des orangers : il est inutile de se
donner tant de peine pour arriver à des champs de
pommes de terre.

Au relais, à moitié de la descente, je me trouvai en
famille dans la chambre de l'auberge : les aventures
d'Atala, en six gravures, tapissaient le mur. Ma fille ne
se doutait pas que je passerais par là, et je n'avais pas
espéré rencontrer un objet si cher au bord d'un torrent
nommé, je crois, le *Dragon*. Elle était bien laide, bien
vieillie, bien changée, la pauvre Atala ! Sur sa tête de
grandes plumes et autour de ses reins un jupon écourté et
collant, à l'instar de mesdames les sauvagesses du théâtre
de la Gaîté[2]. La vanité fait argent de tout ; je me rengor-
geais devant mes œuvres au fond de la Carinthie, comme
le cardinal Mazarin devant les tableaux de sa galerie.
J'avais envie de dire à mon hôte : « C'est moi qui ai fait
cela ! » Il fallut me séparer de ma première-née, moins
difficilement toutefois que dans l'île de l'Ohio.

Jusqu'à Werfen, rien n'attira mon attention, si ce n'est
la manière dont on fait sécher les regains : on fiche en

1. *Cf. Matthieu*, XXV, 34 : « Venez, les bénis de mon père, recevez
en héritage le Royaume qui vous a été préparé. »   **2.** Voir XIII, 6
(t. II, p. 44).

terre des perches de quinze à vingt pieds de haut ; on roule, sans trop le serrer, le foin écru autour de ces perches ; il y sèche en noircissant. À une certaine distance, ces colonnes ont tout à fait l'air de cyprès ou de trophées plantés en mémoire des fleurs fauchées dans ces vallons.

24 septembre, mardi.

L'Allemagne s'est voulu venger de ma mauvaise humeur contre elle. Dans la plaine de Salzbourg, le 24 au matin, le soleil parut à l'est des montagnes que je laissais derrière moi ; quelques pitons de rochers à l'occident s'illuminaient de ses premiers feux extrêmement doux. L'ombre flottait encore sur la plaine, moitié verte, moitié labourée, et d'où s'élevait une fumée, comme la vapeur des sueurs de l'homme. Le château de Salzbourg, accroissant le sommet du monticule qui domine la ville, incrustait dans le ciel bleu son relief blanc. Avec l'ascension du soleil, émergeaient, du sein de la fraîche exhalaison de la rosée, les avenues, les bouquets de bois, les maisons de briques rouges, les chaumières crépies d'une chaux éclatante, les tours du moyen âge balafrées et percées, vieux champions du temps, blessés à la tête et à la poitrine, restés seuls debout sur le champ de bataille des siècles. La lumière automnale de cette scène avait la couleur violette des veilleuses [1], qui s'épanouissent dans cette saison, et dont les prés le long de la Saltz étaient semés. Des bandes de corbeaux, quittant les lierres et les trous des ruines, descendaient sur les guérets ; leurs ailes moirées se glaçaient [2] de rose au reflet du matin.

Fête était de saint Rupert, patron de Salzbourg. Les paysannes allaient au marché, parées à la façon de leur village : leur chevelure blonde et leur front de neige se renfermaient sous des espèces de casques d'or, ce qui

---

1. Voir XXXV, 18 (p. 171, note 2). **2.** Terme technique à multiples emplois dont le sens commun est : rendre une surface lisse et brillante. Ici, Chateaubriand utilise le verbe dans le sens précis qu'il a en peinture ou dans la description de la lumière naturelle : recouvrir une surface déjà peinte par une autre couleur, transparente et brillante. *Cf. Itinéraire*, p. 875.

seyait bien à des Germaines. Lorsque j'eus traversé la
ville, propre et belle, j'aperçus, dans une prairie, deux ou
trois mille hommes d'infanterie ; un général, accompagné
de son état-major, les passait en revue. Ces lignes
blanches sillonnant un gazon vert, les éclairs des armes
au jour levant, étaient une pompe digne de ces peuples
peints ou plutôt chantés par Tacite : Mars le Teuton
offrait un sacrifice à l'Aurore. Que faisaient dans ce
moment mes gondoliers à Venise ? Ils se réjouissaient
comme des hirondelles après la nuit à l'aube renaissante
et se préparaient à raser la surface de l'eau ; ensuite viendront les joies de la nuit, les barcarolles et les amours. À
chaque peuple son lot : aux uns, la force ; aux autres, les
plaisirs : les Alpes font le partage.

Depuis Salzbourg jusqu'à Linz, campagne plantureuse,
l'horizon à droite dentelé de montagnes. Des futaies de
pins et de hêtres, oasis[1] agrestes et pareilles, s'entourent
d'une culture savante et variée. Des troupeaux de diverses
sortes, des hameaux, des églises, des oratoires, des croix
meublent et animent le paysage.

Après avoir dépassé le rayon de la fête de saint Rupert
(les fêtes chez les hommes durent peu et ne vont pas loin),
nous trouvâmes tout le monde aux champs, occupé des
semailles d'automne et de la récolte des pommes de terre.
Ces populations rustiques étaient mieux vêtues, plus
polies, et paraissaient plus heureuses que les nôtres. Ne
troublons pas l'ordre, la paix, les vertus naïves dont elles
jouissent, sous prétexte de leur substituer des biens politiques qui ne sont ni conçus ni sentis de la même manière
par tous. L'humanité entière comprend la joie du foyer,
les affections de famille, l'abondance de la vie, la simplicité du cœur et la religion.

Le Français, si amoureux des femmes, se passe très
bien d'elles dans une multitude de soins et de travaux ;
l'Allemand ne peut vivre sans sa compagne ; il l'emploie

---

1. Le féminin est une correction des éditeurs de 1850 qui témoigne
de la transformation de la langue (il est entériné par *Académie*, 1835).
Dans le manuscrit de 1845, comme dans ses textes plus anciens, Chateaubriand considère le mot comme masculin.

et l'emmène partout avec lui, à la guerre comme au labour, au festin comme au deuil.

En Allemagne, les bêtes mêmes ont du caractère tempéré de leurs raisonnables maîtres. Quand on voyage, la physionomie des animaux est intéressante à observer. On peut préjuger les mœurs et les passions des habitants d'une contrée à la douceur ou à la méchanceté, à l'allure apprivoisée ou farouche, à l'air de gaîté ou de tristesse de cette partie animée de la création que Dieu a soumise à notre empire[1].

Un accident arrivé à la calèche m'obligea de m'arrêter à Woknabrück. En rôdant dans l'auberge, une porte de derrière me donna l'entrée d'un canal. Par delà s'étendaient des prairies que rayaient des pièces de toile écrue. Une rivière, infléchie sous des collines boisées, servait de ceinture à ces prairies. Je ne sais quoi me rappela le village de Plancouët, où le bonheur s'était offert à moi dans mon enfance. Ombres de mes vieux parents, je ne vous attendais pas sur ces bords ! Vous vous rapprochez de moi, parce que je m'approche de la tombe, votre asile ; nous allons nous y retrouver. Ma bonne tante, chantez-vous encore aux rives du Léthé votre chanson de l'*Épervier* et de la *Fauvette* ? Avez-vous rencontré chez les morts le volage Trémigon, comme Didon aperçut Énée dans la région des mânes[2] ?

Quand je partis de Woknabrück le jour finissait ; le soleil me remit entre les mains de sa sœur : double lumière d'une teinte et d'une fluidité indéfinissables. Bientôt la lune régna seule : elle avait envie de renouer notre entretien des forêts de Haselbach[3] ; mais je n'étais pas en train d'elle. Je lui préférai Vénus, qui se leva à deux heures du matin le 25 ; elle était belle comme parmi ces aurores où je la contemplais en l'implorant sur les mers de la Grèce.

Laissant à droite et à gauche force mystères de bosquets, de ruisseaux, de vallées, je traversai Lambach Wells et Neüban, petites villes toutes neuves avec des

---

1. Voir *Genèse*, I, 28 et II, 19-20. 2. *Énéide*, VI, vers 450-476.
3. Voir XXXVI, 12 : *supra*, p. 254.

maisons sans toit, à l'italienne. Dans l'une de ces maisons on faisait de la musique ; de jeunes femmes étaient aux fenêtres : du temps des Maroboduus [1] cela ne se passait pas ainsi.

Aux villes d'Allemagne les rues sont larges, alignées, comme les tentes d'un camp ou les files d'un bataillon ; les marchés sont vastes, les places d'armes spacieuses : on a besoin de soleil, et tout se passe en public.

Dans les villes d'Italie, les rues sont étroites et tortueuses, les marchés petits, les places d'armes resserrées : on a besoin d'ombre et tout se passe en secret.

À Linz, mon passeport fut visé sans difficulté.

(3)

24 et 25 septembre 1833.

LE DANUBE. – WALDMÜNCHEN. – BOIS.
COMBOURG. – LUCILE. – VOYAGEURS. – PRAGUE.

Je passai le Danube à trois heures du matin : je lui avais dit en été [2] ce que je ne trouvais plus à lui dire en automne ; il n'en était plus aux mêmes ondes, ni moi aux mêmes heures. Je laissai loin sur ma gauche mon bon village de Waldmünchen, avec ses troupeaux de porcs, le berger Eumée et la paysanne qui me regardait par-dessus l'épaule de son père. La fosse du mort dans le cimetière aura été comblée ; le décédé est mangé par quelques milliers de vers pour avoir eu l'honneur d'être homme.

---

1. Tacite évoque le destin du roi des Marcomans au livre II des *Annales*. Face au héros de la liberté germanique, Arminius, il incarne un tyran avide de pouvoir qui, après avoir constitué un éphémère empire centré sur la Bohême actuelle, en fut dépossédé pour aller terminer sa vie en exil sur la terre italienne. Il est possible que Maroboduus soit, pour le mémorialiste, une sorte de « figure » de Napoléon. **2.** En réalité au printemps (19 mai 1833).

M. et madame de Bauffremont, arrivés à Linz, me
devançaient de quelques heures ; ils étaient eux-mêmes
précédés de plusieurs royalistes : porteurs de message de
paix, ils croyaient Madame cheminant tranquille derrière
eux, et moi je les suivais tous comme la Discorde, avec
des nouvelles de guerre[1].

La princesse de Bauffremont, née Montmorency, allait
à Butschirad complimenter des *rois* de France nés *Bourbons* : rien de plus naturel.

Le 25, à la nuit tombante, j'entrai dans des bois. Des
corneilles criaient en l'air ; leurs épaisses volées tournoyaient au-dessus des arbres dont elles se préparaient à
couronner la cime. Voilà que je retournai à ma première
jeunesse : je revis les corneilles du mail de Combourg ;
je crus reprendre ma vie de famille dans le vieux château :
ô souvenirs, vous traversez le cœur comme un glaive ! ô
ma Lucile, bien des années nous ont séparés ! maintenant
la foule de mes jours a passé, et, en se dissipant, me laisse
mieux voir ton image.

J'étais de nuit à Thabor : sa place, environnée d'arcades, me parut immense ; mais le clair de lune est
menteur.

Le 26 au matin, une brume nous couvrit de sa solitude
sans limites. Vers les dix heures, il me sembla que je
passais entre deux lacs. Je n'étais plus qu'à quelques
lieues de Prague.

La brouée se leva. Les approches par la route de Linz
sont plus vivantes que par le chemin de Ratisbonne ; le
paysage est moins plat. On aperçoit des villages, des châteaux avec des futaies et des étangs. Je rencontrai une
femme à figure pieuse et résignée, accablée sous le poids
d'une énorme hotte ; deux vieilles marchandes étalant
quelques pommes au bord d'un fossé ; une jeune fille et
un jeune homme assis sur la pelouse, le jeune homme
fumant, la jeune fille gaie, le jour auprès de son ami, la
nuit dans ses bras ; des enfants à la porte d'une chaumière

---

1. C'est du moins ce que lui reprochait Metternich qui attribuait à
son « influence nuisible » la remise en cause de la mission de Montbel
en Italie (voir Durry, t. 1, p. 154).

jouant avec des chats ou conduisant des oies au pâtis[1] ; des dindons en cage se rendant à Prague comme moi pour la majorité de Henri V ; puis un berger sonnant de sa trompe, tandis que Hyacinthe, Baptiste, le cicerone de Venise et mon excellence, nous cahotions dans notre calèche rapiécetée[2] : voilà les destinées de la vie. Je ne donnerais pas un patard[3] de la meilleure.

La Bohême ne m'offrait plus rien de nouveau ; mes idées étaient fixées sur Prague.

J'entrai dans Prague le 26 à quatre heures du soir. Je descendis à l'hôtel des Bains. Je ne vis point la jeune servante saxonne ; elle était retournée à Dresde consoler par des chants d'Italie les tableaux exilés de Raphaël.

Prague, 29 septembre 1833.

Le surlendemain de mon arrivée à Prague[4] j'envoyai Hyacinthe porter une lettre à madame la duchesse de Berry, que selon mes calculs il devait rencontrer à Trieste. Cette lettre disait à la princesse : « Que j'avais trouvé la famille royale partant pour Leoben, que de jeunes Français étaient arrivés pour l'époque de la majorité de Henri et que le Roi leur échappait, que j'avais vu madame la Dauphine, qu'elle m'avait invité à me rendre immédiatement à Butschirad[5] où Charles X se trouvait encore ; que je n'avais point vu Mademoiselle parce qu'elle était un peu souffrante, qu'on m'avait fait entrer dans sa chambre dont les volets étaient fermés, qu'elle m'avait tendu dans l'ombre sa main brûlante en me priant de les sauver tous ;

« Que je m'étais rendu à Butschirad, que j'avais vu

---

1. Terrain non cultivé, souvent communal, sur lequel on mène paître le bétail ou la volaille.   **2.** À laquelle on avait ajouté de nouvelles pièces, après de nombreuses avaries.   **3.** Pas un sou : voir *supra*, p. 246, note 2.   **4.** C'est-à-dire le 28 septembre. Le texte manuscrit porte la trace de remaniements, ce qui explique la chronologie peu claire de cette séquence. Après avoir cité cette lettre, le mémorialiste opère un retour en arrière pour raconter ses visites des 26 et 27 septembre : voir la note 2, p. 494.   **5.** Déformation usuelle du nom de *Bùstehrad*, localité voisine de Prague où la famille royale se rendait en villégiature.

M. de Blacas et causé avec lui sur la déclaration de la majorité de Henri V ; qu'introduit dans la chambre du Roi, je l'avais trouvé endormi, et que, lui ayant ensuite présenté la lettre de madame la duchesse de Berry, il m'avait paru fort animé contre mon auguste cliente ; que du reste, le petit acte rédigé par moi sur la majorité avait paru lui plaire. »

La lettre se terminait par ce paragraphe :

« Maintenant, Madame, je ne dois pas vous cacher qu'il y a beaucoup de mal ici. Nos ennemis pourraient rire s'ils nous voyaient nous disputer une royauté sans royaume, un sceptre qui n'est que le bâton sur lequel nous appuyons nos pas dans le pèlerinage peut-être long de notre exil. Tous les inconvénients sont dans l'éducation de votre fils, et je ne vois aucune chance pour qu'elle soit changée. Je retourne au milieu des pauvres que madame de Chateaubriand nourrit ; là, je serai toujours à vos ordres. Si jamais vous deveniez maîtresse absolue de Henri, si vous persistiez à croire que ce dépôt précieux puisse être remis entre mes mains, je serais aussi heureux qu'honoré de lui consacrer le reste de ma vie, mais je ne pourrais me charger d'une aussi effrayante responsabilité qu'à la condition d'être, sous vos conseils, entièrement libre dans mes choix et dans mes idées, et placé sur un sol indépendant, hors du cercle des monarchies absolues. »

Dans la lettre était renfermée cette copie de mon projet de déclaration de la majorité :

« Nous, Henri V^e du nom, arrivé à l'âge où les lois du royaume fixent la majorité du trône, voulons que le premier acte de cette majorité soit une protestation solennelle contre l'usurpation de Louis-Philippe, duc d'Orléans. En conséquence, et de l'avis de notre conseil, nous avons fait le présent acte pour le maintien de nos droits et de ceux des Français. Donné le trentième jour de septembre de l'an de grâce mil huit cent trente-trois. »

(4)

Prague, 30 septembre 1833.

MADAME DE GONTAUT. – JEUNES FRANÇAIS.
MADAME LA DAUPHINE. – COURSE À BUTSCHIRAD.

Ma lettre à madame la duchesse de Berry indiquait les faits généraux, mais elle n'entrait pas dans les détails.

Quand je vis madame de Gontaut au milieu des malles à moitié faites et des vaches ouvertes[1], elle se jeta à mon cou, et en sanglotant : « Sauvez-moi ! Sauvez-nous ! », disait-elle. – « Et de quoi vous sauver, madame ? J'arrive, je ne sais rien de rien. » Hradschin était désert ; on eût dit des journées de Juillet et de l'abandon des Tuileries, comme si les révolutions s'attachaient aux pas de la race proscrite.

Des jeunes gens viennent féliciter Henri sur le jour de sa majorité ; plusieurs sont sous le coup d'un arrêt de mort ; quelques-uns, blessés dans la Vendée, presque tous pauvres, ont été obligés de se cotiser pour être à même de porter jusqu'à Prague l'expression de leur fidélité. Aussitôt un ordre leur ferme les frontières de la Bohême. Ceux qui parviennent à Butschirad ne sont reçus qu'après les plus grands efforts ; l'étiquette leur barre le passage, comme MM. les gentilshommes de la chambre défendaient à Saint-Cloud la porte du cabinet de Charles X tandis que la révolution entrait par les fenêtres. On déclare à ces jeunes gens que le Roi s'en va, qu'il ne sera pas à Prague le 29. Les chevaux sont commandés, la famille royale plie bagage. Si les voyageurs obtiennent enfin la permission de prononcer à la hâte un compliment, on les écoute avec crainte. On n'offre pas un verre d'eau à la petite troupe fidèle ; on ne la prie pas à la table de l'orphelin qu'elle est venue chercher de si loin ; elle est

---

1. Voir XXXVI, 4 (*supra*, p. 218, note 2).

réduite à boire dans un cabaret à la santé de Henri. On fuit devant une poignée de Vendéens, comme on s'est dispersé devant une centaine de héros de Juillet [1].

Et quel est le prétexte de ce sauve-qui-peut ? On va au-devant de madame la duchesse de Berry, on donne à la princesse un rendez-vous sur un grand chemin pour la montrer à la dérobée à sa fille et à son fils. N'est-elle pas bien coupable ? elle s'obstine à réclamer pour Henri un titre vain. Pour se tirer de la position la plus simple, on étale aux yeux de l'Autriche et de la France (si toutefois la France aperçoit ces néantistes [2]) un spectacle qui rendait la légitimité, déjà trop ravalée, la désolation de ses amis et l'objet de la calomnie de ses ennemis.

Madame la Dauphine sent les inconvénients de l'éducation de Henri V, et ses vertus s'en vont en larmes, comme le ciel tombe la nuit en rosée. Le court instant d'audience qu'elle m'accorda ne lui permit pas de me parler de ma lettre de Paris du 30 juin : elle avait l'air touchée en me regardant.

---

1. Chateaubriand ne cesse de dénoncer ce réflexe de fuite, et cette impuissance à faire face à la situation qui semble caractériser Charles X et son entourage. C'est qu'il refuse de prendre en considération un certain nombre de contraintes dont ils sont obligés de tenir compte. Le 29 septembre 1833, Henri V aurait treize ans révolus et devait entrer dans sa quatorzième année, date de sa majorité légale dans la vieille constitution du royaume. Ses partisans, ainsi que sa mère, désiraient qu'à cette occasion ses droits à la couronne fussent réaffirmés avec solennité. Or, malgré son abdication et celle de son fils, Charles X se considérait toujours comme le chef de la famille ; il voulait de surcroît conserver, en terre étrangère, un titre royal qui rendait plus faciles ses relations avec les autres souverains, en particulier avec son hôte autrichien. Par ailleurs, le duc de Bordeaux, très attaché à son grand-père, était le dernier à souhaiter une telle déclaration. Le cabinet de Vienne avait, de son côté, reconnu Louis-Philippe et normalisé ses relations avec la France. Il ne pouvait tolérer sur le sol autrichien une célébration officielle de la majorité de Henri V, et encore moins des manifestations intempestives de jeunes « henriquinquistes » qui auraient pu conduire à un incident diplomatique. **2.** On serait tenté de voir dans cette conjonction du néant et de la bêtise un magnifique néologisme de Chateaubriand. C'est en réalité un mot très répandu dans la langue du XVIe siècle où il signifie : nullité (voir dans *Huguet* des exemples de Montaigne, Pasquier, etc.).

Dans les rigueurs mêmes de la Providence, un moyen de salut semblait se cacher : l'expatriation sépare l'orphelin de ce qui menaçait de le perdre aux Tuileries ; à l'école de l'adversité, il aurait pu être élevé sous la direction de quelques hommes du nouvel ordre social, habiles à l'instruire de la royauté nouvelle. Au lieu de prendre ces maîtres du moment, loin d'améliorer l'éducation de Henri V, on la rend plus fatale par l'intimité que produit la vie resserrée en famille : dans les soirées d'hiver, des vieillards, tisonnant les siècles au coin du feu, enseignent à l'enfant des jours dont rien ne ramènera le soleil ; ils lui transforment les chroniques de Saint-Denis en contes de nourrice ; les deux premiers barons de l'âge moderne, la *Liberté* et l'*Égalité*, sauraient bien forcer Henri *sans terre* à donner une Grande Charte.

La Dauphine m'avait engagé à faire la course de Butschirad. MM. Dufougerais et Nugent me menèrent en ambassade chez Charles X le soir même de mon arrivée à Prague [1]. À la tête de la députation des jeunes gens, ils allaient achever les négociations commencées au sujet de la présentation. Le premier, impliqué dans mon procès devant la cour d'assises, avait plaidé sa cause avec beaucoup d'esprit ; le second sortait de subir un emprisonnement de huit mois pour délit de presse royaliste. L'auteur du *Génie du Christianisme* eut donc l'honneur de se rendre auprès du Roi très chrétien, assis dans une calèche de place, entre l'auteur de la *Mode* et l'auteur du *Revenant*.

---

1. Le soir du 26 septembre. Le baron Alfred-Xavier Dufougerais (1804-1874) a été à la fois un brillant avocat et un homme de presse. Propriétaire-actionnaire de *La Quotidienne* depuis 1828, il avait pris, en avril 1831, la direction de *La Mode* qu'il transforma en organe légitimiste au ton acéré, qu'il se chargea de défendre lui-même au procès de février 1833. Il sera député de la Vendée de 1849 à 1851. Le vicomte Charles de Nugent se trouvait alors être le principal rédacteur du *Revenant*, autre feuille légitimiste (1832-1833).

(5)

Prague, 30 septembre 1833.

BUTSCHIRAD. – SOMMEIL DE CHARLES X. – HENRI V.
RÉCEPTION DES JEUNES GENS.

Butschirad est une villa[1] du grand-duc de Toscane, à
environ six lieues de Prague, sur la route de Carlsbad.
Les princes autrichiens ont leurs biens patrimoniaux dans
leur pays, et ne sont, au-delà des Alpes, que des posses-
seurs viagers : ils tiennent l'Italie à ferme. On arrive à
Butschirad par une triple allée de pommiers. La villa n'a
aucune apparence, elle ressemble, avec ses communs, à
une belle métairie, et domine au milieu d'une plaine nue
un hameau mélangé d'arbres verts et d'une tour. L'intérieur de l'habitation est un contre-sens italien, sous le
50ᵉ degré de latitude : de grands salons sans cheminées
et sans poêles. Les appartements sont tristement enrichis
de la dépouille de Holy-Rood. Le château de Jacques II,
que remeubla Charles X, a fourni par déménagement à
Butschirad les fauteuils et les tapis.

Le Roi avait la fièvre et était couché lorsque j'arrivai
à Butschirad, le 26, à huit heures du soir[2]. M. de Blacas
me fit entrer dans la chambre de Charles X, comme je le
disais à la duchesse de Berry. Une petite lampe brûlait
sur la cheminée ; je n'entendais dans le silence des
ténèbres que la respiration élevée du trente-cinquième
successeur de Hugues Capet. Ô mon vieux Roi ! votre

---

1. Une assez grande bâtisse avec pavillon central, ailes en retour et
chapelle, qui se dresse aujourd'hui dans un paysage sans grâce.
2. Nous avons rétabli la chronologie à partir de la lettre du 28 à la
duchesse de Berry (voir Appendice 1, 2, p. 649). Chateaubriand est
allé deux fois à Butschirad : une première fois dans la soirée du 26,
avec retour à Prague au début de la nuit ; une seconde fois dans la
matinée du 27. Rappelons que la longueur du trajet est à peu près de
25 kilomètres.

sommeil était pénible ; le temps et l'adversité, lourds cauchemars, étaient assis sur votre poitrine. Un jeune homme s'approcherait du lit de sa jeune épouse avec moins d'amour que je ne me sentis de respect en marchant d'un pied furtif vers votre couche solitaire. Du moins, je n'étais pas un mauvais songe comme celui qui vous réveilla pour aller voir expirer votre fils ! Je vous adressais intérieurement ces paroles que je n'aurais pu prononcer tout haut sans fondre en larmes : « Le ciel vous garde de tout mal à venir ! Dormez en paix ces nuits avoisinant votre dernier sommeil ! Assez longtemps vos vigiles ont été celles de la douleur. Que ce lit de l'exil perde sa dureté en attendant la visite de Dieu ! lui seul peut rendre légère à vos os la terre étrangère[1]. »

Oui, j'aurais donné avec joie tout mon sang pour rendre la légitimité possible à la France. Je m'étais figuré qu'il en serait de la vieille royauté ainsi que de la verge desséchée d'Aaron[2] ; enlevée du temple de Jérusalem, elle reverdit et porta les fleurs de l'amandier, symbole du renouvellement de l'alliance. Je ne m'étudie point à étouffer mes regrets, à retenir les larmes dont je voudrais effacer la dernière trace des royales douleurs. Les mouvements que j'éprouve en sens divers, au sujet des mêmes personnes, témoignent de la sincérité avec laquelle ces *Mémoires* sont écrits. Dans Charles X, l'homme m'attendrit, le monarque me blesse : je me laisse aller à ces deux impressions à mesure qu'elles se succèdent sans chercher à les concilier.

Le 27 septembre, après que Charles X m'eut reçu le matin au bord de son lit, Henri V me fit appeler : je n'avais pas demandé à le voir. Je lui dis quelques mots graves sur sa majorité et sur ces loyaux Français dont l'ardeur lui avait offert des éperons d'or.

---

1. *Cf. Apocalypse*, III, 20 : « Je me tiens à la porte et je frappe ; si quelqu'un écoute ma voix et ouvre la porte, j'entrerai chez lui ; je dînerai avec lui et lui avec moi. » **2.** Voir *Exode*, VII. Le miracle en question se trouve mentionné dans *La Philippide* de Guillaume le Breton (XII, vers 209-210) : celui-ci compare le triomphe de Philippe-Auguste après la victoire de Bouvines à celui de Titus après la prise de Jérusalem.

Au surplus, il est impossible d'être mieux traité que je ne le fus. Mon arrivée avait jeté l'alarme ; on craignait le rendu compte de mon voyage à Paris. Pour moi donc toutes les attentions ; le reste était négligé. Mes compagnons, dispersés, mourants de faim et de soif, erraient dans les corridors, les escaliers, les cours du château, au milieu de l'effarade[1] des maîtres du logis et des apprêts de leur évasion. On entendait des juremens et des éclats de rire.

La garde autrichienne s'émerveillait de ces individus à moustaches et en habit bourgeois ; elle les soupçonnait d'être des soldats français déguisés, avisant à s'emparer de la Bohême par surprise.

Durant cette tempête au-dehors, Charles X me disait au-dedans : « Je me suis occupé de corriger l'acte de mon *gouvernement* à Paris. Vous aurez pour collègues M. de Villèle, comme vous l'avez demandé, le marquis de Latour-Maubourg et le Chancelier[2]. »

Je remerciai le Roi de ses bontés, en admirant les illusions de ce monde. Quand la société croule, quand les monarchies finissent, quand la face de la terre se renouvelle, Charles établit à *Prague* un gouvernement en *France* de l'*avis* de son conseil *entendu*. Ne nous raillons pas trop : qui de nous n'a sa chimère ? qui de nous ne donne la becquée à de naissantes espérances ? qui de nous n'a son *gouvernement in petto*, de l'*avis* de ses passions *entendues* ? La moquerie m'irait mal à moi l'homme aux songes. Ces *Mémoires*, que je barbouille en courant, ne sont-ils pas mon *gouvernement* de l'*avis* de ma vanité *entendue* ? Ne crois-je pas très sérieusement parler à l'avenir, aussi peu à ma disposition que la France aux ordres de Charles X ?

Le cardinal Latil, ne se voulant pas trouver dans la bagarre, était allé passer quelques jours chez le duc de

---

1. Effroi, stupeur : « Ce mot créé par Chateaubriand est synonyme de frayeur avec une idée accessoire de mouvement désordonné entraîné par cette frayeur : trouble, agitation » (J.-M. Gautier, *Le Style des Mémoires*, 1959, p. 33). 2. Voir XXXV, 24 (*supra*, p. 189, note 2).

Rohan[1]. M. de Foresta[2] passait mystérieusement, un porte-feuille sous le bras ; madame de Bouillé me faisait des révérences profondes, comme une personne de parti, avec des yeux baissés qui voulaient voir à travers leurs paupières ; M. La Vilatte s'attendait à recevoir son congé ; il n'était plus question de M. Barrande, qui se flattait vainement de rentrer en grâce et séjournait dans un coin à Prague.

J'allai faire ma cour au Dauphin. Notre conversation fut brève :

« Comment Monseigneur se trouve-t-il à Butschirad ?

— Vieillottant.

— C'est comme tout le monde, Monseigneur.

— Et votre femme ?

— Monseigneur, elle a mal aux dents.

— Fluxion ?

— Non, Monseigneur : temps.

— Vous dînez chez le Roi ? Nous nous reverrons. »

Et nous nous quittâmes.

---

1. Le cardinal de Rohan, archevêque de Besançon depuis 1828, et qui allait mourir du choléra quelques semaines plus tard. On trouvera dans le livre sur Mme Récamier (t. III, p. 703) un portrait plus développé de Louis-François-Auguste de Rohan-Chabot (1788-1833). Ancien chambellan de Napoléon, puis officier dans les mousquetaires rouges de la Maison du roi en 1814, il avait épousé Mlle de Sérent. Mais, après avoir perdu sa jeune femme (brûlée vive dans un tragique accident en 1815), il entra dans les ordres : ordonné prêtre au mois de juin 1819, il devait gravir assez vite tous les échelons de la hiérarchie ecclésiastique.   2. Marie-Joseph de Foresta, marquis de La Roquette (1783-1858), avait poursuivi après 1815 une carrière préfectorale. Nommé gentilhomme ordinaire de la Chambre du roi Charles X, préfet du Loiret en 1828, il avait démissionné en 1830 pour demeurer jusqu'à sa mort attaché à la personne du comte de Chambord. Sa femme avait été, de son côté, sous-gouvernante des enfants de la duchesse de Berry.

(6)

Prague, 28 et 29 septembre 1833.

L'ÉCHELLE ET LA PAYSANNE. — DÎNER À BUTSCHIRAD.
MADAME DE NARBONNE[1]. — HENRI V.
PARTIE DE WHIST. — CHARLES X.
MON INCRÉDULITÉ SUR LA DÉCLARATION DE MAJORITÉ.
LECTURE DES JOURNAUX.
SCÈNE DES JEUNES GENS À PRAGUE.
JE PARS POUR LA FRANCE.
PASSAGE DANS BUTSCHIRAD LA NUIT.

Je me trouvai libre à trois heures : on dînait à six. Ne
sachant que devenir, je me promenai dans les allées de
pommiers dignes de la Normandie. La récolte du fruit de
ces faux orangers s'élève dans les bonnes années à la
somme de dix-huit mille francs. Les calvilles[2] s'exportent
en Angleterre. On n'en fait point de cidre, le monopole de
la bière en Bohême s'y oppose. Selon Tacite, les Germains
avaient des mots pour signifier le printemps, l'été et l'hiver ; ils n'en avaient point pour exprimer l'automne, dont
ils ignoraient le nom et les présents : *nomen ac bona igno-
rantur*[3]. Depuis le temps de Tacite, il leur est arrivé une
Pomone.

Accablé de fatigue, je m'assis sur les échelons d'une
échelle appuyée contre le tronc d'un pommier. J'étais là
dans l'*œil-de-bœuf* du château de Butschirad, ou au
balustre de la chambre du conseil. En regardant le toit qui
couvrait la triple génération de mes rois, je me rappelais
ces plaintes du *Maoual*[4] arabe : « Ici nous avons vu disparaître sous l'horizon les étoiles que nous aimons à voir se
lever sous le ciel de notre patrie. »

---

1. Il ne subsiste plus aucune trace, dans le chapitre, du développement
annoncé ici.   **2.** Variété de pommes.   **3.** *Germanie*, XXVI, 4.
4. Romance ou poème lyrique arabe.

Plein de ces tristes idées, je m'endormis. Une voix douce me réveilla. Une paysanne bohême venait cueillir des pommes ; avançant la poitrine et relevant la tête, elle me faisait une salutation slave avec un sourire de reine ; je pensai tomber de mon juchoir : je lui dis en français : « Vous êtes bien belle ; je vous remercie ! » Je vis à son air qu'elle m'avait compris : les pommes sont toujours pour quelque chose dans mes rencontres avec les *Bohémiennes*[1]. Je descendis de mon échelle comme un de ces condamnés des temps féodaux, délivré par la présence d'une jeune femme. Pensant à la Normandie, à Dieppe, à Fervaques, à la mer, je repris le chemin du Trianon de la vieillesse de Charles X.

On se mit à table, à savoir : le prince et la princesse de Bauffremont, le duc et la duchesse de Narbonne[2], M. de Blacas, M. Damas, M. O'Hégerty, moi, M. le Dauphin et Henri V ; j'aurais mieux aimé y voir les jeunes gens que moi. Charles X ne dîna point ; il se soignait, afin d'être en état de partir le lendemain. Le banquet fut bruyant, grâce au parlage du jeune prince : il ne cessa de discourir de sa promenade à cheval, de son cheval, des frasques de son cheval sur le gazon, des ébrouements de son cheval dans les terres labourées. Cette conversation était bien naturelle, et j'en étais cependant affligé ; j'aimais mieux notre ancien entretien sur les voyages et sur l'histoire[3].

Le Roi vint et causa avec moi. Il me complimenta derechef sur la note de majorité ; elle lui plaisait parce que, laissant de côté les abdications comme chose consommée, elle n'exigeait d'autre signature que celle de Henri, et ne

---

1. Chateaubriand joue sur le double sens du mot pour rappeler le souvenir de la « sibylle des Ardennes » qui avait « déposé à (son) chevet une pomme » (X, 1 ; t. I, p. 615).   **2.** Raymond-Jacques-Marie, comte puis duc de Narbonne-Pelet (1771-1855) avait émigré dès 1791 et été, au cours de son exil, un des proches de Louis XVIII. Nommé pair de France sous la Restauration, il fut, de 1816 à 1821, ambassadeur à Naples. Il avait épousé Émilie de Sérent, « aimable et piquante » selon Frénilly, et qui, comme sa sœur la duchesse Étienne de Damas, avait appartenu à la petite cour de Hartwell. C'était de surcroît une vieille amie de Blacas.   **3.** Une lettre à Mme Récamier, du 6 octobre 1833, témoigne de cette désillusion.

ravivait aucune blessure. Selon Charles X, la déclaration serait envoyée de Vienne à M. Pastoret avant mon retour en France ; je m'inclinai avec un sourire d'incrédulité. Sa Majesté, après m'avoir frappé l'épaule selon sa coutume : « Chateaubriand, où allez-vous à présent ? – Tout bêtement à Paris, Sire. – Non, non, pas bêtement », reprit le Roi, cherchant avec une sorte d'inquiétude le fond de ma pensée.

On apporta les journaux ; le Dauphin s'empara des gazettes anglaises : tout d'un coup, au milieu d'un profond silence, il traduisit à haute voix ce passage du *Times* : « Il y a ici le baron de ***, haut de quatre pieds, âgé de soixante-quinze ans, et tout aussi vert qu'il était il y a cinquante ans. » Et puis Monseigneur se tut.

Le Roi se retira ; M. de Blacas me dit : « Vous devriez venir à Leoben avec nous. » La proposition n'était pas sérieuse. Je n'avais d'ailleurs aucune envie d'assister à une scène de famille ; je ne voulais ni diviser des parents, ni me mêler de réconciliations dangereuses. Lorsque j'entrevis la chance de devenir le favori d'une des deux puissances, je frémis ; la poste ne me semblait pas assez prompte pour m'éloigner de mes honneurs possibles. L'ombre de la fortune me fait trembler, comme l'ombre du cheval de Richard faisait trembler les Philistins[1].

Le lendemain 28, je m'enfermai à l'hôtel des Bains et j'écrivis ma dépêche à Madame[2]. Le soir même Hyacinthe était parti avec cette dépêche.

Le 29 j'allai voir le comte et la comtesse de Choteck ; je les trouvai confondus du brouhaha de la cour de Charles X. Le grand bourgrave envoyait à force des estafettes lever les consignes qui retenaient les jeunes gens aux frontières. Au surplus, ceux que l'on apercevait dans les rues de Prague n'avaient rien perdu de leur caractère

---

1. Dans le passage de *La Philippide* auquel se réfère ici Chateaubriand, et qu'il a déjà utilisé dans son *Histoire de France* (Ladvocat, t. V *bis*, p. 315), Guillaume le Breton parle, à propos de Richard Cœur de Lion, de... *Sarrasins* ; on ne sait pourquoi le mémorialiste les transforme en Philistins (dont le principal adversaire fut Samson).
2. Voir chapitre 4.

français ; un légitimiste et un républicain, politique à part, sont les mêmes hommes : c'était un bruit, une moquerie, une gaîté ! Les voyageurs venaient chez moi me conter leurs aventures. M*** avait visité Francfort avec un *cicerone* allemand, très charmé des Français ; M*** lui en demanda la cause, le cicerone lui répondit : « Les Vrançais fenir à Frankfurt ; ils pufaient le fin et faisaient l'amour avec les cholies femmes tes pourchois. Le chénéral Auchereau mettre 41 millions de taxe sur la file te Frankfurt. » Voilà les raisons pour lesquelles on aimait tant les Français à Francfort.

Un grand déjeuner fut servi dans mon auberge ; les riches payèrent l'écot des pauvres. Au bord de la Moldau, on but du vin de Champagne à la santé de Henri V, qui courait les chemins avec son aïeul, dans la peur d'entendre les toasts portés à sa couronne. À huit heures, mes affaires finies, je montai en voiture, espérant bien ne retourner en Bohême de ma vie.

On a dit que Charles X avait eu l'intention de se retirer à l'autel : il avait des antécédents de ce dessein dans sa famille. Richer, moine de Senones, et Geoffroy de Beaulieu, confesseur de saint Louis, rapportent que ce grand homme avait pensé à s'enfermer dans un cloître lorsque son fils serait en âge de le remplacer sur le trône. Christine de Pisan dit de Charles V : « Le sage Roi avait délibéré en soi que, si tant pouvoit vivre que son fils le Dauphin fust en âge de porter couronne il lui délairoit le royaume... et se feroit prêtre. » De pareils princes, s'ils avaient abandonné le sceptre, auraient bien manqué comme tuteurs à leurs fils ; cependant, en restant rois, ont-ils rendu dignes d'eux leurs successeurs ? Que fut Philippe le Hardi auprès de saint Louis ? Toute la sagesse de Charles V se transforma en folie dans son héritier.

Je passe à dix heures du soir devant Butschirad, dans la campagne muette, vivement éclairée de la lune. J'aperçois la masse confuse de la villa, du hameau et de la ruine qu'habite le Dauphin : le reste de la famille royale voyage. Un si profond isolement me saisit ; cet homme (je vous l'ai déjà dit) a des vertus [1] : modéré en politique, il nourrit peu de préjugés ; il n'a dans les veines qu'une goutte de sang de saint Louis, mais il l'a ; sa probité est sans égale, sa parole inviolable comme celle de Dieu [2]. Naturellement courageux, sa piété filiale l'a perdu à Rambouillet. Brave et humain en Espagne, il a eu la gloire de rendre un royaume à son parent et n'a pu conserver le sien. Louis-Antoine, depuis les journées de Juillet, a songé à demander un asile en Andalousie : Ferdinand [3] le lui eût sans doute refusé. Le mari de la fille de Louis XVI languit dans un village de Bohême ; un chien, dont j'entends la voix, est la seule garde du prince : Cerbère aboie ainsi aux ombres dans les régions de la mort, du silence et de la nuit [4].

Je n'ai jamais pu revoir dans ma longue vie mes foyers paternels ; je n'ai pu me fixer à Rome, où je désirais tant mourir ; les huit cents lieues que j'achève, y compris mon premier voyage en Bohême, m'auraient mené aux plus beaux sites de la Grèce, de l'Italie et de l'Espagne. J'ai dévoré ce chemin et j'ai dépensé mes derniers jours pour revenir sur cette terre froide et grise : qu'ai-je donc fait au ciel [5] ?

---

1. Ce paragraphe complète le portrait esquissé au chapitre 2 du livre XXXVII (*supra*, p. 261).   2. Ce caractère de la parole divine est souligné dans les *Psaumes* : « Droite est la parole de Yahvé, et toutes ses œuvres vérité » (XXXIII, 4) ; « Il se rappelle à jamais son alliance, parole promulguée pour mille générations » (CV, 8).   3. Ferdinand VII, qu'il avait contribué à rétablir sur le trône.   4. Le prince est mort à Göritz en 1844.   5. Écho de la plainte de Job : « Combien de fautes et de péchés ai-je commis ? Quel a été mon forfait, mon offense ? » (*Job*, XIII, 23).

(7)

Du 29 septembre au 6 octobre 1833.

Rencontre à Schlau. – Carlsbad vide. – Hohlfeld.
Bamberg : le bibliothécaire et la jeune femme.
Mes Saint-François diverses. – Épreuves de religion.
La France.

À Schlau, à minuit, devant l'hôtel de la poste, une voiture changeait de chevaux. Entendant parler français, j'avançai la tête hors de ma calèche et je dis : « Messieurs, vous allez à Prague ? Vous n'y trouverez plus Charles X, il est parti avec Henri V. » Je me nommai. « Comment, parti ? s'écrièrent ensemble plusieurs voix. En avant, postillon ! en avant ! »

Mes huit compatriotes, arrêtés d'abord à Egra, avaient obtenu la permission de continuer leur route, mais à la garde d'un officier de police. Elle est curieuse ma rencontre, en 1833, d'un convoi de serviteurs du trône et de l'autel, dépêché par la légitimité française, sous l'escorte d'un sergent de ville ! En 1822, j'avais vu passer à Vérone des cagées[1] de carbonari accompagnés de gendarmes. Que veulent donc les souverains ? Qui reconnaissent-ils pour amis ? Craignent-ils la trop grande foule de leurs partisans ? Au lieu d'être touchés de la fidélité, ils traitent les hommes dévoués à leur couronne comme des propagandistes et des révolutionnaires.

Le maître de poste de Schlau venait d'inventer l'accordéon : il m'en vendit un[2] ; toute la nuit je fis jouer le soufflet, dont le son emportait pour moi le souvenir du monde*.

---

* Je reçus de Périgueux, le 14 novembre, la lettre suivante : mon éloge à part, elle constate les faits que j'ai racontés.

---

1. Les oiseaux contenus dans une cage. C'est une image qu'on rencontre dans les caricatures politiques du temps.   **2.** Aujourd'hui conservé au château de Combourg. Depuis 1820, des modèles de plus en plus perfectionnés du nouvel instrument inondaient le marché.

Carlsbad (je le traversai le 30 septembre) était désert ; salle d'opéra après la pièce jouée. Je retrouvai à Egra le maltôtier[1] qui me fit tomber de la lune où j'étais au mois de juin avec une dame de la campagne romaine.

À Hohlfeld, plus de martinets ni de petite hotteuse ; j'en fus attristé. Telle est ma nature : j'idéalise les personnages réels et personnifie les songes, déplaçant la matière et l'intelligence. Une petite fille et un oiseau grossissent aujourd'hui la foule des êtres de ma création, dont mon imagination est peuplée, comme ces éphémères qui se jouent dans un rayon du soleil. Pardonnez, je parle de moi, je m'en aperçois trop tard.

Voici Bamberg. Padoue me fit souvenir de Tite-Live ; à Bamberg, le Père Horrion retrouva la première partie

---

« Périgueux, 10 novembre 1833,

« Monsieur le vicomte,

« Je ne puis résister au désir de vous témoigner toute la peine que j'ai éprouvée lundi 28 octobre, lorsqu'on m'annonça votre absence. Je m'étais présenté chez vous pour avoir l'honneur de vous présenter mes hommages et entretenir quelques instants l'homme à qui j'ai voué toute mon admiration. Obligé de repartir le soir même de Paris, où peut-être je ne dois plus retourner, il eût été bien doux pour moi de vous avoir vu. Lorsque, malgré la modicité de la fortune de ma famille, j'entrepris le voyage de Prague, j'avais mis au nombre de mes espérances celle d'avoir l'honneur de me faire connaître de vous. Et cependant, monsieur le vicomte, je ne puis pas dire que je ne vous ai pas vu : j'étais au nombre des huit jeunes gens que vous rencontrâtes au milieu de la nuit à Schlau, à peu de distance de Prague. Nous arrivions après avoir été cinq jours mortels victimes de l'intrigue qui depuis nous a été révélée. Cette rencontre, en ce lieu, à cette heure, a quelque chose de bizarre et ne s'effacera jamais de mon souvenir, non plus que l'image de celui à qui la France royaliste doit les services les plus utiles.

« Agréez, je vous prie, etc.

« P.-G. JULES-DETERMES[2]. »

---

1. Le mot dérive de *maltôte*, impôt levé sous Philippe le Bel pour financer la guerre contre les Anglais. Il désigne depuis toute espèce de percepteur de taxes abusives.   **2.** La réponse du mémorialiste à Jules de Termes porte la date du 1er décembre 1833 (voir *Bulletin*, 1964, p. 91). Chateaubriand noua par la suite des relations amicales avec ce jeune Périgourdin cultivé auquel il donna certains de ses manuscrits : celui de son journal de voyage en Suisse (1832), ainsi que des épreuves des livres VII et VIII des *Martyrs*.

du troisième et du trentième livre de l'historien romain[1]. Tandis que je soupais dans la patrie de Joachim Camerarius[2], de Clavius[3], le bibliothécaire de la ville me vint saluer à propos de ma renommée, la première du monde, selon lui, ce qui réjouissait la moelle de mes os. Accourut ensuite un général bavarois. À la porte de l'auberge, la foule m'entoura lorsque je regagnai ma voiture. Une jeune femme était montée sur une borne, comme la Sainte-Beuve pour voir passer le duc de Guise[4]. Elle riait : « Vous moquez-vous de moi ?, lui dis-je. – Non, me répondit-elle en français, avec un accent allemand, c'est que je suis si contente ! »

Du 1er au 4 octobre, je revis les lieux que j'avais vus trois mois auparavant. Le 4, je touchai la frontière de France. La Saint-François m'est, tous les ans, un jour d'examen de conscience. Je tourne mes regards vers le passé ; je me demande où j'étais, ce que je faisais à chaque anniversaire précédent. Cette année 1833, soumis à mes vagabondes destinées, la Saint-François me trouve errant. J'aperçois au bord du chemin une croix ; elle s'élève dans un bouquet d'arbres qui laissent tomber en silence, sur l'Homme-Dieu crucifié, quelques feuilles mortes. Vingt-sept ans en arrière, j'ai passé la Saint-François au pied du véritable Golgotha[5].

Mon patron aussi visita le saint tombeau. François

1. Cette anecdote se trouve dans la notice de Crevier sur Tite-Live (voir *supra*, p. 458, note 6) : « En 1615, J. Horrion, prêtre de la Société de Jésus, tandis qu'il collationnait un par un les manuscrits de la bibliothèque publique de Bamberg, tomba par hasard sur des parchemins qui conservaient un assez grand nombre de livres de Tite-Live et parmi eux la première partie du livre trente-troisième, jusqu'alors ignoré. » Chateaubriand a commis un contresens sur le chiffre dans sa transcription du latin de Crevier : *in his partem priorem* tertii et trigesimi *adhuc desideratam servabant.*   2. Joachim Camerarius (1500-1574), humaniste réformé.   3. Christophe Clavius (1537-1612), mathématicien jésuite, auteur de *Commentaires sur Euclide.*   4. Cette dame fut une ardente ligueuse, si nous en croyons le *Journal de l'Estoile* qui la mentionne souvent : voir par exemple Petitot, 1re série, t. XLV, p. 392.   5. Le 4 octobre 1806, jour de son arrivée à Jérusalem.

d'Assise, fondateur des ordres mendiants[1], fit faire, en
vertu de cette institution, un pas considérable à l'Évangile, et qu'on n'a point assez remarqué : il acheva d'introduire le peuple dans la religion ; en revêtant le pauvre
d'une robe de moine, il força le monde à la charité, il
releva le mendiant aux yeux du riche, et dans une milice
chrétienne prolétaire il établit le modèle de cette fraternité
des hommes que Jésus avait prêchée, fraternité qui sera
l'accomplissement de cette partie politique du christianisme non encore développée, et sans laquelle il n'y aura
jamais de liberté et de justice complète sur la terre.

Mon patron étendait cette tendresse fraternelle aux animaux mêmes sur lesquels il paraîtrait avoir reconquis par
son innocence l'empire que l'homme exerçait sur eux
avant sa chute ; il leur parlait comme s'ils l'eussent entendu[2] ; il leur donnait le nom de *frères* et de *sœurs*. Près
de Baveno, comme il passait, une multitude d'oiseaux
s'assemblèrent autour de lui ; il les salua et leur dit :
« Mes frères ailés, aimez et louez Dieu, car il vous a vêtus
de plumes et vous a donné le pouvoir de voler dans le
ciel. » Les oiseaux du lac de Rieti le suivaient. Il était
dans la joie quand il rencontrait des troupeaux de moutons ; il en avait une grande compassion : « Mes frères,
leur disait-il, venez à moi. » Il rachetait quelquefois avec
ses habits une brebis que l'on conduisait au boucher ; il
se souvenait de l'agneau très doux, *illius memor agni
mitissimi*, immolé pour le salut des hommes[3]. Une cigale
habitait une branche de figuier près de sa porte à la Por-
tiuncule ; il l'appelait ; elle venait se reposer sur sa main
et il lui disait : « Ma sœur la cigale, chante le Dieu ton
créateur. » Il en usa de même avec un rossignol et fut
vaincu aux concerts par l'oiseau qu'il bénit, et qui s'en-
vola après sa victoire. Il était obligé de faire reporter au
loin dans les bois les petits animaux sauvages qui accou-
raient à lui et cherchaient un abri dans son sein. Quand il

---

1. Les éléments de ce portrait du saint sont empruntés à ses biographies les plus classiques : celle de saint Bonaventure et celle de Tom-
maso da Celano. **2.** Compris. **3.** C'est ainsi que Jean-Baptiste
désigne le Christ : *Ecce Agnus Dei ecce qui tollit peccata mundi* (*Jean*,
I, 29).

voulait prier le matin, il ordonnait le silence aux hirondelles, et elles se taisaient. Un jeune homme allait vendre à Sienne des tourterelles ; le serviteur de Dieu le pria de les lui donner, afin qu'on ne tuât pas ces colombes qui, dans l'Écriture, sont le symbole de l'innocence et de la candeur. Le saint les emporta à son couvent de Ravacciano ; il planta son bâton à la porte du monastère ; le bâton se changea en un grand chêne vert ; le saint y laissa aller les tourterelles et leur commanda d'y bâtir leur nid, ce qu'elles firent pendant plusieurs années.

François mourant voulut sortir du monde nu comme il y était entré ; il demanda que son corps dépouillé fût enterré dans le lieu où l'on exécutait les criminels, en imitation du Christ qu'il avait pris pour modèle. Il dicta un testament tout spirituel ; car il n'avait à léguer à ses frères que la pauvreté et la paix ; une sainte femme le mit au tombeau.

J'ai reçu de mon patron la pauvreté [1], l'amour des petits et des humbles, la compassion pour les animaux ; mais mon bâton stérile ne se changera point en chêne vert pour les protéger.

Je devais tenir à bonheur d'avoir foulé le sol de France le jour de ma fête ; mais ai-je une patrie ? Dans cette patrie ai-je jamais goûté un moment de repos ? Le 6 octobre au matin je rentrai dans mon *Infirmerie*. Le coup de vent de la Saint-François régnait encore. Mes arbres, refuges naissants des misères recueillies par ma

---

1. Était-ce là le véritable esprit de pauvreté, déjà évoqué à la fin du chapitre 14 du livre XXX (t. III, p. 422) ? Un témoignage peu connu de Villemain apporte un élément de réponse : « Hormis les occasions publiques, M. de Chateaubriand n'avait aucun faste. Rien de plus simple que sa vie intérieure ; mais, il aimait à donner. "Je ne suis pas tendre, disait-il un jour ; mais je ne puis refuser un malheureux. Il me semble même que, si je manque un peu de sympathie, comme on dit aujourd'hui, si je m'ennuie parfois de mes semblables, je dois au moins, pour acquitter ma dette, les aider et leur faire du bien." Et, une autre fois encore, comme il donnait à de pauvres gens, ruinés en 1830, un billet considérable de son libraire, et que son ancien secrétaire d'ambassade, M. de Givré, lui faisait quelque objection de prudence : "Ah ! laissez, mon cher ami, dit-il ; c'est la plus facile manière d'être chrétien ; l'aumône est plus aisée que la pénitence" » (Villemain, p. 511).

femme, ployaient sous la colère de mon patron. Le soir, à travers les ormes branchus de mon boulevard, j'aperçus les réverbères agités, dont la lumière demi-éteinte vacillait comme la petite lampe de ma vie.

LIVRE QUARANTE-DEUXIÈME

Revu en juin 1847

POLITIQUE GÉNÉRALE DU MOMENT

(1)

Louis-Philippe

Paris, rue d'Enfer, 1837.

Si passant de la politique de la légitimité à la politique générale je relis ce que j'ai publié sur cette politique dans les années 1831, 1832 et 1833[1], mes prévisions ont été assez justes.

---

1. Dans la rédaction primitive de cette phrase de transition, la formule désignait la correspondance que Chateaubriand avait entretenue avec la duchesse de Berry en 1834 et 1835, et qui se trouvait reproduite à la fin du livre dixième de la quatrième partie, avant que le mémorialiste ne la réduise à une page de résumé dans le manuscrit de 1845 (voir Appendice I, 3, p. 686-687). Après la disparition de ce livre dans la version définitive, elle renvoie au second voyage à Prague dans son ensemble (livre XLI) et, de manière encore plus générale, au combat mené depuis 1831 en faveur des Bourbons exilés. Rappelons les quatre principales brochures de cette période, toutes parues chez Le Normant fils : *De la Restauration et de la monarchie élective* (24 mars 1831) ;

Louis-Philippe [1] est un homme d'esprit dont la langue est mise en mouvement par un torrent de lieux communs. Il plaît à l'Europe, qui nous reproche de n'en pas connaître la valeur ; l'Angleterre aime à voir que nous ayons, comme elle, détrôné un roi ; les autres souverains délaissent la légitimité qu'ils n'ont pas trouvée obéissante. Philippe a dominé les hommes qui se sont approchés de lui ; il s'est joué de ses ministres ; les a pris, renvoyés, repris, renvoyés de nouveau après les avoir compromis, si rien aujourd'hui compromet.

La supériorité de Philippe est réelle, mais elle n'est que relative ; placez-le à une époque où la société aurait encore quelque vie, et ce qu'il y a de médiocre en lui apparaîtra. Deux passions gâtent ses qualités : son amour exclusif de ses enfants, son avidité insatiable d'accroître sa fortune [2] : sur ces deux points il aura sans cesse des éblouissements.

Philippe ne sent pas l'honneur de la France comme le sentaient les aînés des Bourbons ; il n'a pas besoin d'honneur : il ne craint pas les soulèvements populaires comme les craignaient les plus proches de Louis XVI. Il est à l'abri sous le crime de son père ; la haine du bien ne pèse pas sur lui : c'est un complice, non une victime.

Ayant compris la lassitude des temps et la vileté des âmes, Philippe s'est mis à l'aise. Des lois d'intimidation sont venues supprimer les libertés, ainsi que je l'avais annoncé dès l'époque de mon discours d'adieu à la

---

De la nouvelle proposition de loi relative au bannissement de Charles X et de sa famille (octobre 1831) ; *Courtes explications sur les douze mille francs offerts par Madame la duchesse de Berry* (avril 1832) ; *Mémoire sur la captivité de Madame la duchesse de Berry* (décembre 1832).

1. Chateaubriand a fourbi avec soin tous les termes de ce portrait si bien que, malgré la haine viscérale qui le dicte, il ne manque pas toujours de lucidité. On trouvera son antidote dans celui que Victor Hugo a tracé du roi des Français au cœur des *Misérables* (4e partie, livre 1, chapitre 3).   **2.** À son avènement au trône, Louis-Philippe se trouvait à la tête de la plus grosse fortune de France. Son premier geste fut de transmettre à ses enfants, par une donation du 7 août 1830, la totalité de ce patrimoine, pour lui conserver son caractère privé, au cas où il serait lui-même dépossédé de la couronne.

Chambre des pairs, et rien n'a remué ; on a usé de l'arbitraire ; on a égorgé dans la rue Transnonain[1], mitraillé à Lyon[2], intenté de nombreux procès de presse, on a arrêté des citoyens, on les a retenus des mois et des années en prison par mesure préventive, et l'on a applaudi. Le pays usé, qui n'entend plus rien, a tout souffert. Il est à peine un homme qu'on ne puisse opposer à lui-même. D'années en années, de mois en mois, nous avons écrit, dit et fait tout le contraire de ce que nous avons écrit, dit et fait. À force d'avoir à rougir nous ne rougissons plus ; nos contradictions échappent à notre mémoire, tant elles sont multipliées. Pour en finir, nous prenons le parti d'affirmer que nous n'avons jamais varié, ou que nous n'avons varié que par la transformation progressive de nos idées et par notre compréhension éclairée des temps. Les événements si rapides nous ont si promptement vieillis, que quand on nous rappelle nos gestes d'une époque passée, il nous

---

1. Par solidarité avec les insurgés de Lyon (voir la note suivante), les républicains parisiens avaient élevé des barricades dans le centre de la capitale, le 13 avril 1834, sans la moindre chance de succès. Le ministre Thiers avait concentré dans la ville quarante mille hommes de troupe et mobilisé la Garde nationale. Dès le lendemain, les foyers de résistance furent anéantis et le parti républicain décimé (plus de deux mille arrestations). La matinée du 14 fut marquée par une sanglante « bavure » ; pour venger un de leurs officiers tués par un tireur isolé alors que, déjà blessé, il gisait sur une civière, des soldats envahirent une maison de la rue Transnonain (correspondant aujourd'hui au tracé nord de la rue Beaubourg) et massacrèrent tous ses occupants, faisant une douzaine de victimes, dont une femme et un enfant. On rejeta la responsabilité de ce drame, immortalisé par une lithographie de Daumier, sur le général Bugeaud qui, après le statut déjà peu enviable de « geôlier de Blaye », fut désormais stigmatisé comme le « boucher de la rue Transnonain ».   **2.** La première insurrection ouvrière qui avait eu lieu à Lyon au mois de novembre 1831 avait imposé à la ville son « ordre » révolutionnaire (voir *Écrits politiques*, t. II, p. 739), avant que la force armée ne rétablisse le sien. Une certaine agitation avait néanmoins repris au début de 1834. Au mois de février, les canuts (ouvriers de la soie) se mirent en grève pour une semaine, mais sans résultat. C'est le procès des grévistes, à partir du 5 avril, qui relança les échauffourées : du 9 au 13 avril, ce fut une nouvelle insurrection, qui fit plus de trois cents morts (130 hommes de troupe, 170 insurgés, et une vingtaine de victimes « civiles »).

semble que l'on nous parle d'un autre homme que de nous ; et puis avoir varié, c'est avoir fait comme tout le monde.

Philippe n'a pas cru, comme la branche restaurée, qu'il était obligé pour régner de dominer dans tous les villages ; il a jugé qu'il lui suffisait d'être maître de Paris ; or, s'il pouvait jamais rendre la capitale ville de guerre avec un roulement annuel de soixante mille prétoriens, il se croirait en sûreté. L'Europe le laisserait faire parce qu'il persuaderait aux souverains qu'il agit dans la vue d'étouffer la révolution dans son vieux berceau, déposant pour gage entre les mains des étrangers les libertés, l'indépendance et l'honneur de la France. Philippe est un sergent de ville : l'Europe peut lui cracher au visage ; il s'essuie, remercie et montre sa patente de roi. D'ailleurs c'est le seul prince que les Français soient à présent capables de supporter. La dégradation du chef élu fait sa force : nous trouvons momentanément dans sa personne ce qui suffit à nos habitudes de couronne et à notre penchant démocratique ; nous obéissons à un pouvoir que nous croyons avoir le droit d'insulter ; c'est tout ce qu'il nous faut de liberté : nation à genoux, nous soufflerons notre maître, rétablissant le privilège à ses pieds, l'égalité sur sa joue. Narquois et rusé, Louis XI de l'âge philosophique, le monarque de notre choix conduit dextrement sa barque sur une boue liquide. La branche aînée des Bourbons est séchée sauf un bouton ; la branche cadette est pourrie. Le chef inauguré à la maison de ville [1] n'a jamais songé qu'à lui ; il sacrifie les Français à ce qu'il croit être sa sûreté. Quand on raisonne sur ce qui conviendrait à la grandeur de la patrie, on oublie la nature du souverain ; il est persuadé qu'il périrait par les moyens qui sauveraient la France ; selon lui, ce qui ferait vivre la royauté tuerait le roi. Du reste, nul n'a le droit de le mépriser, car tout le monde est au niveau du même mépris. Mais quelles que soient les prospérités qu'il rêve en dernier résultat, ou lui, ou ses enfants ne prospéreront pas, parce qu'il délaisse les peuples dont il tient tout. D'un autre côté, les rois

---

1. Par La Fayette, le 31 juillet 1830 : voir XXXII, 15.

légitimes, délaissant les rois légitimes, tomberont : on ne renie pas impunément son principe. Si des révolutions ont été un instant détournées de leurs cours, elles n'en viendront pas moins grossir le torrent qui cave[1] l'ancien édifice : personne n'a joué son rôle, personne ne sera sauvé.

Puisque aucun pouvoir parmi nous n'est inviolable, puisque le sceptre héréditaire est tombé quatre fois[2] depuis trente-huit années, puisque le bandeau royal attaché par la victoire s'est dénoué deux fois de la tête de Napoléon, puisque la souveraineté de Juillet a été incessamment assaillie[3], il faut en conclure que ce n'est pas la république qui est impossible, mais la monarchie.

La France est sous la domination d'une idée hostile au trône : un diadème dont on reconnaît d'abord l'autorité, puis que l'on foule aux pieds, que l'on reprend ensuite pour le fouler aux pieds de nouveau, n'est qu'une inutile tentation et un symbole de désordre. On impose un maître à des hommes qui semblent l'appeler par leurs souvenirs, et qui ne le supportent plus par leurs mœurs ; on l'impose à des générations qui, ayant perdu la mesure et la décence sociale, ne savent qu'insulter la personne royale ou remplacer le respect par la servilité.

Philippe a dans sa personne de quoi ralentir la destinée ; il n'a pas de quoi l'arrêter. Le parti démocratique est seul en progrès, parce qu'il marche vers le monde futur. Ceux qui ne veulent pas admettre les causes générales de destruction pour les principes monarchiques attendent en vain l'affranchissement du joug actuel d'un mouvement des Chambres ; elles ne consentiront point à

---

1. Qui creuse, qui mine peu à peu. Le verbe *caver*, très usité au XVIe siècle (voir *Huguet*), est tombé peu à peu en désuétude : *cf. supra*, p. 337, note 5.   2. De la déchéance de Louis XVI (1792) à celle de Charles X (1830), il y a bien eu trente-huit ans. Mais pour arriver au chiffre de *quatre*, il faut tenir compte de la double usurpation impériale, lors du sacre de Napoléon, puis lors de son retour en 1815.   3. Le 28 juillet 1835, Louis-Philippe avait échappé par miracle à la « machine infernale » de Fieschi. Le 30 octobre 1836, le prince Louis-Napoléon avait tenté, sans succès, de soulever la garnison de Strasbourg.

la réforme [1], parce que la réforme serait leur mort. De son côté, l'opposition devenue industrielle ne portera jamais au roi de sa fabrique la botte à fond, comme elle l'a portée à Charles X ; elle remue afin d'avoir des places, elle se plaint, elle est hargneuse ; mais lorsqu'elle se trouve face à face de Philippe, elle recule, car si elle veut obtenir le maniement des affaires, elle ne veut pas renverser ce qu'elle a créé et ce par quoi elle vit. Deux frayeurs l'arrêtent : la frayeur du retour de la légitimité, la frayeur du règne populaire ; elle se colle à Philippe qu'elle n'aime pas, mais qu'elle considère comme un préservatif. Bourrée d'emplois et d'argent, abdiquant sa volonté, l'opposition obéit à ce qu'elle sait funeste et s'endort dans la boue ; c'est le duvet inventé par l'industrie du siècle ; il n'est pas aussi agréable que l'autre, mais il coûte moins cher.

Nonobstant toutes ces choses, une souveraineté de quelques mois, si l'on veut même de quelques années, ne changera pas l'irrévocable avenir. Il n'est presque personne qui n'avoue maintenant la légitimité préférable à l'usurpation, pour la sûreté, la liberté, la propriété, comme pour les relations avec l'étranger, car le principe de notre souveraineté actuelle est hostile au principe des souverainetés européennes. Puisqu'il lui plaisait de recevoir l'investiture du trône du bon plaisir et de la science certaine de la démocratie, Philippe a manqué son point de départ : il aurait dû monter à cheval et galoper jusqu'au Rhin, ou plutôt il aurait dû résister au mouvement qui l'emportait sans condition vers une couronne : des institutions plus durables et plus convenables fussent sorties de cette résistance.

On a dit : « M. le duc d'Orléans n'aurait pu rejeter la couronne sans nous plonger dans des troubles épouvantables » : raisonnement des poltrons, des dupes et des fripons. Sans doute des conflits seraient survenus ; mais ils

---

1. La réforme électorale qui apparaît à beaucoup comme le seul moyen de moraliser la vie publique et de consolider le système parlementaire. À cet égard, la gauche républicaine et la droite légitimiste se retrouvent dans la dénonciation du régime censitaire de la monarchie « ventrue ».

eussent été suivis du retour prompt à l'ordre. Qu'a donc fait Philippe pour le pays ? Y aurait-il eu plus de sang versé par son refus du sceptre qu'il n'en a coulé pour l'acceptation de ce même sceptre à Paris, à Lyon, à Anvers, dans la Vendée, sans compter ces flots de sang répandus à propos de notre monarchie élective en Pologne, en Italie, en Portugal, en Espagne ? En compensation de ces malheurs, Philippe nous a-t-il donné la liberté ? Nous a-t-il apporté la gloire ? Il a passé son temps à mendier sa légitimation parmi les potentats, à dégrader la France en la faisant la suivante de l'Angleterre, en la livrant en otage ; il a cherché à faire venir le siècle à lui, à le rendre vieux avec sa race, ne voulant pas se rajeunir avec le siècle.

Que ne mariait-il son fils aîné à quelque belle plébéienne de sa patrie [1] ? C'eût été épouser la France ; cet hymen du peuple et de la royauté aurait fait repentir les rois ; car ces rois, qui ont déjà abusé de la soumission de Philippe, ne se contenteront pas de ce qu'ils ont obtenu : la puissance populaire qui transparaît à travers notre monarchie municipale les épouvante. Le potentat des barricades, pour être complètement agréable aux potentats absolus, devrait surtout détruire la liberté de la presse et abolir nos institutions constitutionnelles. Au fond de l'âme, il les déteste autant qu'eux, mais il a des mesures à garder. Toutes ces lenteurs déplaisent aux autres souverains ; on ne peut leur faire prendre patience qu'en leur sacrifiant tout à l'extérieur : pour nous accoutumer à nous faire au-dedans les hommes liges de Philippe, nous commençons par devenir les vassaux de l'Europe.

J'ai dit cent fois et je le répéterai encore, la vieille société se meurt. Pour prendre le moindre intérêt à ce qui existe, je ne suis ni assez bonhomme, ni assez charlatan, ni assez déçu par mes espérances. La France, la plus mûre des nations actuelles, s'en ira vraisemblablement la pre-

---

1. Allusion, plus précise encore dans le manuscrit de 1845, à toutes les avanies que fut obligé de subir Louis-Philippe avant de pouvoir conclure le mariage du prince royal. Après le refus autrichien de 1836, il fallut se rabattre, en 1837, sur une princesse de Mecklembourg-Schwerin, nièce du roi de Prusse Frédéric-Guillaume III.

mière. Il est probable que les aînés des Bourbons, auxquels je mourrai attaché, ne trouveraient même pas aujourd'hui un abri durable dans la vieille monarchie. Jamais les successeurs d'un monarque immolé n'ont porté longtemps après lui sa robe déchirée, il y a défiance de part et d'autre : le prince n'ose plus se reposer sur la nation, la nation ne croit plus que la famille rétablie lui puisse pardonner. Un échafaud élevé entre un peuple et un roi les empêche de se voir : il y a des tombes qui ne se referment jamais. La tête de Capet était si haute, que les petits bourreaux furent obligés de l'abattre pour prendre sa couronne, comme les Caraïbes coupaient le palmier afin d'en cueillir le fruit. La tige des Bourbons s'était propagée dans les divers troncs autour d'elle ; elle poussait des rameaux qui, se courbant, prenaient racine en terre et se relevaient provins[1] superbes : cette famille, après avoir été l'orgueil des autres races royales, semble en être devenue la fatalité.

Mais serait-il plus raisonnable de croire que les descendants de Philippe auraient plus de chances de régner que le jeune héritier de Henri IV ? On a beau combiner diversement les idées politiques, les vérités morales restent immuables. Il est des réactions inévitables, enseignantes, magistrales, vengeresses. Le monarque qui nous initia à la liberté, Louis XVI, a été forcé d'expier dans sa personne le despotisme de Louis XIV et la corruption de Louis XV ; et l'on pourrait admettre que Louis-Philippe, lui ou sa lignée, ne payerait pas la dette de la dépravation de la Régence ? Cette dette n'a-t-elle pas été contractée de nouveau par *Égalité* à l'échafaud de Louis XVI, et Philippe son fils n'a-t-il pas augmenté la créance paternelle, lorsque, tuteur infidèle, il a détrôné son pupille ? *Égalité* en perdant la vie n'a rien racheté ; les pleurs du dernier soupir ne rachètent personne : ils ne mouillent que la poitrine et ne tombent pas sur la conscience. Si la branche d'Orléans pouvait régner au droit des vices et des

---

1. « Branches de vigne qu'on couche, et qu'on couvre de terre, afin qu'elles prennent racine, et qu'elles fassent de nouvelles souches » (*Trévoux*). Ce qu'on appelle le « provignement » ou « marcottage ».

crimes de ses aïeux, où serait donc la Providence ? Jamais plus effroyable tentation n'aurait ébranlé l'homme de bien. Ce qui fait notre illusion, c'est que nous mesurons les desseins éternels sur l'échelle de notre courte vie : nous passons trop promptement pour que la punition de Dieu puisse toujours se placer dans le court moment de notre existence ; la punition descend à l'heure venue ; elle ne trouve plus le premier coupable, mais elle trouve sa race qui laisse l'espace pour agir.

En s'élevant dans l'ordre universel, le règne de Louis-Philippe, quelle que soit sa durée, ne sera qu'une anomalie, qu'une infraction momentanée aux lois permanentes de la justice : elles sont violées, ces lois, dans un sens borné et relatif ; elles sont suivies dans un sens illimité et général. D'une énormité en apparence consentie du ciel, il faut tirer une conséquence plus haute : il faut en déduire la preuve chrétienne de l'abolition même de la royauté. C'est cette abolition, non un châtiment individuel, qui deviendrait l'expiation de la mort de Louis XVI ; nul ne serait admis, après ce juste, à ceindre le diadème, témoin Napoléon le Grand et Charles X le Pieux. Pour achever de rendre la couronne odieuse, il aurait été permis au fils du régicide de se coucher un moment en faux roi dans le lit sanglant du martyr.

Au reste, tous ces raisonnements, si justes qu'ils soient, n'ébranleront jamais ma fidélité à mon jeune Roi : ne dût-il lui rester que moi en France, je serai toujours fier d'avoir été le dernier sujet de celui qui sera peut-être le dernier roi.

(2)

M. Thiers.

La révolution de Juillet a trouvé son Roi : a-t-elle trouvé son représentant ? J'ai peint à différentes époques les hommes qui, depuis 1789 jusqu'à ce jour, ont paru sur la scène. Ces hommes tenaient plus ou moins à l'ancienne race humaine : on avait une échelle de proportion pour les mesurer. On est arrivé à des générations qui n'appartiennent plus au passé ; étudiées au microscope, elles ne semblent pas capables de vie, et pourtant elles se combinent avec des éléments dans lesquels elles se meuvent ; elles trouvent respirable un air qu'on ne saurait respirer. L'avenir inventera peut-être des formules pour calculer les lois d'existence de ces êtres ; mais le présent n'a aucun moyen de les apprécier.

Sans donc pouvoir expliquer l'espèce changée, on remarque çà et là quelques individus que l'on peut saisir, parce que des défauts particuliers ou des qualités distinctes les font sortir de la foule. M. Thiers, par exemple, est le seul homme que la révolution de Juillet ait produit. Il a fondé l'école admirative de la Terreur[1], école à laquelle il appartient. Si les hommes de la Terreur, ces renieurs et reniés de Dieu, étaient de si grands hommes, l'autorité de leur jugement devrait peser ; mais ces hommes, en se déchirant, déclarent que le parti qu'ils égorgent est un parti de coquins. Voyez ce que madame Roland dit de Condorcet, ce que Barbaroux, principal acteur du 10 Août, pense de Marat, ce que Camille Desmoulins écrit contre Saint-Just[2]. Faut-il apprécier Danton d'après l'opinion de Robespierre, ou Robespierre d'après l'opinion de Danton ? Lorsque les Conventionnels ont une si pauvre idée les uns des autres, comment, sans manquer au respect qu'on leur doit, oser une opinion différente de la leur ?

J'ai bien peur toutefois que l'on ait pris pour des gens extraordinaires des brutes qui n'avaient d'autre valeur que celle d'une roue dans une machine. On confond la machine et les rouages : la machine était puissante, mais

---

1. Dans la préface des *Études historiques*, Chateaubriand avait déjà discuté longuement les thèses de Thiers concernant la Révolution (Ladvocat, t. IV, p. LXXXVI-CX). Dans ce chapitre, il résume son point de vue sur un ton plus âpre. **2.** Sans entrer dans le détail de ces polémiques devenues aujourd'hui bien fastidieuses, contentons-nous de signaler la multiplication sur le marché éditorial, depuis 1820, des *Mémoires* ou *Correspondances* en relation avec la période révolutionnaire.

ce n'étaient pas les roues qui l'avaient faite. Qui donc l'avait inventée ? Dieu : il l'avait créée aux fins de la nécessité qui viennent également de lui pour le résultat donné, à l'heure d'une société prévue.

Dans son esprit matériel, le jacobinisme ne s'aperçoit pas que la Terreur a failli, faute d'être capable de remplir les conditions de sa durée. Elle n'a pu arriver à son but, parce qu'elle n'a pu faire tomber assez de têtes ; il lui en aurait fallu quatre ou cinq cent mille de plus : or, le temps manque à l'exécution de ces longs massacres ; il ne reste que des crimes inachevés dont on ne saurait cueillir le fruit, le dernier soleil de l'orage n'ayant pas fini de le mûrir.

Le secret des contradictions des hommes du jour est dans la privation du sens moral, dans l'absence d'un principe fixe et dans le culte de la force : quiconque succombe est coupable et sans mérite, du moins sans ce mérite qui s'assimile aux événements. Derrière les phrases libérales des dévots de la Terreur, il ne faut voir que ce qui s'y cache : le succès divinisé. N'adorez la Convention que comme on adore un tyran. La Convention renversée, passez avec votre bagage de libertés au Directoire, puis à Bonaparte, et cela sans vous douter de votre métamorphose, sans que vous pensiez avoir changé[1]. Dramatiste[2] juré, tout en regardant les Girondins comme de pauvres diables parce qu'ils sont *vaincus*, n'en tirez pas moins de leur mort un tableau fantastique : ce sont de beaux jeunes hommes marchant couronnés de fleurs au sacrifice[3].

Les Girondins, faction lâche[4], qui parlèrent en faveur

---

1. Chateaubriand se refuse à confondre ce relativisme généralisé avec une quelconque impartialité historique.   **2.** Le mot est né dans les années 1770, avec une connotation péjorative, pour désigner les auteurs de drames bourgeois. Mais sous la plume de Chateaubriand, il vise plutôt les spécialistes du drame historique contemporain. **3.** Ainsi les représente Nodier dans une œuvre de jeunesse, *Le Dernier Banquet des girondins* (1813). Voir *Souvenirs et Portraits de la révolution* (...), édition Steinmetz, Tallandier, 1988, t. I, p. 55-166. **4.** Chateaubriand a déjà stigmatisé, dans les mêmes termes, le double jeu des girondins au livre XIV, (t. II, p. 103). Sur les jeunes filles de Verdun, voir IX, 16 (t. I, p. 609).

de Louis XVI et votèrent son exécution, ont fait, il est vrai, merveille à l'échafaud ; mais qui ne donnait pas alors tête baissée sur la mort ? Les femmes se distinguèrent par leur héroïsme ; les jeunes filles de Verdun montèrent à l'autel comme Iphigénie ; les artisans sur qui l'on se tait prudemment, ces plébéiens dont la Convention fit une moisson si large, bravaient le fer du bourreau aussi résolument que nos grenadiers le fer de l'ennemi. Contre un prêtre et un noble, la Convention immola des milliers d'ouvriers dans les dernières classes du peuple ; c'est ce dont on ne se veut jamais souvenir [1].

M. Thiers fait-il état de ses principes ? pas le moins du monde ; il a préconisé le massacre, et il prêcherait l'humanité d'une manière tout aussi édifiante ; il se donnait pour fanatique des libertés, et il a opprimé Lyon, fusillé dans la rue Transnonain, et soutenu envers et contre tous les lois de Septembre [2] : s'il lit jamais ceci, il le prendra pour un éloge.

Devenu président du conseil et ministre des affaires étrangères [3], M. Thiers s'extasie aux intrigues diplomatiques de l'école Talleyrand ; il s'expose à se faire

---

1. Et ce que Chateaubriand ne manque pas une occasion de rappeler. Voir en particulier le passage de la préface des *Études historiques* (Ladvocat, t. IV, p. XCVI-XCVIII) où il cite le témoignage chiffré du républicain Prudhomme, pour aboutir à cette conclusion : « La Terreur a seule donné au monde le lâche et impitoyable spectacle du meurtre juridique des femmes et des enfants. »   2. Le procès des insurgés de 1834 (121 inculpés, qui furent déférés devant la Chambre des pairs) avait entretenu, de mai à juillet 1835, une agitation permanente. Puis le 28 juillet, ce fut le terrible attentat de Fieschi, qui avait été précédé, dans *Le Charivari* du 26, par un véritable appel au meurtre contre le roi. Le gouvernement du duc de Broglie jugea le moment venu de prendre des mesures énergiques contre la presse. Il prépara trois lois qui restreignaient sa liberté et aggravaient les peines encourues par les journalistes. Les Chambres les votèrent au mois de septembre à une large majorité.   3. Après avoir été ministre de l'Intérieur (octobre 1832-novembre 1834), Thiers fut ministre des Affaires étrangères (et président du Conseil) à deux reprises : février-août 1836 et mars-octobre 1840. Il fut chaque fois obligé de démissionner, par suite du refus du roi de le soutenir dans une politique aventureuse (intervention en Espagne, puis en Orient) qui risquait de conduire à un conflit déclaré avec la Grande-Bretagne.

prendre pour un turlupin[1] à la suite, faute d'aplomb, de gravité et de silence. On peut faire fi du sérieux et des grandeurs de l'âme, mais il ne faut pas le dire, avant d'avoir amené le monde subjugué à s'asseoir aux orgies de Grand-Vaux[2].

Du reste, M. Thiers mêle à des mœurs inférieures un instinct élevé ; tandis que les survivants féodaux, devenus cancres[3], se sont faits régisseurs de leurs terres, lui, M. Thiers, grand seigneur de la renaissance, voyage en nouvel Atticus[4], achète sur les chemins des objets d'art et ressuscite la prodigalité de l'antique aristocratie : c'est une distinction ; mais s'il sème avec autant de facilité qu'il recueille, il devrait être plus en garde contre la camaraderie de ses anciennes habitudes : la considération est un des ingrédients de la personne publique.

Agité par sa nature de vif-argent, M. Thiers a prétendu aller tuer à Madrid l'anarchie que j'y avais renversée en 1823 : projet d'autant plus hardi que M. Thiers luttait avec les opinions de Louis-Philippe[5]. Il se peut supposer

---

1. Mot populaire : « Terme de mépris ; mauvais plaisant, parasite » (*Académie*, 1835).   2. La presse légitimiste avait présenté comme une scandaleuse orgie une fête somptueuse, et sans doute trop libre, que le comte Vigier, député orléaniste, avait donnée en 1834 à ses amis politiques dans sa propriété de Grand-Vaux en Bourgogne. Au cours de celle-ci, Thiers, encore ministre, et un peu éméché, se serait déculotté en public.   3. Ce mot vieilli « désigne proverbialement un homme pauvre (...), un gueux » (*Trévoux*). Tous les dictionnaires renvoient à La Fontaine (« Le Chien et le Loup », *Fables*, 1, 5) : « Vos pareils y sont misérables,/ *Cancres*, hères et pauvres diables. » Le mot a suscité la vertueuse indignation de Marcellus (p. 489) qui accuse Chateaubriand de tirer « sur ses propres troupes, les propriétaires du sol, alliés naturels de la Monarchie selon la Charte ». Mais il me semble se méprendre sur les intentions du mémorialiste qui oppose simplement la paupérisation de la noblesse terrienne au brutal enrichissement des capitalistes.   4. Par son faste et son goût ostentatoire pour les arts (mais goût sûr : dans ses *Salons* de 1822 et 1824, Thiers avait été un des premiers à rendre justice au génie de Delacroix), le ministre de Louis-Philippe est comparé au célèbre ami et correspondant de Cicéron, lettré richissime et, lui aussi, collectionneur avisé.   5. Le gouvernement français avait mis à la disposition de la régente Marie-Christine (voir XXXIX, 3, p. 386, note 2) six bataillons de légionnaires

un Bonaparte ; il peut croire que son taille-plume n'est qu'un allongement de l'épée napoléonienne ; il peut se persuader être un grand général, il peut rêver la conquête de l'Europe, par la raison qu'il s'en est constitué le narrateur et qu'il fait très inconsidérément revenir les cendres de Napoléon. J'acquiesce à toutes ces prétentions ; je dirai seulement, quant à l'Espagne, qu'au moment où M. Thiers pensait à l'envahir, ses calculs le trompaient ; il aurait perdu son roi en 1836, et je sauvai le mien en 1823. L'essentiel est donc de faire à point ce qu'on veut faire ; il existe deux forces : la force des hommes et la force des choses ; quand l'une est en opposition à l'autre, rien ne s'accomplit. À l'heure actuelle, Mirabeau ne remuerait personne, bien que sa corruption ne lui nuirait point[1] : car présentement nul n'est décrié pour ses vices ; on n'est diffamé que par ses vertus.

M. Thiers a l'un de ces trois partis à prendre : se déclarer le représentant de l'avenir républicain, ou se percher sur la monarchie contrefaite de Juillet comme un singe sur le dos d'un chameau, ou ranimer l'ordre impérial. Ce dernier parti serait du goût de M. Thiers ; mais l'empire sans l'empereur, est-ce possible ? Il est plus naturel de croire que l'auteur de l'*Histoire de la Révolution* se laissera absorber par une ambition vulgaire : il voudra demeurer ou rentrer au pouvoir ; afin de garder ou de reprendre sa place, il chantera toutes les palinodies que le moment ou son intérêt sembleront lui demander ; à se dépouiller devant le public il y a audace, mais M. Thiers est-il assez jeune pour que sa beauté lui serve de voile ?

Deutz et Judas mis à part, je reconnais dans M. Thiers un esprit souple, prompt, fin, malléable, peut-être héritier de l'avenir, comprenant tout, hormis la grandeur qui vient de l'ordre moral ; sans jalousie, sans petitesse et sans préjugé, il se détache sur le fond terne et obscur des médiocrités du temps. Son orgueil excessif n'est pas encore

---

pour réduire les bandes carlistes. Thiers aurait voulu faire intervenir des forces beaucoup plus importantes. Mais il fut désavoué et obligé de donner sa démission le 25 août 1836. Il fut alors remplacé par Molé.

1. *Sic* ! La correction exigerait le subjonctif. Peut-être Chateaubriand reproduit-il certaines tournures restrictives du français parlé.

odieux, parce qu'il ne consiste point à mépriser autrui. M. Thiers a des ressources, de la variété, d'heureux dons ; il s'embarrasse peu des différences d'opinions, ne garde point rancune, ne craint pas de se compromettre, rend justice à un homme, non pour sa probité ou pour ce qu'il en pense mais pour ce qu'il vaut ; ce qui ne l'empêcherait pas de nous faire tous étrangler le cas échéant. M. Thiers n'est pas ce qu'il peut être ; les années le modifieront, à moins que l'enflure de l'amour-propre ne s'y oppose. Si sa cervelle tient bon et qu'il ne soit pas emporté par un coup de tête, les affaires révéleront en lui des supériorités inaperçues. Il doit promptement croître ou décroître ; il y a des chances pour que M. Thiers devienne un grand ministre ou reste un brouillon.

M. Thiers a déjà manqué de résolution quand il tenait entre ses mains le sort du monde [1] : s'il eût donné l'ordre d'attaquer la flotte anglaise, supérieurs en force comme nous l'étions alors dans la Méditerranée, notre succès était assuré ; les flottes turques et égyptiennes, réunies dans le port d'Alexandrie, seraient venues augmenter notre flotte ; un succès obtenu par l'Angleterre eût électrisé la France. On aurait trouvé à l'instant 150 000 hommes pour entrer en Bavière et pour se jeter sur quelque point de l'Italie où rien n'était préparé en prévision d'une attaque. Le monde entier pouvait encore

---

1. Allusion à la crise ouverte en Orient par la victoire décisive remportée, le 24 juin 1839, à Nezib par Ibrahim Pacha, le fils de Mehmet Ali, sur la dernière armée turque du sultan Mahmoud. Celui-ci devait mourir le 30 juin, tandis que le 15 juillet, le capitan pacha se ralliait, avec toute sa flotte, à la cause égyptienne. Protégé de la France, maître de la Palestine et de la Syrie, le khédive semblait pouvoir nourrir des ambitions sans limites. C'est alors que les Anglais offrirent leur médiation pour sauver le pouvoir impérial de Constantinople. Par des pressions diplomatiques qui reconstituèrent, contre une France isolée, la grande alliance de 1814-1815, et qu'appuya une démonstration navale au large des côtes syriennes, le gouvernement de Londres obligea Paris à reculer et à « lâcher » Mehmet Ali, qui devra par la suite restituer les provinces conquises. Thiers avait pris le parti de la guerre. Louis-Philippe le renvoya le 20 octobre 1840, et le remplaça par Guizot, alors ambassadeur à Londres. Ce camouflet fut vivement ressenti par une opinion publique qui avait été chauffée à blanc.

une fois changer de face. Notre agression eût-elle été juste ? C'est une autre affaire ; mais nous aurions pu demander à l'Europe si elle avait agi loyalement envers nous dans des traités où, abusant de la victoire, la Russie et l'Allemagne s'étaient démesurément agrandies, tandis que la France avait été réduite à ses anciennes frontières rognées. Quoi qu'il en soit, M. Thiers n'a pas osé jouer sa dernière carte ; en regardant sa vie il ne s'est pas trouvé assez appuyé, et cependant c'est parce qu'il ne mettait rien au jeu qu'il aurait pu tout jouer. Nous sommes tombés sous les pieds de l'Europe : une pareille occasion de nous relever ne se présentera peut-être pas de longtemps.

Mais était-il bon de mettre de nouveau le feu au monde ? Grande question ! Toutefois, les fautes de M. le Président du Conseil s'étant trouvées liées avec une sympathie nationale, se sont ennoblies.

En dernier résultat, M. Thiers, pour sauver son système, a réduit la France à un espace de quinze lieues qu'il a fait hérisser de forteresses[1] ; nous verrons bien si l'Europe a raison de rire de cet enfantillage du grand penseur.

Et voilà comment, entraîné par ma plume, j'ai consacré plus de pages à un homme incertain d'avenir que je n'en ai donné à des personnages dont la mémoire est assurée. C'est un malheur du trop long vivre : je suis arrivé à une époque de stérilité où la France ne voit plus courir que des générations maigres : *Lupa carca nella sua magrezza*[2]. Ces Mémoires diminuent d'intérêt avec les jours sur-

---

1. Sur cette affaire, voir V, (t. I, p. 387, note 2) et XXIV, 7 (t. II, p. 730). On trouvera plus loin (Appendice I, 4) la *Lettre sur les fortifications* que Chateaubriand écrivit à cette occasion et qu'il semble avoir destinée, au moins à une certaine époque, à ce livre des *Mémoires*. Ajoutons que, malgré une tradition tenace qui attribue à Thiers la paternité du projet, ce fut Louis-Philippe qui fut son promoteur. Il y a aujourd'hui unanimité sur le caractère néfaste des fortifications de 1841. Elles ne défendirent pas Paris en 1870 ; elles enfermèrent en revanche la capitale dans des limites municipales trop étroites qui ont empêché sa croissance naturelle au XXe siècle : leur tracé est emprunté aujourd'hui par le boulevard périphérique.　　**2.** Dante, *Enfer*, I, vers 49-50. Chateaubriand abrège le texte original : *Ed una lupa, che di tutte brame/ Sembiava carca nella sua magrezza.* « Et une louve qui

venus, diminuent de ce qu'ils pouvaient emprunter de la grandeur des événements ; ils se termineront, j'en ai peur, comme les filles[1] d'Achéloüs. L'empire romain, magnifiquement annoncé par Tite-Live, se resserre et s'éteint obscur dans les récits[2] de Cassiodore. Vous étiez plus heureux, Thucydide et Plutarque, Salluste et Tacite, quand vous racontiez les partis qui divisaient Athènes et Rome ! vous étiez certains du moins de les animer, non seulement par votre génie, mais encore par l'éclat de la langue grecque et la gravité de la langue latine ! Que pourrions-nous raconter de notre société finissante, nous autres Welches[3], dans notre jargon confiné à d'étroites et barbares limites ? Si ces dernières pages reproduisaient nos rabâchages de tribune, ces éternelles définitions de nos droits, nos pugilats de porte-feuilles, seraient-elles, dans cinquante ans d'ici, autre chose que les inintelligibles colonnes d'une vieille gazette ? Sur mille et une conjectures, une seule se trouverait-elle vraie ? Qui prévoirait les étranges bonds et écarts de la mobilité de l'esprit français ? Qui pourrait comprendre comment ses exécrations et ses engouements, ses malédictions et ses bénédictions se transmuent sans raison apparente ? Qui saurait deviner comment il dérive d'un système politique, comment, la liberté à la bouche et le servage au cœur, il croit le matin à une vérité et est persuadé le soir d'une vérité contraire ? Jetez-nous quelques grains de poussière : abeilles de Virgile, nous cesserons notre mêlée pour nous envoler ailleurs[4].

---

paraissait dans sa maigreur chargée de toutes les envies » (trad. Jacqueline Risset).
1. Les filles du fleuve Acheloüs et de la muse Calliope sont les Sirènes qui se terminent, on le sait, « en queue de poisson ». C'est une allusion plaisante à Horace, *Art poétique*, vers 4 : *Desinit in piscem mulier formosa superne.* **2.** En particulier dans son *Histoire des Goths* dont il ne subsiste plus que les extraits cités par Jornandès. **3.** C'est le nom que Voltaire donne à ses compatriotes lorsqu'il veut les traiter de barbares. **4.** Allusion à un vers des *Géorgiques* (IV, 86) où Virgile évoque les combats des abeilles : *Pulveris exigui jactu compressa quiescant.* « Il suffit de leur jeter quelques grains de poussière pour que cesse la lutte et que le calme revienne. »

(3)

M. DE LA FAYETTE.

Si par hasard il se remue encore quelque chose de grand ici-bas, notre patrie demeurera couchée. D'une société qui se décompose, les flancs sont inféconds ; les crimes mêmes qu'elle engendre sont des crimes mort-nés, atteints qu'ils sont de la stérilité de leur principe. L'époque où nous entrons est le chemin de halage par lequel des générations fatalement condamnées tirent l'ancien monde vers un monde inconnu.

En cette année 1834, M. de La Fayette vient de mourir [1]. J'aurais jadis été injuste en parlant de lui ; je l'aurais représenté comme une espèce de niais à double visage et à deux renommées ; héros de l'autre côté de l'Atlantique, Gille [2] de ce côté-ci. Il a fallu plus de quarante années pour que l'on reconnût dans M. de La Fayette des qualités qu'on s'était obstiné à lui refuser. À la tribune, il s'exprimait facilement et du ton d'un homme de bonne compagnie. Aucune souillure n'est attachée à sa vie ; il était affable, obligeant et généreux.

Sous l'Empire il fut noble et vécut à part ; sous la Restauration il ne garda pas autant de dignité ; il s'abaissa jusqu'à se laisser nommer le *vénérable* des ventes [3] du carbonarisme, et le chef des petites conspirations ; heureux qu'il fut de se soustraire à Belfort à la justice, comme un aventurier vulgaire [4]. Dans les commencements de la Révolution, il ne se mêla point aux égor-

---

1. Le 19 mai 1834, à soixante-dix-sept ans.   **2.** Gille est un personnage de niais des parades du théâtre de la foire, qu'on retrouve aussi dans la *commedia dell'arte* (Egidio) ; c'est un ancêtre de Pierrot. Rivarol avait surnommé La Fayette « Gille César » par assonance burlesque avec le nom de Jules César.   **3.** C'est ainsi qu'on appelait les cellules de base de la Charbonnerie française, organisée sur le modèle italien. Lors de la fondation de celle-là, le « directoire » du parti libéral avait été convié à constituer la « haute vente ».   **4.** Sur la conspiration de Belfort (décembre 1821), voir Bertier, p. 181.

geurs ; il les combattit à main armée et voulut sauver
Louis XVI ; mais tout en abhorrant les massacres, tout
obligé qu'il fut de les fuir, il trouva des louanges pour des
scènes où l'on portait quelques têtes au bout des piques.

M. de La Fayette s'est élevé parce qu'il a vécu : il y a
une renommée échappée spontanément des talents, et
dont la mort augmente l'éclat en arrêtant les talents dans
la jeunesse ; il y a une autre renommée, produit de l'âge,
fille tardive du temps ; non grande par elle-même, elle
l'est par les révolutions au milieu desquelles le hasard l'a
placée. Le porteur de cette renommée, à force d'être, se
mêle à tout ; son nom devient l'enseigne ou le drapeau
de tout : M. de La Fayette sera éternellement la *garde
nationale*. Par un effet extraordinaire, le résultat de ses
actions était souvent en contradiction avec ses pensées ;
royaliste, il renversa en 1789 une royauté de huit siècles ;
républicain, il créa en 1830 la royauté des barricades : il
s'en est allé donnant à Philippe la couronne qu'il avait
enlevée à Louis XVI. Pétri avec les événements, quand
les alluvions de nos malheurs se seront consolidées, on
retrouvera son image incrustée dans la pâte révolutionnaire.

Son ovation aux États-Unis l'a singulièrement rehaus-
sé [1] ; un peuple, en se levant pour le saluer, l'a couvert de
l'éclat de sa reconnaissance. Everett [2] termine par cette
apostrophe le discours qu'il prononça en 1824 : « Sois le
bienvenu sur nos rives, ami de nos pères ! Jouis d'un
triomphe tel qu'il ne fut jamais le partage d'aucun
monarque ou conquérant de la terre. Hélas ! Washington,

---

1. Après les élections du 25 février 1824, où il avait été battu, La
Fayette avait entrepris un voyage outre-Atlantique. Au cours de son
séjour de quatorze mois aux États-Unis, il avait reçu du peuple américain un accueil triomphal qui avait renforcé sa crédibilité dans son
propre pays.   **2.** Edward Everett (1794-1865) fit de bonnes études à
Harvard, puis séjourna en Angleterre (1818), où il se lia avec Mackin-
tosh et Walter Scott. C'est au retour qu'il commença de se faire
connaître comme publiciste à la tête de la *North-American Review*,
puis, à partir de 1824, comme orateur. Il sera plus tard membre du
Congrès, gouverneur du Massachusetts (1834), et ambassadeur à
Londres (1840).

l'ami de votre jeunesse, celui qui fut plus que l'ami de
son pays, gît tranquille dans le sein de la terre qu'il a
rendue libre. Il repose dans la paix et dans la gloire sur
les rives du Potomac. Vous reverrez les ombrages hospitaliers du Mont-Vernon [1] ; mais celui que vous vénérâtes,
vous ne le retrouverez plus sur le seuil de sa porte. À sa
place et en son nom, les fils reconnaissants de l'Amérique
vous saluent. Soyez trois fois le bienvenu sur nos rives !
Dans quelque direction de ce continent que vous dirigiez
vos pas, tout ce qui pourra entendre le son de votre voix
vous bénira. »

Dans le Nouveau Monde, M. de La Fayette a contribué
à la formation d'une société nouvelle ; dans le monde
ancien, à la destruction d'une vieille société : la liberté
l'invoque à Washington, l'anarchie à Paris.

M. de La Fayette n'avait qu'une seule idée, et heureusement pour lui elle était celle du siècle ; la fixité de cette
idée a fait son empire ; elle lui servait d'œillère, elle l'empêchait de regarder à droite et à gauche ; il marchait d'un
pas ferme sur une seule ligne ; il s'avançait sans tomber
entre les précipices, non parce qu'il les voyait, mais parce
qu'il ne les voyait pas ; l'aveuglement lui tenait lieu de
génie : tout ce qui est fixe est fatal, et ce qui est fatal est
puissant.

Je vois encore M. de La Fayette, à la tête de la garde
nationale, passer, en 1790, sur les boulevards pour se rendre au faubourg Saint-Antoine. Le 22 mai 1834, je l'ai
vu, couché dans son cercueil, suivre les mêmes boulevards. Parmi le cortège, on remarquait une troupe d'Américains, ayant chacun une fleur jaune à la boutonnière.
M. de La Fayette avait fait venir des États-Unis une quantité de terre suffisante pour le couvrir dans sa tombe, mais
son dessein n'a point été rempli.

> *Et vous demanderez pour la sainte relique*
> *Quelques urnes de terre au sol de l'Amérique,*
> *Et vous rapporterez ce sublime oreiller,*
> *Afin qu'après la mort, sa dépouille chérie*

---

1. La résidence de Washington.

> *Puisse du moins avoir six pieds dans sa patrie*
> *De terre libre où sommeiller.*

Au moment fatal, oubliant à la fois ses rêves politiques et les romans de sa vie, il a voulu reposer à Picpus[1] auprès de sa femme vertueuse : la mort fait tout rentrer dans l'ordre.

À Picpus sont enterrées des victimes de cette Révolution commencée par M. de La Fayette ; là s'élève une chapelle où l'on dit des prières perpétuelles en mémoire de ces victimes. À Picpus j'ai accompagné M. le duc Matthieu de Montmorency, collègue de M. de La Fayette à l'Assemblée constituante ; au fond de la fosse la corde tourna la bière de ce chrétien sur le côté, comme s'il se fût soulevé sur le flanc pour prier encore.

J'étais dans la foule, à l'entrée de la rue Grange-Batelière, quand le convoi de M. de La Fayette défila : au haut de la montée du boulevard le corbillard s'arrêta ; je le vis, tout doré d'un rayon fugitif du soleil, briller audessus des casques et des armes : puis l'ombre revint et il disparut.

La multitude s'écoula ; des vendeuses de *plaisirs*[2] crièrent leurs oublies, des vendeurs d'amusettes portèrent çà et là des moulins de papier qui tournaient au même vent dont le souffle avait agité les plumes du char funèbre.

À la séance de la Chambre des députés du 20 mai 1834, le président parla[3] : « Le nom du général La Fayette, dit-

---

1. En 1794, un enclos dépendant du couvent des chanoinesses de Saint-Augustin, rue de Picpus, avait servi de fosse commune, pour recevoir les corps décapités de quelque mille trois cents victimes de la Terreur, après leur exécution à la barrière du Trône. Parmi celles-ci, figuraient les plus grands noms de France. Le terrain fut racheté par les familles des survivants sous le Consulat et transformé en cimetière privé, réservé à leur descendance. Le cimetière de Picpus est encore aujourd'hui le plus aristocratique de Paris. Rappelons que Mme de La Fayette était une Noailles.   2. Les oublies étaient des cornets de pâtisserie qu'on vendait dans la rue au cri de « Voilà le plaisir, Mesdames ! », ce qui explique leur dénomination populaire de *plaisirs*. 3. Dupin aîné. Georges Washington de Motier de La Fayette (1779-1849), fils du défunt et filleul du président américain, a siégé sans interruption à la Chambre des députés de 1827 à sa mort.

il, demeurera célèbre dans notre histoire... En vous expri-
mant les sentiments de condoléance de la Chambre, j'y
joins, monsieur et cher collègue (Georges La Fayette),
l'assurance particulière de mon attachement. » Auprès de
ces paroles, le rédacteur de la séance met entre deux
parenthèses : (Hilarité).

Voilà à quoi se réduit une des vies les plus sérieuses :
hilarité ! Que reste-t-il de la mort des plus grands hommes ? Un manteau gris et une croix de paille, comme sur
le corps du duc de Guise assassiné à Blois.

À la portée du crieur public qui vendait pour un sou,
aux grilles du château des Tuileries, la nouvelle de la
mort de Napoléon, j'ai entendu deux charlatans sonner la
fanfare de leur orviétan[1] ; et, dans le *Moniteur* du 21 janvier 1793, j'ai lu ces paroles au-dessous du récit de l'exécution de Louis XVI :

« Deux heures après l'exécution, rien n'annonçait que
celui qui naguère était le chef de la nation venait de subir
le supplice des criminels. » À la suite de ces mots venait
cette annonce : « *Ambroise*, opéra-comique[2]. »

Dernier acteur du drame joué depuis cinquante années,
M. de La Fayette était demeuré sur la scène ; le chœur
final de la tragédie grecque[3] prononce la morale de la
pièce : « Apprenez, ô aveugles mortels, à tourner les yeux
sur le dernier jour de la vie. » Et moi, spectateur assis
dans une salle vide, loges désertées, lumières éteintes, je
reste seul de mon temps devant le rideau baissé, avec le
silence et la nuit.

---

1. Préparation pharmaceutique universelle qui doit son nom à un
certain Ferrante da Orvieto, son inventeur au XVIe siècle. **2.** Cette
œuvre de Monvel et Dalayrac fut représentée pour la première fois au
Théâtre-Italien le soir du 21 janvier ; c'est sous cette date que le compte
rendu fut publié dans *Le Moniteur* du lendemain. **3.** Transposition
abrégée des derniers vers prononcés par le choryphée dans *Œdipe-roi*
de Sophocle : « Pour un mortel, il est nécessaire de porter le regard sur
son dernier jour, et de ne pas le proclamer heureux avant qu'il ait
franchi le terme de sa vie » (vers 1527-1530). Cette maxime se
retrouve, sous des formes diverses, dans toute la littérature grecque :
Hérodote, *Histoire*, 1, 32 (à propos de Crésus) ; Eschyle, *Agamemnon*,
vers 928-929 ; Euripide, *Andromaque*, vers 100-102.

(4)

ARMAND CARREL.

Armand Carrel menaçait l'avenir de Philippe comme le général La Fayette poursuivait son passé. Vous savez comment j'ai connu M. Carrel[1] ; depuis 1832 je n'ai cessé d'avoir des rapports avec lui jusqu'au jour où je l'ai suivi au cimetière de Saint-Mandé.

Armand Carrel était triste ; il commençait à craindre que les Français ne fussent pas capables d'un sentiment raisonnable de liberté ; il avait je ne sais quel pressentiment de la brièveté de sa vie : comme une chose sur laquelle il ne comptait pas et à laquelle il n'attachait aucun prix, il était toujours prêt à risquer cette vie sur un coup de dés. S'il eût succombé dans son duel contre le jeune Laborie, à propos de Henri V[2], sa mort aurait eu du moins une grande cause et un grand théâtre ; vraisemblablement ses funérailles eussent été honorées de jeux sanglants ; il nous a abandonnés pour une misérable querelle[3] qui ne valait pas un cheveu de sa tête.

Il se trouvait dans un de ses accès naturels de mélancolie, lorsqu'il inséra à mon sujet, dans le *National*, un article[4] auquel je répondis par ce billet :

---

1. Voir XXXIV, 9.   **2.** À la fin du mois de janvier 1833, le gouvernement avait envoyé des médecins à Blaye pour examiner la duchesse de Berry (voir *supra*, p. 195, note 3). Des hypothèses malignes sur une possible grossesse de celle-ci commencèrent à se faire jour dans la presse républicaine. Un article paru dans *Le National* entraîna Carrel dans un duel avec un jeune royaliste qu'il ne connaissait même pas, le fils de Roux-Laborie (sur ce dernier, voir t. II, p. 60, note 1). La rencontre se déroula le 2 février 1833 : Carrel fut sérieusement blessé au ventre, son adversaire au bras.   **3.** Chateaubriand était-il bien renseigné sur les causes de ce dernier duel, qui coûta la vie à Carrel ? On afficha pour le justifier des raisons politiques qui dissimulaient sans doute une offense personnelle : Girardin aurait tenu des propos inconsidérés sur Émilie Antoine, la compagne de Carrel. **4.** Ces pages introduisaient, dans *Le National* du 4 mai 1834, le frag-

« *Paris, 5 mai 1834.*

« Votre article, monsieur, est plein de ce sentiment exquis des situations et des convenances qui vous met au-dessus de tous les écrivains politiques du jour. Je ne vous parle pas de votre rare talent ; vous savez qu'avant d'avoir l'honneur de vous connaître, je lui ai rendu pleine justice. Je ne vous remercie pas de vos éloges ; j'aime à les devoir à ce que je regarde à présent comme une vieille amitié. Vous vous élevez bien haut, monsieur ; vous commencez à vous isoler comme tous les hommes faits pour une grande renommée ; peu à peu la foule, qui ne peut les suivre, les abandonne, et on les voit d'autant mieux qu'ils sont à part.

« Chateaubriand. »

Je cherchai à le consoler par une autre lettre du 31 août 1834, lorsqu'il fut condamné pour délit de presse. Je reçus de lui cette réponse ; elle manifeste les opinions, les regrets et les espérances de l'homme [1].

À MONSIEUR LE VICOMTE DE CHATEAUBRIAND.

« Monsieur,

« Votre lettre du 31 août ne m'a été remise qu'à mon arrivée à Paris. J'irais vous en remercier d'abord, si je n'étais forcé de consacrer à quelques préparatifs d'entrée en prison le peu de temps qui pourra m'être laissé par la police informée de mon retour. Oui, monsieur, me voici condamné à six mois de prison par la magistrature, pour un délit imaginaire et en vertu d'une législation également imaginaire, parce que le jury m'a sciemment renvoyé impuni sur l'accusation la plus fondée et après une défense qui, loin d'atténuer mon crime de vérité dite à la

---

ment des *Mémoires* alors intitulé : « Avenir du monde », que venait de reproduire la *Revue des Deux-Mondes* du 15 avril.

1. Cette lettre de Carrel a été reproduite pour la première fois à la fin du *Congrès de Vérone*. Voir *supra*, p. 170.

personne du roi Louis-Philippe, avait aggravé ce crime en l'érigeant en droit acquis pour toute la presse de l'opposition. Je suis heureux que les difficultés d'une thèse si hardie, par le temps qui court, vous aient paru à peu près surmontées par la défense que vous avez lue et dans laquelle il m'a été si avantageux de pouvoir invoquer l'autorité du livre dans lequel vous instruisiez, il y a dix-huit ans [1], votre propre parti des principes de la responsabilité constitutionnelle.

« Je me demande souvent avec tristesse à quoi auront servi des écrits tels que les vôtres, monsieur, tels que ceux des hommes les plus éminents de l'opinion à laquelle j'appartiens moi-même, si de cet accord des plus hautes intelligences du pays dans la constante défense des droits de discussion il n'était pas résulté enfin pour la masse des esprits en France un parti désormais pris de vouloir sous tous les régimes, d'exiger de tous les systèmes victorieux quels qu'ils soient, la liberté de penser, de parler, d'écrire, comme condition première de toute autorité légitimement exercée. N'est-il pas vrai, monsieur, que lorsque vous demandiez, sous le dernier gouvernement, la plus entière liberté de discussion, ce n'était pas pour le service momentané que vos amis politiques en pouvaient tirer dans l'opposition contre des adversaires devenus maîtres du pouvoir par intrigue ? Quelques-uns se servaient ainsi de la presse, qui l'ont bien prouvé depuis ; mais vous, monsieur, vous demandiez la liberté de discussion pour le bien commun, l'arme et la protection générale de toutes les idées vieilles ou jeunes ; c'est là ce qui vous a mérité, monsieur, la reconnaissance et les respects des opinions auxquelles la révolution de Juillet a ouvert une lice nouvelle. C'est pour cela que notre œuvre se rattache à la vôtre, et que lorsque nous citons vos écrits, c'est moins comme admirateurs du talent incomparable qui les a produits que comme aspirant à continuer de loin la même tâche, jeunes soldats que nous sommes d'une cause dont vous êtes le vétéran le plus glorieux.

« Ce que vous avez voulu depuis trente ans, monsieur,

---

1. Dans *La Monarchie selon la Charte* (1816).

ce que je voudrais, s'il m'est permis de me nommer après vous, c'est d'assurer aux intérêts qui se partagent notre belle France une loi de combat plus humaine, plus civilisée, plus fraternelle, plus concluante que la guerre civile, et il n'y a que la discussion qui puisse détrôner la guerre civile. Quand donc réussirons-nous à mettre en présence les idées à la place des partis, et les intérêts légitimes et avouables à la place des déguisements, de l'égoïsme et de la cupidité ? quand verrons-nous s'opérer par la persuasion et par la parole ces inévitables transactions que le duel des partis et l'effusion du sang amènent aussi par épuisement, mais trop tard pour les morts des deux camps, et trop souvent sans profit pour les blessés et les survivants ? Comme vous le dites douloureusement, monsieur, il semble que bien des enseignements aient été perdus et qu'on ne sache plus en France ce qu'il en coûte de se réfugier sous un despotisme qui promet silence et repos. Il n'en faut pas moins continuer de parler, d'écrire, d'imprimer ; il sort quelquefois des ressources bien imprévues de la constance. Aussi, de tant de beaux exemples que vous avez donnés, monsieur, celui que j'ai le plus constamment sous les yeux est compris dans un mot : Persévérer.

« Agréez, monsieur, les sentiments d'inaltérable affection avec lesquels je suis heureux de me dire

« Votre plus dévoué serviteur, A. CARREL.

« Puteaux, près Neuilly, le 4 octobre 1834. »

M. Carrel fut enfermé à Sainte-Pélagie [1] ; j'allais le voir deux ou trois fois par semaine : je le trouvais debout derrière la grille de sa fenêtre. Il me rappelait son voisin, un jeune lion d'Afrique au Jardin des Plantes : immobile aux barreaux de sa cage, le fils du désert laissait errer son regard vague et triste sur les objets au dehors ; on voyait

---

1. Situé près du Jardin des Plantes, entre les actuelles rues du Puits-de-l'Ermite, de la Clef, Lacépède et Quatrefages, le couvent de Sainte-Pélagie avait servi de prison sous la Révolution : c'est là que Mme Roland écrivit ses *Mémoires*. À partir de la Restauration, Sainte-Pélagie devait accueillir des condamnés pour dettes ou pour délit de presse. Les bâtiments seront démolis à la fin du XIXᵉ siècle.

qu'il ne vivrait pas. Ensuite nous descendions, M. Carrel et moi ; le serviteur de Henri V se promenait avec l'ennemi des rois dans une cour humide, sombre, étroite, encerclée de hauts murs comme un puits. D'autres républicains se promenaient aussi dans cette cour : ces jeunes et ardents révolutionnaires, à moustaches, à barbes, aux cheveux longs, au bonnet teuton ou grec, au visage pâle, aux regards âpres, à l'aspect menaçant, avaient l'air de ces âmes préexistantes au Tartare avant d'être parvenues à la lumière[1] : ils se disposaient à faire irruption dans la vie. Leur costume agissait sur eux comme l'uniforme sur le soldat, comme la chemise sanglante de Nessus sur Hercule : c'était un monde vengeur caché derrière la société actuelle et qui faisait frémir.

Le soir, ils se rassemblaient dans la chambre de leur chef Armand Carrel ; ils parlaient de ce qu'il y aurait à exécuter à leur arrivée au pouvoir, et de la nécessité de répandre du sang. Il s'élevait des discussions sur les *grands citoyens de la Terreur* : les uns, partisans de Marat, étaient athées et matérialistes ; les autres, admirateurs de Robespierre, adoraient ce nouveau Christ. Saint Robespierre n'avait-il pas dit, dans son discours sur l'Être suprême, que la croyance en Dieu *donnait la force de braver le malheur*, et que *l'innocence sur l'échafaud faisait pâlir le tyran sur son char de triomphe* ? Jonglerie d'un bourreau qui parle avec attendrissement de Dieu, de malheur, de tyrannie, d'échafaud, afin de persuader aux hommes qu'il ne tue que des coupables, et encore par un effet de vertu ; prévision des malfaiteurs, qui, sentant venir le châtiment, se posent d'avance en Socrate devant le juge, et cherchent à effrayer le glaive en le menaçant de leur innocence !

Le séjour à Sainte-Pélagie fit du mal à M. Carrel : enfermé avec des têtes ardentes, il combattait leurs idées, les gourmandait, les bravait, refusant noblement d'illuminer le 21 janvier ; mais en même temps il s'irritait des

---

1. Réminiscence virgilienne (*Énéide*, VI, 706-721). Énée rencontre au bord du Léthé (et non pas au Tartare) des âmes avides de revoir la lumière et interroge son père sur leur sort futur.

souffrances et sa raison était ébranlée par les sophismes du meurtre qui retentissaient à ses oreilles.

Les mères, les sœurs, les femmes de ces jeunes hommes, les venaient soigner le matin et faire leur ménage. Un jour, passant dans le corridor noir qui conduisait à la chambre de M. Carrel, j'entendis une voix ravissante sortir d'une cabine voisine : une femme belle sans chapeau, les cheveux déroulés, assise au bord d'un grabat, raccommodait le vêtement en lambeaux d'un prisonnier agenouillé, qui semblait moins le captif de Philippe que de la femme aux pieds de laquelle il était enchaîné.

Délivré de sa captivité, M. Carrel venait me voir à son tour. Quelques jours avant son heure fatale, il était venu m'apporter le numéro du *National*[1] dans lequel il s'était donné la peine d'insérer un article relatif à mes *Essais sur la littérature anglaise*, et où il avait cité avec trop d'éloges les pages qui terminent ces *Essais*[2]. Depuis sa mort, on m'a remis cet article écrit tout entier de sa main, et que je conserve comme un gage de son amitié. *Depuis sa mort !* quels mots je viens de tracer sans m'en rendre compte !

Bien que supplément obligé aux lois qui ne connaissent pas des offenses faites à l'honneur, le duel est affreux, surtout lorsqu'il détruit une vie pleine d'espérances et qu'il prive la société d'un de ces hommes rares qui ne viennent qu'après le travail d'un siècle, dans la chaîne de certaines idées et de certains événements. Carrel tomba dans le bois qui vit tomber le duc d'Enghien : l'ombre du petit-fils du grand Condé servit de témoin au plébéien illustre et l'emmena avec elle. Ce bois fatal m'a fait pleurer deux fois : du moins je ne me reproche point d'avoir,

---

1. Celui du 23 juin 1836, dans lequel Carrel avait publié un beau compte rendu du livre de Chateaubriand, où il rendait hommage à la lucidité prophétique des pages de conclusion, qu'il reproduisait (article recueilli dans ses *Œuvres littéraires*, avec une notice biographique de Littré, Paris, Victor Lecou et Guillaumin, 1854, p. 272-280).   2. Ce pluriel renvoie sans doute au double titre du livre : *Essai sur la littérature anglaise et considérations sur le génie des hommes, des temps et des révolutions*.

dans ces deux catastrophes, manqué à ce que je devais à mes sympathies et à ma douleur.

M. Carrel, qui, dans ses autres rencontres, n'avait jamais songé à la mort, y pensa avant celle-ci : il employa la nuit à écrire ses dernières volontés, comme s'il eût été averti du résultat du combat. À huit heures du matin, le 22 juillet 1836, il se rendit, vif et léger, sous ces ombrages où le chevreuil joue à la même heure.

Placé à la distance mesurée, il marche rapidement, tire sans s'effacer, comme c'était sa coutume ; il semblait qu'il n'y eût jamais assez de péril pour lui. Blessé à mort et soutenu sur les bras de ses amis, comme il passait devant son adversaire [1] lui-même blessé, il lui dit : « Souffrez-vous beaucoup, monsieur ? » Armand Carrel était aussi doux qu'intrépide.

Le 22, j'appris trop tard l'accident ; le 23 au matin, je me rendis à Saint-Mandé ; les amis de M. Carrel étaient dans la plus extrême inquiétude. Je voulais entrer, mais le chirurgien me fit observer que ma présence pourrait causer au malade une trop vive émotion et faire évanouir la faible lueur d'espérance qu'on avait encore. Je me retirai consterné. Le lendemain 24, lorsque je me disposais à retourner à Saint-Mandé, Hyacinthe, que j'avais envoyé devant moi, vint m'apprendre que l'infortuné jeune homme avait expiré à cinq heures et demie, après avoir éprouvé des douleurs atroces : la vie dans toute sa force avait livré un combat désespéré à la mort.

Les funérailles eurent lieu le mardi 26. Le père et le frère de M. Carrel étaient arrivés de Rouen. Je les trouvai renfermés dans une petite chambre avec trois ou quatre des plus intimes compagnons de l'homme dont nous déplorions la perte. Ils m'embrassèrent, et le père de M. Carrel me dit : « Armand aurait été chrétien comme son père, sa mère, ses frères et sœurs : l'aiguille n'avait plus que quelques heures à parcourir pour arriver au même point du cadran. » Je regretterai éternellement de

---

1. Émile de Girardin, directeur de *La Presse*, dont Chateaubriand ne prononce pas une seule fois le nom dans ses *Mémoires*. Dans ce duel au pistolet, Girardin fut blessé à la cuisse, Carrel au bas-ventre.

n'avoir pu voir Carrel sur son lit de mort : je n'aurais pas désespéré, au moment suprême, de faire parcourir à l'*aiguille* l'espace au-delà duquel elle se fût arrêtée sur l'heure du chrétien.

Carrel n'était pas aussi antireligieux qu'on l'a supposé : il avait des doutes ; quand de la ferme incrédulité on passe à l'indécision, on est bien près d'arriver à la certitude. Peu de jours avant sa mort, il disait : « Je donnerais toute cette vie pour croire à l'autre. » En rendant compte du suicide de M. Sautelet[1], il avait écrit cette page énergique :

« J'ai pu conduire par la pensée ma vie jusqu'à cet instant, rapide comme l'éclair, où la vue des objets, le mouvement, la voix, le sentiment m'échapperont, et où les dernières forces de mon esprit se réuniront pour former l'idée : je meurs ; mais la minute, la seconde qui suivra immédiatement, j'ai toujours eu pour elle une indéfinissable horreur ; mon imagination s'est toujours refusée à en deviner quelque chose. Les profondeurs de l'enfer sont mille fois moins effrayantes à mesurer que cette universelle incertitude :

> *To die, to sleep,*
> *To sleep ! perchance to dream !*

« J'ai vu chez tous les hommes, quelle que fût la force de leurs caractères ou de leurs croyances, cette même impossibilité d'aller au-delà de leur dernière impression terrestre, et la tête s'y perdre, comme si en arrivant à ce terme on se trouvait suspendu au-dessus d'un précipice de dix mille pieds. On chasse cette effrayante vue pour aller se battre en duel, livrer l'assaut à une redoute ou affronter une mer orageuse ; on semble même faire fi de la vie ; on se trouve un visage assuré, content, serein ; mais c'est que l'imagination montre le succès plutôt que la mort ; c'est que l'esprit s'exerce bien moins sur les dangers que sur les moyens d'en sortir. »

---

1. Voir t. III, p. 447, note 4.

Ces paroles sont remarquables dans la bouche d'un homme qui devait mourir en duel.

En 1800, lorsque je rentrai en France, j'ignorais que sur le rivage où je débarquais il me naissait un ami[1]. J'ai vu, en 1836, descendre cet ami au tombeau sans ces consolations religieuses dont je rapportais le souvenir dans ma patrie la première année du siècle.

Je suivis le cercueil depuis la maison mortuaire jusqu'au lieu de la sépulture ; je marchais auprès du père de M. Carrel et donnais le bras à M. Arago : Arago a mesuré le ciel que j'ai chanté.

Arrivé à la porte du petit cimetière champêtre, le convoi s'arrêta ; des discours furent prononcés. L'absence de la croix m'apprenait que le signe de mon affliction devait rester renfermé au fond de mon âme.

Il y avait six ans qu'aux journées de Juillet, passant devant la colonnade du Louvre, près d'une fosse ouverte, j'y rencontrai des jeunes gens qui me rapportèrent au Luxembourg où j'allais protester en faveur d'une royauté qu'ils venaient d'abattre ; après six ans, je revenais, à l'anniversaire des fêtes de Juillet, m'associer aux regrets de ces jeunes républicains, comme ils s'étaient associés à ma fidélité. Étrange destinée ! Armand Carrel a rendu le dernier soupir chez un officier de la garde royale[2] qui n'a point prêté serment à Philippe ; royaliste et chrétien, j'ai eu l'honneur de porter un coin du voile qui recouvre de nobles cendres, mais qui ne les cachera point.

Beaucoup de rois, de princes, de ministres, d'hommes qui se croyaient puissants, ont défilé devant moi : je n'ai pas daigné ôter mon chapeau à leur cercueil ou consacrer un mot à leur mémoire. J'ai trouvé plus à étudier et à peindre dans les rangs intermédiaires de la société que dans ceux qui font porter leur livrée ; une casaque bro-

---

1. Armand Carrel est né à Rouen le 8 mai 1800, le jour où, arrivé de Londres, Chateaubriand quitta Calais pour Paris.   2. Un officier démissionnaire de la Garde royale, nommé Adolphe Payra. Ce légitimiste avait conservé des relations amicales avec Carrel qui avait été son condisciple à Saint-Cyr. C'est dans sa maison de Saint-Mandé qu'on avait déposé le journaliste, que la gravité de sa blessure ne permettait pas de transporter jusqu'à son domicile.

chée d'or ne vaut pas le morceau de flanelle que la balle avait enfoncé dans le ventre de Carrel.

Carrel, qui se souvient de vous ? les médiocres et les poltrons que votre mort a délivrés de votre supériorité et de leur frayeur, et moi qui n'étais pas de vos doctrines. Qui pense à vous ? Qui se souvient de vous ? Je vous félicite d'avoir d'un seul pas achevé un voyage dont le trajet prolongé devient si dégoûtant et si désert, d'avoir rapproché le terme de votre marche à la portée d'un pisto-let, distance qui vous a paru trop grande encore et que vous avez réduite en courant à la longueur d'une épée.

J'envie ceux qui sont partis avant moi : comme les soldats de César à Brindes[1], du haut des rochers du rivage je jette ma vue sur la haute mer et je regarde vers l'Épire si je ne vois point revenir les vaisseaux qui ont passé les premières légions pour m'enlever à mon tour.

Quelques jours après les funérailles, j'allai chez M. Carrel[2] : l'appartement était fermé : lorsqu'on ouvrit les volets, le jour qui ne pouvait plus rentrer dans les yeux du maître absent, entra dans sa chambre déserte. J'avais le cœur serré en contemplant ces livres, cette table, que j'ai achetée, cette plume, ces mots insignifiants écrits au hasard sur quelques chiffons de papier ; partout les traces de la vie, et la mort partout.

Une personne chère à M. Carrel[3] n'avait pas prononcé un mot ; elle s'assit sur un canapé, je m'assis près d'elle.

---

1. En 48, lors du transport des légions qui allaient en Épire livrer bataille à Pompée. Voir Plutarque, *César*, XLVIII : « ... et se seans sur les plus haultz rochers et poinctes de la coste, jettoient leur veüe sur la haulte mer, regardans (...) s'ilz verroient point revenir les vaisseaux pour les passer » (trad. Amyot). **2.** Le récit de cette visite a été retrouvé dans la copie de 1847 par Mme Durry et publié pour la pre-mière fois dans sa thèse (Durry, t. I, p. 218-219) ; Levaillant a publié ensuite le texte correspondant du manuscrit de 1845 (Édition du Cente-naire, t. IV, p. 541-543). La question se pose donc de savoir qui a décidé de son élimination après 1847 : Chateaubriand ou ses éditeurs ? dans le doute, on a préféré conserver le passage. **3.** Maurice Levail-lant a joliment évoqué cette liaison : « Émilie Antoine avait été mariée très jeune à un capitaine Boudhors, du 29ᵉ régiment de ligne qui tenait garnison à Verdun (où le père de la jeune femme était banquier) ; affecté au même régiment comme sous-lieutenant en 1820, au sortir

Une petite chienne vint nous caresser. Alors la jeune femme fondit en pleurs. Écartant les cheveux de son front et cherchant à rappeler ses idées, elle me dit : « Vous allez voir M. Carrel. »

Elle se leva, prit un tableau sur lequel était jeté un voile, ôta le voile et découvrit le portrait de l'infortuné fait quelques heures après sa mort par M. Scheffer [1]. « Quand je l'ai vu mort, me dit cette femme, il était défiguré par l'agonie ; son visage se remit après, et M. Scheffer m'a dit qu'il souriait comme cela. » Le portrait, en effet, d'une ressemblance frappante, a quelque chose de martyrisé, de sombre et d'énergique, mais la bouche sourit doucement comme si le mort eût souri d'être délivré de la vie.

Celle qui devait un jour épouser Carrel, recouvrit le portrait et ajouta : « Vous voudrez bien me donner une lettre pour que je puisse la montrer à mes parents ; ils seront contents si vous m'estimez : je me défendrai avec cela. »

Pour essayer de la distraire, je lui parlai des papiers que M. Carrel avait laissés. « Les voilà, me dit-elle, il avait beaucoup de penchant pour vous, monsieur, il n'estimait presque personne et ne conservait que peu de lettres, en voilà seulement quelques-unes, il y a des billets de vous, et puis une lettre de sa mère qu'il a gardée à cause de la dureté de cette lettre. »

---

de Saint-Cyr, Carrel conçut pour elle une passion romanesque et profonde, bientôt partagée. » C'est alors que Carrel se rendit en Espagne (XXXIV, 9, note 1) ; mais cette absence ne fit que renforcer leurs sentiments. « Quand il se réinstalla à Paris, Carrel écrivit à son amie : "Venez, ou je me tue." Accourue, elle partagea discrètement sa vie et passa auprès de lui pour sa femme. Carrel mort – et mort pour elle – Émilie Antoine, fidèle à son souvenir, se retira à Verdun, dans sa famille. » Cette liaison avait coûté à Carrel la préfecture du Cantal, que Guizot lui avait offerte au lendemain de la révolution de Juillet, à condition qu'il se rende seul à Aurillac : le journaliste avait refusé.

1. Ary Scheffer avait déjà exposé au Salon de 1833 un portrait de Carrel. Celui qu'il offrit à Émilie Antoine était sans doute une esquisse de son *Armand Carrel sur son lit de mort*, qui se trouve aujourd'hui au musée de Rouen.

Je sortis de cette maison de malheur : vainement je m'étais cru incapable de partager désormais les peines de la jeunesse, car les années m'assiègent et me glacent ; je me fraye à peine un passage à travers elles, ainsi qu'en hiver l'habitant d'une cabane est obligé de s'ouvrir un sentier dans la neige tombée à sa porte pour aller chercher un rayon de soleil.

Après avoir relu ceci en 1839, j'ajouterai qu'ayant visité, en 1837, la sépulture de M. Carrel, je la trouvai fort négligée, mais je vis une croix de bois noir qu'avait plantée auprès du mort sa sœur Nathalie. Je payai à Vaudran, le fossoyeur, dix-huit francs qui restaient dus pour des treillages ; je lui recommandai d'avoir soin de la fosse, d'y semer du gazon et d'y entretenir des fleurs. À chaque changement de saison, je me rends à Saint-Mandé pour m'acquitter de ma redevance et m'assurer que mes intentions ont été fidèlement remplies *.

(5)

DE QUELQUES FEMMES.

La Louisianaise.

Prêt à terminer mes recueils et faisant la revue autour de moi, j'aperçois des femmes que j'ai involontairement

---

* *Reçu du fossoyeur.* « J'ai reçu de M. de Chateaubriand la somme de dix-huit francs qui restait due pour le treillage qui entoure la tombe de M. Armand Carrel.

« Saint-Mandé, ce 21 juin 1838.

« Pour acquit : Vaudran. »

« Reçu de M. de Chateaubriand la somme de vingt francs pour l'entretien du tombeau de M. Carrel à Saint-Mandé.

« Paris, ce 28 septembre 1839.

« Pour acquit : Vaudran. »

oubliées ; anges groupés au bas de mon tableau, elles sont appuyées sur la bordure pour regarder la fin de ma vie.

J'ai rencontré jadis des femmes différemment connues ou célèbres. Les femmes ont aujourd'hui changé de manière : valent-elles mieux, valent-elles moins ? Il est tout simple que j'incline au passé ; mais le passé est environné d'une vapeur à travers laquelle les objets prennent une teinte agréable et souvent trompeuse. Ma jeunesse, vers laquelle je ne puis retourner, me fait l'effet de ma grand-mère ; je m'en souviens à peine et je serais charmé de la revoir.

Une Louisianaise[1] m'est arrivée du *Méchascébé* : j'ai cru voir la vierge des dernières amours. Célestine m'a écrit plusieurs lettres ; elles pourraient être datées de la *Lune des fleurs* ; elle m'a montré des fragments de mémoires qu'elle a composés dans les savanes de l'Alabama. Quelque temps après, Célestine m'écrivit qu'elle était occupée d'une toilette pour sa présentation à la cour de Philippe : je repris ma peau d'ours. Célestine s'est changée en crocodile du puits des Florides : que le ciel lui fasse paix et amour, autant que ces choses-là durent !

(6)

MADAME TASTU.

Il y a des personnes qui, s'interposant entre vous et le passé, empêchent vos souvenirs d'arriver jusqu'à votre mémoire ; il en est d'autres qui se mêlent tout d'abord à ce que vous avez été. Madame Tastu[2] produit ce dernier

---

1. Elle se nommait Célestine Soniat (1804-1882), née à Bâton-Rouge et morte à Paris : voir *Bulletin*, 1961, p. 47-61.   2. Malgré (ou à cause de) la « sagesse » de son inspiration et de sa forme, Mme Amable Tastu (1798-1885) avait une réputation bien établie de Muse romantique, que consacra la publication de ses *Œuvres poétiques* (1837). Elle avait par ailleurs des qualités de cœur et une expérience du monde qu'elle mettra plus tard en œuvre dans des ouvrages de

effet. Sa façon de dire est naturelle ; elle a laissé le jargon gaulois à ceux qui croient se rajeunir en se cachant dans les casaques de nos aïeux [1]. Favorinus disait à un Romain qui affectait le latin des douze Tables [2] : « Vous voulez converser avec la mère d'Evandre. »

Puisque je viens de toucher à l'antiquité, je dirai quelques mots des femmes de ses peuples en redescendant l'échelle jusqu'à notre temps. Les femmes grecques ont quelquefois célébré la philosophie ; le plus souvent elles ont suivi une autre divinité : Sapho est demeurée l'immortelle sibylle de Gnide [3] ; on ne sait plus guère ce qu'a fait Corinne après avoir vaincu Pindare ; Aspasie avait enseigné Vénus à Socrate :

« Socrate, sois docile à mes leçons. Remplis-toi de l'enthousiasme poétique : c'est par son charme puissant que tu sauras attacher l'objet que tu aimes ; c'est au son de la lyre que tu l'enchaîneras, en portant jusqu'à son cœur par son oreille l'image achevée de la passion [4]. »

Le souffle de la Muse passant sur les femmes romaines sans les inspirer vint animer la nation de Clovis, encore au berceau. La langue d'*Oyl* eut Marie de France ; la langue d'*Oc* la dame de Die [5], laquelle, dans son chastel de Vaucluse, se plaignait d'un ami cruel.

---

pédagogie, et qui lui ouvrirent les portes du salon de Mme Récamier dont elle fut aussi une intime amie. Elle avait assisté, au début de 1834, à la première audition publique des *Mémoires*, et contribua, par des *Stances* élogieuses, au volume des *Lectures* publié la même année.
  1. Chateaubriand lui-même ne fut pas insensible, dans la rédaction de ses *Mémoires*, à cette mode des archaïsmes.   **2.** Le premier code de lois des Romains, gravé sur douze tables de bronze. Évandre, de son côté, est le roi légendaire qui accueille Énée sur le site encore sauvage de la Rome primitive. La formule de Favorinus, rhéteur grec qui enseignait à Rome sous Hadrien, renvoie donc à la « nuit des temps ».   **3.** Étrange formule qui semble désigner la poésie amoureuse en général. Sapho vivait à Mitylène (Lesbos). En revanche Cnide, sur la côte méridionale de la Carie, devait sa réputation à Aphrodite et à son culte, que ne célébrait aucune sibylle !   **4.** Dans ce fragment cité par Athénée, Aspasie, maîtresse de Périclès, indique à Socrate la meilleure manière de séduire Alcibiade.   **5.** La comtesse Béatrice de Die, qui vivait au XIIᵉ siècle, et que Chateaubriand a sans doute connue grâce à la publication de Raynouard, *Choix des poésies originales des troubadours*, 1816-1821. Le texte cité se trouve au tome III, p. 22.

« Voudrois connaître, mon gent et bel ami, pourquoi vous m'êtes tant cruel et tant sauvage. »

Per que m'etz vos tan fers, ni tan salvatge.

Le moyen âge transmit ces chants à la renaissance. Louise Labé disait :

> *Oh ! si j'étois en ce beau sein ravie*
> *De celui-là pour lequel vais mourant !*

Clémence de Bourges[1], surnommée la Perle orientale, qui fut enterrée le visage découvert et la tête couronnée de fleurs à cause de sa beauté, les deux Marguerite[2] et Marie Stuart, toutes trois reines, ont exprimé de naïves faiblesses dans un langage naïf.

J'ai eu une tante à peu près de cette époque de notre Parnasse, madame Claude de Chateaubriand ; mais je suis plus embarrassé avec madame Claude qu'avec mademoiselle de Boisteilleul. Madame Claude, se déguisant sous le nom de l'Amant, adresse ses soixante-dix sonnets à sa maîtresse. Lecteur, pardonnez aux vingt-deux années de ma tante Claude : *parcendum teneris*[3]. Si ma tante de Boisteilleul était plus discrète, elle avait quinze lustres et demi lorsqu'elle chantait, et le traître Trémigon ne se présentait plus à son ancienne pensée de fauvette que comme un épervier. Quoi qu'il en soit, voici quelques rimes de madame Claude, elles la placent bien parmi les anciennes poétesses :

---

1. Lyonnaise, malgré son nom. Chateaubriand emprunte la matière de cette brève notice à la *Biographie Michaud*, avec une légère modification : « On la porta en terre le visage découvert et la tête couronnée de fleurs, en marque de sa *virginité* », peut-on lire dans *Michaud* (t. V, 1812, p. 376). 2. Marguerite de Navarre, sœur de François 1er et Marguerite de Valois, fille de Henri II et première femme de Henri IV. 3. « Il faut être indulgent envers la jeunesse » (Juvénal, *Satires*, XIV, 215). Cette « Madame Claude » demeure pour nous une énigme, ainsi que la provenance des vers cités plus loin.

SONNET LXVI

Oh ! qu'en l'amour je suis étrangement traité,
Puisque de mes désirs le vrai je n'ose peindre,
Et que je n'ose à toi de ta rigueur me plaindre
Ni demander cela que j'ai tant souhaité !

Mon œil donc meshuy me servira de langue
Pour plus assurément exprimer ma harangue.
Oi, si tu peux, par l'œil ce que par l'œil je dy.

Gentille invention, si l'on pouvait apprendre
De dire par les yeux et par les yeux entendre
Le mot que l'on n'est pas de prononcer hardy !

Lorsque la langue fut fixée, la liberté de sentiment et de pensée se resserra. On ne se souvient guère, sous Louis XIV, que de madame Deshoulières[1] tour à tour trop vantée et trop dépréciée. L'élégie se prolongea par le chagrin des femmes, sous le règne de Louis XV, jusqu'au règne de Louis XVI, où commencent les grandes élégies du peuple ; l'ancienne école vient mourir à madame de Bourdic[2], aujourd'hui peu connue, et qui pourtant a laissé sur le *Silence* une ode remarquable.

La nouvelle école a jeté ses pensées dans un autre moule : madame Tastu marche au milieu du chœur moderne des femmes poètes, en prose ou en vers, les Allart, les Waldor, les Valmore, les Ségalas, les Revoil, les Mercœur, etc., etc. : *Castalidum turba*[3]. Faut-il regretter qu'à l'exemple des Aonides[4], elle n'ait point célébré

---

1. Mme Deshoulières, née Antoinette de Ligier de La Garde (1637-1694), que Sainte-Beuve a tenté de réhabiliter contre les critiques de Boileau.   2. La baronne de Bourdic (1744-1802), devenue veuve en 1777, se remaria avec un commissaire des guerres nommé Viot. Cette femme de lettres, en relation avec Voltaire, puis La Harpe, est connue pour un *Éloge de Montaigne* (1782) et quelques pièces de vers. 3. La troupe des Castalides, c'est-à-dire des Muses. La fontaine Castalie jaillit à Delphes, au pied du Parnasse.   4. Autre épithète des Muses, comme plus loin *Méonides*. Cette débauche de références mythologiques ne va pas sans quelque ironie envers les muses modernes.

cette passion qui, selon l'antiquité, déride le front du
Cocyte, et le fait sourire aux soupirs d'Orphée ? Aux
concerts de madame Tastu, l'amour ne redit que des
hymnes empruntés à des voix étrangères. Cela rappelle
ce que l'on raconte de madame Malibran[1] : lorsqu'elle
voulait faire connaître un oiseau dont elle avait oublié le
nom, elle en imitait le chant. Il s'exhale des vers de plusieurs Méonides je ne sais quel regret de femmes qui sentant venir leurs heures veulent suspendre leur harpe en
ex-voto : on les voudrait débarrasser des premières, et
retenir la seconde dans leurs mains ! Il sort de notre vie
un gémissement indéfinissable : les années sont une
complainte longue, triste et à même refrain.

(7)

MADAME SAND[2].

George Sand, autrement madame Dudevant, ayant,
parlé de *René* dans la *Revue des Deux Mondes*[3], je la

---

1. Maria Garcia (1808-1836), devenue Mme Malibran, et sœur de
Pauline Viardot. Ce fut la plus prestigieuse cantatrice de sa génération,
dans un registre assez proche de celui de Maria Callas. Elle avait
débuté à Paris en 1828 : une mort accidentelle la frappa en pleine gloire
au mois de septembre 1836.   **2.** Chateaubriand et George Sand ne se
sont rencontrés qu'une fois. Ils ont entretenu des relations épisodiques,
empreintes de réserve réciproque, plus grande encore chez elle que
chez lui. Dès son entrée en littérature, la romancière considère Chateaubriand comme un homme du passé, c'est-à-dire dépassé. C'était là toucher un point sensible, pour Chateaubriand. Celui-ci ne cherche pas à
dissimuler qu'il éprouve à son égard une certaine fascination ; mais à
une admiration littéraire sincère envers ses premiers romans, se mêle
chez lui une aversion instinctive pour le personnage de « femme libre »
qu'elle incarne dans la société du temps. Ce chapitre très travaillé offre
donc au vieil écrivain une sorte de revanche, ou de compensation pour
un dialogue qui *aurait pu avoir lieu*.   **3.** Aurore Dupin (1804-1876)
avait épousé en 1822 le baron Dudevant qu'elle avait quitté en 1831
pour vivre à sa guise ; mais le divorce ne sera prononcé qu'en 1836.
Elle avait publié, dans la *Revue des Deux-Mondes* du 15 juin 1833, un

remerciai ; elle ne me répondit point. Quelque temps après elle m'envoya *Lélia*, je ne lui répondis point ! Bientôt une courte explication eut lieu entre nous.

« J'ose espérer que vous me pardonnerez de n'avoir pas répondu à la lettre flatteuse que vous avez bien voulu m'écrire lorsque j'ai parlé de *René* à l'occasion d'*Oberman*. Je ne savais comment vous remercier de toutes les expressions bienveillantes que vous aviez employées à l'égard de mes livres.

« Je vous ai envoyé *Lélia*[1], et je désire vivement qu'elle obtienne de vous la même protection. Le plus beau privilège d'une gloire universellement acceptée comme la vôtre est d'accueillir et d'encourager à leur début les écrivains inexpérimentés pour lesquels il n'y a pas de succès durable sans votre patronage.

« Agréez, l'assurance de ma haute admiration, et croyez-moi monsieur, un de vos croyants les plus fidèles.

« GEORGE SAND[2]. »

À la fin du mois d'octobre[3], madame Sand me fit passer son nouveau roman, *Jacques* : j'acceptai le présent.

---

article sur *Oberman* qu'on venait de rééditer avec une préface de Sainte-Beuve, et dans lequel elle rapprochait le héros de Senancour de Werther et de René. Il y avait là pour elle une occasion de préparer le lancement de *Lélia*.
1. Le roman fut mis en vente le 31 juillet, et fut signalé dans la *Bibliographie de la France* du 10 août 1833. Quelques chapitres avaient déjà paru dans la *Revue des Deux-Mondes* du 15 mars. La lettre de George Sand, elle, date du 12 ou du 13 août.   **2.** Chateaubriand répondit à cette lettre le 16 août 1833 par les lignes suivantes : « Je n'osais plus, Madame, vous importuner d'une admiration que la lecture de *Lélia* a prodigieusement accrue. Vous vivrez, Madame, et vous serez le lord Byron de la France. Pour moi, vieux forçat enchaîné aux galères de la vie, sans être flétri, comme Trenmor, je n'ai point ce que votre politesse me donne : à vous, Madame, la jeunesse et la gloire ; à moi rien. » Ce billet autographe est conservé à Nohan. La fin est peu déchiffrable. Son premier éditeur, le docteur Le Savoureux, puis Georges Lubin se sont demandé s'il ne fallait pas plutôt lire : « à moi, Dieu ». Alternative digne de Chateaubriand !   **3.** Un an plus tard : la publication de *Jacques* date du mois de septembre 1834.

« 30 octobre 1834.

« Je m'empresse, madame, de vous offrir mes remerciements sincères. Je vais lire *Jacques* dans la forêt de
Fontainebleau ou au bord de la mer[1]. Plus jeune, je serais
moins brave ; mais les années me défendront contre la
solitude, sans rien ôter à l'admiration passionnée que je
professe pour votre talent et que je ne cache à personne.
Vous avez, madame, attaché un nouveau prestige à cette
ville des songes[2] d'où je partis autrefois pour la Grèce
avec tout un monde d'illusions : revenu au point de
départ, René a promené dernièrement au Lido ses regrets
et ses souvenirs, entre Childe-Harold qui s'était retiré, et
Lélia prête à paraître.

« CHATEAUBRIAND. »

Madame Sand possède un talent de premier ordre ; ses
descriptions ont la vérité de celles de Rousseau dans ses
rêveries, et de Bernardin de Saint-Pierre dans ses *Études*.
Son style franc n'est entaché d'aucun des défauts du jour.
Lélia, pénible à lire, et qui n'offre pas quelques-unes des
scènes délicieuses d'*Indiana* et de *Valentine*[3], est néanmoins un chef-d'œuvre dans son genre : de la nature de
l'orgie, il est sans passion, et il trouble comme une passion ; l'âme en est absente, et cependant il pèse sur le
cœur ; la dépravation des maximes, l'insulte à la rectitude
de la vie, ne sauraient aller plus loin ; mais sur cet abîme

---

1. Après les malencontreuses représentations de *Moïse* au Théâtre
Montansier de Versailles, les 2, 9 et 12 octobre 1834, Chateaubriand
avait éprouvé le besoin de se changer les idées. Il commença par songer
à Dieppe, puis se décida pour Fontainebleau, où il alla passer quelques
jours du 5 au 8 novembre 1834, en espérant en vain que Mme Récamier
viendrait le rejoindre. Il emporta *Jacques*, en effet, mais une fois sur
place, son inspiration suivit un autre cours (voir *Récamier*, p. 397).
2. À cette date, quatre des *Lettres d'un voyageur* (I, II, III et VIII)
avaient paru dans la *Revue des Deux-Mondes*, les 15 mai, 15 juillet,
15 septembre et 15 octobre 1834. Les trois premières étaient datées de
Venise, où George Sand venait de séjourner en compagnie de Musset.   3. Les premiers romans de George Sand, publiés au mois de
mai et au mois de novembre 1832.

l'auteur fait descendre son talent. Dans la vallée de Gomorrhe, la rosée tombe la nuit sur la mer Morte.

Les ouvrages de madame Sand, ces romans, poésie de la matière, sont nés de l'époque. Malgré sa supériorité, il est à craindre que l'auteur n'ait, par le genre même de ses écrits, rétréci le cercle de ses lecteurs. George Sand n'appartiendra jamais à tous les âges. De deux hommes égaux en génie, dont l'un prêche l'ordre et l'autre le désordre, le premier attirera le plus grand nombre d'auditeurs : le genre humain refuse des applaudissements unanimes à ce qui blesse la morale, oreiller sur lequel dort le faible et le juste ; on n'associe guère à tous les souvenirs de sa vie des livres qui ont causé notre première rougeur, et dont on n'a point appris les pages par cœur en descendant du berceau ; des livres qu'on n'a lus qu'à la dérobée, qui n'ont point été nos compagnons avoués et chéris, qui ne se sont mêlés ni à la candeur de nos sentiments, ni à l'intégrité de notre innocence. La Providence a renfermé dans d'étroites limites les succès qui n'ont pas leur source dans le bien, et elle a donné la gloire universelle pour encouragement à la vertu.

Je raisonne ici, je le sais, en homme dont la vue bornée n'embrasse pas le vaste horizon *humanitaire*, en homme rétrograde, attaché à une morale qui fait rire : morale caduque du temps jadis, bonne tout au plus pour des esprits sans lumière, dans l'enfance de la société. Il va naître incessamment un Évangile nouveau [1] fort au-dessus des lieux communs de cette sagesse de convention, laquelle arrête les progrès de l'espèce humaine et la réhabilitation de ce pauvre corps, si calomnié par l'âme. Quand les femmes courront les rues ; quand il suffira, pour se marier, d'ouvrir une fenêtre et d'appeler Dieu aux noces comme témoin, prêtre et convive : alors toute pruderie sera détruite ; il y aura des épousailles partout et l'on s'élèvera, de même que les colombes, à la hauteur

---

1. Cette formule ironique est peut-être une allusion au *Nouveau Christianisme* de Saint-Simon (1825) ; mais elle vise de manière plus générale les doctrines émancipatrices de la femme, communes au saint-simonisme et au fouriérisme, que Chateaubriand ne prisait guère (voir *infra*, chapitre 15).

de la nature. Ma critique du genre des ouvrages de madame Sand n'aurait donc quelque valeur que dans l'ordre vulgaire des choses passées ; ainsi j'espère qu'elle ne s'en offensera pas : l'admiration que je professe pour elle doit lui faire excuser des remarques qui ont leur origine dans l'infélicité de mon âge. Autrefois j'eusse été plus entraîné par les Muses ; ces filles du ciel jadis étaient mes belles maîtresses ; elles ne sont plus aujourd'hui que mes vieilles amies : elles me tiennent le soir compagnie au coin du feu, mais elles me quittent vite ; car je me couche de bonne heure, et elles vont veiller au foyer de madame Sand.

Sans doute elle prouvera de la sorte son omnipotence intellectuelle, et pourtant elle plaira moins parce qu'elle sera moins originale ; elle croira augmenter sa puissance en entrant dans la profondeur de ces rêveries sous lesquelles on nous ensevelit nous autres déplorable vulgaire, et elle aura tort : car elle est fort au-dessus de ce creux, de ce vague, de cet orgueilleux galimatias. En même temps qu'il faut mettre une faculté rare, mais trop flexible, en garde contre des bêtises supérieures, il faut aussi la prévenir que les écrits de fantaisie, les peintures intimes (comme cela se jargonne), sont bornés, que leur source est dans la jeunesse, que chaque instant en tarit quelques gouttes, et qu'au bout d'un certain nombre de productions, on finit par des répétitions affaiblies.

Est-il bien sûr que madame Sand trouvera toujours le même charme à ce qu'elle compose aujourd'hui ? Le mérite et l'entraînement des passions de vingt ans ne se déprécieront-ils point dans son esprit, comme les ouvrages de mes premiers jours sont baissés dans le mien ? Il n'y a que les travaux de la Muse antique qui ne changent point, soutenus qu'ils sont par la noblesse des mœurs, la beauté du langage, et la majesté de ces sentiments départis à l'espèce humaine entière [1]. Le quatrième livre de l'*Énéide* reste à jamais exposé à l'admiration des

---

1. Réaffirmation de la doctrine classique, dans des termes assez proches des formules qu'on rencontre déjà dans la préface de la première *Atala* (1801).

hommes, parce qu'il est suspendu dans le ciel. La flotte qui apporte le fondateur de l'empire romain ; Didon fondatrice de Carthage se poignardant après avoir annoncé Annibal :

> *Exoriare aliquis nostris ex ossibus ultor*[1] ;

l'Amour faisant jaillir de son flambeau la rivalité de Rome et de Carthage, mettant le feu avec sa torche au bûcher funèbre dont Énée fugitif aperçoit la flamme sur les vagues, c'est tout autre chose que la promenade d'un rêvasseur dans un bois, ou la disparition d'un libertin qui se noie dans une mare[2]. Madame Sand associera, je l'espère, un jour son talent à des sujets aussi durables que son génie.

Madame Sand ne peut se convertir que par la prédication de ce missionnaire à front chauve et à barbe blanche, appelé le Temps. Une voix moins austère enchaîne maintenant l'oreille captive du poète. Or, je suis persuadé que le talent de madame Sand a quelque racine dans la corruption ; elle deviendrait commune en devenant timorée. Autre chose fût arrivé si elle était toujours demeurée au sanctuaire infréquenté des hommes ; sa puissance d'amour, contenue et cachée sous le bandeau virginal, eût tiré de son sein ces décentes mélodies qui tiennent de la femme et de l'ange. Quoi qu'il en soit, l'audace des doctrines et la volupté des mœurs sont un terrain qui n'avait point encore été défriché par une fille d'Adam, et qui, livré à une culture féminine, a produit une moisson de fleurs inconnues. Laissons madame Sand enfanter de périlleuses merveilles jusqu'à l'approche de l'hiver ; elle ne chantera plus *quand la bise sera venue*[3] ; en attendant souffrons que, moins imprévoyante que la cigale, elle fasse provision de gloire pour le temps où il y aura disette de plaisir. La mère de Musarion lui répétait : « Tu n'auras

---

1. *Énéide*, IV, 625 : « Que de mes os renaisse quelqu'un, qui puisse me venger. »   2. Allusion à la mort de Stenio, dans la dernière partie de *Lélia*.   3. Comme la cigale de La Fontaine (*Fables*, I, 1).

pas toujours seize ans. Chæréas se souviendra-t-il toujours de ses serments, de ses larmes et de ses baisers* ? »

Au reste, maintes femmes ont été séduites et comme enlevées par leurs jeunes années ; vers les jours d'automne, ramenées au foyer maternel, elles ont ajouté à leur cithare la corde grave ou plaintive sur laquelle s'exprime la religion ou le malheur. La vieillesse est une voyageuse de nuit ; la terre lui est cachée, elle ne découvre plus que le ciel brillant au-dessus de sa tête [1].

Je n'ai point vu madame Sand habillée en homme ou portant la blouse et le bâton ferré du montagnard : je ne l'ai point vue boire à la coupe des bacchantes et fumer indolemment assise sur un sofa comme une sultane : singularités naturelles ou affectées qui n'ajouteraient rien pour moi à son charme ou à son génie.

Est-elle plus inspirée, lorsqu'elle fait monter de sa bouche un nuage de vapeur autour de ses cheveux ? Lélia est-elle échappée du cerveau de sa mère à travers une bouffée brûlante, comme le péché, au dire de Milton, sortit de la tête du bel archange coupable, au milieu d'un tourbillon de fumée[2] ? Je ne sais ce qui se passe aux sacrés parvis ; mais, ici-bas, Néméade, Phila, Laïs, la spirituelle Gnathène, Phryné, désespoir du pinceau d'Apelles et du ciseau de Praxitèle, Léena qui fut aimée d'Harmodius, les deux sœurs surnommées Aphyes, parce qu'elles étaient minces et qu'elles avaient de grands yeux, Dorica, de qui le bandeau de cheveux et la robe embaumée furent

---

* Lucien, *Dialogue des Courtisanes*, VII.

---

1. Ce développement est repris de manière frappante dans *Rancé* (p. 1000) : « Mme Sand l'emporte sur les femmes qui commencèrent la gloire de la France : l'art vivra sous la plume de l'auteur de *Lélia*. L'insulte à la rectitude de la vie ne saurait aller plus loin, il est vrai, mais Mme Sand fait descendre sur l'abîme son talent, comme j'ai vu la rosée tomber sur la mer Morte. Laissons-la faire provision de gloire pour le temps où il y aura disette de plaisir. Les femmes sont séduites et enlevées par leurs jeunes années ; plus tard elles ajoutent à leur lyre la corde grave et plaintive sur laquelle s'expriment la religion et le malheur. La vieillesse est une voyageuse de nuit : la terre lui est cachée ; elle ne découvre plus que le ciel. » **2.** *Paradise Lost*, II, vers 754-758.

consacrés au temple de Vénus, toutes ces enchanteresses [1] enfin ne connaissaient que les parfums de l'Arabie. Madame Sand a pour elle, il est vrai, l'autorité des Odalisques et des jeunes Mexicaines qui dansent le cigare aux lèvres.

Que m'a fait la vue de madame Sand, après quelques femmes supérieures et tant de femmes charmantes que j'ai rencontrées, après ces filles de la terre qui disaient avec Sapho [2] comme madame Sand : « Viens dans nos repas délicieux, mère de l'Amour, remplir du nectar des roses nos coupes » ? En me plaçant tour à tour dans la fiction et la vérité, l'auteur de *Valentine* a fait sur moi deux impressions fort diverses.

Dans la fiction : je n'en parlerai pas, car je n'en dois plus comprendre la langue. Dans la réalité : homme d'un âge grave ayant les notions de l'honnêteté, attachant comme chrétien le plus haut prix aux vertus timides de la femme, je ne saurais dire à quel point j'étais malheureux de tant de qualités livrées à ces heures prodigues et infidèles qui dépensent et fuient.

(8)

Paris, 1838.

M. DE TALLEYRAND.

Au printemps de cette année 1838, je me suis occupé du *Congrès de Vérone,* qu'aux termes de mes engage-

---

1. Cette liste de courtisanes célèbres pourrait passer pour une épigramme (Marcellus, p. 491). Chateaubriand emprunte ces noms à Lucien, et surtout à Athénée qui, au livre XIII du *Banquet des savants,* les énumère presque toutes.   2. Traduction approximative de Sapho, livre I, fragment 5 : « Viens, Cypris et dans les coupes d'or, verse le nectar, exquis mélange du festin. »

ments littéraires j'étais obligé de publier[1] : je vous en ai
entretenu en son lieu dans ces *Mémoires*. Un homme s'en
est allé[2] ; ce garde de l'aristocratie escorte en arrière les
puissants plébéiens déjà partis.

Quand M. de Talleyrand apparut pour la première fois
dans ma carrière politique, j'ai dit quelques mots de lui.
Maintenant son existence entière m'est connue par sa dernière heure, selon la belle expression d'un ancien[3].

J'ai eu des rapports avec M. de Talleyrand ; je lui ai été
fidèle en homme d'honneur, ainsi qu'on l'a pu remarquer,
surtout à propos de la fâcherie de Mons, alors que très
gratuitement je me perdis pour lui[4]. Trop simple, j'ai pris
part à ce qui lui arrivait de désagréable, je le plaignis
lorsque Maubreuil le frappa à la joue[5]. Il fut un temps
qu'il me recherchait d'une manière coquette ; il m'écrivait à Gand, comme on l'a vu, que j'étais *un homme
fort*[6] ; quand j'étais logé à l'hôtel de la rue des Capuci-
nes[7], il m'envoya, avec une parfaite galanterie, un cachet
des Affaires étrangères, talisman gravé sans doute sous
sa constellation. C'est peut-être parce que je n'abusai pas
de sa générosité qu'il devint mon ennemi sans provocation de ma part, si ce n'est quelques succès que j'obtins
et qui n'étaient pas son ouvrage. Ses propos couraient le
monde et ne m'offensaient point car M. de Talleyrand
ne pouvait offenser personne ; mais son intempérance de

---

1. Voir la notice du tome III.   **2.** Né le 2 février 1754, Talleyrand
est mort à Paris, dans son hôtel de la rue Saint-Florentin, le 17 mai
1838, âgé de quatre-vingt-quatre ans.   **3.** Voir XLII, 3 (*supra*,
p. 530, note 3).   **4.** Voir en particulier XXIII, 19.   **5.** Après avoir
été, en avril 1814, mêlé à une sombre histoire de vol (voir t. II, p. 591,
note 1), le marquis de Maubreuil avait rendu Talleyrand responsable
de sa condamnation. Réfugié quelque temps à Bruxelles, il décida de
se venger par un esclandre. Le 21 janvier 1827, à Saint-Denis, lors du
service funèbre à la mémoire de Louis XVI, il souffleta le vieillard
avec une telle violence qu'il le jeta sur le sol. Cette scène scandaleuse
fit une grosse impression (voir Boigne, t. II, p. 116-117).   **6.** Voir
XXIII, 11 (t. II, p. 663-664).   **7.** Comme ministre des Affaires étrangères.

langage m'a délié, et puisqu'il s'est permis de me juger[1],
il m'a rendu la liberté d'user du même droit à son égard.

La vanité de M. Talleyrand le pipa ; il prit son rôle
pour son génie ; il se crut prophète en se trompant sur
tout : son autorité n'avait aucune valeur en matière d'avenir : il ne voyait point en avant, il ne voyait qu'en arrière.
Dépourvu de la force du coup d'œil et de la lumière de
la conscience, il ne découvrait rien comme l'intelligence
supérieure, il n'appréciait rien comme la probité. Il tirait
bon parti des accidents de la fortune, quand ces accidents,
qu'il n'avait jamais prévus, étaient arrivés, mais unique-
ment pour sa personne. Il ignorait cette ampleur d'ambition, laquelle enveloppe les intérêts de la gloire publique
comme le trésor le plus profitable aux intérêts privés.
M. de Talleyrand n'appartient donc pas à la classe des
êtres propres à devenir une de ces créations fantastiques[2]
auxquelles les opinions ou faussées ou déçues ajoutent
incessamment des fantaisies. Néanmoins il est certain que
plusieurs sentiments, d'accord par diverses raisons,
concourent à former un Talleyrand imaginaire.

D'abord les rois, les cabinets, les anciens ministres
étrangers, les ambassadeurs, dupes autrefois de cet
homme, et incapables de l'avoir pénétré, tiennent à prouver qu'ils n'ont obéi qu'à une supériorité réelle : ils
auraient ôté leur chapeau au marmiton de Bonaparte.

Ensuite, les membres de l'ancienne aristocratie française liés à M. de Talleyrand sont fiers de compter dans
leurs rangs un homme qui avait la bonté de les assurer de
sa grandeur.

Enfin, les révolutionnaires et les générations immo-
rales, tout en déblatérant contre les noms, ont un penchant
secret vers l'aristocratie : ces singuliers néophytes en
recherchent volontiers le baptême, et ils pensent
apprendre avec elle les belles manières. La double aposta-

---

1. Nous ne savons ni à quelle occasion ces propos furent tenus, ni
dans quelle condition ils furent rapportés à Chateaubriand, dont Talleyrand ne parle à peu près pas dans ses *Mémoires*, ni quel pouvait bien
être leur contenu. 2. À la différence de Napoléon.

sie [1] du prince charme en même temps un autre côté de
l'amour-propre des jeunes démocrates : car ils concluent
de là que leur cause est la bonne, et qu'un noble et un
prêtre sont bien méprisables.

Quoi qu'il en soit de ces empêchements à la lumière,
M. de Talleyrand n'est pas de taille à créer une illusion
durable ; il n'a pas en lui assez de facultés de croissance
pour tourner les mensonges en rehaussements de stature.
Il a été vu de trop près ; il ne vivra pas, parce que sa vie
ne se rattache ni à une idée nationale restée après lui, ni
à une action célèbre, ni à un talent hors de pair, ni à
une découverte utile, ni à une conception faisant époque.
L'existence par la vertu lui est interdite ; les périls n'ont
pas même daigné honorer ses jours ; il a passé le règne
de la Terreur hors de son pays [2], il n'y est rentré que
quand le forum s'est transformé en antichambre [3].

Les monuments diplomatiques prouvent la médiocrité
relative de Talleyrand : vous ne pourriez citer un fait de
quelque estime qui lui appartienne. Sous Bonaparte,
aucune négociation importante n'est de lui ; quand il a
été libre d'agir seul, il a laissé échapper les occasions et
gâté ce qu'il touchait. Il est bien avéré qu'il a été cause
de la mort du duc d'Enghien ; cette tache de sang ne peut
s'effacer : loin d'avoir chargé le ministre en rendant
compte de la mort du prince, je l'ai beaucoup trop
ménagé.

Dans ses affirmations contraires à la vérité, M. de Talleyrand avait une effrayante effronterie. Je n'ai point
parlé, dans le *Congrès de Vérone*, du discours qu'il lut à
la Chambre des pairs relativement à l'adresse sur la
guerre d'Espagne ; ce discours débutait par ces paroles
solennelles :

« Il y a aujourd'hui seize ans qu'appelé, par celui qui
gouvernait alors le monde, à lui dire mon avis sur la lutte
à engager avec le peuple espagnol, j'eus le malheur de

---

1. De ses origines aristocratiques et de sa dignité épiscopale.
2. Talleyrand émigra au début de 1792 : il séjourna en Angleterre,
puis en Amérique jusqu'au mois de septembre 1796.   **3.** Sous le
Directoire.

lui déplaire en lui dévoilant l'avenir, en lui révélant tous
les dangers qui allaient naître en foule d'une agression
non moins injuste que téméraire. La disgrâce fut le fruit
de ma sincérité. Étrange destinée que celle qui me
ramène, après ce long espace de temps, à renouveler
auprès du souverain légitime les mêmes efforts, les
mêmes conseils ! »

Il y a des absences de mémoire ou des mensonges qui
font peur[1] : vous ouvrez les oreilles, vous vous frottez les
yeux, ne sachant qui vous trompe de la veille ou du sommeil. Lorsque le débiteur de ces imperturbables assertions
descend de la tribune et va s'asseoir impassible à sa place,
vous le suivez du regard, suspendu que vous êtes entre
une espèce d'épouvante et une sorte d'admiration ; vous
ne savez si cet homme n'a point reçu de la nature une
autorité telle qu'il a le pouvoir de refaire ou d'anéantir la
vérité.

Je ne répondis point ; il me semblait que l'ombre de
Bonaparte allait demander la parole et renouveler le
démenti terrible qu'il avait jadis donné à M. de Talleyrand. Des témoins de la scène étaient encore assis parmi
les pairs, entre autres M. le comte de Montesquiou ; le
vertueux duc de Doudeauville me l'a racontée, la tenant
de la bouche du même M. de Montesquiou, son beau-
frère ; M. le comte de Cessac[2], présent à cette scène, la
répète à qui veut l'entendre ; il croyait qu'au sortir du
cabinet, le grand Électeur serait arrêté. Napoléon s'écriait
dans sa colère, interpellant son pâle ministre : « Il vous

---

1. Certes. Mais que dire de la mémoire de Chateaubriand ? Comme
le soupçonnait déjà Vaulabelle (*Histoire des deux restaurations*, t. VI,
p. 265), ce discours que le mémorialiste semble avoir entendu, Talleyrand ne le prononça pas ! En réalité, le lundi 3 février 1823, la discussion traîna en longueur si bien que les pairs votèrent la clôture avant
que le prince ne puisse prendre la parole. Il se contenta de faire imprimer son *Opinion* qui figure dans le *Supplément* de la session de 1823.
2. Jean-Gérard Lacuée (1752-1841) avait reçu en 1808 le titre de
comte de Cessac. Ancien membre de la Législative, puis général de
brigade et membre du Conseil des anciens en 1795, membre du nouvel
Institut et conseiller d'État en 1801, il fut un collaborateur apprécié de
Napoléon, de 1810 à 1813, comme ministre administrateur de la
Guerre. Il sera nommé pair de France en 1831.

sied bien de crier contre la guerre d'Espagne, vous qui me l'avez conseillée, vous dont j'ai un monceau de lettres dans lesquelles vous cherchez à me prouver que cette guerre était aussi nécessaire que politique. » Ces lettres ont disparu[1] lors de l'enlèvement des archives aux Tuileries, en 1814*.

M. de Talleyrand déclarait, dans son discours, qu'il avait eu *le malheur de déplaire* à Bonaparte en lui dévoilant l'avenir, en lui révélant tous les dangers qui allaient naître *d'une agression non moins injuste que téméraire*. Que M. de Talleyrand se console dans sa tombe, il n'a point eu ce malheur ; il ne doit point ajouter cette calamité à toutes les afflictions de sa vie.

La faute principale de M. de Talleyrand envers la légitimité, c'est d'avoir détourné Louis XVIII du mariage à conclure entre le duc de Berry et une princesse de Russie[2] ; la faute impardonnable de M. de Talleyrand envers la France, c'est d'avoir consenti aux révoltants traités de Vienne.

Il résulte des négociations de M. de Talleyrand que nous sommes demeurés sans frontières : une bataille perdue à Mons ou à Coblenz amènerait en huit jours la cavalerie ennemie sous les murs de Paris. Dans l'ancienne monarchie, non seulement la France était fermée par un cercle de forteresses, mais elle était défendue sur le Rhin par les États indépendants de l'Allemagne. Il fallait envahir les Électorats ou négocier avec eux pour arriver jusqu'à nous. Sur une autre frontière, la Suisse était pays

---

* Voyez la mention de l'enlèvement de ces lettres par M. de Talleyrand au sujet de la mort du duc d'Enghien.

---

1. Voir XVI, 6 (t. II, p. 200-201). En réalité Talleyrand les céda en 1817, pour 500 000 francs, au gouvernement autrichien.   **2.** Dans une lettre adressée à Louis XVIII le 25 janvier 1815, depuis Vienne, le prince de Bénévent avait soulevé de nombreuses objections contre le mariage éventuel du duc de Berry avec la grande-duchesse Anne, fille de Paul Ier et sœur du tsar Alexandre. Or, pour Chateaubriand, seule une alliance avec la Russie pouvait laisser un espoir de remettre un jour en cause les dispositions du traité de Vienne concernant la Rhénanie.

neutre et libre ; il n'avait point de chemins ; nul ne violait son territoire. Les Pyrénées étaient impassables, gardées par les Bourbons d'Espagne. Voilà ce que M. de Talleyrand n'a pas compris ; telles sont les fautes qui le condamneront à jamais comme homme politique : fautes qui nous ont privés en un jour des travaux de Louis XIV et des victoires de Napoléon.

On a prétendu que sa politique avait été supérieure à celle de Napoléon : d'abord il faut se bien mettre dans l'esprit qu'on est purement et simplement un commis lorsqu'on tient le portefeuille d'un conquérant, qui chaque matin y dépose le bulletin d'une victoire et change la géographie des États. Quand Napoléon se fut enivré, il fit des fautes énormes et frappantes à tous les yeux : M. de Talleyrand les aperçut vraisemblablement comme tout le monde ; mais cela n'implique aucune vision de lynx. Il se compromit d'une manière étrange dans la catastrophe du duc d'Enghien ; il se méprit sur la guerre d'Espagne, bien qu'il ait voulu plus tard nier ses conseils et reprendre ses paroles.

Cependant un acteur n'est pas prestigieux, s'il est tout à fait dépourvu des moyens qui fascinent le parterre : aussi la vie du prince a-t-elle été une perpétuelle déception. Sachant ce qu'il lui manquait, il se dérobait à quiconque le pouvait connaître : son étude constante était de ne pas se laisser mesurer ; il faisait retraite à propos dans le silence ; il se cachait dans les trois heures muettes qu'il donnait au whist. On s'émerveillait qu'une telle capacité pût descendre aux amusements du vulgaire : qui sait si cette capacité ne partageait pas des empires en arrangeant dans sa main les quatre valets ? Pendant ces moments d'escamotage, il rédigeait intérieurement un mot à effet, dont l'inspiration lui venait d'une brochure du matin ou d'une conversation du soir. S'il vous prenait à l'écart pour vous illustrer de sa conversation, sa principale manière de séduire était de vous accabler d'éloges, de vous appeler l'espérance de l'avenir, de vous prédire des destinées éclatantes, de vous donner une lettre de change de grand homme tirée sur lui et payable à vue ; mais trouvait-il votre foi en lui un peu suspecte, s'apercevait-il que vous n'admi-

riez pas assez quelques phrases brèves à prétention de profondeur, derrière lesquelles il n'y avait rien, il s'éloignait
de peur de laisser arriver le bout de son esprit. Il aurait bien
raconté, n'était que ses plaisanteries tombaient sur un
subalterne ou sur un sot dont il s'amusait sans péril, ou sur
une victime attachée à sa personne et plastron de ses railleries. Il ne pouvait suivre une conversation sérieuse ; à la
troisième ouverture des lèvres, ses idées expiraient.

D'anciennes gravures de l'*abbé de Périgord* représentent un homme fort joli ; M. de Talleyrand, en vieillissant,
avait tourné à la tête de mort : ses yeux étaient ternes, de
sorte qu'on avait peine à y lire, ce qui le servait bien ;
comme il avait reçu beaucoup de mépris, il s'en était
imprégné, et il l'avait placé dans les deux coins pendants
de sa bouche.

Une grande façon qui tenait à sa naissance, une observation rigoureuse des bienséances, un air froid et dédai-
gneux, contribuaient à nourrir l'illusion autour du prince
de Bénévent. Ses manières exerçaient de l'empire sur les
petites gens et sur les hommes de la société nouvelle,
lesquels ignoraient la société du vieux temps. Autrefois
on rencontrait à tout bout de champ des personnages dont
les allures ressemblaient à celles de M. de Talleyrand, et
l'on n'y prenait pas garde ; mais presque seul en place au
milieu des mœurs démocratiques, il paraissait un phénomène : pour subir le joug de ses formes, il convenait à
l'amour-propre de reporter à l'esprit du ministre l'ascen-
dant qu'exerçait son éducation.

Lorsqu'en occupant une place considérable on se
trouve mêlé à de prodigieuses révolutions, elles vous donnent une importance de hasard que le vulgaire prend pour
votre mérite personnel ; perdu dans les rayons de Bonaparte, M. de Talleyrand a brillé sous la Restauration de
l'éclat emprunté d'une fortune qui n'était pas la sienne.
La position accidentelle du prince de Bénévent lui a permis de s'attribuer la puissance d'avoir renversé Napoléon,
et l'honneur d'avoir rétabli Louis XVIII ; moi-même,
comme tous les badauds, n'ai-je pas été assez niais pour
donner dans cette fable ! Mieux renseigné, j'ai connu que

M. de Talleyrand n'était point un Warwick[1] politique : la force qui abat et relève les trônes manquait à son bras.

De benêts impartiaux disent : « Nous en convenons, c'était un homme bien immoral ; mais quelle habileté ! » Hélas ! non. Il faut perdre encore cette espérance, si consolante pour ses enthousiastes, si désirée pour la mémoire du prince, l'espérance de faire de M. de Talleyrand un démon.

Au-delà de certaines négociations vulgaires, au fond desquelles il avait l'habileté de placer en première ligne son intérêt personnel, il ne fallait rien demander à M. de Talleyrand.

M. de Talleyrand soignait quelques habitudes et quelques maximes à l'usage des sycophantes et des mauvais sujets de son intimité. Sa toilette en public, copiée sur celle d'un ministre de Vienne[2], était le triomphe de sa diplomatie. Il se vantait de n'être jamais pressé ; il disait que le temps est notre ennemi et qu'il le faut tuer : de là il faisait état de ne s'occuper que quelques instants.

Mais comme, en dernier résultat, M. de Talleyrand n'a pu transformer son désœuvrement en chefs-d'œuvre, il est probable qu'il se trompait en parlant de la nécessité de se défaire du temps : on ne triomphe du temps qu'en créant des choses immortelles ; par des travaux sans avenir, par des distractions frivoles, on ne le tue pas : on le dépense.

Entré dans le ministère à la recommandation de madame de Staël[3], qui obtint sa nomination de Chénier, M. de Talleyrand, alors fort dénué, recommença cinq ou six fois sa fortune : par le million qu'il reçut du Portugal dans l'espoir de la signature d'une paix avec le Directoire, paix qui ne fut jamais signée ; par l'achat des bons de la Belgique à la paix d'Amiens, laquelle il savait, lui, M. de

---

1. Richard Neville, comte de Warwick (1428-1471), surnommé le « faiseur de rois » du temps de la guerre des Deux-Roses.   **2.** Le chancelier Kaunitz, sous le règne de Marie-Thérèse.   **3.** C'est du moins Mme de Staël qui fit lever la proscription qui pesait sur Talleyrand. Il regagna Paris au mois de septembre 1796, et ne tarda pas à être nommé par Barras ministre des Relations extérieures, le 16 juillet 1797. Le conventionnel Marie-Joseph Chénier siégeait alors au Conseil des Cinq-Cents.

Talleyrand, avant qu'elle fût connue du public ; par l'érection du royaume passager d'Étrurie ; par la sécularisation des propriétés ecclésiastiques en Allemagne ; par le brocantage de ses opinions au congrès de Vienne. Il n'est pas jusqu'à de vieux papiers de nos archives que le prince n'ait voulu céder à l'Autriche : dupe cette fois de M. de Metternich, celui-ci renvoya religieusement les originaux après en avoir fait prendre copie[1].

Incapable d'écrire seul une phrase, M. de Talleyrand faisait travailler compétemment sous lui : quand, à force de raturer et de changer, son secrétaire parvenait à rédiger les dépêches selon sa convenance, il les copiait de sa main. Je lui ai entendu lire, de ses mémoires commencés, quelques détails agréables sur sa jeunesse. Comme il variait dans ses goûts, détestant le lendemain ce qu'il avait aimé la veille, si ces mémoires existent entiers, ce dont je doute, et s'il en a conservé les versions opposées, il est probable que les jugements sur le même fait et surtout sur le même homme se contrediront outrageusement. Je ne crois pas au dépôt des manuscrits en Angleterre ; l'ordre prétendu donné de ne les publier que dans quarante ans d'ici me semble une jonglerie posthume[2].

Paresseux et sans étude, nature frivole et cœur dissipé, le prince de Bénévent se glorifiait de ce qui devait humilier son orgueil, de rester debout après la chute des empires. Les esprits du premier ordre qui produisent les révolutions disparaissent ; les esprits du second ordre qui en profitent demeurent. Ces personnages de lendemain et d'industrie assistent au défilé des générations ; ils sont chargés de mettre le visa aux passeports, d'homologuer la sentence : M. de Talleyrand était de cette espèce inférieure ; il signait les événements, il ne les faisait pas.

Survivre aux gouvernements, rester quand un pouvoir s'en va, se déclarer en permanence, se vanter de n'appar-

---

1. Voir la note 1 de la page 559. En réalité Metternich accepta bien la transaction : Chateaubriand est bien renseigné, mais jusqu'à un certain point seulement.   2. Les *Mémoires* de Talleyrand furent publiés en 1891, avec une préface et des notes du duc de Broglie : ils suscitèrent alors une assez grande déception. Mais dès 1838, Lamothe-Langon avait fabriqué des mémoires apocryphes.

tenir qu'au pays, d'être l'homme des choses et non l'homme des individus, c'est la fatuité de l'égoïsme mal à l'aise, qui s'efforce de cacher son peu d'élévation sous la hauteur des paroles. On compte aujourd'hui beaucoup de caractères de cette équanimité, beaucoup de ces citoyens du sol : toutefois, pour qu'il y ait de la grandeur à vieillir comme l'ermite dans les ruines du Colysée, il les faut garder avec une croix ; M. de Talleyrand avait foulé la sienne aux pieds.

Notre espèce se divise en deux parts inégales : les hommes de la mort et aimés d'elle, troupeau choisi qui renaît ; les hommes de la vie et oubliés d'elle, multitude de néant qui ne renaît plus. L'existence temporaire de ces derniers consiste dans le nom, le crédit, la place, la fortune ; leur bruit, leur autorité, leur puissance s'évanouissent avec leur personne : clos leur salon et leur cercueil, close est leur destinée. Ainsi en est arrivé à M. de Talleyrand ; sa momie, avant de descendre dans sa crypte, a été exposée un moment à Londres, comme représentant de la royauté-cadavre qui nous régit[1].

M. de Talleyrand a trahi tous les gouvernements, et, je le répète, il n'en a élevé ni renversé aucun. Il n'avait point de supériorité réelle, dans l'acception sincère de ces deux mots. Un fretin de prospérités banales, si communes dans la vie aristocratique, ne conduit pas à deux pieds au-delà de la fosse. Le mal qui n'opère pas avec une explosion terrible, le mal parcimonieusement employé par l'esclave au profit du maître, n'est que de la turpitude. Le vice, complaisant du crime, entre dans la domesticité. Supposez M. de Talleyrand plébéien, pauvre et obscur, n'ayant avec son immoralité que son esprit incontestable de salon, l'on n'aurait certes jamais entendu parler de lui. Ôtez de M. de Talleyrand le grand seigneur avili, le prêtre marié, l'évêque dégradé, que lui reste-t-il ? Sa réputation et ses succès ont tenu à ces trois dépravations.

La comédie par laquelle le prélat a couronné ses

---

1. Talleyrand fut ambassadeur à Londres de septembre 1830 à novembre 1834. Ce fut la dernière « représentation » de ce personnage déjà momifié.

quatre-vingt-deux années[1] est une chose pitoyable :
d'abord, pour faire preuve de force, il est allé prononcer
à l'Institut l'éloge commun d'une pauvre mâchoire[2] allemande dont il se moquait. Malgré tant de spectacles dont
nos yeux ont été rassasiés, on a fait la haie pour voir
sortir le grand homme ; ensuite il est venu mourir chez
lui comme Dioclétien, en se montrant à l'univers[3]. La
foule a bayé[4], à l'heure suprême de ce prince aux trois
quarts pourri, une ouverture gangréneuse au côté, la tête
retombant sur sa poitrine en dépit du bandeau qui la soutenait, disputant minute à minute sa réconciliation avec le
ciel, sa nièce jouant autour de lui un rôle préparé de loin
entre un prêtre abusé et une petite-fille trompée[5] : il a
signé de guerre lasse (ou peut-être n'a-t-il pas même
signé), quand sa parole allait s'éteindre, le désaveu de sa
première adhésion à l'Église constitutionnelle ; mais sans
donner aucun signe de repentir, sans remplir les derniers
devoirs du chrétien, sans rétracter les immoralités et les
scandales de sa vie. Jamais l'orgueil ne s'est montré si

---

1. Voir note 2, p. 555.   2. Ce mot, apparu vers la fin du
XVIIe siècle dans la langue du palais, a commencé par désigner un avocat mal dégrossi, puis en général un esprit lourd, sans intelligence ni
capacité. Il est ici appliqué à Charles-Frédéric Reinhard (1761-1837),
Wurtembergeois naturalisé Français, qui avait poursuivi sous la Restauration une carrière diplomatique inaugurée sous le Directoire, et au
cours de laquelle il avait été le collaborateur de Talleyrand qu'il avait
même remplacé au ministère de juillet à novembre 1799. Il avait enfin
été nommé pair de France par la monarchie de Juillet. C'était un
homme des Lumières, à la manière des idéologues, un fonctionnaire
sans éclat de régimes suspects : cela peut expliquer le peu de sympathie
qu'éprouve Chateaubriand à son égard, sans pour autant justifier son
dédain. Nous devons à Sainte-Beuve le récit de cette séance mémorable
du 3 mars 1838 au cours de laquelle Talleyrand, sous prétexte de faire
son éloge devant ses confrères des Sciences morales et politiques, livra
son propre testament politique (*Nouveaux Lundis*, t. XII, p. 110).
3. Sur la mort de Dioclétien, onze ans après son abdication, dans son
palais de Salone, en Dalmatie, voir *Martyrs*, XVIII et *Études historiques*.   4. Est demeurée ébahie, bouche bée de stupide admiration.
5. Dorothée de Courlande avait épousé Edmond de Périgord, auquel
son oncle avait fait attribuer en 1817 le titre de duc de Dino. Sa fille
Pauline, alors âgée de dix-huit ans, avait pour confesseur Dupanloup,
qui assista le moribond à la demande de la famille.

misérable, l'admiration si bête, la piété si dupe : Rome, toujours prudente, n'a pas rendu publique, et pour cause, la rétractation[1].

M. de Talleyrand, appelé de longue date au tribunal d'en haut, était contumace ; la mort le cherchait de la part de Dieu, et elle l'a enfin trouvé. Pour analyser minutieusement une vie aussi gâtée que celle de M. de La Fayette a été saine, il faudrait affronter des dégoûts que je suis incapable de surmonter. Les hommes de plaies ressemblent aux carcasses de prostituées : les ulcères les ont tellement rongés qu'ils ne peuvent servir à la dissection. La Révolution française est une vaste destruction politique, placée au milieu de l'ancien monde : craignons qu'il ne s'établisse une destruction beaucoup plus funeste, craignons une destruction morale par le côté mauvais de cette Révolution. Que deviendrait l'espèce humaine, si l'on s'évertuait à réhabiliter des mœurs justement flétries, si l'on s'efforçait d'offrir à notre enthousiasme d'odieux exemples, de nous présenter les progrès du siècle, l'établissement de la liberté, la profondeur du génie dans des natures abjectes ou des actions atroces ? N'osant préconiser le mal sous son propre nom, on le sophistique : donnez-vous garde de prendre cette brute pour un esprit de ténèbres, c'est un ange de lumière ! Toute laideur est belle, tout opprobre honorable, toute énormité sublime ; tout vice a son admiration qui l'attend. Nous sommes revenus à cette société matérielle du paganisme où chaque dépravation avait ses autels. Arrière ces éloges, lâches, menteurs, criminels, qui faussent la conscience publique, qui débauchent la jeunesse, qui découragent les gens de bien, qui sont un outrage à la vertu et le crachement du soldat romain[2] au visage du Christ !

---

1. Sur cette rétractation qui indigna Thiers, mais qui ne fut pas obtenue sans peine, voir le témoignage de Dupanloup lui-même dans Lacombe, *La Vie privée de Talleyrand*, Plon-Nourrit, 1910 ; et la biographie de Lacour-Gayet. On pourra aussi consulter avec intérêt le témoignage circonstancié que nous a laissé la comtesse de Boigne (t. II, p. 356-372). **2.** *Matthieu*, XXVII, 30.

(9)

Mort de Charles X.

Paris, 1839.

Étant à Prague en 1833, Charles X me dit : « Ce vieux Talleyrand vit donc encore ? » Et Charles X a quitté la vie deux ans avant M. de Talleyrand[1] ; la mort privée et chrétienne du monarque contraste avec la mort publique de l'évêque apostat, traîné récalcitrant aux pieds de l'incorruptibilité divine.

Le 3 octobre 1836 j'avais écrit à madame la duchesse de Berry la lettre suivante et j'y ajoutai un post-scriptum le 15 novembre de la même année :

« Madame,

« M. Walsh[2] m'a remis la lettre dont vous avez bien voulu m'honorer. Je serais prêt à obéir au désir de Votre Altesse Royale, si les écrits pouvaient à présent quelque chose ; mais l'opinion est tombée dans une telle apathie que les plus grands événements la pourraient à peine soulever. Vous m'avez permis, Madame, de vous parler avec une franchise que mon dévouement pouvait seul excuser : Votre Altesse Royale le sait, j'ai été opposé à presque tout ce qui s'est fait ; j'ai osé même n'être pas d'avis de son voyage à Prague. Henri V sort maintenant de l'enfan-

---

1. Né en 1757, Charles X avait trois ans de moins que Talleyrand.
2. Le vicomte Edouard Walsh avait pris, le 25 septembre 1835, la direction de *La Mode* (voir *supra*, p. 493, note 1). Il faisait partie du groupe de jeunes gens rencontrés par Chateaubriand lors de son second séjour à Prague et il avait continué de servir les intérêts de la duchesse de Berry. Celle-ci avait fixé sa résidence à Gratz, en Styrie, et pour la belle saison, au château de Brunsee. C'est là qu'elle vivra désormais auprès de son mari, devenu duc della Grazia, jusqu'à sa mort le 16 avril 1870. La lettre à laquelle Chateaubriand fait allusion exprimait sans doute le vœu qu'il écrivît une nouvelle brochure en faveur de Henri V. Il lui oppose, dans sa réponse, une fin de non-recevoir respectueuse mais définitive.

ce ; il va bientôt entrer dans le monde avec une éducation qui ne lui a rien appris du siècle où nous vivons. Qui sera son guide, qui lui montrera les cours et les hommes ? Qui le fera connaître et comme apparaître de loin à la France ? Questions importantes qui, vraisemblablement et malheureusement, seront résolues dans le sens que l'ont été toutes les autres. Quoi qu'il en soit, le reste de ma vie appartient à mon jeune roi et à son auguste mère. Mes prévisions de l'avenir ne me rendront jamais infidèle à mes devoirs.

« Madame de Chateaubriand demande la permission de mettre ses respects aux pieds de Madame. J'offre au ciel tous mes vœux pour la gloire et la prospérité de la mère de Henri V et je suis avec un profond respect,

« Madame,

« De votre Altesse Royale le très humble et très obéissant serviteur,

« CHATEAUBRIAND.

« *P.S.* Cette lettre attendait depuis un mois une occasion sûre pour parvenir à Madame. Aujourd'hui même j'apprends la mort de l'auguste aïeul de Henri [1]. Cette triste nouvelle apportera-t-elle quelque changement dans la destinée de Votre Altesse Royale ? Oserai-je prier Madame de me permettre d'entrer dans tous les sentiments de regret qu'elle doit éprouver, et d'offrir le tribut respectueux de ma douleur à monsieur le Dauphin et à madame la Dauphine ?

« CHATEAUBRIAND.

15 novembre.

Charles X n'est plus.

Soixante ans de malheurs ont paré la victime [2] !

---

1. Charles X succomba le 6 novembre à une brusque attaque de choléra. Il avait quitté Prague le 26 mai, et se trouvait au château de Grafenberg, près de Göritz en Illyrie, depuis quelques jours seulement.
2. Vers de Ducis qu'on rencontre pour la première fois dans *Œdipe chez Admète* (1778), et qui a été repris dans *Œdipe à Colone* (1797).

Trente années d'exil ; la mort à soixante-dix-neuf ans
en terre étrangère ! Afin qu'on ne pût douter de la mission
de malheur dont le ciel avait chargé ce prince ici-bas,
c'est un fléau qui l'est venu chercher.

Charles X a retrouvé à son heure suprême le calme,
l'égalité d'âme qui lui manquèrent quelquefois pendant
sa longue carrière. Quand il apprit le danger qui le menaçait, il se contenta de dire : « Je ne croyais pas que cette
maladie tournât si court. » Quand Louis XVI partit pour
l'échafaud, l'officier de service refusa de recevoir le testament du condamné parce que le temps lui manquait et
qu'il devait, lui officier, conduire le Roi au supplice : le
Roi répondit : « C'est juste. » Si Charles X, dans d'autres
jours de péril, eût traité sa vie avec cette indifférence,
qu'il se fût épargné de misères ! On conçoit que les Bourbons tiennent à une religion qui les rend si nobles au
dernier moment : Louis IX, attaché à sa postérité, envoie
le courage du saint les attendre au bord du cercueil. Cette
race sait admirablement mourir : il y a plus de huit cents
ans, il est vrai, qu'elle apprend la mort.

Charles X s'est en allé persuadé qu'il ne s'était pas
trompé : s'il a espéré dans la miséricorde divine, c'est en
raison du sacrifice qu'il a cru faire de sa couronne à ce
qu'il pensait être le devoir de sa conscience et le bien de
son peuple : les convictions sont trop rares pour n'en pas
tenir compte. Charles X a pu se rendre ce témoignage que
le règne de ses deux frères et le sien n'avaient été ni sans
liberté ni sans gloire : sous le roi martyr, l'affranchissement de l'Amérique et l'émancipation de la France ; sous
Louis XVIII, le gouvernement représentatif donné à notre
patrie, le rétablissement de la royauté opéré en Espagne ;
sous Charles X, l'indépendance de la Grèce recouvrée
à Navarin, l'Afrique à nous laissée en compensation du
territoire perdu avec les conquêtes de la République et de
l'Empire : ce sont là des résultats qui demeurent acquis à
nos fastes en dépit des stupides jalousies et des vaines
inimitiés. Ces résultats ressortiront davantage à mesure
que l'on s'enfoncera dans les abaissements de la royauté
de Juillet. Mais il est à craindre que ces ornements de
prix ne soient qu'au profit des jours expirés, comme la

couronne de fleurs sur la tête d'Homère chassé avec grand respect de la République de Platon. La légitimité semble aujourd'hui n'avoir pas l'intention d'aller plus loin ; elle paraît adopter sa chute.

La mort de Charles X ne pourrait être un événement effectif qu'en mettant un terme à une déplorable contestation de sceptre et en donnant une direction nouvelle à l'éducation de Henri V : or, il est à craindre que la couronne absente soit toujours disputée ; que l'éducation finisse sans avoir été virtuellement changée. Peut-être, en s'épargnant la peine de prendre un parti, on s'endormira dans des habitudes chères à la faiblesse, douces à la vie de famille, commodes à la lassitude suite de longues souffrances. Le malheur qui se perpétue produit sur l'âme l'effet de la vieillesse sur le corps ; on ne peut plus remuer ; on se couche. Le malheur ressemble encore à l'exécuteur des hautes justices du ciel : il dépouille les condamnés, arrache au roi son sceptre, au militaire son épée ; il ôte le décorum au noble, le cœur au soldat, et les renvoie dégradés dans la foule.

D'un autre côté, on tire de l'extrême jeunesse des raisons d'atermoiements : quand on a beaucoup de temps à dépenser, on se persuade qu'on peut attendre ; on a des années à jouer devant les événements : « Ils viendront à nous, s'écrie-t-on, sans que nous nous en mettions en peine ; tout mûrira, le jour du trône arrivera de lui-même ; dans vingt ans les préjugés seront effacés. » Ce calcul pourrait avoir quelque justesse si les générations ne s'écoulaient pas ou ne devenaient pas indifférentes ; mais telle chose peut paraître une nécessité à une époque et n'être pas même sentie à une autre.

Hélas ! avec quelle rapidité les choses s'évanouissent ! où sont les trois frères que j'ai vus successivement régner ? Louis XVIII habite Saint-Denis avec la dépouille mutilée de Louis XVI ; Charles X vient d'être déposé à Goritz, dans une bière fermée à trois clefs [1].

Les restes de ce roi, en tombant de haut, ont fait tres-

---

1. Sa dépouille repose toujours dans la crypte des capucins de Castagnizza, où elle fut inhumée le 11 novembre 1836.

saillir ses aïeux ; ils se sont retournés dans leur sépulcre ; ils ont dit en se serrant : « Faisons place, voici le dernier d'entre nous. » Bonaparte n'a pas fait autant de bruit en entrant dans la nuit éternelle : les vieux morts ne se sont point réveillés pour l'empereur des morts nouveaux. Ils ne le connaissaient pas. La monarchie française lie le monde ancien au monde moderne. Augustule quitte le diadème en 476. Cinq ans après, en 481, la première race de nos rois, Clovis, règne sur les Gaules.

Charlemagne, en associant au trône Louis le Débonnaire, lui dit : « Fils cher à Dieu, mon âge se hâte, ma vieillesse même m'échappe ; le temps de ma mort approche. Le pays des Francs m'a vu naître, Christ m'a accordé cet honneur. Le premier d'entre les Francs j'ai obtenu le nom de César et transporté à l'empire des Francs l'empire de la race de Romulus. »

Sous Hugues, avec la troisième race, la monarchie élective devient héréditaire. L'hérédité enfante la légitimité, ou la permanence, ou la durée.

C'est entre les fonts baptismaux de Clovis et l'échafaud de Louis XVI qu'il faut placer l'empire chrétien des Français. La même religion était debout aux deux barrières : « Doux Sicambre, incline le col, adore ce que tu as brûlé, brûle ce que tu as adoré », dit le prêtre qui administrait à Clovis le baptême d'eau. « Fils de saint Louis, montez au ciel », dit le prêtre qui assistait Louis XVI au baptême de sang[1].

Quand il n'y aurait dans la France que cette ancienne maison de France, bâtie par le temps et dont la majesté étonne, nous pourrions, en fait de choses illustres, en remontrer à toutes les nations. Les Capets régnaient lorsque les autres souverains de l'Europe étaient encore

---

1. Ce paragraphe figure déjà dans la préface des *Études historiques* (Ladvocat, t. IV, p. 102) ; Chateaubriand le réutilise à la fin de son *Histoire de France* (Ladvocat, t. V *ter*, p. 457). Il est chaque fois suivi de cette conclusion : « Alors, le vieux monde fut submergé. Quand les flots de l'anarchie se retirèrent, Napoléon parut à l'entrée d'un nouvel univers, comme ces Géants que l'histoire profane et sacrée nous peint au berceau de la société, et qui se montrèrent à la terre après le déluge. »

sujets. Les vassaux de nos rois sont devenus rois. Ces souverains nous ont transmis leurs noms avec des titres que la postérité a reconnus authentiques : les uns sont appelés *auguste, saint, pieux, grand, courtois, hardi, sage, victorieux, bien-aimé* ; les autres *père du peuple, père des lettres*. « Comme il est écrit par blâme, dit un vieil historien, que tous les bons roys seraient aisément pourtraits en un anneau, les mauvais roys de France y pourroient mieux, tant le nombre en est petit [1]. »

Sous la famille royale, les ténèbres de la barbarie se dissipent, la langue se forme, les lettres et les arts produisent leurs chefs-d'œuvre, nos villes s'embellissent, nos monuments s'élèvent, nos chemins s'ouvrent, nos ports se creusent, nos armées étonnent l'Europe et l'Asie, et nos flottes couvrent les deux mers.

Notre orgueil se met en colère à la seule exposition de ces magnifiques tapisseries du Louvre ; des ombres, même des broderies d'ombre, nous choquent. Inconnus ce matin, plus inconnus ce soir, nous ne nous en persuadons pas moins que nous effaçons ce qui nous précéda. Et toutefois, chaque minute, en fuyant, nous demande : Qui es-tu ? et nous ne savons que répondre. Charles X, lui, a répondu ; il s'est en allé avec une ère entière du monde ; la poussière de mille générations est mêlée à la sienne ; l'histoire le salue, les siècles s'agenouillent à sa tombe ; tous ont connu sa race ; elle ne leur a point failli, ce sont eux qui y ont manqué.

Roi banni, les hommes ont pu vous proscrire, mais vous ne serez point chassé du temps, vous dormez votre dur somme dans un monastère, sur la dernière planche jadis destinée à quelque franciscain. Point de hérauts d'armes à vos obsèques, rien qu'une troupe de vieux temps blanchis et chenus ; point de grands pour jeter dans le caveau les marques de leur dignité [2], ils en ont fait hommage ailleurs. Des âges muets sont assis au coin de

---

1. Chateaubriand se réfère, dans ce paragraphe, à un manuscrit sur les fastes de la « Maison royale de France » ayant appartenu au duc de Penthièvre et dont il a circulé, sous la Restauration, de nombreuses copies.   **2.** Selon le cérémonial officiel des funérailles royales à Saint-Denis.

votre bière ; une longue procession de jours passés, les yeux fermés, mène en silence le deuil autour de votre cercueil.

À votre côté reposent votre cœur et vos entrailles arrachés de votre sein et de vos flancs, comme on place auprès d'une mère expirée le fruit abortif qui lui coûta la vie. À chaque anniversaire, monarque très chrétien, cénobite après trépas, quelque frère vous récitera les prières du bout de l'an ; vous n'attirerez à votre *ci-gît* éternel que vos fils bannis avec vous : car même à Trieste le monument de Mesdames est vide[1] ; leurs reliques sacrées ont revu leur patrie et vous avez payé à l'exil, par votre exil, la dette de ces nobles dames.

Eh ! pourquoi ne réunit-on pas aujourd'hui tant de débris dispersés, comme on réunit des antiques exhumées de différentes fouilles ? L'Arc de Triomphe porterait pour couronnement le sarcophage de Napoléon, ou la colonne de bronze élèverait sur des restes immortels des victoires immobiles. Et cependant la pierre taillée par ordre de Sésostris ensevelit dès aujourd'hui l'échafaud de Louis XVI sous le poids des siècles. L'heure viendra que l'obélisque du désert[2] retrouvera, sur la place des meurtres, le silence et la solitude de Luxor.

---

1. Voir *supra*, p. 418, note 3.   2. Offert par Mehmet-Ali à la France en 1831, arrivé à Paris le 21 décembre 1833, il ne fut érigé sur la place de la Concorde que le 25 octobre 1836.

CONCLUSION

25 septembre 1841.

J'ai commencé à écrire ces *Mémoires* à la Vallée-aux-Loups le 4 octobre 1811 ; j'achève de les relire en les corrigeant à Paris ce 25 septembre 1841 : voilà donc vingt-neuf ans, onze mois, vingt-un jours, que je tiens secrètement la plume en composant mes livres publics, au milieu de toutes les révolutions et de toutes les vicissitudes de mon existence. Ma main est lassée : puisse-t-elle ne pas avoir pesé sur mes idées, qui n'ont point fléchi et que je sens vives comme au départ de la course ! À mon travail de trente années j'avais le dessein d'ajouter une conclusion générale ; je comptais dire, ainsi que je l'ai souvent mentionné, quel était le monde quand j'y entrai, quel il est quand je le quitte. Mais le sablier est devant moi, j'aperçois la main que les marins croyaient voir jadis sortir des flots à l'heure du naufrage : cette main me fait signe d'abréger ; je vais donc resserrer l'échelle du tableau sans omettre rien d'essentiel.

(10)

ANTÉCÉDENTS HISTORIQUES : DEPUIS LA RÉGENCE
JUSQU'EN 1793.

Louis XIV mourut. Le duc d'Orléans fut régent pendant la minorité de Louis XV. Une guerre avec l'Espagne, suite de la conspiration de Cellamare, éclata : la paix fut rétablie par la chute d'Alberoni[1]. Louis XV atteignit sa majorité le 15 février 1723. Le Régent succomba dix mois après. Il avait communiqué sa gangrène à la France, assis Dubois dans la chaire de Fénelon[2], et élevé Law. Le duc de Bourbon devint premier ministre de Louis XV, et il eut pour successeur le cardinal de Fleury dont le génie consistait dans les années. En 1734 éclata la guerre où mon père fut blessé devant Dantzig[3]. En 1745 se donna la bataille de Fontenoy ; un des moins belliqueux de nos rois nous a fait triompher dans la seule grande bataille rangée que nous ayons gagnée sur les Anglais, et le vainqueur du monde a ajouté à Waterloo un désastre aux désastres de Crécy, de Poitiers et d'Azincourt. L'église de Waterloo est décorée du nom des officiers anglais tombés en 1815 ; on ne trouve dans l'église de Fontenoy qu'une pierre avec ces mots : « Ci-devant repose le corps de messire Philippe de Vitry, lequel, âgé de vingt-sept ans, fut tué à la bataille de Fontenoy le 11 de mai 1745. » Aucune marque n'indique le lieu de l'action ; mais on

---

1. Cette conspiration ourdie par le prince de Cellamare, ambassadeur espagnol à Paris, sur les instructions de son ministre le cardinal Alberoni, et avec la complicité du duc et de la duchesse du Maine, avait pour objectif de destituer le régent et de le remplacer par son cousin Philippe V. Elle fut découverte au mois de décembre 1718 et, après une courte guerre, entraîna la disgrâce du cardinal Alberoni, qui se retira en Italie.   **2.** Guillaume Dubois (1656-1723) avait été le précepteur du duc de Chartres. Sous la régence de son ancien élève, il bénéficia de la plus haute faveur : ministre des Affaires étrangères en 1718, bientôt cardinal, il succéda enfin à Fénelon au siège archiépiscopal de Cambrai.   **3.** Au cours de la guerre de succession de Pologne : voir t. I, p. 183-184.

retire de la terre des squelettes avec des balles aplaties dans le crâne. Les Français portent leurs victoires écrites sur leur front.

Plus tard le comte de Gisors, fils du maréchal de Belle-Isle, tomba à Crevelt[1]. En lui s'éteignit le nom et la descendance directe de Fouquet. On était passé de mademoiselle de La Vallière à madame de Châteauroux. Il y a quelque chose de triste à voir des noms arriver à leur fin, de siècle en siècle, de beautés en beautés, de gloire en gloire.

Au mois de juin 1745, le second prétendant des Stuarts[2] avait commencé ses aventures : infortunes dont je fus bercé en attendant que Henri V remplaçât dans l'exil le prétendant anglais.

La fin de ces guerres annonça nos désastres dans nos colonies. La Bourdonnais vengea le pavillon français en Asie ; ses dissensions avec Dupleix depuis la prise de Madras gâtèrent tout. La paix de 1748 suspendit ces malheurs ; en 1755 recommencèrent les hostilités ; elles s'ouvrirent par le tremblement de terre de Lisbonne, où périt le petit-fils de Racine. Sous prétexte de quelques terrains en litige sur la frontière de l'Acadie, l'Angleterre s'empara sans déclaration de guerre de trois cents de nos vaisseaux marchands ; nous perdîmes le Canada : faits immenses par leurs conséquences sur lesquels surnage la mort de Wolf et de Montcalm. Dépouillés de nos possessions dans l'Afrique et dans l'Inde, lord Clive entama la conquête du Bengale. Or, pendant ces jours, les querelles du jansénisme avaient lieu ; Damiens avait frappé Louis XV ; la Pologne était partagée, l'expulsion des jésuites exécutée, la cour descendue au Parc-aux-Cerfs. L'auteur du *pacte de famille*[3] se retire à Chanteloup, tandis que la révolution intellectuelle s'achevait sous Voltaire. La cour plénière de Maupeou fut installée : Louis XV laissa l'échafaud à la favorite qui l'avait dégra-

---

1. En 1756, au cours de la guerre de Sept Ans.   2. Voir t. III, p. 272, note 2.   3. Voir t. III, p. 404, note 2. Le duc de Choiseul fut exilé en 1770 dans son domaine de Chanteloup, en Touraine.

dé[1], après avoir envoyé Garat et Sanson à Louis XVI, l'un pour lire, et l'autre pour exécuter la sentence[2].

Ce dernier monarque s'était marié le 16 mai 1770 à la fille de Marie-Thérèse d'Autriche : on sait ce qu'elle est devenue. Passèrent les ministres Machault, le vieux Maurepas, Turgot l'économiste, Malesherbes aux vertus antiques et aux opinions nouvelles, Saint-Germain[3] qui détruisit la maison du roi et donna une ordonnance funeste ; Calonne et Necker enfin.

Louis XVI rappela les parlements, abolit la corvée, abrogea la torture avant le prononcé du jugement, rendit les droits civils aux protestants, en reconnaissant leur mariage légal. La guerre d'Amérique, en 1779, impolitique pour la France toujours dupe de sa générosité, fut utile à l'espèce humaine ; elle rétablit dans le monde entier l'estime de nos armes et l'honneur de notre pavillon.

La Révolution se leva prête à mettre au jour la génération guerrière que huit siècles d'héroïsme avaient déposée dans ses flancs. Les mérites de Louis XVI ne rachetèrent pas les fautes que ses aïeux lui avaient laissées à expier ; mais c'est sur le mal que tombent les coups de la Providence, jamais sur l'homme : Dieu n'abrège les jours de la vertu sur la terre que pour les allonger dans le ciel. Sous l'astre de 1793, les sources du grand abîme furent rompues[4] ; toutes nos gloires d'autrefois se réunirent ensuite et firent leur dernière explosion dans Bonaparte : il nous les renvoie dans son cercueil[5].

---

1. La comtesse du Barry.   2. Dominique-Joseph Garat (1749-1833) fut ministre de la Justice du 9 octobre 1792 au 19 août 1793. C'est à ce titre que le futur idéologue fut chargé de notifier à Louis XVI sa condamnation, au soir du 20 janvier 1793. Sanson le père, qui lui trancha la tête le lendemain, avait été nommé bourreau de la ville de Paris par Louis XV.   3. Le comte de Saint-Germain (1707-1778) fut ministre de la Guerre de 1774 à 1777. Il supprima dès 1775 plusieurs compagnies de la Maison du roi. Parmi ses nombreuses ordonnances de réforme, celle qui rétablissait les punitions corporelles dans la troupe fut la plus impopulaire.   4. C'est ainsi que, dans la Bible, est annoncé le déluge : *Genèse*, VII, 11.   5. Cette allusion au retour des cendres de Napoléon date de la fin de 1840.

(11)

LE PASSÉ. — LE VIEIL ORDRE EUROPÉEN EXPIRE.

J'étais né pendant l'accomplissement de ces faits. Deux nouveaux empires, la Prusse et la Russie, m'ont à peine devancé d'un demi-siècle sur la terre ; la Corse est devenue française à l'instant où j'ai paru ; je suis arrivé au monde vingt jours après Bonaparte [1]. Il m'amenait avec lui. J'allais entrer dans la marine en 1783 quand la flotte de Louis XVI surgit à Brest : elle apportait les actes de l'état civil d'une nation éclose sous les ailes de la France. Ma naissance se rattache à la naissance d'un homme et d'un peuple : pâle reflet que j'étais d'une immense lumière.

Si l'on arrête les yeux sur le monde actuel, on le voit, à la suite du mouvement imprimé par une grande révolution, s'ébranler depuis l'Orient jusqu'à la Chine qui semblait à jamais fermée ; de sorte que nos renversements passés ne seraient rien ; que le bruit de la renommée de Napoléon serait à peine entendu dans le sens dessus dessous général des peuples, de même que lui, Napoléon, a éteint tous les bruits de notre ancien globe.

L'empereur nous a laissés dans une agitation prophétique. Nous, l'État le plus mûr et le plus avancé, nous montrons de nombreux symptômes de décadence. Comme un malade en péril se préoccupe de ce qu'il trouvera dans sa tombe, une nation qui se sent défaillir s'inquiète de son sort futur. De là ces hérésies politiques qui se succèdent. Le vieil ordre européen expire ; nos débats actuels paraîtront des luttes puériles aux yeux de la postérité. Il n'existe plus rien : autorité de l'expérience et de l'âge, naissance ou génie, talent ou vertu, tout est nié ;

---

1. La date de naissance de Napoléon prête alors à contestation (voir XIX, 4). Chateaubriand a toujours rejeté la date « officielle » du 15 août 1769. Au livre XIX, il avait retenu celle du 5 février 1768 (voir t. II, p. 328-330) ; il semble ici pencher pour le 15 août 1768.

quelques individus gravissent au sommet des ruines, se
proclament géants et roulent en bas pygmées. Excepté
une vingtaine d'hommes qui survivront et qui étaient destinés à tenir le flambeau à travers les steppes ténébreuses
où l'on entre, excepté ce peu d'hommes, une génération
qui portait en elle un esprit abondant, des connaissances
acquises, des germes de succès de toutes sortes, les a
étouffés dans une inquiétude aussi improductive que sa
superbe est stérile. Des multitudes sans nom s'agitent
sans savoir pourquoi, comme les associations populaires
du moyen âge : troupeaux affamés qui ne reconnaissent
point de berger, qui courent de la plaine à la montagne et
de la montagne à la plaine, dédaignant l'expérience des
pâtres durcis au vent et au soleil. Dans la vie de la cité
tout est transitoire : la religion et la morale cessent d'être
admises, ou chacun les interprète à sa façon. Parmi les
choses d'une nature inférieure, même en puissance de
conviction et d'existence, une renommée palpite à peine
une heure, un livre vieillit dans un jour, des écrivains se
tuent pour attirer l'attention ; autre vanité : on n'entend
pas même leur dernier soupir.

De cette prédisposition des esprits il résulte qu'on
n'imagine d'autres moyens de toucher que des scènes
d'échafaud et des mœurs souillées : on oublie que les
vraies larmes sont celles que fait couler une belle poésie
et dans lesquelles se mêle autant d'admiration que de
douleur [1] ; mais à présent que les talents se nourrissent de
la Régence et de la Terreur, qu'était-il besoin de sujets
pour nos langues destinées si tôt à mourir ? Il ne tombera
plus du génie de l'homme quelques-unes de ces pensées
qui deviennent le patrimoine de l'univers.

Voilà ce que tout le monde se dit et ce que tout le
monde déplore, et cependant les illusions surabondent, et
plus on est près de sa fin et plus on croit vivre. On aperçoit des monarques qui se figurent être des monarques,
des ministres qui pensent être des ministres, des députés
qui prennent au sérieux leurs discours, des propriétaires
qui possédant ce matin sont persuadés qu'ils posséderont

---

1. Voir *Atala*, préface de la première édition.

ce soir. Les intérêts particuliers, les ambitions personnelles cachent au vulgaire la gravité du moment : nonobstant les oscillations des affaires du jour, elles ne sont qu'une ride à la surface de l'abîme ; elles ne diminuent pas la profondeur des flots. Auprès des mesquines loteries contingentes, le genre humain joue la grande partie ; les rois tiennent encore les cartes et ils les tiennent pour les nations : celles-ci vaudront-elles mieux que les monarques ? Question à part, qui n'altère point le fait principal. Quelle importance ont des amusettes d'enfants, des ombres glissant sur la blancheur d'un linceul ? L'invasion des idées a succédé à l'invasion des barbares ; la civilisation actuelle décomposée se perd en elle-même ; le vase qui la contient n'a pas versé la liqueur dans un autre vase ; c'est le vase qui s'est brisé.

(12)

INÉGALITÉ DES FORTUNES. — DANGER DE L'EXPANSION DE
LA NATURE INTELLIGENTE ET DE LA NATURE MATÉRIELLE.

À quelle époque la société disparaîtra-t-elle ? quels accidents en pourront suspendre les mouvements ? À Rome le règne de l'homme fut substitué au règne de la loi : on passa de la république à l'empire ; notre révolution s'accomplit en sens contraire : on incline à passer de la royauté à la république, ou, pour ne spécifier aucune forme, à la démocratie ; cela ne s'effectuera pas sans difficulté.

Pour ne toucher qu'un point entre mille, la propriété [1],

---

1. Les considérations de ce chapitre sur la question sociale traduisent des préoccupations communes à beaucoup de contemporains : le *Tableau* de Villermé sur la condition ouvrière date de 1840, précisément, et la première loi réglementant le travail des enfants dans les manufactures, de 1841. Mais elles ne sont pas nouvelles chez Chateaubriand. Il ne faut pas oublier que la moitié de ce chapitre date de 1836 (*Littérature anglaise*) et que dès 1834 (« Avenir du monde ») et même

par exemple, restera-t-elle distribuée comme elle l'est ?
La royauté née à Reims avait pu faire aller cette propriété
en en tempérant la rigueur par la diffusion des lois
morales, comme elle avait changé l'humanité en charité.
Un État politique où des individus ont des millions de
revenu, tandis que d'autres individus meurent de faim,
peut-il subsister quand la religion n'est plus là avec ses
espérances hors de ce monde pour expliquer le sacrifice ?
Il y a des enfants que leurs mères allaitent à leurs
mamelles flétries, faute d'une bouchée de pain pour sus-
tenter leurs expirants nourrissons ; il y a des familles dont
les membres sont réduits à s'entortiller ensemble pendant
la nuit faute de couverture pour se réchauffer. Celui-là
voit mûrir ses nombreux sillons ; celui-ci ne possédera
que les six pieds de terre prêtés à sa tombe par son pays
natal. Or, combien six pieds de terre peuvent-ils fournir
d'épis de blé à un mort ?

À mesure que l'instruction descend dans ces classes
inférieures, celles-ci découvrent la plaie secrète qui ronge
l'ordre social irréligieux. La trop grande disproportion
des conditions et des fortunes a pu se supporter tant
qu'elle a été cachée ; mais aussitôt que cette disproportion
a été généralement aperçue, le coup mortel a été porté.
Recomposez, si vous le pouvez, les fictions aristocratiques ; essayez de persuader au pauvre, lorsqu'il saura
bien lire et ne croira plus, lorsqu'il possédera la même
instruction que vous, essayez de lui persuader qu'il doit
se soumettre à toutes les privations, tandis que son voisin
possède mille fois le superflu : pour dernière ressource il
vous le faudra tuer.

Quand la vapeur sera perfectionnée, quand, unie au
télégraphe et aux chemins de fer, elle aura fait disparaître
les distances, ce ne seront plus seulement les marchandises qui voyageront, mais encore les idées rendues à
l'usage de leurs ailes. Quand les barrières fiscales et
commerciales auront été abolies entre les divers États,
comme elles le sont déjà entre les provinces d'un même

1831 (*Lettre à la Revue européenne*), le mémorialiste avait posé la
question.

État ; quand les différents pays en relations journalières tendront à l'unité des peuples, comment ressusciterez-vous l'ancien mode de séparation ?

La société, d'un autre côté, n'est pas moins menacée par l'expansion de l'intelligence qu'elle ne l'est par le développement de la nature brute. Supposez les bras condamnés au repos en raison de la multiplicité et de la variété des machines ; admettez qu'un mercenaire unique et général, la matière, remplace les mercenaires de la glèbe et de la domesticité : que ferez-vous du genre humain désoccupé ? Que ferez-vous des passions oisives en même temps que l'intelligence ? La vigueur du corps s'entretient par l'occupation physique ; le labeur cessant, la force disparaît ; nous deviendrions semblables à ces nations de l'Asie, proie du premier envahisseur, et qui ne se peuvent défendre contre une main qui porte le fer. Ainsi la liberté ne se conserve que par le travail, parce que le travail produit la force : retirez la malédiction prononcée contre les fils d'Adam, et ils périront dans la servitude : *In sudore vultus tui, vesceris pane* [1]. La malédiction divine entre donc dans le mystère de notre sort ; l'homme est moins l'esclave de ses sueurs que de ses pensées : voilà comme, après avoir fait le tour de la société, après avoir passé par les diverses civilisations, après avoir supposé des perfectionnements inconnus, on se retrouve au point de départ en présence des vérités de l'Écriture.

(13)

CHUTE DES MONARCHIES.
DÉPÉRISSEMENT DE LA SOCIÉTÉ
ET PROGRÈS DE L'INDIVIDU.

L'Europe avait eu en France, lors de notre monarchie de huit siècles, le centre de son intelligence, de sa perpétuité et de son repos ; privée de cette monarchie, l'Europe a sur-

---

1. « Tu gagneras ton pain à la sueur de ton front » (*Genèse*, III, 19).

le-champ incliné à la démocratie. Le genre humain, pour
son bien ou pour son mal, est hors de page [1] ; les princes en
ont eu la garde-noble [2] ; les nations, arrivées à leur majorité,
prétendent n'avoir plus besoin de tuteurs. Depuis David
jusqu'à notre temps, les rois ont été appelés [3] : la vocation
des peuples commence. Les courtes et petites exceptions
des républiques grecques, carthaginoise, romaine avec des
esclaves, n'empêchaient pas, dans l'antiquité, l'état monarchique d'être l'état normal sur le globe. La société entière
moderne, depuis que la bannière des rois français n'existe
plus, quitte la monarchie. Dieu, pour hâter la dégradation
du pouvoir royal, a livré les sceptres en divers pays à des
rois invalides, à des petites filles au maillot ou dans les
aubes de leurs noces [4] : ce sont de pareils lions sans
mâchoires, de pareilles lionnes sans ongles, de pareilles
enfantelettes tétant ou fiançant, que doivent suivre des
hommes faits, dans cette ère d'incrédulité.

Les principes les plus hardis sont proclamés à la face
des monarques qui se prétendent rassurés derrière la triple
haie d'une garde suspecte. La démocratie les gagne ; ils
montent d'étage en étage, du rez-de-chaussée au comble
de leurs palais, d'où ils se jetteront à la nage par les
lucarnes [5].

Au milieu de cela, remarquez une contradiction phéno-

---

1. Adulte majeur : voir t. III, p. 520, note 2.   **2.** Terme juridique :
il désigne le droit accordé au survivant du couple noble de jouir du
bien des enfants provenant de la succession du conjoint décédé, jusqu'à
leur majorité, à charge pour lui de les nourrir, de les entretenir, et
même de payer leurs dettes, sans avoir aucun autre compte à rendre.
3. Cette « vocation » a son origine dans la désignation du jeune David
comme roi par le prophète Samuel (*Premier Livre de Samuel*,
XVI).   **4.** En 1840, le roi de Prusse Frédéric-Guillaume III est sur
le point de mourir. En Espagne, la petite reine Isabelle est dans sa
dixième année. En Angleterre, Victoria, montée sur le trône à dix-huit
ans, épouse son cousin le prince Albert. *Aube* est un latinisme qui
désigne aussi bien la robe blanche, symbole de son innocence, que doit
revêtir le prêtre pour dire la messe, que le vêtement nuptial, symbole
de la pureté de la nouvelle épouse.   **5.** Cette image actualise la mention du déluge faite à la fin du chapitre 10. On la rencontre déjà dans
« Avenir du monde » (*infra*, p. 708).

ménale[1] : l'état matériel s'améliore, le progrès intellec-
tuel s'accroît, et les nations au lieu de profiter
s'amoindrissent : d'où vient cette contradiction ?

C'est que nous avons perdu dans l'ordre moral. En tous
temps il y a eu des crimes ; mais ils n'étaient point
commis de sang-froid, comme ils le sont de nos jours, en
raison de la perte du sentiment religieux. À cette heure
ils ne révoltent plus, ils paraissent une conséquence de la
marche du temps ; si on les jugeait autrefois d'une
manière différente, c'est qu'on n'était pas encore, ainsi
qu'on ose l'affirmer, assez avancé dans la connaissance
de l'homme ; on les analyse actuellement ; on les éprouve
au creuset, afin de voir ce qu'on peut en tirer d'utile,
comme la chimie trouve des ingrédients dans les voiries.
Les corruptions de l'esprit, bien autrement destructives
que celles des sens, sont acceptées comme des résultats
nécessaires ; elles n'appartiennent plus à quelques individus pervers, elles sont tombées dans le domaine public.

Tels hommes seraient humiliés qu'on leur prouvât
qu'ils ont une âme, qu'au-delà de cette vie ils trouveront
une autre vie ; ils croiraient manquer de fermeté et de
force et de génie, s'ils ne s'élevaient au-dessus de la
pusillanimité de nos pères ; ils adoptent le néant ou, si
vous le voulez, le doute, comme un fait désagréable peut-
être, mais comme une vérité qu'on ne saurait nier. Admi-
rez l'hébétement de notre orgueil !

Voilà comment s'expliquent le dépérissement de la
société et l'accroissement de l'individu. Si le sens moral
se développait en raison du développement de l'intelligence, il y aurait contrepoids et l'humanité grandirait sans
danger, mais il arrive tout le contraire : la perception du
bien et du mal s'obscurcit à mesure que l'intelligence
s'éclaire ; la conscience se rétrécit à mesure que les idées
s'élargissent. Oui, la société périra : la liberté, qui pouvait
sauver le monde, ne marchera pas, faute de s'appuyer à
la religion ; l'ordre, qui pouvait maintenir la régularité ne

---

1. Cette contradiction est au cœur de la pensée de Rousseau et Chateaubriand a repris ce thème à son compte dès son *Essai historique*
(p. 257).

s'établira pas solidement, parce que l'anarchie des idées le combat. La pourpre, qui communiquait naguère la puissance, ne servira désormais de couche qu'au malheur : nul ne sera sauvé qu'il ne soit né, comme le Christ, sur la paille [1]. Lorsque les monarques furent déterrés à Saint-Denis au moment où la trompette sonna la résurrection populaire [2] ; lorsque, tirés de leurs tombeaux effondrés, ils attendaient la sépulture plébéienne, les chiffonniers arrivèrent à ce jugement dernier des siècles : ils regardèrent avec leurs lanternes dans la nuit éternelle ; ils fouillèrent parmi les restes échappés à la première rapine. Les rois n'y étaient déjà plus, mais la royauté y était encore : ils l'arrachèrent des entrailles du temps, et la jetèrent au panier des débris.

(14)

L'AVENIR. – DIFFICULTÉ DE LE COMPRENDRE.

Voilà pour ce qui est de la vieille Europe, elle ne revivra jamais. La jeune Europe offre-t-elle plus de chances ? Le monde actuel, le monde sans autorité consacrée, semble placé entre deux impossibilités : l'impossibilité du passé, l'impossibilité de l'avenir. Et n'allez pas croire, comme quelques-uns se le figurent, que si nous sommes mal à présent, le bien renaîtra du mal ; la nature humaine dérangée à sa source ne marche pas ainsi correctement. Par exemple, les excès de la liberté mènent au despotisme ; mais les excès de la tyrannie ne mènent qu'à la tyrannie ; celle-ci en nous dégradant nous rend incapables

---

1. Allusion à la naissance de Jésus à Bethléem (*Luc*, II, 7). Notons que la paille, comme les autres éléments de la mise en scène de la Nativité dans la tradition iconographique, est issue des évangiles apocryphes. Saint Luc évoque seulement la crèche, ou mangeoire, dans laquelle le nouveau-né fut déposé par Marie.   2. Variation métaphorique sur un thème apocalyptique : la résurrection des peuples prélude au jugement dernier des rois.

d'indépendance : Tibère n'a pas fait remonter Rome à la république, il n'a laissé après lui que Caligula.

Pour éviter de s'expliquer, on se contente de déclarer que les temps peuvent cacher dans leur sein une constitution politique que nous n'apercevons pas. L'antiquité tout entière, les plus beaux génies de cette antiquité, comprenaient-ils la société sans esclaves ? Et nous la voyons subsister. On affirme que dans cette civilisation à naître l'espèce s'agrandira ; je l'ai moi-même avancé[1] : cependant n'est-il pas à craindre que l'individu ne diminue ? Nous pourrons être de laborieuses abeilles occupées en commun de notre miel. Dans le monde *matériel* les hommes s'associent pour le travail, une multitude arrive plus vite et par différentes routes à la chose qu'elle cherche ; des masses d'individus élèveront les Pyramides ; en étudiant chacun de son côté, ces individus rencontreront des découvertes dans les sciences, exploreront tous les coins de la création physique. Mais dans le monde *moral* en est-il de la sorte ? Mille cerveaux auront beau se coaliser, ils ne composeront jamais le chef-d'œuvre qui sort de la tête d'un Homère.

On a dit[2] qu'une cité dont les membres auront une égale répartition de bien et d'éducation présentera aux regards de la Divinité un spectacle au-dessus du spectacle de la cité de nos pères. La folie du moment est d'arriver à l'unité des peuples et de ne faire qu'un seul homme de l'espèce entière, soit ; mais en acquérant des facultés générales, toute une série de sentiments privés ne périra-t-elle pas ? Adieu les douceurs du foyer ; adieu les charmes de la famille ; parmi tous ces êtres blancs, jaunes, noirs, réputés vos compatriotes, vous ne pourriez vous jeter au cou d'un frère. N'y avait-il rien dans la vie d'autrefois, rien dans cet espace borné que vous aperceviez de votre fenêtre encadrée de lierre ? Au-delà de votre horizon vous soupçonniez des pays

---

1. En 1834 dans « Avenir du monde », où il avait affirmé que « de la mort naturelle de la société, (...) sortira la renaissance » (*infra*, p. 709). De 1834 à 1840, Chateaubriand a évolué vers une vision moins optimiste. 2. Alexis de Tocqueville, comme le précise le manuscrit de 1845.

inconnus dont vous parlait à peine l'oiseau de passage,
seul voyageur que vous aviez vu à l'automne. C'était
bonheur de songer que les collines qui vous environ-
naient ne disparaîtraient pas à vos yeux ; qu'elles ren-
fermeraient vos amitiés et vos amours ; que le
gémissement de la nuit autour de votre asile serait le
seul bruit auquel vous vous endormiriez ; que jamais
la solitude de votre âme ne serait troublée, que vous y
rencontreriez toujours les pensées qui vous y attendent
pour reprendre avec vous leur entretien familier. Vous
saviez où vous étiez né, vous saviez où serait votre
tombe ; en pénétrant dans la forêt vous pouviez dire :

> *Beaux arbres qui m'avez vu naître,*
> *Bientôt vous me verrez mourir*[1].

L'homme n'a pas besoin de voyager pour s'agrandir ;
il porte avec lui l'immensité. Tel accent échappé de votre
sein ne se mesure pas et trouve un écho dans des milliers
d'âmes : qui n'a point en soi cette mélodie, la demandera
en vain à l'univers. Asseyez-vous sur le tronc de l'arbre
abattu au fond des bois : si dans l'oubli profond de vous-
même, dans votre immobilité, dans votre silence vous ne
trouvez pas l'infini, il est inutile de vous égarer aux
rivages du Gange.

Quelle serait une société universelle qui n'aurait
point de pays particulier, qui ne serait ni française, ni
anglaise, ni allemande, ni espagnole, ni portugaise, ni
italienne, ni russe, ni tartare, ni turque, ni persane, ni
indienne, ni chinoise, ni américaine, ou plutôt qui serait
à la fois toutes ces sociétés ? Qu'en résulterait-il pour
ses mœurs, ses sciences, ses arts, sa poésie ? Comment
s'exprimeraient des passions ressenties à la fois à la
manière des différents peuples dans les différents climats ? Comment entrerait dans le langage cette confusion de besoins et d'images produits des divers soleils

---

1. De Chaulieu (1639-1720), poète aimable et familier de la société
du Temple, au temps du grand-prieur de Vendôme, on ne cite jamais
que ces vers, tirés de son *Ode à Fontenay*.

qui auraient éclairé une jeunesse, une virilité et une
vieillesse communes ? Et quel serait ce langage ? De
la fusion des sociétés résultera-t-il un idiome universel,
ou y aurait-il un dialecte de transaction servant à
l'usage journalier, tandis que chaque nation parlerait sa
propre langue, ou bien les langues diverses seraient-
elles entendues de tous ? Sous quelle règle semblable,
sous quelle loi unique existerait cette société ?
Comment trouver place sur une terre agrandie par la
puissance d'ubiquité, et rétrécie par les petites proportions d'un globe fouillé partout ? Il ne resterait qu'à
demander à la science le moyen de changer de planète.

(15)

SAINT-SIMONIENS. – PHALANSTÉRIENS.
FOURIÉRISTES. – OWÉNISTES. – SOCIALISTES.
COMMUNISTES. – UNIONISTES. – ÉGALITAIRES[1].

Las de la propriété particulière, voulez-vous faire du
gouvernement un propriétaire unique, distribuant à la
communauté devenue mendiante une part mesurée sur le
mérite de chaque individu ? Qui jugera des mérites ? Qui
aura la force et l'autorité de faire exécuter vos arrêts ? Qui
tiendra et fera valoir cette banque d'immeubles vivants ?

Chercherez-vous l'association du travail ? Qu'appor-
tera le faible, le malade, l'inintelligent dans la communauté restée grevée de leur inaptitude ?

---

1. Ces rubriques ne renvoient à rien de précis dans le contenu même
du chapitre, qui constitue moins une nomenclature des diverses « sec-
tes » qu'une analyse globale de leur système. Les *owénistes* sont les
disciples du philanthrope Robert Owen (1771-1858), qui avait fondé
en 1825, outre-Atlantique, la cité communiste de New Harmony.
Auteur du *Nouveau Monde moral*, Owen cherchera à développer dans
les manufactures des « sociétés coopératives » industrielles. Les *unionistes* sont les créateurs des *Trade Unions*, premières associations syn-
dicales anglaises.

Autre combinaison : on pourrait former, en remplaçant le salaire, des espèces de sociétés anonymes ou en commandite entre les fabricants et les ouvriers, entre l'intelligence et la matière, où les uns apporteraient leur capital et leur idée, les autres leur industrie et leur travail ; on partagerait en commun les bénéfices survenus. C'est très bien, la perfection complète admise chez les hommes ; très bien, si vous ne rencontrez ni querelle, ni avarice, ni envie : mais qu'un seul associé réclame, tout croule ; les divisions et les procès commencent. Ce moyen, un peu plus possible en théorie, est tout aussi impossible en pratique.

Chercherez-vous, par une opinion mitigée, l'édification d'une cité où chaque homme possède un toit, du feu, des vêtements, une nourriture suffisante ? Quand vous serez parvenu à doter chaque citoyen, les qualités et les défauts dérangeront votre partage ou le rendront injuste : celui-ci a besoin d'une nourriture plus considérable que celui-là ; celui-là ne peut pas travailler autant que celui-ci ; les hommes économes et laborieux deviendront des riches, les dépensiers, les paresseux, les malades, retomberont dans la misère ; car vous ne pouvez donner à tous le même tempérament : l'inégalité naturelle reparaîtra en dépit de vos efforts.

Et ne croyez pas que nous nous laissions enlacer par les précautions légales et compliquées qu'ont exigées l'organisation de la famille, droits matrimoniaux, tutelles, reprises des hoirs et ayants cause, etc., etc. Le mariage est notoirement une absurde oppression : nous abolissons tout cela. Si le fils tue le père, ce n'est pas le fils, comme on le prouve très bien, qui commet un parricide, c'est le père qui en vivant immole le fils. N'allons donc pas nous troubler la cervelle des labyrinthes d'un édifice que nous mettons rez pied, rez terre[1] ; il est inutile de s'arrêter à ces bagatelles caduques de nos grands-pères.

Ce nonobstant, parmi les modernes sectaires, il en est

---

1. Locution du XVIIe siècle : au ras du sol ; mais aussi : à proximité, au ras de. *Cf.* la préface des *Études historiques* (Ladvocat, t. IV, p. 53) : « (Il) avait ordre de suivre rez les côtes le mouvement des troupes. »

qui, entrevoyant les impossibilités de leurs doctrines, y mêlent, pour les faire tolérer, les mots de morale et de religion ; ils pensent qu'en attendant mieux, on pourrait nous mener d'abord à l'idéale médiocrité des Américains ; ils ferment les yeux et veulent bien oublier que les Américains sont propriétaires, et propriétaires ardents, ce qui change un peu la question.

D'autres, plus obligeants encore, et qui admettent une sorte d'élégance de civilisation, se contenteraient de nous transformer en Chinois *constitutionnels*, à peu près athées, vieillards éclairés et libres, assis en robes jaunes pour des siècles dans nos semis de fleurs, passant nos jours dans un confortable acquis à la multitude, ayant tout inventé, tout trouvé, végétant en paix au milieu de nos progrès accomplis, et nous mettant seulement sur un chemin de fer, comme un ballot, afin d'aller de Canton à la grande muraille deviser d'un marais à dessécher, d'un canal à creuser, avec un autre industriel du Céleste Empire. Dans l'une ou l'autre supposition, Américain ou Chinois, je serais heureux d'être parti avant qu'une telle félicité me soit advenue.

Enfin il resterait une solution : il se pourrait qu'en raison d'une dégradation complète du caractère humain, les peuples s'arrangeassent de ce qu'ils ont : ils perdraient l'amour de l'indépendance, remplacé par l'amour des écus, en même temps que les rois perdraient l'amour du pouvoir, troqué pour l'amour de la liste civile. De là résulterait un compromis entre les monarques et les sujets charmés de ramper pêle-mêle dans un ordre politique bâtard ; ils étaleraient à leur aise leurs infirmités, les uns devant les autres, comme dans les anciennes léproseries, ou comme dans ces boues où trempent aujourd'hui des malades pour se soulager ; on barboterait dans une fange indivise à l'état de reptile pacifique.

C'est néanmoins mal prendre son temps que de vouloir, dans l'état actuel de notre société, remplacer les plaisirs de la nature intellectuelle par les joies de la nature physique. Celles-ci, on le conçoit, pouvaient occuper la vie des anciens peuples aristocratiques ; maîtres du monde, ils possédaient des palais, des troupeaux d'esclaves ; ils englobaient dans leurs propriétés particulières des régions entières de l'Afrique. Mais sous quel portique promène-rez-vous maintenant vos pauvres loisirs ? Dans quels bains vastes et ornés renfermerez-vous les parfums, les fleurs, les joueuses de flûte, les courtisanes de l'Ionie ? N'est pas Héliogabale qui veut. Où prendrez-vous les richesses indispensables à ces délices matérielles ? L'âme est économe ; mais le corps est dépensier.

Maintenant, quelques mots plus sérieux sur l'égalité absolue : cette égalité ramènerait non seulement la servi-tude des corps, mais l'esclavage des âmes ; il ne s'agirait de rien moins que de détruire l'inégalité morale et physique de l'individu. Notre volonté, mise en régie sous la surveil-lance de tous, verrait nos facultés tomber en désuétude. L'infini, par exemple, est de notre nature ; défendez à notre intelligence, ou même à nos passions, de songer à des biens sans terme, vous réduisez l'homme à la vie du limaçon, vous le métamorphosez en machine. Car, ne vous y trom-pez pas : sans la possibilité d'arriver à tout, sans l'idée de vivre éternellement, néant partout ; sans la propriété indivi-duelle, nul n'est affranchi ; quiconque n'a pas de propriété ne peut être indépendant ; il devient prolétaire ou salarié, soit qu'il vive dans la condition actuelle des propriétés à part, ou au milieu d'une propriété commune. La propriété commune ferait ressembler la société à un de ces monas-tères à la porte duquel des économes distribuaient du pain. La propriété héréditaire et inviolable est notre défense per-sonnelle ; la propriété n'est autre chose que la *liberté*. L'*égalité absolue* qui présuppose la *soumission complète* à cette égalité reproduirait la plus dure servitude ; elle ferait de l'individu humain une bête de somme, soumise à l'ac-tion qui la contraindrait, et obligée de marcher sans fin dans le même sentier.

Tandis que je raisonnais ainsi, M. de Lamennais atta-quait, sous les verrous de sa geôle, les mêmes systèmes avec sa puissance logique qui s'éclaire de la splendeur du poète [1]. Un passage emprunté à sa brochure intitulée : *Du*

---

1. Lamennais avait été condamné, le 26 décembre 1840, à une amende de 2 000 francs et à un an de prison pour sa brochure : *Le Pays et le Gouvernement*. C'est au cours de cette année de détention à

Passé et de l'Avenir du Peuple, complétera mes raisonnements. Écoutez-le, c'est lui maintenant qui parle [1] :

« Pour ceux qui se proposent ce but d'égalité rigoureuse, absolue, les plus conséquents concluent, pour l'établir et pour le maintenir, à l'emploi de la force, au despotisme, à la dictature, sous une forme ou sous une autre forme.

« Les partisans de l'égalité absolue sont d'abord contraints d'attaquer les inégalités naturelles, afin de les atténuer, de les détruire s'il est possible. Ne pouvant rien sur les conditions premières d'organisation et de développement, leur œuvre commence à l'instant où l'homme naît, où l'enfant sort du sein de sa mère. L'État alors s'en empare : le voilà maître absolu de l'être spirituel comme de l'être organique. L'intelligence et la conscience, tout dépend de lui, tout lui est soumis. Plus de famille, plus de paternité, plus de mariage dès lors. Un mâle, une femelle, des petits que l'État manipule, dont il fait ce qu'il veut, moralement, physiquement, une servitude universelle et si profonde que rien n'y échappe, qu'elle pénètre jusqu'à l'âme même.

« En ce qui touche les choses matérielles, l'égalité ne saurait s'établir d'une manière tant soit peu durable par le simple partage. S'il s'agit de la terre seule, on conçoit qu'elle puisse être divisée en autant de portions qu'il y a d'individus ; mais le nombre des individus variant perpétuellement, il faudrait aussi perpétuellement changer cette division primitive. Toute propriété individuelle étant abolie, il n'y a de possesseur de droit que l'État. Ce mode de possession, s'il est volontaire, est celui du moine astreint par ses vœux à la pauvreté comme à l'obéissance ; s'il n'est pas volontaire, c'est celui de l'esclave, là où rien ne modifie la rigueur de sa condition. Tous les liens de l'humanité, les relations sympathiques, le dévouement

---

Sainte-Pélagie qu'il écrivit la brochure suivante, qui paraîtra au mois de septembre 1841.

1. Dans cette longue citation, Chateaubriand reproduit bien des phrases de Lamennais (p. 157-160 du texte original), mais il les recompose dans un ordre très libre pour orienter la démonstration vers un sens libéral.

mutuel, l'échange des services, le libre don de soi, tout ce qui fait le charme de la vie et sa grandeur, tout, tout a disparu, disparu sans retour.

« Les moyens proposés jusqu'ici pour résoudre le problème pour l'avenir du peuple aboutissent à la négation de toutes les conditions indispensables de l'existence, détruisent, soit directement, soit implicitement, le devoir, le droit, la famille et ne produiraient, s'ils pouvaient être appliqués à la société, au lieu de la liberté dans laquelle se résume tout progrès réel, qu'une servitude à laquelle l'histoire, si haut qu'on remonte dans le passé, n'offre rien de comparable. »

Il n'y a rien à ajouter à cette logique.

Je ne vais pas voir les prisonniers, comme Tartuffe, pour leur distribuer des aumônes[1], mais pour enrichir mon intelligence avec des hommes qui valent mieux que moi. Quand leurs opinions diffèrent des miennes, je ne crains rien : chrétien entêté, tous les beaux génies de la terre n'ébranleraient pas ma foi ; je les plains, et ma charité me défend contre la séduction. Si je pèche par excès, ils pèchent par défaut ; je comprends ce qu'ils comprennent, et ils ne comprennent pas ce que je comprends. Dans la même prison où je visitais autrefois le noble et malheureux Carrel, je visite aujourd'hui l'abbé de Lamennais. La révolution de Juillet a relégué aux ténèbres d'une geôle le reste des hommes supérieurs dont elle ne peut ni juger le mérite, ni soutenir l'éclat. Dans la dernière chambre en montant, sous un toit abaissé que l'on peut toucher de la main, nous imbéciles, croyants de liberté, Félicité de Lamennais et François de Chateaubriand, nous causons de choses sérieuses. Il a beau se débattre, ses idées ont été jetées dans le moule religieux ; la forme est restée chrétienne, alors que le fond s'éloigne le plus du dogme : sa parole a retenu le bruit du ciel.

---

1. Visiter les prisonniers, distribuer des aumônes sont les œuvres de charité sur lesquelles le souverain Juge nous demandera des comptes (*Matthieu*, XXV, 34-36). Mais ce sont aussi les bonnes œuvres ostensibles qu'affiche le scélérat de Molière (*Tartuffe*, III, 2, vers 856-857) : « ... Je vais aux prisonniers/ Des aumônes que j'ai partager les deniers. »

Fidèle professant l'hérésie, l'auteur de l'*Essai sur l'indifférence* parle ma langue avec des idées qui ne sont plus mes idées[1]. Si, après avoir embrassé l'enseignement évangélique populaire, il fût resté attaché au sacerdoce, il aurait conservé l'autorité qu'ont détruite des variations. Les curés, les membres nouveaux du clergé (et les plus distingués d'entre ces lévites), allaient à lui ; les évêques se seraient trouvés engagés dans sa cause s'il eût adhéré aux libertés gallicanes, tout en vénérant le successeur de saint Pierre et en défendant l'unité.

En France, la jeunesse eût entouré le missionnaire en qui elle trouvait les idées qu'elle aime et les progrès auxquels elle aspire ; en Europe, les dissidents attentifs n'auraient point fait obstacle ; de grands peuples catholiques, les Polonais, les Irlandais, les Espagnols, auraient béni le prédicateur suscité. Rome même eût fini par s'apercevoir que le nouvel évangéliste faisait renaître la domination de l'Église et fournissait au pontife opprimé le moyen de résister à l'influence des rois absolus. Quelle puissance de vie ! L'intelligence, la religion, la liberté représentées dans un prêtre !

Dieu ne l'a pas voulu ; la lumière a tout à coup manqué à celui qui était la lumière[2] ; le guide en se dérobant, a laissé le troupeau dans la nuit. À mon compatriote, dont la carrière publique est interrompue, restera toujours la supériorité privée et la prééminence des dons naturels.

----

1. Le premier ouvrage de Lamennais, publié de 1817 à 1823, avait été très apprécié par les ultras, qui ne virent guère les conséquences de ce théocratisme ultramontain, aussi étranger à la Charte qu'à la tradition gallicane, et qui commença par avoir beaucoup de succès à Rome. C'est à partir de 1829 (comme le montre, à cette époque, son intéressante correspondance avec Vitrolles) que la doctrine de Lamennais évolua : puisque les rois trahissent, on les remplacera par les peuples ! Chateaubriand est sensible à cette perversion de ses propres idées mais, après la condamnation de Lamennais par le Saint-Siège (encycliques *Mirari vos*, du 15 août 1832, et *Singulari nos*, du 7 juillet 1834), leur commune marginalisation contribua sans doute à les rapprocher.
2. Cette allusion au prologue du quatrième Évangile (*Jean*, I, 4-9) assimile plus ou moins Lamennais à Jean-Baptiste, annonciateur de la lumière divine sans être lui-même cette lumière.

Dans l'ordre des temps il doit me survivre[1] ; je l'ajourne à mon lit de mort pour agiter nos grands contestes[2] à ces portes que l'on ne repasse plus[3]. J'aimerais à voir son génie répandre sur moi l'absolution que sa main avait autrefois le droit de faire descendre sur ma tête. Nous avons été bercés en naissant par les mêmes flots[4] ; qu'il soit permis à mon ardente foi et à mon admiration sincère d'espérer que je rencontrerai encore mon ami réconcilié sur le même rivage des choses éternelles.

(16)

L'IDÉE CHRÉTIENNE EST L'AVENIR DU MONDE.

En définitive, mes investigations m'amènent à conclure que l'ancienne société s'enfonce sous elle, qu'il est impossible à quiconque n'est pas chrétien de comprendre la société future poursuivant son cours et satisfaisant à la fois ou l'idée purement républicaine ou l'idée monarchique modifiée. Dans toutes les hypothèses, les améliorations que vous désirez, vous ne les pouvez tirer que de l'Évangile[5].

Au fond des combinaisons des sectaires actuels, c'est toujours le plagiat, la parodie de l'Évangile, toujours le principe apostolique qu'on retrouve : ce principe est telle-

---

1. Né à Saint-Malo en 1782, Lamennais mourra le 27 février 1854, dans la solitude la plus totale : il a pu lire ces lignes.   **2.** Discussion, débat, dispute. Mot de la langue du XVIe siècle, plutôt attesté au masculin pluriel, comme ici, mais parfois employé au féminin singulier (saint François de Sales). Ce flou grammatical entraînera sa proscription par les théoriciens du XVIIe siècle, en dehors de la locution : sans conteste. **3.** Ce sont les portes de la mort : voir *Psaumes*, IX, 14 ; CVII, 8, etc. **4.** Chateaubriand avait déjà développé cette image dans une lettre adressée à Lamennais le 2 novembre 1836 : « Alcyons du même écueil, nous avons eu la mer pour berceau et nous avons été salués des mêmes tempêtes. »   **5.** Sur la pensée religieuse du dernier Chateaubriand, voir : Frank Paul Bowman, « Chateaubriand et le Christ des barricades », *Bulletin*, 1990, p. 41-50.

ment entré en nous, que nous en usons comme nous appartenant ; nous nous le présumons naturel, quoiqu'il ne nous le soit pas ; il nous est venu de notre ancienne foi, à prendre celle-ci à deux ou trois degrés d'ascendance au-dessus de nous. Tel esprit indépendant qui s'occupe du perfectionnement de ses semblables n'y aurait jamais pensé si le droit des peuples n'avait été posé par le Fils de l'homme. Tout acte de philanthropie auquel nous nous livrons, tout système que nous rêvons dans l'intérêt de l'humanité, n'est que l'idée chrétienne retournée, changée de nom et trop souvent défigurée : c'est toujours le verbe qui se fait chair[1] !

Voulez-vous que l'idée chrétienne ne soit que l'idée humaine en progression ? J'y consens ; mais ouvrez les diverses cosmogonies, vous apprendrez qu'un christianisme traditionnel a devancé sur la terre le christianisme révélé. Si le Messie *n'était pas venu* et *qu'il n'eût point parlé*, comme il le dit de lui-même[2], l'idée n'aurait pas été dégagée, les vérités seraient restées confuses, telles qu'on les entrevoit dans les écrits des anciens. C'est donc, de quelque façon que vous l'interprétiez, du révélateur ou du Christ que vous tenez tout ; c'est du Sauveur, *Salvator*, du Consolateur, *Paracletus*[3], qu'il vous faut toujours partir ; c'est de lui que vous avez reçu les germes de la civilisation et de la philosophie.

Vous voyez donc que je ne trouve de solution à l'avenir que dans le christianisme et dans le christianisme catholique ; la religion du Verbe est la manifestation de la vérité[4], comme la création est la visibilité de Dieu[5]. Je ne prétends pas qu'une rénovation générale ait absolument lieu, car j'admets que des peuples entiers soient voués à la destruction ; j'admets aussi que la foi se dessèche en certains pays : mais s'il en reste un seul grain, s'il tombe sur un peu de terre, ne fût-ce que dans les débris d'un

---

1. *Jean*, I, 14 : *Et Verbum caro factum est.*　　**2.** *Jean*, XV, 22.　　**3.** C'est le nom que *Jean* donne au Saint-Esprit ou « Esprit de vérité » : XIV, 16 et 26 ; XV, 26 ; XVI, 7.　　**4.** Là encore, voir saint Jean, *passim* : I, 14 et 17 ; V, 33 ; VIII, 32, etc. **5.** Voir *Romains*, I, 19-20 et *Hébreux*, XI, 3.

vase, ce grain lèvera [1], et une seconde incarnation de l'esprit catholique ranimera la société.

Le christianisme est l'appréciation la plus philosophique et la plus rationnelle de Dieu et de la création ; il renferme les trois grandes lois de l'univers, la loi divine, la loi morale, la loi politique [2] : la loi divine, unité de Dieu en trois personnes ; la loi morale, *charité* ; la loi politique, c'est-à-dire *liberté, égalité, fraternité*.

Les deux premiers principes sont développés ; le troisième, la loi politique, n'a point reçu ses compléments, parce qu'il ne pouvait fleurir tandis que la croyance intelligente de l'être infini et la morale universelle n'étaient pas solidement établies. Or, le christianisme eut d'abord à déblayer les absurdités et les abominations dont l'idolâtrie et l'esclavage avaient encombré le genre humain.

Des personnes éclairées ne comprennent pas qu'un catholique tel que moi s'entête à s'asseoir à l'ombre de ce qu'elles appellent des ruines ; selon ces personnes, c'est une gageure, un parti pris. Mais dites-le-moi, par pitié, où trouverai-je une famille et un Dieu dans la société individuelle et philosophique que vous me proposez ? Dites-le-moi et je vous suis ; sinon ne trouvez pas mauvais que je me couche dans la tombe du Christ, seul abri que vous m'avez laissé en m'abandonnant.

Non, je n'ai point fait une gageure avec moi-même : je suis sincère ; voici ce qui m'est arrivé : de mes projets, de mes études, de mes expériences, il ne m'est resté qu'un détromper complet de toutes les choses que poursuit le monde. Ma conviction religieuse, en grandissant, a dévoré mes autres convictions ; il n'est ici-bas chrétien plus croyant et homme plus incrédule que moi. Loin d'être à son terme, la religion du libérateur entre à peine dans sa troisième période, la période politique, *liberté, égalité, fraternité*. L'Évangile, sentence d'acquittement, n'a pas été lu encore à tous ; nous en sommes encore aux

---

1. Allusion à la parabole du semeur : *Luc*, VIII, 5-8 et 11-15 ; *Matthieu*, XIII, 3-9 et 18-23.   **2.** Chateaubriand a formulé cette idée pour la première fois dans la préface des *Études historiques* (Ladvocat, t. IV, p. 101), et la développe au début du *Premier Discours*.

malédictions prononcées par le Christ : « Malheur à vous
qui chargez les hommes de fardeaux qu'ils ne sauraient
porter, et qui ne voudriez pas les avoir touchés du bout
du doigt [1] ! »

Le christianisme, stable dans ses dogmes, est mobile
dans ses lumières [2] ; sa transformation enveloppe la transformation universelle. Quand il aura atteint son plus haut
point, les ténèbres achèveront de s'éclaircir ; la liberté,
crucifiée sur le Calvaire avec le Messie, en descendra
avec lui ; elle remettra aux nations ce nouveau testament
écrit en leur faveur et jusqu'ici entravé dans ses clauses.
Les gouvernements passeront, le mal moral disparaîtra, la
réhabilitation annoncera la consommation des siècles de
mort et d'oppression nés de la chute.

Quand viendra ce jour désiré ? Quand la société se
recomposera-t-elle d'après les moyens secrets du principe
générateur ? Nul ne le peut dire ; on ne saurait calculer
les résistances des passions.

Plus d'une fois la mort engourdira des races, versera le
silence sur les événements comme la neige tombée pendant la nuit fait cesser le bruit des chars. Les nations ne
croissent pas aussi rapidement que les individus dont elles
sont composées et ne disparaissent pas aussi vite. Que
de temps ne faut-il point pour arriver à une seule chose
cherchée ! L'agonie du Bas-Empire pensa ne pas finir ;
l'ère chrétienne, déjà si étendue, n'a pas suffi à l'abolition
de la servitude [3]. Ces calculs, je le sais, ne vont pas au
tempérament français ; dans nos révolutions nous n'avons
jamais admis l'élément du temps : c'est pourquoi nous
sommes toujours ébahis des résultats contraires à nos
impatiences. Pleins d'un généreux courage, des jeunes
gens se précipitent ; ils s'avancent tête baissée vers une
haute région qu'ils entrevoient et qu'ils s'efforcent d'atteindre. Rien de plus digne d'admiration ; mais ils useront

---

1. *Luc*, XI, 46.   2. Idée centrale du discours au conclave de
1829 : voir Pierre Clarac, « Le christianisme de Chateaubriand », dans
À la recherche de Chateaubriand, Paris, Nizet, 1975, p. 13-31.
3. En 1840, le servage existe encore dans la « sainte Russie » tsariste,
tandis que les esclaves africains forment une des bases de la prospérité
américaine.

leur vie dans ces efforts et arrivés au terme, de mécompte en mécompte, ils consigneront le poids des années déçues à d'autres générations abusées qui le porteront jusqu'aux tombeaux voisins ; ainsi de suite. Le temps du désert est revenu ; le christianisme recommence dans la stérilité de la Thébaïde, au milieu d'une idolâtrie redoutable, l'idolâtrie de l'homme envers soi.

Il y a deux conséquences dans l'histoire, l'une immédiate et qui est à l'instant connue, l'autre éloignée et qu'on n'aperçoit pas d'abord. Ces conséquences souvent se contredisent ; les unes viennent de notre courte sagesse, les autres de la sagesse perdurable. L'événement providentiel apparaît après l'événement humain. Dieu se lève derrière les hommes[1]. Niez tant qu'il vous plaira le suprême conseil, ne consentez pas à son action, disputez sur les mots, appelez force des choses ou raison ce que le vulgaire appelle Providence, regardez à la fin d'un fait accompli, et vous verrez qu'il a toujours produit le contraire de ce qu'on en attendait, quand il n'a point été établi d'abord sur la morale et sur la justice.

Si le ciel n'a pas prononcé son dernier arrêt ; si un avenir doit être, un avenir puissant et libre, cet avenir est loin encore, loin au-delà de l'horizon visible ; on n'y pourra parvenir qu'à l'aide de cette espérance chrétienne dont les ailes croissent à mesure que tout semble la trahir, espérance plus longue que le temps et plus forte que le malheur.

---

1. C'est du moins ce que les hommes le supplient de faire : voir *Psaumes*, III, 8 ; VII, 7 ; IX, 20, etc.

(17)

RÉCAPITULATION DE MA VIE.

L'ouvrage inspiré par mes cendres et destiné à mes cendres subsistera-t-il après moi ? Il est possible que mon travail soit mauvais ; il est possible qu'en voyant le jour ces *Mémoires* s'effacent : du moins les choses que je me serai racontées auront servi à tromper l'ennui de ces dernières heures dont personne ne veut et dont on ne sait que faire. Au bout de la vie est un âge amer ; rien ne plaît, parce qu'on n'est digne de rien ; bon à personne, fardeau à tous, près de son dernier gîte, on n'a qu'un pas à faire pour y atteindre : à quoi servirait de rêver sur une plage déserte ? quelles aimables ombres apercevrait-on dans l'avenir ? Fi des nuages qui volent maintenant sur ma tête !

Une idée me revient et me trouble : ma conscience n'est pas rassurée sur l'innocence de mes veilles ; je crains mon aveuglement et la complaisance de l'homme pour ses fautes. Ce que j'écris est-il bien selon la justice ? La morale et la charité sont-elles rigoureusement observées ? Ai-je eu le droit de parler des autres ? Que me servirait le repentir, si ces *Mémoires* faisaient quelque mal ? Ignorés et cachés de la terre, vous de qui la vie agréable aux autels opère des miracles, salut à vos secrètes vertus !

Ce pauvre, dépourvu de science, et dont on ne s'occupera jamais, a, par la seule doctrine de ses mœurs, exercé sur ses compagnons de souffrance l'influence divine qui émanait des vertus du Christ. Le plus beau livre de la terre ne vaut pas un acte inconnu de ces martyrs sans nom dont Hérode[1] avait *mêlé le sang à leurs sacrifices.*

---

1. Lapsus pour Pilate, si nous avons bien là une allusion à *Luc*, XIII, 1 : « En ce même temps survinrent des gens qui lui rapportèrent ce qui était arrivé à des Galiléens dont Pilate avait mêlé le sang à celui de leurs sacrifices. » C'est un épisode obscur auquel Chateaubriand associe le souvenir des persécutions exercées par Hérode Agrippa contre

Vous m'avez vu naître ; vous avez vu mon enfance, l'idolâtrie de ma singulière création dans le château de Combourg, ma présentation à Versailles, mon assistance à Paris au premier spectacle de la Révolution. Dans le Nouveau Monde je rencontre Washington ; je m'enfonce dans les bois ; le naufrage me ramène sur les côtes de ma Bretagne. Arrivent mes souffrances comme soldat, ma misère comme émigré. Rentré en France, je deviens auteur du *Génie du Christianisme*. Dans une société changée, je compte et je perds des amis. Bonaparte m'arrête et se jette, avec le corps sanglant du duc d'Enghien, devant mes pas ; je m'arrête à mon tour, et je conduis le grand homme de son berceau, en Corse, à sa tombe, à Sainte-Hélène. Je participe à la Restauration et je la vois finir.

Ainsi la vie publique et privée m'a été connue. Quatre fois j'ai traversé les mers ; j'ai suivi le soleil en Orient, touché les ruines de Memphis, de Carthage, de Sparte et d'Athènes ; j'ai prié au tombeau de saint Pierre et adoré sur le Golgotha. Pauvre et riche, puissant et faible, heureux et misérable, homme d'action, homme de pensée, j'ai mis ma main dans le siècle, mon intelligence au désert[1] ; l'existence effective s'est montrée à moi au milieu des illusions, de même que la terre apparaît aux matelots parmi les nuages. Si ces faits répandus sur mes songes, comme le vernis qui préserve des peintures fragiles, ne disparaissent pas, ils indiqueront le lieu par où a passé ma vie.

Dans chacune de mes trois carrières je m'étais proposé un but important : voyageur, j'ai aspiré à la découverte du monde polaire ; littérateur, j'ai essayé de rétablir le culte sur ses ruines ; homme d'État, je me suis efforcé de donner aux peuples le système de la monarchie pondérée, de replacer la France à son rang en Europe, de lui rendre la force que les traités de Vienne lui avaient fait perdre ;

---

les premiers chrétiens (*Actes des apôtres*, XII), pour exalter la primauté de la charité.

1. Une ébauche de cette phrase se rencontre dans le *Génie* (p. 863) pour qualifier Bossuet : « Son corps était dans le monde et son esprit au désert. »

j'ai du moins aidé à conquérir celle de nos libertés qui les vaut toutes, la liberté de la presse. Dans l'ordre divin, religion et liberté ; dans l'ordre humain, honneur et gloire (qui sont la génération humaine de la religion et de la liberté) : voilà ce que j'ai désiré pour ma patrie.

Des auteurs français de ma date, je suis quasi seul qui ressemble à ses ouvrages : voyageur, soldat, publiciste, ministre, c'est dans les bois que j'ai chanté les bois, sur les vaisseaux que j'ai peint l'Océan, dans les camps que j'ai parlé des armes, dans l'exil que j'ai appris l'exil, dans les cours, dans les affaires, dans les assemblées que j'ai étudié les princes, la politique et les lois.

Les orateurs de la Grèce et de Rome furent mêlés à la chose publique et en partagèrent le sort ; dans l'Italie et l'Espagne de la fin du moyen âge et de la Renaissance, les premiers génies des lettres et des arts participèrent au mouvement social. Quelles orageuses et belles vies que celles de Dante, du Tasse, de Camoëns, d'Ercilla[1], de Cervantès ! En France, anciennement, nos cantiques et nos récits nous parvenaient de nos pèlerinages et de nos combats ; mais, à compter du règne de Louis XIV, nos écrivains ont trop souvent été des hommes isolés dont les talents pouvaient être l'expression de l'esprit, non des faits de leur époque.

Moi, bonheur ou fortune, après avoir campé sous la hutte de l'Iroquois et sous la tente de l'Arabe, après avoir revêtu la casaque et le cafetan du Mamelouck, je me suis assis à la table des rois pour retomber dans l'indigence. Je me suis mêlé de paix et de guerre ; j'ai signé des traités et des protocoles ; j'ai assisté à des sièges, des congrès et des conclaves ; à la réédification et à la démolition des trônes ; j'ai fait de l'histoire, et je la pouvais écrire : et ma vie solitaire et silencieuse marchait au travers du tumulte et du bruit avec les filles de mon imagination, Atala, Amélie, Blanca, Velléda, sans parler de ce que je pourrais appeler les réalités de mes jours, si elles

---

1. Sur Don Alonzo Ercilla (1533-1595) et son poème épique *La Araucana* (1569-1589) dédié à Philippe II, voit t. I, p. 463, note 2 et *Génie*, p. 639-640.

n'avaient elles-mêmes la séduction des chimères. J'ai peur d'avoir eu une âme de l'espèce de celle qu'un philosophe ancien appelait une maladie sacrée.

Je me suis rencontré entre deux siècles, comme au confluent de deux fleuves ; j'ai plongé dans leurs eaux troublées, m'éloignant à regret du vieux rivage où je suis né, nageant avec espérance vers une rive inconnue.

(18)

RÉSUMÉ DES CHANGEMENTS
ARRIVÉS SUR LE GLOBE PENDANT MA VIE.

La géographie entière a changé depuis que, selon l'expression de nos vieilles coutumes, *j'ai pu regarder le ciel de mon lit*. Si je compare deux globes terrestres, l'un du commencement, l'autre de la fin de ma vie, je ne les reconnais plus. Une cinquième partie de la terre, l'Australie, a été découverte[1] et s'est peuplée : un sixième continent vient d'être aperçu par des voiles françaises dans les glaces du pôle antarctique[2] et les Parry, les Ross, les Franklin ont tourné, à notre pôle, les côtes qui dessinent la limite de l'Amérique au septentrion[3] ; l'Afrique a

---

1. Le continent austral, aperçu depuis longtemps, ne fut à peu près délimité, et son caractère insulaire reconnu, qu'à la fin du XVIIIᵉ siècle, avec Cook, Flinders et Baudin. Et c'est en 1788 que les premiers *convicts* (condamnés au bagne) y furent débarqués. **2.** Le premier explorateur des banquises du pôle Sud, le Français Dumont d'Urville, est rentré de son premier voyage en 1840. **3.** Chateaubriand voyait ainsi se réaliser le rêve de sa jeunesse : la découverte du passage du nord-ouest. Il avait mentionné les trois hommes dans la préface du *Voyage en Amérique* (1827). Il y évoque en particulier la seconde expédition du capitaine John Franklin (1786-1847) en 1825 et 1826 (*Œuvres*, I, p. 650-651). Le capitaine John Ross (1777-1856) avait accompli son premier voyage en 1818 et il avait publié un *Voyage à la recherche du passage au pôle N.-O.* (1835). Sur Parry, voir *supra*, p. 409, note 3.

ouvert ses mystérieuses solitudes [1] ; enfin il n'y a pas un coin de notre demeure qui soit actuellement ignoré. On attaque toutes les langues de terres qui séparent le monde ; on verra sans doute bientôt des vaisseaux traverser l'isthme de Panama et peut-être l'isthme de Suez.

L'histoire a fait parallèlement au fond du temps des découvertes ; les langues sacrées ont laissé lire leur vocabulaire perdu ; jusque sur les granits de Mezraïm, Champollion a déchiffré ces hiéroglyphes qui semblaient être un sceau mis sur les lèvres du désert, et qui répondait de leur éternelle discrétion*. Que si les révolutions nouvelles ont rayé de la carte la Pologne, la Hollande, Gênes et Venise, d'autres républiques occupent une partie des rivages du grand Océan et de l'Atlantique. Dans ces pays, la civilisation perfectionnée pourrait prêter des secours à une nature énergique : les bateaux à vapeur remonteraient ces fleuves destinés à devenir des communications faciles, après avoir été d'invincibles obstacles ; les bords de ces fleuves se couvriraient de villes et de villages, comme nous avons vu de nouveaux États américains sortir des déserts du Kentucky. Dans ces forêts réputées impénétrables fuiraient des chariots sans chevaux, transportant des poids énormes et des milliers de voyageurs. Sur ces rivières, sur ces chemins, descendraient, avec les arbres pour la construction des vaisseaux, les richesses des mines qui serviraient à les payer ; et l'isthme de Panama romprait sa barrière pour donner passage à ces vaisseaux dans l'une et l'autre mer.

---

* M. Ch. Lenormant, savant compagnon de voyage de Champollion, a préservé la grammaire des obélisques que M. Ampère est allé étudier aujourd'hui sur les ruines de Thèbes et de Memphis[2].

---

1. Son exploration ne fait alors que commencer. Le voyage de René Caillé jusqu'à Tombouctou date de 1827-1828.   2. Cette précision concernant Ampère est une adjonction tardive sur le manuscrit de 1845. Au mois de juillet 1844, Ampère était parti pour une mission en Égypte dont il ne reviendra qu'en juin 1845. C'est entre ces deux dates que ce complément a été ajouté.

La marine qui emprunte du feu le mouvement[1] ne se borne pas à la navigation des fleuves, elle franchit l'Océan ; les distances s'abrègent ; plus de courants, de moussons, de vents contraires, de blocus, de ports fermés. Il y a loin de ces romans industriels au hameau de Plancouët : en ce temps-là, les dames jouaient aux jeux d'autrefois à leur foyer ; les paysannes filaient le chanvre de leurs vêtements ; la maigre bougie de résine éclairait les veillées de village ; la chimie n'avait point opéré ses prodiges ; les machines n'avaient pas mis en mouvement toutes les eaux et tous les fers pour tisser les laines ou broder les soies ; le gaz resté aux météores ne fournissait point encore l'illumination de nos théâtres et de nos rues.

Ces transformations ne se sont pas bornées à nos séjours : par l'instinct de son immortalité, l'homme a envoyé son intelligence en haut ; à chaque pas qu'il a fait dans le firmament, il a reconnu des miracles de la puissance inénarrable. Cette étoile, qui paraissait simple à nos pères, est double et triple à nos yeux ; les soleils interposés devant les soleils se font ombre et manquent d'espace pour leur multitude. Au centre de l'infini, Dieu voit défiler autour de lui ces magnifiques théories, preuves ajoutées aux preuves de l'Être suprême.

Représentons-nous, selon la science agrandie, notre chétive planète nageant dans un océan à vagues de soleils, dans cette Voie lactée, matière brute de lumière, métal en fusion de mondes que façonnera la main du Créateur. La distance de telles étoiles est si prodigieuse que leur éclat ne pourra parvenir à l'œil qui les regarde que quand ces étoiles seront éteintes, le foyer avant le rayon. Que l'homme est petit sur l'atome où il se meut ! Mais qu'il est grand comme intelligence ! Il sait quand le visage des astres se doit charger d'ombre, à quelle heure reviennent les comètes après des milliers d'années, lui qui ne vit qu'un instant ! Insecte microscopique inaperçu dans un

---

1. La marine à vapeur. C'est en effet vers 1840 que se développent les premières liaisons transatlantiques et que sont établies en Méditerranée les premières lignes régulières, par exemple entre Marseille et le Levant (Constantinople, Alexandrie, etc.).

pli de la robe du ciel, les globes ne lui peuvent cacher un seul de leurs pas dans la profondeur des espaces[1]. Ces astres, nouveaux pour nous, quelles destinées éclaireront-ils ? La révélation de ces astres est-elle liée à quelque nouvelle phase de l'humanité ? Vous le saurez, races à naître ; je l'ignore et je me retire.

Grâce à l'exorbitance[2] de mes années, mon monument est achevé. Ce m'est un grand soulagement ; je sentais quelqu'un qui me poussait : le patron de la barque sur laquelle ma place est retenue m'avertissait qu'il ne me restait qu'un moment pour monter à bord[3]. Si j'avais été le maître de Rome, je dirais, comme Sylla, que je finis mes *Mémoires* la veille même de ma mort ; mais je ne conclurais pas mon récit par ces mots comme il conclut le sien[4] : « J'ai vu en songe un de mes enfants qui me montrait Métella, sa mère, et m'exhortait à venir jouir du repos dans le sein de la félicité éternelle. » Si j'eusse été Sylla, la gloire ne m'aurait jamais pu donner le repos et la félicité[5].

Des orages nouveaux se formeront ; on croit pressentir des calamités qui l'emporteront sur les afflictions dont nous avons été accablés ; déjà, pour retourner au champ

---

1. Le paragraphe dans son ensemble a une tonalité pascalienne : voir les fragments des *Pensées* regroupés dans la section : « Misère et grandeur ».   2. Ce terme, qui signifie « un très grand nombre », est emprunté à la langue du XVIᵉ siècle (voir les exemples cités par *Huguet*) ; mais il a été remis en honneur au XIXᵉ, si bien que Littré le classe parmi les néologismes.   3. Souvenir de la légende celte relative à la barque des morts. Chateaubriand évoque, dans son *Histoire de France*, cette « barque qui passait en Albion les âmes des morts au milieu des tempêtes et des tourbillons de feu ».   4. Chateaubriand se réfère ici à Plutarque (*Sylla*, LXXV) mais il transpose au style direct les propos prêtés à Sylla par son biographe (« et dit encore que son fils... »).   5. Le chapitre de Plutarque commence ainsi : « Au demourant Sylla non seulement preveit sa mort, mais aussi en escrivit aucunement : car il acheva le vingt et deuxième livre de ses commentaires deux jours avant qu'il trespassast, auquel livre il dit que les devins de Chaldée luy avoient prédict qu'il falloit, après avoir honorablement vescu, qu'il decedast en la fleur de ses prosperitez. » Si Chateaubriand adopte bien la *posture* de Sylla (achèvement des *Mémoires*, imminence de la mort), il dénie à celui-ci le droit de songer au bonheur des justes, après la vie criminelle qui a été la sienne.

de bataille, on songe à rebander ses vieilles blessures. Cependant, je ne pense pas que des malheurs prochains éclatent : peuples et rois sont également recrus ; des catastrophes imprévues ne fondront pas sur la France : ce qui me suivra ne sera que l'effet de la transformation générale. On touchera sans doute à des stations pénibles ; le monde ne saurait changer de face sans qu'il y ait douleur. Mais, encore un coup, ce ne seront point des révolutions à part ; ce sera la grande révolution allant à son terme. Les scènes de demain ne me regardent plus ; elles appellent d'autres peintres : à vous, messieurs.

En traçant ces derniers mots, ce 16 novembre 1841[1], ma fenêtre qui donne à l'ouest sur les jardins des Missions étrangères, est ouverte[2] : il est six heures du matin ; j'aperçois la lune pâle et élargie ; elle s'abaisse sur la flèche des Invalides à peine révélée par le premier rayon doré de l'Orient ; on dirait que l'ancien monde finit, et que le nouveau commence. Je vois les reflets d'une aurore dont je ne verrai pas se lever le soleil[3]. Il ne me reste qu'à

---

1. Cette date, cette heure, font depuis longtemps problème : pour un commentaire plus approfondi, voir édition des Classiques Garnier, t. IV, p. 761-762.   **2.** Au mois de juillet 1838, les Chateaubriand avaient quitté leur infirmerie pour louer un appartement dans un hôtel particulier de la rue du Bac (aujourd'hui n° 120), proche de la « petite cellule » de Mme Récamier. Ce rez-de-chaussée, situé entre cour et jardin, se prolongeait par un modeste parterre au-delà duquel on apercevait, du côté du couchant, les frondaisons du jardin des Missions étrangères. Chateaubriand est coutumier de ces rêveries matinales, face à une fenêtre ouverte sur un jardin. Voici ce qu'il écrivait, au mois de mai 1803 : « Il est cinq heures du matin ; je suis seul dans ma cellule ; ma fenêtre est ouverte sur les jardins qui sont si frais, et je vois l'or d'un beau soleil levant qui s'annonce au-dessus du quartier que vous habitez » (*Correspondance*, t. I, p. 187). On rappellera enfin que lorsque le mémorialiste est censé rédiger ces dernières lignes, la coupole des Invalides abrite depuis quelques mois le cercueil de Napoléon. **3.** Cette conclusion forme la contrepartie exacte de ce qu'écrivait Musset dans un passage de la *Confession d'un enfant du siècle* publié par la *Revue des Deux-Mondes* du 15 septembre 1835 : « Hélas ! hélas ! la religion s'en va ; les nuages du ciel tombent en pluie ; nous n'avons plus ni espoir, ni attente, pas deux petits morceaux de bois noir en croix devant lesquels tendre les mains. L'astre de l'avenir se lève à peine ; il ne peut sortir de l'horizon ; il reste enveloppé de nuages, et,

m'asseoir au bord de ma fosse ; après quoi je descendrai hardiment, le crucifix à la main, dans l'éternité.

FIN DES MÉMOIRES.

comme le soleil en hiver, son disque y apparaît d'un rouge de sang, qu'il a gardé de 93. Il n'y a plus d'amour, il n'y a plus de gloire. Quelle épaisse nuit sur la terre ! Et nous serons morts quand il fera jour. »

APPENDICE

I. FRAGMENTS RETRANCHÉS

1. Le livre sur Venise

*Les trois premiers chapitres du livre XXXIX formaient, dans le manuscrit de 1845, un livre séparé, numéroté « sixième » dans la quatrième partie, et constitué de quatre chapitres (les chapitres 1 et 2 ont ensuite été regroupés dans un seul chapitre), du reste disposés dans un ordre qui a varié de 1834 à 1841. Suivait un livre « septième » composé de 18 chapitres et consacré au séjour à Venise. C'est en 1846 que Chateaubriand modifia cette répartition. Il regroupa le livre VI et les chapitres 1 à 10a du livre VII pour constituer notre actuel livre XXXIX. Il sacrifia en revanche le reste (la seconde moitié du livre VII, du chapitre 10b à 18), jugé sans doute par son entourage à la fois trop libre et trop intime. Maurice Levaillant a retrouvé ces chapitres et les a publiés dans sa thèse complémentaire (*Deux livres des Mémoires d'outre-tombe*, Paris, Delagrave, 1936, tome 1) : ce fut alors une révélation.*

Nous les reproduisons donc ici dans le texte corrigé de 1845, renvoyant au travail de Levaillant pour le détail des variantes. Toutefois, il faut le signaler, des Fragments de ces chapitres retranchés étaient déjà connus du public puisqu'ils avaient été insérés, au moins en partie, en 1836 dans la 5ᵉ partie de Littérature anglaise. *Ils appartenaient au chapitre 10b, p. 614 : « Plaignons Rousseau et Byron (...) tous bien servi » ; au chapitre 12, p. 622 : « Nous ne pouvons souffrir de réputation (...) entremise du temps et de la mort » ; au chapitre 15, p. 632 (la beauté des Juives) ; enfin au chapitre 18, p. 645-649 (la « Rêverie au Lido »).*

LES CHAPITRES RETRANCHÉS DU LIVRE SUR VENISE
(Livre VII de la IVe partie)

(10)

Venise, du 10 au 17 septembre 1833.

BEAUX GÉNIES INSPIRÉS PAR VENISE. — ANCIENNES ET NOUVELLES COURTISANES. — ROUSSEAU ET BYRON NÉS MALHEUREUX.

....

Lord Byron comptait vraisemblablement *la Fornarina* parmi les femmes dont la beauté ressemblait à celle du Tigre soupant : qu'est-ce donc si lui et Rousseau avaient vu les anciennes courtisanes de Venise, et non leur race dégénérée ? Montaigne qui ne cache jamais rien, raconte que cela lui sembla autant « admirable que nulle autre chose, d'en voir un tel nombre, comme de cent cinquante ou environ, faisant une dépense en meubles et vêtements de princesse, n'ayant d'autre fonds à se maintenir que de cette traficque ».

Quand les Français s'emparèrent de Venise ils défendirent aux courtisanes de placer à leurs fenêtres le petit phare des Héro, qui servait à guider les Léandre. Les Autrichiens ont supprimé, comme corporation, les *Bene-*

merite meretrici du sénat vénitien. Aujourd'hui elles ne ressemblent plus qu'aux créatures vagabondes des rues de nos villes.

À quelques pas de mon auberge, est une maison à la porte de laquelle se balancent, pour enseigne, trois ou quatre malheureuses assez belles et demi-nues. Un caporal *schlagen* collé le long de la muraille, les bras allongés, la paume des deux mains appliquée au fémur, la poitrine effacée, le cou roide, la tête fixe, ne la tournant ni à droite, ni à gauche, est en faction devant ces Demoiselles qui se moquent de lui, et cherchent à lui faire violer sa consigne. Il voit entrer et sortir les *Pourchois*, avertissant par sa présence que tout se doit passer sans scandale et sans bruit : on ne s'est pas encore avisé en France de mettre l'obéissance de nos conscrits, à cette épreuve.

Plaignons Rousseau et Byron d'avoir encensé des autels peu dignes de leurs sacrifices. Peut-être avares d'un temps dont chaque minute appartenait au monde, n'ont-ils voulu que le plaisir, chargeant leur talent de le transformer en passion et en gloire. À leurs lyres la mélancolie, la jalousie, les douleurs de l'amour ; à eux sa volupté et son sommeil sous des mains légères. Ils cherchaient de la rêverie, du malheur, des larmes, du désespoir dans la solitude, les vents, les ténèbres, les tempêtes, les forêts, les mers, et venaient en composer pour leurs lecteurs, les tourments de Childe-Harold et de Saint-Preux sur le sein de Zulietta et Marguerite.

Quoi qu'il en soit, dans le moment de leur ivresse, l'illusion de l'amour était complète pour eux. Du reste ils savaient bien qu'ils tenaient l'infidélité même dans leurs bras, qu'elle allait s'envoler avec l'aurore : elle ne les trompait pas par un faux-semblant de constance ; elle ne se condamnait pas à les suivre, lassée de leur tendresse ou de la sienne. Somme toute, Jean-Jacques et lord Byron ont été des hommes infortunés ; c'était la condition de leur génie : le premier s'est empoisonné, le second fatigué de ses excès et sentant le besoin d'estime, est retourné aux rives de cette Grèce où sa Muse et la Mort l'ont tour à tour bien servi.

Glory and Greece around us see !
....
The land of honorable death
Is here – up to the field, and give
Away thy breath !

« Voyez la gloire et la Grèce autour de nous... La place d'une honorable mort est ici. – Au champ ! et abandonne ta vie. »

(11)

Venise, du 10 au 17 septembre 1833.

Zanze.

Comme je prenais au crayon les notes de tout ceci, en déjeunant longuement à ma petite table, un sbire rôdait autour de moi : il me connaissait sans doute, et n'osait rien me dire. Détesté des Rois dont j'ai l'honneur d'être le très humble mais très peu obéissant serviteur, je leur représente la liberté de la presse incarnée.

Hyacinthe me vint rejoindre au café et m'apprendre le succès des recherches relatives à Zanze. Le père de celle-ci Brollo, le geôlier, était mort depuis quelques années ; la mère de Zanze logeait derrière l'Académie des Beaux-Arts, au palais Cicognara qu'elle louait du propriétaire et dans lequel elle sous-louait des chambres à des artistes, des commis et des officiers de la garnison. La veuve de Brollo avait deux fils : l'un, Angelo, travaillait chez un fabricant de mosaïques, l'autre, Antonio, tenait le comptoir d'un marchand de fromage ; Zanze était mariée ; elle demeurait chez sa mère avec son mari, employé à *la Centrale* : elle s'occupait de mosaïques et de broderies.

Les choses arrivées à ce point, je me résolus de faire

une visite à Mme Brollo. J'allai prendre Antonio à l'auberge, et nous partîmes en gondole.

La geôlière me vint recevoir à sa porte sur la *calle*. Nous montâmes un escalier : Mme Brollo marchait devant, comme si elle m'eût conduit en prison, me demandant pardon de m'introduire d'abord dans une cuisine. Zanze était à l'Académie avec un élève et elle avait emporté la clef de sa chambre ; mais Mme Brollo avisant une double clef pendue à un clou, s'empressa de m'ouvrir l'appartement de sa fille.

La chambre était grande, éclairée par deux fenêtres. Un large lit de six pieds sans rideaux, une table et quelques chaises, complétaient l'ameublement.

L'auguste veuve détacha du mur un portrait de François II, en petites perles de verre ; ouvrage de la Zanze : je me présentais comme un amateur de mosaïques. Antonio fut dépêché en courrier à la brodeuse du portrait.

Resté seul avec Mme Antonia Brollo, nous commençâmes une conversation fort animée. Mme Antonia a été mariée deux fois ; son premier mari, Jean Olagnon, était un Picard, mort à l'armée d'Égypte. Mme Antonia sait le français, et le prononce même assez bien, mais elle a de la peine à trouver les mots : elle se servait donc presque toujours de la langue italienne mêlée de patois vénitien. Voici le portrait de la *Carceriere* par Pellico. « La moglie era quella che più manteneva il contegno ed il carattere di carceriere. Era una donna di viso asciutto, asciutto, verso i quarant' anni, di parole asciutte, asciutte, no dante il minimo segno d'essere capace di qualche benevolenza ad altri che a suoi figli. » « La femme était celle qui maintenait plus la contenance et le caractère du geôlier. C'était une femme de visage sec (ou aigre), d'environ quarante années, de paroles sèches, ne donnant pas le moindre signe d'être capable de quelque bénévolence à autre qu'à ses enfants. »

Mme Antonia a dû changer depuis dix ans. Voici son nouveau signalement :

Petite femme d'un air fort commun ; figure ronde ; teint coloré ; n'ayant rien sur la tête que ses cheveux grisonnants ; paraissant fort avide et fort occupée des moyens de faire vivre sa famille.

Quand nous avons été assis l'un près de l'autre, elle s'est emparée de ma main qu'elle a serrée et qu'elle a voulu baiser : j'ai retiré ma main par modestie, et j'ai dit :

— Madame Antonia, vous avez connu M. Silvio Pellico ?

— Signor, si ; un carbonaro ; tutti carbonari !

— Vous lui portiez son café dans la journée, et souvent votre fille vous remplaçait ?

— Vero, la sua Eccellenza.

— Avez-vous deux filles ?

— Non, monsieur ; une seule.

— Et qui s'appelle Zanze ?

— Signor, si, et due garçons.

— C'est ça même. Et votre fille servait très bien M. Silvio Pellico ?

— Signor, si : tutti dottori, canonici, nobili. Quand ils furent condamnés, *o Dio !* je présentai un cierge, gros comme ça, *à Nostra Dama di Pietà.*

Ici Mme Antonia me raconta qu'après le jugement on l'avait mise elle, son mari et toute sa famille *nella strada*, avec vingt sous dans sa poche ; qu'elle réclama, demanda une pension, menaça d'écrire à l'Empereur, et qu'enfin elle obtint cent écus à l'aide desquels elle a élevé ses enfants.

Antonio est arrivé avec Zanze.

J'ai vu apparaître une femme plus petite encore que sa mère, enceinte de sept ou huit mois, cheveux noirs nattés, chaîne d'or au cou, épaules nues et très belles, yeux longs de couleur grise et *di pietosi sguardi*, nez fin, physionomie fine, visage effilé, sourire élégant, mais les dents moins perlées que celles des autres femmes de Venise, le teint pâle plutôt que blanc, la peau sans transparence, mais aussi sans rousseurs.

Antonio est devenu le truchement de la conversation générale.

J'ai dit à Zanze qu'admirateur de M. Pellico, j'avais voulu voir une femme qui fut si bonne pour un pauvre prisonnier.

Zanze m'avait saisi la main comme sa mère, et je ne sais pourquoi je n'ai pas retiré ma main. Zanze paraissait chercher dans sa mémoire le nom que je venais de prononcer ; puis : « Oui ! oui ! M. Pellico ; je m'en souviens ; un *Carbonaro*.

— Savez-vous qu'il a écrit un ouvrage sur *ses prisons* et qu'il y parle de vous ?

— Non, je ne sais pas.

Le vieil Antonio qui savait tout, prenant moins de précaution, et avec un sourire très drôle, a dit :

— Mais, Zanze, vous lui avez conté que vous étiez en amour.

Siora Zanze

Comment ! inamorata ! invaghita ! Eh ! j'allais à l'école ; j'étais une toute petite fille ! Je n'avais pas douze ans.

Antonio

Corpo di Christo ! à douze ans, on est très bien en amour à Venise.

Siora Antonia

Tu avais quatorze ans, Zanze ; tu étais en amour : c'est vrai.

Siora Zanze

Ça n'est pas vrai ; je n'ai été en amour qu'après avoir été envoyée à la campagne, parce que j'étais malade. J'ai été en amour alors avec mon cousin.

— Et vous avez épousé votre cousin, ai-je dit ?

— No, Eccellenza : je n'ai pas épousé mon cousin.

J'ai ri. Mme Antonia a raconté que Brollo ayant appris

la condamnation probable des prisonniers, avait fait partir ses enfants pour la campagne.

J'ai repris : – Il y avait peut-être dans la prison une autre Zanze ? vous n'êtes peut-être pas la Zanze qui portait le café à M. Silvio Pellico ?

— Oui, oui, il n'y avait dans la prison d'autre Zanze que moi. La fille du *secondino* s'appelait... (j'oublie le nom) : c'était déjà une vieille fille. »

Zanze reprenant ma main dans les deux siennes, s'est mise à me détailler l'histoire de ses études de mosaïques. Elle s'embellissait à mesure qu'elle parlait. Pellico a très bien peint le charme de ce qu'il appelle la laideur de la petite geôlière, *bruttina : grazioze, adulazioncelle, venezianina adolescente sbirra*. Zanze au compte même de sa mère, a vingt-quatre ans ; elle en avait quatorze lorsqu'elle confiait les peines de cet âge à l'auteur de *Françoise de Rimini*. Elle n'avait pas alors eu trois enfants et n'était pas enceinte d'un quatrième. Zanze m'a dit que deux de ses enfants étaient morts et qu'elle n'en avait plus qu'un. Et où est donc le quatrième, ai-je demandé ? Zanze a ri, et regardant sa grosse ceinture, elle dit : *stimo costui*.

Antonio m'adressant la parole en français : « Elle ne conviendra pas de ses aveux à Pellico ; mais c'est bien sûr. »

— « Je ne cherche point, ai-je répondu, le secret de Zanze, et si vous ne lui aviez pas parlé de ses amours, je ne lui en aurais pas dit un mot. Demandez maintenant à Zanze si elle veut que je lui envoye *le mie Prigioni* ; elle les lira et me dira si elle se rappelle des circonstances qu'elle peut avoir oubliées. » – Zanze a accepté la proposition ; mais elle a recommandé de n'apporter le livre qu'après l'heure où son mari se rend à son bureau. – « Mon mari, a-t-elle ajouté, est plus jeune que moi d'un an. »

Voilà où nous en sommes : je dois revenir acheter quelques petits ouvrages de Zanze. Elle m'a reconduit avec sa mère jusqu'à la porte de la *calle*. La vieille ne perdait pas de vue son affaire et m'invitait fort à *ritornare*. Zanze était plus réservée.

Telle est la puissance du talent : Pellico a prêté à sa consolatrice *bruttina* qui chassait si bien les mouches avec son éventail, un charme qu'elle n'a peut-être pas. La Siora Zanze est un ange d'amour quand après avoir baisé un verset de la Bible, elle dit au prisonnier : « Toutes les fois que vous relirez ce passage, je voudrais que vous vous souvinssiez que j'y ai imprimé un baiser. » Elle est d'une séduction irrésistible lorsque Pellico s'enchaînant de ses *chers* bras, *dalle sue care braccia*, sans la serrer contre lui, sans lui donner un baiser lui dit balbutiant : *Vi prego, Zanze, non m'abbraciate mai ; cio non va bene.*

(12)

Venise, du 10 au 17 septembre 1833.

Madame Mocenigo. – Le Comte Cicognara.
Buste de Madame Récamier.

J'avais rencontré de fortune à Paris, sous l'Empire, Mme Mocenigo dont les ancêtres furent sept fois honorés du Dogat. Bonaparte pour régénérer l'Italie, forçait les grandes familles transalpines à lui livrer leurs enfants. Mme Mocenigo, enveloppée dans la mesure commune, préparait ses deux petits Doges sur la montagne Sainte-Geneviève, au service du soldat impérialisé. Le temps n'était plus où Venise contraignait un empereur à s'humilier devant elle, pour obtenir la liberté d'un fils.

Mme Mocenigo ayant appris mon passage dans sa ville natale, eut l'obligeance de désirer me revoir. Je me rendis chez la grande Dame en sortant de mon rendez-vous avec la petite *Soria*.

Le moderne poète d'Albion a consacré par sa présence l'un des trois palais Mocenigo. Un poteau planté dans le grand canal, indique au passant l'ancienne demeure de Byron. On est moins touché de découvrir sur ce poteau les armoiries demi effacées du noble lord, qu'on ne serait attendri d'y voir suspendue sa lyre brisée.

Mme Mocenigo vit retranchée dans un tout petit coin de son Louvre dont la vastitude la submerge, et dont le désert gagne chaque jour sur la partie habitée. Je l'ai trouvée assise en face du tableau original de la *Gloire du Paradis*, de Tintoret. Son portrait (le portrait de Mme Mocenigo) peint dans sa jeunesse (titre primordial et authentique de sa beauté) était attaché au mur devant elle : quelquefois une *Vue de Venise* dans son premier éclat, par Canaletto, fait pendant d'une *Vue de Venise* défaillante par Bonington.

Toutefois Mme Mocenigo est encore belle, mais comme on l'est à l'ombre des années. Je l'ai accablée de compliments qu'elle m'a rendus ; nous mentions tous deux, et nous le savions bien : « Madame, vous êtes plus jeune que jamais. – Monsieur, vous ne vieillissez point. » Nous nous sommes pris à nous lamenter sur les ruines de Venise, pour éviter de parler des nôtres ; nous mettions au compte de la République toutes les plaintes que nous faisions du temps, tous nos regrets des jours écoulés. J'ai baisé respectueusement en me retirant la main de la fille des Doges ; mais je regardais de côté cette autre belle main du portrait qui semblait se dessécher sous mes lèvres : quand la jeune main de la plébéienne Zanze avait pressé la mienne, je ne m'étais aperçu d'aucune transformation.

M. Gamba, mon savant patron, m'attendait chez le comte Cicognara. Le comte est un homme de grande taille et de belle mine ; mais réduit par la phtisie à un état de maigreur effrayant. Il s'est levé avec peine de son fauteuil pour me recevoir et m'a dit : « Je vous aurai donc vu avant de mourir ! »

— « Monsieur, lui ai-je répondu, vous me prévenez ; j'allais précisément vous dire ce que vous venez de me dire : il est probable que je m'en irai le premier. Je suis heureux de contempler l'homme qui a rendu la vie à Venise, autant qu'on peut ranimer des cendres illustres. »

Mme Cicognara était là, et voulait empêcher son mari de parler ; les efforts de sa tendresse ont été inutiles. Pour la première fois depuis que j'étais au-delà des Alpes, j'ai causé de politique ; nous avons gémi sur l'Italie. La conversation est ensuite tombée sur les arts ; j'ai félicité M. Cicognara de la découverte de l'*Assomption* du Titien : le curé qui avait abandonné ce tableau sans en connaître le mérite, a voulu depuis intenter un procès à l'ingénieux amateur : l'affaire s'est arrangée.

Je savais l'admiration exclusive de M. Cicognara pour Canova : j'ai cru devoir lui citer l'urne qui renferme, à l'Académie, la main du statuaire, bien que cette charcuterie, ce dépècement d'un corps humain, cette adoration matérielle de la griffe d'un squelette, me soient abominables. On trouve le buste de Canova dans les auberges et jusque dans les chaumières des paysans de la Lombardie-Vénitienne. Nous sommes loin de ce goût des arts, et de cet orgueil national. Si nous possédons quelques talents, nous nous empressons de les déprécier : il semble qu'on nous vole ce qu'on admire. Nous ne pouvons souffrir aucune réputation ; nos vanités prennent ombrage de tout ; chacun se réjouit intérieurement quand un homme de mérite vient à mourir : c'est un rival de moins ; son bruit importun empêchait d'entendre celui des sots, et le concert croassant des médiocrités. On se hâte d'empaqueter l'illustre défunt dans trois ou quatre articles de journal ; puis on cesse d'en parler ; on n'ouvre plus ses ouvrages ; on plombe sa renommée dans ses livres, comme on scelle son cadavre dans son cercueil, expédiant le tout à l'Éternité, par l'entremise de la mort et du temps. J'indiquerai à mes survivants mon article nécrologique fait d'avance, comme je me souviens de l'avoir lu dans le journal de Pierre de l'Estoile : « ce jeudi... fut mis en terre le bonhomme Dufour... il avait fait le voyage de Jérusalem, et pour cela n'en était pas plus habile. »

J'avais vu chez Mme Albrizzi la *Léda* de Canova ; j'ai admiré chez le comte Cicognara la Béatrix du Praxitèle de l'Italie. M. Artaud dans sa traduction du Dante et mon excellent ami M. Ballanche, dans ses Essais de *Palingénésie*, racontent comment le statuaire fut inspiré :

« Un artiste entouré d'une grande renommée, dit le philosophe chrétien, un statuaire qui naguère jetait tant d'éclat sur la patrie illustre du Dante, et dont les chefs-d'œuvre de l'antiquité avaient si souvent exalté la gracieuse imagination, un jour, pour la première fois, vit une femme qui fut, pour lui, comme une vive apparition de Béatrix. Plein de cette émotion religieuse que donne le génie, aussitôt il demande au marbre toujours docile sous son ciseau, d'exprimer la soudaine inspiration de ce moment, et la Béatrix du Dante passa du vague domaine de la poésie dans le domaine réalisé des arts. Le sentiment qui réside dans cette physionomie harmonieuse, maintenant, est devenu un type nouveau de beauté pure et virginale, qui, à son tour, inspire les artistes et les poètes. »

Canova sculpta trois bustes de son admirable Béatrix faite à l'image de Mme Récamier : celui qu'il destina à son modèle comme un portrait d'après nature, ceint une couronne d'olivier. Le grand artiste, reconnaissant à la fois envers la femme et le poète, écrivit de sa main ces vers du Dante, dans le billet d'envoi à Mme Récamier :

> *Sovra candido velo cinta d'oliva*
> *donna m'apparve...*

J'étais vivement ému de ces hommages du génie à celle dont la protectrice amitié survivra à ces Mémoires. Si elle apparut à Canova *sovra candido velo*, elle m'apparut à moi qui continue la citation :

> *... dentro una nuvola di fiori*
> *Che dalle mani angeliche saliva.*

Je trace à mon tour ce peu de mots sur le socle du Buste, regrettant de n'avoir reçu du ciel ni le ciseau de Canova, ni la lyre du Dante.

(13)

Venise, du 10 au 17 septembre 1833.

SOIRÉE CHEZ MADAME ALBRIZZI.
LORD BYRON SELON MADAME ALBRIZZI.

Après le dîner je me suis habillé pour aller passer la soirée chez Mme Teotochi Albrizzi, le spirituel auteur des *Rittrati* qui a si vivement loué M. Denon à une époque de voyageurs où mon nom était connu à peine. M. Gamba avait résolu de me présenter à la célèbre *Signora*. J'enrageais : sortir à neuf heures du soir, à l'heure où je me couche quand je me couche tard ! Mais que ne fait-on pas pour Venise ?

Mme Albrizzi est une vieille dame aimable, à visage d'imagination. Je trouvai dans son salon une multitude d'hommes presque tous savants et professeurs. Parmi les femmes, il y avait une nouvelle mariée assez belle ; mais trop grande, une Vénitienne d'une ancienne famille, figure pâle, yeux noirs, l'air un peu moqueur ou boudeur, en tout fort piquante ; mais elle manquait de la plus séduisante des grâces, elle ne souriait point. Une autre femme à physionomie douce, m'a fait moins peur ; j'ai osé causer avec elle. Elle a voyagé en Suisse, elle est allée à Florence ; elle est honteuse de n'avoir pas vu Rome. « Mais vous savez que nous autres Italiennes, nous restons où nous sommes. » On pourrait très bien rester avec elle.

Mme Albrizzi m'a conté tout lord Byron ; elle en est d'autant plus engouée, que Lord Byron venait à ses soirées. Sa Seigneurie ne parlait ni aux Anglais, ni aux Français, mais il échangeait quelques mots avec les Vénitiens et surtout avec les Vénitiennes. Jamais on n'a vu Mylord se promener sur la place Saint-Marc, tant il était malheureux de sa jambe. Mme Albrizzi prétend que quand il entrait dans son salon, il se donnait en marchant un certain tour, au moyen duquel il dissimulait sa claudication. Décidément il était grand nageur. Il a octroyé son portrait à Mme Albrizzi. Childe Harold dans cette miniature, est charmant, tout jeune, ou tout rajeuni ; il a un caractère de naïveté et d'enfance. La nature l'avait peut-être fait ainsi ; puis un système, né de quelque disgrâce, en s'emparant de son esprit, aura produit le Byron de sa renommée. Mme Albrizzi affirme que dans l'intimité, on retrouvait en lui l'homme de ses ouvrages. Il se croyait dédaigné de sa patrie et par cette raison, il la détestait : dans le public de Venise, il était sans considération, à cause de ses désordres.

Canova a donné à Mme Albrizzi, grecque de naissance, un buste d'Hélène : on me l'a montré au flambeau.

Mme Albrizzi m'avait, disait-elle, vu dans l'amphithéâtre de Vérone et prétendait m'avoir distingué au milieu des Rois. De ce compliment si beau, j'ai été si abasourdi, que je me suis retiré à onze heures au grand ébahissement des Vénitiens. Il était temps ; le sommeil me gagnait et j'étais au bout de mon esprit : il ne faut jamais jouer sa dernière idée, ni son dernier écu. À propos d'écus, Law est mort et enterré à Venise : j'ai envie d'aller lui demander quelques-uns de ses bons billets pour soutenir la Légitimité, et une concession pour moi aux Natchez.

(14)

Venise, du 10 au 17 septembre 1833.

SOIRÉE CHEZ MADAME BENZONI.
LORD BYRON SELON MADAME BENZONI.

Si l'on savait ce que je souffre dans un salon, les âmes charitables ne me feraient jamais l'honneur de m'inviter à quoi que ce soit. Un des plus cruels supplices de mes grandeurs passées, était de recevoir et de rendre des visites, d'aller à la cour, de donner des bals, des fêtes, de parler, de sourire en crevant d'ennui, d'être poli et amusé à la sueur de mon front : c'étaient là les vrais, les seuls soucis de mon ambition. Toutes les fois que je suis tombé du sommet de ma fortune, j'ai ressenti une joie inexprimable à rentrer dans ma pauvreté et ma solitude, à jeter bas mes broderies, mes plaques, mes cordons, à reprendre ma vieille redingote, à recommencer les promenades du poète par le vent et la pluie, le long de la Seine vers Charenton ou Saint-Cloud. Ayant passé une soirée chez Mme Albrizzi, je ne pus éviter une autre soirée chez la comtesse Benzoni. À dix heures je descendis de ma gondole, comme un mort que l'on porte à Saint-Christophe.

Mme Benzoni a mérité sa réputation de beauté ; ses mains ont servi de modèle à Canova ; elle est l'héroïne de la *Biondina, in gondoletta*. Elle m'a fait mettre à ses côtés sur un sopha. Sont arrivées successivement des femmes : une multitude d'hommes se pressait debout.

Les personnes qui me connaissent, sauront si j'étais à l'aise, exposé comme un Saint-Sacrement au milieu des regards fixés sur mes rayons. Je n'ai rien d'une divinité, et n'ai ni droit à l'adoration, ni amour de l'encens. Je suppliais Mme Benzoni, malgré tout le bonheur que j'avais d'être auprès d'elle, de me permettre de rendre la place que j'occupais si mal, à quelque femme : elle ne l'a jamais voulu. Elle est allée me quêter deux ou trois hommes d'esprit : ils ont eu la bonté de venir échanger quelques paroles avec ma glorieuse captivité enchaînée sur mes coussins de soie, comme un forçat sur son banc.

Un grand monsieur que j'avais entrevu chez Mme Albrizzi m'a dit : « Ah ! vous faites le vieux ! Nous ne serons plus attrapés à ce que vous écrivez de vous.

« — Monsieur, ai-je répondu, vous me traitez mal ; il faut être vieux à Venise pour la gloire. Sur vos cent vingt doges, plus de cinquante sont devenus illustres à l'âge où les autres hommes perdent leur renommée : Dandolo, aveugle, avait quatre-vingt-quinze ans lorsqu'il conquit Constantinople, Zeno quatre-vingts quand il délivra Chypre ; Titien et Sansovino presque centenaires, sont morts dans toute la force de leur talent. En m'accusant de jeunesse, vous faites la critique de mes ouvrages. »

On a apporté du café ; j'en ai pris par contenance. Mme Benzoni m'a complimenté de mes mœurs à la *Vénitienne*, et elle s'est remise en course pour me trouver des partners féminins.

Pendant ce temps je suis resté seul au milieu de ma malheureuse ottomane, fasciné et tremblant sous les regards d'une dame noire, aux yeux de serpent à demi endormi ; elle semblait m'entraîner : je crois qu'il y a des femmes aimantées qui vous attirent.

Une blondine dans son *aprilée*, se levait légère, en faisant le bruit d'une fleur ; elle avançait et penchait vers moi son visage d'une fraîcheur éblouissante ; elle était toute curiosité, tout mystère : on eût dit d'une rose inclinée sous le poids de ses parfums et de ses secrets.

On vend à Venise des secrets de cette sorte pour se faire aimer ; j'aurais bien voulu en acheter un, mais une histoire dont je gardais la mémoire, m'effrayait : un Napolitain s'était épris d'une Française laquelle avait une chèvre ; ne pouvant toucher le cœur de sa dame, il eut recours à un philtre : malheureusement il se trompa dans le mélange des ingrédients et des paroles, et voici accourir la chèvre cabriolante et bondissante qui lui saute au cou, et lui fait un million de caresses. Le charme était tombé sur la pauvre bique affolée.

Mme Benzoni est revenue ; elle s'était adressée aux diverses beautés du salon ; elle les avait invitées à s'asseoir auprès de l'étranger ; toutes avaient répondu : « Nous n'osons pas. » Si elles avaient su que j'étais plus effrayé qu'elles, elles auraient osé.

« Vous vous défendrez inutilement, me dit ma gracieuse hôtesse, nous forcerons *Eudore* d'aimer une Vénitienne ; nous voulons vaincre vos belles Romaines. – C'est en effet chez vous, Madame, ai-je répondu, que l'on devient amoureux. (Lord Byron y avait rencontré Mme Guiccioli.) Quant à mes belles Romaines, comme il vous plaît de les appeler, je ne suis qu'un ambassadeur déchu. Il est très facile sans doute d'être séduit par vos charmantes compatriotes ; mais j'ai passé l'âge des séductions. On ne doit faire de serments que quand on a le temps de les tenir. »

La dame noire prêtait l'oreille à notre conversation ; la dame rose écoutait avec ses yeux.

La comtesse Benzoni m'a parlé de Lord Byron d'une tout autre façon que Mme Albrizzi. Elle s'exprimait sur son compte avec rancune : « Il se mettait dans un coin parce qu'il avait une jambe torse. Il avait un assez beau visage ; mais le reste de sa personne n'y répondait guère. C'était un acteur, ne faisant rien comme les autres afin qu'on le regardât, ne se perdant jamais de vue, posant incessamment devant lui, toujours à l'effet, à l'extraordinaire, toujours en attitude, toujours en scène, même en mangeant *Zucca Arrostita* (du potiron rôti). » Le côté moral de l'homme était encore plus mal traité. J'ai pris la défense de Childe Harold : « Je vois, Madame, qu'il est bon d'être votre ami ; vous êtes, ce me semble, un peu sévère dans vos jugements. L'affection de bizarrerie, de singularité, d'originalité, tient au caractère anglais en général. Lord Byron peut avoir aussi expié son génie par quelques faiblesses ; mais l'avenir s'embarrassera peu de ces misères, ou plutôt les ignorera. Le poète cachera l'homme ; il interposera son talent entre lui et les races futures, et à travers ce voile divin, la postérité n'apercevra que le dieu. »

Mme Benzoni s'est vantée d'avoir causé le matin avec un Français qui me connaissait *beaucoup* et qui lui a conté toute mon histoire ; elle ne me l'a pas voulu nommer. Vivant seul, ne confiant rien de mon existence à personne je ne sais pas comment on me connaît *beaucoup*. Par les biographies ? les unes, obligeantes, fourmillent d'erreurs ; les autres, malveillantes, sont remplies d'anecdotes absurdes. Il paraît du reste que le Français de Mme Benzoni, n'est pas un ennemi.

À minuit je me suis retiré malgré l'insistance de la maîtresse du lieu, et l'air suppliant de la dame noire aux yeux de serpent. Ma gondole silencieuse et solitaire, m'a reconduit, le long du grand canal, à l'hôtel de l'Europe : aucune lumière ne brillait aux fenêtres des palais dont Mme Benzoni avait clos les enchantements, dans sa jeunesse : les premières aventures de la *Bionda* furent les dernières de ces palais dépéris *.

(15)

Venise, du 10 au 17 septembre 1833.

Course en gondole. – Poésie.
Catéchisme à Saint-Pierre.
Un aqueduc. – Dialogue avec *una pescatrice*.
La giudecca. – Femmes Juives.

Dimanche 15, le Patriarche promu au Cardinalat, prit le chapeau avec les cérémonies d'usage. Les cloches sonnaient, la ville s'éjouissait ; les femmes en grande toilette étaient assises sous les arcades de la Place aux cafés Florian, Quadri, Leoni, Suttil ; M. Gamba m'assurait qu'elles étaient rassemblées en si grand nombre dans l'espérance de me voir ; qu'elles avaient monté sur les bancs et sur les bases des colonnes de Saint-Marc, lorsque le bruit s'était répandu de mon entrée dans la Basilique ; que je rencontrerais la Vénitienne dont la beauté dédaigneuse m'avait charmé avec Mme Albrizzi.

Je croyais peu à ces pantalonnades de la flatterie italienne, de qui pourtant ma vanité se rengorgeait ; mais mon humble instinct l'emportait sur ma grandhomie : M. du Corbeau au lieu de chanter, fut saisi de frayeur ; je me hâtai de fuir par timidité, défiance de moi, horreur des scènes, goût d'obscurité et de silence : je me jetai dans

---

* Mmes Albrizzi et Benzoni ne sont plus ; ainsi j'ai vu mourir les deux dernières Vénitiennes. Qu'est devenu Lord Byron lui-même ? On voyait l'endroit où il se baignait : on avait placé son nom au milieu du grand canal. Aujourd'hui on ne sait pas même ce nom. Venise est muette. Les armes du noble Lord ont disparu du lieu où on les avait exposées. L'Autriche a étendu son silence : elle a battu l'eau et tout s'est tu.

(Note de Paris, 1841.)

une gondole, et m'en allai avec Hyacinthe et Antonio, parcourir le labyrinthe des canaux les plus infréquentés.

On n'entendait que le bruit de nos rames au pied des palais sonores, d'autant plus retentissants qu'ils sont vides. Tel d'entre eux, fermé depuis quarante ans, n'a vu entrer personne : là sont suspendus des portraits oubliés qui se regardent en silence à travers la nuit : si j'avais frappé ils seraient venus m'ouvrir la porte, me demander ce que je voulais et pourquoi je troublais leur repos.

Rempli du souvenir des poètes, la tête montée sur les amours de jadis, Saint-Marc de Venise et Saint-Antoine de Padoue savent les superbes histoires que je rêvais, en passant au milieu des rats qui sortaient des marbres. Au pont de Bianca Capello, je fis un roman romantique sans pareil. Oh ! que j'étais jeune ! beau ! favorisé ! mais aussi que de périls ! Une famille hautaine et jalouse, des inquisiteurs d'État, le pont des Soupirs où l'on entend des cris lamentables ! « Que la chiourme soit prête : avirons légers, fendez les flots ; emportez-nous au rivage de Chypre. Prisonnière des palais, la gondole attend ta beauté à la porte secrète sur la mer. Descends, fille adorée ! toi dont les yeux bleus dominent le lys de ton sein et la rose de tes lèvres, comme l'azur du ciel sourit à l'émail du printemps. »

Tout cela m'a mené à Saint-Pierre, l'ancienne cathédrale de Venise. De petits garçons répétaient le catéchisme, en s'interrogeant les uns les autres sous la direction d'un prêtre. Leurs mères et sœurs, la tête enveloppée d'un mouchoir, les écoutaient debout. Je les regardais ; je regardais le tableau d'Alexandre Lazarini, qui représente saint Laurent Giustiniani distribuant son bien aux pauvres. Puisqu'il était en train, il aurait bien dû étendre ses bienfaits jusqu'à nous, troupe de gueux encombrés dans son église. Quand j'aurai dépensé l'argent de mon voyage, que me restera-t-il ? Et ces adolescentes déguenillées continueront-elles à vendre aux Levantins deux baisers pour un *baîoque* ?

De l'extrémité orientale de Venise, je me fis conduire à l'extrémité opposée, *girando* à travers les lagunes du nord. Nous côtoyâmes la nouvelle île formée par les Autrichiens, avec des gravois et des masses de vase ; c'est sur ce sol émergeant qu'on exerce les soldats étrangers oppresseurs de la liberté de Venise : Cybèle cachée dans le sein de son fils, Neptune, n'en sort que pour le trahir. Je ne suis pas impunément de l'Académie, et je sais mon style classique.

Il a existé un projet de joindre Venise à la terre ferme par une chaussée. Je m'étonne que la République au temps de sa puissance n'ait pas songé à conduire des sources à la ville, au moyen d'un aqueduc. Le canal aérien courant au-dessus de la mer dans les divers accidents de la nuit et du jour, du calme et de la tempête, voyant passer les vaisseaux sous ses portiques, aurait augmenté la merveille de la cité des merveilles.

La pointe occidentale de Venise est habitée par les pêcheurs de lagunes ; le bout du quai des Esclavons, est le refuge des pêcheurs de haute mer ; les premiers sont les plus pauvres : leurs cahutes, comme celle d'Olpis et d'Asphalion, dans Théocrite, n'ont d'autre voisine que la mer dont elles sont baignées.

Là j'aurais pu nouer quelque intrigue avec *Checca*, ou *Orsetta*, de la comédie des *Baruffe Chiozzotte* : nous hélâmes à terre *una ragazza* qui côtoyait la rive. Antonio intervenait dans les endroits difficiles du dialogue.

— Carina, voulez-vous passer à la *Giudecca* ? Nous vous prendrons dans notre gondole.

— Sior, no : vo a granzi. Non, monsieur ; je vais aux crabes.

— Nous vous donnerons un meilleur souper.

— Col dona Mare ? avec Madame ma mère ?

— Si vous voulez.

— Ma mère est dans la tartane avec missier Pare.

— Avez-vous des sœurs ?

— No.

— Des frères ?

— Uno : Tonino.

Tonino, âgé de dix à douze ans, parut, coiffé d'une calotte grecque rouge, vêtu d'une seule chemise serrée aux flancs ; ses cuisses, ses jambes et ses pieds nus, étaient bronzés par le soleil : il portait à deux mains une navette remplie d'huile ; il avait l'air d'un petit Triton. Il posa son vase à terre, et vint écouter notre conversation auprès de sa sœur.

Bientôt arriva une porteuse d'eau, que j'avais déjà rencontrée à la citerne du palais Ducal : elle était brune, vive, gaie ; elle avait sur sa tête un chapeau d'homme, mis en arrière et sous ce chapeau un bouquet de fleurs qui tombait sur son front avec ses cheveux. Sa main droite s'appuyait à l'épaule d'un grand jeune homme avec lequel elle riait ; elle semblait lui dire, à la face de Dieu et à la barbe du genre humain : « Je t'aime à la folie. »

Nous continuâmes à échanger des propos avec le joli groupe. Nous parlâmes de mariages, d'amours, de fêtes, de danses, de la messe de Noël, célébrée autrefois par le Patriarche et servie par le Doge ; nous devisâmes du Carnaval ; nous raisonnâmes de mouchoirs, de rubans, de pêcheries, de filets, de tartanes, de fortune de mer, de joies de Venise, bien qu'excepté Antonio, aucun de nous n'eût vu, ni connu la République ; tant le passé était déjà loin. Cela ne nous empêcha pas de dire avec Goldoni : *Semo donne da ben, e semo donne onorate : ma semo aliegre, e volemo saltare aliegre, e volemo ballare, e volemo saltare. E viva li Chiozzotti, e viva le Chiozzotte !* « Nous sommes des femmes de bien, et nous sommes des femmes d'honneur ; mais nous sommes gaies, et nous voulons rester gaies, et nous voulons danser, et nous voulons sauter... et vive les Chiozzotto ! et vive les Chiozzotte ! »

En 1802 je dînai à la Râpée avec Mme de Staël et Benjamin Constant ; les bateliers de Bercy ne nous firent pas tableau : il faut à Léopold Robert les pêcheurs des Lagunes et le soleil de la Brenta. « Connais-tu cette terre où les citronniers fleurissent ? chante Mignon, l'Italienne expatriée. » (Gœthe.)

La Giudecca, où nous touchâmes en revenant, conserve à peine quelques pauvres familles juives : on les reconnaît à leurs traits. Dans cette race les femmes sont beaucoup plus belles que les hommes ; elles semblent avoir échappé à la malédiction dont leurs pères, leurs maris et leurs fils ont été frappés. On ne trouve aucune Juive mêlée dans la foule des Prêtres et du peuple qui insulta le Fils de l'homme, le flagella, le couronna d'épines, lui fit subir

les ignominies et les douleurs de la croix. Les femmes
de la Judée crurent au Sauveur, l'aimèrent, le suivirent,
l'assistèrent de leur bien, le soulagèrent dans ses afflictions. Une femme à Béthanie, versa sur sa tête le nard
précieux qu'elle portait dans un vase d'albâtre ; la péche-
resse répandit une huile de parfum sur ses pieds et les
essuya avec ses cheveux. Le Christ à son tour étendit sa
miséricorde et sa grâce sur les Juives : il ressuscita le fils
de la veuve de Naïm et le frère de Marthe ; il guérit la
belle-mère de Simon et la femme qui toucha le bas de
son vêtement ; pour la Samaritaine il fut une source d'eau
vive, un juge compatissant pour la femme adultère. Les
filles de Jérusalem pleurèrent sur lui ; les saintes femmes
l'accompagnèrent au Calvaire, achetèrent du baume et des
aromates et le cherchèrent au sépulcre en pleurant :
mulier quid ploras ? Sa première apparition après sa
résurrection glorieuse, fut à Magdeleine ; elle ne le reconnaissait pas, mais il lui dit : « Marie. » Au son de cette
voix les yeux de Magdeleine s'ouvrirent et elle répondit :
« Mon maître. » Le reflet de quelque beau rayon sera
resté sur le front des Juives.

(16)

Venise, du 10 au 17 septembre 1833.

Neuf siècles de Venise vus de la Piazzetta.
Chute et fin de Venise.

Le dimanche n'était pas fini et je craignais toujours
d'aborder la grande place aux trois cents belles femmes.
Henri IV disait des filles d'honneur de Catherine de
Médicis : « Je n'ai point vu d'escadron plus périlleux. »
Après mon dîner je hasardai un débarquement à l'escalier
de la Piazzetta. Le temps était équivoque ; il pleuvait par
intervalles ; la brise autorisait une augmentation de vête-

ment. Ma gloire, enveloppée dans un manteau, opéra sa descente heureusement sans être reconnue. Le ciel gris semblait en deuil : je fus plus frappé que jamais de l'esclavage de Venise, en me promenant devant les canons autrichiens, au pied du palais Ducal.

M. Gamba m'avait recommandé, si je voulais apercevoir d'un coup d'œil neuf siècles de l'histoire vénitienne, de m'arrêter près des deux grandes colonnes, dans l'endroit où le café de la Piazzetta confine à la lagune. Je lus en effet autour de moi ces chroniques de pierre, écrites par le temps et les arts.

Onzième siècle.

Il Campanile, ou le clocher de Saint-Marc, commencé par Nicolas Barattieri, architecte lombard.

Douzième siècle.

La façade d'un côté de la basilique de Saint-Marc ; architectes inconnus.

Treizième siècle.

Le palais Ducal, de Philippe Calendario, vénitien.

Quatorzième siècle.

La tour de l'Horloge, élevée par Pierre Lombardi.

Quinzième siècle.

Les *Procuratie Vecchie*, de Bartholomée Bono de Bergame.

Seizième siècle.

La Bibliothèque (à présent le palais Royal) et la *Zecca* ou l'hôtel de la Monnaie, de Sansovino, florentin.

Dix-septième siècle.

L'église de *S. Maria della Salute* sur la rive opposée du grand canal : ouvrage de Balthazard Longhena.

Dix-huitième siècle.

La Douane de mer, de Joseph Benoni.

Dix-neuvième siècle.

Le Café, ou Pavillon, dans le jardin du palais Royal sur la Lagune ; architecte vivant, le Professeur Santi.

Venise commence à un clocher et finit à un café : à travers la succession des âges et des chefs-d'œuvre, elle va de la basilique de Saint-Marc à une guinguette. Rien ne témoigne mieux du génie du temps passé et de l'esprit du temps présent, du caractère de l'ancienne société et des mœurs de la société moderne, que ces deux monuments ; ils respirent leurs siècles.

Les trois Venise, la *Venetia* des Romains, la *Venetia* des Lagunes créée par les populations échappées au fléau de Dieu, Attila, la *Venetia* ou la Venise concentrée qui fit oublier les deux autres ; cette dernière Venise que Pétrarque surnomma *Aurea* et dont les pierres étaient dorées et peintes, au dire de Philippe de Comines ; la Venise qui posséda trois Royaumes, la Venise dont les cités en terre ferme ont suffi pour donner des noms illustres aux Capitaines de Bonaparte ; cette République enfin n'a point péri comme tant d'autres États par un fait d'armes de la France : attaquée de simples menaces, elle succomba sans essayer même de se relever.

Aux XIIIe et XIVe siècles, Venise fut toute-puissante sur mer, au XVe sur terre ; elle se soutint dans le XVIe, déclina au XVIIe et dégénéra durant ce XVIIIe siècle dans lequel fut rongé et dissous l'ancien ordre européen. Les nobles du grand canal, devinrent des croupiers de pharaon, et les négociants, d'oisifs campagnards de la Brenta. Venise ne vivait plus que par son carnaval, ses polichinelles, ses courtisanes et ses espions : son Doge, Géronte impuissant, renouvelait en vain ses noces avec l'Adriatique adultère. Et toutefois les forces matérielles ne manquaient point encore à la République.

Lorsqu'en 1797 elle eut laissé envahir son territoire continental, il lui restait pour la défense de ses possessions insulaires 205 bâtiments armés de 750 pièces d'artillerie et montés par 2 516 hommes ; sept batteries et forts ; 11 000 soldats dalmates et 3 500 italiens ; une population de 150 000 âmes ; 800 bouches à feu autour des lagunes. Hors de la portée effective du canon et de la bombe, Venise était d'autant plus imprenable, qu'elle manquait de sol pour y débarquer : les assiégeants n'y pouvant aborder que dans des barques, auraient été exposés sur des canaux étroits aux projectiles des assiégés retranchés dans les maisons, les églises, les édifices riverains. Maître de la place Saint-Marc, du palais du Doge, de l'arsenal, on ne serait encore maître de rien. Si Venise se défendait on la pourrait brûler, non la prendre ; les habitants auraient de plus une retraite assurée sur les vaisseaux. Dans de pareils moments le souvenir de la gloire nationale est une vraie puissance : certes les ombres des Barbarigo, des Pesaro, des Zeno, des Morosini, des Loredano, venant repeupler leurs foyers en péril et combattant aux fenêtres de leurs palais, ne seraient pas des ombres vaines.

Venise en 1797, outre les forces que je viens d'énumérer, avait de l'argent pour les accroître et un crédit supérieur à son trésor. L'Angleterre en guerre avec nous, se serait empressée de lui envoyer ses soldats et ses flottes ; l'Autriche qui sollicitait son alliance, pouvait descendre au quai des Esclavons 10 000 grenadiers hongrois pris au port de Fiume ou de Trieste. Le Directoire incapable de se saisir d'un écueil gardé par une poignée de marins anglais sur les côtes de Normandie, aurait-il pu s'emparer de Venise complètement armée et couverte de ses vaisseaux ? Les Français n'avaient à Malghera que 300 hommes et une seule pièce de canon de petit calibre ; ils manquaient même de barques.

Venise n'avait pas tous ces moyens de défense, lorsqu'en 1 700 Addison la trouvait déjà imprenable : *it has neither rocks nor fortifications near it, and yet is, perhaps, the most impregnable town in Europe*, « elle n'a ni rochers, ni fortifications autour d'elle, et cependant elle est peut-être la ville la plus imprenable de l'Europe ». Il remarque que du côté de la terre ferme on n'y pourrait pas arriver sur la glace comme en Hollande, que du côté de l'Adriatique l'entrée du port est étroite, les canaux navigables difficiles à connaître ; qu'on se hâterait à l'approche des flottes ennemies de couper les balises qui dessinent ces canaux. Si l'on suppose un blocus rigoureux de terre et de mer, dit toujours Addison, les Vénitiens se défendraient encore contre tout, excepté contre la famine ; celle-ci même serait fort mitigée par la quantité de poisson dont ces mers abondent et que les habitants de la ville insulaire pêchent au milieu de leurs rues même : *in the midst of their very streets*.

Eh bien ! quelques lignes méprisantes de la main de Bonaparte, suffirent pour renverser la Cité antique où dominait une de ces *magistratures terribles* qui, selon Montesquieu, *ramènent violemment l'État à la Liberté*. Ces magistrats jadis si fermes obtempérèrent en tremblant aux injonctions d'un billet écrit sur un tambour. Le Sénat ne fut point convoqué ; la *signoria* pleura, trahie et consternée ; Louis Manin, le CXX[e] et dernier Doge, au milieu de ses sanglots et de ses larmes, offrit d'une voix chevrotante son abdication ; les Dalmates furent congédiés, les vaisseaux retirés. Le 12 de mai 1797, le grand Conseil adopta le *système de gouvernement représentatif provisoire*, afin de se conformer au désir de Bonaparte, *s'empreché con questo, s'incontrino i desiderii del general medesimo*. L'esclavage de la République victorieuse des siècles, de l'immortelle patrie de Dandolo, se négociait, non sur un champ de bataille, ou dans le sein d'une nouvelle ligue de Cambrai, mais à Venise même, par un obscur secrétaire de légation, mort depuis dans la maison des fous à Charenton.

Quatre jours après la décision du Conseil, le 16 mai, nos soldats embarqués paisiblement en gondoles, l'arme au bras et sans brûler une amorce, prirent possession de la colonie vierge de l'ancien monde. Qui la livra au joug d'une manière en apparence si inexplicable, si extraordinaire ? Le temps et une destinée accomplie. Les contorsions du grand fantôme révolutionnaire français, les gestes de cet étrange masque arrivé au bord de la plage, effrayèrent Venise affaiblie par les années : elle tomba de peur et se cacha sous les langes de son berceau. Ce ne fut pas notre armée qui traversa réellement la mer, ce fut pas notre armée qui traversa réellement la mer, ce fut le siècle ; il enjamba la lagune et vint s'installer dans le fauteuil des Doges, avec Napoléon pour commissaire. Le Conseil ne parla pas de donner la question aux deux voyageurs et de les enfermer sous les *plombs* ; il leur remit le Lion de Saint-Marc, les clefs du Palais et le bonnet ducal ; le *Pont des Soupirs* n'entendit plus passer personne.

Depuis cette époque, Venise décrépite, avec sa chevelure de clochers, son front de marbre, ses rides d'or, a été vendue et revendue, ainsi qu'un ballot de ses anciennes marchandises : elle est restée au plus offrant et dernier enchérisseur, l'Autriche. Elle languit maintenant enchaînée au pied des Alpes du Frioul, comme jadis la reine de Palmyre au pied des montagnes de la Sabine.

(17)

Venise, du 10 au 17 septembre 1833.

Le Lido. – Fêtes vénitiennes.
Lagunes quand je quittai Venise pour la première fois.
Nouvelles de madame la Duchesse de Berry.
Cimetière des Juifs.

Tous les lundis du mois de septembre, le peuple de Venise va boire et danser au Lido. Comme il avait plu les deux lundis précédents, on s'attendait, le lundi 16, à une grande presse, si le temps était favorable. J'étais curieux de ce spectacle.

J'avais une autre raison d'aller au Lido, à savoir mon envie de dire un mot de tendresse à la mer, ma mignonne, ma maîtresse, mes amours. Les hommes à patries méditerranéennes, ne les rencontrent plus quand ils les ont quittées. Nous autres, nés que nous sommes dans les vagues, avons une chance plus heureuse : notre patrie, la mer, embrasse le globe ; nous la retrouvons partout ; elle semble nous suivre et s'exiler avec nous. Son visage et sa voix sont les mêmes en tout climat ; elle n'a point d'arbres et de vallons qui changent de forme et d'aspect ; seulement elle nous paraît plus triste, comme nous le sommes nous-mêmes, à des bords lointains et sous un autre soleil ; à ces bords elle a l'air de nous dire : « Suspends tes pas ainsi que je vais retirer mes flots, pour te reporter à notre rivage. »

Le Lido, île longue et étroite, s'étend du Nord-Est au Sud-Ouest en face de Venise et sépare les lagunes de l'Adriatique. À son extrémité orientale est le fort *San Nicolo* sous lequel tourne la passe des petits bâtiments ; son extrémité occidentale est défendue par le fort *degli Alberoni* où s'embouche le chenal des grands navires. Le fort *San Nicolo* est en face du château de *Saint-André*, le fort *degli Alberoni* regarde le port de Malamocco et le littoral de Palestrine.

Sur le Lido même, en dedans des lagunes, on aperçoit le village de Sainte-Marie-Élisabeth et un hameau composé de trois ou quatre cabanes : celles-ci servaient d'écurie aux chevaux de Lord Byron.

Le contraste que présentent les deux bords du Lido est bien peint par M. Nodier : « Du côté seulement où il a vue sur Venise, le Lido est couvert de jardins, de jolis vergers, de petites maisons simples, mais pittoresques... De là Venise se développe aux yeux dans toute sa magnificence ; le canal couvert de gondoles, présente, dans sa vaste étendue, l'image d'un fleuve immense qui baigne le pied du palais Ducal et les degrés de Saint-Marc. »

Il faut seulement aujourd'hui retrancher de cette description les *jolis vergers, les petites maisons simples, mais pittoresques*, et mettre en leur place quelques baraques, des plates-bandes de légumes et des taillis de roseaux croissant dans des eaux saumâtres.

Malheureusement étant parti assez tard de Venise, je fus pris de la pluie en débarquant au Lido, à l'orée du fort San Nicolo, et je n'eus pas le temps de traverser l'île pour aller à la mer.

Dans l'intérieur des terrains du fort, ont lieu les danses sous des mûriers, des saules, des noyers et des cerisiers ; mais ces ombrages étaient presque déserts. À des tables mangeaient avidement quelques *ragazze* et quelques mariniers ; on criait et l'on portait çà et là la *Zucca arrostita* ; on buvait à même des bouteilles aux longs et minces goulots. Deux ou trois groupes dépêchaient en tumulte une farandole au son d'un méchant violon ; scènes inférieures en tout à la *saltarella* dans les jardins de la villa Borghèse.

Un génie moqueur semblait s'être amusé à déjouer les idées que je m'étais formées des *fêtes vénitiennes*, d'après Mme Renier Michielli. Au Lido se célébrait, à l'Ascension, le mariage de la mer et du Doge. Le Bucentaure (ainsi nommé d'une galère d'Énée), couronné de fleurs comme un nouvel époux, s'avançait au milieu des flots, au fracas du canon, au son de la musique, aux strophes de l'épithalame en vieux vénitien que l'on ne comprenait plus.

La fête *delle Marie* (des Maries) rappelait les fiançailles, l'enlèvement et la recousse de douze jeunes filles, lorsqu'en 944 elles furent ravies par des pirates de Trieste, et délivrées par leurs parents de Venise. Chacune d'elles au moment de l'enlèvement portait une cuirasse d'or brodée en perles : dans la fête commémorative la cuirasse était changée en chapeau de paille dorée, en oranges de Malte et en vin de Malvoisie.

Au mois de juillet, à la Sainte-Marthe, des gondoles illuminées promenaient des banquets errants sur les canaux, au milieu des palais déshabités : la fête dure encore chez le peuple ; elle est passée chez les grands.

Le monastère de Saint-Zacharie fournissait l'occasion et le but d'une solennité pompeuse : les chefs de la République s'y rendaient sur des barques dorées en souvenir du *Corno Ducale* dont les religieuses et l'abbesse du couvent avaient jadis fait présent au Doge. Ce *Corno Ducale* était d'or, festonné de vingt-quatre grosses perles, surmonté d'un diamant à huit facettes, d'un énorme rubis et d'une croix d'opales et d'émeraudes.

Je m'attendais à quelque chose de ces fiancées, de ces pommes et fleurs d'oranger, de ces joyaux transformés en riantes parures, de ces repas mêlés de chants et de Malvoisie, et je vis de lourds soldats autrichiens, en sarrau et en souliers gras, walser ensemble, pipe contre pipe, moustache contre moustache : saisi d'horreur, je me jetai dans ma gondole pour regagner Venise.

La lagune était terne ; la marée descendante découvrait des bancs de vase. M. Ampère avait vu ce que je voyais, lorsqu'il écrivait ces vers frappant de vérité :

> *Cette onde qui sans borne autour de moi s'étend,*
> *D'où l'on distingue à peine une lande mouillée,*
> *Sans habitant, sans arbre et d'herbe dépouillée,*
> *D'où, quand la mer descend, sortent quelques îlots,*
> *Comme une éponge molle imprégnée par les eaux.*

Je suis heureux de croiser encore la route de ce même jeune homme qui, poète français en Italie, littérateur slave en Bohême, marche vers l'avenir, quand je retourne au passé. Ce m'est une consolation de rencontrer, à la fin de mon voyage, ces enfants de l'aurore qui m'accompagnent à mon dernier soleil. Tout n'est donc pas épuisé ? Allons ! ces soldats de la jeune Garde rendront au vétéran le reste du chemin plus court et les bivouacs moins rudes.

Philippe de Comines a décrit les lagunes de son temps : « Environ la dite Cité de Venise, y a bien septante monastères, à moins de demi-lieue française, à le prendre en rondeur, et est chose estrange de voir si belles et si grandes églises fondées en la mer... tant de clochers, et si grand maisonnement tout en l'eau et le peuple n'avoir autre forme d'aller qu'en ces petites barques (gondoles) dont je crois qu'il s'en finerait trente mille. »

Je fouillais avec mes yeux dans les îles pour retrouver

ces couvents : quelques-uns ont été abattus, d'autres convertis en établissements civils ou militaires. Je me promettais de visiter les savants moines orientaux. Mon neveu, Christian de Chateaubriand, a écrit son nom sur leur livre ; on l'a pris pour le mien. Ces religieux étrangers ignorent même ce qui se passe à Venise ; à peine ont-ils entendu parler de la vie de Lord Byron qui faisait semblant d'étudier l'arménien chez eux. Ils donnent des éditions de saint Chrysostome ; loin de leur patrie, habitant le passé, ils vivent dans la triple solitude de leur petite île, de leurs études et de leur cloître.

Comines parle de trente mille gondoles : la rareté de ces nacelles aujourd'hui atteste la grandeur du naufrage. « Je prenais la gondole, dit Gœthe, pour un berceau doucement balancé, et la caisse noire qu'elle porte, me semblait un cercueil vide. Eh bien ! entre le berceau et le cercueil, insouciants, allons là-bas, flottant et chancelant, le long du grand Canal, à travers la vie. » Ma gondole au retour du Lido suivait celle d'une troupe de femmes qui chantaient des vers du Tasse ; mais au lieu de rentrer à Venise, elles remontèrent vers Palestrine comme si elles eussent voulu gagner la haute mer : leur voix se perdait dans l'unisonance des flots. Au vent mes concerts et mes songes !

Tout change à tout moment et à toujours : je tourne la tête en arrière, et j'aperçois comme d'autres lagunes, ces lagunes que je traversai en 1806 allant à Trieste : j'en emprunte la vue à l'Itinéraire.

« Je quittai Venise le 28 (juillet) et je m'embarquai à dix heures du soir pour me rendre en terre ferme. Le vent du Sud-Est soufflait assez pour enfler la voile, pas assez pour troubler la mer. À mesure que la barque s'éloignait, je voyais s'enfoncer sous l'horizon les lumières de Venise, et je distinguais, comme des taches sur les flots, les différentes ombres des îles dont la plage est semée. Ces îles, au lieu d'être couvertes de forts et de bastions, sont occupées par des églises et des monastères. Les cloches des hospices et des lazarets se faisaient entendre, et ne rappelaient que des idées de calme et de secours au milieu de l'empire des tempêtes et des dangers. Nous

nous approchâmes assez d'une de ces retraites, pour entrevoir des moines qui regardaient passer notre gondole ; ils avaient l'air de vieux nautoniers rentrés au port après de longues traversées ; peut-être bénissaient-ils le voyageur, car ils se souvenaient d'avoir été comme lui étrangers dans la terre d'Égypte : *fuistis enim et vos advenae in terra Aegypti.* »

Le voyageur est revenu : a-t-il été béni ? il a repris ses courses ; sans cesse errant, il ne fait plus que repasser sur ses traces : « Revoir ce qu'on a vu, dit Marc Aurèle, c'est recommencer à vivre. » Moi je dis : c'est recommencer à mourir.

Enfin des nouvelles de Mme la duchesse de Berry m'attendaient à l'hôtel de l'Europe. La princesse de Bauffremont arrivée à Venise, et descendue au Lion Blanc, désire me parler demain, mardi 17 à onze heures.

Dans ma course au Lido, vous l'avez vu, je n'ai pu atteindre la mer ; or je ne suis pas homme à capituler sur ce point. De crainte qu'un accident ne m'empêche de revenir à Venise une fois que je l'aurai quittée, je me lèverai demain avant le jour, et j'irai saluer l'Adriatique.

Mardi 17.

J'ai accompli mon dessein.

Débarqué à l'aube en dehors de San Nicolo, j'ai pris mon chemin en laissant le fort à gauche. Je trébuchais parmi des pierres sépulcrales : j'étais dans un cimetière sans clôture où jadis on avait jeté les enfants de Judas. Les pierres portaient des inscriptions en hébreu ; une des dates est de l'an 1435 et ce n'est pas la plus ancienne. La défunte Juive s'appelait Violante ; elle m'attendait depuis 398 ans, pour lire son nom et le révéler. À l'époque de son décès, le Doge Foscari commençait la série des tragiques aventures de sa famille : heureuse la Juive inconnue dont la tombe voit passer l'oiseau marin, si elle n'a pas eu de fils*.

---

* Madame Sand a placé une scène de *Leone-Leoni* dans ce cimetière juif du Lido. (Note de 1838.)

Au même lieu un retranchement fait avec des voliges de vieilles barques, protège un nouveau cimetière ; naufrage remparé des débris de naufrages. À travers les trous des chevilles qui cousirent ces planches à la carcasse des bateaux, j'épiais la mort autour de deux urnes cinéraires ; le petit jour les éclairait : le lever du soleil sur le champ où les hommes ne se lèvent plus est plus triste que son coucher. Depuis que les rois sont devenus les chambellans de Salomon baron de Rochschild, les Juifs ont à Venise des tombes de marbre. Ils ne sont pas si richement enterrés à Jérusalem ; j'ai visité leurs sépultures au pied du Temple : lorsque je songe la nuit, que je suis revenu de la vallée de Josaphat, je me fais peur. À Tunis au lieu de cendriers d'albâtre dans le cimetière des Hébreux, on aperçoit au clair de la lune des filles de Sion voilées, assises comme des ombres sur les fosses : la croix et le turban viennent quelquefois les consoler. Chose étrange pourtant que ce mépris et cette haine de tous les peuples pour les immolateurs du Christ ! Le genre humain a mis la race juive au Lazareth et sa quarantaine, proclamée du haut du Calvaire, ne finira qu'avec le monde.

Je continuais de marcher en m'avançant vers l'Adriatique ; je ne la voyais pas, quoique j'en fusse tout près. Le Lido est une zone de dunes irrégulières assez approchantes des buttes aréneuses du désert de Sabbah, qui confinent à la mer Morte. Les dunes sont recouvertes d'herbes coriaces ; ces herbes sont quelquefois successives ; quelquefois séparées en touffes elles sortent du sable chauve, comme une mèche de cheveux restée au crâne d'un mort. Le rampant du terrain vers la mer, est parsemé de fenouils, de sauges, de chardons à feuilles gladiées et bleuâtres ; les flots semblent les avoir peintes de leur couleur : ces chardons épineux, glauques et épais rappellent les nopals, et font la transition des végétaux du Nord à ceux du Midi. Un vent faible rasant le sol, sifflait dans ces plantes rigides : on aurait cru que la terre se plaignait. Des eaux pluviales stagnantes formaient des flaques dans des tourbières. Çà et là quelques chardonnerets voletaient avec de petits cris, sur des buissons de joncs marins. Un troupeau de vaches parfumées de leur lait, et dont le taureau mêlait son sourd mugissement à celui de Neptune, me suivait comme si j'eusse été son berger.

Ma joie et ma tristesse furent grandes quand je découvris la mer et ses froncis grisâtres, à la lueur du crépuscule. Je laisse ici sous le nom de *Rêverie* un crayon imparfait de ce que je vis, sentis, et pensai dans ces moments confus de méditations et d'images.

(18)

Venise, 17 septembre 1833.

RÊVERIE AU LIDO.

Il n'est sorti de la mer qu'une aurore ébauchée et sans sourire. La transformation des ténèbres en lumière, avec ses changeantes merveilles, son aphonie et sa mélodie, ses étoiles éteintes tour à tour dans l'or et les roses du matin, ne s'est point opérée. Quatre ou cinq barques serraient le vent à la côte ; un grand vaisseau disparaissait à l'horizon. Des mouettes posées marquetaient en troupe la plage mouillée ; quelques-unes volaient pesamment au-dessus de la houle du large. Le reflux avait laissé le dessin de ses arceaux concentriques sur la grève. Le sable, guirlandé de fucus, était ridé par chaque flot, comme un front sur lequel le temps a passé. La lame déroulante enchaînait ses festons blancs à la rive abandonnée.

J'adressai des paroles d'amour aux vagues, mes compagnes : ainsi que de jeunes filles se tenant par la main dans une ronde, elles m'avaient entouré à ma naissance. Je caressai ces berceuses de ma couche ; je plongeai mes mains dans la mer ; je portai à ma bouche son eau sacrée, sans en sentir l'amertume : puis je me promenai au limbe des flots, écoutant leur bruit dolent, familier et doux à mon oreille. Je remplissais mes poches de coquillages dont les Vénitiennes se font des colliers. Sou-

vent je m'arrêtais pour contempler l'immensité péla-
gienne avec des yeux attendris. Un mât, un nuage, c'était
assez pour réveiller mes souvenirs.

Sur cette mer j'avais passé il y a longues années ; en
face du Lido une tempête m'assaillit. Je me disais au
milieu de cette tempête « que j'en avais affronté d'autres,
mais qu'à l'époque de ma traversée de l'Océan j'étais
jeune, et qu'alors les dangers m'étaient des plaisirs »*. Je
me regardais donc comme bien vieux lorsque je voguais
vers la Grèce et la Syrie ? Sous quel amas de jours suis-
je donc enseveli ?

Que fais-je maintenant au steppe de l'Adriatique ? des
folies de l'âge voisin du berceau : j'ai écrit un nom tout
près du réseau d'écume, où la dernière onde vient mourir ; les lames successives ont attaqué lentement le nom
consolateur ; ce n'est qu'au seizième déroulement
qu'elles l'ont emporté lettre à lettre et comme à regret :
je sentais qu'elles effaçaient ma vie.

Lord Byron chevauchait le long de cette mer solitaire :
quels étaient ses pensers et ses chants, ses abattements et
ses espérances ? Élevait-il la voix pour confier à la tourmente les inspirations de son génie ? Est-ce au murmure
de cette vague qu'il emprunta ces accents ?

> *... If my fame should be, as my fortunes are,*
> *Of hasty growth and blight, and dull oblivion bar*
> *My name from out the temple where the dead*
> *Are honoured by the nations, – let it be.*

« Si ma renommée doit être comme le sont mes fortunes, d'une croissance hâtive et frêle ; si l'obscur oubli
doit rayer mon nom du temple où les morts sont honorés
par les nations : – soit. »

Byron sentait que ses *fortunes* étaient d'une *croissance
frêle* et hâtive ; dans ses moments de doute sur sa gloire,
puisqu'il ne croyait pas à une autre immortalité, il ne lui
restait de joie que le néant. Ses dégoûts eussent été moins
amers, sa fuite ici-bas moins stérile, s'il eût changé de

---

* Itinéraire.

voie : au bout de ses passions épuisées, quelque généreux effort l'aurait fait parvenir à une existence nouvelle. On est incrédule parce qu'on s'arrête à la surface de la matière : creusez la terre, vous trouverez le ciel. Voici la borne au pied de laquelle Byron marqua sa tombe : était-ce pour rappeler Homère enseveli sur le rivage de l'île d'Ios ? Dieu avait mesuré ailleurs la fosse du poète que je précédai dans la vie. Déjà j'étais revenu des forêts américaines lorsqu'auprès de Londres, sous l'orme de Childe Harold enfant, je rêvai les ennuis de René et le vague de sa tristesse*. J'ai vu la trace des premiers pas de Byron dans les sentiers de la colline d'Hartrow ; je rencontre les vestiges de ses derniers pas à l'une des stations de son pèlerinage : non, je les cherche en vain ces vestiges : soulevé par l'ouragan, le sable a couvert l'empreinte des fers du coursier demeuré sans maître : « Pêcheur de Malamocco, as-tu entendu parler de Lord Byron ? – Il chevauchait presque tous les jours ici. – Sais-tu où il est allé ? » Le pêcheur a regardé la mer. Et la mer s'est souvenue de l'ordre que lui donna le Christ : *tace ; obmutesce*, « taistoi ; sois muette ». Virgile avant Byron, avait franchi le golfe redouté du poète de Tibur : qui ramènera d'Athènes, Byron et Virgile ? À ces mêmes plages Venise pleure ses pompes : le Bucentaure n'y baigne plus ses flancs d'or à l'ombre de sa tente de pourpre ; quelques tartanes se cachent derrière les caps déserts, comme au temps primitif de la République.

Un jour fut d'orage : prêt à périr entre Malte et les Syrtes, j'enfermai dans une bouteille vide ce billet : *F. A. de Chateaubriand, naufragé sur l'île de Lampedouse le 26 décembre 1806 en revenant de la Terre sainte**.* Un verre fragile, quelques lignes ballottées sur un abîme, est tout ce qui convenait à ma mémoire. Les courants auraient poussé mon épitaphe vagabonde au Lido, comme aujourd'hui le flot des ans a rejeté à ce bord ma vie errante. Dinelli, capitaine en second de ma polaque d'Alexandrie, était vénitien : il passait de nuit avec moi

---

* Voyez livre XII, 1ʳᵉ partie.   ** *Itinéraire.*

trois ou quatre heures du sablier, appuyé contre le mât et chantant aux coups des rafales,

> *Si tanto mi piace*
> *Si rara Bella,*
> *Io perdero la pace*
> *Quando se destera.*

Dinelli s'est-il reposé *sul'margine d'un rio* auprès de sa maîtresse endormie ? S'est-elle réveillée ? Mon vaisseau existe-t-il encore ? A-t-il sombré ? A-t-il été radoubé ? Son passager n'a pu faire rajuster sa vie ! Peut-être ce bâtiment dont j'aperçois la vergue lointaine, est le même qui fut chargé de mon ancienne destinée ? Peut-être la carène démembrée de mon esquif a-t-elle fourni les palissades du cimetière israélite ?

Mais ai-je tout dit dans l'*Itinéraire* sur ce voyage commencé au port de Desdémone et fini au pays de Chimène ? Allais-je au tombeau du Christ dans les dispositions du repentir ? Une seule pensée remplissait mon âme ; je dévorais les moments : sous ma voile impatiente, les regards attachés à l'étoile du soir, je lui demandais l'aquilon pour cingler plus vite. Comme le cœur me battait en abordant les côtes d'Espagne ! Que de malheurs ont suivi ce mystère ! Le soleil les éclaire encore ; la raison que je conserve me les rappelle.

Venise, quand je vous vis, un quart de siècle écoulé, vous étiez sous l'empire du grand homme, votre oppresseur et le mien ; une île attendait sa tombe ; une île est la vôtre : vous dormez l'un et l'autre immortels dans vos Sainte-Hélène. Venise ! nos destins ont été pareils ! mes songes s'évanouissent, à mesure que vos palais s'écroulent ; les heures de mon printemps se sont noircies, comme les arabesques dont le faîte de vos monuments est orné. Mais vous périssez à votre insu ; moi, je sais mes ruines ; votre ciel voluptueux, la vénusté des flots qui vous lavent, me trouvent aussi sensible que je le fus jamais. Inutilement je vieillis ; je rêve encore mille chimères. L'énergie de ma nature s'est resserrée au fond de mon cœur ; les ans au lieu de m'assagir, n'ont réussi qu'à chasser ma jeunesse extérieure, à la faire rentrer dans mon sein. Quelles caresses l'attireront maintenant au dehors, pour l'empêcher de m'étouffer ? Quelle rosée descendra sur moi ? quelle brise émanée des fleurs, me pénétrera de sa tiède haleine ? le vent qui souffle sur une tête à demi dépouillée, ne vient d'aucun rivage heureux !

2. Lettre à la duchesse de Berry

À la fin du chapitre 3 du livre XLI, Chateaubriand reproduit de manière fragmentaire une lettre qu'il écrivit à la duchesse de Berry le 28 septembre 1833, après sa double visite à Butschirad. On a conservé le texte intégral de cette lettre : il comporte un récit beaucoup plus circonstancié, qui éclaire les difficultés de la situation.

« Prague, 28 septembre 1833.

« Madame,

« J'étais ici jeudi 26 à quatre heures du soir ; la Princesse de Bauffremont ne m'avait précédé que de deux heures ; j'appris avec un profond étonnement que la famille royale partait le lendemain même, 27, sous le prétexte d'aller au-devant de vous jusqu'à Léoben, mais dans le dessein, disait-on, de vous empêcher de venir à Prague. Madame la Dauphine, Mademoiselle et Mme de Gontaut étaient déjà arrivées de Butschirad à Hradschin. Ceci se compliquait de l'apparition de jeunes Français accourus pour l'époque de la majorité. On prétendait que le Roi refusait de les recevoir, parce qu'il ne voulait pas de déclaration de majorité et qu'il fuyait Prague tout exprès pour ne pas s'y trouver le 29.

« Je m'empressai de monter au château ; je vis Madame la Dauphine ; je lui dis que j'étais envoyé par vous avec une lettre pour le Roi ; je lui racontai ce qui vous était arrivé avec le gouvernement de Venise ; je lui témoignai ma surprise de la résolution où l'on était de conduire à Madame ses enfants pour qu'elle les embrassât un moment, dans une auberge, et qu'elle en fût ensuite séparée à jamais. Madame la Dauphine parut émue, et quand je lui demandai s'il n'y avait pas quelque moyen d'empêcher cet incroyable voyage, elle me conseilla, si je n'étais pas trop fatigué, d'aller à l'instant à Butschirad ; elle me parla de Votre Altesse Royale avec affection, et elle ajouta : « Il me faut un contre-ordre ; si le Roi ne me fait rien dire ce soir, il faut que je parte demain. » Mademoiselle et Mme de Gontaut partaient avec elle. Le Roi devait emmener Henri V accompagné de son gouverneur, M. de Damas. M. de Blacas est du voyage. Je passai à l'appartement de Mme de Gontaut. Je la trouvai au milieu de ses préparatifs de départ, et toute bouleversée ; elle s'écria qu'on les conduisait elle ne savait où, et qu'elle me suppliait *de les sauver*.

« Mademoiselle était un peu souffrante, elle était au lit : Mme de Gontaut me fit entrer dans sa chambre ; les fenêtres étaient fermées. Je ne vis point la jeune Princesse, mais elle me tendit dans l'ombre sa petite main qui était brûlante, me priant aussitôt *de les sauver tous*.

« À neuf heures du soir, j'atteignis Butschirad. Introduit dans le salon, je n'y trouvai près d'une table de jeu préparée que le duc de Blacas et M. O'Hegerty. Le premier m'apprit que le Roi avait un accès de fièvre avec tremblement et qu'il était couché. Un peu incrédule, j'insistai pour qu'on allât dire à Sa Majesté le désir que j'avais de lui remettre les lettres dont j'étais porteur. On entrait du salon dans la chambre de Sa Majesté. M. de Blacas ouvrit la porte avec précaution, s'approcha du lit et revint me dire que le Roi était dans l'impossibilité de me voir. Il s'aperçut de mes doutes, et m'invita à entrer moi-même dans la chambre. J'entrai, je n'entendis que la respiration élevée du Roi, comme celle d'un homme qui dort d'un sommeil profond ou pénible.

« Revenu au salon, je dis à M. de Blacas devant M. O'Hegerty le but de mon voyage : obtenir une déclaration de majorité, faire lever l'ordre qui retenait Votre Altesse Royale à Trieste. M. de Blacas s'étonna de cet ordre, disant que le 15 de ce mois, l'Empereur et le prince de Metternich n'étaient pas à Vienne. Quant à la déclaration de la majorité, il l'approuvait fort, mais il n'y pouvait rien, je traiterais cela avec le Roi. Une déclaration lui semblait difficile à faire en terre étrangère. Je réfutai les objections que l'on continue d'élever à ce sujet. Il me semblait facile de rédiger une déclaration de manière à ne blesser aucune susceptibilité, et pourtant à contenter le parti légitimiste qui voulait savoir s'il avait affaire à Charles X, à Louis XIX, ou à Henri V. Je m'étendis sur ce que le voyage à Léoben avait de déplorable : "Personne, Monsieur le Duc, lui dis-je, ne sera la dupe de cet hommage dérisoire rendu à Madame la Duchesse de Berry : s'empresser d'aller au-devant d'elle est tout simplement refuser de la recevoir publiquement ; c'est avouer qu'on rougit de son courage et de ses adversités. Cette entrevue secrète passera pour une insulte et non pour un honneur." J'ajoutai que si l'on avait laissé Votre Altesse Royale venir à Prague, que si l'on eût en même temps passé en famille un acte de majorité, toutes les divisions auraient cessé entre les Royalistes. Dans le cas où Votre Altesse Royale n'aurait pu, pendant l'hiver, supporter le climat de Prague, elle serait retournée en Italie dans la noble position qui lui convient.

« M. de Blacas tomba d'accord de tout cela, trouva que je parlais à merveille, et tout comme lui, que le Roi étant malade ne pourrait pas vraisemblablement partir le lendemain, et que je m'entendrais avec lui. Je retournai à Prague, une fièvre violente de fatigue me saisit, ce qui ne m'empêcha pas d'être le 27 à onze heures du matin à Butschirad.

« Le prétexte pour aller au-devant de vous, Madame, était le mauvais état de votre santé ; on voulait vous épargner un si long chemin. J'assurais que vous vous portiez à merveille ; le Prince et la Princesse de Bauffremont en disaient autant ; s'obstiner au voyage devant ces témoins oculaires, c'était convenir qu'il y avait une raison cachée qu'on n'osait expliquer.

« Le Roi était encore couché quand j'arrivai le 27 à Butschirad ; il me fit entrer et asseoir au bord de son lit avec toute sorte de bonté. Avant qu'il ouvrît votre lettre, je lui parlai des deux motifs de mon voyage. Le Roi ne dissimula pas qu'il avait été pour quelque chose dans le premier ordre qui vous retenait en Italie ; mais il affirma qu'il ne comprenait rien au renouvellement de cet ordre ; qu'au surplus, vous deviez être en ce moment en pleine liberté, et qu'il vous avait dépêché M. de Milanges pour vous dire de vous rendre à Léoben. Je fis au Roi les mêmes objections que j'avais faites à M. de Blacas ; je lui laissai entendre qu'il serait possible que vous ne vinssiez pas à Léoben ; le Roi s'écria en colère : "Comment sont mes ordres ? – Mais, Sire, répliquai-je, si Madame la Duchesse de Berry ne voit dans ces ordres que l'inspiration de ses ennemis, dont Votre Majesté est entourée ? Si vous arrivez à Léoben, et si son Altesse Royale n'y était pas ?" Le Roi parut frappé de cette idée ; et puis il reprit : "Elle y viendra."

« J'insistai sur la nécessité de votre arrivée en Bohême : "Jamais, s'écria le Roi, jamais !" On prétend, Madame, que le mot de cette énigme est une résolution prise par Monsieur le Dauphin de quitter Prague si vous y veniez.

« Le Roi fut plus modéré relativement à l'acte de déclaration de majorité. Je lui représentai les avantages d'une pareille déclaration. "Eh bien, dit le Roi, vous en parlez d'une manière assez *séduisante*. Faites-moi un brouillon de l'acte ; causez avec Blacas et puis nous verrons."

« Alors il ouvrit votre lettre, il la lut avec attention, puis il la jeta sur son lit et s'écria : "De quel droit Madame la Duchesse de Berry prétend-elle me dicter ce que j'ai à faire ? Quelle autorité a-t-elle pour parler ? Elle n'est plus rien ; elle n'est plus que Madame Lucchesi-Palli, une femme étrangère à ma famille. Elle n'a plus aucun empire sur ses enfants ; le code français ne reconnaît point de mariage secret ; le code la dépossède de la tutelle comme mariée en secondes noces."

« Je crus devoir faire observer au Roi qu'il vous restait les droits de vos sacrifices, et des périls auxquels vous vous étiez exposée pour la couronne de votre fils ; que la jeune France Royaliste serait toujours de votre côté ; qu'en Italie vous aviez été reçue avec autant de respect que d'admiration ; que si vous protestiez contre ce qu'on a fait à Prague, à l'instant, malgré le Code et les gens de loi, tous les organes de la presse seraient pour vous ; qu'il ne s'agissait pas d'un fait légal, mais d'une opinion, et que l'opinion n'avait de juge que le public.

« Notre première conversation en demeura là. Les jeunes gens avaient été reçus à midi, ils avaient salué le duc de Bordeaux du titre de Roi. Tout cela n'était pas trop mal en apparence ; mais des discours n'avaient pas été prononcés le 29, et beaucoup d'autres jeunes gens avaient été arrêtés aux frontières de la Bohême, faute (selon les autorités autrichiennes) d'une autorisation signée *Blacas*. Le Roi me fit l'honneur de me garder la journée entière et de me retenir à dîner. Je rédigeai le petit acte pour la majorité à peu près dans les termes que j'avais communiqués à M. le comte de Saint-Priest. M. de Blacas le porta au Roi. Il revint me dire que Sa Majesté le trouvait très bien, mais qu'il fallait l'envoyer à Vienne, parce qu'on avait malheureusement pris l'engagement avec François II de ne rien faire à la majorité de Henri V.

« Le soir, après dîner, le Roi me répéta la même chose, ajoutant qu'il était sûr de l'assentiment de M. de Metternich. Je demandai au Roi la permission d'en douter. Du reste, il fut convenu que l'acte serait fait double, et que l'un des deux originaux serait remis entre mes mains.

« Parmi tant de choses qui m'ont affligé, j'aurai du moins, Madame, obtenu ce que vous désiriez sur un point essentiel. Je me réjouirai pour vous de cette victoire, si du moins il y a victoire.

« Ci-joint la minute de l'acte. Il était impossible de l'étendre davantage ; autrement il n'eût été adopté ni par le Roi, ni par le prince de Metternich. Le fait matériel s'y trouve avec la signature *Henri* ; cela suffit. Il est dur, Madame, d'avoir à parler à l'Autriche, quand il s'agit de la France. Nos ennemis pourraient rire s'ils nous voyaient disputer une Royauté sans Royaume, et un sceptre qui n'est aujourd'hui qu'un bâton sur lequel nous appuyons nos pas dans le pèlerinage peut-être long de notre exil.

« Maintenant, Madame, je ne dois pas vous cacher que j'ai trouvé beaucoup de mal ici : la dissimulation est partout ; je crains même que le jeune Henri ne se ressente bientôt des leçons qu'on lui donne. J'ai été moins content de lui que je ne l'avais été au mois de mai. M. de Latour-

Maubourg n'est point arrivé, et le Roi m'a dit qu'il avait refusé la place de gouverneur. M. de Damas conserve tout son crédit : le père Deplace n'est point parti. Tout le mal est dans l'éducation de votre fils, et je ne vois aucune chance pour que cette éducation soit changée.

« Je termine, Madame, cette trop longue lettre ; elle vous est portée par mon secrétaire qui pourra vous déchiffrer mon écriture. Je désire qu'il vous arrive avant l'entrevue de Léoben. J'ignore quel parti vous prendrez : si vous croirez devoir vous refuser aux ordres du Roi, ou s'il résultera de cette rencontre avec lui une rupture complète. Si j'osais hasarder quelques conseils, je vous supplierais de vous entendre avec Madame la Dauphine, princesse dont le grand nom augmenterait encore la force du vôtre. On m'a traité ici avec une bonté remarquée de tout le monde ; j'y suis très sensible, et j'en suis très fort reconnaissant ; mais croyez, Madame, à un dévouement que vous pouvez mettre à l'épreuve. Je retourne au milieu des pauvres que Mme de Chateaubriand nourrit de sa charité. Là vous me trouverez toujours ; si jamais vous deveniez maîtresse absolue du sort de votre fils, si vous persistiez à croire que ce dépôt précieux pût être remis entre mes mains fidèles, je serais aussi heureux qu'honoré de lui consacrer le reste de ma vie. Mais je ne pourrais me charger d'une aussi effrayante responsabilité qu'à la condition d'être, sous vos conseils, entièrement libre dans mes choix et dans mes idées, et placé sur un sol indépendant, hors du cercle des monarchies absolues.

« Je suis, Madame, etc.

« CHATEAUBRIAND. »

« *P.S.* – Je n'ai pu remettre à votre fils le billet de V.A.R. Mme de Gontaut n'a pas voulu s'en charger, et je n'ai pas vu seul le jeune Roi. »

3. Le « livre dixième »

Dans le manuscrit de 1845, le livre IX de la quatrième partie (correspondant à notre livre XLI), était suivi par un « *livre dixième* » qui occupe les *f*ᵒˢ 3893 à 3919 de m, et qui a disparu de la version définitive. Le noyau en avait été constitué en 1836 par une série de pages écrites à la demande du duc de Noailles (1802-1885). Celui-ci avait été admis au printemps 1832 dans le cercle des intimes de Mme Récamier ; et il avait à son tour désiré recevoir la « petite société » de la rue de Sèvres dans son château de Maintenon, où il séjournait à la belle saison. Il se flattait, bien sûr, que Chateaubriand serait du voyage lui aussi. Le vieil écrivain se fit longtemps prier, puis se décida enfin à aller passer quelques jours à Maintenon, du 10 au 13 août 1835 ; il récidiva un an plus tard, pour trois jours seulement, du 12 au 14 octobre 1836. Le lendemain de son départ, il pouvait écrire à Mme Récamier, qui prolongeait son séjour : « J'ai été charmé de vos hôtes (...) J'ai pris mes vues du château ; M. de Noailles en sera content, du moins je ferai de mon mieux » (Récamier, p. 416).

C'est que le noble duc avait des arrière-pensées. Il rêvait de voir son historique demeure et, pourquoi pas, le souvenir de ce séjour enchanteur, immortalisés dans une « tête de chapitre », un prologue ou même un livre entier des Mémoires d'outre-tombe. Il avait, bien entendu, su mettre dans son jeu la belle Juliette. Chateaubriand se résigna donc, sans enthousiasme, à rédiger dans les semaines qui suivirent son retour à Paris quelques chapitres datés (par inadvertance ?) : « Maintenon, septembre 1836 ». Il pilla pour cela sans vergogne la notice de Monmerqué sur Mme de Maintenon dans la Biographie Michaud (t. XXVI, 1820), et emprunta au duc de Noailles lui-même un récit (attribué par celui-ci à sa défunte nièce) de la halte faite par Charles X à Maintenon lors de son acheminement vers Cherbourg.

Ces chapitres furent ensuite complétés par un dossier assez considérable de lettres : lettres à de jeunes personnes en mal de littérature, et surtout la correspondance échangée entre la duchesse de Berry et son « ambassadeur », après le voyage à Prague (1834-1835). À cela se trouvaient associés, dans une première rédaction, les chapitres 1 à 9 (mort de Charles X) du livre XLII (ancien *livre XI de la quatrième partie). Au départ, ce livre dixième fut donc un ensemble un peu flou, un peu fourre-tout, qui correspondait à la période 1834-1838 : sur ces incertitudes, voir le chapitre 1. Dès 1841, il avait pris la forme des 6 chapitres que nous connaissons. En 1845, Chateaubriand supprima la totalité du chapitre 6, auquel il substitua un résumé de quelques lignes (voir infra, p. 686-687). Enfin, lors de la révision de 1846, c'est la totalité de ce livre sans grande consistance que le mémorialiste sacrifia.*

On ne le regrettera pas trop. En 1859, lorsque Mme Lenormant publia dans Souvenirs et correspondance tirés des papiers de Mme Récamier, *la séquence sur Maintenon (chapitres 2 à 5), Sainte-Beuve les jugeait déjà médiocres. Le texte complet de ce livre supprimé a été publié pour la première fois par Maurice Levaillant en 1948 (Édition du Centenaire, t. IV, p. 485-514 pour le texte, et p. 692-696 pour le commentaire critique, variantes et description du manuscrit). C'est lui que nous reproduisons.*

LIVRE DIXIÈME

(1)

ANNÉES 1834, 1835 ET 1836.

Maintenon, septembre 1836.

Revenu de Prague en 1833, pendant les années 1834 et 1835 j'ai pris des notes sur les choses du jour qui s'agitaient autour de moi ; j'ai ouvert en même temps une correspondance avec de jeunes hommes et de jeunes femmes qui m'étaient inconnus et qui se proposaient d'entrer dans la carrière des lettres. Je n'ai pas à me reprocher de les avoir encouragés pour m'en faire des séides, aux dépens de leur bonheur et de la vérité. Deux de mes réponses en seront la preuve. Le 27 juillet 1834, j'écrivis à une habitante de la Bretagne :

« J'ai été absent de Paris, Mademoiselle, c'est la raison qui m'a empêché de répondre plus tôt à la lettre que vous m'avez fait l'honneur de m'écrire, et de vous remercier des vers charmants que vous avez bien voulu m'envoyer.

« Vous exigez que je vous parle avec la franchise de notre commune patrie, vous invoquez ma loyauté de Breton ; eh bien, Mademoiselle, je vais tâcher de mériter cette noble confiance.

« Vos vers sont pleins de facilité, de naturel, de douceur, de grâce et d'harmonie : vous pouvez faire encore mieux dans la suite : mais eussiez-vous un talent supérieur à celui de toutes les femmes qui m'écrivent aujourd'hui, jamais je n'encouragerai personne à entrer dans la carrière des lettres. Dans ce siècle tout est auteur ; les poètes, les romanciers, les historiens courent par bandes dans les rues ; il n'y a ni public, ni juge, et l'on se déchire de coterie à coterie, de journal à journal ; les réputations éphémères meurent du soir au matin ; grand homme la veille, on est un sot le lendemain, et tandis qu'une gazette fait votre apothéose, une autre gazette, à la même heure, vous traîne aux gémonies.

« Tout ceci étant dit, Mademoiselle, pour l'acquit de ma conscience, je reconnais qu'il y a des instincts irrésistibles. Ce sentiment de la gloire qui fait palpiter votre cœur, est peut-être la révélation de votre force. Je pense qu'un talent qui doit dominer un siècle et laisser une trace immortelle, peut se jeter tête baissée dans les maux de la vie, et qu'il a encore raison quand il se dévoue au malheur : mais qui peut nous donner la certitude de ce talent, sinon un avenir que nous n'entendrons point ?

« Voilà les deux côtés de la question ; appelez votre Muse au conseil ; pesez avec elle les raisons pour et contre la gloire, et prenez garde à la séduction de la dernière. Vous êtes jeune, vous êtes sans doute belle, vous êtes femme (quoique votre écriture soit celle d'un homme) ; voilà bien des motifs de confiance et de succès ; mais pourquoi ne pas garder tout cela pour en composer un bonheur ignoré, à l'abri des insultes de la fortune ? Je vous propose un troc, Mademoiselle : prenez mes trente-trois volumes, et donnez-moi vos seize ans ; je m'engage à ne pas écrire un seul mot de mes jours.

« Pardonnez, Mademoiselle, à la sincérité d'un Breton qui met à vos pieds ses respectueux hommages. »

Dans cette année 1836 j'ai commencé à écrire à Dieppe les antécédents de ma vie avec l'histoire générale qui n'étant pas rapportés laissaient dans mes *Mémoires* une grande lacune entre l'année 1800 et l'année 1814. Je vais à présent réunir les notes dont j'ai parlé au début de ce chapitre, lesquelles contiennent la chaîne des événements présents et de 1833 à 1836. Je reprends la plume au château de Maintenon dont je parcours les jardins à la lumière de l'automne : *peregrinæ gentis amœnum hospitium.*

(2)

INCIDENCES. – JARDINS.

En passant devant les côtes de la Grèce je me demandais autrefois (ce) qu'étaient devenus les quatre arpents du jardin d'Alcinoüs ombragés de grenadiers, de pommiers, de figuiers et ornés de deux fontaines ? Le potager du bonhomme Laërte à Ithaque n'avait plus ses vingt-deux poiriers, lorsque je naviguai devant cette île, et l'on ne sut me dire si Zante était toujours la patrie de la fleur d'hyacinthe ; l'enclos d'Académus à Athènes m'offrit quelques souches d'oliviers, comme le jardin des douleurs à Jérusalem. Je n'ai point erré dans les jardins de Babylone, mais Plutarque nous apprend qu'ils existaient encore du temps d'Alexandre. Carthage m'a présenté l'aspect d'un parc semé des vestiges des palais de Didon. À Grenade, au travers des portiques de l'Alhambra, mes regards ne se pouvaient détacher des bocages d'orangers où la romance espagnole a placé les amours des Zégris. Du haut de la tour de David, à Jérusalem, le Roi prophète aperçut Bethsabée se baignant dans les jardins d'Urie ; moi, je n'y ai vu passer qu'une fille d'Ève : pauvre Abigaïl qui n'inspirera jamais les magnifiques psaumes de la pénitence.

Pendant le conclave de 1828, je me promenais dans les jardins du Vatican. Un aigle, déplumé et prisonnier dans une loge, offrait l'emblème de Rome païenne abattue ; un lapin étique était livré en proie à l'oiseau du Capitole, qui avait dévoré le monde.

Des moines m'ont montré à Tusculum et à Tibur les vergers en friche de Cicéron et d'Horace ; je suis allé à la chasse aux canards sauvages dans le Laurentinum de Pline ; les vagues y venaient mourir au pied du mur de la salle à manger où par trois fenêtres on découvrait comme trois mers, *quasi tria maria*.

À Rome même, couché parmi les anémones sauvages de *Bel Respiro* entre les pins qui formaient une voûte sur ma tête, se déroulait au loin la chaîne de la Sabine ; Albe enchantait mes yeux de sa montagne d'azur dont les hautes dentelures étaient frangées de l'or des derniers rayons du soleil : spectacle plus admirable encore, lorsque je venais à songer que Virgile l'avait contemplé comme moi, et que je le revoyais du milieu des débris de la cité des Césars, par-dessus le pampre du tombeau des Scipions.

> *Beaux parcs et beaux jardins, qui dans votre clôture,*
> *Avez toujours des fleurs et des ombrages verts,*
> *Non sans quelque démon qui défend aux hivers*
> *D'en effacer jamais l'agréable peinture.*

(3)

CHÂTEAU ET PARC DE MAINTENON. – LES AQUEDUCS. – RACINE.
MADAME DE MAINTENON. – LOUIS XIV. – CHARLES X.

Si de ces Hespérides de la poésie et de l'histoire, je descends aux jardins de nos jours, quelle multitude en ai-je vue naître, réparer et mourir, sans parler des bois de Sceaux, de Marly, de Choisy rasés au niveau des blés, sans parler des bosquets de Versailles que l'on prétend rendre à leurs fêtes ! J'ai aussi planté des jardins ; ma petite rigole, passage des pluies d'hiver, était à mes yeux les étangs du *prædium rusticum*.

Vu du côté du parc, le château de Maintenon entouré de fossés remplis des eaux de l'Eure, présente à gauche une tour carrée de pierres bleuâtres, à droite une tour ronde de briques rouges. La tour carrée se réunit, par un corps de logis, à la voûte surbaissée qui donne entrée de la cour extérieure dans la cour intérieure du château. Sur cette voûte s'élève un amas de tourillons ; de ceux-ci part un bâtiment qui va se rattacher transversalement à un autre corps de logis venant de la tour ronde. Ces trois lignes d'architecture renferment un espace clos de trois côtés et ouvert seulement sur le parc.

Les sept ou huit tours de différentes grosseur, hauteur et forme, sont coiffées de bonnets de prêtre, qui se mêlent à la flèche d'une église placée en dehors du côté du village.

La façade du château du côté du village, est du temps de la Renaissance : on y voit des fenêtres à angles obtus, divisées par une croix en pierre, un balcon de pierre ouvragé, placé sur la voûte à l'entrée, et suspendu irrégulièrement entre deux tourelles, enfin tous les caprices de cette époque qui entrelaçait le grec au gothique. Les fantaisies de cette architecture donnent au château de Maintenon un caractère particulier : on dirait d'une petite ville d'autrefois, ou d'une abbaye fortifiée avec ses flèches, ses clochers, groupés à l'aventure. Pour achever le pêle-mêle des époques, on aperçoit les débris d'un grand aqueduc, ouvrage de Louis XIV ; on le croirait un travail des Césars. On descend du salon du château dans le jardin par un pont nouvellement établi qui tient de la structure du *Rialto*. Ainsi l'ancienne Rome, Venise, le *Cinque Cento* de l'Italie, se trouvent associés au xvie siècle de la France : les souvenirs de Bianca Capello et de François de Médicis, de la duchesse d'Étampes et de François Ier s'élèvent confusément à travers les souvenirs de Louis XII et de Mme de Maintenon ; tout cela dominé et complété par la catastrophe récente de Charles X.

Ce château a été rebâti par Jean Cottereau, argentier de Louis XII : Marot, dans son *Cimetière*, prétend que Cottereau avait été trop honnête homme pour un financier. Une des filles de Cottereau porta la terre de Maintenon dans la maison d'Angennes. En 1675, cette terre fut achetée par Françoise d'Aubigné qui devint Mme de Maintenon. Maintenon est tombé en 1698, dans la famille de Noailles par le mariage d'une nièce de la femme de Louis XIV avec Adrien-Maurice, duc de Noailles.

Le parc est superbe ; il a quelque chose du sérieux et du calme du grand Roi. Vers le milieu, le premier rang des arcades de l'aqueduc traverse le lit de l'Eure et réunit les deux collines opposées de la vallée ; de sorte qu'à Maintenon une branche de l'Eure eût coulé dans les airs au-dessus de l'Eure : *dans les airs*, est le mot, car les premières arcades, telles qu'elles existent, ont quatre-vingt-quatre pieds de hauteur et elles devaient être surmontées de deux autres rangs d'arcades.

Les aqueducs romains ne sont rien auprès des aqueducs de Maintenon ; ils défileraient tous sous un de ses portiques. Je ne connais que l'aqueduc de Ségovie en Espagne, qui rappelle la masse et la solidité de celui-ci ; mais il est plus court et plus bas. Si l'on se figure une trentaine d'arcs de triomphe enchaînés latéralement les uns aux autres et à peu près semblables par la hauteur et l'ouverture à l'arc de triomphe de l'Étoile, on aura une idée de l'aqueduc de Maintenon ; mais encore faudra-t-il se souvenir qu'on ne voit là qu'un tiers de la perpendiculaire et de la découpure que devait former la triple galerie destinée au chemin aérien des eaux. Les fragments tombés de cet aqueduc sont des blocs compacts de rocher ; ils sont couverts d'arbres autour desquels des corneilles de la grosseur d'une colombe, voltigent. Elles passent et repassent sous les cintres de l'aqueduc, comme de petites fées noires exécutant des danses fatidiques sous des guirlandes.

À l'aspect de ce monument on est frappé du caractère imposant qu'imprimait Louis XIV à ses ouvrages. Il est à jamais regrettable que ce conduit gigantesque n'ait pas été achevé ; l'Eure transportée à Versailles en eût alimenté les fontaines et eût créé une autre merveille, en rendant les eaux jaillissantes, perpétuelles ; de là on aurait pu l'amener dans les faubourgs de Paris. Il est fâcheux sans doute que le camp formé pour les travaux à Maintenon en 1686, ait vu périr un grand nombre de soldats ; il est fâcheux que beaucoup de millions aient été dépensés pour une entreprise inachevée ; mais certes il est encore plus fâcheux que Louis XIV pressé par la nécessité, étonné par ces cris d'économie avec lesquels on renverse les plus hauts desseins, ait manqué de patience. Le plus grand monument de la terre appartiendrait aujourd'hui à la France ; quoi qu'on en dise, la renommée d'un peuple accroît la puissance de ce peuple, et n'est pas une chose vaine. Quant aux millions leur valeur fût restée représentée à gros intérêts dans un édifice aussi utile qu'admirable ; quant aux soldats, ils seraient tombés comme tombaient les légions romaines en bâtissant leurs fameuses *voies* ; autre espèce de champ de bataille, non moins glorieux pour la patrie.

C'est dans cette allée de vieux tilleuls où je me promenais tout à l'heure, que Racine, après le triomphe de la *Phèdre* de Pradon et la chute d'*Athalie*, soupira ses derniers cantiques :

> *Pour trouver un bien facile*
> *Qui nous vient d'être arraché*
> *Par quel chemin difficile*
> *Hélas ! nous avons marché !*
> *Dans une route insensée*
> *Notre âme en vain s'est lassée*
> *Sans se reposer jamais,*
> *Fermant l'œil à la lumière*
> *Qui nous montrait la carrière*
> *De la bienheureuse paix !*

C'est de cette chambre dont j'aperçois la fenêtre ici que Mme de Maintenon parvenue au faîte des grandeurs, écrivait à son frère : « Je n'en puis plus, je voudrais être morte » ; qu'elle écrivait à Mme de la Maisonfort : « Ne voyez-vous pas que je meurs de tristesse... j'ai été jeune et jolie ; j'ai goûté des plaisirs... et je vous proteste que tous les états laissent un vide affreux. » Mme de Maintenon s'écriait : « Quel supplice d'avoir à amuser un homme qui n'est plus amusable ! » On a fait un crime à la fille d'un simple gentilhomme, à la veuve de Scarron de parler ainsi de Louis XIV qui l'avait élevée jusqu'à son lit ; moi, j'y trouve l'accent d'une nature supérieure au-dessus de la haute fortune à laquelle elle était parvenue. J'aurais seulement préféré que Mme de Maintenon n'eût pas quitté Louis XIV mourant, surtout après avoir entendu ces tendres et graves paroles : « Je ne regrette que vous ; je ne vous ai pas rendue heureuse ; mais tous les sentiments d'estime et d'amitié que vous méritez, je les ai toujours eus pour vous ; l'unique chose qui me fâche, c'est de vous quitter. »

Les dernières années de ce monarque furent une expiation offerte aux premières : dépouillé de sa prospérité et de sa famille, c'est de cette fenêtre qu'il promenait ses yeux sur ce jardin : il les fixait sans doute sur ce conducteur des eaux déjà abandonné depuis quarante ans ; grandes ruines, images des ruines du grand Roi, elles semblaient lui prédire le tarissement de sa race et attendre ici son arrière-petit-fils. Le temps où Le Nôtre dessinait pour Mme de La Vallière les jardins de Versailles n'était plus ; ils étaient aussi passés plus d'un siècle auparavant, les jours d'Olivier de Serres lequel disait à Henri IV projetant des jardins pour Gabrielle : « On peut cultiver les cannes du sucre, afin qu'accouplées avec l'oranger et ses compagnons, le jardin soit parfaitement ennobli et rendu du tout magnifique. » Dans l'absorption de ces rêves qui donnent quelquefois la *seconde vue*, Louis XIV aurait pu découvrir son successeur immédiat, hâtant la chute des portiques de la vallée de l'Eure, pour y prendre les matériaux des mesquins pavillons de ses ignobles maîtresses ; après Louis XV, il aurait pu voir encore une autre ombre s'agenouiller, incliner sa tête et la poser en silence sur le fronton de l'aqueduc, comme sur un échafaud élevé dans le ciel ; enfin, qui sait si par ces pressentiments attachés aux races royales, Louis XIV n'aurait pas une nuit dans ce château de Maintenon entendu frapper à sa porte : « Qui va là ? – Charles X, votre petit-fils. »

Louis XIV ne se réveilla pas pour voir le cadavre de Mme de Maintenon traîné la corde au cou autour de Saint-Cyr.

(4)

MANUSCRIT. – PASSAGE DE CHARLES X À MAINTENON.

Maintenon, septembre 1836.

Mon hôte m'a raconté la demi-nuit que Charles X banni passa au château de Maintenon. La monarchie des Capets finissait par une scène de château du moyen âge ; les rois du passé avaient remonté dans leurs siècles pour mourir. *Les dieux*, comme au temps de César, *nous promettent une grande mutation et grand changement de l'état des choses qui sont à présent, en un autre tout contraire* (PLUTARQUE).

Le manuscrit d'une des nièces de M. le duc de Noailles et qu'il a bien voulu me communiquer, retrace les faits dont cette jeune femme avait été le témoin. Il m'a permis d'en extraire ces passages :

« Mon oncle prévoyant que le Roi allait venir (à Maintenon) lui demander asile donna des ordres pour qu'on préparât le château... Nous nous levâmes pour recevoir le Roi, et en attendant son arrivée j'allai me placer à une fenêtre de la tourelle qui précède le billard pour observer ce qui se passait dans la cour. La nuit était calme et pure, la lune à demi voilée éclairait d'une lueur pâle et triste tous les objets et le silence n'était encore troublé que par les pas des chevaux de deux régiments de cavalerie qui défilaient sur le pont ; après eux défila sur le même pont l'artillerie de la garde, mèche allumée. Le bruit sourd des pièces de canon, l'aspect des noirs caissons, la vue de ces torches au milieu des ombres de la nuit, serraient horriblement le cœur et présentaient l'image hélas ! trop vraie du convoi de la monarchie.

« Bientôt les chevaux et les premières voitures arrivèrent ; ensuite M. le Dauphin et Mme la Dauphine, Mme la duchesse de Berry, M. le duc de Bordeaux et Mademoiselle, enfin le Roi et toute sa suite. En descendant de voiture le Roi paraissait extrêmement accablé ; sa tête était tombée sur sa poitrine, ses traits étaient tirés et son visage était décomposé par la douleur. Cette marche presque sépulcrale de quatre heures au petit pas et au milieu des ténèbres avait contribué aussi à appesantir ses esprits, et dans ce moment d'ailleurs la couronne ne pesait-elle pas assez sur son front ! Il eut quelque peine à monter l'escalier. Mon oncle le conduisit dans son appartement qui était celui de Mme de Maintenon ; il y resta quelques moments seul avec sa famille, puis chacun des princes se retira dans le sien. Mon oncle et ma tante entrèrent alors chez le Roi. Il leur parla avec sa bonté ordinaire, leur dit combien il était malheureux de n'avoir pu faire le bonheur de la France, que ç'avait toujours été son vœu le plus cher : "Tout mon désespoir, ajouta-t-il, est de voir dans quel état je la laisse ; que va-t-il arriver ? Le duc d'Orléans lui-même n'est pas sûr d'avoir dans quinze jours sa tête sur ses épaules. Tout Paris est là sur la route marchant contre moi. Ces commissaires me l'ont assuré ; je ne m'en suis cependant pas entièrement lié à leur rapport, j'ai appelé Maison quand ils ont été sortis et je lui ai dit : – Je vous demande sur l'honneur de me dire, foi de soldat, si ce qu'ils m'ont dit est vrai ? – Il m'a répondu : ils ne vous ont dit que la moitié de la vérité."

« Après la retraite du Roi chacun se retira successivement dans sa chambre. Je ne voulus pas me coucher et je me mis de nouveau à la fenêtre à contempler le spectacle que j'avais sous les yeux. Un garde à pied était en faction à la petite porte du grand escalier, un garde du corps était placé sur le balcon extérieur qui communique de la tour carrée à l'appartement où couchait le Roi. Aux premiers rayons de l'aurore cette figure guerrière se dessinait d'une manière pittoresque sur ces murs brunis par le temps, et ses pas retentissaient sur ces pierres antiques, comme autrefois peut-être ceux des preux bardés de fer qui les avaient foulées...

« À sept heures et demie, j'allai faire ma toilette chez ma tante et à neuf heures je descendis avec Mme de Rivera chez M. le duc de Bordeaux où Mademoiselle vint peu après. M. le duc de Bordeaux s'amusait, avec les enfants de ma tante, à jeter du pain aux poissons et se roulait avec eux sur des matelas étendus dans la chambre. Rien ne déchirait le cœur comme la vue de ces enfants, riant ainsi aux malheurs qui les frappaient.

« À dix heures, le Roi se rendit à la messe dans la chapelle du château. Ce fut dans cette petite chapelle que l'infortuné monarque fit son sacrifice à Dieu et déposa à ses pieds cette couronne brillante qui lui était si douloureusement arrachée, avec cette admirable mais inutile vertu de résignation, héroïsme héréditaire dans sa malheureuse famille. En effet ce fut à Maintenon que Charles X cessa véritablement de régner, ce fut là qu'il licencia la garde royale et les Cent Suisses ne gardant pour son escorte que les gardes du corps. De ce moment il ne donna plus d'ordre et se constitua en quelque sorte prisonnier ; les commissaires réglèrent sa route jusqu'à Cherbourg.

« Après la messe le Roi remonta un instant dans sa chambre, puis le sinistre cortège se remit en route à dix heures et demie. Le départ fut déchirant : tous les malheurs et la plus noble résignation se peignaient sur le visage de Mme la Dauphine si habituée à la douleur ; elle m'adressa quelques mots, puis s'avançant vers les gardes qui étaient rangés dans la cour elle leur présenta sa main sur laquelle ils se précipitèrent en versant des larmes ; ses propres yeux en étaient remplis, et elle répétait ces paroles d'une voix émue : "Ce n'est pas ma faute, mes amis, ce n'est pas ma faute." M. le Dauphin embrassa M. de Diesbach qui commandait la compagnie des gardes, et monta à cheval. Mme de Charrette arriva en ce moment avec son mari ; elle venait de faire une très longue route pour rejoindre Mme la Duchesse de Berry ; elle se jeta dans ses bras en fondant en larmes et monta avec elle en voiture, et Mme de Bouillé. M. le duc de Bordeaux et Mademoiselle montèrent chacun dans une voiture séparée. Le Roi partit le dernier ; il parla quelque temps à mon oncle d'une manière pleine de bonté et le remercia de l'hospitalité qu'il avait trouvée chez lui : puis il s'avança vers les troupes et leur fit ses adieux avec cet accent du cœur qui lui appartient : "J'espère, leur dit-il, que nous nous reverrons bientôt." Un gendarme des chasses se jeta à ses pieds et lui baisa la main en sanglotant ; il la donna à plusieurs autres et se tournant vers le garde à pied qui était de faction et qui lui présentait les armes : "Allons, dit-il, je vous remercie, vous avez fait votre devoir. Je suis content ; mais vous devez être bien fatigué ! – Ah ! sire, répondit le vieux soldat en laissant couler de grosses larmes sur sa moustache blanchie, la fatigue n'est rien : encore si nous avions pu sauver Votre Majesté." Un grenadier perça la foule et vint dans ce moment se placer devant le Roi : "Que voulez-vous ?" lui dit Sa Majesté. "Sire", répondit le soldat en portant la main à son bonnet, "je voulais vous voir encore une fois."

« Le Roi profondément attendri se jeta dans sa voiture, et toute cette scène disparut. »

(5)

L'AUTEUR DU MANUSCRIT. – MES HÔTES.

Maintenon, septembre 1836.

Les calamités accroissent leur effet du sort de celui qui les raconte : ce récit est l'ouvrage de Mme de Chalais-Périgord, née Beauvilliers-Saint-Aignan. Le duc de Beauvilliers fut, sous Louis XIV, gouverneur du prince, tige de la race aujourd'hui proscrite. La dernière fille de l'ami de Fénelon s'est rencontrée sur le chemin du duc de Bordeaux et elle s'est hâtée d'aller dire à son père qu'elle avait vu passer le dernier héritier du duc de Bourgogne. La jeune princesse réunissait beauté, nom et fortune : elle avait envoyé d'abord ses pensées dans le monde à la recherche des plaisirs : son espérance, comme la colombe après le déluge, trouvant la terre souillée, est rentrée dans l'arche de Dieu.

Lorsqu'en 1816 je passai par ici pour aller écrire à Montboissier le troisième livre de la première partie de ces *Mémoires* le château de Maintenon était délaissé ; Mme de Chalais n'était pas encore née : depuis elle a étendu et compté sa vie entière sur vingt-six années de la mienne : les lambeaux de mon existence ont ainsi composé les printemps d'une multitude de femmes tombées après leur mois de mai. Montboissier est à présent désert, et Maintenon est habité : ses nouveaux maîtres sont mes hôtes.

M. le duc de Noailles, qui, si rien ne l'arrête, remplira une brillante carrière, n'avait pas voix délibérative lorsque j'étais à la Chambre des Pairs : je ne l'ai point entendu prononcer ces discours où il a plaidé avec l'autorité de la raison et la puissance de la parole, la cause de la gloire de la France et celle des royales infortunes ; son rôle a commencé quand le mien a fini : il a prêté serment au malheur d'une manière plus utile que moi.

Mme la duchesse de Noailles est fille de M. le marquis de Mortemart mon ancien colonel au régiment de Navarre ; elle a une triste et douce ressemblance à mes yeux, celle de ma sœur Julie. Je lui adresserais volontiers les vers que La Fontaine adressait à Mme de Montespan :

> *Paroles et regards tout est charme dans vous,*
> *Olympe, c'est assez qu'à mon dernier ouvrage*
> *Votre nom serve un jour de rempart et d'abri :*
> *Protégez désormais le livre favori*
> *Par qui j'ose espérer une seconde vie.*

Dans le mariage de M. le duc de Noailles et de Mlle de Mortemart sont venues se perdre les rivalités de Mme de Maintenon et de Mme de Montespan.

Mais qui diable, à l'heure qu'il est se trouble la cervelle à propos du cœur d'un souverain ? Ce cœur est glacé depuis cent vingt ans ; dans le décri et l'abaissement des monarchies, les attachements d'un roi, fût-il Louis XIV, sont-ils des événements ? Sur l'échelle énorme des révolutions modernes, que peut-on mesurer qui ne se contracte en un point imperceptible ? Les générations nouvelles s'embarrassent-elles des intrigues de Versailles qui n'est plus qu'une crypte ? Que fait à la société transformée, la fin des inimitiés du sang de quelques femmes jadis destinées, sous des berceaux ou dans des palais, à la couche de duvet ou de fleurs ?

Il y a quelque chose de vrai là-dedans : cependant autour des intérêts généraux de l'histoire, ne serait-il pas des curiosités historiques ? si quelque Aulu-Gelle, quelque Macrobe, quelque Stobée, quelque Suidas, quelque Athénée du ve ou vi^e siècle, après m'avoir peint le sac de Rome par Alaric, m'apprenait, par hasard, ce que devint Bérénice quand Titus l'eut renvoyée ; s'il me montrait Antiochus rentré dans cette Césarée, *lieux charmants où son cœur avait adoré* celle qui en aimait un autre ; s'il me menait dans un château du Liban, habité par une descendante de la reine de Palestine – en dépit de la destruction de la ville éternelle et de l'invasion des Barbares, il me plairait encore de rencontrer dans *l'Orient désert*, le souvenir de Bérénice.

(6)

LETTRES DE MADAME LA DUCHESSE DE BERRY ET RÉPONSES.

Rue d'Enfer, fin de septembre 1836.

Soit sécheresse d'âme ou préoccupation d'honneur, je n'ai pu, en la racontant à sa date, m'attendrir sur la catastrophe de Rambouillet dont Mme de Chalais a peint la prolongation à Maintenon. Les voyageurs qui traversèrent ce château en 1830, ont fait bien du chemin, puisque je les ai retrouvés au fond de la Bohême ; jadis dans mes courses je rejoignis ainsi des tribus du ciel que j'avais laissées sur une autre rive :

Exilioque domos et dulcia limina mutant.

Les fugitifs de France reverront-ils le jour

> *... par qui tant d'exilés*
> *Sous le toit paternel seront tous rappelés ?*

Hyacinthe ayant porté à Mme la duchesse de Berry la lettre par laquelle je lui rendais compte de ma seconde ambassade auprès de Charles X, il me reste à vous faire connaître la suite de mes relations avec la mère de Henri V. Mme la Duchesse de Berry me répondit plusieurs fois. La correspondance que je publie ici [contient l'histoire de mes rapports avec] la famille royale jusqu'à ce jour.

M. de Chateaubriand
à Madame la Duchesse de Berry.

« Paris, ce 10 novembre 1833.

« Les lettres de Trieste et de Leoben me sont parvenues. Je désire vivement que les promesses faites s'accomplissent. J'ai le malheur d'être incrédule. J'ai peur qu'on ne traîne Votre Altesse Royale de délai en délai. Si l'on espère quelques changements insignifiants, on n'obtiendra rien de décisif sur la déclaration de majorité et l'éducation de Henri V, car peu importe pour la France que celle-ci passe de M. de Damas à M. de Frayssinous. Peut-être, Madame, avez-vous vu ou verrez-vous l'Empereur ; peut-être irez-vous jusqu'à Prague, mais on ne vous permettra pas d'y rester. Par toutes ces marches et contre-marches, ces demi-raccommodements, ces entrevues sans résultat positif, on répandra la confusion dans l'opinion royaliste : les uns croiront que Votre Altesse Royale trouve bon ce que l'on fait en Bohême, les autres soutiendront qu'elle le désapprouve.

« Madame a paru désirer qu'un commissaire se rendît à Prague afin de veiller à l'accomplissement des promesses de Leoben. Elle ne m'en parle cependant pas dans sa lettre. Dans tous les cas la chose était impossible à exécuter ; personne n'a assez d'autorité pour se charger d'une telle mission ; d'autant plus que rien n'étant écrit, tout est niable. Qui pourrait dire à Charles X qu'il ne remplit pas ses engagements, et qui oserait en appeler contre lui au témoignage de Madame la Dauphine ?

« Maintenant, Madame, laissant là le passé, si vous ne pouvez demeurer auprès du jeune prince, votre séjour prolongé en Autriche me semblerait une calamité. Doublement prisonnière de Schœnbrunn et de Hradschin, Votre Altesse Royale deviendrait un otage entre les mains des ennemis des Bourbons et de la France. Environnée d'espions et gardée à vue, vos amis, Madame, ne pourraient plus pénétrer jusqu'à vous. Bientôt oubliée dans la nouvelle geôle d'un nouveau Bugeaud, votre rôle politique serait fini. Au contraire, si vous vous fixiez en Italie, à Rome, par exemple, il ne tiendrait qu'à Votre Altesse Royale de s'environner d'hommes en rapport avec les idées et les sentiments de la France. Votre petite cour servirait de contrepoids dans l'opinion, à la cour impopulaire du Baron et du Duc de Prague. Henri, s'il échappait jamais à ceux qui le perdent, trouverait un asile tout préparé auprès de son illustre mère.

« Pour moi, Madame, qu'on ne trompe jamais deux fois, et qui suis trop peu de chose pour compter dans le destin des empires, j'attendrai encore quelques jours *la déclaration qui* (m'avait-on *juré*) *devait arriver en France avant moi*. Si je ne la reçois pas dans le courant de ce mois de novembre, je m'ensevelirai avec les malades de ma femme dans mon hospice ; je resterai fidèle, car je ne puis cesser de l'être, mais je ne servirai plus. Vous seule, Madame, me pourriez déterminer à m'occuper encore d'un avenir qui, malheureusement, a peu de chances, et que l'on gâte à plaisir par un incroyable mélange de folie et de stupidité. Je veux bien appartenir à une opinion vaincue, mais non pas à une coterie imbécile et caduque, qui prétend rentrer en France précédée d'*Oremus* et suivie d'armées étrangères, entre des Chantres et des Cosaques.

« Chateaubriand. »

« 19 novembre.

« La difficulté de trouver parmi les serviteurs de Votre Altesse Royale une personne assez riche pour voyager à ses frais a retardé le départ de cette lettre. Les journaux

ont appris successivement qu'un juste-milieu s'est établi
à Prague. M. de Damas et le Révérend père sont partis,
dit-on. Mais M. de Barrande ne rentre pas, et M. de Vil-
latte est renvoyé. On ajoute que Madame va passer l'hiver
à Vienne. Je ne puis que répéter ce que j'ai pris la liberté
de dire dans cette lettre. En Autriche et surtout à Vienne,
Votre Altesse Royale se livre à la police de Prague et aux
mains de ses ennemis. Il se peut, au surplus, que toutes
ces nouvelles ne soient que des bruits de gazette.

« CHATEAUBRIAND. »

M. DE CHATEAUBRIAND
À MADAME LA DUCHESSE DE BERRY.

« Paris, 17 décembre 1833.

« Madame,

« J'ai eu l'honneur d'écrire à Votre Altesse Royale, et
de lui dire dans une lettre qu'elle aura, j'espère, reçue, ce
que je pensais de sa situation. Mon opinion n'est pas
changée. Je crois toujours que Madame doit sortir le plus
tôt qu'elle pourra des États Autrichiens, soit qu'elle aille
ou n'aille pas à Prague, qu'elle doit se placer en dehors
des polices, des intrigues, des mensonges et des inimitiés,
dans une position indépendante. Votre Altesse Royale
entourée de ses amis à Rome ou en Hollande sera toute-
puissante, et conservera son influence politique ; à Gratz
ou à Prague, elle disparaîtra, essuiera mille dégoûts, et ne
sera pas même utile à l'éducation de son fils.

« Toujours aux ordres de Madame, mon dévouement
ne finira qu'avec ma vie.

« Je suis avec le plus profond respect,

« de Votre Altesse Royale,

« le très humble et très obéissant serviteur,

« CHATEAUBRIAND. »

M. de Chateaubriand
à Madame la Duchesse de Berry.

« Paris, 20 mars 1834.

« Madame,

« Je partage les inquiétudes dont Votre Altesse Royale a bien voulu m'entretenir dans sa dernière lettre. Je ne crois plus à Prague, et mon opinion est toujours qu'il eût mieux valu se refuser à l'entrevue de Leoben. Madame n'obtiendra pas ce qu'elle va chercher ; on veut rester maître, à Hradschin, de ce qu'on a ; les eaux qu'on va prendre ne sont qu'un prétexte pour éviter Votre Altesse Royale. Que fera-t-elle à Prague ou dans les environs ? Pourra-t-elle tenir ? Il résultera de ce voyage un autre mal : il fera naître une illusion en France ; on croira, Madame, que vous êtes d'accord de tout ce qui se passe, au grand dommage de l'avenir, que vous approuvez l'éducation, que vous entrez dans l'opinion de vos vieux parents ; l'impopularité qui s'attache, à tort ou à raison, à leur personne, retombera sur vous. C'est déjà trop que la famille royale soit en Autriche pour que la mère de Henri V aille encore se placer dans cette espèce de succursale de Blaye. J'ai poussé à la réunion tant que je l'ai crue possible : rien n'eût été mieux sans doute que Marie-Caroline surveillant avec Madame la Dauphine une éducation agréable à la France. Mais cela ne pouvant être, il vous importe, Madame, de prouver aux Français que vous n'adoptez aucune des idées, aucun des préjugés dont malheureusement Hradschin est imbu.

« Votre Altesse Royale croit qu'ayant fait tous ses efforts pour éclairer ses parents, elle sera dans une meilleure position pour se séparer d'une communauté de principes qui lui serait funeste. Mais pourra-t-elle rompre avec l'éclat nécessaire à l'instruction du public ? Ne sera-t-elle pas arrêtée par cet éclat même ? Si elle se retire sans protester, on dira qu'elle a tout approuvé ; déjà les misérables feuilles le font entendre : Si Madame reste en gémissant dans quelque coin de la Bohême, la vérité ne sera connue que de ceux à qui elle aura confié ses secrètes douleurs. »

« Peut-être que par un grand sacrifice, Votre Altesse Royale prévoyant l'avenir veut se trouver dans le voisinage de son fils au moment décisif. Combien faudra-t-il attendre d'années ? Et quand au bout de ces années Henri V serait privé de son auguste aïeul, n'aurait-il pas achevé son éducation dans les voies où elle est engagée ? Henri presque arrivé à l'âge de l'indépendance et déjà formé, écouterait-il son héroïque mère, contre laquelle les plus coupables des hommes ne cessent de lui inspirer des préventions ? Madame, j'ai toujours pensé que vous deviez vous hâter de sortir des États de l'Empereur ; toutes les politesses de votre oncle ne feront pas disparaître les inconvénients que le système autrichien attache à votre position vis-à-vis de la France. Je voudrais que vous n'eussiez pas sollicité un asile à Rome. La puissance tombée et malheureuse ne doit jamais demander d'avance l'hospitalité, parce qu'elle est sûre d'être refusée. Partout où Mme la Duchesse de Berry surgira, inattendue, elle est à peu près certaine d'y rester ; trop d'opprobre s'attacherait aux rigueurs exercées envers elle ; mais si elle écrit "Puis-je arriver ?" on lui répondra : "Non !" Madame, dans sa générosité, ne peut se faire une idée de la lâcheté des princes.

« Si Votre Altesse Royale persiste dans sa résolution d'aller à Prague, qu'elle déclare à sa famille qu'elle ne vient point pour y rester, mais seulement pour demander une dernière fois l'acte de majorité et le changement d'éducation. Si on lui refuse ces deux points, comme on les lui refusera, qu'elle remonte aussitôt en voiture, et qu'elle s'éloigne ! Elle ne doit point pleurer, demander grâce, s'amoindrir ; elle doit prendre l'initiative ; elle doit se retirer avant qu'on la chasse ; partout où elle fixera sa demeure, elle sera environnée de ses amis. La responsabilité des folies du nouveau Coblentz restera désormais tout entière à ceux qui les font.

« Mon dessein avait été, Madame, après que l'on m'eut si déloyalement manqué de parole, de remettre les pouvoirs dont on m'avait honoré, mais pour ne rien faire d'intempestif, pour ne rien brouiller, pour ne pas contrarier vos projets, j'ai suspendu l'envoi de ma démission. J'attends le résultat de la dernière expérience que va tenter un dévouement maternel que ne lassent ni les obstacles ni les périls.

« Vos ordres, Madame, seront toujours reçus par moi avec autant d'obéissance que de respect,

« CHATEAUBRIAND. »

MADAME LA DUCHESSE DE BERRY
À M. DE CHATEAUBRIAND.

« Gratz, 14 avril 1834.

« J'ai reçu par Germont votre lettre du 20 mars dernier, et je veux y répondre avant mon départ. Je ne me fais pas d'illusion, Monsieur, sur les difficultés qui m'attendent dans ma famille. J'y vais, parce que mes amis s'accordent en général à le désirer. J'y vais enfin parce que je veux pouvoir me dire que j'ai tout tenté, tout essayé dans l'intérêt de mon fils. J'y vais, surtout, parce que c'est un devoir autant qu'un besoin pour moi de me rapprocher de mes enfants. Si je ne réussis point, j'aurai au moins un titre de plus pour renvoyer à d'autres la responsabilité tout entière du mal qui continuerait à se faire. L'opinion de mes amis, je l'espère, me tiendra compte de mes efforts, parce que tout se sait en France, et elle se montrera d'autant plus disposée à me soutenir dans le parti, quel qu'il soit, auquel je me verrai forcée de recourir plus tard. Soyez bien convaincu, Monsieur, que je suis résolue à demander avec toute la fermeté convenable l'acte de la majorité et le changement d'éducation, but si essentiel de mon voyage que je me sentirais au besoin la force de lui sacrifier même tout le contentement que ma tendresse maternelle en attend. Mais si pour atteindre ce but, je me vois dans la nécessité d'user de persévérance et de quelque tempérament, je ne cesserai pas, je l'espère, d'être comprise de la France dans cette situation difficile. Je crois avoir assez fait pour lui prouver que je ne suis étrangère à rien de ce qu'elle aime, et de ce qu'elle désire. Mais cette nouvelle épreuve à laquelle j'ai dû me résigner, n'en est pas moins rude et amère. J'ai besoin de me sentir soutenue par mes amis ; vos conseils surtout continueront à m'être d'un grand prix, et j'ai vu avec bien du plaisir qu'en suspendant l'envoi de votre démission vous vous êtes réservé un moyen de plus d'être utile aux intérêts de mon fils.

« J'ai reçu hier des nouvelles affligeantes de la santé de votre femme ; je n'ai pas besoin de vous dire avec quelle anxiété je vais en attendre de meilleures. Croyez bien, Monsieur, à tout l'intérêt que je ne cesserai de prendre à tout ce qui vous touche ; vous en avez la garantie dans les sentiments bien sincères que je vous ai voués.

« Marie-Caroline. »

« P.-S. – C'est le 23 de ce mois que je pars ; je compte m'arrêter le 27 et le 28 chez mon oncle et être rendue dans ma famille le 2 mai. Donnez-moi quelquefois de vos nouvelles. »

Madame la Duchesse de Berry
à M. de Chateaubriand.

« Brandeïs, le 5 août 1834.

« Je n'ai pas de vos nouvelles depuis longtemps, Monsieur le Vicomte, mais je connais trop bien vos sentiments pour m'affliger de votre silence, et vous m'auriez suivie, je n'en doute pas, avec votre sollicitude accoutumée dans la situation que j'ai cru devoir accepter pour me rapprocher de mes enfants et de ma famille.

« J'étais sans illusions, vous le savez, sur la nature des difficultés qui m'attendaient ici et sur les effets d'un aveuglement de plus en plus incurable. Mais je devais à moi-même et au vœu bien prononcé de la plupart de mes amis de me rapprocher le plus possible de mes enfants, et de rétablir mes rapports de famille avant de m'engager avec les parents de mon fils dans une discussion sur les questions qui me touchent le plus vivement, celles de ses droits et de son éducation. On me demandait même avec instance de laisser traiter ces deux questions par des tiers afin d'éviter toute collision personnelle, d'autant plus que l'action des meilleurs et des plus notables amis de mon fils devait, disait-on, suppléer à la mienne. Vous avez sans doute connu toutes les démarches qui ont été faites en conséquence et leur peu de succès ; soit qu'elles aient manqué de force et d'à-propos, soit plutôt qu'elles aient rencontré ici des dispositions contre lesquelles les voies de la persuasion ne peuvent rien.

« Le temps a marché cependant ; et, voyant arriver la mauvaise saison pendant laquelle ma santé exigera probablement un climat moins rigoureux que celui de la Bohême, et bien décidée également à ne jamais m'éloigner de mon fils tant que je ne le verrai pas mieux entouré, j'ai cru devoir alors prendre l'initiative auprès du Roi Charles X et me prononcer énergiquement dans une lettre qui vous sera communiquée sur les garanties qui ne pouvaient être plus longtemps refusées quant à la manifestation de ses droits et à son éducation surtout.

« Cette première démarche, à laquelle je ne compte pas me borner, et dont j'ai dû prévoir et accepter toutes les conséquences, vient à l'appui des dernières tentatives faites par mes amis de l'intérieur. Les trois mois qui viennent de s'écouler dans l'attente et une sorte d'inaction de ma part auront servi au moins à mettre de plus en plus en évidence des dispositions sur lesquelles plusieurs d'entre eux aimaient encore à s'abuser. La responsabilité ira donc à qui de droit désormais ; c'est beaucoup, et sous ce rapport je me confirme de plus en plus dans le parti que j'ai pris. D'ailleurs, en jetant les yeux autour de moi, en voyant ce qui se passe, je demeure convaincue que les circonstances n'en comportaient pas d'autres. Mais me voici cependant ramenée par la force des choses dans une sphère d'action et dans des voies où les avis et l'assistance de mes amis me seront plus que jamais nécessaires. J'aurais même lieu de désirer très probablement que la presse intérieure intervienne avec à-propos dans des questions qu'elle s'est interdites jusqu'à présent. Donnez-moi vos conseils à cet égard, Monsieur le Vicomte, comme sur tout ce que je viens de vous confier, et croyez à la haute estime comme à l'inaltérable attachement de

« MARIE-CAROLINE. »

« Mes tendres souvenirs à votre femme. »

M. DE CHATEAUBRIAND
À MADAME LA DUCHESSE DE BERRY.

« Paris, ce 28 août 1834.

« Madame,
« La lettre dont vous avez daigné m'honorer ne m'est parvenue que le dix-septième jour après celui de sa date. Je n'avais pas osé importuner de nouveau Votre Altesse Royale ; ayant déjà pris la respectueuse liberté de lui dire ce que je pensais du voyage de Prague, qu'aurais-je ajouté ? J'ai toujours été persuadé qu'on n'obtiendrait rien du Hradschin ; que plus on prierait, plus on se montrerait soumis, moins on l'amènerait aux deux grandes mesures relatives à la majorité et à l'éducation. Aujourd'hui, Madame a pu se convaincre de cette triste vérité par sa propre expérience. Mais les doléances et les retours sur le passé sont inutiles, il s'agit du présent.

« Je ne conseillerai jamais un demi-parti à personne, encore moins à Votre Altesse Royale. À présent qu'elle a mis de son côté tous les procédés, veut-elle sortir d'une position qui la compromettrait avec la France, qui lui enlèverait toute influence politique car on la supposerait tombée dans les idées du vieux Roi et contribuant à la perte de son fils ? Il n'y a qu'un moyen pour cela, c'est de se séparer de Prague, de chercher un coin de terre indépendante pour y vivre. Là, comme je crois l'avoir déjà dit à Madame, elle pourra s'entourer de ses amis, elle expliquera sa conduite, elle racontera ce qu'elle a fait et ce qu'elle voulait faire ; elle renverra la responsabilité de l'éducation du jeune prince à qui de droit ; elle montrera aux Français qu'il y a une autre cour que celle de Bohême ; que dans cette cour se trouvent des espérances raisonnables, des intérêts semblables aux intérêts de la nation.

« Il faut que Madame sache bien que désormais on ne peut plus parler au pays si elle ne lui parle la première, que la presse est usée et timide, que toutes les voix sont impuissantes si elles ne sont ranimées par celle de la mère de Henri. Tout marche vite à l'oubli en France. Quatre ans se sont écoulés ; une élection nouvelle promet une majorité ennemie pour cinq autres années ; un mouvement en Europe n'est guère présumable, et précéderait mal une restauration. Après un demi-siècle de révolution, la lassitude est partout ; l'égoïsme, l'indifférence, la corruption vont augmentant ; les générations monarchiques meurent ; les générations républicaines arrivent avec la haine et le mépris du passé. Il est temps, plus que temps, de s'arrêter à un parti, de prendre position pour l'avenir. Cet avenir peut être prochain, parce qu'il y a toujours de l'imprévu et de la soudaineté en France ; il peut être éloigné ; il peut enfin n'être jamais à nous : mais du moins, Madame, vous aurez tout fait pour le conquérir, et vous mettrez la gloire à votre côté si vous n'y mettez pas la fortune.

« Dans la résolution à laquelle vous vous fixerez, vous me trouverez toujours prêt à vous sacrifier ce qui me reste de force et de jours ; alors je m'expliquerai plus en détail sur ce qu'on aurait à dire et à faire. Votre Altesse Royale paraît devoir passer l'hiver à Goritz ; il deviendra moins difficile de communiquer avec elle.

« Chateaubriand. »

Madame la Duchesse de Berry
à M. de Chateaubriand.

« Brandeïs, 9 octobre 1834.

« Votre lettre du 28 août m'a trouvée, mon cher Fénelon, dans des perplexités dont je n'entrevois pas encore le terme.

« Je comptais, en effet, aller à Goritz, mais dans le cas seulement où ces grands intérêts pour lesquels je lutte depuis six mois auraient enfin été réglés par l'aïeul de mon fils.

« Me retirer et céder la place sans avoir obtenu aucune de ces garanties offre de bien graves inconvénients ; me retirer, surtout quand il peut s'agir d'un éloignement qui me serait presque imposé, et que ma famille *qui l'exige* me fait *conseiller* par Vienne, serait peu conforme aux intérêts de ma dignité personnelle. Il est donc probable que je ne fléchirai pas devant de pareilles exigences, *volontairement du moins*, tout en ne perdant pas de vue le troisième parti que vous me conseillez. Il me rendrait sans doute une plus grande liberté d'attitude. Mais que de difficultés j'entrevois encore dans les moyens d'exécution, à commencer par le choix d'un petit coin de terre hospitalière, d'où la mère de Henri V pourrait parler haut et librement !

« Quoi qu'il en soit, ne pourrait-on dès à présent, réveiller l'engourdissement du parti royaliste par le tableau de ce qui se passe ici, exposer hautement par la voix de la presse la situation du jeune Roi, placé, peu s'en faut, entre deux usurpations de famille, et tous les griefs, toutes les alarmes d'une grande opinion qui se voit attaquée ainsi dans ses dernières espérances ?

« Mme d'Hautefort, qui vous remettra cette lettre, vous donnera tous les détails de cette triste situation, et M. de Suleau y ajoutera bientôt d'autres renseignements sur ce qu'il a vu et sur le parti que j'aurai pris.

« Croyez partout et toujours, mon cher Fénelon, à mes sentiments invariables d'admiration et d'affection sincères pour votre caractère et pour votre personne.

« Je suis heureuse de savoir Mme de Chateaubriand mieux dans ce moment : j'ai partagé bien vivement les craintes qu'elle vous a données cet été ; dites-le-lui bien en me rappelant à son souvenir.

« Marie-Caroline. »

Madame la Duchesse de Berry
à M. de Chateaubriand.

« Brandeïs, 1er février 1835.

« Vous aviez de bien justes prévisions, mon cher Fénelon, lorsqu'à votre dernier voyage vous m'annonciez qu'il
n'y avait aucun espoir d'arriver au bien par les moyens
de la persuasion. Les hommes de Hradschin sont sourds
à la raison, et s'ils ont paru vouloir entrer dans les voies
de la conciliation, ce n'était que pour me tromper plus
sûrement. J'ai épuisé les ressources de la patience et de
la douceur. Il fallait tout l'amour que renferme le cœur
d'une mère, pour me soutenir dans de longues épreuves,
qui sont devenues plus cruelles que jamais, puisque j'ai
pu mourir sans espérer que mes enfants viendraient me
fermer les yeux.

« Quels sentiments de pudeur pourraient désormais
arrêter ceux qui repoussent les plus fidèles serviteurs
parce qu'ils ont osé parler de moi à [mes] enfants ? Il ne
reste maintenant personne qui ose révéler à Henri V qu'il
est Roi et lui rappeler qu'il a une mère qui saurait
combattre encore pour conquérir son trône.

« Devant lui, on tait mon nom, et on lui apprend à
méconnaître les noms de ses plus fidèles amis ; on l'élève
dans l'aversion des nobles devoirs que la Providence lui
a imposés, et on le nourrit dans une sorte d'antipathie
contre le temps et le pays où il est destiné à vivre. Ses
sentiments de piété filiale sont perfidement préparés à servir de justification à la spoliation qu'on ne craint plus
d'avouer à la face de l'Europe.

« Jugez comme mon cœur doit se briser quand je sens
attacher une à une les espérances que j'avais conçues
pour notre France et pour moi ; mais il me reste tout mon
courage, et je me sens forte de l'appui de mes amis. Je
ne veux point laisser achever cette œuvre de ténèbres sans
élever ma voix. Je sais combien la vôtre a de puissance ;
vous ne refuserez pas, j'espère, de la prêter à une mère
pour défendre les droits d'un Roi orphelin. C'est vous qui
avez donné aux amis de mon fils leur mot de ralliement ;

ils se presseront autour de vous quand vous le répéterez, et vous saurez encore créer pour Henri V un avenir. Lorsque mon fils sera rendu à mes vœux, je lui apprendrai quels périls l'entouraient et d'où le salut lui sera venu.

« Je vous prie de dire de ma part mille amitiés à votre femme ; et vous, croyez bien à celle de

« Marie-Caroline. »

Madame la Duchesse de Berry
à M. de Chateaubriand.

« Brandeïs, 29 mars 1835.

« J'ai reçu par M. Hun le duplicata de votre lettre du 28 août 1834, mon cher Vicomte, et ce que vous y avez ajouté dans le même sens à l'époque où vous m'écriviez ainsi après tout ce qui s'était passé, sous l'impression des circonstances qui ne laissaient rien espérer pour un avenir prochain. Vos conseils me paraissaient profondément fondés ; j'étais déjà prête à les suivre. Presque décidée à m'éloigner de Prague, je n'hésitais plus que sur le choix du lieu où je pourrais le plus facilement m'entourer de mes amis, et l'espoir de vous voir près de moi n'eût pas manqué d'exercer une influence sur ma détermination. Mais au moment où je m'y attendais le moins, de nouvelles relations se sont établies entre mes enfants et moi. J'ai trouvé dans mon fils des dispositions de confiance et d'amitié si grandes, si inattendues, que j'ai dû modifier mes intentions. Cultiver en lui ces heureuses dispositions, les mettre à profit pour faire une sorte de contrepoids à l'éducation qu'il m'était impossible de changer, était un devoir pour moi, et je trouvais un puissant attrait à le remplir. Mes relations continuelles avec Henri V depuis deux mois n'ont fait que me confirmer dans l'opinion que je puis exercer une influence favorable sur lui. C'est par moi seule qu'il communique avec le monde réel, et qu'il apprend à se défier d'impressions funestes auxquelles il aurait pu, sans ce préservatif, se livrer en toute sécurité.

Pour lui, systématiquement isolé du contact de tous les hommes qui pourraient ou qui devraient lui dire la vérité, ma voix ne peut être sans effet. Je dois donc rester à portée de la lui faire entendre.

« Les preuves que je viens de recevoir de la bienveillance particulière du nouvel Empereur, de l'Impératrice et de toute la famille impériale me donnent l'assurance qu'aucune volonté ne pourra désormais s'interposer entre mes enfants et moi ; j'aurai la liberté de remplir mes devoirs de mère et mes enfants pourront, par l'expression de leur tendresse, reconnaître le prix de mes soins. Je ne puis encore juger quelle marche adoptera la personne que Charles X vient d'appeler près de mon fils. Elle m'a priée de suspendre mon jugement jusqu'à ce qu'elle ait accompli sa tâche. Si elle doit exercer une forte et heureuse influence sur Henri V, je pourrai bientôt en acquérir la preuve, et je serai la première à applaudir au choix du nouveau venu, comme je rends justice à l'honorable caractère qu'il a montré dans les circonstances antérieures.

« Ma position actuelle me fait ajourner l'exécution de la résolution que j'avais prise d'élever la voix, suivant les conseils de mes amis. À mon retour de Vienne, je pourrai vous instruire plus en détail des dispositions du nouveau souverain, qui s'annoncent de la manière la plus favorable pour la cause de mon fils et pour moi.

« Continuez à soutenir le courage de mes amis et à les rallier autour d'un même centre. Vous savez quelle confiance j'ai en vos efforts ; vous ne devez pas en avoir une moindre dans ma reconnaissance.

« Je vous prie de dire mille choses aimables de ma part à votre femme. J'espère que sa santé est meilleure. Croyez bien à toute mon estime et amitié. Le comte Lucchesi me prie de le rappeler à votre souvenir.

« Marie-Caroline. »

Cette correspondance fait voir que malgré mon peu de foi dans la Légitimité, je lui ai été aussi fidèle en conseil qu'en action : j'ai osé tout lui dire. Il y a dans l'âme de Mme la Duchesse de Berry une véritable grandeur pour qu'elle ait pu entendre sans me prendre en haine des vérités aussi peu déguisées. L'affabilité de ses lettres est toute charmante. J'ai indiqué à la mère de Henri V ce qui me semblait le mieux fait pour la mettre en harmonie avec le temps et les événements. Si Mme la Duchesse de Berry m'eût écouté, les dispositions de sa famille étant connues, elle se fût mise à l'écart ; elle n'eût pas gaspillé ses jours dans des tracasseries, lesquelles ont fini par l'éteindre. Je lui ai proposé une vie de combat et de malheur ; je me serais dévoué à sa fortune ; je l'aurais suivie, l'eût-il fallu, au-delà des mers ; mais cette femme brave comme un soldat, n'a pas le courage patient du chef ; elle ne sait rien attendre ; elle ne sait point préparer les chemins aux événements, pour descendre vers elle dans le casuel de l'avenir. Elle a préféré une existence princière à la suite, avec des cousins et des cousines rois et reines, à des jours de sacrifices qui, en dernier résultat, pouvaient être utiles à son fils. Épouse et mère avant tout, elle a trouvé le bonheur près des Lares d'un paisible foyer : eh bien ! n'aurait-elle pas choisi le bon lot ? Par le temps qui court, ne vaut-il pas mieux être l'heureuse comtesse de Lucchesi, que la mère infortunée d'Henri V ?

Au surplus ces dissidences sans résultat, ces agitations sans importance, ces projets d'une cour bannie, si je les reproduisais ici, ne seraient maintenant que les tédieuses tracasseries d'un petit ménage. Les esprits graves n'y retrouveraient avec douleur que les misères et les illusions qui suivent éternellement les hommes. Jacques second ne raconte-t-il pas avec orgueil qu'il refusa le royaume britannique pour ses successeurs ? Il ne voulut aucun accommodement ; il restait inébranlable dans ses convictions : il se croyait sûr de triompher de l'usurpation, et cette usurpation sans s'embarrasser des prétentions jacobites, marchait à ce haut point de puissance où elle est arrivée. Ainsi tout passe : l'homme au bord de l'abîme est réduit à compter les minutes qui tombent goutte à goutte dans l'Éternité.

Nous avons retenu, pour ce chapitre 6, le texte de 1841 tel qu'il a été reconstitué par Levaillant. Dans le manuscrit de 1845 (m), ne figure que ce dernier paragraphe, précédé des lignes suivantes :

« Hyacinthe porta à Mme la duchesse de Berry la lettre par laquelle je lui rendais compte du résultat de ma seconde ambassade auprès de Charles X. Mme la duchesse de Berry me répondit plusieurs fois. Notre correspondance fait voir que malgré mon peu de foi dans la légitimité, je lui ai été aussi fidèle en conseil qu'en action : j'ai osé tout lui dire : il y a dans l'âme de Mme la duchesse de Berry une véritable grandeur pour qu'elle ait pu entendre des vérités aussi peu déguisées. J'ai indiqué à la mère de Henri V ce qui me semblait le mieux fait pour la mettre en harmonie avec le temps et les événements. Je lui ai proposé une vie de combat et de malheur ; je me serais dévoué à sa fortune ; je l'aurais suivie, l'eût-il fallu, au-delà des mers : mais cette femme brave comme un soldat, n'a pas le courage de l'attente ; elle ne sait point préparer les chemins aux événements, elle a préféré une existence princière avec des cousins et des cousines rois et reines. Eh bien, n'a-t-elle pas choisi le bon lot ? par le temps qui court, ne vaut-il pas mieux être l'heureuse comtesse de Lucchesi que la mère infortunée de Henri V ? Au surplus, ces agitations sans résultat, ces projets d'une cour bannie, etc. »

4. La Lettre sur les fortifications

En 1840, la France avait frôlé la guerre et le retour des cendres de Napoléon, au mois de décembre, ne suffit pas à calmer les esprits. C'est dans ce contexte passionnel que le gouvernement Guizot proposa de mettre en œuvre un projet de fortification de Paris qui avait été préparé par Thiers. Le texte fut discuté, puis voté par les Chambres du 21 janvier au 1er avril 1841. Il fut aussitôt soupçonné de visées liberticides. Au Palais-Bourbon, le débat fut marqué par une double intervention de Lamartine qui, les 21 et 28 janvier, éleva une véhémente protestation. La polémique se prolongea dans la presse où la droite légitimiste, en particulier, se déchaîna. Chateaubriand fut-il sollicité par ses amis politiques ? Il exprima sa position (une opposition totale au projet) sous une double forme : il rédigea un article de journal qui ne fut pas publié ; il écrivit ensuite une lettre à un « illustre collègue » de la Chambre des pairs, dans lequel nous pouvons reconnaître le duc de Noailles qui devait prendre la parole au Luxembourg le 25 mars pour combattre les propositions du ministère.

Article et lettre sont demeurés manuscrits. Conservés dans les archives de Combourg, ils ont été publiés par Marie-Jeanne Durry avec un commentaire et des variantes dans : En Marge des Mémoires..., *Le Divan, 1933, p. 121-137. Nous ne reproduisons ici que la* Lettre à Monsieur le duc de*** sur les fortifications de Paris, *la seule dont nous avons la preuve qu'elle a figuré dans un état ancien du manuscrit des* Mémoires *: elle porte en effet la suscription : « revu le 22 février 1845 ». Nous ne pouvons préciser si elle avait été insérée dans le chapitre sur Thiers (XLII, 2), ou si elle a constitué, à un moment ou à un autre, un chapitre à part. Après son élimination, il ne subsiste plus dans le texte des* Mémoires *que trois allusions vengeresses à cette affaire : t. I, p. 387 ; t. II, p. 730 ; et t. IV, p. 524. Ce sont des adjonctions tardives.*

« Monsieur le duc, que je serais si honoré d'appeler mon illustre collègue, vous avez la bonté de me demander pourquoi je n'ai point fait entendre ma voix dans le grand débat actuel. Permettez-moi d'entrer d'abord dans une courte explication.

« La Révolution de 1830 avait éclaté ; j'eus l'honneur d'être présenté à LL. AA. RR. Monsieur le duc et Madame la duchesse d'Orléans qui n'occupaient point encore le trône. Plein de reconnaissance pour l'importance qu'ils voulaient bien attacher à mes services, ma façon de sentir ne me permit point de céder à leurs vœux. Le 7 août, je prononçai à la Chambre des Pairs le discours par lequel je me condamnais à la retraite. Je renonçai à la Pairie ; je renvoyai pensions et honneurs ; je refusai tout serment ; je ne reconnus rien du nouvel ordre politique.

« Ainsi, Monsieur le duc, ayant abdiqué mes privilèges de citoyen français, je n'ai aucun droit de me mêler des affaires de la France ; mais s'il ne s'agit que de mon opinion comme homme, je ne ferai aucune difficulté de vous la dire.

« Je ne m'abandonnerai point à mon émotion ; j'étoufferai mes sentiments ; je les resserrerai dans les bornes d'une lettre que mon dessein est de rendre aussi froide que faire se pourra ; et cependant quel immense sujet à traiter ! Nul ne connaît l'avenir ; chacun le peut supposer à sa manière : les partisans des forteresses voient sortir de leur projet l'indépendance, la sûreté du trône, des prospérités de toutes les sortes ; les adversaires du projet sont maîtres à leur tour d'y découvrir l'esclavage, les périls du pouvoir, les calamités de tous les genres ; du moins il en était ainsi autrefois de la diversité des sentiments lorsque, sous le gouvernement représentatif, tout homme pensait avoir la faculté de manifester une opinion personnelle différente de celle de son voisin. Admettant, Monsieur le duc, qu'il ne soit pas absurde ou criminel d'être d'un autre avis que l'avis du plus fort, je demande si Paris étant embastillé, quelques circonstances, telles que la menace d'un siège, par exemple, ne pourraient faire éclater une insurrection faubourienne ; si avec quelques mots magiques les jalousies populaires souvent trop justifiées ne pourraient être déchaînées de nouveau ? Or, représentez-vous une révolution de cette nature triomphante et à l'abri dans les camps prétoriens dont elle se serait emparée ; représentez-vous un tribunal révolutionnaire retranché donnant et faisant exécuter ses ordres. Josèphe nous a laissé le récit des violences et des malheurs de la population juive assiégée par Titus. Je sais que les temps ne se ressemblent pas ; mais si les idées sont différentes de siècles en siècles, les passions sont toujours les mêmes ; il n'y a pas de paix durable à espérer dans l'ordre social que quand la Grande Révolution dont l'ère approche sera accomplie.

« Il me semble que si j'eusse été M. Thiers, et que par des raisons quelconques on m'eût empêché de tirer l'épée, j'aurais employé une féconde intelligence à mettre Paris à l'abri par d'autres moyens que ceux qu'il peut avoir adoptés en désespoir de cause. J'aurais tracé jusqu'à nos frontières de grandes lignes pour amener dans notre capitale tous les peuples ; j'aurais fait de cette capitale la première ville de l'univers en employant à l'embellir les millions que l'on va ensevelir pour l'enchaîner dans les fondements de ses bastilles. À notre époque cette manière de se retrancher est conforme à l'esprit général. Trente-trois millions de Français ne sont pas capables de défendre le sol ! il faut livrer toutes nos provinces pour sauver une seule ville qu'on ne sauverait pas. Nous verrions du haut de Montmartre les étrangers qui, se donnant bien garde d'attaquer nos fastueux bastions, organise-raient notre patrie sous les drapeaux de leurs maîtres, lèveraient les impôts à leur profit ; et quand la faim nous forcerait d'ouvrir nos portes, la France ne serait plus à nous.

« Voulions-nous absolument nous battre, – et j'avoue nettement que j'étais de cet avis, – il eût fallu d'abord, ce qui était fort aisé, détruire la flotte anglaise sur la côte de la Syrie. Marchons, allons au dehors chercher l'en-nemi. Nous n'avons ni chevaux, ni matériel de guerre. Nous en prendrons ; faisons modifier ces odieux traités de Vienne contre lesquels je m'élevais avant tout le monde, avant qu'aucune réclamation se fît entendre. Mais par quelle aberration d'esprit s'imagine-t-on qu'on triomphe en tirant sur soi le verrou ? S'il plaît à des hommes qui sophistiquent un passé qu'ils n'ont point vu, de sacrifier ce que nous avons acquis, et chèrement payé pendant cinquante années, je ne suis pas si soumis.

« Aujourd'hui, on se dispense de raisonner en opposant à tout une fin de non-recevoir. Vous ne voulez pas des forteresses ? C'est que vous êtes légitimiste ; vous désirez que les alliés entrent au Louvre pour votre Henri V. Il me semble néanmoins que ces légitimistes d'invention sont très persuadés que les forteresses seraient prises ; or, dans ce cas, ne seraient-ils pas charmés d'avoir de bonnes bastilles toutes faites pour museler Paris, dans l'intérêt de leur prétendant ?

« Si vous n'entrez pas dans le dessein ministériel, c'est que vous n'êtes pas du jour ; vous êtes né dans telle année. Vous ne comprenez pas la solidité des discours prononcés à la tribune ? Comment les comprendriez-vous ? vous êtes poète ! On renvoie Homère à l'*Iliade*, Racine à *Athalie*, M. de Lamartine à ses vers. Eh ! superbes capacités, qui vous entêtez à penser, à quoi vous faut-il renvoyer ? à l'oubli : il vous attend à deux pas de votre porte.

« M. de Lamartine a déduit avec éloquence ce qu'on peut objecter contre l'embastillement : on pourrait ajouter à son discours des volumes de commentaires. Quoi ! la contrainte des baïonnettes que Mirabeau repoussait avec énergie, ne nous ferait pas peur pour nos institutions ! N'aurions-nous été que des bavards de liberté ? Nous qui avons vu les égorgements que le simple mur d'enceinte de Paris a produits, nous ne craindrions pas de nous ensevelir dans des casemates sous les replis d'une triple fortification tracée pour nous servir, non de défense contre l'ennemi, mais de limites infranchissables à nos douleurs !

« Que des soldats qui se rappellent des jours de triomphe soient partisans d'une mesure par laquelle ils se figureront relever la France ; que des jeunes gens ignorants des faits, s'enchantent de tout bruit militaire, comme ces enfants qui suivent les tambours d'une parade ou d'une revue ; que des républicains qui détestent à bon escient la royauté, aient l'air de s'entendre un moment avec elle sur des redoutes à bâtir contre l'étranger, se flattant bien de s'en emparer les premiers pour faire bonne et prompte justice de la royauté même : cela se conçoit. Ce qu'on a peine à comprendre, c'est un pouvoir qui, pour dominer un mouvement, se jette dans des mesures qui tourneront contre lui. Quant à la France, si le projet ministériel se pouvait exécuter, elle changerait de génie ; nous deviendrions semblables aux nations du Nord : dans notre sein, la paix de la caserne, au-delà de nos ravelins, le silence du désert. Nous aurions rassemblé toutes les lumières dans notre esprit, tous les chefs-d'œuvre des arts dans Paris, afin qu'ils courussent un jour le risque d'être dévorés dans un immense holocauste. Quel résultat de notre révolution ! Un amas de bastilles, des ponts-levis et des guichets à l'entrée de cette capitale de l'industrie, de la civilisation et de l'intelligence où l'Europe venait respirer loin de la contrainte de ces gouvernements qui pèsent sur l'esprit humain.

« La grande raison mise en avant est la conservation de notre nationalité : mais que serait-ce de la nationalité si l'on avait perdu ce qui la rend sainte et précieuse ? Les Romains ne se piquaient-ils pas d'être citoyens de la ville éternelle, alors que, sous les règnes des Claude et des Tibère, ils étaient l'objet du mépris du monde ? Est-ce ainsi que l'on entendait la nationalité ?

« Ah ! qu'un peu de liberté nous reste en compensation de nos anciens sacrifices ! C'est faire trop bon marché des générations qui, sur les échafauds et les champs de bataille, nous ont acquis ce que nous possédons au prix de leur sang et de leurs malheurs.

« Je regrette, Monsieur le duc, qu'on n'ait pas traité à fond la loi des bastilles sous le rapport constitutionnel : c'était selon moi la question vitale soulevée par cette loi. Comment les Chambres s'assembleront-elles parmi des forteresses ? Comment délibéreront-elles en sûreté ? – Comment subordonnerait-on les lois civiles à ces lois militaires auxquelles Paris devenu place de guerre sera nécessairement assujetti ? Il faudra, assure-t-on, un vote spécial de la Législature à ce sujet : nous contenterions-nous encore de ces précautions dérisoires ? Un vote, grand Dieu ! le pouvoir en obtiendra mille à la portée de son canon et d'une garnison de 30 000 hommes.

« Si le pouvoir abusait de sa force, le peuple saurait bien résister ? Ainsi vous voulez remettre au hasard d'une guerre civile les droits dont vous jouissez : de quel côté serait la victoire ?

« On peut tromper une noble jeunesse en la flattant d'échapper à une invasion ; mais en est-elle menacée ? des milliers d'années ne suffiraient pas pour ramener un

Bonaparte, pour reproduire des circonstances pareilles à
celles qui ont armé l'Europe entière contre lui. On peut
charmer l'impatience de généreux coursiers en leur donnant à mâcher un frein d'or ; mais leurs vieux camarades
qui n'ont rongé qu'un mors de fer ne doivent cesser de
se défier du cavalier.

« Je ne vous parlerai, Monsieur le duc, ni d'un système
qui se déclarant pour la paix suit une route qui le mène
à la guerre sans penser, comme moi, que les Français
retrouveraient leur force dans un baptême de sang. Point
ne m'occuperai de ces projets qui absorberont nos finances ; projets si gigantesques qu'ils ne seront jamais
achevés et qu'on verra gisants sur le sol pendant des
siècles parmi des couleuvres, les matériaux rassemblés
dans un moment de vertige. Mais enfin, Monsieur le duc,
l'embastillement, quand il ne serait pas complet, sera
l'anéantissement de nos libertés. Le despotisme que la
gloire de Bonaparte a laissé dans l'air descend sur nos
têtes et se condense en forteresse autour de Paris.

« On me citerait cent fois Napoléon ; son autorité ne
me ferait pas reculer d'une ligne quand il s'agit de l'indépendance. Je ne m'abaisserai point à cacher ma nation
derrière Bonaparte ; il n'a pas fait la France, c'est la
France qui l'a fait : aucun talent, aucune supériorité,
aucun succès ne me feront consentir à une oppression.
Napoléon est un homme immense ; je l'admire plus que
personne en ce qu'il a d'admirable. Mais le tort que la
vraie philosophie ne lui pardonnera jamais, c'est d'avoir
façonné la société à l'obéissance passive, repoussé le
genre humain vers les temps de dégradation politique et
peut-être abâtardi les caractères, de manière qu'il serait
impossible de dire quand les cœurs recommenceront à
palpiter de sentiments généreux.

« J'ai bien peur, Monsieur le duc, de n'être plus qu'un
homme du temps de la liberté de la presse et qui prend
encore au sérieux le gouvernement représentatif. Si je ne
savais que vous tenez aux franchises constitutionnelles
autant que moi, je vous prierais de me pardonner.

« Vous connaissez, Monsieur le duc, mon admiration

pour l'indépendance de vos opinions et mon attachement pour votre personne. »

5. Le « Supplément à mes Mémoires »

Le tome XII des Mémoires d'outre-tombe, *dans leur édition originale (Eugène et Victor Penaud, 1850), se présente comme un appendice documentaire de 415 pages intitulé « Supplément à mes Mémoires » et divisé ainsi :*

— JULIE DE CHATEAUBRIAND   *p. 1-30*
(abrégé de la Vie de Julie *par Joseph Carron : voir t. I, p. 112-113).*
— LETTRE DE M. DE LA FERRONNAYS   *p. 31-65*
(cette lettre datée « Saint-Pétersbourg, le 14 mai 1824, est sans doute un fragment détaché du Congrès de Vérone).*
— GÉNÉALOGIE DE MA FAMILLE   *p. 67-285*

Le volume comporte ensuite une POSTFACE *suivie de : « M. et Madame de Chateaubriand, quelques détails sur leur intérieur, leurs habitudes, leurs conversations » (p. 287-414). Ce sont de « bonnes feuilles » du livre que Daniélo publiera en 1864 chez E. Dentu :* Les Conversations de M. de Chateaubriand.

On trouvera une partie de ces textes, que nous ne pouvions reproduire ici, dans Levaillant, Édition du Centenaire, Flammarion, 1948, t. IV, p. 607-643.

II — TEXTES COMPLÉMENTAIRES

1. Amour et vieillesse

Le ms. fr. 12454 du département des manuscrits de la Bibliothèque nationale qui rassemble des fragments détachés des Mémoires d'outre-tombe *dérobés à Chateaubriand avant le mois de janvier 1845, vendus alors à Édouard Bricon puis déposés par ce dernier à la Bibliothèque au printemps de 1852, renferme une série de quatorze feuillets autographes, numérotés après coup de 23 à 36 et intitulés par Bricon, sur la copie qu'il en a faite (ms. fr. 12455) : « Amour et vieillesse ».*

Difficiles à déchiffrer, sans intitulé de leur auteur, sans autre ordre que celui qui leur fut attribué par leur éphémère détenteur, sans aucune autre indication interne, ces pages sont parmi les plus énigmatiques de Chateaubriand.

Alors qu'elles étaient déjà en principe accessibles au public, Sainte-Beuve fut le premier à les signaler dans un article du Constitutionnel *du 21-22 avril 1862. Ouvrant une de ces parenthèses un peu mystérieuses qu'il affectionne, il écrivait ceci : « Un hasard heureux me met à même de faire ici un rapprochement assez inattendu. Dans une page déchirée des* Mémoires d'outre-tombe *que le vent m'apporte par ma fenêtre entr'ouverte, je trouve un aveu, un refus presque pareil (...), une confession où se peint, une fois de plus, cette passionnée et délirante nature de René ; j'y supprime seulement, çà et là, quelques notes trop ardentes et qui ne seraient à leur*

place que dans le Cantique des Cantiques. » *Suivait une
assez longue citation (infra, p. 698, depuis : « Vois-tu,
quand je me laisserais aller à une folie » jusqu'à : « Ah !
qu'importe ? »). Puis ce commentaire : « De tels accents,
certes, ne font pas tort à la vieillesse ni à la mémoire
de Chateaubriand ; le René patriarche ne reste pas au-
dessous du René des* Natchez. *Quelle ivresse jusqu'en la
réflexion ! que de flamme !... Le refus... de Chateaubriand
est ardent, passionné, voluptueux. Même en éloignant et
en repoussant son hommage, il ne serait pas fâché d'occuper, d'agiter ce jeune cœur, de lui laisser un trouble,
un long regret, un levain immortel, une goutte du philtre
qui, s'il ne sait plus donner, sait du moins corrompre et
empoisonner le bonheur. »*

*Dès 1922, Victor Giraud publiait chez Champion une
transcription à peu près correcte de ce texte, avec le fac-
similé du manuscrit en regard ; mais il fallut attendre
Jean Pommier pour enfin disposer, dans un ordre satisfaisant, le « véritable texte » de ces fragments lyriques,
en apparence décousus (1946). C'est celui que nous
reproduisons ici, sans pouvoir aborder dans ce cadre le
problème de leur statut (autobiographique ou romanesque ?). Ces fragments appartenaient-ils, comme le pense
Sainte-Beuve, à une rédaction ancienne des* Mémoires ?
*Ne correspondraient-ils pas plutôt à ces « cinq ou six
pages de folie comme on se fait saigner quand le sang
porte à la tête » que Chateaubriand écrivit à Fontainebleau en 1834 (Récamier, p. 397) ? Quoi qu'il en soit,
leur écho se prolonge à la fois dans* Rancé *(voir Duchemin, p. 335-355) et dans certains passages des* Mémoires,
*tandis que les premières notes en avaient retenti dans le
journal du voyage en Suisse de 1832 (XXXV, 11). Cela
suffit à justifier leur présence à la fin de ce volume.*

[Dans les] Il y a dans une femme une émanation de
fleur et d'amour.

Elle n'avait pas l'air d'être mise en mouvement par les
sons, mais elle avait l'air de la mélodie elle-même rendue
visible et accomplissant ses propres lois.

Non, je ne souffrirai jamais que tu entres dans ma chaumière. C'est bien assez d'y reproduire ton image, d'y veiller comme un insensé (?) en pensant à toi. Que serait-ce si tu t'étais assise sur la natte qui me sert de couche, si tu avais respiré l'air que je respire la nuit, si je te voyais à mon foyer compagne de ma solitude, chantant de cette voix qui me rend fou et qui me fait mal...

Comment croirais-je que cette vie sauvage pourrait longtemps te suffire ? Deux beaux jeunes gens peuvent s'enchanter des soins qu'ils se rendent ; mais un vieil esclave, qu'en ferais-tu ? [Quand] Du soir au matin (et du matin au soir) supporter la solitude avec moi, [mes] les fureurs de ma jalousie prévue, mes longs silences, mes tristesses sans cause et tous les caprices d'une nature malheureuse qui se déplaît et croit déplaire aux autres.

Et le monde, en supporterais-tu les jugements et les railleries ? Si j'étais [pauvre] riche, il dirait que je t'achète et que tu te vends, ne pouvant admettre que tu pusses m'aimer. Si j'étais pauvre, on se moquerait de ton amour, et on en [raillerait] rendrait l'objet ridicule à tes propres yeux, on te rendrait honteuse de ton choix. Et moi, on me ferait un crime d'avoir abusé de ta simplicité, de ta jeunesse, de t'avoir acceptée ou d'avoir abusé de l'état de délire (...) <si tu te laissais aller aux caprices> où tombe quelquefois l'imagination d'une jeune femme.

[Enfin] Le jour viendrait où le regard d'un jeune homme t'arracherait à ta fatale erreur, car même les changements <et les dégoûts> arrivent entre les amants du même âge. Alors *(illisible)* me verrais-tu ? quand je viendrais à t'apparaître dans ma forme naturelle. Toi tu irais te purifier dans des jeunes bras d'avoir été pressée dans les miens, mais moi que deviendrais-je ? Tu me promettrais ta vénération, ton amitié, ton respect, et chacun de ces mots me percerait le cœur. Réduit à cacher ma double *(illisible)*, à dévorer des larmes qui feraient rire ceux qui les apercevraient dans mes yeux, à [taire des plaintes] renfermer dans mon sein mes plaintes, à mourir de jalousie, je me représenterais tes plaisirs. Je me dirais : – à présent, à cette heure où elle meurt de volupté dans les bras d'un autre, elle lui redit ces mots tendres qu'elle m'a dits, avec bien plus de vérité et <avec> cette ardeur de la passion qu'elle n'a pu jamais sentir avec moi ! Alors tous les tourments de l'enfer entreraient dans mon âme et je ne pourrais les apaiser que par des crimes.

Et pourtant quoi de plus injuste ? Si tu m'avais donné quelques moments de bonheur, me les devais-tu ? étais-tu obligée de [te] me donner toute ta jeunesse ? N'était-il pas tout simple que tu cherches [l'âge en rapport] les harmonies de ton âge et ces rapports d'âge et de beauté qui appartiennent à ta nature ? Te devrais-je autre chose que la plus vive reconnaissance pour t'être un moment arrêtée auprès du vieux voyageur ? Tout cela est juste, vrai, mais ne compte pas sur ma vertu. Si tu étais à moi, [il te faudrait mourir] pour te quitter il me faudrait ta mort ou la mienne. Je te pardonnerais ton bonheur avec un ange. Avec un homme, jamais.

N'espère pas me tromper. L'amitié a bien plus d'illusions que l'amour et elles sont bien plus durables. L'amitié se fait des idoles et les voit toujours telles qu'elle les a créées. Elle vit du cœur et de l'âme ; la fidélité lui est naturelle, elle [se double] s'accroît avec les années et découvre chaque jour de nouveaux charmes dans l'objet de sa préférence.

L'amour [se trompe ; ne te] s'enivre, mais l'ivresse passe. Il ne vit pas de poésie, il ne se nourrit pas de gloire, découvrant, tous les jours, que l'idole qu'il a créée perd quelque chose à ses yeux. Il voit bientôt les défauts et le temps seul le rend infidèle en dépouillant l'objet qu'il aima de ses grâces. Les talents ne rendent point ce que le temps efface. La gloire ne rajeunit que notre nom.

*
* *

Vois-tu, quand je me laisserais aller à une folie, je ne suis pas sûr de t'aimer demain. Je ne crois pas à moi. Je m'ignore. La passion me dévore et je suis prêt à me [faire] poignarder ou à rire. Je t'adore, mais dans un moment j'aimerai plus que toi le bruit du vent dans ces rochers, un nuage qui vole, une feuille qui tombe. Puis je prierai Dieu avec larme, puis j'invoquerai le Néant. Veux-tu me combler de délices ? Fais une chose. Sois à moi, puis laisse-moi te percer le cœur et boire tout (ton) sang. Eh bien ! oseras-tu maintenant te hasarder avec moi dans cette thébaïde ?

Si tu me dis que tu m'aimeras comme un père, tu me feras horreur ; si tu prétends m'aimer comme une amante, je ne te croirai pas. Dans chaque jeune homme, je verrai un rival préféré. Tes respects me feront sentir mes années ; tes caresses me livreront à la jalousie la plus insensée. Sais-tu qu'il y a tel sourire de toi qui me montrerait la profondeur de mes maux, comme le rayon de soleil qui éclaire un abîme ?

Objet charmant, je t'adore, mais je ne l'accepte pas. Va chercher le jeune homme dont les bras peuvent s'entrelacer aux tiens avec grâce ; mais ne me le dis pas.

Oh ! non, non, ne viens plus me tenter. Songe que tu dois me survivre, que tu seras encore longtemps jeune quand je ne serai plus. Hier, lorsque tu étais assise avec moi sur la pierre, que le vent dans la cime des pins nous faisait entendre le bruit de la mer, prêt à succomber d'amour et de mélancolie, je me disais : Ma main est-elle assez légère pour caresser cette blonde chevelure ? [Pourquoi (?) flétrir d'un baiser des lèvres qui ont l'air de s'ouvrir pour moi, pour me rendre la jeunesse et la vie] Que peut-elle aimer en moi ? une chimère que la réalité va détruire. Et pourtant, quand tu penchas ta tête charmante sur mon épaule, quand des paroles enivrantes sortirent de ta bouche, quand je te vis prête à m'entourer de tes charmes comme d'une guirlande de fleurs, il me fallut tout l'orgueil de mes années pour vaincre la tentation de volupté dont tu me vis rougir. Souviens-toi seulement des accents passionnés que je te fis entendre et, quand tu aimeras un jour un beau jeune homme, demande-toi s'il te parle comme je te parlais et si sa plus grand'amour (?) approchait jamais de la mienne. Ah ! qu'importe ! Tu dormiras dans ses bras, tes lèvres sur les siennes, ton sein contre son sein, et vous vous réveillerez enivrés [de] délices : que t'importeront les paroles sur la bruyère !

Non, je ne veux pas que tu dises jamais en me voyant

après l'heure de ta folie : Quoi ! c'est là l'homme à qui j'ai pu livrer ma jeunesse ! Écoute, prions le Ciel, il fera peut-être un miracle. Il va me donner jeunesse et beauté. Viens, ma bien-aimée, montons sur ce nuage ; que le vent nous porte dans le ciel. Alors je veux bien être à toi. [Tu seras bien malheureuse] Tu te rappelleras mes baisers, mes ardentes étreintes, [tu me verras charmant] je serai charmant dans ton souvenir et tu seras bien malheureuse, car certainement je ne t'aimerai plus. Oui, c'est ma nature. Et tu voudrais être peut-être abandonnée par un vieux homme ! Oh ! non, jeune grâce, va à (ta) destinée.

Va chercher un amant digne de toi. Je pleure des larmes de fiel de te perdre. Je voudrais dévorer celui qui possédera ce trésor. Mais fuis environnée de mes désirs, de ma jalousie, de [*mot laissé en blanc*], et laisse-moi me débattre avec l'horreur de mes années et le chaos de ma nature où le ciel et l'enfer, la haine et l'amour, l'indifférence et la passion se mêlent dans une confusion effroyable.

*
* *

[...] Durerait-il s'il était vrai ? le temps de te [presser] serrer dans mes bras. La jeunesse embellit tout jusqu'au malheur. [On vous plaint, vous charmez, alors que vous pouvez enlever] Elle charme alors qu'elle peut avec les boucles d'une [longue] chevelure brune, enlever les pleurs à mesure [qu'elles] qu'ils passent sur [mes] ses joues. Mais la vieillesse enlaidit jusqu'au bonheur ; <dans l'infortune, c'est pis encore> : quelques rares cheveux blancs sur la tête chauve d'un homme ne descendent point assez bas pour essuyer les larmes qui tombent de ses yeux.

Tu m'as jugé d'une [manière] façon vulgaire ; tu as pensé en voyant le trouble où tu me jettes que je me laisserais aller à te faire subir mes caresses. À quoi as-tu réussi ? à me persuader que je pourrais être aimé ? Non, mais à [à rouvrir mes anciennes souffrances] réveiller le génie qui m'a tourmenté dans ma jeunesse, à renouveler mes anciennes souffrances [à rouvrir mes blessures, qui ne se sont jamais bien...].

[...] vieilli sur la terre sans avoir rien perdu de ses rêves, de ses folies, de ses vagues tristesses, cherchant toujours ce qu'il ne peut trouver et joignant à [tous] ses anciens maux les désenchantements de l'expérience, la solitude des désirs, l'ennui du cœur et la disgrâce des années. Dis, [dans la région des douleurs éternelles] n'aurai-je pas fourni aux démons dans ma personne, l'idée d'un supplice qu'ils n'avaient pas encore inventé dans la région des douleurs éternelles ?

Fleur charmante que je ne veux point cueillir, je t'adresse ces derniers chants de tristesse ; tu ne les entendras qu'après ma mort, quand j'aurai réuni ma vie au faisceau des lyres brisées.

Avant d'entrer dans la société j'errais autour d'elle. Maintenant que j'en suis sorti, je suis également à l'écart ; vieux voyageur sans asile, je vois le soir chacun rentrer chez soi, fermer la porte ; je vois le jeune homme amoureux se glisser dans les ténèbres : et moi, assis sur la borne, je compte les étoiles, ne me fie à aucune, et j'attends l'aurore qui n'a rien à me conter de nouveau et dont la jeunesse est une insulte à mes cheveux.

Quand je m'éveille avant l'aurore, je me rappelle ces temps où je me levais pour écrire à la femme que j'avais quittée quelques heures auparavant. À peine y voyais-je assez pour tracer mes lettres à la lueur de l'aube. Je disais à la personne aimée toutes les délices que j'avais goûtées, toutes celles que j'espérais encore ; je lui traçais le plan de notre journée, le lieu où je devais la retrouver sur quelque promenade déserte, etc.

Maintenant, quand je vois paraître le crépuscule et que, de la natte de ma couche, je promène mes regards sur les arbres de la forêt à travers ma fenêtre rustique, je me demande pourquoi le jour se lève pour moi, ce que j'ai à faire, quelle joie m'est possible, et je me vois errant seul de nouveau comme la journée précédente, gravissant les rochers sans but, sans plaisir, sans former un projet, sans avoir une seule pensée, ou bien assis dans une bruyère,

regardant paître quelques moutons ou s'abattre quelques
corbeaux sur une terre labourée. La nuit revient sans
m'amener une compagne ; je m'endors avec des rêves
pesants ou je veille avec d'importuns souvenirs pour dire
encore au jour renaissant : Soleil, pourquoi te lèves-tu ?

[...] Il faut remonter haut pour trouver l'origine de mon
supplice, il faut retourner à cette aurore de ma jeunesse,
et (où) je me créai un fantôme [imaginaire] <de femme>
pour l'adorer. Je m'épuisai avec cette créature imaginaire,
puis vinrent les amours réels avec qui (je) n'atteignis
jamais à cette félicité imaginaire dont la pensée était dans
mon âme. J'ai su ce que c'était que de vivre pour une
seule idée et avec une seule idée, de s'isoler dans un sentiment, de perdre de vue l'univers et de mettre son existence entière dans un sourire, dans un mot, dans (un)
regard. Mais alors même une inquiétude insurmontable
troublait mes délices. Je me disais : m'aimera-t-elle
demain comme aujourd'hui ? Un mot qui n'était pas prononcé avec autant d'ardeur que la veille, un regard dis-
trait, un sourire adressé à un autre que moi me faisait à
l'instant désespérer de mon bonheur. J'en voyais la fin et
m'en prenant à moi-même de mon ennui, je n'ai jamais
eu l'envie de tuer mon rival ou la femme dont je voyais
s'éteindre l'amour, mais toujours de me tuer moi-même,
et je me croyais coupable, parce que je n'étais plus aimé.

Repoussé dans le désert de ma vie, j'y rentrais avec
toute la poésie de mon désespoir. Je cherchais pourquoi
Dieu m'avait mis sur la terre et je ne pouvais le
comprendre. [Quand j'aurais] Quelle petite place j'occupais ici-bas ! Quand tout mon sang se serait écoulé dans
les solitudes où je m'enfonçais, combien aurait-il rougi de
brins de bruyère ? Et mon âme, qu'était-elle ? une petite
douleur évanouie en se mêlant dans les vents. Et pourquoi
tous ces mondes autour d'une si chétive créature, pourquoi voir tant de choses ?

J'errai sur le globe, changeant de place sans changer
d'être, cherchant toujours et ne trouvant rien. Je vis passer
devant moi *de nouvelles enchanteresses ; les unes étaient
trop belles* pour moi et je n'aurais osé leur parler, les

autres ne m'aimaient pas. Et pourtant mes jours s'écoulaient, et j'étais effrayé de leur vitesse, et je me disais :
Dépêche-toi donc d'être heureux ! Encore un jour, et tu
ne pourras plus être aimé. Le spectacle du bonheur des
générations nouvelles qui s'élevaient autour de moi
m'inspirait les transports de la plus noire jalousie ; si
j'avais pu les anéantir, je l'aurais fait avec le plaisir de la
vengeance et du désespoir.

2. La conclusion des *Mémoires*

Dans la version définitive des Mémoires *d'outre-
tombe, la conclusion forme la seconde moitié du
livre XLII (livres 10 à 18). C'est du moins ce qui subsiste,
ou a été réalisé, de ce qui, au départ, avait été conçu
comme un ensemble plus vaste. En effet, depuis longtemps
déjà, Chateaubriand songeait à dresser un bilan circonstancié, argumenté et, si possible, programmatique de la
situation du monde au moment où il allait le quitter, et
de son avenir. Ce projet allait de pair avec la volonté
de replacer le Christianisme au centre de sa philosophie
morale, historique et politique. À cette ambition « prophétique » se rattachent un certain nombre de réflexions
et de publications qui se multiplièrent à partir de la révolution de Juillet, mais qui par leur diversité même firent
en définitive obstacle à son aboutissement. Voici les principales lignes de force de ce chantier complexe.*

PRÉFACE DES ÉTUDES HISTORIQUES (1831)

[...] Mes idées sur le Christianisme diffèrent de celles
de M. le comte de Maistre, et de celles de M. l'abbé de
La Mennais : le premier veut réduire les peuples à une
commune servitude, elle-même dominée par une théocra-
tie ; le second me semble appeler les peuples (sauf erreur
de ma part) à une indépendance générale sous la même
domination théocratique. Ainsi que mon illustre compatriote, je demande l'affranchissement des hommes ; je

demande encore, ainsi qu'il le fait, l'émancipation du clergé, on le verra dans ces *Études* ; mais je ne crois pas que la papauté doive être une espèce de pouvoir dictatorial planant sur de futures républiques. Selon moi le Christianisme devint politique au Moyen Âge par une nécessité rigoureuse : quand les nations eurent perdu leurs droits, la religion, qui seule alors était éclairée et puissante, en devint la dépositaire. Aujourd'hui que les peuples les reprennent, ces droits, la papauté abdiquera naturellement les fonctions temporelles, résignera la tutelle de son grand pupille arrivé à l'âge de majorité. Déposant l'autorité politique dont il fut justement investi dans les jours d'oppression et de barbarie, le clergé rentrera dans les voies de la primitive Église, alors qu'il avait à combattre la fausse religion, la fausse morale et les fausses doctrines philosophiques. Je pense que l'âge politique du Christianisme finit ; que son âge philosophique commence ; que la papauté ne sera plus que la source pure où se conservera le principe de la foi prise dans le sens le plus rationnel et le plus étendu. L'unité catholique sera personnifiée dans un chef vénérable représentant lui-même le Christ, c'est-à-dire les vérités de la nature de Dieu et de la nature de l'homme. Que le souverain pontife soit à jamais le conservateur de ces vérités auprès des reliques de saint Pierre et de saint Paul ! Laissons, dans la Rome chrétienne, tout un peuple tomber à genoux sous la main d'un vieillard. Y a-t-il rien qui aille mieux à l'air de tant de ruines ? En quoi cela pourrait-il déplaire à notre philosophie ? Le pape est le seul prince qui bénisse ses sujets.

La vérité religieuse ne s'anéantira point, parce qu'aucune vérité ne se perd ; mais elle peut être défigurée, abandonnée, niée dans certains moments de sophisme et d'orgueil par ceux qui, ne croyant plus au Fils de l'homme, sont les enfants ingrats de la nouvelle synagogue. Or, je ne sache rien de plus beau qu'une institution consacrée à la garde de cette vérité d'espérance où les âmes se peuvent venir désaltérer comme à la fontaine d'eau vive dont parle Isaïe. Les antipathies entre les diverses communions n'existent plus ; les enfants du

Christ, de quelque lignée qu'ils proviennent, se sont serrés au pied du Calvaire, souche maternelle de la famille. Les désordres et l'ambition de la cour romaine ont cessé ; il n'est plus resté au Vatican que la vertu des premiers évêques, la protection des arts et la majesté des souvenirs. Tout tend à recomposer l'unité catholique ; avec quelques concessions de part et d'autre, l'accord sera bientôt fait. Je répéterai ce que j'ai déjà dit dans cet ouvrage : pour jeter un nouvel éclat, le Christianisme n'attend qu'un génie supérieur venu à son heure et dans sa place*. La religion chrétienne entre dans une ère nouvelle ; comme les institutions et les mœurs, elle subit la troisième transformation. Elle cesse d'être politique, elle devient philosophique sans cesser d'être divine : son cercle flexible s'étend avec les lumières et les libertés, tandis que la Croix marque à jamais son centre immobile.

[...]

Ainsi j'amène du pied de la croix au pied de l'échafaud de Louis XVI les trois vérités qui sont au fond de l'ordre social : la vérité religieuse, la vérité philosophique ou l'indépendance de l'esprit de l'homme, et la vérité politique ou la liberté. Je cherche à démontrer que l'espèce humaine suit une ligne progressive dans la civilisation, alors même qu'elle semble rétrograder. L'homme tend à une perfection indéfinie ; il est encore loin d'être remonté aux sublimes hauteurs dont les traditions religieuses et primitives de tous les peuples nous apprennent qu'il est descendu ; mais il ne cesse de gravir la pente escarpée de ce Sinaï inconnu, au sommet duquel il reverra Dieu. La société en avançant accomplit certaines transformations générales, et nous sommes arrivés à l'un de ces grands changements de l'espèce humaine.

Les fils d'Adam ne sont qu'une même famille qui marche vers le même but. Les faits advenus chez les nations placées si loin de nous sur le globe et dans les

---

* Depuis que ces lignes ont été écrites, le cardinal Capellari a été nommé pape. C'est un homme d'une vaste science, d'une éminente vertu, et qui comprend son siècle ; mais n'est-il pas arrivé trop tard ? j'avais appelé ce choix de tous mes vœux dans le précédent conclave.

siècles ; ces faits, qui jadis ne réveillaient en nous qu'un instinct de curiosité, nous intéressent aujourd'hui comme des choses qui nous sont propres, qui se sont passées chez nos vieux parents. C'était pour nous conserver telle liberté, telle vérité, telle idée, telle découverte, qu'un peuple s'est fait exterminer ; c'était pour ajouter un talent d'or ou une obole à la masse commune du trésor humain, qu'un individu a souffert tous les maux. Nous laisserons à notre tour les connaissances que nous pouvons avoir recueillies, à ceux qui nous suivront ici-bas. Sur des sociétés qui meurent sans cesse, une société vit sans cesse ; les hommes tombent, l'homme reste debout, enrichi de tout ce que ses devanciers lui ont transmis, couronné de toutes les lumières, orné de tous les présents des âges ; géant qui croît toujours, toujours, toujours, et dont le front, montant dans les cieux, ne s'arrêtera qu'à la hauteur du trône de l'Éternel.

Et voilà comme, sans abandonner la vérité chrétienne, je me trouve d'accord avec la philosophie de mon siècle et l'école moderne historique. On pourra différer avec moi d'opinion, mais il faudra reconnaître que, loin d'emboîter mon esprit dans les ornières du passé, je trace des sentiers libres : heureux, si l'Histoire comme la Politique me doit le redressement de quelques erreurs.

Au surplus, même dans mon système religieux, je ne me sépare point de mon temps, ainsi que des esprits inattentifs le pourraient croire. Le Christianisme est passé, dit-on : passé ? oui, dans la rue où nous abattons une croix, chez nos deux ou trois voisins, dans la coterie où nous déclarons du haut de notre supériorité qu'on ne nous comprend pas, qu'on ne peut pas nous comprendre, que pour peu qu'une génération ne soit pas au maillot, elle est incapable de suivre le vol de notre génie et d'entrer dans le mouvement de l'univers. Grâce à ce génie, nous devinons ce que nous ne savons pas ; nous plongeons un regard d'aigle au fond des siècles ; sans avoir besoin de flambeau, nous pénétrons dans la nuit du passé ; l'avenir est tout illuminé pour nous des feux qui font clignoter les faibles yeux de nos pères. Soit : mais nonobstant ce, et sauf le respect dû à notre supériorité, le Christianisme

n'est pas passé : il vient d'affranchir la Grèce et de mettre
en liberté les Pays-Bas ; il se bat dans la Pologne. Le
clergé catholique a brisé sous nos yeux les chaînes de
l'Irlande ; c'est ce même clergé qui a émancipé les colonies espagnoles et qui les a changées en républiques. Le
catholicisme, je l'ai dit, fait des progrès immenses aux
États-Unis. Toute l'Europe ou barbare ou civilisée s'enveloppe, dans différentes communions, de la forme évangélique. S'il était possible que l'univers policé fût encore
envahi, par qui le serait-il ? Par des soldats, jeûnant,
priant, mourant au nom du Christ. La philosophie de l'Allemagne, si savante, si éclairée, et à laquelle je me rallie,
est chrétienne ; la philosophie de l'Angleterre est chrétienne. Ne tenir aucun compte, au moins comme un fait,
de cette pensée chrétienne qui vit encore parmi tant de
millions d'hommes dans les quatre parties du monde ; de
cette pensée, que l'on retrouve au Kamtschatka et dans
les sables de la Thébaïde, sur le sommet des Alpes, du
Caucase et des Cordilières ; nous persuader que cette pensée n'existe plus parce qu'elle a déserté notre petit cerveau, c'est une grande pauvreté.

AVENIR DU MONDE (1834)

L'auteur des Mémoires, *après avoir examiné la position sociale du moment, les fautes de tous les partis, etc.,
jette ainsi un regard sur la destinée du monde :*

L'Europe court à la démocratie. La France est-elle
autre chose qu'une république entravée d'un directeur ?
Les peuples grandis sont hors de page : les princes en ont
eu la garde-noble ; aujourd'hui les nations, arrivées à leur
majorité, prétendent n'avoir plus besoin de tuteurs.
Depuis David jusqu'à notre temps, les rois ont été appelés ; les nations semblent l'être à leur tour. Les courtes et
petites exceptions des républiques grecque, carthaginoise,
romaine, n'altèrent pas le fait politique général de l'antiquité, à savoir l'état monarchique normal de la société
entière sur le globe. Maintenant la société quitte la monar-

chie, du moins la monarchie telle qu'on l'a connue jusqu'ici.

Les symptômes de la transformation sociale abondent.
En vain on s'efforce de reconstituer un parti pour le gouvernement absolu d'un seul : les principes élémentaires
de ce gouvernement ne se retrouvent point ; les hommes
sont aussi changés que les principes. Bien que les faits
aient quelquefois l'air de se combattre, ils n'en concourent pas moins au même résultat, comme dans une
machine, des roues qui tournent en sens opposé, produisent une action commune.

Les souverains se soumettant graduellement à des
libertés nécessaires, descendant sans violence et sans
secousse de leur piédestal, pouvaient transmettre à leurs
fils, dans une période plus ou moins étendue, leur sceptre
héréditaire réduit à des proportions mesurées par la loi.
La France eût mieux agi pour son bonheur et son indépendance, en gardant un enfant qui n'aurait pu faire des journées de Juillet une honteuse déception ; mais personne
n'a compris l'événement. Les rois s'entêtent à garder ce
qu'ils ne sauraient retenir ; au lieu de glisser doucement sur
le plan incliné, ils s'exposent à tomber dans le gouffre ; au
lieu de mourir de sa belle mort, pleine d'honneurs et de
jours, la monarchie court risque d'être écorchée vive : un
tragique mausolée ne renferme à Venise que la peau d'un
illustre chef.

Les pays les moins préparés aux institutions libérales,
tels que le Portugal et l'Espagne, sont poussés à des mouvements constitutionnels. Dans ces pays, les idées dépassent les hommes. La France et l'Angleterre, comme deux
énormes béliers, frappent à coups redoublés les remparts
croulants de l'ancienne société. Les doctrines les plus hardies sur la propriété, l'égalité, la liberté, sont proclamées
soir et matin à la face des monarques qui tremblent derrière une triple haie de soldats suspects. Le déluge de la
démocratie les gagne ; ils montent d'étage en étage, du
rez-de-chaussée au comble de leurs palais, d'où ils se jetteront à la nage dans le flot qui les engloutira.

La découverte de l'imprimerie a changé les conditions
sociales : la presse, machine qu'on ne peut plus briser,

continuera à détruire l'ancien monde, jusqu'à ce qu'elle en ait formé un nouveau : c'est une voix calculée pour le forum général des peuples. L'imprimerie n'est que la Parole écrite, première de toutes les puissances : la Parole a créé l'univers ; malheureusement, le Verbe dans l'homme participe de l'infirmité humaine ; il mêlera le mal au bien, tant que notre nature déchue n'aura pas recouvré sa pureté originelle.

Ainsi, la transformation, amenée par l'âge du monde, aura lieu. Tout est calculé dans ce dessein ; rien n'est possible maintenant hors la mort naturelle de la société, d'où sortira la renaissance. C'est impiété de lutter contre l'ange de Dieu, de croire que nous arrêterons la Providence. Aperçue de cette hauteur, la Révolution française n'est plus qu'un point de la révolution générale ; toutes les impatiences cessent, tous les axiomes de l'ancienne politique deviennent inapplicables.

Louis-Philippe a mûri d'un demi-siècle le fruit démocratique. La couche bourgeoise où s'est implanté le philippisme, moins labourée par la révolution que la couche militaire et la couche populaire, fournit encore quelque suc à la végétation du gouvernement du 7 Août, mais elle sera tôt épuisée.

Il y a des hommes religieux qui se révoltent à la seule supposition de la durée quelconque de l'ordre de choses actuel. « Il est, disent-ils, des réactions inévitables, des réactions morales, enseignantes, magistrales, vengeresses. Si le monarque qui nous initia à la liberté, a payé dans ses qualités le despotisme de Louis XIV et la corruption de Louis XV, peut-on croire que la dette contractée par *Égalité* à l'échafaud du roi innocent, ne sera pas acquittée ? *Égalité*, en perdant la vie, n'a rien expié ; le pleur du dernier moment ne rachète personne ; larmes de la peur qui ne mouillent que la poitrine, et ne tombent pas sur la conscience. Quoi ! la race d'Orléans pourrait régner au droit des crimes et des vices de ses aïeux ? Où serait donc la Providence ? Jamais plus effroyable tentation n'aurait ébranlé la vertu, accusé la justice éternelle, insulté l'existence de Dieu ! »

J'ai entendu faire ces raisonnements, mais faut-il en

conclure que le sceptre du 9 Août va tout à l'heure se
briser ? En s'élevant dans l'ordre universel, le règne de
Louis-Philippe n'est qu'une apparente anomalie, qu'une
infraction non réelle aux lois de la morale et de l'équité :
elles sont violées ces lois, dans un sens borné et relatif ;
elles sont observées dans un sens illimité et général.
D'une énormité consentie de Dieu, je tirerais une conséquence plus haute, j'en déduirais la preuve *chrétienne* de
l'abolition de la royauté en France ; c'est cette abolition
même et non un châtiment individuel, qui serait l'expiation de la mort de Louis XVI. Nul ne serait admis, après
ce juste, à ceindre solidement le diadème : Napoléon l'a
vu tomber de son front malgré ses victoires. Charles X
malgré sa piété ! Pour achever de discréditer la couronne
aux yeux des peuples, il aurait été permis au fils du régicide de se coucher un moment en faux roi dans le lit
sanglant du martyr.

Une raison prise dans la catégorie des choses humaines
peut encore faire durer quelques instants de plus le gouvernement sophisme, jailli du choc des pavés.

Depuis quarante ans, tous les gouvernements n'ont péri
en France que par leur faute : Louis XVI a pu vingt fois
sauver sa couronne et sa vie ; la République n'a succombé
qu'à l'excès de ses crimes ; Bonaparte pouvait établir sa
dynastie, et il s'est jeté en bas du haut de sa gloire ; sans
les ordonnances de Juillet, le trône légitime serait encore
debout. Mais le gouvernement actuel ne paraît pas devoir
commettre la faute qui tue ; son pouvoir ne sera jamais
suicide ; toute son habileté est exclusivement employée à
sa conservation : il est trop intelligent pour mourir d'une
sottise, et il n'a pas en lui de quoi se rendre coupable des
méprises du génie ou des faiblesses de la vertu.

Mais après tout il faudra s'en aller : qu'est-ce que trois,
quatre, six, dix, vingt années dans la vie d'un peuple ?
L'ancienne société périt avec la politique chrétienne, dont
elle est sortie : à Rome, le règne de l'homme fut substitué
à celui de la loi par César ; on passa de la république
à l'empire. La révolution se résume aujourd'hui en sens
contraire ; la loi détrône l'homme ; on passe de la royauté

à la république. L'ère des peuples est revenue : reste à savoir comment elle sera remplie.

Il faudra d'abord que l'Europe se nivelle dans un même système ; on ne peut supposer un gouvernement représentatif en France et des monarchies absolues autour de ce gouvernement. Pour arriver là, il est probable qu'on subira des guerres étrangères, et qu'on traversera à l'intérieur une double anarchie morale et physique.

Quand il ne s'agirait que de la seule propriété, n'y touchera-t-on point ? Restera-t-elle distribuée comme elle l'est ? Une société où des individus ont deux millions de revenu, tandis que d'autres sont réduits à remplir leurs bouges de monceaux de pourriture pour y ramasser des vers (vers qui, vendus aux pêcheurs, sont le seul moyen d'existence de ces familles elles-mêmes autochtones du fumier), une telle société peut-elle demeurer stationnaire sur de tels fondements au milieu du progrès des idées ?

Mais si l'on touche à la propriété, il en résultera des bouleversements immenses qui ne s'accompliront pas sans effusion de sang ; la loi du sang et du sacrifice est partout : Dieu a livré son Fils aux clous de la croix, pour renouveler l'ordre de l'univers. Avant qu'un nouveau droit soit sorti de ce chaos, les astres se seront souvent levés et couchés. Dix-huit cents ans depuis l'ère chrétienne n'ont pas suffi à l'abolition de l'esclavage ; il n'y a encore qu'une très petite partie accomplie de la mission évangélique.

Ces calculs ne vont point à l'impatience des Français : jamais, dans les révolutions qu'ils ont faites, ils n'ont admis l'élément du temps, c'est pourquoi ils sont toujours ébahis des résultats contraires à leurs espérances. Tandis qu'ils bouleversent, le temps arrange, il met de l'ordre dans le désordre, rejette le fruit vert, détache le fruit mûr, sasse et crible les hommes, les mœurs et les idées.

Quelle sera la société nouvelle ? Je l'ignore. Ses lois me sont inconnues ; je ne la comprends pas plus que les anciens ne comprenaient la société sans esclaves produite par le christianisme. Comment les fortunes se nivelleront-elles, comment le salaire se balancera-t-il avec le travail, comment la femme parviendra-t-elle à l'émancipation légale ? Je n'en sais rien. Jusqu'à présent la société a procédé par *agrégation* et par *famille* ; quel aspect offrira-t-elle lorsqu'elle ne sera plus qu'*individuelle*, ainsi qu'elle tend à le devenir, ainsi qu'on la voit déjà se former aux États-Unis ? Vraisemblablement *l'espèce humaine* s'agrandira, mais il est à craindre que *l'homme* ne diminue, que quelques facultés éminentes du génie ne se perdent, que l'imagination, la poésie, les arts ne meurent dans les trous d'une société-ruche où chaque individu ne sera plus qu'une abeille, une roue dans une machine, un atome dans la matière organisée. Si la religion chrétienne s'éteignait, on arriverait par la liberté à la pétrification sociale où la Chine est arrivée par l'esclavage.

La société moderne a mis dix siècles à se composer ; maintenant elle se décompose. Les générations du moyen âge étaient vigoureuses, parce qu'elles étaient dans la progression ascendante ; nous, nous sommes débiles, parce que nous sommes dans la progression descendante. Ce monde décroissant ne reprendra de force que quand il aura atteint le dernier degré ; alors il commencera à remonter vers une nouvelle vie. Je vois bien une population qui s'agite, qui proclame sa puissance, qui s'écrie : « Je veux ! je serai ! à moi l'avenir ! je découvre l'univers ! On n'avait rien vu avant moi ; le monde m'attendait ; je suis incomparable. Mes pères étaient des enfants et des idiots. »

Les faits ont-ils répondu à ces magnifiques paroles ? Que d'espérances n'ont point été déçues en talents et en caractères ! Si vous en exceptez une trentaine d'hommes d'un mérite réel, quel troupeau de générations libertines, avortées, sans convictions, sans foi politique et religieuse, se précipitant sur l'argent et les places comme des pauvres sur une distribution gratuite : troupeau qui ne reconnaît point de berger, qui court de la plaine à la montagne et de la montagne à la plaine, dédaignant l'expérience des vieux pâtres durcis au vent et au soleil ! Nous ne sommes que des générations de passage, intermédiaires, obscures, vouées à l'oubli, formant la chaîne pour atteindre les mains qui cueilleront l'avenir.

Respectant le malheur et me respectant moi-même ; respectant ce que j'ai servi, et ce que je continuerai de servir au prix du repos de mes vieux jours, je craindrais de prononcer vivant un mot qui pût blesser des infortunes ou même détruire des chimères. Mais quand je ne serai plus, mes sacrifices donneront à ma tombe le droit de dire la vérité. Mes devoirs seront changés ; l'intérêt de ma patrie l'emportera sur les engagements de l'honneur dont je serai délié. Aux Bourbons appartient ma vie, à mon pays appartient ma mort. Prophète, en quittant le monde, je trace mes prédictions sur mes heures tombantes ; feuilles séchées et légères que le souffle de l'éternité aura bientôt emportées.

S'il était vrai que les hautes races des rois, refusant de s'éclairer, s'approchassent du terme de leur puissance, ne serait-il pas mieux dans leur intérêt historique, que par une fin digne de leur grandeur, elles se retirassent dans la sainte nuit du passé avec les siècles ? Prolonger sa vie au-delà d'une éclatante illustration ne vaut rien ; le monde se lasse de vous et de votre bruit ; il vous en veut d'être toujours là pour l'entendre. Alexandre, César, Napoléon, ont disparu selon les règles de la gloire. Pour mourir beau, il faut mourir jeune ; ne faites pas dire aux enfants du printemps : « Comment ! c'est là cette renommée, cette personne, cette race, à qui le monde battait des mains, dont on aurait payé un cheveu, un sourire, un regard, du sacrifice de la vie ! » Qu'il est triste de voir le vieux Louis XIV, étranger aux générations nouvelles, ne trouver plus auprès de lui, pour parler de son siècle, que le vieux duc de Villeroi ! Ce fut une dernière victoire du grand Condé en radotage, d'avoir, au bord de sa fosse rencontré Bossuet ; l'orateur ranima les eaux muettes de Chantilly ; avec l'enfance du vieillard, il repétrit son adolescence ; il rebrunit les cheveux sur le front du vainqueur de Rocroi, en disant, lui Bossuet, un immortel adieu à ses cheveux blancs. Hommes qui aimez la gloire, soignez votre tombeau ; couchez-vous-y bien ; tâchez d'y faire bonne figure, car vous y resterez.

Pour que cet article, publié dans la Revue des Deux Mondes *du 15 avril 1834, et repris dans le recueil de* Lecture, *puisse paraître, Chateaubriand avait dû modérer ses expressions. Le manuscrit de Genève a révélé un certain nombre de fragments (voir* Bulletin *1964) se rattachant à ce texte ou à certains passages du livre XLII (chapitres 1 et 13 en particulier). Nous les avons regroupés ici en désordre :*

À la conclusion de ces Mémoires, je jetterai un regard sur l'avenir du monde. [...] – Dans un pays comme la France, accoutumé depuis quarante ans à changer de constitution et de maître, le scepticisme politique et l'indifférence pour tout sont partout. [...] La légitimité s'en va ; l'usurpation s'en va ; la légitimité s'en va de nouveau : cela n'émeut que les occupants des places.

J'avais encore quelque jeunesse quand Napoléon sortit de l'île d'Elbe. Je m'irritais, n'étant occupé que de la société du moment ; j'avais raison de trouver qu'on la conduisait très mal. Mais, à force de voir se répéter les mêmes erreurs, je compris enfin que j'existais dans un temps de transformation et non de conservation. Alors le mot de l'énigme m'a été donné : tout s'accomplit pour la création d'une société nouvelle, plus ou moins éloignée, plus ou moins bonne, plus ou moins mauvaise, que j'ignore. Cela posé, je sais pourquoi rien n'a réussi quand il s'est agi de maintenir, pourquoi tout a succédé quand il a été question de détruire. Je sais pourquoi Louis XVI, malgré ses vertus, et à cause de ses vertus, a marché à l'échafaud.

... et pourquoi ? parce que les nations marchent à leur destinée ; comme certaines ombres du Dante, il leur est impossible de s'arrêter, même dans le bonheur. La légitimité a disparu glorieusement ; la personne légitime s'est-elle retirée son égale ? non. Le principe était encore vivant ; la race était finie.

Au surplus, toutes ces choses, d'un certain intérêt au moment où j'écris, ne seront que d'ennuyeuses vieilleries

à l'époque de la publication de mes *Mémoires*. Il sera
bien question de Prague, de l'écolier royal, des frères
ignorantins, ses maîtres, des misérables intrigues et discordes d'une petite cour exilée, disparue de la terre !

J'ai proclamé l'avenir républicain du monde. L'Europe
court à la démocratie. La France est-elle autre chose
qu'une république entravée d'un directeur ? Les peuples
grandis sont hors de page : les princes en ont eu la garde-
noble : aujourd'hui les nations, arrivées à leur majorité,
n'ont plus besoin de tuteurs, et cette majorité n'est pas
fictive comme celle de Henri V. Depuis David...

... un tragique mausolée ne renferme, à Venise, que la
peau d'un général rachetée à prix d'argent d'un pacha de
Chypre.

Tout s'arrange pour la chute des trônes. Les peuples
les moins préparés aux institutions libérales, tels que le
Portugal et l'Espagne, sont poussés à des mouvements
constitutionnels. Dieu a livré les sceptres à de vieux hères
de Rois rappelés des Invalides, à de petits garçons chassés
ou abandonnés, à de petites filles au maillot ou dans les
aubes de leurs noces. Et ce sont de pareils chefs, de
pareils lions sans mâchoire ou (*un mot illisible*) sans
ongle, de pareils poupards têtant ou fiançant que doivent
suivre, en 1833, les hommes intelligents et raisonnables
de tous les pays ! Il n'y a qu'un seul prince qui ait du
cœur en Europe, et les autres le renient. J'ai envie de rire
quand j'entends parler d'un Congrès prochain, formé du
Roi de Prusse, de l'Empereur de Russie et de l'Empereur
d'Autriche. Voilà de fières têtes pour juger de l'état du
monde à l'époque où nous sommes ! Que deviseront
ensemble ces trois augustes niais, dans un village de
Bohême ou de Silésie tandis que la France et l'Angleterre,
comme deux énormes béliers, frappent à coups redoublés
les remparts croulants de l'ancienne société. Les doctrines
les plus hardies sur la propriété, l'égalité, la liberté, sont
proclamées soir et matin au nez des monarques, qui ne
savent que trembler sur leurs genoux flageolants...

... d'où ils se jetteront à la nage par les lucarnes. Quand

l'heure des monarchies a sonné, il est rare qu'on voie surgir des tyrans. On n'aperçoit plus que des rois. Les tyrans punissent les empires : les rois les perdent.

Une seule chance restait aux princes pour refouler la colonne avançante des nations. Si un Attila s'était trouvé, monté à cru sur le cheval sauvage des czars, il aurait pu ameuter les Tartares, verser de nouveau l'Asie sur l'Europe, exterminer à ses risques et périls les trois quarts de la population de la France, rendre l'autre quart esclave, éteindre les lumières, briser les presses, brûler les livres, raser les monuments, anéantir les arts et, s'emparant de la propriété du sol conquis, recommencer la barbarie. François Iᵉʳ eut un moment l'idée d'anéantir l'imprimerie : la presse est une machine qui continuera à détruire l'ancien monde jusqu'à ce qu'elle en ait formé un nouveau : la parole n'est que la parole écrite. La parole a créé l'univers. Mais ce grand crime de lèse-civilisation, la rétrogradation violente de la société vers la barbarie, ne s'accomplira pas : il n'y a qu'un trône d'où l'on pût tenter de l'exécuter et il faudrait qu'un souverain se rencontrât de pair avec le génie de ce trône : quine à la loterie des destructions qui ne sortira pas. En outre, que d'autres obstacles ! Les chefs de l'armée supposée conquérante sont eux-mêmes civilisés et quasi-révolutionnaires. La civilisation étant répandue dans les quatre parties de la terre, serait importée de force sur toutes les côtes de la Barbarie accidentelle.

Ainsi la transformation amenée par les années du monde, aura lieu. Tout est calculé dans ce dessein, rien n'est possible maintenant hors la mort naturelle de la société d'où doit sortir la renaissance. C'est impiété que de lutter contre l'ange de Dieu, de croire que nous arrêterons la Providence dans ses voies. Aperçue de cette hauteur la révolution française n'est plus qu'un point de la révolution générale : toutes les impatiences cessent, tous les petits intérêts de dynastie disparaissent, tous les axiomes de l'ancienne politique deviennent inapplicables.

Persuadons-nous bien que le pur vin de la royauté est écoulé, que le tonneau épuisé est descendu au niveau de la lie, qu'il ne dégoutte plus par la canette que Louis-Philippe, Léopold, Don Pedro et Don Miguel.

La branche d'Orléans périra, comme la branche d'Artois.

[Si l'on a pu dire à Charles X : Votre Légèreté, on peut dire à Louis-Philippe : Votre Ignominie.]

Cependant Philippe, par cela seul que son origine est révolutionnaire, est encore le plus habile, le plus analogue au temps, comme le plus ignoble des rois ses confrères. Narquois et rusé, ce tyran domestique, Louis XI de l'ère philosophique, conduit assez bien sa barque sur sa boue liquide, dont le courant mène à l'égout. Il sort des petits défilés avec adresse. Lorsqu'il a passé à travers une fente en s'aplatissant et qu'il se trouve de l'autre côté, il dresse fièrement les cornes, comme s'il avait franchi les portes caucasiennes.

Louis-Philippe a mûri d'un demi-siècle le fruit démocratique. Bonapartisme, philippisme, légitimisme sont trois choses mortes. Elles appartiennent à la monarchie et à l'aristocratie qui sont mortes. Le parti démocratique est seul en progrès parce qu'il marche vers le monde futur. La couche bourgeoise où s'est implanté le philippisme, moins labourée par la révolution que la couche militaire et la couche populaire, fournit encore quelque suc à la végétation du gouvernement du 7 août, mais elle sera tôt épuisée. La couronne sanglante de Louis XVI, ramassée dans le ruisseau, et essuyée dans la boutique d'un marchand de fromage, ne peut rester sur aucune tête.

La vie de cet avorton de monarchie ne pourrait être prolongée que par l'atroce folie du faux parti républicain qui croit allécher la France en présentant à son admiration les mâchoires baveuses de Couthon, Marat et Robespierre. Couthon le tigre, Marat le scorpion et Robespierre la mort. La progression naturelle, tout accident à part, serait Louis-Philippe expirant dans son lit, son fils lui succédant, et, après lui, la Présidence. Mais la chose ira-t-elle si loin ? N'est-il pas des réactions morales inévitables, enseignantes, magistrales, vengeresses ? Si le monarque qui nous initia à la liberté a payé dans ses qualités le despotisme de Louis XIV...

... de ces familles, elles-mêmes autochtones du fumier. Une telle société porte sur une base maudite de Dieu. Mais ce dérangement inévitable de la propriété, ancien fondement du monde, entraînera des bouleversements aussi longs qu'immenses. Avant qu'un nouveau droit soit sorti de ce chaos...

Je vois bien une jeunesse qui s'agite et qui dit : « À moi l'avenir ! » Mais où sont ses talents ? Quelle énergie a-t-elle montrée ? Que d'espérances n'a-t-elle pas déjà déçues ? Si vous en exceptez cinq ou six jeunes gens de mérite réel, quel troupeau de générations libertines, avortées, sans convictions, sans foi politique et religieuse, se précipitant sur l'argent et sur les places comme des pauvres sur une distribution gratuite : troupeau qui ne reconnaît point de berger, qui court de la plaine à la montagne et de la montagne à la plaine, dédaignant l'expérience des vieux pâtres durcis au vent et au soleil. Il est vrai que ces générations infimes ne sont que de passage. Elles forment la chaîne pour atteindre les mains qui cueilleront l'avenir.

Respectant le malheur ; respectant ce que j'ai servi et ce que je servirai le reste de ma vie, je craindrais d'énoncer aujourd'hui un seul mot qui pût blesser des infortunes et détruire même des illusions. Mais quand je ne serai plus, quand Charles X ne sera plus, mes longs sacrifices donneront à ma tombe le droit de dire la vérité entière : mes devoirs seront changés. L'intérêt de mon pays l'emportera sur celui d'une famille : une race peut périr : la France ne périra point.

Ores que ces hautes races...

Si la mort qui doit être mon éditeur, ne publie pas incessamment ces *Mémoires*, on saura, quand ils paraîtront, jusqu'à quel point je me suis trompé dans mes conjectures. Henri V sera-t-il sur le trône, et pour longtemps, donnant un démenti formel à mes prédictions néfastes ? Je le souhaite : mais s'il est vivant à l'heure de la publication de mes *Mémoires*, je crains qu'il soit, non à Rome, comme les Stuart au milieu de la consolation des arts, des femmes et des ruines, mais en Crimée, mari de quelque cadette de Russie et colonel au service des czars.

Ores que ces hautes races approchent de leur terme, mieux serait, par une fin digne de leur grandeur, qu'elles s'évanouissent subitement. Prolonger sa vie au-delà [...] selon les règles de la gloire. Le cinquième acte d'une tragédie ne doit pas finir par le mariage et le pot-au-feu du héros, avec bonnet de nuit, pantoufles, grand'mère et petits-enfants. Pour mourir beau, il faut mourir jeune. La mort est si laide que c'est honte de lui porter encore un visage gâté. Ne faites pas dire aux générations nouvelles :...

Essai sur la littérature anglaise (1836)

[...] La société telle qu'elle est aujourd'hui, n'existera pas : à mesure que l'instruction descend dans les classes inférieures, celles-ci découvrent la plaie secrète qui ronge l'ordre social depuis le commencement du monde ; plaie qui est la cause de tous les malaises et de toutes les agitations populaires. La trop grande inégalité des conditions et des fortunes, a pu se supporter tant qu'elle a été cachée d'un côté par l'ignorance, de l'autre par l'organisation factice de la cité ; mais aussitôt que cette inégalité est généralement aperçue, le coup mortel est porté.

Recomposez, si vous le pouvez, les fictions aristocratiques ; essayez de persuader au pauvre, quand il saura lire, au pauvre à qui la parole est portée chaque jour par la presse, de ville en ville, de village en village ; essayez de persuader à ce pauvre, possédant les mêmes lumières et la même intelligence que vous, qu'il doit se soumettre à toutes les privations, tandis que tel homme, son voisin, a, sans travail, mille fois le superflu de la vie ; vos efforts seront inutiles : ne demandez point à la foule des vertus au delà de la nature.

Le développement matériel de la société accroîtra le développement des esprits. Lorsque la vapeur sera perfectionnée, lorsque, unie au télégraphe et aux chemins de fer, elle aura fait disparaître les distances, ce ne seront pas seulement les marchandises qui voyageront d'un bout du globe à l'autre avec la rapidité de l'éclair, mais encore les idées. Quand les barrières fiscales et commerciales auront été abolies entre les divers États, comme elles le sont déjà entre les provinces d'un même État ; quand le *salaire*, qui n'est que l'*esclavage* prolongé, se sera émancipé à l'aide de l'égalité établie entre le producteur et le consommateur ; quand les divers pays, prenant les mœurs les uns des autres, abandonnant les préjugés nationaux, les vieilles idées de suprématie ou de conquête, tendront à l'unité des peuples ; par quel moyen ferez-vous rétrograder la société vers des principes épuisés ? Bonaparte lui-même ne l'a pu : l'égalité et la liberté, auxquelles il opposa la barre inflexible de son génie, ont repris leur cours et emportent ses œuvres ; le monde de force qu'il créa s'évanouit ; ses institutions défaillent ; sa race même a disparu avec son fils. La lumière qu'il fit n'était qu'un météore ; il ne demeure et ne demeurera de Napoléon que sa mémoire :

> *À toi, Napoléon, l'Éternel en sa force*
> *T'arrachera ton peuple ainsi qu'un vain lambeau :*
> *Sa colère entrera dans ton étroit tombeau.*
>
> E. QUINET.

Il n'y avait qu'une seule monarchie en Europe, la monarchie française ; toutes les autres en étaient filles, toutes s'en iront avec leur mère. Les rois, jusqu'ici, à leur insu, avaient vécu derrière cette monarchie de mille ans, à l'abri d'une race incorporée, pour ainsi dire, avec les siècles. Quand le souffle de la révolution eut jeté à bas cette race, Bonaparte vint ; il soutint les princes chancelants sur des trônes par lui abattus et relevés. Bonaparte passé, les monarques restants vivent tapis dans les ruines du Colysée napoléonien, comme les ermites à qui l'on fait l'aumône dans le Colysée de Rome ; mais bientôt ces ruines mêmes leur manqueront.

· La légitimité eût pu encore conduire le monde pendant

plus d'un siècle, à une transformation insensiblement accomplie, sans secousse et sans catastrophe : plus d'un siècle était encore nécessaire pour achever sous une tutelle paternelle, l'éducation libre des peuples. Contre des fautes très réparables, se sont armées des passions qui n'ont pas vu d'abord que tout pouvait s'arranger, et que le monde pouvait être encore redevable à la légitimité d'un immense et dernier bienfait. Au lieu de descendre sur une pente douce et facile, il faudra donc continuer de marcher par des voies fangeuses ou coupées d'abîmes. Qu'est-ce que des haltes de quelques mois, de quelques années, pour une nation lancée à l'aventure dans un espace sans bornes ? Quel esprit assez peu clairvoyant, pourrait prendre ces intervalles de repos pour un repos définitif ? Une étape est-elle un festin permanent ? Le voyageur qui s'assied sur le bord de la route afin de se délasser, est-il arrivé au bout de sa course ? Tout pouvoir renversé, non par le hasard, mais par le temps, par un changement graduellement opéré dans les convictions ou dans les idées, ne se rétablit plus ; en vain vous essaieriez de le relever sous un autre nom, de le rajeunir sous une forme nouvelle : il ne peut rajuster ses membres disloqués dans la poussière où il gît, objet d'insulte ou de risée. De la divinité qu'on s'était forgée, devant laquelle on avait fléchi le genou, il ne reste que d'ironiques misères : lorsque les chrétiens brisèrent les dieux de l'Égypte, ils virent s'échapper des rats de la tête des idoles. Tout s'en va : il ne sort pas aujourd'hui un enfant des entrailles de sa mère, qui ne soit un ennemi de la vieille société.

Mais quand atteindra-t-on à ce qui doit rester ? Quand la société composée d'agrégations et de familles concentriques, depuis le foyer du laboureur jusqu'au foyer du roi, se recomposera-t-elle dans un système inconnu, dans un système plus rapproché de la nature, d'après des idées et à l'aide de moyens qui sont à naître ? Dieu le sait. Qui peut calculer la résistance des passions, le froissement des vanités, les perturbations, les accidents de l'histoire ? Une guerre survenue, l'apparition à la tête d'un État d'un homme d'esprit ou d'un homme stupide, le plus petit événement, peuvent refouler, suspendre, ou hâter la marche des nations. Plus d'une fois la mort engourdira des races pleines de feu, versera le silence sur des événements prêts à s'accomplir, comme un peu de neige tombée pendant la nuit, fait cesser les bruits d'une grande cité.

Le manque d'énergie à l'époque où nous vivons, l'absence des capacités, la nullité ou la dégradation des caractères trop souvent étrangers à l'honneur et voués à l'intérêt ; l'extinction du sens moral et religieux ; l'indifférence pour le bien et le mal, pour le vice et la vertu ; le culte du crime ; l'insouciance ou l'apathie avec laquelle nous assistons à des événements qui jadis auraient remué le monde ; la privation des conditions de vie qui semblent nécessaires à l'ordre social : toutes ces choses pourraient faire croire que le dénouement approche, que la toile va se lever, qu'un autre spectacle va paraître : nullement. D'autres hommes ne sont pas cachés derrière les hommes actuels ; ce qui frappe nos yeux n'est pas une exception, c'est l'état commun des mœurs, des idées et des passions ; c'est la grande et universelle maladie d'un monde qui se dissout. Si tout changeait demain, avec la proclamation d'autres principes, nous ne verrions que ce que nous voyons : rêveries dans les uns, fureurs dans les autres, également impuissantes, également infécondes.

Que quelques hommes indépendants réclament et se jettent à l'écart pour laisser s'écouler un fleuve de misères ; ah ! ils auront passé avant elles ! Que de jeunes générations remplies d'illusions, bravent le flot corrompu des lâchetés ; qu'elles marchent tête baissée vers un avenir pur qu'elles croiront saisir, et qui fuira incessamment ; rien de plus digne de leur courageuse innocence : trouvant dans leur dévouement la récompense de leur sacrifice, arrivées de chimère en chimère au bord de la fosse, elles consigneront le poids des années déçues à d'autres générations abusées, qui le porteront jusqu'aux tombeaux voisins, et ainsi de suite.

Un avenir sera, un avenir puissant, libre dans toute la plénitude de l'égalité évangélique ; mais il est loin encore, loin au-delà de tout horizon visible : on n'y parviendra que par cette espérance infatigable, incorruptible au malheur, dont les ailes croissent et grandissent à mesure que tout semble la tromper, par cette espérance plus forte, plus longue que le temps, et que le chrétien seul possède. Avant de toucher au but, avant d'atteindre l'unité des peuples, la démocratie naturelle, il faudra traverser la décomposition sociale, temps d'anarchie, de sang peut-être, d'infirmités certainement : cette décomposition est commencée ; elle n'est pas prête à reproduire, de ses germes non encore assez fermentés, le monde nouveau.

MILTON

En finissant, revenons par un dernier mot au *premier titre* de cet ouvrage, et redescendons à l'humble rang de traducteur. Quand on a vu comme moi Washington et Bonaparte ; à leur niveau, dans un autre ordre de puissance, Pitt et Mirabeau ; parmi les hauts révolutionnaires, Robespierre et Danton ; parmi les masses plébéiennes, l'homme du peuple marchant aux exterminations de la frontière, le paysan vendéen s'enfermant dans les flammes de ses récoltes, que reste-t-il à regarder derrière la grande tombe de Sainte-Hélène ?

Pourquoi ai-je survécu au siècle et aux hommes auxquels j'appartenais par la date de l'heure où ma mère m'infligea la vie ? Pourquoi n'ai-je pas disparu avec mes contemporains, les derniers d'une race épuisée ? Pourquoi suis-je demeuré seul à chercher leurs os, dans les ténèbres et la poussière d'un monde écroulé ? J'avais tout à gagner à ne pas traîner sur la terre. Je n'aurais pas été obligé de commencer et de suspendre ensuite mes justices d'outre-tombe, pour écrire ces Essais afin de conserver mon indépendance d'homme.

CHRONOLOGIE

1768 : *4 septembre* : naissance, à Saint-Malo, de François-René de Chateaubriand, dernier-né des dix enfants (quatre sont décédés au berceau ou en bas-âge) de René de Chateaubriand (1718-1786) et Apolline de Bedée (1726-1798). Outre son frère aîné Jean-Baptiste (né le 23 juin 1759), il lui reste quatre sœurs : Marie-Anne (4 juillet 1760) ; Bénigne (31 août 1761) ; Julie (2 septembre 1763) ; Lucile (7 août 1764). Il est aussitôt mis en nourrice, pour trois ans, à Plancoët, près de Dinan, où réside sa grand-mère maternelle.

1771-1777 : enfance « oisive » à Saint-Malo. Au mois de mai 1777, installation de toute la famille au château de Combourg, acheté en 1761. Chateaubriand entre au collège de Dol, où il poursuivra ses études jusqu'en juillet 1781, et où il fera sa Première Communion le 12 avril de cette même année.

Octobre 1781-décembre 1782 : collège de Rennes.

1783 : de janvier à juin, François-René prépare, à Brest, le concours de garde de la marine ; il rentre à Combourg sans avoir pu se présenter.

Inscription, en octobre, au collège de Dinan pour terminer ses Humanités ; il songe à se faire prêtre.

1784-1786 : « années de délire » à Combourg, en compagnie de Lucile. On lui cherche une place dans les colonies.

9 août 1786 : départ pour Cambrai ; son frère a obtenu

pour lui une place de « cadet-volontaire » au régiment de Navarre.

6 septembre 1786 : mort du comte de Chateaubriand.

1787-1790 : OFFICIER AU RÉGIMENT DE NAVARRE.

Nommé sous-lieutenant de remplacement le 12 septembre 1787, mis en demi-solde le 17 mars 1788, puis réintégré comme cadet-gentilhomme le 10 septembre de la même année, Chateaubriand sera définitivement réformé à la suite de la loi du 13 mars 1791.

19 février 1787 : le « chevalier de Chateaubriand » est présenté à la Cour de Versailles.

Novembre 1787 : son frère aîné Jean-Baptiste épouse à Paris Aline-Thérèse Le Pelletier de Rosanbo, petite-fille de Malesherbes.

Janvier 1789 : agitation pré-révolutionnaire à Rennes. François de Chateaubriand participe à des échauffourées au cours desquelles son ancien camarade de collège Saint-Riveul est tué.

Ayant passé la majeure partie de cette période en congé à Fougères ou à Paris, Chateaubriand assiste en spectateur au début de la Révolution ; il commence à fréquenter les gens de lettres parisiens.

11 septembre 1789 : il est reçu chevalier de Malte.

1791 : VOYAGE EN AMÉRIQUE.

8 avril : départ de Saint-Malo, escales dans les Açores (du 3 au 6 mai), puis à Saint-Pierre (du 23 mai au 8 juin).

10 juillet : arrivée à Baltimore. Visite des principales villes de la côte Est, puis remontée vers le Canada. En août, Chateaubriand séjourne près des chutes de Niagara.

Septembre-novembre : descente jusqu'au Tennessee, puis retour à Philadelphie où il se réembarque début décembre. Il arrive au Havre le 2 janvier 1792, après une effroyable tempête.

1792 : revenu à Saint-Malo désargenté, Chateaubriand épouse Céleste Buisson de la Vigne. Au mois de mai, le jeune couple, accompagné de Lucile et Julie, gagne Paris où la Révolution précipite son cours.

15 juillet : Chateaubriand émigre sans enthousiasme, avec son frère, pour rejoindre les corps de volontaires royalistes recrutés par le prince de Condé.

6 septembre : il est blessé au siège de Thionville, puis démobilisé. Parvenu, non sans mal, jusqu'à Ostende, il arrive à gagner Jersey, dans un état critique.

1793-1800 : SÉJOUR EN ANGLETERRE.

1793 : de janvier à mai, longue convalescence à Saint-Hélier.

21 mai : arrivée à Londres. Existence précaire dans les mois qui suivent.

Octobre : Céleste de Chateaubriand et ses belles-sœurs Julie (Mme de Farcy) et Lucile sont arrêtées à Fougères comme « suspectes » ; elles demeureront incarcérées jusqu'au 5 novembre 1794.

1794 : Chateaubriand trouve un emploi de professeur de français dans le Suffolk où il exercera près de trente mois.

10 février : sa mère est arrêtée à son domicile malouin. Transférée à Paris au mois de mai, elle ne sortira de prison qu'en octobre.

22 avril : Jean-Baptiste de Chateaubriand est guillotiné, en même temps que sa jeune femme et une partie de sa belle-famille (Malesherbes).

1795 : Chateaubriand séjourne toujours à la campagne ; il travaille à ses œuvres futures : *Les Sauvages, Essai historique sur les révolutions*.

1796 : immobilisé par une fracture du péroné consécutive à une chute de cheval, il séjourne quelque temps chez un pasteur du voisinage. La jeune fille de la maison, Charlotte Ives, ne tarde pas à éprouver pour lui un tendre sentiment que le chevalier ne décourage pas, jusqu'au jour où il est mis en demeure de révéler son mariage et de les quitter brusquement.

Juin : retour précipité à Londres. De santé encore fragile Chateaubriand va recevoir désormais des secours du National Fund. Il termine son livre sur les révolutions.

1797 : *18 mars* : *Essai historique sur les révolutions anciennes et modernes considérées dans leurs rapports avec la révolution française*.

Début de notoriété pour Chateaubriand qui se rapproche du milieu « monarchien » de Londres. Sans doute est-ce alors que débute sa première liaison sérieuse : avec la vicomtesse de Belloy, une belle « créole » de Saint-Domingue.

1798 : *6 janvier* : Chateaubriand propose à un éditeur parisien un roman américain intitulé : *René et Céluta*, qui deviendra *Les Natchez*.

Février-juin : il renoue avec Fontanes qui a fui Paris après Fructidor. Longues discussions littéraires.

31 mai : mort de Mme de Chateaubriand, à Saint-Servan. Son fils apprend la nouvelle dans la seconde quinzaine de juin.

Août-septembre : Chateaubriand travaille à la révision des *Natchez*, sur le conseil de Fontanes.

1799 : au cours du printemps, il commence à rédiger un opuscule « sur la religion chrétienne », qui va prendre des proportions de plus en plus considérables.

26 juillet : mort de Julie de Farcy.

25 octobre : une lettre émouvante à Fontanes témoigne de la sincérité de la conversion de Chateaubriand. Il lit dans les salons des bonnes feuilles du futur *Génie du christianisme*.

1800 : retour en France (mai). Situation financière précaire à Paris.

22 décembre : Chateaubriand publie dans le *Mercure de France* un article retentissant sur le dernier livre de Mme de Staël : *De la Littérature*.

1801 : *2 avril* : *Atala ou les amours de deux sauvages dans le désert*.

21 juillet : Chateaubriand est radié de la liste des émigrés.

Juin-novembre : installé à Savigny-sur-Orge, avec Pauline de Beaumont, il termine le *Génie*.

1802 : *14 avril* : publication du *Génie du christianisme*, dans lequel on retrouve *Atala*, ainsi qu'un épisode inédit : *René*.

Octobre-novembre : Chateaubriand voyage dans le midi de la France. Retour par Fougères, où il renoue avec sa femme, pas revue depuis 1792.

1803 : *4 mai* : il est nommé secrétaire de légation à Rome. Seconde édition du *Génie*, dédicacée au Premier Consul et précédée par une « Défense ».

27 juin : arrivée de Chateaubriand à Rome, *via* Lyon. Au cours des semaines suivantes, il multiplie les initiatives intempestives qui lui valent bientôt la méfiance, puis la franche hostilité de son chef de poste, le cardinal Fesch.

Octobre : arrivée de Pauline de Beaumont à Florence, puis installation à Rome. Atteinte de tuberculose, elle meurt le 4 novembre dans les bras de son amant.

Décembre : séjour à Tivoli. Première « idée » des *Mémoires*.

1804 : *1er-12 janvier* : voyage à Naples ; ascension du Vésuve. Nommé dans le Valais, Chateaubriand quitte Rome le 21 janvier. Lorsqu'il arrive à Paris, règne un climat délétère de complot royaliste ; arrestations successives de Moreau (le 15 février), de Pichegru (le 28) et de Cadoudal (le 9 mars).

21 mars : le duc d'Enghien est fusillé ; Chateaubriand donne aussitôt sa démission. Il accepte enfin que sa femme vienne partager sa vie.

Printemps-été : Chateaubriand commence la rédaction des *Martyrs de Dioclétien*. Visites à Fervacques, chez Mme de Custine (une liaison orageuse qui prendra fin au début de 1806), à Méréville chez Alexandre de Laborde et sa sœur Natalie, comtesse de Noailles, enfin, avec sa femme, à Villeneuve-sur-Yonne, chez les Joubert. C'est là qu'ils apprennent la mort de Lucile, survenue à Paris le 10 novembre.

1805 : *Mars* : installation des Chateaubriand place de la Concorde (hôtel de Coislin). *Les Martyrs* avancent.

Été-automne : nouvelles villégiatures autour de Paris, puis, du 5 août au 3 novembre, voyages dans le Sud-Est : Vichy, Lyon, Genève, le Mont-Blanc, Lausanne, la Grande-Chartreuse. Nouveau séjour à Villeneuve avant de regagner Paris.

1806 : VOYAGE EN ORIENT.

Venise (juillet), Sparte, Athènes (août), Smyrne, Constantinople (septembre), Jérusalem (octobre), Le Caire (début novembre).

23 novembre : Chateaubriand se rembarque à Alexandrie.

1807 : *18 janvier* : après une périlleuse traversée, il arrive à Tunis, où il demeure plusieurs semaines.

Avril : séjour en Espagne, où il retrouve Natalie de Noailles : Cadix, Cordoue, Grenade (12-13 avril), Aranjuez, Madrid, Burgos... Retour à Paris le 5 juin.

4 juillet : Chateaubriand publie dans le *Mercure de France* un article où il dénonce le despotisme impérial. On lui signifie une interdiction de séjour à Paris ; mais il obtiendra de nombreuses dérogations à cette mesure au cours des années suivantes.

Octobre-décembre : installation à Châtenay, dans le domaine de la Vallée-aux-Loups.

1808 : *mars* : Chateaubriand termine *Les Martyrs*.

Août : il passe un mois à Méréville en compagnie de Mme de Noailles.

1809 : *27 mars* : *Les Martyrs ou le triomphe de la religion chrétienne*.

31 mars : Armand de Chateaubriand est fusillé comme espion.

De mai à septembre, Chateaubriand travaille, à la Vallée-aux-Loups, à une « Défense » des *Martyrs*. Nouveau séjour à Méréville en octobre.

Le préambule des *Mémoires de ma vie* est intitulé : « Mémoires de ma vie commencés en 1809. »

1810 : *Janvier-mars* : Chateaubriand séjourne à Paris.

Rédaction des *Aventures du dernier Abencérage*.

Publication de la troisième édition des *Martyrs*, avec un « Examen » et des « Remarques ».

1811 : *26 février* : *Itinéraire de Paris à Jérusalem*.

Février-avril : Chateaubriand est élu académicien, mais il est contraint de censurer son discours de réception.

Mai : de retour à la Vallée-aux-Loups, Chateaubriand commence une tragédie en vers, *Moïse*.

1812 : *Janvier* : rupture définitive avec Natalie de Noailles.

Mai : achèvement de *Moïse*.

Octobre : rédaction du 1er livre des *Mémoires de ma vie*.

1813 : Chateaubriand continue la rédaction des

Mémoires de ma vie (livre II). Par ailleurs il songe à entreprendre une *Histoire de France*.

1814-1830 : CARRIÈRE POLITIQUE.

1814 : entrée des Alliés à Paris le 31 mars.

5 avril : Chateaubriand publie une brochure très anti-bonapartiste en faveur de la restauration des Bourbons : *De Buonaparte, des Bourbons et de la nécessité de se rallier à nos princes légitimes*.

27 novembre : publication des *Réflexions politiques*.

1815 : Napoléon débarque à Golfe-Juan le 1er mars. Louis XVIII est obligé de quitter Paris le 18.

Avril-juin : Chateaubriand séjourne à Gand, auprès du roi.

8 juillet : retour de Louis XVIII à Paris. Le lendemain Chateaubriand est nommé ministre d'État, puis le 17 août, Pair de France, avec le titre de vicomte.

Septembre : élection de la Chambre « introuvable ». Mais Chateaubriand est évincé du premier ministère Richelieu, où Decazes entre comme ministre de la Police.

1816 : au nom de la majorité royaliste, Chateaubriand manifeste une méfiance croissante envers le ministère.

Septembre : la Chambre des députés est dissoute le 5 ; le 18, *De la monarchie selon la Charte* est saisi et son auteur destitué de son titre (et de sa pension) de ministre d'État.

1817 : année de grosses difficultés financières pour Chateaubriand, obligé de vendre sa bibliothèque (28 avril), puis son domaine de la Vallée-aux-Loups.

Été : vacances « nomades » dans les environs de Paris, puis dans le Perche : rédaction du livre III des *Mémoires*.

Décembre : *Du système politique suivi par le ministère*.

1818 : au printemps, Chateaubriand travaille à son *Histoire de France*. Il publie, en août, des « Remarques sur les affaires du moment ».

C'est alors qu'il noue avec Juliette Récamier une liaison qui connaîtra des vicissitudes, mais ne prendra fin qu'avec leur vie.

Octobre 1818-mars 1820 : Chateaubriand anime *Le Conservateur*, organe périodique des royalistes opposés à Decazes, devenu président du Conseil le 19 novembre

1819 ; il multiplie ses interventions à la Chambre des pairs.

1820 : assassinat, le *14 février*, du duc de Berry, neveu du roi et dernier espoir de la branche aînée ; il avait épousé en 1816 la princesse Marie-Caroline de Bourbon-Sicile.

29 septembre : naissance « posthume » de son fils, Henri, duc de Bordeaux.

29 septembre : *Mémoires, lettres et pièces authentiques touchant la vie et la mort de S.A.R. (le) duc de Berry*.

Chateaubriand est nommé ambassadeur auprès du roi de Prusse (30 novembre).

1821 : *Janvier-juillet* : Chateaubriand ambassadeur à Berlin, où il séjourne du 11 janvier au 19 avril ; le 1er mai, on lui restitue son titre de ministre d'État, mais le 29 juillet, par solidarité avec Villèle, il donne sa démission.

12 décembre : chute du second ministère Richelieu. Après avoir espéré un portefeuille dans le nouveau cabinet, Chateaubriand est nommé ambassadeur à Londres.

1822 : *Avril-septembre* : séjour en Angleterre.

Septembre-décembre : de retour à Paris le 12 septembre, Chateaubriand insiste pour être envoyé au congrès de Vérone, auquel il participe du 14 octobre au 13 décembre.

28 décembre : il est nommé ministre des Affaires étrangères.

1823 : Chateaubriand pousse à une intervention française en Espagne : succès militaires et diplomatiques. Son ministère est marqué par une liaison brûlante avec la jeune comtesse de Castellane, tandis qu'au mois de novembre, Mme Récamier quitte Paris pour un long voyage en Italie.

1824 : *6 juin* : Chateaubriand est brutalement renvoyé du ministère. Sa rancune envers Villèle va le conduire à une opposition de plus en plus déclarée, dont le principal organe sera le *Journal des Débats*.

16 septembre : mort de Louis XVIII.

1825 : *29 mai* : sacre de Charles X.

Retour à Paris de Mme Récamier, après une absence de 18 mois. Chateaubriand préside le comité de soutien aux Grecs insurgés : éditions successives de sa *Note sur la Grèce*.

1826 : Chateaubriand signe, le *30 mars*, un contrat mirifique avec le libraire Ladvocat pour la publication de ses *Œuvres complètes*, certaines encore inédites.

Dans la « Préface générale » (juin), il écrit : « J'ai entrepris les *Mémoires* de ma vie (...). Ils embrassent ma vie entière. »

Mai-juillet : séjour des Chateaubriand à Lausanne. Au retour, installation, pour douze ans, dans un pavillon jouxtant la maison de retraite que Mme de Chateaubriand a fondée en 1819 (aujourd'hui 92, avenue Denfert-Rochereau).

1827 : *Février* : premières difficultés financières de Ladvocat ; Chateaubriand accepte de revoir à la baisse les termes de son contrat. La publication des *Œuvres complètes* se poursuivra néanmoins à un rythme soutenu jusqu'en 1828. Chateaubriand accentue, dans les *Débats* son offensive contre le ministère et pour la défense de la liberté de la presse : Villèle démissionne le 2 décembre.

1828 : *3 juin* : évincé du nouveau ministère, Chateaubriand est nommé ambassadeur auprès du Saint-Siège.

16 septembre : les Chateaubriand quittent Paris pour Rome où ils arrivent le 9 octobre.

Novembre : 26 tomes (sur 31) des *Œuvres complètes* ont paru ; mais Ladvocat, ruiné, cède ses droits.

1829 : *10 février* : mort du pape Léon XII. Chateaubriand cherche, sans grand succès, à orienter le vote du conclave qui, le 31 mars, élira son successeur : Pie VIII.

16 mai : Chateaubriand, qui a demandé un congé, quitte Rome en compagnie de sa femme ; ils arrivent à Paris le 28.

Juillet-août : villégiature à Cauterets ; c'est là que Chateaubriand apprend la formation du ministère Polignac ; il donne sa démission le 30 août.

1830 : Chateaubriand travaille à ses *Études historiques*. Il a repris à Paris une liaison commencée à Rome avec une jeune femme de lettres, Hortense Allart.

Juillet : chute de Charles X.

7 août : Chateaubriand prononce son dernier discours

à la Chambre des pairs : il refuse de reconnaître la légitimité du nouveau régime et renonce à toutes ses charges et pensions ; il ne dispose plus désormais de revenus réguliers.

1831 : *24 mars : De la Restauration et de la monarchie élective.*

Avril : publication des *Études historiques*, avec une importante « Préface ». Avec un volume de tables et index, ce sont les dernières livraisons des *Œuvres complètes*.

Mai-octobre : séjour des Chateaubriand à Genève.

31 octobre : De la nouvelle proposition relative au bannissement de Charles X et de sa famille.

1832 : *Mars-avril* : fermentation carliste à Paris et épidémie de choléra.

16-30 juin : brève incarcération de Chateaubriand à la préfecture de police pour « complot ».

8 août : Chateaubriand quitte Paris pour la Suisse, avec un « énorme bagage de papiers », destiné à poursuivre la rédaction de ses *Mémoires*. Il voyage en solitaire de Lucerne à Lugano, retrouve à Constance Mme Récamier avant de rejoindre sa femme, à la mi-septembre, pour une installation durable à Genève.

Septembre-novembre : reprise et révision de la partie existante des *Mémoires de ma vie*, pour les adapter à un cadre élargi. Ébauche de la « Préface testamentaire ».

12 novembre : informé de la récente arrestation, à Nantes, de la duchesse de Berry, Chateaubriand se hâte de regagner Paris.

29 décembre : Mémoire sur la captivité de Madame la duchesse de Berry.

1833 : le procès qu'on lui intente pour cette publication tourne à la confusion du ministère public : il est acquitté.

14 mai-5 juin : voyage-éclair à Prague pour porter à Charles X exilé un message de la duchesse de Berry.

3 septembre-6 octobre : nouveau voyage à Prague en passant par Venise (10-17 septembre).

Chateaubriand date du « 1er décembre 1833 » la « Préface testamentaire » des *Mémoires d'outre-tombe*, dont 18 livres sont achevés.

1834-1847 : Achèvement des *Mémoires d'outre-tombe*.

Février-mars 1834 : première lecture publique, chez Mme Récamier, de la 1re partie des *Mémoires d'outre-tombe* (livres I à XII), et des livres rédigés en 1833 (Prague et Venise). Échos favorables dans la presse.

Septembre 1834 : publication du volume de *Lectures des Mémoires de M. de Chateaubriand ou Recueil d'articles avec des fragments originaux* (Paris, Lefèvre, 1834).

1835 : séjour à Dieppe au mois de juillet.

1836 : au printemps, accord pour la publication des *Mémoires* et montage financier qui libère Chateaubriand de ses soucis alimentaires.

25 juin : Chateaubriand publie une traduction nouvelle du *Paradis perdu* de Milton, introduite par un *Essai sur la littérature anglaise*. Dans ce travail, sous-titré : « Considérations sur le génie des temps, des hommes et des révolutions », il insère quelques « bonnes feuilles » de ses *Mémoires*.

1837 : rédaction du *Congrès de Vérone* (juillet-octobre).

28 octobre-9 novembre : séjour à Chantilly.

1838 : publication du *Congrès de Vérone*, le 28 avril.

Juillet : voyage dans le midi de la France.

Août : installation au 112 de la rue du Bac ; ce sera le dernier domicile parisien de Chateaubriand.

1839 : une nouvelle édition des *Œuvres complètes*, mise en chantier par Pourrat en 1836, touche à sa fin ; elle comporte 36 volumes.

1840 : « Les *Mémoires* sont finis », déclare Chateaubriand. La conclusion porte néanmoins la date de 1841.

1843 : au mois de novembre, Chateaubriand se rend à Londres, où il reçoit un accueil cordial de la part du comte de Chambord.

1844 : *Vie de Rancé* (18 mai).

27 août : le directeur de *La Presse*, Émile de Girardin, rachète pour 80 000 francs à la Société propriétaire des *Mémoires* le droit de les publier en feuilleton dans son journal avant leur édition en volumes. Informé en décembre seulement, Chateaubriand est consterné.

1845 : révision générale des *Mémoires*.

Juin : dernier voyage à Venise.

1846 : Chateaubriand remplace la « Préface testamentaire » par un nouvel « Avant-Propos » ; il supprime aussi la division de ses *Mémoires* en quatre parties pour lui substituer une division continue en 42 livres. Ultime révision.

1847 : mort de Mme de Chateaubriand (8 février).

1848 : mort de Chateaubriand (4 juillet).

1849 : mort de Mme Récamier (11 mai).

Janvier 1849-octobre 1850 : publication des *Mémoires d'outre-tombe* en librairie (12 volumes) après leur diffusion en feuilleton dans le journal *La Presse* (du 21 octobre 1848 au 5 juillet 1850).

BIBLIOGRAPHIE [1]

Voici une liste sélective de références et de lectures utiles. Pour une information plus complète, on aura recours à Pierre H. Dubé, *Bibliographie de la critique sur Chateaubriand*, Paris, Nizet, 1988, dont une seconde édition, mise à jour, est prévue pour 2002, chez Champion. Par ailleurs le *Bulletin* annuel de la Société Chateaubriand publie une bibliographie détaillée.

ŒUVRES DE CHATEAUBRIAND

Œuvres complètes

Édition Ladvocat, 1826-1831 (28 tomes en 31 volumes) ; édition Pourrat, 1836-1839 (36 volumes) ; édition Garnier, 1859-1861, avec une préface de Sainte-Beuve (12 volumes). Cette dernière a été reprise sur CD-ROM : *François de Chateaubriand. Les itinéraires du romantisme*, Academia, 1997.

Correspondance générale, textes établis et annotés par Pierre Riberette, Gallimard (en cours de publication) : t. I (1789-1807), 1977 ; t. II (1808-1814), 1979 ; t. III (1815-1820), 1982 ; t. IV (1820-30 mars 1822), 1983 ; t. V (1822), 1986.

Parmi les éditions de correspondances particulières, on

---

1. Hormis les cas que nous signalons, le lieu de publication est Paris.

retiendra : Chateaubriand, *Lettres à Mme Récamier*, Flammarion, 1951 (retirage en 1998).

Chateaubriand, *Grandes Œuvres politiques*, présentation et notes de Jean-Paul Clément, Imprimerie nationale, 1993.

Pour les œuvres historiques, de critique ou de fiction, ainsi que pour les récits de voyage, on pourra utiliser la Bibliothèque de la Pléiade (*Œuvres romanesques et voyages*, 1969 ; *Essai sur les révolutions* et *Génie du christianisme*, 1976), ou les nombreuses éditions de poche existantes.

DOCUMENTATION

Chateaubriand (1768-1848), Exposition du centenaire, Bibliothèque nationale, 1948.

Chateaubriand, voyageur et homme politique, Bibliothèque nationale, 1969.

Chateaubriand, Album de la Pléiade, 1988 (le commentaire comporte de nombreuses inexactitudes, mais iconographie intéressante).

TRAVAUX BIOGRAPHIQUES

Maurice LEVAILLANT, *Splendeurs, misères et chimères de Monsieur de Chateaubriand*, Librairie Ollendorf, 1922 ; seconde édition revue et augmentée, Albin Michel, 1948.

Marie-Jeanne DURRY, *La Vieillesse de Chateaubriand (1830-1848)*, Le Divan, 1933.

Marcel DUCHEMIN, *Chateaubriand. Essais de critique et d'histoire littéraire*, Vrin, 1938.

André MAUROIS, *Chateaubriand*, Grasset, 1938 ; réédition en 1956 sous le titre : *René ou la vie de Chateaubriand*.

Georges COLLAS, *Un cadet de Bretagne au XVIIIe siècle : René-Auguste de Chateaubriand (1718-1786)*, Nizet, 1949.

Georges COLLAS, *Une famille noble pendant la Révolution : la vieillesse douloureuse de Mme de Chateaubriand*, Minard, 1960 et 1962.

Maurice LEVAILLANT, *Chateaubriand prince des songes*, Hachette, 1960.

Pierre CHRISTOPHOROV, *Sur les pas de Chateaubriand en exil*, Éditions de Minuit, 1960.

George D. PAINTER, *Chateaubriand. A Biography. The Longed-for Tempests (1768-1793)*, London, Chatto and Windus, 1977 ; tr. fr. Gallimard, 1979.

Jean d'ORMESSON, *Mon dernier rêve sera pour vous. Une biographie sentimentale de Chateaubriand*, Jean-Claude Lattès, 1982.

José CABANIS, *Chateaubriand, qui êtes-vous ?*, Lyon, La Manufacture, 1988.

ÉTUDES GÉNÉRALES

SAINTE-BEUVE, *Chateaubriand et son groupe littéraire*, cours professé à Liège en 1848-1849, nouvelle édition annotée par Maurice Allem, Garnier, 1948.

Comte de MARCELLUS, *Chateaubriand et son temps*, Michel Lévy, 1859.

Louis MARTIN-CHAUFFIER, *Chateaubriand ou l'obsession de la pureté*, Grasset, 1943.

Chateaubriand. Le livre du centenaire, Flammarion, 1948.

Pierre MOREAU, *Chateaubriand*, Hatier, « Connaissance des lettres », 1956 ; seconde édition revue en 1967.

Manuel DE DIEGUEZ, *Chateaubriand ou le poète face à l'histoire*, Plon, 1963.

Victor-Louis TAPIÉ, *Chateaubriand par lui-même*, « Écrivains de toujours », Le Seuil, 1965.

Jean-Pierre RICHARD, *Paysage de Chateaubriand*, Le Seuil, 1967.

Chateaubriand, Actes du colloque de Madison (1968), Genève, Droz, 1970.

Pierre BARBÉRIS, *Chateaubriand. Une réaction au monde moderne*, Larousse, « Thèmes et textes », 1976.

Philippe Berthier, *Stendhal et Chateaubriand*, Genève, Droz, 1987.

Jean-Paul Clément, *Chateaubriand politique*, Hachette, « Pluriel », 1987.

Marie Pinel, *La Mer et le sacré chez Chateaubriand*, Albertville, Claude Alzieu, 1993.

Jean-Marie Roulin, *Chateaubriand. L'exil et la gloire*, Champion, 1994.

Chateaubriand. Le tremblement du temps, colloque de Cerisy (juillet 1993), Toulouse, Presses universitaires du Mirail, 1994.

Jean-Paul Clément, *Chateaubriand*, Flammarion, « Grandes Biographies », 1998.

Juliette Hoffenberg, *L'Enchanteur malgré lui. Poétique de Chateaubriand*, L'Harmattan, 1998.

Bruno Chaouat, *Je meurs par morceaux. Chateaubriand*, Lille, Presses universitaires du Septentrion, 1999.

Béatrice Didier, *Chateaubriand*, Ellipses, « Thèmes et études », 1999.

Bertrand Aureau, *Chateaubriand penseur de la Révolution*, Champion, 2001.

Agnès Verlet, *Les Vanités de Chateaubriand*, Genève, Droz, 2001.

Les mémoires d'outre-tombe

éditions de référence

— *Mémoires d'outre-tombe*, édition nouvelle établie à partir des deux dernières copies du texte, avec une introduction, des variantes, des notes et un appendice par Maurice Levaillant et Georges Moulinier, Gallimard, Bibliothèque de la Pléiade, 1946 ; tirages revus en 1951 et 1957.

— *Mémoires d'outre-tombe*, édition du centenaire, intégrale et critique en partie inédite, établie par Maurice Levaillant, Flammarion, 1948 ; deuxième édition revue et corrigée, 1949 (4 volumes).

— *Mémoires d'outre-tombe*, nouvelle édition critique établie, présentée et annotée par Jean-Claude Berchet, Classiques Garnier : t. I, 1989 (avec les *Mémoires de ma vie*) ; t. II, 1992 ; t. III et IV, 1998.

— *Mémoires de ma vie*, édition préfacée et annotée par Jacques Landrin, Le Livre de Poche, 1993.

HISTOIRE DU TEXTE

Maurice Levaillant, *Chateaubriand, Madame Récamier et les Mémoires d'outre-tombe*, Delagrave, 1936.

Maurice Levaillant, *Deux livres des Mémoires d'outre-tombe, Ibidem*, 1936.

Pierre Clarac, *À la recherche de Chateaubriand*, Nizet, 1975.

Jean-Claude Berchet, « Du nouveau sur le manuscrit des *Mémoires de ma vie* », *Bulletin de la Société Chateaubriand*, n° 39, 1996, p. 31-41.

OUVRAGES OU RECUEILS

Jean Mourot, *Le Génie d'un style. Chateaubriand. Rythme et sonorité dans les Mémoires d'outre-tombe*, A. Colin, 1960 ; seconde édition, 1969.

André Vial, *Chateaubriand et le temps perdu. Devenir et conscience individuelle dans les Mémoires d'outre-tombe*, Julliard, 1963 ; nouvelle édition revue et corrigée, U.G.E. 10/18, 1971.

Merete Grevlund, *Paysage intérieur et paysage extérieur dans les Mémoires d'outre-tombe*, Nizet, 1968.

Charles A. Porter, *Chateaubriand. Composition, imagination and Poetry*, Stanford, Anma Libri, 1978.

André Vial, *La Dialectique de Chateaubriand. Transformation et changement dans les Mémoires d'outre-tombe*, S.E.D.E.S., 1978.

« *Chateaubriand. Les Mémoires d'outre-tombe*, 4e partie », S.E.D.E.S., 1990.

Fabienne Bercegol, *La Poétique de Chateaubriand :*

le portrait dans les Mémoires d'outre-tombe, Champion, 1997.

« *Chateaubriand e i Mémoires d'outre-tombe* », Edizioni ETS et Slatkine, Pisa, 1998 (colloque de Pise, janvier 1997).

« *Chateaubriand mémorialiste* », textes réunis par Jean-Claude Berchet et Philippe Berthier, Genève, Droz, 1999 (colloque de Paris, 1998).

Jean-Christophe CAVALLIN, *Chateaubriand et « l'Homme au songe ». L'initiation à la poésie dans les Mémoires d'outre-tombe*, Presses universitaires de France, 1999.

Jean-Christophe CAVALLIN, *Chateaubriand mythographe. Autobiographie et allégorie dans les « Mémoires d'outre-tombe »*, Champion, 2000.

Jean-Christophe CAVALLIN, *Chateaubriand mosaïste*, Verona Edizioni Fiorini, 2000.

Chateaubriand. Paris-Prague-Venise, textes réunis par Philippe Berthier, Clermont-Ferrand, Presses universitaires Blaise Pascal, 2001.

ARTICLES OU ÉTUDES PARTICULIÈRES

Julien GRACQ, « Réflexions sur Chateaubriand », *Cahiers du Sud*, septembre-octobre 1960 ; repris dans *Préférences* (José Corti, 1961, p. 151-168) sous le titre : « Le Grand Paon ».

Francesco ORLANDO, « La Sala troppo vasta », dans *Infanzia, memoria e storia da Rousseau ai Romantici*, Padova, Liviana éditrice, 1966, p. 79-105.

Giovanni MACCHIA, « L'Uomo della morte : il mito aristocratico di Chateaubriand », dans *I Fantasmi dell'opera*, Milano, Mondadori, 1971, p. 155-178 ; tr. fr. dans *Europe*, n° 775-776, novembre-décembre 1993, p. 7-21.

Marcel RAYMOND, « Chateaubriand et la rêverie devant la mort », dans *Romantisme et rêverie*, José Corti, 1978, p. 31-60.

Bernard Sève, « Chateaubriand. La vanité du monde et la mélancolie », *Romantisme*, n° 23, 1979, p. 31-42.

Jean-Claude Berchet, « Histoire et autobiographie dans la 1ʳᵉ partie des *Mémoires d'outre-tombe* », *Saggi e ricerche di letteratura francese*, XIX, 1980, p. 27-53.

Claudette Delhez-Sarlet, « Chateaubriand : scissions et rassemblement du moi dans l'histoire », dans *Individualisme et autobiographie en Occident*, Bruxelles, Presses universitaires, 1983.

Jean-Claude Berchet, « Le Rameau d'or : les emblèmes du narrateur dans les *Mémoires d'outre-tombe* », *Cahiers A.I.E.F.*, n° 40, 1988, p. 79-93.

Jean Salesse, « Le Récit d'enfance dans les trois premiers livres des *Mémoires d'outre-tombe* », *Revue des sciences humaines*, n° 222, avril-juin 1991.

Ivanna Rosi, « I *Mémoires d'outre-tombe* : lo spazio dell'io nella storia », dans *Controfigure d'autore. Scritture autobiografiche nella letteratura francese*, Bologna, Il Mulino, 1993, p. 153-192.

Pierre-Marie Héron, « L'Autoportrait en jeu dans les *Mémoires d'outre-tombe* », *Romantisme*, n° 81, 1993, p. 51-59.

Gérard Gengembre, « Le Naufrage du monde moderne. Écriture, histoire et politique dans la IVᵉ partie des *Mémoires d'outre-tombe* », *Europe*, n° 775-776, novembre-décembre 1993, p. 119-127.

Pierre-Marie Héron, « L'écriture de soi aux frontières des genres », *Dalhouse French Studies*, XXVIII, Fall 1994, pp. 65-85.

Jean-Claude Berchet, « De Rousseau à Chateaubriand : la naissance littéraire des *juvenilia* », dans *Autobiography, Historiography, Rhetoric. A Festschrift in honour of Frank Paul Bowman*, Amsterdam, Rodopi, 1994, p. 35-57.

Maija Lehtonen, « Le narrateur et la situation narrative dans les *Mémoires d'outre-tombe* » et « Le lecteur dans les *Mémoires d'outre-tombe* », dans *Études sur le romantisme français*, Helsinki, Suomalainen Tiedeakatemia, 1995.

Gilles Declerq, « Le Mémorialiste et l'*Oratio grandis*.

Le style des *Mémoires* entre l'épopée et l'élégie », *Dix-neuf/vingt*, nᵒ 1, mars 1996, p. 15-39.

Marie PINEL, « Vanités et espérance dans la IVᵉ partie des *Mémoires d'outre-tombe* », *Ibidem*, p. 59-82.

Emmanuelle TABET, « Quelques aspects de la poésie de la mort dans les *Mémoires d'outre-tombe* », *Bulletin (...) Guillaume Budé*, 1996, nᵒ 4, p. 373-382.

Jean-Claude BERCHET, « Le Juif errant des *Mémoires d'outre-tombe* », *Revue des sciences humaines*, nᵒ 245, janvier-mars 1997, p. 129-150.

Gérard GENGEMBRE, « Affleurements contre-révolutionnaires dans les *Mémoires d'outre-tombe* », *Revue des sciences humaines*, nᵒ 247, juillet-septembre 1997, p. 107-132.

D. JULLIEN, « Cynthie ou la réécriture de l'élégie dans les *Mémoires d'outre-tombe* », *Littérature*, nᵒ 107, 1997, p. 3-19.

Jacques DUPONT, « Sur l'art de citer dans la quatrième partie des *Mémoires d'outre-tombe* », *Bulletin (...) Guillaume Budé*, 1998, nᵒ 1, p. 59-66.

INDEX

Index des noms de personnes et de personnages contenus dans le texte des *Mémoires d'outre-tombe*.

Les quatre tomes de cette édition sont désignés par des chiffres romains, les pages par des chiffres arabes. Les chiffres imprimés en italique renvoient à des passages comportant une note explicative. Lorsque certains noms ne figurent dans le texte que sous forme allusive, les renvois sont placés entre parenthèses.

TABLE DES MATIÈRES

LIVRE TRENTE-SIXIÈME

LIVRE TRENTE-SEPTIÈME

LIVRE TRENTE-HUITIÈME

LIVRE TRENTE-NEUVIÈME

LIVRE QUARANTIÈME

Composition réalisée par NORD COMPO

Imprimé en France sur Presse Offset par

BRODARD & TAUPIN

GROUPE CPI

La Flèche (Sarthe).
N° d'imprimeur : 13051 – Dépôt légal Édit. 21211-06/2002
LIBRAIRIE GÉNÉRALE FRANÇAISE - 43, quai de Grenelle - 75015 Paris.
ISBN : 2 - 253 - 16090 - 3